Jaskinia żmij

K.A. Knight

Jaskinia żmij

Tłumaczenie Wacław Jan Popowski

Podium

Jaskinia żmij

Tłumaczenie Wacław Jan Popowski

Tytuł oryginału *Den of Vipers*

Język oryginału angielski

Copyright © 2020, 2022 K.A. Knight i SAGA Egmont

Wszystkie prawa zastrzeżone

ISBN: 978-1-0394-6067-6

Wydanie I

www.podiumentertainment.com

Jaskinia żmij

ROZDZIAŁ 1

DIESEL

– Rozumiesz, co to znaczy, prawda, Rob? – mówi cicho Ryder, wygładzając garnitur, chociaż wcale nie był pomięty. Skurwiel zawsze ubiera się tak, jakby miał zaraz wyjść na wybieg. Ale zimne wyrachowanie w jego spojrzeniu świadczy o tym, że nie jest zwykłym przystojniakiem.

Powiedziałem kiedyś, że mogę mu trochę pokiereszować twarz, dzięki czemu inni będą go traktować bardziej serio. Nie wiem dlaczego, ale odmówił.

Ja za to jestem cały pochlapany krwią Roba, Garrett zresztą też. Pokaleczone, wytatuowane knykcie krwawią mu od ciosów zadanych naszemu pechowemu gospodarzowi. Przeżuwając chipsy kolesia, z uciechą patrzę, jak Garrett wyprowadza jeszcze jeden brutalny cios, a potem się cofa. Nie bez powodu nazywają go na ringu Wściekłym Psem – trudno się spostrzec, kiedy ten wielki sukinsyn się zbliża. Ja bym to wiedział, bo walczyłem z nim kilka razy. Było całkiem dobrze, mimo że połamałem sobie parę kości.

Mrugam i spoglądam znowu na mężczyznę siedzącego na krześle naprzeciwko Rydera. Oko Roba jest zamknięte od opuchlizny, warga rozcięta, a policzek już sinieje. A to są tylko obrażenia, które widać. Wiem, że pod koszulą rośnie mu kilka bąbli od oparzeń po tym, jak Ryder pozwolił mi się trochę zabawić.

Kenzo stoi oparty o ścianę naprzeciwko mnie, jak zawsze przebierając kostkami do gry między palcami. Podobnie jak Ryder wpatruje się nienawistnym spojrzeniem w tego mężczyznę w oczekiwaniu, aż wydarzy się coś interesującego. To właśnie Kenzo podsunął nam tego człowieka. Ale Rob patrzy tylko na Rydera. To dobrze. Niech myśli, że tylko on tu rządzi. Lubimy, żeby tak to wyglądało. Żeby Ryder był twarzą naszej… firmy.

Prycham na to – pieprzona firma. Mamy też kilka czystych biznesów, ale nie żebym miał z nimi cokolwiek wspólnego. Uznali, że jestem zbyt szalony, abym mógł mieć do czynienia z pracownikami, po tym, gdy jednemu z nich wypaliłem oko za to, że nazwał mnie szumowiną.

– Rob, posłuchaj uważnie, bo nie lubię się powtarzać – mówi ostro Ryder, podczas gdy Garrett chwyta Roba za krótkie siwiejące włosy i ciągnie mu głowę do tyłu, a w jego dłoni pojawia się nóż, który przyciska do gardła trzęsącego się mężczyzny. Kiedy krzyczy, po twarzy spływają mu krople potu, i zastanawiam się, czy Ryder pozwoli mi go zabić.

Minęły już całe dwa dni, od kiedy kogoś zabiłem, i zaczynam być niespokojny.

– Tak, tak, rozumiem, weźcie ją! – krzyczy.

Co za złamas. Ten nieudacznik sprzeda własną córkę, żeby spłacić dług, jaki ma u nas. Przypuszczam, że kiedy nie ma się pieniędzy, aby zapłacić, i jedyną alternatywą jest to, że wyrwą ci trzewia… człowiek naprawdę mięknie i gotów jest zrobić wszystko.

To miasto jest nasze, nigdy nie uciekłby przed nami. Wie o tym, można to wyczytać z wyrazu rezygnacji w jego brązowych oczach. Zastanawiam się, czy jego córka wygląda lepiej od niego, tak czy owak, będzie teraz należała do nas. Normalnie nie handlujemy żywym towarem, ale jak się nie ma, co się lubi…

Dług jest długiem i musi zostać spłacony – albo inni zaczną myśleć, że stajemy się mięczakami.

Ryder odchyla się, na jego ustach przystojnego chłopaka maluje się uśmieszek. Przewracam oczami, wychodzę z cienia i wtedy Rob zaczyna krzyczeć. Wie, kim jestem – śmiercią. Ryder może być twarzą, Garrett egzekutorem, siłą, a Kenzo negocjatorem… ale ja?

Ja jestem pieprzoną kostuchą.

– Bierz ją sobie! – krzyczy, szarpiąc się w uścisku Garretta, którego twarz zastyga z wyrazem niesmaku. A ja? Ja się śmieję.

Pochylam się i zbliżam do jego twarzy, żeby zobaczył szaleństwo w moim spojrzeniu. Palce mnie świerzbią, żeby chwycić zapalniczkę i spalić ten dom razem z nim w środku, aż usłyszę jego krzyki. Kurwa, prawie smakuję jego strach, czuję liżące mnie płomienie – kutas mi staje w spodniach, kiedy to sobie wyobrażam.

– Powiedz, kiedy ją podpalę, będzie cię to obchodziło czy nie? – Śmieję się.

Garrett uśmiecha się szeroko, pokazując doskonale białe zęby. Sukinsyn jest prawie tak samo stuknięty jak ja, pewnie dostał o jeden cios za dużo w swoją wielką głowę. Uśmiecham się lekko do niego.

– Ciekaw jestem, czy ona tak ładnie będzie krwawić?

– Wystarczy – warczy Ryder, więc się odsuwam. Robię,
co mi każą. – Gdzie ona jest?

– Ona… ma bar w południowej części miasta, Roxers. – Trzęsie się, płacząc jak cipa. Duże, grube łzy spływają mu po twarzy.

Zastanawiam się, czy ona będzie płakać. Jest przyjemniej,
kiedy to robią. Wtedy uświadamiam sobie, że pocieram sobie kutasa przez dżinsy, a Kenzo piorunuje mnie wzrokiem, więc przestaję i puszczam do niego oko.

– Rob, jeżeli ona nie zadowoli nas jako zapłata, wrócimy tu,
możesz być tego pewny – dodaje stanowczo Kenzo, zamykając
sprawę. Zna wyraz mojej twarzy.

Potrzeba mi krwi.

– Zabijecie ją? – Rob szlocha żałośnie.

– Obchodzi cię to? – odpowiada Ryder, unosząc brwi i spoglądając na niego. – Właśnie sprzedałeś swoją córkę, żeby spłacić
dług, nie próbując nawet nam przeszkodzić.

– Ja… jestem gównianym ojcem, ale ona zasługuje na coś więcej niż takie potwory jak wy – warczy, pokazując po raz pierwszy,
odkąd go zobaczyłem, że ma choć odrobinę jaj.

– Słyszałeś to, Ry? Jesteśmy potworami – grzmię, śmiejąc się
tak mocno, że aż uderzam dłońmi o dżinsy. – Mówiłem ci, stary,
że nikt nie nabierze się na ten garnitur.

Jak zwykle Ryder ignoruje moje maniakalne wybuchy.

– Zrobimy z nią, co tylko będziemy chcieli. Będziemy ją dymać. Będziemy ją torturować. Będziemy ją bić. Zabijemy ją.
Chcę, żebyś o tym wiedział – dodaje Ryder i wstaje, zapinając
po drodze niebieski garnitur. Odruchowo zbiera do tyłu perfekcyjne włosy i częstuje Roba rzeczowym uśmiechem.

– Będziemy w kontakcie. – Odwraca się i kieruje do wyjścia.

Kenzo odkleja się od ściany i chowa do kieszeni kostki.

– Nie krępuj się, jeżeli będziesz chciał sobie zagrać.

Jeszcze bardziej się śmieję, kiedy Garrett puszcza szyję Roba, całkiem po przyjacielsku klepiąc go nożem po policzku. Ja natomiast przysuwam się znowu do twarzy tamtego, chcę, żeby spojrzał w oczy człowieka, który zdemoluje jego córkę. Kiedy z nią skończę, nie zostanie nawet tyle, żeby ją pochować.

– Zrobię to tak, żeby krzyczała, mogę to nawet dla ciebie nagrać.

– Diesel! – woła Ryder, stojąc w drzwiach gównianego małego domku z piętrem, który odwiedziliśmy.

Nachylam się i przysuwam usta do ucha mężczyzny.

– Dam ci znać, czy doszła przed czy po tym, jak podetnę jej gardło – szepczę, a potem gwałtownie przysuwam się i odgryzam mu płatek ucha.

Krzyczy, a ja ryczę ze śmiechu, wypluwając mu mięso i krew na piersi, a potem odwracam się do wyjścia, pogwizdując sobie i czując, jak metaliczny posmak wypełnia mi usta i skapuje po podbródku.

– Jesteś stukniętym sukinsynem – utyskuje Garrett.

– Ty też, bracie, a teraz chodźmy wziąć naszą nową zabawkę! – oświadczam, nagle w dobrym nastroju, mając przed sobą perspektywę tortur.

Rob powinien się był domyślić, całe miasto powinno to wiedzieć…

Jeżeli pogrywasz sobie ze Żmijami, nadziejesz się na kły.

Ta biedna dziewczynka nie wie, co ją czeka…

ROZDZIAŁ 2

ROXY

– Już dobrze, dobrze, rozumiem. Jesteś najładniejszym motylem na motylej farmie. – Z powagą kiwam głową, trzymam Henry'ego za rękę i ciągnę, żeby się pochylił, pomagając mu wsiąść do taksówki. – Do zobaczenia jutro, Henry. Postaraj się nie zakrztusić własnymi wymiocinami. – Chichoczę cicho, kiedy zatrzaskuję drzwi. Podchodzę do kierowcy, wręczam mu pieniądze i podaję adres Henry'ego.

Jest stałym bywalcem, przychodzi tu co wieczór. Spytałam go kiedyś, dlaczego pije. Szczerze, nie spodziewałam się odpowiedzi. Córka biednego skurczybyka zginęła kilka lat temu. Zamordowali ją. Od tego czasu topi smutki w alkoholu, a ja dbam o to, żeby bezpiecznie dotarł do domu. Może i jest pijakiem, ale mam do niego słabość. Widzę ból w jego oczach, a każdy ojciec, któremu tak bardzo zależy na córce, jest dobrym człowiekiem. Ale może przemawia przeze mnie kompleks mojego własnego taty.

Odwracam się w stronę baru i uśmiecham szeroko na jego widok. Nie ma za bardzo na co patrzeć, ale jest cały mój. Nad drzwiami, które pamiętają lepsze czasy, wisi napis „Roxers" wypisany jaskrawymi ledowymi literami. Bez dwóch zdań jest to speluna w marnym stanie, ale też naprawdę niezłe miejsce, żeby się napić. Z zewnątrz wygląda jak jakaś stara chałupa zbudowana z drewna i niedopasowanych cegieł. Otulona jest na całej długości werandą, na której palą klienci, a z przodu ma miejsce na zaparkowanie motorów. Para wahadłowych drzwi nie jest teraz zamknięta, a przez brudne okna nie da się zajrzeć do środka.

Przychodzą tu wszelkiej maści typy – kierowcy ciężarówek, motocykliści, przestępcy. Każdy jest mile widziany. Jest tylko jedna reguła – nie rozbijać pieprzonych mebli. Jest to stara zasada, wprowadzona jeszcze zanim zostałam właścicielką, ja tylko utrzymałam tę tradycję. Piaszczyste miejsce do parkowania jest puste, jeśli nie liczyć mojego poobijanego podrasowanego samochodu, który wygrałam w zakładzie. Wracam do środka, wyłączając neon, żeby wszyscy wiedzieli, że już zamknięte.

Jest wcześnie rano, zaraz zacznie wschodzić słońce. Będąc właścicielką baru, staję się chyba nocnym stworzeniem, zresztą zawsze wolałam noc i wszystkie uciechy, jaką ze sobą niesie. Z westchnieniem zbieram do tyłu moje srebrzyste włosy, zawiązuję je w kucyk i zaczynam zamykać. Wysłałam Travisa wcześniej do domu, bo jego babcia jest chora i potrzebuje pomocy, więc teraz ja muszę posprzątać. Biorę jedno z krzeseł nie do pary i kładę na stole, a potem zbieram szklanki, ile tylko daję radę chwycić.

Idę na zaplecze, mijając stoły do bilarda i tarcze do gry w rzutki, i wchodzę po schodkach w lewo. Pchnięciem biodra otwieram drzwi do kuchni i opłukuję szklanki, zanim wstawię je do zmywarki. Wyłączam światło w kuchni i wracam do sali barowej, żeby umyć podłogę mopem – i tak będzie się lepić od brudu, tak że nie chciałoby się po niej chodzić na bosaka, ale taki mam zwyczaj.

Po lewej mam stary bar, blat jest zrobiony z kapsli po piwie zalanych żywicą, to prezent. W tej chwili nie ma na nim butelek, a stołki nie do pary stoją przy nim puste. Na starych, drewnianych półkach stoją wszelkiego rodzaju mocne alkohole, jakie tylko można sobie wyobrazić, a kegi czekają, żeby je napełnić.

Zrobiłam już porządek za barem i z kasą, kiedy Henry udawał, że jest motylem, więc nie za dużo zostało mi do roboty, zanim padnę na łóżko. Kurwa, muszę znaleźć nowego barmana. Ale trudno znaleźć kogoś z doświadczeniem, kto zagrzeje tu miejsce na dłużej. Wszyscy albo mają niewyparzony język, albo wpadają w złe towarzystwo. Tak, ludzie, tu nie da się znaleźć dobrego kandydata z ogłoszenia w sieci.

Ostatni, którego mieliśmy, wylądował w więzieniu za morderstwo. Takie to już jest miejsce. Chociaż muszę przyznać, że brakuje mi tego starego sukinsyna, nieźle przycinał w pokera. Zatrzymuję się, mijając drzwi, i słyszę, jak trzaskają za moimi plecami.

Oto w moim barze stoi czterech potężnych mężczyzn. Knykcie u rąk i szyje mają pokryte tatuażami, jeden ma nawet ogoloną głowę. Podejrzane typy, ma się rozumieć, ale tacy tu zwykle przychodzą. Ubrani są cali na czarno i patrzę na nich gniewnie, szybko ich taksując.

– Zamknięte – mówię w nadziei, że zrozumieją aluzję.

Pieprzone niedbalstwo, że też nie zamknęłam drzwi na klucz. Tak to się kończy, kiedy nalewasz piwo za barem i rozdzielasz bijatyki przez czternaście dni z rzędu. Rozpaczliwie potrzebuję dnia odpoczynku, a teraz te dupki wparowują tu, jak gdyby byli właścicielami tej meliny.

Jeden z nich strzela palcami, a wszyscy znacząco się do mnie uśmiechają. Jeżeli sądzą, że mnie wystraszą, powinni to przemyśleć. Pijam piwo z ludźmi, przy których ci kolesie zlaliby się w spodnie, i zwykle to oni pierwsi kończą pod stołem.

Wszyscy znają Roxers i wszyscy znają mnie… i wiedzą, żeby ze mną nie pogrywać. Nie bez powodu przezywają mnie Hulaką, wcale nie dlatego, że biorę udział w seksprzyjęciach. Przybliżam się do baru i wsuwam rękę na drugą stronę, dotykając gładkiego drewna mojego niezawodnego kija baseballowego, suczej plomby.

– Powiedziałam, że zamknięte. Lepiej spadajcie, chłopaki.

– Że co? – Jeden z nich się stawia i robi krok do przodu. Sukinsyn ma bliznę przecinającą powiekę. – Bo zawołasz pomoc? – Śmieje się, a pozostali się dołączają.

Przewracam oczami, wyciągam kij i kładę go na ramieniu.

– Nie, potrzaskam wam pieprzone kolana i wyrzucę was na zewnątrz jak śmieci, którymi jesteście. A teraz ostatnie ostrzeżenie – bar jest zamknięty.

Znowu wymieniają się spojrzeniami.

– Czy ta pindzia mówi poważnie?

– Pindzia? – warczę cicho i jadowicie, podchodząc bliżej. – Nazwałeś mnie pindzią?

Oczywiście ignorują mnie, więc zaciskam dłoń na kiju. Ten kutas dostanie pierwszy. Nikt nie będzie mi ubliżał w moim własnym barze, to po prostu niegrzeczne.

Kiedy zbliżają się, wciąż dyskutując, jak najlepiej mnie złapać, odchylam się i z całą siłą uderzam kijem w kolana tego dupka. Osuwa się na podłogę, a z jego gardła dobywa się krzyk, gdy częstuję go uśmieszkiem z wysokości niespełna metr siedemdziesiąt – no, metr siedemdziesiąt pięć w butach motocyklowych.

– Chcesz jeszcze raz nazwać mnie pindzią?

– Kurwa, łapcie ją! – charczy, więc kopię go w jaja tak, że pada z krzykiem na plecy, a ja odwracam się do pozostałych, uchylając się przed ich wyciągniętymi po mnie rękoma.

Odchylam kij i walę jednego z nich prosto w kutasa, a on upada ciężko, więc unoszę kolano i walę go w nos, słysząc trzask, gdy pęka jak brzoskwinia. Kurwa, teraz mam krew na podłodze. Dopiero co ją umyłam!

Już rozzłoszczona, wywijam kijem jak opętana, a pozostali dwaj uchylają się i kucają, próbując uniknąć moich ciosów. Jeden z nich wpada na stołek, rozbijając go swoim gigantycznym cielskiem. Zamieram w bezruchu, mrużąc groźnie oczy, a on odsuwa się do tyłu.

– Czy właśnie połamałeś mi stołek? – syczę.

Przełyka ślinę, a ja rzucam się na niego z okrzykiem wojennym niczym z filmu *Braveheart*. Walę go kijem, aż stęka. Wyprowadza cios pięścią, kiedy przyklękam, żeby dosięgnąć jego twarzy. Trafia mnie w szczękę, głowa odskakuje mi na bok, a usta wypełnia krew.

Ogarnia mnie zabójczy szał.

Odwracam się powoli, piorunuję go wzrokiem i gość już wie, że spieprzył sprawę. W tym momencie obejmują mnie od tyłu czyjeś ramiona i stawiają na nogi. Walę głową w tył i trafiam kolesia w szczękę, staję mu obcasem na stopie, a łokciem uderzam w krocze i uwalniam się z jego uścisku, słysząc, jak jęczy z bólu.

Dzięki, *Miss Agent*.

Prostuję ręce, trzymając kij baseballowy, robię zamach i walę go prosto w twarz. Od siły mojego uderzenia leci do tyłu, lądując na podłodze, a budynek prawie drży w posadach. Nie podnosi się. Został jeszcze jeden. Odwracam się do faceta, który połamał mi stołek. Właśnie podnosi się na nogi, więc podcinam go kopniakiem i uderzam kijem przez plecy.

Osuwa się do przodu, a ja tłukę go w tył głowy. Pogwizdując, rozglądam się dokoła i widzę, że pierwszy koleś próbuje wstać, więc rzucam w niego kijem, który – jak wskazuje jego nazwa – nokautuje skurwiela. Jest nieprzytomny.

Stąpam przez cały ten bałagan i leżące ciała, biorę swój kij i wycieram go o koszulę gościa, a potem kładę na najbliższym stoliku. Opieram ręce na biodrach i wzdycham na widok pobojowiska, jakie mam przed sobą. I jak mam ich teraz wyrzucić na zewnątrz?

Zrezygnowana, chwytam jednego z nich za kołnierz i zaczynam ciągnąć, ale sukinsyn jest duży, więc zabieram się najpierw za mniejszego. Nachylam się, łapię go dłońmi pod ramiona i sapiąc, tarmoszę w kierunku drzwi.

Które właśnie otwierają się na oścież.

Unoszę głowę, zdmuchując włosy z twarzy, i puszczam gościa, którego próbowałam zaciągnąć do drzwi. Stoi w nich Travis z otwartymi ustami. Wciąż ma na sobie czarną koszulkę Roxers, wsuniętą w niebieskie dżinsy, oraz wysokie buty, a jego zwodniczo szczupła sylwetka dygoce z zimna. Zgarnia niebieskie włosy z czoła i wpatruje się we mnie zielonymi oczami.

– Jezu, Roxy, co, do kurwy, się stało?

– Ten nazwał mnie pindzią, ten połamał mi mebel, a pozostali dwaj mi się nie spodobali. – Wzruszam ramionami, ścierając ramieniem pot z czoła. – A ty co tu robisz?

– Zapomniałem kluczy – mruczy, patrząc na moją robotę.

– Dobra, pomożesz mi wyrzucić tych dupków na zewnątrz. – Uśmiecham się, a on kręci głową.

– Z tobą nigdy się człowiek nie nudzi, kotku. – Kładzie torbę

i idzie w moją stronę. Z jego pomocą wyrzucenie ich na uliczkę
na tyłach lokalu zajmuje mi zaledwie pięć minut. Otrzepując ręce,
wracam do środka i tym razem pamiętam, żeby zamknąć drzwi
na klucz, a potem dzwonię na posterunek policji. Powiem im,
co się stało i gdzie są ci goście, chociaż pewnie wystraszą się syren
i uciekną… jeżeli do tego czasu oprzytomnieją.

Travis unosi do góry palec, pokazując mi swoje klucze,
a ja opieram się o bar.

– Dasz sobie radę? – mówi.

Potakuję skinieniem głowy i macham mu na pożegnanie,
a kiedy w końcu ktoś odbiera telefon, przekazuję informacje
i rozłączam się, ignorując pytania, którymi mnie zasypują.

– Pewnie, pozdrów ode mnie babcię. Wezmę prysznic i idę
spać.

– Do zobaczenia jutro, kotku – prycha, kiedy wychodzi.

Zamykam za nim drzwi, zasuwając zasuwy i zakładając łańcuchy, po czym przechodzę koło baru i gaszę światła. Włączam
alarm i ruszam korytarzem, mijając biuro i toalety, a potem idę
po schodach na zapleczu do swojego mieszkania nad barem,
gdzie mieszkam, odkąd skończyłam siedemnaście lat.

Naprawdę potrzebuję dnia wolnego.

ROZDZIAŁ 3

RYDER

Przeglądam terminarz na jutrzejszy dzień, kiedy dostaję telefon. Po chwili odkładam smartfon na biurko, unoszę głowę i wbijam wzrok w Garretta, który ugniata sobie popękane knykcie, siedząc na krześle po drugiej stronie.

– Zamknęli twoich kolesi.

Budzi to jego zainteresowanie. Zdejmuje brudne buty z mojego biurka, zostawiając trochę błota, na co marszczę brwi.

– Co? – warczy.

Odchylam się do tyłu na fotelu i składam dłonie palcami do góry.

– Wygląda na to, że córce Roba udało się ich wyrolować, całkiem zdrowo ich stłukła i dopilnowała, żeby zostali aresztowani.

Mruga i tylko patrzy na mnie przez chwilę.

– Chyba, kurwa, żartujesz? Drobna dziewczyna stłukła moich ludzi? Czterech moich ludzi, do kurwy nędzy?

– Tak – odpowiadam unosząc brwi.

– Ja pierdolę.

– No właśnie. – Kiwam głową. – Jeżeli chcesz coś dobrze zrobić, musisz to załatwić samemu. Wyciągnij ludzi z paki, jutro po południu złożymy… – podnoszę kartkę z informacjami na jej temat – Roxxane wizytę.

Garrett kiwa głową, klnąc, kiedy wychodzi, żeby zająć się tą sprawą. Nachylam się, zmiatam zostawiony przez niego brud i wracam do mojego kalendarza, ale jestem rozkojarzony z powodu tego telefonu. Ktoś musiał jej pomóc. Nieważne, dorwiemy ją sami. Nikt nie wywinie się z naszych szponów.

Drzwi mojego biura znowu się otwierają i z westchnieniem odchylam się do tyłu. Dlaczego nikt nie puka? W moją stronę sunie Kenzo, jego palce zwinnie przesuwają się po telefonie, jak na takiego dużego mężczyznę.

– Właśnie wysłałem ci informacje na temat tej dziewczyny. Zebrałem tyle, ile się dało. Popytałem też trochę tu i tam – mówi pod nosem, spoglądając na mnie.

Mój telefon brzdąka, ale ignoruję to.

– No i?

– Wygląda na to, że córka Roba ma niezłą renomę. Ma na imię Roxy, jest właścicielką tej speluny po drugiej stronie miasta, tak jak mówił. Mnóstwo sukinsynów chyba nawet boi się tej dziewczyny, inni ją szanują. Nie będzie łatwym kąskiem.

– Nic wartego zachodu nigdy nie jest łatwe. – Wzdycham, podnoszę telefon i przeglądam informacje. Dwadzieścia cztery lata, metr sześćdziesiąt pięć. Popielate włosy, brązowe oczy. Jej historia kredytowa jest szokująca, są też jakieś zastrzeżone dokumenty z czasów, kiedy miała siedemnaście lat. Będę musiał poprosić o nie Garretta. Przeglądam informacje bankowe i pozostałe rzeczy, które zebrał, przesuwając kciukiem po wyświetlaczu, aż wreszcie docieram do jej zdjęcia.

Serce zaczyna mi bić szybciej, a krew napływa gwałtownie prosto do kutasa, który drga mi w spodniach.

– No właśnie. – Kenzo prycha. – Myślisz, że dlaczego nie wysłałem ci tego w wiadomości tekstowej? Chciałem zobaczyć, jak zareagujesz. Założę się, że nie spodziewałeś się, że córka Roba będzie taką laską.

– Zupełnie – mruczę z roztargnieniem. Laska to za mało powiedziane. Ona, kurwa, jest oszałamiająca. Ciemne oczy, bystre i przydymione. Duże, mięsiste czerwone usta. Wysokie łukowate kości policzkowe i brwi. Krótkie, sięgające do ramion, nienaturalnie srebrzyste włosy, które pasują do jej bladej cery. Mój wzrok przykuwa jej dekolt w koszulce bez rękawów AC/DC, którą miała na sobie, kiedy robiono to zdjęcie.

Fantastyczna.

Kiedy wpatruję się w fotografię, nie mogę właściwie wydobyć z siebie głosu, ale w końcu przesuwam ją. Tak jest łatwiej, bo ona przyciąga wzrok. Mrugam, napotykam roześmiane spojrzenie Kenzo i widzę, jak dyskretnie zmienia pozycję.

– Wiem, brachu, prawo pierwszeństwa.

Wbijam w niego spojrzenie.

– Skupmy się na nagrodzie, braciszku.

– O, jak najbardziej, nie musisz się o to martwić, bo tą nagrodą jest Roxy – rzuca, a ja wzdycham. Zawsze, gdy Kenzo się na coś uprze, dostaje to. Nie trzeba obstawiać, co planuje zrobić z Roxanne.

Ale ona jest środkiem do celu, ostrzeżeniem, że z nami się nie pogrywa. Ktoś z nas musi zachować jasność umysłu i jak zwykle jestem to ja.

– Jutro, Kenzo. Myśl głową, a nie chujem, dopóki jej tutaj nie ściągniemy.

– A potem? – pyta.

– Potem możesz z nią zrobić, co chcesz. W końcu jest nasza. Chociaż sugerowałbym, żebyś trzymał ją z dala od Diesela. – Śmieję się.

On też się uśmiecha, niezbyt ładnie.

– No pewnie, ona jest dokładnie w jego typie. Biedna dziewczyna, spaliłby ją na skwarkę, zanim zdążyłaby przekroczyć drzwi.

Kiwam głową.

– Pewnie tak, chociaż podejrzewam, że najpierw zabawiłby się z nią po swojemu.

– Ciekaw jestem, czy Garrett też. – Kenzo duma i nastrój siada.

– Może, jeżeli ona potrafi odegrać dziewczę w opałach. On łapie się na to. Tylko tym razem mógłby nie pozwolić się prawie zniszczyć. – Wzdycham.

Kenzo przytakuje i zaciska pięści na wspomnienie o tym, jak o mało nie straciliśmy naszego brata. To się nie powtórzy, dlatego ja zachowam trzeźwość umysłu, nawet gdy inni będą myśleć chujami. Może i jest atrakcyjna, ale nie jest warta utraty mojej rodziny. Ładną cipkę mogę sobie znaleźć wszędzie i nie muszę jej kupować, żeby zaciągnąć ją do łóżka.

– Będę miał na niego oko – proponuję, żeby udobruchać brata. – Rano mamy spotkanie z Triadą w sprawie paktu. Potrzebuję Garretta i ciebie.

– A nie Diesela? – pyta Kenzo poważnie.

– Jeszcze nie; chcę ich wystraszyć, a nie zabić. Mam nadzieję, że uda nam się to szybko załatwić. Przechwytują nasze przesyłki, co psuje nam interesy. Nie podoba mi się to.

– Rozumiem, szefie. – Kenzo kiwa głową. – Spróbuj się trochę przespać. Zaczynasz wyglądać na swój wiek, staruszku – droczy się i odwraca, żeby wyjść.

– Uważaj, co mówisz, braciszku. Ciągle mogę skopać ci tyłek – ostrzegam, wzbudzając u niego śmiech.

Kręcę głową i znowu spoglądam na zdjęcie w telefonie, mój palec spoczywa tuż pod jej ustami. Będą z nią kłopoty, czuję to. Ale Żmija nigdy nie wycofuje się z transakcji, Roxanne jest teraz nasza. Miejmy nadzieję, że nie spowoduje zbyt wielu problemów, szkoda byłoby zabijać taką piękną kobietę.

Odkładam telefon na biurko, wstaję i przeciągam się. Kenzo ma rację. Potrzebuję snu. To już dwa dni, a chcę być w formie na jutrzejszym spotkaniu. Z głową zajętą planami biznesowymi wsuwam telefon do kieszeni i wychodzę z biura. W korytarzu dopada mnie dudnienie muzyki Diesela, więc idę do sypialni zamiast do salonu.

Jutro jest nowy dzień. Przyjdziemy po ciebie, Roxanne.

ROZDZIAŁ 4

ROXY

Kurwa, jest za wcześnie. W głowie mi łomocze, kiedy znowu włącza się budzik. Ciskam ten stary głupi zegar na koniec pokoju i zatapiam twarz w poduszce, dostrzegając na niej smugi makijażu, którego nie pofatygowałam się zmyć wczoraj wieczorem, gdy wczołgałam się do łóżka po lufce Jacka.

Ale budzik znowu się włącza, a dzięki mojemu na wpół uśpionemu mózgowi leży teraz po drugiej stronie pokoju. Zsuwam się z łóżka, podpełzam do niego i rozbijam o podłogę, stękając, gdy rozpada się na kawałki. Ale przynajmniej hałas cichnie. Przewracam się na plecy, ubrana tylko w majtki i podkoszulek bez rękawów, a potem zastanawiam się, czy nie zadzwonić po Travisa, żeby dzisiaj otworzył i obsłużył porę obiadową.

On też ma jednak dużo na głowie, więc spada to na mnie. Z poczuciem przegranej gramolę się na nogi i włączam radio, z którego dudni rockowa muzyka, kiedy idę pod prysznic. Po drodze rozbieram się, włączam wodę i czekam, aż się ogrzeje. Marszczę brwi i spoglądam na gmatwaninę, jaką są moje włosy, ale tylko wzruszam ramionami i zawiązuję je w wysoki kok. Na pewno nie będę myła tego szczurzego gniazda, za dużo czasu to zajmuje. To dlatego szampon w proszku jest najlepszym przyjacielem każdej dziewczyny.

Biorę szybki prysznic, szorując sobie pokrytą tatuażami skórę. Przypomina mi to, że w przyszłym tygodniu mam kolejną wizytę u Zeke, żeby dokończyć róże na biodrze i symbol mandali. Rękaw na moim lewym ramieniu jest skończony, a zajął cztery ośmiogodzinne sesje. Ale warto było, nie przeszkadzał mi ból. W rzeczywistości, przyznaję przed sobą, nawet to lubię. Zwłaszcza z rąk przystojniaka, który to robi.

Zakręcam wodę, wychodzę z prysznica i owijam ciało puchatym ręcznikiem, a potem myję zęby i nakładam krem. Udaje mi się przeciągnąć szczotką przez włosy i w końcu układają się ładnie i prosto po tym, jak traktuję je cholerną ilością suchego szamponu. Więcej czasu poświęcam na makijaż, używając mojej szlagierowej czerwonej szminki oraz ciemnej kredki do oczu i cienia do powiek, które uwydatniają moje brązowe oczy. Niektórzy nazywają mnie typową rockową cizią, kurwa, mam nawet kolczyki na ciele do pary z tatuażami i makijażem.

To się zaczęło jako rodzaj buntu, sposób na to, żeby wkurzyć tego palanta mojego ojca, zanim uciekłam. Potem stopniowo zaczęłam uwielbiać taki wygląd, a teraz? Teraz to po prostu jestem ja. Ale wystarczy tego odgrzebywania duchów z przeszłości przed śniadaniem. Pozwalam zsunąć się ręcznikowi na podłogę i idę z powrotem do sypialni, żeby się ubrać. Zakładam czerwony, zapinany z przodu stanik i pasujące do niego majtki. Moja jedyna słabość… no właśnie, to i ciuchy z zespołami.

Dorzucam podpisaną koszulkę z trasy koncertowej The Killers i zawiązuję ją z boku, a potem wskakuję w jakieś obszarpane czarne szorty i moje niezawodne buty motocyklowe na obcasie. Jeszcze raz sprawdzam w lustrze, jak wyglądam, zgarniam klucze i wychodzę, zamykając za sobą drzwi. Stąpam głośno po schodach na dół i włączam światła w barze.

Przechodzę przez kuchnię i sprawdzam uliczkę na tyłach, ale wygląda na to, że tych dupków z wczorajszego wieczoru zabrali. Zastanawiam się, kim byli, ale to nie był pierwszy raz, kiedy mi ktoś podskakiwał. I założę się, że nie ostatni. Zostawiam tylne drzwi otwarte dla Kucharza i wracam do frontowej sali.

Włączam szafę grającą i zabieram się za uzupełnianie zapasów i sprzątanie, wkurzona jak cholera, kiedy muszę wyrzucić połamany stołek. Jedna pieprzona zasada. Podskakiwać mi, rozumiem, ale rozbijać meble? Kurwa, niefajnie.

W samą porę słyszę charakterystyczne dudnienie motoru Kucharza, kiedy parkuje z tyłu, i wywołuje to uśmiech na mojej twarzy. Przynajmniej wiem, że mnie nakarmi… nie to co Truck, który pracuje w weekendy, sukinsyn jest bardziej oziębły od węża, nawet dla mnie, a przecież płacę jego rachunki i zatrudniam jego dupsko byłego więźnia.

Witam się z Kucharzem w drzwiach na zapleczu, uśmiechając się do niego słodko, gdy zsiada ze swojego harleya. Stęka.

– Niech zgadnę, kiełbaski z ketchupem?

– Jesteś kochany. – Posyłam mu całusa, ale on zatrzymuje się jak wryty, widząc połamany stołek leżący na ziemi.

Powoli podnosi głowę i otwiera szeroko oczy.

– Kurwa, czy on nie żyje?

– Co? – pytam, zbyt zmęczona na takie gadki.

– Człowiek, który połamał ten stołek? – dopytuje się poważnie, wywołując mój śmiech.

– Chciałby, nie martw się.

Kucharz chichocze i klepie mnie po ramieniu.

– Rich byłby z ciebie dumny, dzieciaku. No idź, otwieraj, a ja zrobię ci coś do jedzenia.

Serce mi pęka na wspomnienie Richa, ale otrząsam się z tego i już wesoło uśmiechając się do Kucharza, idę do frontowej części. Kiedy dolatuje mnie zapach smażącego się mięsa, już wszystko mam zrobione i jestem gotowa, więc gdy Kucharz przeciska się przez drzwi, żonglując dwoma talerzami, prawie padam na kolana i modlę się do niego.

Tędy prowadzi droga do mojego serca, przez jedzenie… a może tylko do moich majtek. Siadamy przy jednym ze stolików i z łokciami przyklejonymi do drewnianego blatu pożeram śniadanie, gdy słyszę pukanie do drzwi.

– Oho, to do ciebie, dzieciaku – mamrocze Kucharz z pełnymi ustami, biorąc oba talerze i idąc z powrotem do kuchni. Z westchnieniem maszeruję do drzwi i energicznie je otwieram.

– Wywieszka mówi, że zamknięte, dupku – warczę, a potem przewracam oczami, widząc, kto stoi po drugiej stronie. – Fred.

– Naprawdę nie powinnaś tak się odzywać do glin. – Uśmiecha się i spogląda mi za plecy. – Wpuścisz mnie do środka, Rox?

– Nie – rzucam, krzyżując ramiona. – O co chodzi? Niczego nie słyszałam ani nie widziałam, zanim spytasz.

Unosi brwi, a jego palce wędrują ku sprzączce u spodni.

– Jeszcze nawet nic nie powiedziałem.

– No dobrze, wiem, o co chcesz spytać. Nie pieprzę się z moimi klientami, więc nie. Nie znam ich, nie wiem, gdzie mieszkają, i bez kitu nie wiem, czy to zrobili.

Kręci głową.

– Nie po to tu jestem. Tym razem chodzi o tych kolesi z wczorajszej nocy.

– Ach, złapaliście ich? – pytam, temperując odrobinę moje defensywne podejście.

– Złapaliśmy, ale już po dwóch godzinach wyszli za kaucją. Wysoko postawieni znajomi, jeżeli rozumiesz, co mam na myśli. Nie wiem, z kim zadarłaś, ale jeśli szef mi mówi, żebym trzymał się od nich z daleka, to robię, jak mi każą. Ty też powinnaś.

– Poczekaj, wpłacono za nich kaucję? Kim, do kurwy, są ci goście? Myślałam, że to zwykłe szumowiny.

Krzywi się.

– Najwyraźniej nie. Wkurzyłaś kogoś, Rox. Lepiej dowiedz się kogo, zanim będę sprzątał twoje zwłoki z ulicy. A jeszcze lepiej wyjedź. Samolotem, jeżeli chcesz mojej rady. Miłego dnia. – Kiwa głową, rozgląda się wokoło, a potem biegnie do swojego samochodu.

Kurwa. Rozglądam się dokoła jak ten paranoiczny gliniarz, zatrzaskuję drzwi i zamykam je na klucz, opierając się o nie plecami. *Uspokój się, Rox, bywało gorzej. Ktokolwiek to jest, próbuje tylko cię nastraszyć… ale jeżeli boją się go gliny i ma ich w kieszeni?*

Ma rację, to ktoś wysoko postawiony.

Może faktycznie najlepiej byłoby wyjechać, ale kurwa, to jest mój dom! Mój cholerny bar. Nie. Kręcąc głową, odsuwam się od drzwi. Nikt mnie stąd nie wykurzy, wysoko postawiony czy nie.

Podchodzę do baru, nalewam sobie lufę i szybko wychylam, a potem uderzam szklanką o drewno. *Pozbieraj się, Rox, żaden człowiek nie zmusi cię do ucieczki.* Raz to zrobiłam i nigdy więcej. To jest moje życie i albo się postawię i będę walczyć, albo zginę. Nie ma innych opcji.

Łykam jeszcze jedną lufę, a potem podkręcam głośniki tak,

żeby muzyka dudniła w całym barze, i otwieram drzwi. Jest pora otwarcia i czy coś mi zagraża czy nie, muszę pracować.

Ale popytam potem, zobaczę, czego się dowiem. Jeżeli ktoś coś wie, to właśnie ludzie, którzy tu przychodzą, żeby zapijać ciemności.

Później jestem zajęta, lokal się zapełnia i nie mam czasu myśleć, do czego komuś jestem potrzebna. Zamawiają głównie jedzenie z piwem, więc właśnie nalewam szklankę, kiedy otwierają się drzwi i pojawia się w nich czterech nieznajomych.

Czterech ludzi, którzy zdecydowanie tu nie pasują.

ROZDZIAŁ 5

GARRETT

Przed nami siedzi Triada. No dobrze, jeden z członków Triady. Nigdy bowiem wszyscy trzej przywódcy nie przebywają w jednym miejscu o tym samym czasie. Sprytne rozwiązanie. Trzymając pięści za plecami, odgrywam rolę dobrego małego ochroniarza, taka taktyka zastraszania. Jestem dużym sukinsynem, więc wykorzystuję to. Moja reputacja z ringu wyprzedza mnie, nawet jeśli nie wiedzą, że jestem jedną ze Żmij.

Tak właśnie lubię.

Nie chcę zwracać na siebie uwagi, bo dzięki temu mam wstęp do różnych miejsc i mogę się dowiedzieć rzeczy, których bym inaczej nie usłyszał.

– Jesteście tu, żeby wszystko nam oddać? – Ten pewny siebie sukinsyn częstuje nas uśmieszkiem, jego mięsiste policzki unoszą się w obrzydliwy sposób, poruszając blizną biegnącą przez całą twarz.

Ryder chichocze, wygląda na rozluźnionego, rozsiadając się na krześle naprzeciwko tamtego. Jesteśmy jedynymi gośćmi w restauracji, neutralnym miejscu na spotkanie. Nie będzie dzisiaj przelewu krwi… zwłaszcza że D jest nieobecny.

– Nie, jestem tu po to, żeby dać wam szansę zwrócenia nam naszych przesyłek, po czym rozejdziemy się każdy w swoją stronę jako znajomi – grzmi.

Zadowolenie znika z twarzy mężczyzny i czuję, jak Kenzo uśmiecha się obok mnie, kiedy obaj stoimy za krzesłem Ry. On potrafi robić wrażenie na ludziach.

– Wszyscy zginiecie. To my rządzimy tym miastem – warczy Triada.

Ryder niedbale popija wino, a potem znowu spogląda na tamtego.

– Jesteście właścicielami skrawka ziemi poza granicami miasta. Owszem, kiedyś byliście bogaci i potężni, ale już nie jesteście. Rozgniotę was jak pluskwę. Pamiętajcie o tym, gdy spłoniecie razem ze swoimi ludźmi. Pamiętajcie tę gałązkę oliwną, którą do was wyciągnąłem. – Wzdycha i wstaje, zapinając marynarkę. Aby dolać oliwy do ognia, rzuca na stół pieniądze za rachunek. – Ja stawiam. Wiem, że macie dołek finansowy, nie chciałbym, żebyście splajtowali jeszcze przed tym, jak was zniszczę.

Nie mówiąc nic więcej, Ryder odwraca się do nas, jego oczy są ciemne i pełne triumfu. Czekam, bo w każdej chwili…

Bum.

Triada wstaje z grymasem na twarzy.

– Jesteście dzieciakami! Nie umiecie grać w tę grę! Moja rodzina rządziła w tym mieście, zanim się pojawiliście! – ryczy.

Ryder spogląda na niego przez ramię.

– Tak było, ale już nie jest. Musicie iść z duchem czasu albo zginiecie.

Razem z Kenzo żegnamy się w jego imieniu. Idę ostatni,

a Kenzo ochrania tyły Rydera. Mężczyzna dygocze, więc rozsuwam skórzaną kurtkę i pokazuję mu spluwę.

– Nie radzę – warczę i kiedy mam pewność, że nie strzeli, odwracam się plecami.

To ryzykowne, bo mógłby mnie dźgnąć nożem albo do mnie strzelić, ale w ten sposób właśnie pokazuję mu, jak mało się go boimy. Klnie i słyszę tłuczone szkło, co wywołuje u mnie uśmiech. Przed końcem miesiąca będą nasi. Nic nam nie może przeszkodzić – nie, jeżeli Ryder się uweźmie.

A ten człowiek właśnie znieważył Rydera i naszą rodzinę. Oni są już trupami, tylko jeszcze o tym nie wiedzą. Mężczyzna jednak nie atakuje, poszedł po rozum do głowy. Rzucił wyzwanie i teraz będzie musiał ponieść konsekwencje.

Wychodzę z restauracji, zakładam ciemne okulary i wskakuję na motor, a Kenzo zamyka drzwi po stronie Rydera i wsiada na miejsce kierowcy. Kiwam głową i naciągam kask. Już czas. Mamy dług do odebrania.

Pędzimy przez miasto z powrotem do wieżowca Viper Industries. Jadę z rykiem ulicami, lekceważąc ograniczenie prędkości – tylko wtedy czuję, że żyję – i wjeżdżam do podziemnego garażu przed Ryderem i Kenzo. Skanuję dłoń i oczy na panelu bezpieczeństwa – nigdy za dużo ostrożności – parkuję na moim miejscu i zsiadam z motocykla. Odkładam kask i postanawiam złapać D, zanim tamci tu dotrą.

Idę do windy i zjeżdżam nią na sam dół, do podziemi, o których istnieniu większość ludzi nawet nie wie. Jestem przekonany, że tam go znajdę.

Miałem rację. Diesel jest w podziemiach, które nazywa „grotą ognia". Poważnie, gdyby ten gość nie był dla mnie jak brat, byłbym przerażony. Jestem całkiem pewny, że on jest chory umysłowo, ale zawsze jest gotów nas bronić, no i jest rodziną.

Już z windy słyszę krzyki, dolatuje mnie też zapach dymu. Któregoś dnia spali cały ten cholerny budynek. Krocząc korytarzem, kieruję się tam, skąd dochodzi dźwięk heavymetalowej muzyki, i wchodzę do pomieszczenia, które zajmuje Diesel. Opieram się o ścianę, patrząc, jak nachyla się i zapala papierosa, a potem wraca do przypalania jaj wiszącemu tam mężczyźnie.

Uśmiechając się lekko, wyłączam muzykę, a on szybko obraca się z gniewnym spojrzeniem, jednak widząc mnie, się rozluźnia.

– Jak poszło spotkanie? – pyta, nie zwracając uwagi na mazgającego się mężczyznę za jego plecami. Tamten ma ślady oparzeń na całym ciele i brakuje mu kilku palców, co znaczy, że jest tu już od jakiegoś czasu.

– Świetnie, nie musimy ich jeszcze zabijać. Kto to? – pytam, wskazując głową faceta.

Diesel wzrusza ramionami.

– Pewien skurwiel, który wieszał na nas psy.

– Chyba nie zrobi tego więcej. – Śmieję się, a Diesel uśmiecha się lekko, trzymając w ustach papierosa. – Kończ to, jedziemy odebrać córkę Roba.

Jego oczy mocniej się rozjarzają. Biedna dziewczyna, kiedy dostanie ją w swoje łapy, upiecze ją.

– Dobra, sekundę. – Odwraca się do faceta i daje mu w twarz, żeby go uciszyć. – Przykro mi, kochany, nie mamy więcej czasu. Chciałbym zostać dłużej, ale mam randkę, rozumiesz?

Łapie szmatę leżącą obok i czuję w nosie ostry zapach benzyny, kiedy ją podpala. Śmiejąc się, Diesel wciska ją facetowi do ust, wyłamując mu zęby i zakrywając je dłonią, żeby nie wypluł szmaty.

– Bracie... – mówię ostrzegawczo, nie chcąc mu przerywać, bo to zwykle kończy się bijatyką. Mamy układ. Kiedy przyprowadzamy mu kogoś, może robić, co chce, ale teraz musimy ruszać.

– Dobra – warczy, chwyta pistolet zatknięty z tyłu za pasem i strzela mężczyźnie prosto w głowę, a potem odwraca się do mnie. Rusza w moim kierunku, a ja kręcę głową.

– Może byś się umył, nie chcemy, żeby umarła ze strachu... na razie. – Uśmiecham się pod nosem.

Śmieje się, chwyta szmatę i wyciera sobie krew z twarzy, a potem wypuszcza dym z papierosa.

– Chodźmy – mruczy z westchnieniem, obejmując mnie ramieniem, które z siebie strząsam. – Jakieś wieści o tej dziewczynie?

– Tylko tyle, że Kenzo, cytuję, cztery razy zwalił konia ostatniej nocy po tym, jak zobaczył jej zdjęcie.

Diesel gwiżdże, a ja kiwam głową. Żeby tak podrajcować Kenzo, ona musi być czymś, na co miło popatrzeć. To Ryder jest bawidamkiem, natomiast Kenzo od cipki zawsze woli dobry zakład albo wyzwanie.

– Ciekaw jestem, czy pozwolą mi pierwszemu ją mieć...

– Wątpię. Zabiłbyś ją, więc prawdopodobnie będziesz ostatni – mruczę, kiedy docieramy do windy i jedziemy na górę, gdzie czekają Ryder i Kenzo.

– Kurwa, dobra. – Ożywia się po chwili i rzuca peta na podłogę. Gaszę go butem, żeby nie było z tego pożaru. – Założę się, że i tak potrafię sprawić, że będzie krzyczała.

– Nie wątpię, zwłaszcza jeżeli zajmiesz się z nią tak, jak to robisz ze swoimi zabawkami – odpowiadam, kiedy otwierają się drzwi, wypuszczając nas do garażu.

Są tam Kenzo i Ryder, a kiedy widzą mnie z D, uśmiechają się lekko.

– D, jedziesz z Garrettem, my potrzebujemy miejsca dla niej.

D pociera dłonie, a Ryder wbija w niego wzrok.

– I bez wariackich wyczynów, nie chcę znowu was wyciągać z pieprzonego wraku, który spadł z mostu, bo myśleliście, że możecie sobie skoczyć.

D przewraca oczami, a ja się śmieję.

– Ja będę prowadził.

– Tak, kurwa, na pewno! – krzyczy D, a potem wali mnie mocno w brzuch.

Sapiąc, wyprowadzam pięść i trafiam go prosto w bok. Pada na ścianę i obydwaj zaczynamy się śmiać.

– Panowie, chodźmy, czeka na nas dama. – Ryder uśmiecha się złowrogo. Coś mu chodzi po głowie, bez dwóch zdań.

Z mojej strony nic jej nie grozi. Nie to, że jej nie zabiję, bo zrobię to. Nie znoszę załatwiać kobiet, ale czasami muszę. To, że mają cipkę, nie oznacza wcale, że nie spróbują cię zabić. Ale nie musi się obawiać, że ją dotknę czy wezmę. Ten okręt odpłynął wiele lat temu – złości mnie nawet sama myśl o tym, że jakaś kobieta mnie dotyka.

Sprawia, że chcę w coś przywalić.

To pozostałych powinna się obawiać, bo sądząc po wyrazie oczu Rydera… on też jej pragnie. I to bardzo. Czegokolwiek Ryder chce, dostaje to. To dlatego jesteśmy tak bogaci i tak się nas boją. Kenzo wyraźnie jej chce, a Diesel? Ma obiecaną nową zabawkę.

Dziewczyna będzie miała szczęście, jeżeli przeżyje pierwszą noc.

ROZDZIAŁ 6

ROXY

Wpatruję się w czterech mężczyzn stojących w drzwiach. To nie są moi zwykli klienci. Jeden ma na sobie perfekcyjnie dopasowany do sylwetki garnitur, który jest pewnie wart więcej niż cały ten bar. Pozostali trzej wyglądają jak wredne skurwysyny. Jestem niemal pewna, że ten z tyłu jest autentycznym olbrzymem, bo pochyla głowę, żeby przejść przez drzwi.

Wszyscy są uzbrojeni, bo dostrzegam błyski pistoletów. Moi klienci też je zauważają.

Cały lokal szybko pustoszeje, krzesła szorują o podłogę i przewracają się, kiedy w pośpiechu umykają przed przybyszami. Kucharz wygląda z zaplecza, a ja wzdycham. A więc to oni, ludzie, którzy mnie prześladują.

– Kucharz, idź do domu – nakazuję, wiedząc, że dziś wieczorem już nie otworzę.

– Mądrze. – Ten w garniturze kiwa głową. Jego aż nazbyt uładzone czarne włosy są zaczesane do tyłu, wystylizowane bez zarzutu, długie na górze i krótkie po bokach, aż mam szaleńczą

34

ochotę je potargać. Jego oczy natomiast są czarne, zimne i wyrachowane. Lustrują pomieszczenie i mnie, odnotowując wszystko. Założę się, że gdybym zapytała, potrafiłby opisać wszystko w najmniejszym szczególe.

Ma wysokie i wydatne kości policzkowe, kształtną szczękę pokrytą krótkim zarostem okalającym soczyste, pełne usta. Jest wysoki, ma około metra dziewięćdziesiąt, a garnitur opina jego bujne uda i ramiona w niezwykle pociągający sposób. Jest zbyt perfekcyjny, żeby na niego patrzeć, jak model.

– To ona? – Jeden z nich szeroko się uśmiecha, wysuwając się na przód. Jego długie blond włosy są założone za uszy z kolczykami. Sponad białej koszuli, która jest częściowo wsunięta w wytarte dżinsy z rozcięciami nad czarnymi butami, wyzierają tatuaże. Ma potężne ramiona, również naznaczone tu i tam tatuażami, jego skóra jest złocista i połyskliwa, ale wygląda na typa, który nie boi się pobrudzić. Do tego jasnoniebieskie oczy, które utkwione są we mnie, ale jest z nimi coś niezupełnie w porządku.

Twarz ma bardziej kanciastą niż pierwszy facet, ale nie mniej ciekawą. Skrada się dokoła, patrząc na mnie jak głodna pantera.

– Tak – potwierdza kolejny. Ten gość ma z kolei twarz podobnego kształtu do pierwszego, ale bez zarostu. Jest starannie ogolony i ma nieco bardziej kwadratową szczękę. Włosy dłuższe na górze i podgolone po bokach, zaczesane niedbale do tyłu. Jest wyższy od pierwszego i bardziej napakowany, nie tak proporcjonalny, ale cholernie atrakcyjny.

Ostatni nic nie mówi, tylko wpatruje się we mnie swoimi ciemnymi oczami. Dostrzegam jego długie rzęsy, każda dziewczyna zazdrościłaby mu takich, ale to jest jedyna dziewczęca rzecz w jego osobie. Jest potężny, ma ramiona grubsze niż całe moje ciało, a biała koszula ściśle przylega do napęczniałych bicepsów i żylastych przedramion, wcinając się na mięśniach piersiowych i rzeźbionych mięśniach brzucha.

Ma na sobie obcisłe dżinsy, jak gdyby nie mógł znaleźć odpowiedniego rozmiaru, a jego włosy są brązowe z blond pasemkami, zaczesane niedbale na bok. Prawie każdy centymetr jego ciała pokrywają tatuaże, a w świetle pobłyskuje czarny kolczyk w wardze.

Przesuwam po nich kolejno wzrokiem, a koleś z blond włosami ciągle otwiera pokrywkę zapalniczki, wpatrując się we mnie.

– Kim jesteście? – warczę, nie chcąc się dać zastraszyć.

– Może usiądziesz? – proponuje pierwszy, a ja się śmieję.

– A może się odpierdolicie? Powiedzcie, po co przyszliście do mojego baru, albo wypierdalać stąd – rzucam.

Blondyn chichocze.

– Ooo, taka mała, a jaka zadziorna. Bardzo łatwo ją uszkodzić. – Wydyma wargi, wzdychając, jak gdybym go drażniła.

– Nie tak łatwo mnie uszkodzić, dupku. Nie zdążysz mrugnąć, jak trzasnę cię w twoją buzię ładnego chłoptasia, więc odpowiadaj na pytanie.

To nie są zbiry z wczorajszej nocy, o nie, ci ludzie są niebezpieczni i najwyraźniej wzięli mnie na celownik. Z trudem przełykam ślinę i przebiega mnie dreszcz strachu. Mężczyzna w garniturze spostrzega to, bo uważnie mnie obserwuje, i nieznacznie porusza kącikiem ust w reakcji na moje objawy paniki.

– Ona mi się podoba – oświadcza blondyn i w końcu odzywa się ten duży koleś.

– Biedactwo – nabija się.

– Roxxane, usiądź proszę – proponuje znowu pierwszy, ale wiem, że to jest żądanie.

Przyciągam więc stołek i robię, co mi każą, siadając tak daleko od nich, jak tylko się da. Kładę ręce z powrotem na bar, aby móc sięgnąć po nóż za pasem.

– Po co tu przyszliście? – powtarzam pytanie.

Pierwszy rozgląda się dokoła, a potem wybiera najbliższy stolik. Pieprzony sukinsyn wyciera krzesło i nadal marszczy brwi, kiedy przysiada na jego krawędzi. Mam nadzieję, że poplami sobie garnitur.

– Roxxane, nazywam się Ryder Żmija – przedstawia się. Ignoruję to, że mówi do mnie Roxxane – nikt mnie tak nie nazywa.

Przechodzi mnie dreszcz.

Żmija.

Jak u tych pieprzonych świrów, którzy rządzą miastem? Cholerna mafia, która kontroluje wszystko? Nic dziwnego, że policja miała cykora, bo siedzą u nich w kieszeni. Podobnie jak sędziowie i burmistrz.

Cholera, to nie są żarty.

– To jest Diesel. – Wskazuje głową w stronę blondyna, który liże płomień zapalniczki. – Kenzo. – Pokazuje ręką na tego, który wygląda tak jak on. – I Garrett.

– No miło was, kurwa, poznać. Powiecie mi, dlaczego wczoraj w nocy przysłaliście tu zbirów, którzy mnie zaatakowali? – prycham. Kiedy się boję, przechodzę do defensywy, nic na to nie poradzę.

Unosi brwi, kiedy nachyla się do przodu z rękoma zwisającymi pomiędzy rozstawionymi nogami. Kurwa, dlaczego to wygląda tak seksownie?

– Jak mi to wyjaśnili, pierwsza ich zaatakowałaś.

Próbuję sobie przypomnieć. Cholera, może i ma rację.

– Próbowali mnie złapać.

– To prawda. – Kiwa głową. – Ale zostali już rozliczeni za to, że wdali się z tobą w bijatykę. Nie takie mieli rozkazy. Jak rozumiem, jeden z nich cię uderzył?

Sięgam do wciąż obolałej wargi, ale szybko opuszczam rękę – za późno, zauważył to. Mruży oczy.

– To nieładnie, zostaną za to osądzeni.

– Co to ma w ogóle znaczyć? – wrzeszczę.

– To znaczy, ładna ptaszyno, że stracą życie. – Blondyn się śmieje, trochę jak wariat.

– Dlaczego mnie szukacie? – pytam, wstrzymując oddech.

– Twój ojciec miał u nas dług – zaczyna Ryder i znowu unosi brwi. – Tak, rozumiem, że relacje między wami są… szorstkie?

– Szorstkie? Zabiłabym sukinsyna, gdybym mogła. Dobrze. – Zsuwam się z krzesła. – Ile jest wam winien? Zapłacę, jeśli będę mogła.

Blondyn, Diesel, staje przede mną, a jego niebieskie oczy są we mnie utkwione, kiedy oblizuje wargi.

– Nie, dobiliśmy targu z twoim tatą, ładna ptaszyno. Powiedz mi, kochanie, czy dużo krzyczysz? Mam z twoim tatą mały zakład – dopytuje.

Reaguję bez namysłu, wyprowadzam pięść i uderzam go w twarz.

Otrząsa się i widzę, jak cofa się chwiejnie. Unosi dłoń i dotyka ust i nosa, z którego leje się krew. Zaczyna się śmiać, aż sama odskakuję w tył. Podnosi głowę i uśmiecha się szeroko, na zębach widać krew.

– To było rajcujące, chcesz to zrobić jeszcze raz?

Otwieram szeroko oczy, ale zza niego dochodzi głos Rydera:

– Wystarczy, D.

Diesel wzdycha, ale puszcza do mnie oko, cofając się, i wtedy dopiero dostrzegam wybrzuszenie z przodu jego dżinsów…

Czy on ma wzwód?   Ja pierdolę.   Unoszę   szybko   oczy, ale za późno, on już to zauważył i znowu się śmieje.

Pieprzony, stuknięty sukinsyn.

– Jakiego rodzaju targu? – rzucam ostro, coraz bardziej zmęczona tą grą, w miarę jak czuję narastającą mdłość w żołądku. Nie chcą moich pieniędzy, dobili targu…

– O ciebie. – Ryder wzrusza ramionami.

Ach, o mnie, mówi tak niedbale, jak tylko, kurwa, można.

– On. Sprzedał. Mnie. Wam? – warczę.

– Jest seksowna, kiedy się gniewa – szepcze Diesel do tego dużego gościa, Garretta, który przewraca oczami.

– Tak, sprzedał cię, aby pokryć swój dług, a my zawsze odbieramy długi, Roxxane. A teraz zechcesz spakować swoje rzeczy czy my mamy to zrobić za ciebie? – pyta spokojnie Ryder.

Jak gdybym już zgodziła się z nimi pójść. Pierdolę to. Mogą być Żmijami, najniebezpieczniejszymi pieprzonymi dupkami w mieście, ale to nie znaczy, że pójdę z nimi po dobroci. Przechylam się za bar i chwytam mój kij baseballowy.

– Wypierdalać stąd! – krzyczę. – Nigdzie z wami nie pójdę, stuknięci sukinsyni. Chcecie odebrać jego dług, to weźcie go sobie od niego, nie obchodzi mnie to.

– Nie mogę tego zrobić, kochanie, umowa to umowa. Jesteś nasza. – Ryder wzrusza ramionami i wstaje.

– Mogę? – Diesel uśmiecha się, występując do przodu, ale Ryder wyciąga rękę, żeby go zatrzymać.

– Idź z Garrettem i spakuj jej rzeczy – rozkazuje i z Diesela na moment schodzi powietrze, a potem porusza do mnie znacząco brwiami.

– Spuszczę się w twoje majtki. Do zobaczenia, ładna ptaszyno.

Duży gość podchodzi i klepie go po ramieniu.

– Na górę, słyszałeś.

Chwila… oni wiedzą, gdzie mieszkam?

Staję im na drodze i ten duży koleś spogląda na mnie z góry z surowym wyrazem twarzy.

– Odsuń się, mała.

– Kurwa, zmuś mnie – warczę i zamachuję się na niego kijem baseballowym.

Łapie go w powietrzu jak muchę i wyrywa mi z ręki, a potem marszczy brwi.

– To nie było miłe.

– Ach, no tak, prze-kurwa-praszam – mówię drwiąco, a potem wyrzucam kolano do przodu. Jest zbyt zajęty, żeby to zauważyć, i trafiam go w krocze.

Sapiąc, łapie się za kutasa, a twarz mu czerwienieje, kiedy pada na kolana. Unoszę pięść, ale blondyn łapie ją w połowie drogi, cmokając na mnie z niezadowoleniem.

– Przykro mi, ładna ptaszyno, pobawimy się później – mruczy i wtedy widzę jego pięść lecącą ku mnie.

Nie mam czasu, żeby się uchylić. Trafia mnie prosto w twarz i tracę przytomność.

ROZDZIAŁ 7

KENZO

– Mogłeś ją chociaż złapać. – Śmieję się, patrząc na piękną dziewczynę leżącą bez czucia na podłodze. Diesel przywalił jej mocno, oko już jej puchnie i założę się, że jutro będzie ją bolała głowa.

I tak lepiej niż to, co Garrett by jej zrobił za ten tani numer, ale kiedy spoglądam na niego, schładza sobie lodem kutasa i wygląda, jakby był dziwnie pod wrażeniem. Obok niego leży jej kij baseballowy.

Kim jest ta dziewczyna?

Na pewno nie potulną, dobrą dziewczynką, jakiej się spodziewałem, bez dwóch zdań. Cholera, nie wyglądała nawet na przestraszoną, gdy jej wszystko powiedzieliśmy. Próbowała walczyć. Podoba mi się to. Dzięki temu może jeszcze trochę pożyć. Przynajmniej na tyle długo, żebym zamoczył kutasa i przekonał się, czy w łóżku też tak walczy.

Założę się, że tak.

Jest z tych dzikich.

– Kenzo, idź z Dieselem i spakuj jej rzeczy… nie tylko majtki.

– Ryder wzdycha, patrząc na dziewczynę. – Garrett, podnieś ją, dobrze?

Wielkolud burczy z niezadowoleniem, zdejmując sobie lód z kutasa, ale podnosi ją i trzyma przy piersi z zaciśniętymi zębami, nie patrząc na nią. Kiwam głową i idę za Dieselem na górę.

– Cholera, przyniosę klucz – mówię do niego, gdy naciska klamkę, a drzwi nie ustępują.

Odwracam się, żeby to zrobić, i słyszę trzask. Spoglądam przez ramię i widzę, że wyłamał kopniakiem drzwi. Uśmiecha się do mnie.

– Nie trzeba, otwarte.

Kręcąc głową, z przyzwyczajenia chwytam dłonią moje kostki do gry i wchodzimy do środka. Unoszę brwi – co za pieprzony bałagan. Wszędzie walają się ubrania i butelki po piwie. Rydera szlag by trafił, gdyby to zobaczył. Diesel się nie przejmuje i idzie prosto w kierunku na wpół otwartych drewnianych szuflad na przeciwległej ścianie pod oknem. Zaczyna wyciągać garściami majtki, widzę nawet, że niektóre wącha.

Łapię torbę z zabudowanej garderoby przy drzwiach do łazienki i napełniam ją przyborami toaletowymi i do makijażu. Biorę parę wiszących w środku ubrań i innych rzeczy z mieszkania, a także trochę drobiazgów, których może potrzebować. Zawsze możemy jej kupić, co będzie chciała, ale jak będzie miała swoje rzeczy, może być trochę spokojniejsza.

Prawie śmieję się na głos, przypominając sobie, jak znokautowała Garretta. Nie zdarza się często, żeby ktoś brał nad nim górę. Właściwie prawie nigdy. Będzie niezła zabawa. Słyszę jakiś odgłos, unoszę głowę i widzę Diesela podskakującego na jej łóżku z ramionami pod głową.

– Masz zamiar mi pomóc czy chcesz zwalić konia w jej majtki?

– pytam poważnie, dostrzegając przypominający stringi różowy materiał w jego dłoni. – Pamiętasz, co mówiliśmy na temat dotykania się w miejscach publicznych?

Marszczy brwi, wkłada bieliznę do kieszeni i trzepie poduszkę, którą ma pod głową, ale nagle zamiera. Powoli wsuwa rękę pod spód i wyciąga broń – mały rewolwer. No ładnie, skąd nasze maleństwo to wzięło?

Twarz Diesela rozjaśnia się w uśmiechu.

– Chyba się zakochałem. Myślisz, że strzeli do mnie, jeśli poproszę?

– Prawdopodobnie tak, chcesz się założyć?

– Do cholery, nie, ty oszukujesz! – prycha, budząc we mnie śmiech. Czasami to robię, ale zazwyczaj po prostu czytam ludzi, doprowadziłem ten talent do perfekcji. Dlatego jestem osobą, z którą nie warto się zakładać, a także najlepszym bukmacherem w mieście.

Spoglądając nad małą lodówkę, dostrzegam fotografię, jedyną, na jaką tutaj natrafiłem. Ukazuje młodszą Roxy, jeszcze bez tylu tatuaży i z dłuższymi włosami koloru blond. Ma kolczyk w nosie, ale to zdecydowanie ona, a obok niej widać dużego mężczyznę. Właściwie ogromnego, z łysą głową i siwiejącą brodą, bliznami na podbródku i z nosem, który był kiedyś złamany. Kim on jest?

To nie jej tata, ale musi być dla niej ważny. Biorę więc to zdjęcie, składam i chowam do kieszeni, na wypadek gdybyśmy musieli znaleźć tego gościa i wykorzystać jako metodę nacisku. Rozglądam się i kiwam głową na Diesela.

– Myślę, że to wszystko. Chodźmy, zanim oprzytomnieje i zacznie znowu bić ludzi.

– Myślisz, że będzie? – pyta tęsknie.

– Stuknięty pojeb – mruczę, podnoszę wyżej jej znoszoną torbę i schodzę na dół.

Garrett wciąż trzyma ją na rękach i wygląda, jakby wolał zapaść się pod ziemię. Ryder natomiast spaceruje po barze, na pewno gromadząc przy tym wszelkie możliwe informacje. Umiem czytać ludzi, ale Ryder zrobił z tego pieprzoną grę, sport, żeby wynajdywać i wykorzystywać ludzkie słabości, niszczyć ich, używając tego, czego się o nich dowiedział.

Z panienką Roxy będzie nie inaczej.

– Wszystko spakowane, nie ma za dużo rzeczy. – Wzruszam ramionami.

Ryder kiwa głową.

– Nie sądzę, aby Roxy obchodziły inne rzeczy poza tym barem.

Garrett warczy:

– Kurwa, wspaniale, czy możemy już iść?

– Boisz się, że znowu przyceluje ci w krocze? – nabijam się, a on przeszywa mnie gniewnym spojrzeniem.

– Zaniosę ją – proponuje Diesel. Zastępuję mu drogę, a Garrett odsuwa ją od niego.

– W porządku, stary, on da radę – mówię mu, na co D marszczy brwi i popatruje obok mnie, starając się na nią spojrzeć. Kurwa, patrzę na Rydera, a on kiwa głową, też to zauważył. Ostatnia osoba, na punkcie której Diesel dostał bzika, zginęła w płomieniach. Chcemy, żeby cierpiała, ale nie tak bardzo… jeszcze nie.

To znaczy, że musimy odseparować go od niej, przynajmniej na razie.

– Chodź, wracamy. – Klepię go po ramieniu, jednocześnie odciągając, a Ryder staje między nim a Garrettem, żeby jeszcze bardziej zasłonić mu widok.

Diesel jęczy, ale ożywia się, kiedy mu mówię, że może prowadzić.

– Spotykamy się u nas, przygotuj pokój gościnny, żeby mogła tam na razie mieszkać – woła Ryder, a ja kiwam głową.

Pokój gościnny? Że niby zostanie tam na dłużej? Wygląda na to, że Roxy będzie z nami mieszkała. A sądząc po tej krótkiej chwili, jaką spędziłem w jej towarzystwie, założę się, że postara się nas za to zabić.

Nie mogę się doczekać.

Trochę czasu minęło, odkąd ostatni raz się dobrze bawiliśmy, a tak się składa, że ona pojawiła się w rozkosznym opakowaniu, które planuję otworzyć. Tak, będę miał Roxy, zanim ją zabijemy. Sprawię, że będzie o to błagać, łaknąć tego, aż mi się podda… i wtedy w końcu ją wydymam.

Właśnie przegrała największy ze wszystkich zakładów – o swoją wolność i o swoje życie.

ROZDZIAŁ 8

ROXY

Głowa mi pęka, jakbym wypiła drinka za dużo. Boli mnie twarz, a całe ciało mam zesztywniałe od pozostawania zbyt długo w jednej pozycji. Pojękując, trzymam zamknięte oczy, próbując poczekać, aż ból ucichnie, i dręczę swój mózg, żeby przypomnieć sobie, co się wydarzyło. Ale wszystko jest zamazane i im bardziej się wysilam, tym mocniej walą mi młoty w głowie.

Macam wokół ręką, poszukując rewolweru, i zamieram w bezruchu. To nie jest moja zwykła gówniana pościel... to pieprzony jedwab. Kto, do cholery, ma jedwabną pościel?

Żaden mój znajomy, to na pewno.

I wtedy wszystko nagle do mnie wraca. Te zbiry. Żmije. Cios w twarz...

Otwieram szybko oczy i widzę biały sufit, a bezpośrednio nade mną cholerny kryształowy żyrandol. Serce wali mi w piersi, kiedy przesuwam się do wezgłowia, opieram o nie i macam obolałą twarz. Sukinsyn. Ale nie sądzę, żebym miała coś złamane. Ciężko oddychając, rozglądam się dokoła i ogarnia mnie panika.

Porwali mnie.

Zabrali mnie z baru i zostawili w czymś, co wygląda jak pieprzony pokój hotelowy.

Tu jest tak… czysto. O wiele za czysto. Zupełnie białe ściany i ciemnoszary dywan na podłodze. Na ścianie naprzeciwko ogromnego, królewskich rozmiarów łóżka wisi telewizor z płaskim ekranem wielkości mojej łazienki. Po prawej mam zamiast ściany okna od podłogi po sufit, przez które – kiedy zsuwam się z łóżka i podchodzę niepewnym krokiem – widzę panoramę miasta.

Rozpościera się przede mną jak cholerny plakat. Jesteśmy tak wysoko i w samiutkim jego środku. Odwracam się i spostrzegam dwoje drzwi po obu stronach telewizora. Wsuwam głowę w pierwsze i widzę zabudowaną garderobę. Właściwie to pokój z mnóstwem półek, między którymi są lustra z oświetleniem, a w środku stoi sofa. Zamykam drzwi ze zdegustowanym grymasem i sprawdzam drugie.

To jest łazienka. Lewa ściana jest zajęta przez w całości szklaną kabinę prysznicową z czterema słuchawkami skierowanymi do dołu i szarym, wyłożonym kafelkami siedzeniem z tyłu w rogu. W głębi jest ogromna wanna, na tyle duża, że może pomieścić co najmniej sześć osób. Po prawej są dwie umywalki, a nad nimi oprawione w ramy lustro. Toaleta jest wciśnięta obok mnie. Wygląda na to, że ktoś tu nie żałował pieniędzy. Bogaci sukinsyni.

Wracam do pokoju i rozglądam się, szukając czegoś, czego mogłabym użyć jako broni. Przy łóżku stoją dwa antyczne, szare stoliki. Na obu stoją lampy. Doskonale. Biegnę przez pokój na bosaka, bo jakiś sukinsyn zabrał mi buty. Wyrywam lampę z kontaktu, chwytam ją jak kij baseballowy i idę do białych drzwi po lewej, które najwyraźniej są wyjściem z pokoju.

Naciskam klamkę – zamknięte. Kurwa, oczywiście. Opuszczam lampę u boku i gniewnym wzrokiem rozglądam się po pokoju. Ci skurwiele myślą sobie, że jestem ich własnością? Że jestem kimś, kogo mogą kupić?

Nauczą się, że za pieniądze nie można kupić posłuszeństwa. Nie jestem czyimś przedmiotem. Będą żałować dnia, w którym mnie zabrali.

Żmije? Kurwa, no nie, ja też potrafię kąsać.

Czekam przez ponad pół godziny, czy ktoś przyjdzie i otworzy drzwi, ale nikt się nie zjawia, więc zaczynam się nudzić. A bycie wkurzoną i znudzoną to nie jest w moim przypadku dobra kombinacja. Mam szaleńczą ochotę nabałaganić, to miejsce jest zbyt doskonałe, zbyt czyste. Więc to robię. Uśmiechając się szeroko, idę do łazienki i postanawiam wyładować złość na ich drogocennej sypialni.

Walę lampą w lustro i patrzę, jak rozpada się na kawałki. Uśmiecham się, podnoszę kawałek szkła, niechcący się kalecząc. Sycząc, patrzę, jak krew pokrywa szkło i skapuje na nieskazitelną podłogę. A co tam, pierdolić to.

Wracam powoli do sypialni, pozwalając krwi kapać po drodze na podłogę, podchodzę do łóżka i zaczynam je rozcinać. Patroszę je. To moja wściekłość na nich, moja złość na ojca.

Powinnam była już się nauczyć, ale za każdym cholernym razem, kiedy myślę, że się od niego uwolniłam, on wyrabia coś nowego. Ale to? Sprzedać mnie? Nawet ja nie sądziłam, że będzie takim złamasem.

Z krzykiem kłuję i tnę, aż zaczyna mnie boleć ramię i głośno dyszę. Pierze z poduszek pokrywa mnie i podłogę, w materacu są otwarte dziury, a pościel jest poplamiona krwią i pocięta w strzępy.

Wygląda tak, jak ja się czuję, więc się uśmiecham.

Śmieję się, kiedy drzwi się otwierają. Chowam szkło w tylnej kieszeni szortów i odsuwam się, mrużąc oczy. Do środka wchodzi Ryder. Patrzy wkoło na rozgardiasz i jedyną oznaką jego niezadowolenia są zmarszczone brwi i lekko opuszczone kąciki perfekcyjnych ust.

Nadal dyszę, rozczochrana i spocona, a on stoi tam w garniturze jak jakiś cholerny model. Nienawidzę go i to nie tylko dlatego, że porwał mnie i zamknął w swoim gównianym wysprzątanym apartamencie.

– Cóż, widzę, że się rozgościłaś – komentuje głosem gładkim i zimnym jak porządna lufa Jacka. Czy coś potrafi wzburzyć tego człowieka? Chcę podbiec i zaplamić krwią jego perfekcyjny garnitur, tylko po to, żeby zobaczyć, co zrobi.

– Wypuśćcie mnie – domagam się, ale on mnie ignoruje. Zgina się, podnosi poszewkę na poduszkę i trzyma ją w powietrzu jednym palcem, pokazując materiał pocięty w strzępy.

– Twój ojciec cię sprzedał, jesteś teraz nasza – mówi to tak rzeczowym tonem, że znowu chcę wybuchnąć.

– Jestem człowiekiem! Nie można tak po prostu sprzedać innej osoby! – krzyczę.

– Wygląda na to, że można. – Wzrusza ramionami i upuszcza poszewkę. – Twój gniew wobec tej sytuacji ani niedowierzanie nie sprawią, że będzie mniej prawdziwa, zapewniam cię. Twój ojciec naprawdę sprzedał cię nam i teraz należysz do nas. Proponuję, żebyś poszukała sposobu, aby sobie z tym poradzić.

Poradzić sobie z tym?

O, skurwysyn.

Chwytam dłonią szkło w tylnej kieszeni, podchodzę bliżej i przysuwam się do jego twarzy.

– Puśćcie mnie albo przysięgam, że…

– Że co? – Uśmiecha się nieznacznie, a te zimne jak lód oczy w końcu trochę topnieją, rzucając mi wyzwanie.

Prowokując.

Szkło wbija mi się w skórę, znowu ją rozcinając, kiedy zamachuję się ręką w kierunku jego bezbronnej twarzy. Mruga, a jego ręka łapie moją w momencie, gdy szkło zbliża się niebezpiecznie blisko jego policzka. Zaciska dłoń, aż sapię, kiedy miażdży mi kości i przeszywa mnie ból.

– Jesteś nasza, Roxxane. Jeżeli zechcemy cię trzymać w zamknięciu, zrobimy to. Jeżeli zechcemy cię ukarać za to, że zachowujesz się jak smarkula, zrobimy to. Jeżeli zechcemy cię wydymać… – Nachyla się bliżej, dotykając szkła i na jego policzku wykwita kropla krwi, a on ścisza głos. – Zrobimy to. Jeżeli zechcemy cię zabić… zrobimy to, i nic na to nie poradzisz. Pogódź się z tym, kochanie, albo wylądujesz w gorszym miejscu niż to.

Odsuwa się, wykręca mi nadgarstek, sprawiając, że łapie mnie skurcz w palcach i wypuszczam szkło, które chowa do kieszeni. Patrzę na niego i przepełnia mnie strach oraz coś jeszcze, coś czego nie chcę nazwać, kiedy widzę, jak kropla krwi spływa mu po policzku. Wyciąga chusteczkę i zatrzymuje ją, zanim spadnie mu na garnitur, a potem wyciera, jak gdyby przed chwilą wcale nie zakłuł się ostentacyjnie tym szkłem.

– Widzę, że jesteś w złym humorze, więc zostawię cię, żebyś przemyślała to, co powiedziałem. – Odwraca się, a ja rzucam się do przodu, ale jestem zbyt powolna. Drzwi się zamykają, a głuchy odgłos zatrzaskującego się zamka powoduje, że zaczynam krzyczeć i walę w drewno zranioną ręką.

Kiedy nikt nie przychodzi, tnę do końca poszewkę i zawiązuję sobie dłoń, żeby zatrzymać krwawienie, a potem rozglądam się dokoła. To było małostkowe, ale poważnie, czuję się teraz lepiej. Wzdycham i kładę się pod oknem, wpatrując się w miasto na zewnątrz, kiedy niebo zaczyna ciemnieć.

Mieszkałam kiedyś w tym mieście, uwielbiałam je eksplorować i patrzeć, jak się rozrasta. To było zanim uświadomiłam sobie, ile mroku kryje się za całym tym szkłem i blichtrem. A Żmije? Oni są jednymi z najgorszych.

Kiedy jest się dzieckiem, opowiadają ci historie o potworach kryjących się pod łóżkiem albo w ciemnościach. Ale nie mówią o tych realnych ludzkich potworach. Tych, które żerują na ludziach słabszych od siebie, albo nawet o potworach, które kryją się w nas samych.

Bogaci czy biedni, to nie ma znaczenia, ludzie i tak są potworami. Ukrywają się za ładnymi twarzami, ukochanymi, krewnymi. Ale wszyscy są tacy sami. Wszyscy chcą czegoś od ciebie, różnica tylko w tym... jak daleko są gotowi się posunąć, żeby to uzyskać.

Wygląda na to, że Żmije są gotowe pójść na całość.

A to wszystko przez mojego gównianego ojca. Nie wystarczyło mu, że zniszczył mi dzieciństwo? Że każdego dnia mojego życia musiałam płacić za jego błędy? Teraz jeszcze zabrano mi przyszłość.

Użalając się nad sobą, zamykam oczy i próbuję dać odpocząć zbolałej głowie. Jestem wojownikiem, potrafię wszystko przetrwać, zawsze tak było i zawsze będzie. Przetrzymam to, zniosłam już gorsze rzeczy. To, że jestem zamknięta w luksusowym apartamencie, nie oznacza, że jestem zamknięta...

Drzwi się otwierają, budzę się. Jest późno, naprawdę późno i ciemno. Boli mnie brzuch, bo nic nie jadłam od prawie dwóch dni, jeżeli nie liczyć tych resztek chleba, które znalazłam.

Jest późno.

To może oznaczać tylko jedno.

Zakrywam sobie usta, próbując spowolnić oddech, żeby nie usłyszał. Serce mi wali tak mocno, chce mi się krzyczeć. Słyszę jego posuwiste kroki, kiedy człapie po schodach. Proszę, proszę, niech zapomni o tym, że tu jestem.

Niech ta noc będzie nocą, w której będzie tak szedł bez końca.

Ale nie jest. Zatrzymuje się pod moimi drzwiami. Widzę z łóżka, jak jego cień przesłania światło w szparze u dołu, a potem jego duża dłoń przekręca klamkę i otwiera je. Stoi tam przez chwilę, spoglądając na mnie. Wiem, że moja mama jest nieprzytomna, zrobiła sobie zastrzyk, zanim poszłam spać, więc nie wstanie do rana. Zostaliśmy tylko ja i on. I on o tym wie.

Nawet stąd czuję zapach whisky w jego oddechu, dostrzegam złość wibrującą w jego sylwetce. Zawsze jest tak samo. Upija się, przegrywa pieniądze, odgrywa się na mnie. To błędne koło. Każdej nocy liczę, że będzie inaczej, i każdej nocy jest tak samo.

Jeżeli twój rodzic nigdy cię nie zawiódł, nie skrzywdził i nie złamał ci serca, to nie wiesz, jakie to uczucie. Rodzice powinni cię chronić, kochać, a jednak moi są powodem, dla którego się boję. Od wczesnego dzieciństwa nauczyłam się, że to oni mnie krzywdzą, nie kto inny. Nie obchodzi ich, czy żyję czy umrę, jestem dla nich zwykłym przedmiotem.

Na którym można się wyładować, który jest pod ręką.

Kiedy widzę w szkole, jak inne dzieci opowiadają o swoich rodzicach, czuję złość, tą samą, którą ma w sobie mój tatuś. Nienawidzę ich za to, za to, że są szczęśliwe. Za radość życia. Rodzice kochają je, hołubią, obsypują prezentami i szczęściem. Dlaczego ja nie mogę tego mieć?

Ale nawet gdyby tata albo mama kiedykolwiek próbowali, to i tak bym się wzdrygała, oczekując, że za chwilę dostanę cios. Ponieważ prawda jest taka, wiem o tym, że wszyscy ludzie w głębi, w samym swoim rdzeniu... dbają tylko o siebie. I o to, co mogą z czegoś mieć, uzyskać, a kiedy przychodzi co do czego, zawsze wybierają siebie samych.

Niektórzy ludzie rodzą się z wściekłością, potrzebą wyrządzania krzywdy.

Niektórzy rodzą się chciwi, z osobowością podatną na uzależnienia. Inni dobrze się z tym kryją, ale w ostatecznym rachunku wszyscy jesteśmy tacy sami. Wszyscy krwawimy na czerwono i wszyscy zwyczajnie szukamy czegoś, co wymaże prawdę o naszej duszy, żebyśmy czuli się dobrymi ludźmi.

Nie udaje mi się go oszukać, wie, że nie śpię, więc siadam na łóżku i patrzę mu w twarz. Nie chcę płakać, nie chcę błagać. Nigdy więcej. Raz spróbowałam i myślałam, że naprawdę przestanie. Teraz już wiem. Nie przestanie, dopóki któregoś dnia mnie nie zabije, ale do tego czasu po prostu staram się przetrwać z dnia na dzień z tą prawdą wiszącą nade mną.

– Wstawaj – bełkocze. Nadymam wargi, ale robię, co mi każe, wiedząc, że w ten sposób szybciej się to skończy.

Jednak za każdym razem, kiedy się to zdarza, coś narasta wewnątrz mnie, ten gniew nabrzmiewa, aż w końcu muszę przygryzać język i powstrzymywać się, żeby nie oddać, nie wpaść w szał. Nie chcę być taka jak on.

Podchodzi chwiejnie do mnie, klnąc, gdy prawie się przewraca.

– Przegrałem dzisiaj dwa tysiące, wiesz, czyja to wina? – wrzeszczy.

Nie powinnam nic mówić, tylko przytaknąć i przyjąć cios jak grzeczna dziewczynka.

Ale może nie jestem grzeczną dziewczynką, może jestem tak samo pokręcona jak on.

– Przypuszczam, że moja – cedzę.

Durne, naprawdę durne.

Jak na pijanego, uderza szybko, jest duży i czuć to po sile jego pięści. Trafia mnie w brzuch, zginam się wpół, z trudem starając się złapać oddech. Żołądek boli mnie teraz jeszcze bardziej niż wcześniej z głodu.

Łapie mnie za włosy i wydaję krzyk, kiedy szarpie mi głowę. Jego koślawe zęby błyskają w ciemnościach, twarz jest zamazana od łez napływających mi do oczu. Warczy na mnie, zionąc mi skisłym oddechem w twarz, aż się krztuszę.

– Twoja, ty pieprzona mała gówniaro.

Tak bardzo jestem skupiona na tym, żeby nie zwymiotować – ostatnim razem, kiedy to zrobiłam, złamał mi rękę – że nie jestem przygotowana na to, co następuje. Rzuca mnie o ścianę, uderzam o nią głową z łomotem. Ogarnia mnie bezwład i osuwam się po niej, czaszka pęka mi od bólu, aż w końcu nic nie widzę.

Nic nie słyszę.

Potem zapada ciemność.

Łapiąc oddech, gwałtownie się podnoszę. Całe ciało mam pokryte potem od buzującej we mnie adrenaliny. Unoszę dłoń i przyciskam ją z tyłu głowy, gdzie ciągle mam bliznę pozostałą po tamtej nocy. Kurwa, to dlatego piję przed snem, żeby odgonić koszmary.

Robię wydech i mrugam ociężałymi oczami, żeby odgonić sen, wiedząc, że ponownie szybko nie zasnę. Nie z dzisiejszymi wspomnieniami. Zamiast tego wyglądam na miasto, które nadal jest rozświetlone. Wszystkie te światła iluminujące jego bryły i ulice, nawet gdy jest ciemno. Jak latarnia morska.

Kolejne kłamstwo.

I wtedy zza pleców dochodzi do mnie słaby, ponury głos, i ogarnia mnie fala przerażenia.

Nie jestem sama.

– Nie możesz spać, ptaszyno? Ciekaw jestem, co ci się śni…

ROZDZIAŁ 9

DIESEL

Ma zły sen, widzę to. Potrząsa kończynami, jak gdyby próbowała przed kimś uciekać. Z jej ust wydobywają się jęki, co jakoś dziwnie działa mi na głowę. Właśnie gdy wyciągam ku niej rękę, odskakuje, ciężko oddychając. Siada gwałtownie i przykłada dłoń do galopującego serca, które bije tak głośno, że to słyszę.

Ciekawe, czy waliłoby mocniej, gdyby wiedziała, że jestem za jej plecami? Wyciągam rękę i przesuwam delikatnie dłonią po jej włosach, tak lekko, że tego nie czuje. Takie małe, drobne stworzenie, a jednak mieści w sobie taki ból... taki gniew.

– Nie możesz spać, ptaszyno? Ciekaw jestem, co ci się śni... – mówię cicho za jej plecami.

Szybko odwraca głowę, jej ciemne oczy szeroko się otwierają, kiedy spostrzega mnie siedzącego tuż za nią. Widzę panikę w jej spojrzeniu, gdy rozgląda się, szukając jakiejś broni. Śmieję się i wskakuję na nią. Wydaje krzyk, który trafia mi prosto do już sztywnego kutasa, kiedy przytrzymuję jej ręce nad głową i przyciskam się do niej dolną częścią ciała, żeby ją przytrzymać i dać jej poczuć, jak bardzo mi stoi.

Pozostali myśleli, że jeśli ją przede mną zamkną, to będzie bezpieczna. Głupki. Z ptaszyną będzie zabawa, wiem o tym. A teraz jest nasza. Mogę z nią robić, cokolwiek zechcę.

Ciska się pode mną, a nie drętwieje, jak większość, kiedy mają ze mną do czynienia. Walczy, wierzgając i kopiąc. Powoduje to tylko, że mój twardy kutas drga w dżinsach, gdy wyobrażam sobie, że to robi, jak ją dymam. Założę się, że pieprzy się tak, jak walczy – mocno, szybko i dziko.

Może tego nie przeżyć, ale *będę* ją miał.

W końcu jednak męczy się i przestaje, wbija we mnie wzrok pełen gniewu i nienawiści i dyszy. Jej piersi się unoszą, przyciskając się do mojego ciała. Nachylam się, a ona odwraca ode mnie głowę, kiedy wodzę językiem po jej policzku.

– Lubisz ból?

Wyobrażenie jej związanej łańcuchem w mojej jaskini każe mi ocierać się o nią i wędrować palcami po jej skrwawionej, potłuczonej skórze. Mój nóż zostawia wyraźne, różowe znaki na jej ciele, niczym dotknięcie kochanka. Czy wtedy też by drżała? Walczyła? Krzyczała? Nie mogę się doczekać, żeby sprawdzić. Ciekaw jestem, czy by błagała…

– Pierdol. Się – warczy.

– Nie, ptaszyno, ale ciebie wypierdolę. – Chichoczę przy jej policzku.

Zamiera pode mną jak kamień, a ja unoszę głowę. – Ale nie dzisiaj. Kiedy będę cię dymał, chcę mieć pod ręką moje zabawki. Chcę poznaczyć tę ładną skórę prawie na śmierć. – Przesuwam dłonią po jej tatuażach. – Kiedy sobie je robiłaś, wilgotniałaś od bólu? Czy krzyczałaś i cały czas cierpiałaś?

Odchyla głowę, żeby rzucić mi nienawistne spojrzenie, ale widzę błysk prawdy w jej oczach, zanim go zamaskuje. Och, moja ptaszyna przestraszyła się, jak bardzo podobał jej się ból. A ja myślałem, że złamanie jej i zabicie będzie zabawą. Ale to? Burzenie tych barier, aż dojdzie, kiedy będę ją torturował? To będzie o niebo lepsze.

Spalę do szczętu wszystko, co drogie dla tej ptaszyny, i nawrócę ją na bycie moją zabaweczką.

– Czuć od ciebie dymem i benzyną – mruczy, a potem mruga, jak gdyby nie chciała tego powiedzieć. Jej usta zaciskają się, przyciągając mój wzrok ku swej pulchnej czerwieni. Czy ona smakuje tak, jak te łzy, które roniła podczas snu?

– Nie obmacuj mnie wzrokiem, dupku – warczy, aż uśmiecham się pod nosem. Ta dziewczyna naprawdę lubi igrać z ogniem.

Kurwa, zdarzało się, że nawet mężczyźni popuszczali w spodnie, jak tylko na nich spojrzałem. A ona tu leży, gromiąc mnie spojrzeniem, nawet kiedy przygważdżam ją do podłogi. Założę się, że umierając, walczyłaby równie mocno…

Unoszę wzrok, ale zatrzymuję go na poplamionym krwią kawałku materiału obwiązanym wokół jej dłoni. Proszę, proszę, czyżby ptaszyna się skaleczyła? Chwytam tę dłoń i przyciskam ją do podłogi u jej boku, a ona zaczyna dyszeć i znowu się szamotać.

Odrywam zakrwawiony materiał i dotykam kciukiem krawędzi skaleczenia, a ona wydaje z siebie krzyk, po czym zaciska zęby na dolnej wardze – odruch nabyty przez lata ukrywania bólu. Rozpoznaję go. Z utkwionymi w nią oczami naciskam kciukiem sam środek skaleczenia, próbując ją.

Na wardze pojawia się krew, tak mocno wpija w nią zęby, oczy jej się rozszerzają ze strachu i pragnienia, które stara się ukryć. Pierś jaj faluje, sutki uwypuklają się jak kamyki na koszuli, którą ma na sobie. Och, moja ptaszyna lubi, kiedy boli…

– Ptaszyno, niedobra ptaszyno, popatrz, jak słodko krwawisz – mruczę, pochylając się i zlizując krew z jej wargi, a potem wpijam w nią zęby i wciskam mocno kciuk w skaleczenie. Krzyczy, szarpiąc się pode mną. Połykam odgłos jej strachu i bólu, żywiąc się nim.

Słyszę, jak otwierają się drzwi, ale ona tego nie rejestruje. Unoszę głowę i napotykam spojrzenie Garretta. Widząc, w jakiej jesteśmy pozycji, wzdycha.

– Daj jej spokój, D.

– Ale fajnie jest się z nią pobawić. – Dąsam się, wciskając kciuk głębiej, aż skowyczy. Na ten dźwięk znowu drga mi kutas, którym przyciskam się do niej.

– D – mówi ostrzegawczo Garrett, krzyżując ramiona i pokazując mi swoją najlepszą minę oznaczającą: nie pogrywaj sobie ze mną. – Idź i znajdź sobie kogoś innego do zabawy. Słyszałem, że Ryder spotyka się z jakimiś ludźmi od ochrony…

Rozważam dostępne opcje. Wystraszyć nowych ochroniarzy czy zaszaleć ze sprośną ptaszyną? Wzdycham i patrzę z powrotem na nią.

– Przykro mi, ładna ptaszyno, kiedy indziej. – Całuję ją w nos, wstaję i idę w kierunku Garretta, który obserwuje mnie z zatroskanym wyrazem twarzy.

– Nie będzie z tym problemu, co? – pyta mnie, a ja kręcę głową.

– Nie zabiłem jej, prawda? – Śmieję się, klepiąc go po ramieniu, ale on nawet nie drgnie, sukinsyn.

Wzdycha i odgarnia włosy z twarzy.

– Idź, ja posprzątam.

Pogwizdując, odchodzę, i słyszę, jak wchodzi dalej do pokoju.

– Wszystko w porządku? – pyta.

– Pierdol się! – krzyczy, wzbudzając mój śmiech. O tak, moja sprośna ptaszyna zabawi się jeszcze ze mną. Nie mogę się doczekać. Do tego czasu muszę zadowolić się innymi.

ROZDZIAŁ 10

ROXY

Ten duży gość, Garrett, wchodzi do pokoju, ale wygląda, jakby nie chciał się do mnie zbliżać.

– Wszystko w porządku? – pyta.

– Pierdol się! – krzyczę i siadam, przyciskając zdrową dłoń do tej zranionej i próbując zatrzymać krwawienie. Spotykały mnie gorsze rzeczy, ale cholera, bolało… tak, bolało. Krzyżuję nogi, żeby przestać myśleć o tym innym wprawiającym w zakłopotanie… nie, pierdolę to.

Opuszczam wzrok ku swoim dłoniom, żeby uniknąć jego zbyt bystrego, przenikliwego spojrzenia, i dotykam skaleczenia. Ten stuknięty sukinsyn z powrotem je otworzył. Nie jest zbyt głębokie, nie wymaga szycia – po tym, jak codziennie obrywałam, nauczyłam się rozpoznawać, co wymaga, a co nie wymaga szwów chirurgicznych. Ta rana się zagoi, prawdopodobnie zostawiając kolejną bliznę do mojej kolekcji.

Odskakuję do tyłu, gdy podnoszę wzrok i uświadamiam sobie, że ten wielkolud kuca przede mną, jego ciemne spojrzenie jest utkwione we mnie, a czarne włosy opadają mu na czoło w dziwnie ujmujący sposób, kiedy sięga po moją dłoń.

– Mogę? – mówi cicho, ale ja trzymam ją kurczowo przyciśniętą do piersi, więc wzdycha. – Nie zrobię ci krzywdy. Mam wprawę ze skaleczeniami, ranami i złamaniami.

– Nie wątpię – warczę, a on unosi brwi.

– Nie w tym sensie, powinnaś jednak naprawdę unikać D. On nie jest taki… jak my. Będzie zadawał ci ból dla zabawy – ostrzega miękko, zaciskając wytatuowane knykcie. Jest taki duży, że jego dłonie są chyba większe od mojej głowy. Mógłby rozerwać mnie na pół i tak łatwo zrobić mi krzywdę. Ale nie robi tego… dlaczego?

– Ach tak, unikać go? Jakoś, kurwa, nie przyszło mi to do głowy. A jak chciałbyś, żebym go unikała, skoro jestem w zamkniętym pokoju, a ten świrnięty sukinsyn włamuje się i gapi na mnie, kiedy śpię? – syczę.

Usta mu drgają i znowu kiwa głową w stronę mojego skaleczenia.

– Może przynajmniej oczyszczę to i opatrzę. A jak twoja warga? – pyta, unosząc duży kciuk i dotykając mojej spuchniętej wargi. Zamieram w bezruchu, gdy gładzi ją palcem. Ma rzeczowe i badawcze spojrzenie. Zimne. Jakby go to nie ruszało, jakby jego dotyk nie robił ze mną dziwnych pieprzonych rzeczy.

Rzeczy, których nie powinnam czuć, kiedy jestem jego więźniem.

Kiwa głową.

– Nie jest za bardzo pokiereszowana, zagoi się. – Odsuwa rękę od moich ust i delikatnie bierze moją rękę, odwracając ją, żeby obejrzeć rozcięcie, a potem wstaje tak szybko, że aż podskakuję – to przyzwyczajenie, które myślałam, że przezwyciężyłam.

Spostrzega to, oczywiście że tak, ale nie komentuje. – Przyniosę apteczkę.

Wychodzi na chwilę z pokoju, a ja gramolę się na nogi i biegnę za nim, żeby uciec, jednak zamyka drzwi na klucz. Sukinsyn. Stąpając, prychając i klnąc pod nosem, czekam, aż wróci. Nie ma szans, żebym załatwiła tego wielkoluda. Jestem dobra, ale nie aż tak dobra. A ponadto widziałam jego pokryte bliznami knykcie i garbaty nos, który wiele razy był złamany, stąd wiem, że często walczy. Sądząc po płynnym sposobie, w jaki się porusza jak na takiego dużego gościa, domyślam się, że jest bokserem.

Drzwi się otwierają i wraca z apteczką. Gestem pokazuje mi, abym siadła na łóżku, więc to robię w nadziei, że jeśli będę grzeczna, uda mi się uśpić ich czujność w fałszywym poczuciu bezpieczeństwa. Klęka i czyści skaleczenie, kompletnie nie zwracając na mnie uwagi.

– Co się stanie z moim barem? – pytam. Kocham ten lokal. To jest mój dom, jedyne miejsce, z którym byłam związana i naharowałam się, żeby przetrwało po…

– Zamknęliśmy go, na razie nie będzie działał – odpowiada, nie dbając o moje pytania czy gniew. Kończy opatrywać mi dłoń i wstaje. – Powinnaś się trochę przespać.

Odwraca się i rusza ku wyjściu, więc podbiegam i zagradzam mu drogę.

– Dlaczego? Dlaczego to robicie? – szepczę, a łzy w końcu napływają mi do oczu. – Jestem osobą, osobą! Nie przedmiotem, proszę, wypuśćcie mnie.

Wzdycha pocierając sobie twarz.

– Nie. Prześpij się.

Potem wychodzi, trzask zamka w drzwiach sygnalizuje, że znowu są zamknięte. Wycieram łzy, zła na siebie, że pozwoliłam mu zobaczyć moją słabość. I nagle to wszystko mnie przytłacza. Jestem ich i nigdy mnie nie wypuszczą.

Wiem to, czuję to. Zbyt wiele wiem, zbyt wiele widziałam… To jest teraz moje życie. Pytanie tylko, jak długo przetrwam? Pomiędzy tym pomylonym sukinsynem a tym wrednym… Założę się, że nie za długo.

Mój ojciec wydał na mnie wyrok śmierci, rzucając mnie w ręce tych Żmij, i założę się, że nawet się tym nie przejmuje. Całe życie się na mnie wyżywał. Zawsze myślałam, że to on mnie zabije. Okazuje się, że miałam rację, ale nie w taki sposób, jak sądziłam.

Nie śpię, nie tak naprawdę. Leżę na podłodze, obserwując, jak miasto budzi się do życia, kiedy wschodzi słońce. Cały czas obmyślam plan. Nie będę tu siedzieć i nie pozwolę tym sukinsynom robić ze mną, co im się żywnie podoba, a może i mnie zabić.

Mam swoje życie.

Wybrali niewłaściwą pieprzoną dziewczynę. Walczę dłużej, niż chodzę. Chcą mieć potulną niewolnicę? To kurwa źle trafili, bo sprawię, że będą żałować dnia, w którym mnie porwali. Muszę zdobyć ich zaufanie, niech myślą, że udało im się złamać mojego ducha. Wtedy ucieknę.

Jeżeli spróbują mnie zabić, ja zabiję ich. To całkiem proste.

To nie jest już dzień jak co dzień, to jest świat skaczących sobie do gardła psów… albo dokładniej świat Żmij. A w tym momencie ja jestem ich żerem…

Powinno mnie przerażać to, że w ogóle biorę pod uwagę zabicie ich, ale widywałam paskudztwa, o których większość ludzi nawet nie śni, więc jeśli będę musiała wykończyć czterech facetów, zdeprawowanych mafijnych dupków, zrobię to.

Nigdy nie przestanę z nimi walczyć.

Odzyskam wolność i wtedy mój ojciec zapłaci za to.

Trochę spokojniejsza, mając już przygotowany plan, wstaję, słysząc odgłos kroków zmierzających w moim kierunku. Kenzo otwiera drzwi i zagląda do środka, uśmiechając się do mnie. Właściwie zawsze to robi, ale nie przesłania to wyrachowania w jego oczach ani tego, w jaki sposób patrzy na mnie i na wszystkich innych. Czekając i obserwując.

Dzisiaj ma włosy podgolone po bokach i gładko zaczesane do tyłu. Wchodzi do pokoju, ma na sobie białą koszulę z rozpiętymi dwoma górnymi guzikami, żeby pokazać kształtną pierś i odrobinę włosów. Jest wsunięta w czarne spodnie, a na nogach ma nieskazitelnie lśniące czarne buty.

Jest tak poukładany, tak doskonały, aż bije od niego pieniędzmi i siłą. To z niego po prostu emanuje. Jest przyzwyczajony do bycia w centrum uwagi, do bycia najpotężniejszym mężczyzną w towarzystwie. Ale z czego oni nie zdają sobie sprawy? Kiedy upadnie się na dno, ma się tylko jedną drogę przed sobą, do góry.

Zabrali mi, co mogli, nie mam już nic do stracenia.

A oni mają wszystko.

– Pewnie jesteś głodna. Chodź, jemy śniadanie, i pomyślałem, że może do nas dołączysz – proponuje z dłońmi wsuniętymi w kieszenie, starając się wyglądać przyjacielsko. To może działać na innych, ale nie na mnie. Widzę za tą maską kryjącego się pod nią potwora.

– Czy przywiążecie mnie łańcuchem jak psa? – warczę, a on uśmiecha się pod nosem.

– A chcesz? Jestem pewien, że to da się zrobić – odpowiada zadowolony z siebie, a ja patrzę na niego gniewnie. – Chodź, zjedz coś.

– A jeśli odmówię?

Uśmieszek znika, jego twarz robi się zimna.

– Powinnaś uświadomić sobie, że nie masz tu nic do powiedzenia, kochanie. Tak będzie dla ciebie łatwiej. Gdybym chciał cię przywiązać łańcuchem jak psa, byłabyś przywiązana. Jestem uprzejmy, więc nie rozmawiaj ze mną w ten sposób, bo w przyszłości możemy nie być tacy grzeczni. – Znowu się uśmiecha. – Chodź. – Kiwa głową i wychodzi z pokoju.

Przez moment walczę ze sobą, ale w końcu idę za nim. Czeka zaraz za drzwiami, nie dając mi czasu na próbę ucieczki. Jakby czytał mi w myślach, chichocze, kładzie rękę u dołu moich pleców, ogrzewając mi skórę. Nachyla się i mruczy mi do ucha:

– Nie robiłbym tego. D tylko czeka na pretekst, żeby cię przeczołgać. Nie kuś go, aby się na ciebie uwziął, bo kiedy cię dorwie… no, będziesz żałować, że nie jest tak miły jak my.

– Czy zawsze straszysz ludzi śmiercią i torturami przed śniadaniem? – warczę, odsuwając się od jego ręki.

Śmieje się za moimi plecami.

– Oczywiście, nie można zacząć dobrze dnia przynajmniej bez jednej śmiertelnej groźby albo bijatyki.

Idę, głośno stąpając korytarzem, zapamiętując pozostałe drzwi na później. Korytarz otwiera się na końcu na pozostałą część apartamentu. Przystaję, gapiąc się.

– Jesteście wszyscy stuknięci – mruczę z roztargnieniem.

Przysuwa się do moich pleców, a ja nieruchomieję, czując jego ciepło i naprężone ciało. Dotyka ustami mojego ucha, czuję jego oddech we włosach.

– Nawet nie wiesz, jak bardzo.

Ignoruję go, zbyt zaabsorbowana wpatrywaniem się w prze-
pych, jaki mnie otacza. Jeżeli sądziłam, że sypialnia wygląda
jak wyjęta z salonu pokazowego, to nie miałam pojęcia… kurwa,
nawet nie wiedziałam, że mieszkania mogą tak wyglądać.

Po prawej mam okna sięgające od podłogi aż po sufit, wysokie
na dwie kondygnacje, z drzwiami wychodzącymi zdaje się na ta-
ras z basenem i barem. Po lewej znajdują się drzwi wejściowe,
a obok nich skaner, dalej są schody ze szklanych płyt prowadzące
na piętro.

Wchodzę do pomieszczenia i dalej się rozglądam. Cały apartament jest urządzony w kolorach złocistym, białym i czarnym.
Kiedy idę do salonu, pod moimi stopami piszczy marmurowa
podłoga z czarnymi akcentami. W podłogę wbudowana jest
ogromna kanapa, a gdy mówię ogromna, mam na myśli, że jest
na tyle duża, aby pomieścić całą drużynę rugby. Jest w kształcie
kwadratu i wygląda, jakby była wykonana z drogiej skóry, a przed
nią, nie ściemniam, jest pieprzony kominek. Jest tam telewizor,
który zajmuje całą ścianę obok mnie. Za kanapą stoi szklany stół
ciągnący się na długość ściany, z ustawionymi na nim kwiatami
i dekoracjami, a oprócz tego fortepian.

Obok jest otwarta kuchnia z biało-szarą marmurową wyspą,
przy której stoją czarne stołki ze złocistymi nogami. Kuchnia jest
większa niż całe moje mieszkanie, wyposażono ją w każdy gadżet
i ustrojstwo, jakie można sobie wyobrazić. Z sufitu zwisają duże
żyrandole, a lodówka i kuchenka są połyskliwie czarne. W wazie
stoją doskonale złociste kwiaty. Ryder przechodzi obok niej.

– Otwórz kosz – mówi i kosz na śmieci się otwiera,
a on wrzuca coś do środka.

Oczywiście, mają reagujące na mowę urządzenia kuchenne.

Z sufitu zwisają nisko kryształowe żyrandole, a białe ściany pokryte są dziełami sztuki. Wszystko jest czyste, nieskazitelne i doskonałe – aż lśni luksusem. Każda pozłacana rama, każda waza i drobiazg mają robić wrażenie.

Kurwa, mają nawet kamienie do stąpania w czymś, co wygląda jak sadzawka w rogu. Jak to bogacze sobie żyją. Kręcę głową, a Kenzo popycha mnie do przodu. Potykam się i gwałtownie odwracam głowę, żeby obrzucić go spojrzeniem. Uśmiecha się szeroko, pokazując mi swoje proste, białe zęby.

– Dupek – warczę, odwracam się i widzę, że teraz wszyscy na mnie patrzą.

Jestem tu tak bardzo nie na miejscu, czuję się drobna i nic nieznacząca. Mam na sobie tanie ciuchy, ale pierdolę to. To oni mnie porwali, wiedzieli, kim jestem. Odchylam głowę do tyłu i częstuję ich wyniosłym spojrzeniem, podchodząc do stołu, gdzie Garrett tuli w dłoniach dzbanek z czymś, co pachnie jak kawa. Jest tam również Diesel, stopy w wysokich butach trzyma na szklanym stole i pstryka trzymaną w dłoni zapalniczką.

Podchodzi Ryder, stawia na stole półmisek i siada u szczytu stołu, kładąc sobie delikatnie na kolanach serwetkę. Dzisiaj jest w innym garniturze – szarym w prążki z pieprzoną kamizelką. Materiał napina się na jego imponujących udach, kiedy odchyla się do tyłu, popijając herbatę z cholernej filiżanki.

Przy nim wygląda ona na drobniutką, a jednak w jakiś sposób do niego pasuje. Jego oczy obserwują mnie, analizując każdy mój ruch, kiedy stoję tam zakłopotana, aż wreszcie wybieram krzesło i wskakuję na nie bardzo niezgrabnie. Sama wywalam nagie stopy na stół, krzyżuję ramiona i wbijam w niego spojrzenie.

– Chcę dostać z powrotem moje buty.

Te buty kosztowały mnie małą fortunę i są jedną z niewielu rzeczy, na które przepuściłam pieniądze.

Popija z filiżanki i odstawia ją na spodek na stole. Jest coś dziwnie fascynującego i podniecającego w widoku tego mężczyzny obejmującego ustami taką kruchą filiżankę. Nie żebym mu kiedykolwiek to powiedziała, dupek.

Diesel nachyla się, jego pociemniałe oczy obserwują mnie, gdy zakłada długie blond włosy za uszy. Garrett jak zwykle mnie olewa.

Diesel to pieprzony wściekły pies, Ryder to arogancki dupek, Kenzo to czarujący psychopata... nie potrafię jednak rozgryźć Garretta. Wygląda na to, że chce całkowicie ignorować moją obecność. Nawet na mnie nie spogląda. Kenzo siada obok mnie i bierze dwa kubki.

– Kawy?

– Czarna – odpowiadam, a on nalewa mi kubek. Obejmuję go dłońmi, krzywiąc się, kiedy czuję ból w tej, którą sobie zraniłam.

Ryder to zauważa, oczywiście. Nie sądzę, aby cokolwiek umykało uwadze tego człowieka. Ma oczy jak jastrząb.

– Masz za swoje, skoro zachowałaś się jak dziecko i zniszczyłaś swój pokój.

Czy on właśnie dał mi reprymendę... jak pieprzonemu dzieciakowi? Mam ochotę chlusnąć mu kawą w twarz, a on wbija we mnie swoje zimne oczy, jak gdyby czytał mi w myślach.

– Nie wystawiaj na próbę mojej cierpliwości. Z powodu twojego wybuchu wezwałem dzisiaj ludzi, żeby naprawili szkody. Nie można cię zostawić samej, więc będziesz z Kenzo.

– Strażnik więzienny? – Śmieję się gorzko, popijając kawę, która, co irytujące, jest bardzo dobra.

– Dla twojej ochrony i tak, aby powstrzymać cię przed zrobieniem sobie krzywdy albo ucieczką – odpowiada rzeczowo Ryder, podnosi sztućce i zabiera się za jedzenie. – Jedz, na pewno jesteś głodna.

Potem nie zwraca już na mnie uwagi, jakbym była tylko utrapieniem. Jeżeli tak jest, to po co mnie wziął? Czy dlatego, że to był interes związany ze spłatą długu? Ostrzeżenie dla innych? Nie wiem i szczerze, nie obchodzi mnie to.

Kenzo nakłada mi na talerz jedzenie, pełne angielskie śniadanie, ale jest mi zbyt niedobrze, żeby jeść. Co oni sobie myślą, że luksusowy apartament i smaczne żarcie powstrzymają mnie od prób ucieczki? Czy naprawdę oczekują ode mnie, że najzwyczajniej to zaakceptuję?

Tak, widzę, że tak. Są przyzwyczajeni do tego, że ludzie się ich słuchają i robią to, co im się każe.

– Czy twoja dłoń wciąż krwawi, ładna ptaszyno? – dopytuje się Diesel, opierając podbródek na ręce i patrząc na mnie. Nie umknęło mojej uwadze, że pomiędzy nim a mną siedzi Kenzo.

Zrobili to celowo, ale dlaczego? Dlaczego obchodzi ich, co Diesel mi zrobi? Przecież powiedzieli, że jestem ich i mogą ze mną robić, co im się żywnie podoba. Ignorując go, zwracam się do Rydera, wiedząc, że on jest tym, który zna wszystkie odpowiedzi.

– Mój bar... – zaczynam.

Unosi te zimne oczy, powodując, że zamieram. Większość ludzi patrzy na ciebie, ale nie skupiają na tobie całej swojej uwagi. Ale nie Ryder, on obejmuje cię wzrokiem, analizując wszystko, i jestem pewna, że wie nawet o tym, że po kręgosłupie spływa mi kropla potu, a moje dłonie lekko drżą ze strachu pomimo mojej brawury. Wszystko to zauważa, patrząc na mnie i wykorzystując to przeciwko mnie. To jest człowiek, który lubi mieć pełną kontrolę.

– Co z nim? – pyta łagodnym i ugrzecznionym głosem. Nie ma nic szorstkiego w tym facecie, wszystko jest tak doskonałe, ale pod tym… wciąż kryje się żmija. Śmiertelnie groźny, precyzyjny wąż.

– Co się z nim stanie? – pytam.

– Prawdopodobnie sprzedamy go albo zburzymy – odpowiada bez emocji. Zwijając palce w mojej zranionej dłoni, powstrzymuję się, żeby nie rzucić się na niego i nie spróbować udusić sukinsyna. To jest mój bar.

Mój.

Boże, gdyby Rich mógł go teraz zobaczyć – ta myśl mnie powstrzymuje. Obiecałam, że zaopiekuję się tym lokalem, że będę go prowadzić za niego. Muszę to zrobić, nawet jeśli to mnie zabije.

– Proszę, proszę, nie róbcie tego. – Zaciskam zęby, wypowiadając te słowa, bo to jedyny objaw słabości, na jaki sobie pozwalam.

Odchyla się do tyłu na krześle, unosząc nieznacznie kąciki ust.

– Dobrze, dopóki nie zdecydujemy, co z nim zrobić, pozwolę twoim… współpracownikom dalej go prowadzić.

Prycham na użyte przez niego słowo. Ma na myśli Kucharza i Travisa.

– Oni wiedzą, co się ze mną stało?

Unosi brwi.

– Nie, myślą, że miałaś jakieś problemy rodzinne i musiałaś wyjechać.

Śmieję się, śmieję się do rozpuku, a on mi się przygląda.

– Powiedziałem coś zabawnego?

Czuję, jak pozostali popatrują na nas, a wszelkie odgłosy jedzenia ustają. Ach, Ryder nie lubi czegoś nie wiedzieć, być obiektem żartów.

– Nie mam rodziny i oni o tym wiedzą – rzucam.

– Masz przecież ojca – odpowiada niepewnie.

– Wyrzekłam się go wiele lat temu. – Wzruszam ramionami. – Wszyscy to wiedzą.

Kiwa głową, wycierając usta serwetką, a potem perfekcyjnie ją składa i kładzie na stole.

– Widziałem, że usamodzielniłaś się w wieku siedemnastu lat.

Podnoszę głowę, zastanawiając się skąd to wie.

– Skąd…

Wtedy on się uśmiecha, tak zimno i perfidnie, że naprawdę przechodzi mnie dreszcz. Kurwa.

– Mamy swoje sposoby, kochanie. Potrafię się dowiedzieć wszystkiego o każdym. Daj mi chwilę, a dowiem się rzeczy podstawowych. Godzinę, a będę znał twoje życie… – Nachyla się blisko, owiewa mnie jego świeży oddech, pachnie miętą i drewnem. – Daj mi dzień, a będę w stanie cię zniszczyć, wykorzystując to, co wiem.

Przechylam głowę i wpatruję się w jego oczy, nie mając zamiaru się cofnąć.

– Dobrze, gówno o mnie wiesz, tyle co każdy inny. To nie znaczy, że mnie znasz.

– Nie? – odpiera, marszcząc brwi i rozsiadając się na krześle. W jego oczach pojawia się zdziwienie tym, że nie chcę ustąpić, dać się zastraszyć czy onieśmielić, i myślę, że go to zaskakuje. – Pozwól, że cię oświecę. Odkąd skończyłaś trzy lata, miałaś złamaną prawie każdą kość w ciele. Prawdopodobnie przez ojca, bo to pijak. Twoja matka była narkomanką, która w końcu się zabiła, kiedy miałaś czternaście lat. Zachowujesz się jak ktoś, kto potrafi obstawać przy swoim, umiesz się bić. Najprawdopodobniej brałaś lekcje. Masz broń, co wskazuje na to, że masz jakichś… podejrzanych znajomych. Nie boisz się prowadzić speluny, co pokazuje, że jesteś odważna i nieco głupia. Nie masz chłopaka, prawdopodobnie przez problemy z tatusiem – wygląda więc na to, że masz tylko przelotnych kochanków. Takich, co nawet nie znają twojego nazwiska, czyli dokładnie tak jak lubisz. Lubisz decydować… jak mi idzie?

– Zgadza się, poza jednym – warczę, wstając. – Moja matka się nie zabiła. Zrobił to ojciec, wbijając jej igłę w żyłę i naciskając tłok strzykawki.

Odwracam się, a Diesel zastępuje mi drogę.

– Dokąd idziesz, ptaszyno?

– Nie pozwoliłem ci odejść – mówi ostro za moimi plecami Ryder. – Siadaj.

Zgrzytam zębami, biorę głęboki oddech, zaciskając dłonie w pięści, obracam się i siadam. Kiwa głową i je dalej, ignorując mnie.

– Dzisiaj będę miał spotkania do popołudnia. Wieczorem czekam tu na was wszystkich. Jutro Garrett i ja wyjeżdżamy na prawie cały dzień – informuje ich.

– Dokąd jedziesz, brachu? – dopytuje Kenzo, jedząc.

– Mamy pewne sprawy do załatwienia na północy, nieporozumienie dotyczące płatności. – Ryder przewraca oczami. – Załatwimy to szybko. Tymczasem chcę, żebyś zorientował się, co w trawie piszczy, Kenzo. Bądź czujny w kwestii odwetu ze strony Triady. Nie dadzą tak łatwo za wygraną.

Siedzę tam, chłonąc to wszystko, i zapisując w pamięci, ile

tylko mogę na ich temat. Rozmawiają swobodnie w mojej obecności. Dlaczego?

Ponieważ nie spodziewają się, żebym kiedykolwiek komuś to powtórzyła.

Czuję ukłucie strachu, które przeradza się w gniew. Planują mnie załatwić, jak gdybym była dla nich niczym, kolejnym interesem. Doprowadza mnie to do wściekłości, pierdolę strach. Jestem zła, wściekła.

Te sukinsyny muszą mi za to zapłacić. Przez resztę śniadania w milczeniu kipię ze złości, nie chcę już nic jeść. Zapłacą mi za to.

ROZDZIAŁ 11

RYDER

Obserwuję kątem oka Roxy, a raczej Roxxane, jak zapisano w jej świadectwie urodzenia. Ale raczej nikt jej tak nie nazywa. Od wczoraj dowiedziałem się wiele na temat naszego nowego domownika.

Wygląda na to, że miałem rację, ojciec ją maltretował. Utwierdziła mnie w tym przekonaniu, kiedy przed chwilą mówiła o swojej matce. Wiedziałem, że ten facet to sukinsyn, ale nie sądziłem, że do tego stopnia. Zadziwiające, że Roxy w ogóle jeszcze żyje. Gdy przeglądałem jej dokumentację z ostrych dyżurów, gotowała się we mnie krew. Cierpiała nawet jako dziecko. To wszystko było bardzo znajome i zbyt bliskie mojej własnej skóry, kiedy czytałem na temat złamanych kości i obrażeń wewnętrznych. Jednak nikt nie próbował powstrzymać jej kata ani nie interesował się na tyle, aby interweniować.

Kolejne dziecko zagubione w systemie.

Zapomniane, niekochane, pozostawione w mroku, żeby cierpiało w samotności.

A jednak jest tu i walczy nawet teraz. Podejrzewam, że jest odrobinę wystraszona i taka jak wielu życiowych rozbitków. Spodziewałbym się po niej skrytości i wycofania, a jednak ona wykorzystała swoje doświadczenie, żeby uodpornić się na świat. Blizny pokrywają jej ciało, podkreślone jeszcze przez tatuaże. To sposób zwracania na siebie uwagi. Jej historia jest wypisana na jej skórze.

Przeczytałem, że sędzia orzekł usamodzielnienie, ale wciąż muszę to wyjaśnić i sprawdzić, co robiła później. Żeby kogoś kompletnie zniszczyć, trzeba dowiedzieć się o nim wszystkiego – a ja jeszcze tego nie zrobiłem, chociaż ona najwyraźniej myśli, że tak. Dzięki temu jest spięta i próbuje się domyślać. Tak właśnie lubię.

Trzyma zaciśnięte pięści na stole, ma ściągnięte usta, a jej oczy błyskają gniewem. Siedzi wyprostowana na krześle, nie dotykając jedzenia na talerzu, chociaż słyszę, jak burczy jej w brzuchu. Założę się, że jest przyzwyczajona do głodu. Kenzo połyka jedzenie obok niej, nawyk, którego nigdy nie przezwyciężył. Nabył go dawniej, gdy często nie wiedział, kiedy będzie jadł następny posiłek.

Przez chwilę jest to dla mnie bolesny widok, ale odsuwam na bok wspomnienia, z powrotem oddzielając je ścianą lodu, i popijam herbatę. Przypatruję się Roxxane, mój wzrok wędruje po niej z uznaniem. Nawet z całym tym swoim charakterem i złością jest piękna. Jej włosy są w odcieniu lodu… a to kolor mojej duszy. Oczy mają ciemną oprawę i przyciągają wzrok, usta ma wydatne i czerwone, nawet bez szminki i tej opuchlizny.

Jest naprawdę prześliczna, ma naturalną urodę, wyraźnie to widać. Spotykałem się z modelkami, księżniczkami i najpiękniejszymi kobietami na świecie, ale Roxxane przerasta je wszystkie. Ma nieskażoną urodę i wdzięk, o które one zabiegają. Jej kształty są przepyszne, bez żadnych chirurgicznych poprawek, jak w przypadku wielu. Zakładam nogę na nogę, bo mi stoi, co staram się zignorować. To nigdy nie będzie podstawą mojego działania.

Może i jest piękna, a jej opór i gotowość, żeby nie dawać za wygraną, są strasznie podniecające, ale jest zbyt dzika. Zbyt nieprzewidywalna do łóżka. Lubię, aby moje kobiety były potulne, żeby były przy mnie, kiedy chcę, i odchodziły, kiedy im każę. Żeby nigdy nie zakłócały mi życia, tylko były pierwotnym popędem, który muszę zaspokoić.

Roxxane nie byłaby taka, walczyłaby ze mną o wszystko. Byłaby niezapomniana. Nie mam czasu na szaleństwa, a ona nim jest. Muszę rządzić miastem i chronić braci, i nie pozwolę, żeby kobieta znowu nas zniszczyła.

Nawet kobieta w takim pięknym, tragicznym opakowaniu jak Roxxane.

Łapie moje spojrzenie i mruży oczy, nie boi się mnie, chociaż jej życie jest w moich rękach. Wywołuje to niemal uśmiech na moich ustach – niemal.

Rozumiem, dlaczego Diesel jest nią tak zahipnotyzowany i dlaczego Kenzo jej chce. Mój telefon wibruje, wyrywając mnie z tych myśli, sprawdzam go i widzę, że to alarm. Jestem prawie spóźniony.

Niesłychane.

Wstaję, spoglądam na pozostałych, którzy kiwają głowami, znając dryl.

– Chodźmy.

Wtedy patrzę na nią.

– Zachowuj się – nakazuję i widzę gniew rozpalający się

znowu w jej oczach, a mnie ogarnia ponownie ta potrzeba prowokowania jej. Bez dwóch zdań, dokuczanie jej to niezła zabawa.

Odwracam się, zostawiając Roxxane z Kenzo. Rządzę imperium i czas przypomnieć o tym kilku krnąbrnym ludziom, którzy myślą, że mogą wierzgać. Zbieram włosy do tyłu, wygładzam garnitur i wychodzę z mieszkania, a moi bracia podążają za mną.

Roxxane jest tylko zakłóceniem, którego się wkrótce pozbędę.

Szczerze mówiąc, nie wiem, co z nią zrobimy. Wzięliśmy ją jako nauczkę, ostrzeżenie. Niewiadomy aspekt tego wszystkiego mnie drażni, przez co nie mogę się na tyle odprężyć, żeby spać. Człowiek jest nieprzewidywalny, nauczyłem się już tego, ale jeśli się go zna, wie się, jak go kontrolować, gdzie dokładnie nacisnąć, a gdzie kopnąć lub uderzyć – zarówno pięściami, jak i informacjami – można zmusić go, żeby robił to, czego chcesz.

Roxxane nie będzie taka, widzę to. Nie reaguje jak przeciętna osoba, jest dzika. Nie daje się kontrolować. Dla mnie to koszmar. Nie żebym pozwolił jej to dostrzec. O nie, albo będzie posłuszna, albo ją zabijemy.

Oba rozwiązania są dobre. Tymczasem będę ją ignorował, na ile się da. Mam na głowie znacznie ważniejsze sprawy niż jakieś tandetne dziewczę z południowej dzielnicy z gniewem w oczach i cierpieniem w sercu.

ROZDZIAŁ 12

ROXY

Garrett i Diesel wychodzą z Ryderem, idąc za nim jak psiaki, a na pożegnanie Diesel przesyła mi w powietrzu całusa. Psychol. Zostaję z Kenzo, który, czuję to, patrzy na mnie z boku.

– Jeżeli chcesz, możesz rozejrzeć się po mieszkaniu.

– Co? Nie zamierzasz mnie znowu zamknąć? – warczę.

– Tylko jeżeli będziesz grzeczna. – Pochyla się bliżej. – Więc bądź grzeczna.

Dzwoni jego telefon, odbiera go, wstając od stołu i wychodząc na zewnątrz. Opiera się o balkon w trakcie rozmowy, a ja go obserwuję, zastanawiając się, czy to nie jest jakaś pułapka. A co za, kurwa, różnica? Chociaż wiem, że to bezcelowe, skaczę i próbuję otworzyć drzwi wejściowe. Są zamknięte. Wzdychając, rozglądam się wkoło po apartamencie i w końcu postanawiam go zwiedzić, tak jak mówił. Nie mam nic innego do roboty, a może przy okazji znajdę coś poręcznego.

Idę najpierw na górę, moje nagie stopy plaskają po szkle. Na szczycie jest coś, co wygląda jak biblioteka z włochatym dywanem na środku i ogromnymi, sięgającymi od podłogi po sufit antycznymi szafami na książki. Robi to spore wrażenie. Jest tam korytarz prowadzący w lewo i drugi prowadzący w prawo. Wybieram ten na lewo. Pierwsze drzwi są zamknięte na klucz, ale słyszę za nimi szmer komputerów. Może to pokój ochrony?

Drzwi obok również są zamknięte, ale te mają zamontowany skaner, więc odsuwam się, bo wiem, że nie chcą, aby ktoś dobierał się do tego, co jest w środku. Następne drzwi nie są zamknięte na klucz, więc wślizguję się do środka i rozglądam.

Pokój jest dwa razy większy od mojego, ale równie schludny. Przy prawej ścianie stoi duże, metalowe, niskie łóżko. Na wprost są okna sięgające od podłogi do sufitu. Nie ma telewizora ani zbyt wielu mebli. Tylko biurko, a na nim jedynie pióro i notatnik, ale szuflady są zamknięte – sprawdziłam. Na podłodze leży bardzo miękki dywan, w którym zatapiają się moje stopy, kiedy chodzę dokoła.

Pościel jest tak wygładzona i perfekcyjna, że wskakuję na łóżko, żeby ją trochę potargać. Aksamitny szary materiał marszczy się pode mną, kiedy się po nim turlam, a potem wstaję i uśmiecham się, patrząc na moje dzieło.

Tak jak w moim pokoju, jest tu dwoje drzwi. Pierwsze prowadzą do łazienki, gdzie wreszcie spostrzegam oznaki życia w postaci przyborów toaletowych i na wpół zapełnionego kosza na pranie. Za drugimi drzwiami jest garderoba, wypełniona po lewej garniturami, a w głębi błyszczącymi butami, pod którymi stoją dwie pary adidasów. Trudno wyobrazić sobie w nich Rydera. Po prawej są szare spodnie dresowe, spodnie od piżamy i bokserki. Przesuwam dłonią po doskonale wyprasowanych i rozwieszonych ubraniach i przychodzi mi do głowy złośliwa myśl.

To małostkowe, ale szczerze, chyba nie oczekiwali, że będę siedzieć i czekać na nich jak pies, prawda? Mam przemożną potrzebę prowokowania ich, sprawdzenia, co zrobią. Idę do łazienki i przeszukuję szafki, aż wreszcie znajduję to, czego szukam, a potem chichocząc, wracam do garderoby. Biorę pierwszy garnitur i przecinam materiał nożyczkami, tnąc i strzępiąc go, aż jest cały zniszczony.

Z uśmiechem na ustach pozostawiam tylko jeden nietknięty. Patrzę na tysiące funtów wydane na doskonale skrojone garnitury, które leżą teraz w strzępach. Dumna z siebie, zostawiam nożyczki i wychodzę z pokoju. Co by teraz zrobić pozostałym?

Wracam przez bibliotekę i idę drugim korytarzem, gdzie są kolejne trzy pary drzwi. Wsuwam głowę do pierwszego z dwóch pokoi. To z pewnością pokój Diesela, jest pomalowany na czarno i wszędzie walają się skórzane ubrania i kurtki. Łóżko jest w nieładzie, a w pokoju panuje bałagan. Na małym nocnym stoliku leżą zapalniczki i papierosy. Marszczę brwi, kiedy dostrzegam na poduszce jakieś majtki, które podejrzanie przypominają moje.

Kręcąc głową, wychodzę z jego pokoju. Kto może wiedzieć, co on tam jeszcze trzyma. Następny jest schludniejszy, czystszy i wygląda na bardziej zamieszkały. Na nocnym stoliku leży pudełko kart, więc musi to być pokój Kenzo. Nie chcąc, żeby mnie przyłapał na myszkowaniu, wślizguję się do ostatniego pokoju.

Zapewne należy do Garretta.

Ten wielkolud mnie przeraża, naprawdę przeraża. To znaczy mógłby mnie rozszarpać na kawałki bez mrugnięcia okiem, *ale* również wydaje się nie zauważać, że istnieję, i to budzi moją ciekawość. Nie jest taki jak pozostali, dlaczego?

W jednym rogu jego pokoju wisi worek treningowy i wygląda

na mocno zużyty. W drugim rogu stoi łóżko królewskich rozmiarów z ciemną pościelą. Cała tylna ściana jest pomalowana na czarno z wiszącymi u góry lampami w stylu industrialnym. Druga ściana jest z nagich cegieł. Naprzeciwko łóżka jest telewizor, a pod nim stosy płyt DVD. Dostrzegam kilka klasycznych horrorów – wygląda na to, że jest ich miłośnikiem.

Nie ma tu dużo więcej rzeczy oprócz ubrań i przyborów toaletowych. Wygląda jakby ledwie tu ktoś mieszkał, to miejsce jest tak… puste. Czy jest nowe? Czy w rzeczywistości nie spędzają tu zbyt wiele czasu? Wzdycham, siadam na łóżku i patrzę na szafkę nocną. Z zaciekawieniem ją otwieram, grzebię w nagromadzonych tam rupieciach, aż natrafiam na welurowe pudełko.

Wyciągam je, otwieram i szeroko wybałuszam oczy. To obrączka, pieprzona duża obrączka… Co, do…

– Nie powinnaś tu wchodzić – cedzi Kenzo, stojąc w drzwiach.

Podnoszę wzrok i bez skruchy spotykam jego spojrzenie.

– Powiedziałeś, żebym się rozejrzała, więc to robię.

Zamykam pudełko i starannie wkładam je do szuflady. Czy Garrett jest żonaty?

– Tak powiedziałem. – Uśmiecha się pod nosem. – W przyszłości muszę bardziej uważać na to, co mówię, ale chodzi mi o to, Rox, że nie możesz *tutaj* wchodzić.

– Dlaczego? – pytam, przechylając głowę.

– Jeżeli Garrett złapie cię tu… no, nie będzie to wyglądało ładnie. Może i jest spokojny i opanowany, ale nienawidzi kobiet, więc po prostu trzymaj się z dala, dobra? – Wzdycha.

– Nienawidzi kobiet? Dlaczego? – dopytuję, a on kręci głową.

– Zadajesz mnóstwo pytań jak na więźnia – mówi cicho Kenzo, nie żeby było w tym coś złego. Jego oczy się rozjaśniają. – Chcesz w coś zagrać?

– Z tobą? Nie, dzięki – prycham.

– Dlaczego nie? Boisz się? – pyta drwiąco.

– Widziałam kostki do gry, które trzymasz w kieszeni, i jak śledzisz wszystko oczami, rzeczy i karty w twoim pokoju… nietrudno wywnioskować, że lubisz grać. Prawdopodobnie często wygrywasz. – Wzruszam ramionami, wstając.

– To prawda. A co, gdybym ci powiedział, że każde kasyno, pokątna szulernia i bukmacher w mieście należą do mnie? – pyta, blokując drzwi wyciągniętym ramieniem.

– Odpowiedziałabym ci, że masz problem z hazardem.

– A może po prostu lubię wygrywać – mruczy, a jego oczy ciemnieją, kiedy przesuwają się w dół mojej sylwetki. Ciężko przełykam ślinę, ale nie cofam się.

– Albo po prostu lubisz pieniądze, chciwy sukinsynu – rzucam, krzyżując ramiona, żeby przesłonić mu widok, ale jego wzrok pada na mój odkryty dekolt i oblizuje wargi.

– To też – potwierdza.

– Przesuniesz się? – burczę.

Patrzy na mnie, jakby rozważał moje pytanie.

– Dlaczego nie boisz się nas bardziej?

Serce zaczyna mi bić trzy razy szybciej. Gdyby tylko wiedzieli, że *naprawdę* ich się boję, ale rozumiem, o co mu chodzi. Dlaczego nie jestem szlochającą, katatoniczną ruiną?

– Przez niemal każdy dzień w moim życiu się bałam. I w końcu dochodzi się do punktu, gdy nie pozwalasz, żeby to dłużej nad tobą panowało, i tak do tego przywykasz, że staje się to normalne.

Mruga, prawdopodobnie nie spodziewał się tego.

– Rozumiem to.

– Naprawdę? – pytam, przechylając głowę. Cholera, dlaczego

rozmawiam z tym sukinsynem, zamiast rozbić mu głowę i spróbować uciec?

Ponieważ jest zbyt spokojny, o wiele za spokojny, tak jak wiedział, że nawet jeśli jakoś przez niego przebrnę, to i tak nigdy się nie oswobodzę. Co, bardziej niż cokolwiek innego, podpowiada mi, że z tego budynku nie będzie łatwo się wydostać. I ma to sens, skoro jest to główna siedziba Żmij.

– Nie różnimy się tak bardzo od siebie, Rox. Powinnaś o tym pamiętać. – Opuszcza rękę. – Ciągle jeszcze odnawiają twój pokój, ale zanim pójdziesz do nich błagać o pomoc, wiedz, że oni są nasi i nie obchodzi ich to. Zamiast tego chodźmy się zrelaksować.

– Zrelaksować?! – wrzeszczę za nim, kiedy odchodzi.

– Zrelaksować! Przecież mam dzisiaj wolne! – Śmieje się, a ja stoję osłupiała, ale nie chcę zostać przyłapana w pokoju Garretta, jeżeli prawdą jest to, co powiedział.

Nienawidzi kobiet… dlaczego?

Kurwa, co mnie to obchodzi?

I dlaczego idę za Kenzo? Bo szczerze, co innego mam zrobić? Równie dobrze mogę nacieszyć się tym luksusowym apartamentem, zanim ucieknę.

Spodziewałam się tortur, a przynajmniej tego, że jeden z nich spróbuje mnie do tego momentu wydymać, a jednak nie zrobili tego i zbija mnie to z tropu. Mówią, że jestem ich więźniem i mogą ze mną robić, co zechcą. Patrzą na mnie srogim wzrokiem, ale nie dotykają mnie… no, oprócz Diesela, ale on jest stuknięty.

Musiałam być wykończona. Kenzo włączył telewizję i nastawił jakieś pierwsze z brzegu romansidło. Nie chciałam mu mówić, że ich nie znoszę, chociaż i tak zwinęłam się na kanapie jak najdalej od niego. Jak sobie to tłumaczyłam? Musiałam odpocząć, zachować siły, ale brzmiało to jak kłamstwo, nawet dla mnie.

Kiedy się budzę, nadal jestem w tej samej pozycji, ale okrywa mnie koc, a słońce jest niżej na niebie. Kenzo siedzi obok mnie, bliżej niż przedtem. Ma założoną nogę na nogę, ze stopą opartą na kolanie i otwartym tabletem, w którym w podzielonych okienkach na ekranie widać coś, co wygląda na obraz z kamer ukazujących wnętrza klubów.

– Myślałam, że dzisiaj masz wolne? – mruczę zachrypniętym od snu głosem.

Mruga i spogląda na mnie.

– Moja droga, Żmije nigdy nie mają tak naprawdę wolnego – zbyt wielu ludzi jest do zabicia i zbyt dużo pieniędzy do zarobienia.

Ziewając, siadam i przeciągam się, prostując ramiona i napinając plecy. Kiedy mrugam i spoglądam w jego stronę, Kenzo patrzy na mnie głodnymi oczami. Przesuwają się po moim ciele niczym ogniste kule i wzdrygam się, zastanawiając, czy to jest ten moment, w którym zaatakuje, ale on tylko spogląda z powrotem na swój tablet.

Oblizuję wargi, zakładam nogę na nogę i odwracam się twarzą do niego, żebym mogła widzieć ciosy, które nadejdą – stare przyzwyczajenie. Zauważa to, rzecz jasna, i obraca się nieznacznie do mnie, pisząc coś na tablecie.

– Czy pozostali jeszcze nie wrócili? – pytam.

– A co? Nie możesz się doczekać, aż ich zobaczysz?

– Nie, zastanawiam się tylko, czy muszę już się ukryć. – Wzdycham.

Unosi głowę.

– Ukryć?

– Tak. Przed tym stukniętym kolesiem, no i przed tym, który będzie wkurzony – odpowiadam, zastanawiając się, czy Ryder mnie zabije, jak zobaczy swoje ubrania, ale nie żałuję tego, co zrobiłam. Ten perfekcyjny sukinsyn zasłużył sobie na to po dzisiejszym poranku.

– Diesel jest nieszkodliwy… no dobra, to nieprawda. Jest nieszkodliwy dla nas. Gdyby kiedykolwiek miał nas zabić, to tylko dlatego, że nie miałby innego wyboru. – Kenzo wzrusza ramionami.

– I tak spokojnie o tym mówisz? A co z innymi ludźmi? – oponuję.

– To zwierzyna łowna – odpowiada.

– Chryste, on jest kompletnie szalony, widzisz to, prawda? – Prawie krzyczę.

Kenzo podnosi wzrok i widzę w jego oczach ten sam mrok, który mają w sobie pozostali, ukryty pod czarującą osobowością. Może i jest spokojniejszy, mówi bardziej słodko i jest większym bawidamkiem, ale pod tym wszystkim wciąż kryje się potwór.

– Nie mów o czymś, na czym się nie znasz, Roxy. Ten człowiek przeszedł piekło. To musi zostawić ślady, a on jest naszym bratem. Będziemy go chronić przed wszystkimi, rozumiesz?

Kiwam głową, trochę wystraszona. Jak gdyby nic się nie stało, przymyka oczy i znowu się uśmiecha. To, kurwa, straszne, jak szybko potrafi się zmieniać.

– Twój pokój jest gotowy. Zaniosłem tam też twoją torbę.

– Moją torbę? – powtarzam, marszcząc brwi.

– Tak, pewnie będziesz chciała wziąć prysznic i się przebrać. Zaczynasz cuchnąć. – Uśmiecha się pod nosem.

A to pieprzony sukinsyn.

Ma czelność mówić mi, że cuchnę, po tym, jak dostałam w zęby, straciłam przytomność, zamknięto mnie i uwięziono? Powinnam była jemu też pociąć ubrania. Rzucam mu gniewne spojrzenie i ruszam szybko do swojego pokoju, wąchając sobie po drodze pachy.

Pieprzone Żmije.

ROZDZIAŁ 13

GARRETT

Wracamy po południu. Kenzo siedzi na kanapie, jak zwykle monitorując swoje kluby, ale nie widać nigdzie Roxy. Nie żebym się tym przejmował. Ani trochę.

Ryder odgarnia włosy do tyłu, a potem rozpina garnitur, jedyny znak, że jest zirytowany tak samo jak ja dzisiejszymi spotkaniami. Wygląda na to, że Triada wzięła się za zastraszenie niektórych biznesów w mieście, żądając, żeby płacili im za ochronę. Nie nam.

To wyzwanie, któremu musimy się przeciwstawić. Ryder ma ostre spojrzenie, nawet kiedy rozgląda się wkoło.

– Gdzie ona jest?

Kenzo nawet nie podnosi wzroku.

– Schowała się przed tobą.

– Dlaczego? – pyta Ryder i wydaje się zdezorientowany. Roxy nie wygląda na taką, która będzie się chować…

– Wcześniej złapałem ją na tym, jak myszkuje na górze. – Wzrusza ramionami i stuka w ekran.

Ryder wzdycha i spogląda na mnie.

– Idę zmyć z siebie smród dzisiejszego dnia. Poleciłem Dieselowi, aby… pogadał z niektórymi innymi biznesami, żeby nie myśleli, że oni też muszą płacić.

Kiwam głową, kiedy rusza na górę do swojego pokoju. Uznałem, że też mogę wziąć prysznic, ruszam więc do swojego pokoju, kopnięciem zamykam za sobą drzwi i opieram się o nie plecami, biorąc głęboki oddech.

Ale wraz z nim wyczuwam jakiś zapach, niedwuznaczny zapach. Jak whisky i seks.

Ona tu była.

Ogarnia mnie furia. Warczę, zdzierając z siebie koszulę, i rzucam się do worka treningowego, wyprowadzając parę ciosów i wyrzucając z siebie całą agresję. Jak ona śmiała? To jest mój pokój! Moja przestrzeń! Jedyne miejsce, w którym czuję się bezpieczny – a teraz cuchnie jak ona!

Ale mojego ciała to nie obchodzi, ten głupi sukinsyn jest gorący i ciężki, zapach snuje się wokół mnie i pobudza do życia mojego kutasa w dżinsach. Oczywiście jedyną kobietą, na którą zareagował od czasu tej pizdy, musi być ta, którą więzimy. Nie potrzebuję kolejnej kobiety, nie potrzebuję kolejnych pieprzonych komplikacji.

Ale mój kutas nie przejmuje się tym, drga mi w dżinsach, naciskając niewygodnie na suwak, więc ściągam spodnie i idę pod prysznic, zimny prysznic. Kiedy jednak lodowaty strumień spada mi na plecy, ani odrobinę nie zmniejsza to ogarniającego mnie pożądania.

Spoglądam w dół i widzę kroplę preejakulatu na szczycie mojego kutasa, a żyła na jego boku pulsuje. Kurwa. To zdecydowanie zbyt długo, ale całe moje pragnienie zabrano mi tamtej nocy.

Nie wiedziałem, czy tak było dlatego, że zawsze, gdy choć pomyślałem o dymaniu kogoś, tamta noc przelatywała mi przez głowę, tłumiąc moje pragnienie, czy mój kutas był po prostu popsuty.

Nie obchodziło mnie to… zbytnio.

Ale teraz, właśnie teraz postanowił się obudzić, i to wściekle. Przepełnia mnie pożądanie o każdej porze dnia. Mogę przysiąc, że przez te ostatnie dwadzieścia cztery godziny waliłem konia częściej, niż kiedy byłem nastolatkiem. Dzisiaj w nocy, kiedy położyłem się spać, widziałem tylko te błyszczące, gniewne oczy. Jej sylwetkę obracającą się, gdy próbowała mnie zaatakować.

Wyobraziłem sobie jednak inne zakończenie, ja rzucam ją na bar, zdzieram z niej te króciutkie szorty i walę ją w ciasną, małą pizdę, aż przestaje walczyć i zaczyna krzyczeć.

Cholera.

Sięgam w dół i nie mogę się powstrzymać, ściskam kutasa, wyobrażając sobie ją przede mną na kolanach. Te ciemne oczy mrugają, patrząc na mnie, te czerwone wargi obejmują mojego kutasa. Powinna być rozzłoszczona, jej paznokcie wpijałyby się w moją skórę, jej oczy byłyby groźnie w mnie wpatrzone. Kurwa. Opieram się plecami o ścianę i onanizuję się, kiedy wyobrażam to sobie, wizualizując sobie, jak pięknie by wyglądała naga i związana, niezdolna do zrobienia niczego innego oprócz obciągania mi. Te srebrzyste włosy nasiąknięte wodą i przyklejone do jej głowy moimi dłońmi, kiedy wpycham się jej w usta. Raz za razem.

Stękam i moje lędźwie zastygają, gdy spuszczam się mocno, opryskując sobie brzuch i ścianę. Oddycham głęboko, włączam ciepłą wodę i zmywam to z siebie, zniesmaczony tym, gdzie wędrują moje myśli. Ona jest nikim, tylko kolejną łasą na pieniądze suką. I co, gdyby nie miała wyboru? Będzie zupełnie taka sama jak inne.

Już raz dostałem nauczkę. Nie, Roxy to tylko zakłócenie. Takie, którego musimy się pozbyć, zanim zniszczy wszystko, na co tak ciężko pracowaliśmy.

Właśnie wtedy dobiega mnie wrzask z korytarza. Zakręcam wodę, chwytam ręcznik, owijam go sobie w pasie, idę do pokoju i otwieram drzwi. Marszcząc brwi, widzę, jak wystraszona Roxy biegnie korytarzem prosto na mnie. Nawet nie patrzy dokąd pędzi, po prostu uderza o moją mokrą pierś. Przyglądam się jej z góry z zakłopotaniem, a ona spogląda na mnie gniewnie. Patrzymy na siebie nawzajem.

Pierś jej faluje, kiedy zerka przez ramię, więc też tam patrzę, dostrzegając, jak Ryder wychodzi ze swojego pokoju, trzymając w ręku strzępy materiału. Ma zabójcze spojrzenie, kiedy wbija je w tę drobną kobietę przyciśniętą do mnie.

Ona wydaje z siebie skowyt i mija mnie, przyciskając się do moich pleców, jak gdybym miał ją ochronić. Nie wiem dlaczego, ale powoduje to, że się jakoś nadymam, obrzucając gniewnym spojrzeniem Rydera, kiedy zatrzaskuję drzwi. Krzyżuję ramiona i spoglądam na kobietę stojącą w moim pokoju. Dokładnie tam, gdzie jej nie chciałem.

Cholera, to jest córka naszego wroga. Pieprzony dług. Nic więcej... więc dlaczego tak wali mi serce, kiedy jej wzrok wędruje po mojej pokaleczonej piersi? Dlaczego odwracam się z niesmakiem? Musi robić się jej niedobrze, kiedy na mnie patrzy.

Dlaczego się tym przejmuję?

Nie przejmuję się.

– Co zrobiłaś? – rzucam.

Uśmiecha się do mnie słodko, ale nie pasuje to do jej twarzy. Wolę grymas niezadowolenia, złość… podniecenie.

– Nic.

– Kurwa, nie kłam, bo wyrzucę cię z powrotem na zewnątrz na pastwę jego gniewu – warczę.

Wzdycha i zrzuca pozór niewinności. Spojrzenie jej ciemnieje, kiedy opiera dłonie na biodrach, a usta zwijają się w szyderczy uśmiech.

– Nic, na co by nie zasłużył.

– A dlaczego myślisz, że cię obronię? – rzucam.

Znowu przebiega wzrokiem po mojej piersi, a ja powstrzymuję się, żeby się nie skulić. Pierdolę ją i jej opinie.

– Co się stało z twoją piersią?

Wydaję pomruk, chwytam ją za gardło i rzucam na ścianę przy drzwiach. Nie odcinam jej dopływu powietrza, tylko zaciskam dłoń, ale tak trudno się opanować, żeby nie ścisnąć mocniej. Zwłaszcza gdy jej oczy zmieniają się w tamte drwiące niebieskie, jej włosy przybierają kolor blond i stają się długie, a usta robią się węższe. Potrząsam głową i odpycham ten obraz, pierś mi faluje, kiedy usilnie staram się pozostać tu i teraz. I nie zabić Roxy.

To nie ona.

Powtarzam to sobie raz za razem.

Roxy przełyka ślinę w moim uścisku, ale nie wyrywa mi się, tylko tak zwisa, a jej oczy uważnie mi się przyglądają. Pochylam się i przybliżam do jej twarzy, z pewnością moja twarz jest teraz wykrzywiona grymasem.

– Nie obronię cię, dziewczynko, co najwyżej znajdziesz u mnie śmierć. Ryder może się zdenerwować i rozkazać to zrobić komuś innemu, Kenzo może nawet pomóc. Kurwa, nawet Diesel byłby milszy, zadbałby o to, żebyś miała uciechę… a ja? Zrobię to tak, żeby bolało. Zadam ci cierpienie, ponieważ nic dla mnie nie znaczysz. Nie będę się nawet przejmował, jak będziesz błagać. Ty. Jesteś. Niczym. Tylko kolejnym cholernym długiem. Kolejną pieprzoną przymilną dziwką.

Z błyszczącymi oczami przechyla głowę do tyłu.

– Naprawdę? Więc zrób to. Zabij mnie. Mam dosyć niepewności, po prostu, kurwa, zrób to. Przestań grozić i zwyczajnie mnie zabij – mówi szyderczo.

Warczę i znowu rzucam ją plecami na ścianę, wydaje z siebie *uff*, kiedy wychodzi z niej powietrze, ale ciągle się śmieje, chociaż czuję pod dłonią jej przyspieszony puls, który ją zdradza. Boi się mnie. To mnie otrzeźwia.

– Kurwa, zrób to! Mam dosyć gróźb, czekania, aż to nastąpi! Po prostu zabij mnie i skończ z tym, to będzie lepsze niż ta niepewność! – krzyczy mi prosto w twarz.

Odleciałem, nie słyszałem nawet, kiedy otworzyły się drzwi, dopóki czyjaś dłoń nie dotknęła mojego ramienia. Z warknięciem odwracam gwałtownie głowę i spoglądam prosto w spokojne oczy Rydera.

– Garrett, to nie ona. Poczekaj, rozumiesz? To nie ona. To Roxxane. Puść ją.

Ciężko dysząc, odwracam się, żeby spojrzeć na kobietę, którą ściskam rękoma. Serce mi skacze, kurwa. Puszczam ją i zataczam się do tyłu – kurwa, kurwa, kurwa. Ogarnia mnie przerażenie. Czy naprawdę kimś takim się stałem? Ręka mi drży, kiedy patrzę na Roxy, która pada na kolana, z trudem łapiąc powietrze. Ryder próbuje pomóc jej się podnieść, ale ona uderza go po rękach i wstaje na nogi z wkurzonym wzrokiem utkwionym we mnie.

Patrzy to na mnie, to na niego, tak cholernie rozzłoszczona.

– Jeżeli macie mnie zabić, zróbcie to. Mam dosyć tego gówna. Dosyć oglądania się za siebie, dosyć niespania ze strachu. Wiem, że jestem dla was niczym, tylko kolejnym długiem, ale się o to nie prosiłam. Teraz was proszę, zabijcie mnie. Zróbcie to szybko.

Ryder wbija w nią wzrok, stojąc i czekając, takie odważne to maleństwo.

– Nie zabijemy cię i nie będziesz nam rozkazywała, Roxxane.

– To ja was pierdolę! – wrzeszczy, atakując na oślep ze strachu. Wiem, bo robię tak samo. Widzę to w jej spojrzeniu, te same upiory, które mnie prześladują. – Myślicie, że będę tu siedzieć jak kolejna z waszych pieprzonych kobiet? Jestem osobą! Mam swoje życie. – Spogląda w stronę Rydera, patrząc mu prosto w oczy. – Będziecie żałować dnia, w którym mnie wzięliście, gwarantuję wam. Zniszczę was. – Podchodzi prosto do mnie, mimo że dopiero co o mało jej nie zabiłem, i staje ze mną twarzą w twarz.

– A ty jeszcze raz mnie dotkniesz, a poderżnę ci gardło we śnie. Jaskinia Żmij czy nie, nawet jeśli będzie to oznaczać, że nie wydostanę się stąd żywa. – Podnosi pięść i widzę, jak leci w moją stronę, przyzwyczajenie boksera, ale nie próbuję jej zablokować i trafia mnie w twarz. Słyszę, jak lekko chrupie mi nos, rozpala się we mnie ból. Ale przywykłem do tego, żyję bólem.

Żyję dla niego, tylko wtedy czuję, że żyję, czuję się normalny. Nie jak ten poznaczony bliznami potwór kryjący się pod rękawiczkami i garniturami.

Potrząsa dłonią i wiem, że ją zabolało, ale nie pokazuje tego, kiedy odwraca się i z podniesioną głową wychodzi z pokoju. Stoję tam, patrząc za nią. Uderzyła mnie. Znowu. Ta kobieta to pieprzony huragan.

Nawet w obliczu śmierci walczy. Tak bardzo przypomina mi to innych ludzi, których znam – moich braci – którzy nigdy nie ustają, nigdy nie dają za wygraną, nawet kiedy szanse wydają się znikome.

Zasłużyłem na jej cios. Cholera, wiedziałem, że nie powinienem jej tu wpuszczać. Pozwolić jej zbliżyć się na tyle, żeby zalazła mi za skórę, próbowała mnie testować. To będzie dla niej śmierć, tylko tyle mam do zaoferowania innym. Nie pozostało ze mnie nic oprócz gniewu.

Nienawiści.

– Niezłe z niej ziółko – mruczy Ryder, patrząc na mnie. Jak zawsze, smutnieje, kiedy widzi moją pierś. Obwinia się, wiem o tym. Zawsze się wini, kiedy jednemu z nas coś się stanie, zawsze uważa, że powinien nas chronić. Obronić. Nie musi, ale nie słucha mnie, zresztą nigdy nie rozmawialiśmy o tym, co się stało. – Może nie powinieneś mieć z nią styczności. Przepraszam, nie pomyślałem, jak to będzie, gdy sprowadzimy ją tutaj… – Przesuwa dłoń przez włosy, mierzwiąc je nieco.

Jak na Rydera, to już rozklejanie się.

– Nie, w porządku – rzucam, odwracając się, bo nie chcę, żeby zobaczył, jak byłem bliski zatracenia się w emocjach. Poddania się tej ciemności… tym demonom, z którymi walczę co dnia. Tym demonom, które pokonuję bólem, pięściami i kopniakami.

– Mogę ją zabić, nie będzie wtedy z nią problemu – rozmyśla zupełnie spokojnie, ale kiedy zrzucam ręcznik i naciągam moje szare szorty, spoglądam i widzę, jak opuszcza kąciki ust. Nie chce jej zabijać. Jemu też zaszła za skórę – ciekawe.

– Nie, w porządku. Nie byłem przygotowany, teraz już będę. I będę się trzymał od niej z daleka, dopóki nie zdecydujemy, co z nią zrobić – odpowiadam, naciągam koszulkę i biorę torbę, wsuwając sobie za pas pistolet.

– Idziesz na walkę? – pyta, wypuszczając długi oddech i zgarniając włosy do tyłu.

– Muszę. – Wzdycham, spoglądam za siebie, a on kładzie mi znowu dłoń na ramieniu.

– Wiem, idź. Rób, co musisz, żeby to zwalczyć. Ale potem wróć do nas – mówi i wychodzi.

Wciągam powietrze i pozwalam, aby jego słowa były dla mnie drogowskazem. *Wróć do nas.* Skąd on wie, że jestem tak bliski zagubienia się? Tak bliski opuszczenia gardy o ten kawałek, aby grad pięści przebił się, zabijając mnie? Tak byłoby łatwiej, ale to nie w naszym stylu.

Żmije nigdy nie dają za wygraną.

Żmije nigdy nie przestają walczyć.

Żmije zawsze wygrywają.

Wychodzę z pokoju i nie zwracam uwagi na pozostałych, którzy siedzą na dole, kiedy zatrzaskuję za sobą drzwi. Nigdy nie dowiedzą się, jak blisko jestem przepaści. Diesel spadł w nią dawno temu, ale nauczył się, jak żyć w mroku. Kenzo balansuje na krawędzi, a Ryder? Ryder wszystko to tłumi czystą pieprzoną siłą.

Ja zwalczam to pięściami.

Raz za razem, nieważne, jak bardzo cierpi na tym moje ciało. Jedynie tak mogę funkcjonować. Czuć buzującą we mnie adrenalinę, wyładowywać wściekłość na innych ludziach. Często nie schodzą z ringu o własnych siłach. Ci ludzie tam wykrzykują moje imię, gdy krew kapie mi z napiętych mięśni, i uwielbiają to.

Ja tego nienawidzę, ale to konieczność.

Kiedyś tak nie było. Byłem najlepszy, robiłem to zawodowo, aż w końcu uświadomiłem sobie, ile pieniędzy można mieć z nielegalnych walk. Teraz nie mam już wyboru, jestem zbyt brutalny na zawodowe walki. Chcę, żeby bolało mojego przeciwnika, żeby krwawił. Chcę, żeby pod moimi pięściami łamały mu się kości, puchły od siniaków oczy.

Pragnę ich bólu.

Naznaczam ich ciała zniszczeniem, jakie niosą moje ciosy.

Okładam faceta. Stara się zablokować moje ciosy, zasłonić się ramionami, ale nie jest w stanie mnie powstrzymać. Wywalam na niego wszystko, poddając się emocjom, aż staję się tylko złością. Pada na ziemię, a ja rzucam się na niego.

Przyciskam go i walę pięściami po nieosłoniętej twarzy. Knykcie mi trzeszczą, pęka na nich skóra. Moja własna krew spływa mu po twarzy, ale nawet wtedy nie przestaję. Tłum krzyczy, cisnąc się bliżej, żeby móc prawie poczuć smak krwi. Uwielbiają to.

Wykrzykują moje imię, ale wszystko to zlewa się w jeden szum, kiedy zadaję uderzenie za uderzeniem. Mężczyzna traci przytomność, ale ja nie przerywam, jego głowa odskakuje na bok za każdym ciężkim ciosem. Ktoś próbuje mnie powstrzymać, ale odpycham go. Nie mogę przestać. Po prostu nie mogę.

Potrzebuję tego.

Potrzebuję jego krwi.

Potrzebuję bólu.

Odciągają mnie od tego człowieka, jego pierś ledwie się porusza, a twarz ma zapadłą. Odwracam się i warczę, uderzając każdego, kto podchodzi zbyt blisko, aż w moim polu widzenia pojawiają się twarze sędziego i czterech ochroniarzy usiłujących mnie powstrzymać.

Z falującą piersią, buzującymi mięśniami i pokryty potem, staję na środku ringu w świetle reflektora. Kiwam głową, żeby wiedzieli, że wróciłem, że wszystko ze mną w porządku. Nastaje cisza, sędzia chwyta moją pokiereszowaną rękę i unosi ją w powietrze, krzycząc do mikrofonu, że wygrałem. Nie obchodzi mnie to.

Stoję tam, a tłum unosi się, krzyczy, skanduje i tupie w podziemiach starej papierni. Trybuny wykonano z wszystkiego, co dało się tu znaleźć, a ring to w zasadzie prostokąt wyznaczony kredą, z linami wokoło.

Ale są tu często najbogatsi ludzie w mieście, najbiedniejsi też. Jednak oni są bojownikami, dziećmi ulicy, jak ja niegdyś byłem. Ludzie, którzy chcą odmienić swoją przyszłość, dając z siebie wszystko. Sędzia przysuwa się do mnie.

– Mamy jeszcze jednego gościa. Wygląda na to, że tego potrzebujesz.

Kiwam głową, nie myli się, potrzebuje tego. W mojej głowie błyskają ciągle oczy Roxy i potrzebuję kogoś, żeby je przegonić.

– Niech będzie dwóch – warczę i schodzę z ringu, żeby łyknąć trochę wody, a potem oblewam nią sobie twarz. Odwijam taśmę z pięści i oceniam obrażenia – nie jest źle.

Jakaś kobieta się do mnie przysuwa, kiedy zabierają z ringu gościa, którego o mało nie zabiłem, i rzucają go na bok jak śmiecia. W końcu przegrany nie dostaje nic. Wsuwam wygrane pieniądze do torby, nie to, żebym ich potrzebował, ale nie zaszkodzą. Kobieta lekko pokasłuje, gdy na nią nie patrzę, niemal przyciskając się ciałem do mojego boku... inna kobieta kiedyś tak robiła.

Ona.

Powinienem był wiedzieć, że nie jest dla mnie odpowiednia,

ale byłem zbyt zaślepiony. Zbyt ufny. Zbyt naiwny. Już nie. Nigdy więcej.

Gniew wraca z pełną siłą, kiedy patrzę na intruzkę. Ma na sobie obcisłą sukienkę, która wypycha do góry jej sztuczne cycki tak, że prawie się wylewają. Ma kręcone rude włosy, a jej twarz jest pokryta tragiczną warstwą makijażu.

Nie mogę się powstrzymać, żeby nie porównać jej z tym fajerwerkiem w naszym mieszkaniu. Ona jednak nie może równać się z Roxy.

– Co? – warczę, skończyłem już z byciem miłym. Nie muszę tu przychodzić, oni wszyscy mnie znają. Wiedzą, czym jestem.

Kobiety rwą się, żeby próbować, myśląc, że potrafią okiełznać moje szaleństwo. Mężczyźni mi kibicują, chcą oglądać, jak zabijam. Poprzez mnie chcą wyrzucić z siebie własną ciemność. Oni wszyscy są w błędzie. Nie mają pojęcia, co kryje się we mnie w głębi.

– Potrzebujesz towarzystwa, kotku? W końcu wygrałeś – mruczy, przesuwając dłonią po moim spoconym ramieniu. Łapię jej palce i mocno ściskam, a ona dyszy z bólu, otwiera szeroko oczy, w których pojawia się strach, kiedy drży pod moim spojrzeniem, kuląc się i cofając.

Wszystkie tak robią.

Wszystkie myślą, że dadzą sobie ze mną radę, ale się mylą. Nawet gdybym chciał wydymać którąś z nich – a nie chcę, już nie – nie mógłbym. Zabiłbym je.

– Nie. Dotykaj. Mnie – warczę i słyszę, jak wywołują moje imię. Odpycham ją, a ona ląduje na tyłku, ludzie wokół niej się śmieją. Odwracam się i idę z powrotem na ring, gotów, aby znowu zatracić się w walce.

Może mi się poszczęści, może oni będą dobrymi przeciwnikami. Może dadzą mi ból, którego potrzebuję, może w końcu mnie zabiją i zakończą moją niedolę…

ROZDZIAŁ 14

ROXY

Nie tak dawno słyszałam, jak trzaskają drzwi. Chowam się w moim pokoju przez cały czas od tej sprzeczki z Garrettem, próbując uspokoić szybko bijące serce. Najgorsze jest to, że pod całym tym strachem, który staram się ukryć… jest coś jeszcze. Coś mroczniejszego, co chciało, żeby mnie ścisnął, co pragnęło tego gniewu, który, jak widziałam, nim włada.

Co chciało przekonać się, jak daleko mogę go sprowokować… i jak długo to zniesie.

Jestem popierdolona.

Otwieram pchnięciem drzwi i niepewnym krokiem wchodzę do łazienki, ściągając z siebie ubranie. Wcześniej zasnęłam, nie biorąc prysznica, ale czując wciąż na gardle dłoń Garretta i mając na sobie zapach potu i mężczyzny, muszę to teraz zrobić.

Muszę to z siebie zmyć, to, co czułam w tamtej chwili. Nie bałam się, że umrę, nie bałam się nawet, że będzie bolało… bałam się, że dowiem się, jak to jest czuć całą tę siłę.

Zakosztować zemsty.

Kurwa.

Wślizguję się pod prysznic i szoruję sobie ciało, ignorując moją zdradziecką cipkę, która wydaje się aż nazbyt zainteresowana tymi wężami. Kiedy kończę, czuję się trochę lepiej, wycieram się, kieruję do garderoby i wskakuję w starą, dziurawą koszulkę AC/DC. Jedną z moich ulubionych, moją koszulkę pocieszenia. Potem zwijam się na perfekcyjnym łóżku. Ryder miał rację, doprowadzili pokój do takiego stanu, że wygląda, jakby mój napad złości nigdy się nie wydarzył. Chociaż pomacałam palcami lustro w łazience i przekonałam się, że pokryte jest specjalną powłoką, żeby się nie stłukło.

Mądry człowiek.

Chcę się tu schować na zawsze, ale to nie w moim stylu. Nadal chcę się uwolnić od tych ludzi, a żeby tego dokonać, potrzebuję informacji. Wiedza to potęga. Nikt nie przyjdzie mi z pomocą, a świat mnie olewa. Nie dba o to, czy jestem dobrą czy złą osobą. Kurwa, sama już nie mam pewności, jaka jestem… może coś pośrodku.

A więc na bosaka wymykam się do mieszkania i staję oparta o ścianę w miejscu, gdzie mnie nie widzą, podsłuchując.

– Myślisz, że nic mu nie będzie? – cedzi Kenzo swoim charakterystycznym, przepojonym ciepłem głosem.

– Tak, musiał tylko to wszystko z siebie wyrzucić – odpowiada Ryder zimnym tonem.

Słychać westchnienie i odgłosy zmiany pozycji.

– Czy nigdy nie myślałeś, że byłoby sympatyczniej…

– Nie mów nic więcej – rzuca Ryder. – On jest naszym bratem, jego demony są naszymi demonami. Przeżył, a my mamy robić, co tylko się da, aby tak zostało.

– Masz rację – przyznaje Kenzo, ale w jego głosie brzmi smutek. – Żałuję tylko, że niewiele możemy zrobić. Czuję się niepotrzebny, kiedy patrzę, jak się szamocze.

– To jest jego walka i tym razem nawet my nie możemy mu pomóc. Tylko on sam to może, musi zdecydować, że nie chce się poddać. Jest w stanie zawieszenia od czasu, kiedy to się zdarzyło, tylko wegetuje. Mam przeczucie, że obecność Roxy wytrąci go z tego stanu. Zmusi go, żeby się z tym zmierzyć raz a dobrze – mówi cicho Ryder.

– T… Ty wiedziałeś o tym, kiedy ją tu sprowadziłeś, prawda? – warczy Kenzo, teraz już ze złością. – Może i jesteś bystry, Ryder, ale czasem jesteś pieprzonym sukinsynem. On jest naszym bratem.

– Tak! – odburkuje Ryder. – Próbuję go uratować!

– Próbujesz wszystko kontrolować, jak zawsze! – wrzeszczy Kenzo. – Choć raz przestań starać się wszystkim kierować, po prostu bądź przy nim. On tylko tego potrzebuje, a nie twoich pieprzonych eksperymentów. Nie jesteśmy twoim kolejnym wyzwaniem, któremu musisz sprostać, jesteśmy twoją rodziną. Przysięgam, Ryder, czasami przypominasz mi…

Zapada cisza i prawie wyczuwam spadek temperatury, a kiedy Ryder się odzywa, jego głos jest grobowy, mroczny i, ach, tak zimny.

– No, powiedz to.

– Tatę! – dopowiada Kenzo. – Tak, kocham cię, bracie, ale z każdym dniem coraz bardziej upodabniasz się do niego. Przez całe życie walczyłem, żeby nie być taki jak on, ale czasem się zastanawiam, czy nie myślisz, że zwyczajnie prościej jest się poddać. Pamiętaj, co się z nim stało, bracie, żebyś nie skończył tak jak on.

Wyglądam zza rogu i widzę, jak Kenzo znika na górze. Ryder stoi w kuchni ze zwieszoną głową i przyciska pięści do blatu.

– Raz, dwa, trzy, cztery – mruczy. – Raz, dwa, trzy, cztery.

Powtarza to raz za razem, aż widzę, jak jego postać się uspokaja, znowu kryjąc się za fasadą lodu. Kiedy odsuwa się od blatu kuchennego i prostuje, z powrotem panuje nad sytuacją. Ma zimny wyraz twarzy, gdy zapina garnitur i wychodzi przez drzwi frontowe.

Próbuję rzucić się za nim do ucieczki, ale usta zakrywa mi czyjaś dłoń i zastygam w bezruchu, oczy mi się rozszerzają, serce wali, a oddech przyspiesza. Do mojego ucha przysuwają się usta, owiewa mnie woń dymu i benzyny.

Diesel.

Kurwa, wszyscy ostrzegali mnie, żebym się trzymała od niego z dala, a teraz Ryder wyszedł, Garrett też, nie żeby mnie ratowali. Nawet Kenzo sobie poszedł. Zostałam sama z tą stukniętą, chorą psychopatyczną Żmiją.

– Och, ptaszyno, złapałem małą ptaszynę – mruczy, liżąc mnie w ucho. – No, no, tak podsłuchiwać, niegrzeczna ptaszyna. Wiesz, co oni robią?

Kręcę głową ze wzrokiem utkwionym w korytarz naprzeciwko, nie śmiem się ruszyć, żeby go w jakiś sposób nie sprowokować. Ogarnia mnie autentyczna trwoga. Ten człowiek nie trzyma się reguł. Zabija dla zabawy, torturuje dla śmiechu. Chce oglądać, jak się wiję, patrzeć, jak cierpię. Nie wiem, co robić, jak zachowywać się w jego obecności. Przecież ofiara zawsze rozpoznaje drapieżnika.

A Diesel jest uosobieniem drapieżnika.

Nieprzewidywalny i pochłaniający wszystko na swojej drodze, jak ogień, który tak kocha. Nawet teraz czuję papierosa w jego oddechu, jego dłoń jest szorstka, jak gdyby była pokryta oparzeniami, kiedy przysuwa ją mocniej do moich warg, dociskając je boleśnie do zębów.

– Ukarana.

Zamieram, kiedy się śmieje, odsuwając się ode mnie równie nagle, jak się zjawił. Obracam się i przyciskam dłoń do serca, a on idzie w głąb korytarza, słyszę głośne klikanie zapalniczki, kiedy na przemian otwiera ją i zamyka.

Kurwa.

Naprawdę muszę trzymać się z daleka od tego człowieka. Coś mi podpowiada, że on będzie moją śmiercią. Muszę uciec, zanim postanowi przestać mnie torturować, a zwyczajnie mnie zabić.

Ponieważ w tym momencie polują na mnie.

Cztery głodne żmije podpełzają coraz bliżej, opasują mnie coraz mocniej, ich ciemne zwoje lśnią w świetle, kiedy przygotowują się do ataku.

A ja jestem w samym środku.

Po tym incydencie z Dieselem postanowiłam schować się w swoim pokoju, nie chcąc się znowu na niego natknąć pod nieobecność pozostałych. Może i nie przeszkodzą mu w zrobieniu mi krzywdy, ale myślę, że powstrzymaliby go przed zabiciem mnie.

Przynajmniej na razie.

A więc zrobiłam jedyną rzecz, jaką mogłam – poszłam spać. Tym razem jednak nie miałam koszmarów, no, nie tych z mojej przeszłości. Zamiast tego śniły mi się wytatuowane knykcie przesuwające się po moich udach, ciemne oczy spoglądające na mnie

i kiedy budzę się nagle w świetle poranka, jestem pokryta warstwą potu. Pulsuje mi w cipce, a uda mam mokre od śluzu.

Pojękując, że mój własny umysł się gubi i zdradza mnie
we śnie, spoglądam z wyrzutem na swoją cipkę.

– Rozumiesz chyba, że oni nas porwali, co? To znaczy porwali
nas i zamknęli? – warczę, a potem podnoszę się i znowu idę
pod prysznic. Głupia pieprzona wagina, wygląda na to, że nie obchodzi jej to, że nas kupili.

Albo że prawdopodobnie planują nas zabić. To lafirynda i zachowuje się zupełnie, jakby mówiła, *no tak, ale oni są seksowni.*
Sukinsyny. To znaczy tak, są seksowni. Atrakcyjni to za mało powiedziane, wszyscy wyglądają jak posągi greckich bogów. Doskonale wyrzeźbieni z umięśnionymi brzuchami, które nie wyłażą
im od przesiadywania całymi dniami w barze. Mocno się starają
być najlepsi we wszystkim, a to najwyraźniej obejmuje też najlepszy wygląd.

To niesprawiedliwe i powoduje, że moje hormony są zupełnie
zdezorientowane. Nienawidzę ich, naprawdę. Chcę ich zabić…
ale także jakoś chcę się z nimi pieprzyć?

Wspaniale.

Po kąpieli myję zęby i przemywam sobie twarz, pieprzyć tych
sukinsynów. Nie będę dla nich robiła sobie makijażu, ale czeszę
włosy, a potem wskakuję w obcisłe czarne dżinsy – moje ulubione
z dziurami i rozerwaniami na całej długości, przez które wyzierają tatuaże – a do nich zakładam luźną harleyową kamizelkę,
którą z przodu wsuwam w spodnie. No, jakoś w miarę wyglądam,
na wypadek gdyby udało mi się uciec.

Otwieram drzwi sypialni i znajduję na zewnątrz moje wysokie
buty. Prawie krzyczę ze szczęścia, kiedy je naciągam.

– Brakowało mi was – mówię do nich, poklepując matowy

czarny materiał, gdy je zasznurowuję i wciskam w nie dżinsy. Zawsze czuję się lepiej w, jak to nazywa Kucharz, moich wymiataczach.

Kurwa, Kucharz.

Mam nadzieję, że w barze wszystko w porządku. Ciekawa jestem, czy kogokolwiek obchodzi, że zniknęłam?

Nie żebym miała kogoś, kto zwróciłby na to uwagę, poza personelem i ludźmi, którzy piją tam na okrągło. Prawdopodobnie bardziej ich zmartwiło, że nie mogę im polać paru drinków i muszą znaleźć jakieś inne miejsce.

Czując się silniejsza, idę korytarzem i mam jakby déjà vu, kiedy widzę ich wszystkich jedzących śniadanie przy stole. Czy tak jest co dzień rano? Wskakuję na moje wczorajsze krzesło. Garrett nie patrzy na mnie, ale widzę, że ma podbite oko, a kiedy spoglądam na jego rozbite, pokryte strupami knykcie, wsuwa je pod stół.

Ma na sobie koszulkę z dekoltem w serek, ukazującym blizny, które widziałam wczoraj. Były potworne, musiał tyle wycierpieć. Tyle wytrzymać. W jaki sposób przeżył? Wyglądało to, jakby zerwano mu pasy skóry i przyszyto je z powrotem, tworząc cętkowaną powierzchnię z mięsa. Właściwie serce mi się kraje za niego.

Z tego, co słyszałam, najwyraźniej coś mu się przytrafiło. Ale co? I dlaczego z tego powodu nienawidzi kobiet?

Odwracam wzrok, nie chcąc go znowu sprowokować. Ryder czyta gazetę, też mnie ignoruje, ma na sobie jedyny garnitur, jaki mu pozostał, na co uśmiecham się znacząco. Musiał to zauważyć, bo unosi oczy, a potem lekko je mruży i wbija we mnie.

– Jedz, nie jadłaś wczoraj.

– Boisz się, że umrę z głodu? – odpowiadam drwiąco.

– Są znacznie ciekawsze sposoby, żeby umrzeć. – Diesel uśmiecha się do mnie, ssąc kiełbaskę nabitą na widelec, przeżuwając i łypiąc na mnie.

Odwracam wzrok i patrzę, jak Kenzo znowu nakłada jedzenie na mój talerz, podając mi bez pytania kawę. Postanawiam zrobić, jak polecił mi Ryder, nie dlatego, że jestem grzeczna, ale ponieważ jestem rzeczywiście głodna. A jedzenie nie może być zatrute, skoro wszyscy jedzą.

Jem tak szybko, że aż boli mnie żołądek. Kurde, zapomniałam, jak bardzo boli, kiedy po głodówce znowu zaczyna się jeść. Popijając kawę, odchylam się do tyłu na krześle, podciągam kolana do piersi i staram się uśmierzyć ból.

– Dzisiaj znowu zostaniesz z Kenzo – informuje mnie Ryder, popija herbatę ze swojej malutkiej filiżanki, składa gazetę i kładzie ją na stole. – Garrett, my musimy odbyć parę wizyt. Przyprowadzimy ci prezent, Diesel… nie zepsuj go. Tylko się pobaw, pamiętaj.

Diesel ożywia się, jego oczy niemal płoną, kiedy uśmiecha się pod nosem.

– Kurwa tak.

– Mówię poważnie – ostrzega Ryder, a Diesel przewraca oczami, ale kiwa głową.

– Potem muszę pojechać do centrum, wygląda na to, że potrzebne mi są ubrania. – Ryder wzdycha i oczy wszystkich kierują się na mnie. Uśmiecham się znacząco, popijając kawę. – Wezmę też jakieś rzeczy dla ciebie, Roxxane.

– Nie potrzebuję ubrań z twojej pieprzonej łaski – warczę, prostując się.

Ryder przygląda mi się, oceniającym wzrokiem.

– Nosisz szmaty. Żmija nie zakłada takiego… stroju.

– Dobrze, że nie jestem pieprzoną Żmiją – rzucam.

Unosi kąciki ust.

– Nie, ale jesteś gościem. Będziesz reprezentować nasz biznes i naszą rodzinę, nawet jeśli tylko przebywasz w tym mieszkaniu. To nie są negocjacje.

– Co? Może jeszcze chcesz, żebym wyjęła sobie kolczyki? – Śmieję się. – Za mało grzeczne dla twojej świętoszkowatej dupy?

Prycha i nachyla się do przodu.

– Uważaj, co mówisz, Roxxane, bardzo uważaj. – Potem mruga i znowu jest zimny jak lód. – Nie, możesz zatrzymać swoje kolczyki, a tak przy okazji, naprawdę wyglądasz pięknie bez makijażu, ale w moim odczuciu to tak, jakbyś była bez swoich barw wojennych. – Śmieje się.

– To dobrze, bo mam parę kolczyków, które nie tak łatwo wyjąć. – Wzruszam ramionami i wzrok wszystkich znowu kieruje się z zaciekawieniem na mnie. – Nigdy się, kurwa, nie dowiecie.

Diesel się śmieje.

– Nie bądź taka pewna, ptaszyno.

Garrett ponownie odwraca wzrok i wstaje, trzymając się sztywno, jakby coś go bolało.

– Powinniśmy się zbierać.

– Rzeczywiście. – Ryder wzdycha i wstaje, spoglądając na mnie. – Powiedziałbym, żebyś się zachowywała, ale nie sądzę, abyś mnie posłuchała. Wiedz, że Diesel będzie tu dzisiejszego ranka. – Prawie uśmiecha się pod nosem, skurwiel, wie, że to oznacza, że będę grzeczna, żeby ten stuknięty sukinsyn nie zbliżył się do mnie.

Biorę kawę i ostatni raz gniewnie na nich spoglądając, idę do swojego pokoju. Na pewno nie będę wchodzić w drogę temu piromanowi. Tym razem rzeczywiście ich posłucham i nie będę się pokazywać. Cholera, to jednak robi się nudne. Cały czas tylko śpię i się ukrywam.

Myślałam, że do tego czasu będę już wolna.

Zaczynam wierzyć, że nigdy nie odzyskam wolności. Zginę tu z ich rąk.

Siedzę w pokoju tak długo, jak mogę. Tak mi się nudzi, że liczę, ile kroków muszę zrobić, idąc w różne miejsca, a potem padam z powrotem na łóżko. Mija chyba kilka godzin i w końcu nie mogę już tego wytrzymać, nigdy nie byłam z tych, co siedzą i nic nie robią. Cholera, pracowałam prawie codziennie, odkąd miałam szesnaście lat. Najpierw po to, żeby spłacić dług mojego taty wobec Richa, zanim nie zatrudnił mnie na stałe, a potem, żeby był ze mnie dumny... a później, żeby utrzymać przy życiu mój bar.

Czuję, że brakuje mi tego, i nie wiem jak się przestawić. Uchylam więc odrobinę drzwi i wyglądam na zewnątrz, zerkając w obie strony, żeby się upewnić, że nie czeka tam Diesel, aby na mnie napaść. Kiedy nic się nie rusza, wyślizguję się na korytarz, sunąc stopami po chłodnej podłodze, żeby nie robić hałasu, i kieruję się w głąb korytarza.

Dochodzę do jego końca i wyglądam zza rogu, żeby zobaczyć, czy kogoś nie ma w salonie. Kenzo jest znowu na zewnątrz, rozmawia przez telefon, chodząc tam i z powrotem. Diesel właśnie wychodzi drzwiami frontowymi i dostrzegam dla siebie szansę.

Oni wszyscy myślą, że jestem w moim pokoju.

Serce mi wali, kiedy biegnę szybko i wsuwam stopę między drzwi, żeby się nie zatrzasnęły. Przygryzam wargi, aby powstrzymać się od krzyku, gdy przyciskają mi stopę do framugi, do oczu napływają mi łzy. Kurwa, to bolało. Kryję się za drzwiami, wyglądając na zewnątrz, i widzę, jak Diesel czeka na windę. Jak zwykle u boku ma zapalniczkę i ciągle ją otwiera i zamyka, aż stalowe drzwi się otwierają i wchodzi do środka.

Pochyla głowę, zapalając papierosa, i tylko dlatego mnie nie dostrzega, kiedy drzwi powoli się zamykają. Tak-kurwa-powoli. Zerkam przez ramię i spanikowana widzę, że Kenzo kończy rozmawiać przez telefon. Kurwa, teraz albo nigdy. Prześlizguję się przez drzwi dokładnie w chwili, gdy winda się zamyka, i pozwalam im się zamknąć.

Jestem wolna.

Jestem, kurwa, wolna!

No, wydostałam się dopiero z mieszkania, ale to już zupełnie inna historia. Próbuję uruchomić windę, ale znajduje się tam coś, co wygląda na skaner, i zapala się na czerwono, kiedy próbuję, kurwa. Dobra. Na końcu korytarza są drzwi oznaczone jako wyjście pożarowe. A niech to! Podbiegam do nich i otwieram, wstrzymując oddech i czekając, czy odezwie się alarm. Kiedy go nie słyszę, trochę się rozluźniam.

To nie za wiele, wciąż muszę jeszcze wydostać się z budynku. Nie wiem, dokąd pójdę, gdy już będę wolna, to jasne, że nie będę mogła wrócić do mojego życia, ale to jest sprawa na później. Szybkim krokiem zbiegam po schodach i jestem tak podekscytowana, że o mało nie potykam się i nie upadam. Chwytając się poręczy, przeskakuję je najszybciej, jak umiem, aż docieram do kolejnego poziomu i kolejnych drzwi.

Są zamknięte, więc sprawdzam następne piętro i kolejne. Schodzę coraz niżej i niżej, a każde drzwi bez wyjątku są zamknięte i wyposażone w skaner. Kurwa, czy zostanę uwięziona na ich klatce schodowej? Mijam coś, co jest oznaczone jako kolejny poziom ze znakiem P1. Może podziemie?

Pierś mi faluje, płuca mi krzyczą od szybkiego biegu i pulsuje we mnie adrenalina. Cholera, nie jestem w formie. Na tych drzwiach nie ma skanera i rozwieram szeroko oczy. A niech to. Otwieram je szybko, wydając niemal krzyk zwycięstwa, kiedy się za mną zatrzaskują. Ruszam do przodu i gwałtownie się zatrzymuję, kucając za sięgającym sufitu filarem blisko drzwi. To pieprzony parking podziemny. Cholera, to oznacza, że są tu prawdopodobnie kamery.

Patrzę do góry i tak, jak podejrzewałam, dostrzegam je. Wygląda na to, że się obracają, więc odliczam, ile czasu zajmuje obrót, a potem szukam wzrokiem wyjścia. Jest jedno na końcu podjazdu z opuszczaną bramą. Uśmiecham się lekko. Nie spodziewali się, że ktoś będzie próbował się wydostać, a jeśli tak, to nie sądzili, że dotrze tak daleko.

Spoglądam z powrotem na kamery i obserwuję, jak znowu robią obrót, a potem wyskakuję zza filara, kiedy odwracają się od podjazdu. Trzydzieści sekund, tylko tyle mam czasu. Biegnę, mijając luksusowe samochody i motocykle oraz puste miejsca, zmuszając się do jeszcze większego wysiłku.

Dwadzieścia osiem.

Kurwa. Przebierając rękoma, zniżam głowę i pędzę podjazdem, ciężko dysząc.

Dwadzieścia pięć.

Rozglądam się wkoło i walę dłonią w przycisk. Nic się nie dzieje. Robię to jeszcze raz i jeszcze raz.

Dwadzieścia.

Cholera.

Pod nim jest gniazdo na kartę lub skaner. Kurwa, kurwa, kurwa! Krzyczę, waląc w nie dłonią. Byłam tak blisko. Rzucam głową w różne strony, muszą tu być jakieś drzwi, wejście lub wyjście dla pieszych, prawda?

Piętnaście.

Jest tam budka. Czas mi się prawie kończy, więc wpycham drzwi do środka i rozglądam się za kluczem, kartą, czymkolwiek. Widzę komputer i rząd kluczyków zawieszonych w głębi. Niewiele więcej. Otwieram drzwi i kopniakiem odsuwam krzesło.

Dziesięć.

Kurwa. Moje dłonie rozpaczliwie przerzucają rupiecie w szufladach, potem przeglądam kluczyki na ścianie.

Pięć.

Mercedes, ferrari, harley, ręce zaczynają mi się trząść ze strachu, że nic nie znajdę.

Trzy.

Nie.

Nic tu nie ma.

Jestem w pułapce.

Dwa.

Kurwa.

Jeden.

Kucam w momencie, kiedy doliczam do trzydziestu, wyglądając znad krawędzi biurka, żeby spojrzeć przez szybę, i widzę kamerę skierowaną znowu w tę stronę. Czekam, kucając, aż się przesunie. I wtedy to dostrzegam, łom pod biurkiem. A niech to.

Wyglądając znowu do góry, widzę, że kamera się odwraca, więc wyskakuję z budki. Kenzo prawdopodobnie niedługo sprawdzi, czy jestem w pokoju, a gdy zobaczy, że mnie nie ma, włączy blokady w całym budynku. Muszę wcześniej się stąd wydostać.

Wciskam łom u podstawy drzwi garażowych i rzucam się na niego całym ciężarem ciała. Całym ciężarem i siłą od noszenia beczek z piwem. Ale drzwi nawet nie drgną. Znowu krzyczę i rozglądam się dokoła. *Myśl, Rox, myśl.* Kluczyki! Kurwa, może uda mi się wyjechać stąd, rozwalając bramę?

Wbiegam do budki, wybieram najbliższe klucze i wracam na parking. Naciskam przycisk na breloczku i słyszę sygnał, ale nie widzę samochodu. Naciskam jeszcze raz i dostrzegam srebrnego mercedesa na końcu z zapalającymi się światłami. Dobrze, pierdolić te sukinsyńskie Żmije.

Są bogaci, mogą sobie kupić nowy.

Wykorzystując filary, chowam się za nimi, kiedy kamery obracają się w moją stronę. Przemieszczam się powoli, ale wreszcie udaje mi się dotrzeć do samochodu. Kucam i otwieram drzwi, miękkie kliknięcie odbija się echem od ścian, gdy wślizguję się do środka. Okej, okej.

Rozglądam się, znajduję przycisk rozrusznika, naciskam go i samochód budzi się do życia, silnik pomrukuje i zapala się tablica rozdzielcza. Pieprzone bogate kutasy. Uśmiechając się do siebie na myśl o tym, jak będą wkurzeni, kiedy odkryją, że ukradłam im jeden z samochodów, włączam bieg i naciskam pedał gazu. Słychać pisk opon, gdy wycofuję z miejsca parkingowego, uderzając przy tym w inne samochody.

Ups, nie jest mi przykro.

Pędząc w stronę zasuwanej bramy, biorę głęboki oddech. *Proszę, niech to się uda.* Trzymam kierownicę jedną ręką i zapinam pas, wiedząc, że jeśli się nie uda, będzie cholernie bolało.

Zmuszam się, żeby nie zamknąć oczu, serce podchodzi mi do gardła, kiedy pędzę w stronę bramy. Jestem u początku podjazdu, gdy odzywa się dźwięk alarmu i zaczynają migać światła, kiedy staje się głośniejszy. Słychać odgłos mechanizmów korbowych i otwieram szeroko oczy, widząc, jak z podłogi wyrastają bariery odcinające podjazd.

Nie, nie, nie.

Ale jest za późno, są zbyt wysokie, a ja wciąż pędzę w ich kierunku. Krzycząc, naciskam gwałtownie na hamulec, samochodem zarzuca, gdy usiłuję uniknąć zderzenia. Zwalniam, ale niewystarczająco, i uderzam w barierę. Czuję szarpnięcie i walę głową w szybę, wydając jęk. Pas wpija mi się w szyję i eksploduje poduszka powietrzna, odcinając na chwilę dopływ powietrza.

Kurwa.

W głowie mi dzwoni, czuję przeszywający ból, macam palcami i odpinam pas, a potem otwieram kopniakiem drzwi i osuwam się na ziemię. Ja pierdolę. Niewiele brakowało. Serce mi skacze, bijąc nierówno, a żołądek mi się ściska. Unoszę się na czworakach i rozpaczliwie wciągam powietrze. Kiedy się trochę uspokajam, chwiejnie wstaję na nogi.

Cała prawa strona samochodu jest porysowana od uderzenia w barierę. Ale da się to naprawić. Boczna szyba po stronie kierowcy jest pęknięta w miejscu, gdzie uderzyłam w nią głową. Wzbiera we mnie złość i wyrzucam ją z siebie, krzycząc. Tak niewiele brakowało! Tak, kurwa, niewiele! A teraz – teraz utknęłam tu.

I tutaj umrę.

Nie wiem, co mnie opanowuje, za dużo tego wszystkiego. Jestem bezsilna, nie panuję nad sytuacją i nic nie mogę poradzić. Niebezpiecznie spokojna, podchodzę do łomu, który upuściłam na ziemię, podnoszę go i chwytam jak mój kij baseballowy. Czuję, jak po głowie spływa mi krew, ale nie dbam o to. Podchodzę z powrotem do samochodu, zamachuję się łomem i uderzam w maskę.

To miłe uczucie, naprawdę miłe, kiedy powietrze wypełnia się dźwiękiem wgniatanego metalu. Na masce pojawia się wgłębienie, więc robię to jeszcze raz i jeszcze raz, niszcząc tę perfekcyjną, drogą zabawkę. Wybijam szyby, śmiejąc się, gdy w powietrzu słychać odgłos tłuczonego szkła. Okładam zdrowo samochód, nie zważając na nic innego. Potrzebuję więcej, muszę wyżyć się do końca.

Wdrapuję się na maskę i uderzam raz za razem łomem, krzycząc, kiedy to robię. Wspinam się na górę samochodu i staję na dachu, rozbijając wszystko, czego mogę dosięgnąć. Ramiona mam jak z ołowiu i upuszczam łom. Spada na ziemię z wyraźnym grzmotnięciem, a ja szybko oddycham, moje ciało pokryte jest potem, głowa boli mnie od uderzenia, mam obolałe plecy i szyję – ale warto było. Widząc zniszczenie, jakie spowodowałam, nie mogę powstrzymać się od śmiechu.

Macie za swoje, wy sukinsyńskie Żmije.

I wtedy słyszę klaskanie. Podnoszę głowę i napotykam wzrok Diesela i Kenzo, którzy stoją jakieś dziesięć metrów od samochodu, zwyczajnie mnie obserwując. Kenzo obraca w palcach swoje kostki do gry z uśmieszkiem na ustach, a Diesel bije mi brawo.

– A nie mówiłem, że jej się nie uda? – Kenzo częstuje go uśmieszkiem, a Diesel przestaje klaskać, twarz mu się rozjaśnia, kiedy patrzy na mnie.

Ma nagą pierś, na złocistej skórze widać kilka tatuaży i jest umięśniony. Aż za bardzo umięśniony. Czy świrnięci ludzie nie powinni gorzej wyglądać? Ale nie, on wygląda jak upadły anioł.

– To prawda, stary, to było rajcujące jak cholera. – Kiwa w moją stronę głową, a potem spogląda na Kenzo. – Czy ona nie jest wspaniała?

Właśnie wtedy otwierają się drzwi do podziemia i wchodzą

Garrett z Ryderem. Nieruchomieją, widząc mnie stojącą na dachu zniszczonego samochodu, a Diesel i Kenzo dalej na mnie patrzą. Diesel gwiżdże, puszczając do mnie oko.

– Uuu, teraz to wpadłaś w tarapaty, ptaszyno.

Kurwa.

Ryder ma piorunujący wyraz twarzy, gdy podchodzi bliżej. Ma pomiętą koszulę i niedbale zarzuconą marynarkę od garnituru.

– Wyciągnięto mnie ze spotkania, żebym to zobaczył… – Mruży oczy i spogląda na Kenzo. – Wyjaśnij – warczy.

Tamten wzrusza ramionami.

– Przykro mi, brachu, jakoś się wykradła. Kiedy to zauważyłem, przejrzałem obraz z kamer i zobaczyłem ją w podziemiu w twoim samochodzie. Włączyłem alarm i bariery musiały ją zatrzymać.

– A potem? – podpowiada Ryder, wskazując mnie na dachu samochodu.

– A potem zaczęła nawalać w twój samochód, krzycząc coś o wężach i dupkach – odpowiada rzewnie, prawie z rozmarzeniem Diesel.

Naprawdę?

Chwila, samochód Rydera?

O kurwa.

Tamten spogląda na mnie zimnym wzrokiem.

– Schodź, natychmiast – rozkazuje.

Przełykam ślinę, ale on musi widzieć, że zaraz otworzę usta, ponieważ podchodzi jeszcze bliżej, kontrolując każdy swój ruch.

– Nie zmuszaj mnie, żebym tam wszedł.

Zeskakuję z samochodu i przysiadam, gdy ląduję na ziemi i urażam sobie obolałą głowę. Wiem, że nie żartuje, zwłaszcza kiedy łapie mnie za ramię i ciągnie. Szarpię się w jego uścisku, klnąc, ale nie zwraca na mnie uwagi, prowadzi mnie do windy i wali dłonią w skaner.

Drzwi się otwierają i wrzuca mnie do środka. Padam na ścianę, tracąc oddech, i widzę, jak wchodzi i wali palcem w przycisk. Ruszamy do góry i obserwuję go uważnie. Ma ponure spojrzenie, emocje topią w nim lód. Zaciśnięte w pięści dłonie drżą i wyraźnie widać, że jest bliski wybuchu.

A więc co robię?

Prowokuję go.

Może robię tak dlatego, że pogodziłam się już z faktem, że tu umrę i nigdy nie odzyskam wolności, a wraz z tym pogodzeniem przyszła odwaga, aby sprawdzić, jak bardzo mogę ich sprowokować. To szaleństwo, ale chyba nie potrafię się powstrzymać.

– Ładny samochód. – Uśmiecham się pod nosem.

Porusza się nerwowo i odskakuję, kiedy wali pięścią w przycisk stop. Zatrzymujemy się gwałtownie, a ja lecę do przodu prosto na niego. Łapie mnie, jego dłoń wędruje mi do gardła i popycha mnie znowu na ścianę windy, aż krzyczę z bólu.

– Nie prowokuj mnie, kochanie – warczy mi prosto w twarz. Serce mi wali i musi to czuć w dłoni, bo ściska mi gardło tak, żebym poczuła całą jego siłę. Siłę i emocje, jakie ukrywa pod tym chłodem.

Ten człowiek jest śmiertelnie niebezpieczny, jest Żmiją, a ja właśnie go sprowokowałam i teraz jest gotów zaatakować.

Ukąsić.

A ja jestem myszą.

Ale mimo to otwieram usta.

– Dlaczego nie?

Pochyla się bliżej i widzę jego oczy, które są teraz w ogniu. Kurwa, jak w ogóle mogłam sądzić, że on jest zimny? Jest morzem ognia, dzikim pożarem. Pali wszystko na swojej drodze, a teraz padło na mnie. Ale problem w tym, że z chęcią bym spłonęła, nie wiem nawet dlaczego.

– Ponieważ nie będę delikatny jak Kenzo. Nie postaram się nawet, żeby ci się podobało, jak Diesel. Wygarbuję ci tyłek tak mocno, że nie będziesz w stanie chodzić, nie mówiąc już o siedzeniu. A potem zostawię cię w tej windzie, żeby wszyscy widzieli, jak bardzo nas pragniesz. Jak bardzo nie nienawidzisz nas, choćbyś nawet tak myślała. Możesz oszukiwać siebie, ale nie oszukasz mnie, kochanie. Rozszarpię te bariery na strzępy, kawałek po pieprzonym kawałku. Doprowadzę cię do krawędzi, będziesz prawie dochodzić tylko pod wpływem kary, jaką ci wymierzę, i zostawię cię, żeby wszyscy to zobaczyli… zobaczyli, jak bardzo tego pragniesz. Dokładnie ci, których twierdzisz, że nienawidzisz.

– Nie pragnę cię – rzucam, przechylając głowę na bok i spotykając jego spojrzenie, ale moje uda zwierają się, zdradzając mnie, a on bez wątpienia to zauważa. Ryder dostrzega wszystko i wykorzystuje to przeciwko mnie. I spostrzegł coś, czego nawet ja nie chciałam zauważyć. Oni są dla mnie pociągający, ci moi porywacze.

Dlatego nic nie mówię – ponieważ ma rację, a ja go nienawidzę. Nienawidzę go. Naprawdę go nienawidzę, ale pragnę ich tak bardzo, że aż mnie to przeraża, i starałam się przed tym ukryć, wyżywając się na nich. Uśmiecha się znacząco, jak gdyby widział moje zmagania, i wiedział, że nie będę mu się już opierać. Cofa się o krok i wygładza sobie garnitur, znowu chowając się za chłodem. Jego ręce już nie drżą, kiedy naciska guzik, żeby uruchomić windę.

– Ostatnie ostrzeżenie, Roxxane – nie prowokuj nas. Jak dotąd byliśmy mili, ale teraz wszystko się może zdarzyć. Niedługo zobaczysz, jakie Żmije są naprawdę, i możesz mieć o to pretensje tylko do siebie. Jesteś odtąd zwierzyną łowną, małą ofiarą, więc lepiej zmykaj. – Mruga do mnie. – Byłaś transakcją biznesową, kochanie, a teraz staniesz się naszą zabawką.

Drzwi się otwierają i wychodzi na zewnątrz, napotykając wzrok pozostałych Żmij, które tam czekają. Cholera, jak oni dotarli na górę tak szybko? Uśmiecha się do nich znacząco, nie zwracając uwagi na mnie, nadal wciśniętą w ścianę, ciężko dyszącą, nienawidzącą go, nienawidzącą siebie. Ale przynajmniej przestała mi lecieć krew z głowy.

– D, jest twoja do końca dnia. Pokaż tej małej smarkuli, co dzieje się z tymi, którzy nas zdradzą, którzy wystawiają nas na próbę – nakazuje Ryder ze swoim lodowatym wzrokiem wciąż utkwionym we mnie. Dopiero kiedy się odwraca, zaczynam normalnie oddychać.

Ja pierdolę.

Myślałam, że Ryder jest lodowaty, jest nieczułym wężem. Tak bardzo się myliłam. Pod spodem cały jest wirującym huraganem emocji ledwie utrzymywanych w ryzach. Dostrzegłam to w jego oczach, poczułam w jego dłoniach. Jest tak bliski wybuchu i siania zniszczenia, że nie sądzę, aby sam wiedział, jak bliski.

Pozostali tego teraz nie wiedzą, ale ja wiem. Jest gotów wyrwać się, pęknąć, a kiedy to się stanie… kto przeżyje, żeby o tym opowiedzieć?

ROZDZIAŁ 15

DIESEL

– Jest twoja. – To zdanie raz za razem odbija się echem w mojej głowie, a na ustach pojawia mi się uśmiech. Ona cofa się w głąb windy i patrzy na mnie przestraszona. Powinna się bać. Ryder i Garrett sprowadzili mi nową zabawkę, żebym się pobawił i dał mu nauczkę. Wygląda na to, że okazał Ryderowi brak szacunku, kiedy zwrócili mu uwagę, że nie spłaca długu.

Gdy ruszam, Garrett wyrzuca rękę i łapie mnie za biceps. Właśnie zacząłem z tamtym człowiekiem, kiedy usłyszałem alarm, więc jestem bez koszulki, a on opuszcza na to kąciki ust.

– Nie bądź dla niej zbyt surowy.

Unoszę wzrok z jego dłoni ku oczom. Zrobiłbym wszystko dla moich braci, a zwłaszcza dla Garretta. Obaj cierpimy, więc jesteśmy sobie bliżsi niż pozostali. Jesteśmy dwiema podobnymi duszami.

– Myślałem, że cię to nie obchodzi.

– Nie obchodzi – rzuca, opuszczając ramię i szybko odchodząc, a Kenzo się śmieje, patrząc, jak człapie.

– Ale on ma rację, D. Wypróbuj ją, ale nie łam jej, dobrze? Jakoś przyzwyczaiłem się do tej dziewczyny, więc pobaw się z nią, ale jej nie zabijaj. Nie miałem jeszcze sam okazji, żeby ją złamać. – Chichocze, a potem mruga do mojej ptaszyny i odchodzi, zostawiając mnie z nią sam na sam.

Ona przełyka ślinę, ale odchyla głowę do tyłu, tak przepełniona strachem, a jednocześnie odważna. Nie mogę się doczekać, aby obrać ją z tego wszystkiego i zobaczyć, co kryje się pod spodem, a Ryder właśnie dał mi zielone światło. Oni nie wiedzą o wszystkim, co robię. Mam wyniki i tylko to ich obchodzi. Pozwalają mi się bawić na swój sposób, pozwalają mi robić to, czego potrzebuję, aby przeżyć.

A ptaszyna?

Ona też mi pozwoli.

Wchodzę do windy i naciskam guzik, żeby zjechać na sam dół. Patrzę na nią i kiedy czuję, jak jej strach wypełnia windę, kutas sztywnieje mi w spodniach. Podchodzę bliżej i wciągam nosem jej słodki zapach, a ona wciska się plecami w ścianę. Pochylam się i wsuwam język w rozcięcie na jej głowie, znowu je otwierając, tak że zaczyna krwawić. Ona piszczy, a ja śmieję się i cofam.

– Pobawimy się, ptaszyno.

Drzwi się otwierają i gwiżdżąc, odwracam się, wchodzę w labirynt, który jest moją jaskinią. Tu na dole jest mroczno i ciepło, dokładnie tak jak lubię. Spoglądam przez ramię i widzę, jak na próżno wciska guziki w windzie. Nie ruszy z powrotem bez mojej karty albo ręki. Zabezpieczenie, które wprowadziliśmy, kiedy jeden gość uwolnił się z łańcuchów i dotarł aż do holu, spacerując tam zalany krwią.

Ciężko to było wytłumaczyć policji; dobrze, że są u nas w kieszeni.

– Ptaszyno, nie zmuszaj mnie, żebym tam po ciebie wrócił – mówię śpiewnie i chichoczę, a ona podnosi głowę i spogląda na mnie.

– Pierdolę to, pieprzony, stuknięty kretyn – mamrocze, zdecydowanym krokiem wychodzi i kieruje się w moją stronę. – Spróbujesz mnie zabić, a nakarmię cię twoimi własnymi jajami. Okej?

– Później, kochanie, teraz musimy się kimś zająć. Potem możemy dalej przerabiać sposoby, w jakie życzysz sobie mnie dotykać. – Mrugam i odwracam się, wracając do pomieszczenia, w którym byłem wcześniej, gdzie czeka na mnie człowiek przywiązany łańcuchem do sufitu. Jest już nagi i pokryty krwią. Rzuca się, kiedy wchodzę, z gardła dobywa mu się jęk, a po twarzy spływają łzy. – Przepraszam za to, rozumiesz pewnie, jak ciężko jest prowadzić interesy, a jednocześnie zadowolić swoją kobietę.

– Żadną, kurwa, twoją kobietę – o mój Boże! – Roxy łapie szybki oddech, kiedy zatrzymuje się w drzwiach i otwiera szeroko oczy. Jest przerażona.

Podnoszę nóż, którego używałem, i wskazuję na Declana.

– To jest Declan. Nie tylko znieważył Rydera i nas, ale także próbował zabić Garretta. – Prychając z dezaprobatą, spoglądam znowu na tamtego. – Jesteś naprawdę głupcem.

– Czekaj, próbował zabić Garretta? – Roxy marszczy brwi, jej oczy błyskają gniewem. Ach, oto i jej szaleństwo. Choć próbuje to ukryć, zaczyna nas lubić *i* nienawidzić jednocześnie. Ale koniecznie musi zobaczyć, jak to wygląda, kiedy się nas zdradzi. Co się z nią stanie, jeżeli spróbuje jeszcze raz uciec.

Jest teraz nasza, musi się z tym pogodzić.

Może być jedną z nas, Żmiją, albo skończy jak Declan.

– Ale niewiele wskórał – prycham. – A więc, Declan, na czym

stanęliśmy? Ach tak, miałeś mi powiedzieć, ile zaproponowała ci Triada, albo miałem obciąć ci sutki.

– Diesel – rzuca ona za mną, ale nie zwracam na nią uwagi.

– No więc, Declanku? – podpowiadam, przykładając ostrze tuż pod jego sutkiem. Szamocze się w łańcuchach, rozpaczliwie nimi targając i znowu płacząc.

– Diesel! – wrzeszczy Roxy, więc zaczynam ciąć, na co on krzyczy.

Na moim ramieniu ląduje ręka, więc obracam się z parsknięciem. Przykładam jej zakrwawiony nóż do gardła i popycham ją na ścianę.

– Nie myśl sobie, że możesz go uratować, ptaszyno. On tu umrze, ale może wybrać, jak bardzo będzie cierpiał. Nie możemy pozostawić bez odpowiedzi takiej groźby. Próbował zabić jednego z nas. Jesteśmy Żmijami, my nie umieramy. Odpowiadamy atakiem na atak. Przywyknij do tego albo bądź cicho. Chcesz czy nie, siedzisz teraz w tym z nami. – Nachylam się i przyciskam jej mocniej ostrze do gardła. – Nikt nie zrobi nam krzywdy, nikt. To dotyczy teraz i ciebie. Czy naprawdę chcesz uratować temu człowiekowi życie?

Przełyka ślinę, zacinając się delikatnie na ostrzu i z trudem łapiąc powietrze, te usta, o których marzę, rozchylają się.

– Ja…

– Może pomoże ci, jeżeli powiem, że on zgwałcił swoją pasierbicę? – Szeroko otwiera oczy, a ja kiwam głową. – Sprawdzamy różne rzeczy, ptaszyno. Ten skurwysyn to szumowina. I tak bym go zabił, nawet gdyby nią nie był, ale pomyślałem, że poczujesz się lepiej, jeśli dowiesz się, czym jest – potworem. A wiesz, czego boją się potwory, ptaszyno?

– Czego? – szepcze drżącym głosem.

– Większego potwora – odpowiadam, oblizując jej wargi. – Boją się mnie.

Odchylam się, zabieram nóż i pozwalam jej swobodnie oddychać. Z jej ust dobywa się nierówny, gwiżdżący oddech, kiedy wpatruje się we mnie, szukając w mojej twarzy odpowiedzi. Odpowiedzi, które może znaleźć tylko wewnątrz siebie. To jest ten moment. Jeżeli spróbuje go uratować, sama przesądzi o swoim losie. Nigdy nie będzie jedną z nas, zbyt słaba, aby podołać naszemu życiu. A to oznacza, że w końcu będę musiał ją zabić.

– Czy chcesz go uratować, ptaszyno?

Spogląda na mężczyznę za moimi plecami i widzę, jak rozważa odpowiedź. Jeżeli kłamię, on jest niewinny… ale coś takiego jak niewinność już nie istnieje i musi się tego nauczyć. Każdy jest grzesznikiem w ten czy inny sposób. Można przykrywać to różami i znajdywać usprawiedliwienia, ale to niczego nie zmienia. Może żyć w blichtrze i bogactwie, ale grzesznik pozostaje grzesznikiem również w garniturze. Nie ma bieli i czerni, jest tylko szarość. W ostatecznym rozrachunku wszyscy robimy rzeczy, które uważa się za złe, nawet w słusznej sprawie.

Ja robię je dla zabawy.

Spogląda z powrotem na mnie.

– Muszę wiedzieć – szepcze i chwyta nóż pomiędzy nami. Puszczam go i cofam się, obserwując ją. Chcę zobaczyć, co zrobi. Czy spróbuje go użyć przeciwko mnie? To byłoby rajcujące.

Przyciska nóż do jego piersi, ręka jej drży, ma stalowy głos, gdy pyta:

– Zgwałciłeś ją?

Tamten nieruchomieje, jego wzrok wędruje na mnie, potem z powrotem na nią.

– Nie, nie, oczywiście, że nie! – krzyczy, ale wahanie w jego głosie wystarcza. Widzę, jak ona tężeje.

Przyciska nóż mocniej, jej ręka jest teraz pewna.

– Nie kłam, bo pozwolę mu robić z tobą, co zechce, aż powiesz mu prawdę.

Kurwa, kutas porusza mi się w dżinsach i zastanawiam się, czy nie chwycić go dłonią. Kiedy patrzę, jak trzyma ten nóż… mam ją w mojej jaskini i ona się przyłącza. To działa na mnie.

– Ja… ja… ona się o to prosiła! – krzyczy. – Chodziła po mieszkaniu w tych majtkach, drażniąc mnie…

Jego głos urywa się piskiem, kiedy Roxy wrzeszczy i tnie go przez pierś. Odchodzi z falującą piersią, twardym i złym spojrzeniem i rzuca mi nóż. Łapię go w powietrzu specjalnie za ostry koniec, żeby skaleczyć się w dłoń, tak jak ona.

– Rób, co chcesz z tym sukinsynem. Niech go zaboli.

– Tak, ptaszyno, jak sobie życzysz – mruczę, a ona wskakuje na kontuar z tyłu i kołysząc nogami, obserwuje mnie. Wracam do mężczyzny. Powiedziała, żeby go bolało. Potrafię to zrobić. Wracając do przerwanej roboty, podrzucam nóż i łapię go zranioną dłonią, przyciskając mu go do skóry jednym płynnym ruchem.

Odcinam jeden sutek bez ostrzeżenia i odrzucam go, chwytam zapalniczkę, podgrzewam ostrze i, słysząc jak krzyczy, przyciskam je do rany. Dolatuje mnie zapach skwierczącego mięsa, a potem robię to samo z drugim sutkiem. Wtedy on się osuwa, mdlejąc, więc czekam, aż oprzytomnieje. To żadna zabawa, kiedy nie są przytomni.

– Często to robisz.

Spoglądam na moją ptaszynę.

– To moja praca.

– Zabójca? – dopytuje, nie osądzając. Chyba po prostu stara się zrozumieć.

Wycierając ostrze, przytakuję.

– Każdy z nas ma swoją rolę. Dlatego jesteśmy tacy dobrzy – każdy zna swoje miejsce i ma swoje mocne strony.

– Powiesz mi?

– Mógłbym, przecież i tak nikomu nie powtórzysz, ale, ptaszyno, ile to jest dla ciebie warte? – mruczę.

Przełyka ślinę.

– Myślałam, że hazard i zakłady to działka Kenzo.

Ach, ptaszyna widzi więcej, niż oni sądzą, wiedziałem. Podchodzę do niej, pochylam się przy szafce i przyszpilam ją tam z ramionami rozstawionymi po obu jej stronach. Nawet w tym zalanym krwią pokoju, z mężczyzną wiszącym na łańcuchach za moimi plecami, jej oczy się rozszerzają. Ptaszyna chce tego, chce mnie, chce być wolna, nawet jeśli nie zdaje sobie z tego sprawy.

– To prawda, ale to nie oznacza, że nie dobiję z tobą targu o informacje. Przecież pracuję właśnie po to, żeby je zdobywać – szepczę i chcę jej posmakować bardziej, niż chcę wziąć następny oddech.

Jej spojrzenie biega po moich oczach, kiedy zastanawia się, co powiedzieć.

– Obiecujesz, że mnie nie skrzywdzisz?

Śmieję się.

– Nie, tego nigdy ci nie obiecam. Mogę cię skrzywdzić, mogę cię nawet pewnego dnia zabić, ale oboje wiemy, że w tym cały powab. Stąpasz po ostrzu brzytwy, ładna ptaszyno, i pewnego dnia możesz po prostu się poślizgnąć, ale czy upadek nie będzie wart zachodu?

Słyszę łomotanie jej serca, kiedy spogląda mi na usta.

– Dobrze, czego chcesz w zamian?

– Poddaj się – burczę. – Wiem, że jest w tobie dzikość, tak jak we mnie, która tylko czeka, żeby ją uwolnić. Zauważyłem to w twoich oczach, kiedy tylko cię zobaczyłem. Zrobisz wszystko, żeby przetrwać, jak my. Jesteś do nas bardziej podobna, niż sobie wyobrażasz. Widzisz mrok i kroczysz po tej granicy, jedną stopą po jednej, a drugą po drugiej stronie. Wejdź obiema stopami, ptaszyno, to jest teraz twój świat. Pełen przelewu krwi i węży. Chcesz czegoś, więc to bierz. Rób, cokolwiek, kurwa, chcesz, ptaszyno, ponieważ cały świat tak robi.

– Tego… tego chcesz – rzuca. – Żebym była taka jak wy?

– Nie, żebyś była sobą, tą którą ukrywasz, nawet przed sobą. Ale dzisiaj, dzisiaj wezmę coś mniejszego. Pocałunek, ptaszyno. Pocałuj mnie, a ja powiem ci to, co chcesz wiedzieć – mówię cicho, patrząc na jej usta.

– Kliniesz się? – Wzdycha.

– Codziennie. – Uśmiecham się pod nosem.

– Kurwa, dobra. – Wysuwa głowę do przodu i całuje mnie, mocno i szybko, a potem się odsuwa. – Powiedz mi.

– Co to było? – Śmieję się. – Prawdziwy pocałunek, ptaszyno, z przekonaniem.

Prycha, zaczyna się irytować, a jej rozdrażnienie bierze górę nad strachem przede mną. Wyciąga rękę, chwyta mnie za ramię, przyciągając bliżej, i przyciska swoje usta do moich. Ten gest jest twardy, gniewny i pełen nienawiści. Dlatego że ją zmusiłem, bez wątpienia, ale przecież miała wybór – i wybrała.

Wybrała mnie.

Smakuje jak słodycz i życie, och, jest tak cholernie pełna życia. Pomiędzy naszymi ustami przepływa elektryczność, jej zaparcie się i moje pożądanie mieszają się w naszych oddechach. Chwytam ją za tył głowy i przyciągam bliżej z dłonią plączącą się w jej aksamitnych, srebrzystych włosach. Dociskam zęby do jej ust, aż rozchyla je na tyle, że mogę wsunąć do środka język. Dyszy i napiera mocniej, uwielbiając to, nawet kiedy mi się opiera.

Ciało jej drży przy mnie, a kutasa mam tak sztywnego, że czuję, jakbym miał zaraz eksplodować tylko od samego tego pocałunku. Ona jęczy, wydając lekko chropawy dźwięk, który trafia mi prosto do kutasa. Ten dźwięk chyba powoduje, że otrząsa się, ale nie chcę jej puścić. Wciskam język głębiej, opanowując jej usta, znacząc jej wargi, kalecząc je. Biorę to, czego chcę.

Chwyta ją złość i zaczyna mnie bić i drapać po gołych barkach swoimi malutkimi kocimi łapkami. Stać ją na więcej. Widziałem, jak powaliła Garretta. Chce, żebym przestał? W takim razie muszę zobaczyć tamtą Roxy. Przyciągając ją bliżej, wciskam mój wzwód między jej nogi, a ona zamiera w bezruchu, a potem zaczyna jeszcze mocniej walczyć. Uśmiecham się, przyklejony do jej ust, i całuję ją mocniej.

– Stać cię na więcej, ptaszyno – mruczę, a potem gryzę ją w dolną wargę.

Wydaje jęk i wymierza mi policzek, jego odgłos odbija się głośnym echem w pomieszczeniu i głowa odskakuje mi w bok. Z dzikim wzrokiem, falującą piersią i sztywnym kutasem powoli odwracam się z powrotem do niej. Ma znowu rozszerzone oczy, ale jej poranione, surowe wargi układają się w uśmieszek, który odwzajemniam.

– Robisz postępy, ptaszyno. Wkrótce będziesz wolna. – Zza pleców dochodzi mnie jęk, kiedy mężczyzna przytomnieje. – A na razie pytaj.

– Powiedz mi, jakie każdy ma zadania – pyta chrapliwym głosem, wysuwając język i oblizując sobie wargi, aż chrząkam.

– Nie patrz tak na mnie – warczę.

– Jak?

– Jakbyś chciała mnie zjeść, tak cholernie złakniona – rzucam.

– Smakujesz jak ogień – szepcze, a potem bierze oddech. – Powiedz mi, zapłaciłam, teraz twoja kolej – odpowiada, zła na siebie, że znalazła się w takiej sytuacji. Za to, że podobało jej się to.

Biedna ptaszyna nie ma pojęcia, jak bardzo będzie się jej podobało to, co jeszcze się między nami wydarzy.

Mocno ją dzisiaj przyparłem, więc cofam się i odpowiadam. Dziś chodziło o przełamanie części tych barier, więc będę dalej naciskał, dalej prowokował, aż ukaże się prawdziwa Roxy, i czyż nie będzie to wspaniałe?

– Kenzo jest bukmacherem, ma w kieszeni hazard w mieście. Konie, karty, wszystko, co można obstawiać, nawet walki. On zajmuje się finansową stroną spraw, radzi sobie dobrze z liczbami. Garrett walczył kiedyś na ringu, więc zna mnóstwo twardych typów. Jest egzekutorem. Zastrasza ludzi, trochę ich bije, żeby słuchali się Rydera, który jest frontmanem. Twarzą i mózgiem działalności. Oni wszyscy starają się, żeby sprawy nie trafiły w moje ręce.

– A ty czym jesteś?

Uśmiecham się nieznacznie i biorę ze stołu piłę do przecinania kości.

– Jestem twoim najgorszym koszmarem. Miejscem, gdzie trafiasz, kiedy nadchodzi twój koniec. Zdobywam informacje wszelkimi koniecznymi metodami. Jeżeli Garrett nie może kogoś nastraszyć, Ryder nie może go przekonać, a Kenzo nie może go przekupić, wtedy ja się za nich biorę. Zabijam naszych wrogów, torturuję tych, którzy śmią się nam przeciwstawiać. Jestem powodem, dla którego ludzie boją się wchodzić Żmijom w drogę.

– Jesteś zabójcą – mówi cicho, jej usta są wciąż opuchnięte od naszego pocałunku. Nigdy nie wyglądała piękniej.

– Tak, ptaszyno, jestem zabójcą, a ty jesteś moim najnowszym celem. – Puszczam do niej oko, a potem odwracam się do tamtego człowieka. – Declan, miło, że jesteś z powrotem z nami. Możemy kontynuować?

Roxy obserwuje mnie przez cały czas. Nic nie mówi, kiedy rozdzieram tego człowieka na strzępy, kawałek po kawałku, domyślając się, co wywoła u niego krzyk. Mdleje jeszcze pięć razy, zanim poznaję odpowiedź na moje pytanie. Potem go zabijam. Oblewam go benzyną i podpalam.

Jego krzyk znowu wypełnia powietrze, razem z zapachem krwi i szczyn. Odwracam się, żeby spojrzeć na moją ptaszynę, kiedy Declan umiera w płomieniach. Ogień tańczy na jej twarzy, rozświetlając jej oczy i kryjące się w nich strach i zgodę. Wreszcie uświadomiła sobie, jakiego rodzaju ludzie ją kupili.

Wreszcie zrozumiała, że jest nasza. Nie ma dla niej drogi ucieczki. Ani teraz, ani w przyszłości. Ptaszyna musi się nauczyć, jak przetrwać wśród Żmij, albo umrze jako nasza ofiara.

ROZDZIAŁ 16

ROXY

W głowie dźwięczą mi słowa Diesela. Mam uwolnić się, chce, żebym się poddała. Pogodziła się z moim losem i stała taka jak oni. Przyznaję, że poczułam coś przy tym pocałunku – coś, co mnie przeraziło. To było wciągające, smak jego warg nawet teraz się jeszcze nie ulotnił. Ale ja nie mogę na to pójść. Muszę pamiętać, że nie jestem dla nich niczym więcej, jak tylko długiem. Więźniem. Zostałam kupiona.

Nieważne, jak bardzo jego pocałunek mnie rozpalił.

Nieważne nawet, że mogłabym zrozumieć, dlaczego robi to, co robi. Nie staje się to dzięki temu dobre, ale są na świecie gorsi ludzie od niego. Czasami ogień trzeba zwalczać ogniem, i to właśnie robi. Chroni swoją rodzinę. Nie czułam przerażenia, kiedy zabił i podpalił tego człowieka. Spodziewałam się tego.

I to mnie przeraża. Czy nie powinnam się bardziej tym przejąć?

Był gwałcicielem, ale… sposób, w jaki zginął… odór jego palonego ciała wraził się we mnie. Te krzyki będą mnie prześladować w koszmarach sennych, a człowiek za to odpowiedzialny był powodem, dla którego zrobiło mi się mokro w majtkach. Powiedziałam mu, żeby tamtego bolało, i tak zrobił. Muszę pamiętać, żeby uważać na to, co mówię, bo wygląda na to, że Żmije traktują polecenia bardzo poważnie, i z jakiegoś powodu Diesel mnie posłuchał.

Od rozmowy z nim coś sobie uświadomiłam. To jest jak partia szachów, o której nie wiedziałam, że ją rozgrywam. Ale nie chcę być pionkiem. Jestem pieprzoną królową i czas, żebym zaczęła odpowiednio do tego postępować. D miał rację. Każdy z nich ma mocne strony, ale to również oznacza, że mają słabości. Odkryję je i wykorzystam przeciwko Żmijom.

Zabiję ich, odetnę wężowi głowę.

Bo jeżeli nie można ich zwyciężyć, trzeba się do nich przyłączyć, a potem ich zabić. Czas pobrudzić sobie trochę ręce, bo one najwyraźniej już są brudne, a wygląda na to, że bycie dobrą mi nie służy. Diesel gasi ogień, a potem czyści swoje przybory i odprowadza mnie na górę. Pozwala mi milczeć, zagubić się we własnych myślach. Szczerze, i tak nie wiem, co powiedzieć.

Mimochodem powiedział mi, że może mnie zabić, a chwilę potem pocałował mnie tak, jak gdybym była powietrzem, a on tonącym człowiekiem. Wkurza mnie to. Całowano mnie wiele razy, ale nigdy w ten sposób, nigdy tak zachłannie. Każde zakończenie nerwowe rozpaliło mi się pożądaniem, jakbym miała umrzeć, gdybym przestała go całować. Gdybym przestała smakować go, czuć go przy sobie… kurwa.

To znaczy poczułam go, ciężko było go nie poczuć, kiedy przyciskał tak do mnie swojego kutasa. Z westchnieniem odsuwam te myśli. Nie mogę pozwolić na to, żeby rozgościł się w mojej głowie. Muszę myśleć jasno, a to oznacza koniec z myśleniem o kutasie tego czubka.

– Gotowa na obiad, ptaszyno? – pyta, otwierając i zamykając zapalniczkę. Chcę go o to zapytać, ale nie jestem pewna, czy byłabym w stanie tak szybko zapłacić cenę za kolejną odpowiedź. Nie kiedy jestem wciąż tak zakręcona ostatnią, a im więcej dowiaduję się o tych mężczyznach… tym mniej ich nienawidzę. Nie mogę na to pozwolić.

– Jestem wygłodniała – odpowiadam, na co on chichocze, ale to prawda, i to jest przerażające. Fetor tego palącego się człowieka… spowodował, że poczułam się głodna.

Tak, wyszło na jaw, że jestem bardziej porąbana, niż myślałam.

Diesel prowadzi mnie do mieszkania, a tam czekają chłopaki, na stole jest pizza i piwo. Jestem zaskoczona i Kenzo to spostrzega.

– Tak, też jemy gówniane jedzenie, a teraz posadź swój piękny tyłek i zjedz trochę, zanim wszystko zniknie. – Kiedy to mówi, przygląda mi się, ale widząc, że jestem w jednym kawałku, wygląda na zadowolonego.

Ryder podążą za mną wzrokiem, gdy przechodzę przez pokój, a potem siadam na swoje krzesło i biorę niemal całą pizzę i dwa piwa. Ignorując jego spojrzenie, wcinam jedzenie. Chciał dać mi nauczkę, kontrolować mnie jak wszystko inne w swoim życiu, bo wyraźnie nie lubi rzeczy, których nie może kontrolować.

Znienawidzi mnie.

Wszyscy patrzą, jak jem, jakby ich zatkało, oprócz Garretta, który dziwnie chrząka z aprobatą. Zostaje jeden kawałek i kiedy sięgam po niego, to samo robi Diesel. Uśmiecha się do mnie znacząco i niemal widzę, jak chce mnie sprowokować, żebym spróbowała mu go zabrać. Robię zatem jedyną rzecz, którą może zrobić dziewczyna wobec groźby utraty kawałka serowego smakołyku. Chwytam widelec i wbijam mu go w rękę.

Wydaje skowyt i gwałtownie odciąga rękę z wciąż sterczącym z niej widelcem, a ja zadowolona z siebie łapię ten kawałek i gryzę go. Wszyscy milczą, patrząc na Diesela, a gdy rozglądam się dokoła, widzę, że siedzą w napięciu. Przeżuwam wolniej i spoglądam na Diesela, żeby sprawdzić, czy mam powód do niepokoju.

Wyciąga sobie widelec z dłoni i zakrywa krwawiące otwory, jego oczy powoli obracają się i spotykają moje spojrzenie. Patrzymy na siebie przez chwilę, a potem on wybucha śmiechem. Kenzo podskakuje na krześle obok mnie, tak mocno, że dziwię się, że nie spadł na podłogę. Z westchnieniem spogląda na mnie.

– Nie wkurzaj Diesela, dobra?

– Co? Dlaczego? – pytam, ukrywając uśmiech za kawałkiem pizzy.

Kenzo zwraca się w stronę Rydera i wymieniają się spojrzeniami, a potem kieruje wzrok z powrotem na mnie.

– Po prostu nie rób tego.

Wzruszam ramionami i przełykam ostatni kęs pizzy, a potem popijam piwem.

– Nie będzie nas tu jutro rano, Roxxane.

Spoglądam na Rydera, który wyciera sobie usta i odchyla się na krześle. Ma rozpiętą u góry koszulę, i przysięgam, że jest to najluźniejszy strój, w jakim go kiedykolwiek widziałam.

– Hm?

– Garrett, Diesel i ja wychodzimy, zanim jeszcze wstaniesz. Będzie tu Kenzo i ufam, że po naszej… demonstracji nie muszę ci mówić, jak ważne jest, abyś się zachowywała. – Unosi brwi, kiedy wbijam w niego wzrok. – Bo znowu zacznę cię zamykać.

Kurwa.

– Dobra. Dokąd jedziecie? – dopytuję się.

– Jest ktoś, kim musimy się zająć – odpowiada.

– Czy ma to coś wspólnego z faktem, że ktoś próbował zabić Garretta? – pytam, a Ryder wzdycha, spoglądając na Diesela z wyrazem dezaprobaty na twarzy.

– Tak, ten wynajęty człowiek jest zabójcą, więc odwiedzimy starego znajomego, Donalda, żeby dowiedzieć się, kto to jest. To ponad sto pięćdziesiąt kilometrów stąd. – Wzrusza ramionami.

– A dlaczego akurat ten gość… Donald?

Uśmiecha się znacząco.

– On jest szefem zabójców w tym kraju, więc jeżeli ktokolwiek wie, kim był ten cyngiel, to właśnie on.

– A potem co zrobicie? – pytam.

– Temu cynglowi? Wytropimy go i przykładnie ukarzemy – odpowiada tak rzeczowo i szczerze, że nie jestem nawet zdziwiona. – Kenzo, dopilnuj, żeby tym razem nie wydostała się na zewnątrz.

– Nie jestem pieprzonym psem – mruczę.

– To przestań zachowywać się jak suka. – Ryder uśmiecha się pod nosem, a mi opada szczęka. Ten skurwiel – jego powinnam była dźgnąć widelcem, nie Diesela. – W pokoju czekają na ciebie nowe ubrania, a jak będziesz się dobrze zachowywać, to może nawet znajdę ci jakieś zajęcie.

– No, czyż nie jesteście najlepszymi porywaczami na świecie? – mówię sarkastycznie, a Kenzo chichocze obok mnie.

– Nie martw się, najdroższa, potrafię zadbać o to, żebyś miała zajęcie. – Porusza do mnie brwiami, a ja prycham, chociaż serce mocniej uderza mi w piersi.

– Oprócz widelca mam jeszcze nóż – ostrzegam, a on śmieje

się, jak zawsze przebierając między palcami tymi swoimi kostkami.

Ryder wstaje i rozpina sobie koszulę, a ja wytrzeszczam oczy. Co? Ja pierdolę. Rozpina dwa górne guziki, pokazując złocistą skórę… pokrytą tatuażami. Kiedy podwija rękawy aż do przedramion, ukazując duże żyły i mięśnie, czuję, jak buzia mi się otwiera na widok pokrywających je tatuaży od nadgarstków w górę. Nie spodziewałam się tego. Jego garnitur wiele zakrywa.

– Idę do siłowni, bądźcie gotowi do drogi o trzeciej rano – mówi do pozostałych, a potem wychodzi, zostawiając mnie zaślinioną.

Weź się w garść.

Obracam szybko głowę i widzę, jak Kenzo znacząco się do mnie uśmiecha. Przyłapał mnie na tym, jak śliniłam się, patrząc na tamtego. Cholera. Pochyla się do mnie.

– Założysz się, że wiem, o czym w tym momencie myślisz, najdroższa?

Próbuję dźgnąć go nożem, ale on jest naprawdę szybki i z wdziękiem zeskakuje z krzesła, puszczając do mnie oko, po czym odchodzi. Zostaję więc z Dieselem i Garrettem. No nie, chwila. Garrett wstaje i sobie idzie, nawet się nie oglądając. Dobra, więc znowu Diesel i ja. Patrzę i widzę, jak obmacuje krwawiące rany od ukłucia na dłoni, a język trzyma w skupieniu między zębami.

No dobra.

Może po prostu… wstaję cicho od stołu i idę do mojego pokoju, kiedy nie patrzy. Zamykając drzwi, spostrzegam torby na łóżku i prycham. Pieprzony dupek, założę się, że kupił mi wymyślne suknie i kostiumy. To właśnie noszą bogaci ludzie, prawda?

Spaceruję po pokoju i staram się ignorować torby i własną ciekawość, ale ciągle spoglądam w ich kierunku. Pierdolę to. Podchodzę, chwytam pierwszą z brzegu i otwieram ją, wyjmując ze środka dżinsy.

Podnoszę spodnie, serce mi mocno bije. Mają stylizowane rozerwania z przodu i postrzępione krawędzie. Są ciemnoczarne i wyglądają na luksusowe i drogie, ale przypominają te, które mam na sobie. Kręcąc głową, otwieram pozostałe torby. Są tam jakieś podkoszulki bez wzorów, T-shirty i podkoszulki z logo zespołów, a także luźne sukienki i koszule. Wszystkie w moim stylu, czarne i awangardowe. Jest nawet luźna piżama.

Rozrywam kolejną torbę i znajduję w środku majtki i biustonosze w moim rozmiarze. Skąd, do cholery, znał mój rozmiar?

Zostaje już tylko jedna torba i pudło. Najpierw otwieram torbę i znajduję tam dwie suknie. Pierwsza jest z jedwabnego, czerwonego, niemal holograficznego materiału, z cieniutkimi ramiączkami, krótka i obcisła. Naprawdę cholernie fajna. Druga suknia jest czarna. Ma wycięte plecy i wstawioną w to miejsce koronkę, a z przodu obłędnie głęboki dekolt w kształcie litery V. Jest cholernie seksowna.

Oszołomiona, otwieram pudło i znajduję w nim buty. W środku są nowe, zajebiste, wysokie buty, a także trzy pary butów na obcasie. Pomyślał o wszystkim, dosłownie o wszystkim, i te rzeczy są takie... w moim stylu.

Nie spodziewałam się tego. Z westchnieniem rzucam się z powrotem na łóżko, nie wiem, co o tym myśleć. Marszczę brwi, kiedy czuję, że coś ostrego uwiera mnie w biodro. Sięgam i wyciągam małą torebkę, którą musiałam przeoczyć. Kiedy zaglądam do środka, widzę przybory do makijażu. Niemal piszczę, kiedy ją odwracam i widzę, jak wysypują się produkty najlepszych marek, wszystkie w moich kolorach – czerwone i fioletowe szminki, ciemna kredka do oczu i cienie do powiek.

Pomyślał o wszystkim.

Na koniec natrafiam dłonią na małe, czarne aksamitne pudełko na dnie torebki, wyciągam je, siadam po turecku, otwieram i zapiera mi dech. W środku, wtulone w jedwab, leżą dwa złote węże. Są to najwyraźniej kolczyki, chyba z rubinami imitującymi oczy, a wykończenie detali jest obłędne. Po tułowiach spływają im złote łuski i są jak żywe, wyobrażam sobie, jak się wiją.

Co to ma znaczyć? Dlaczego podarował mi te rzeczy?

Myślałam, że jestem tylko więźniem, długiem, dlaczego więc tak się stara, żeby mi dogodzić – poza dzisiejszą nauczką, na którą chyba trochę zasłużyłam – i dlaczego oni to robią?

Porwali mnie, powtarzam sobie, ale brzmi to cienko, nawet dla mnie. Czyżby? Przecież starali się tylko odebrać dług, nie ich wina, że mój tata mnie sprzedał. To znaczy mogli się na to nie zgodzić albo zostawić mnie na wolności, ale przypuszczam, że nie chcą psuć sobie reputacji.

Kurwa, czy ja naprawdę to kwestionuję?

Czy to się jakoś nie nazywa, chyba syndrom sztokholmski? Nie zostanę jedną z tych dziewczyn, które zakochują się w swoich porywaczach. Nie, na pewno nie… ale jeżeli będą dalej dawać mi w prezencie drogie przybory do makijażu, może będę ich nienawidzić troszkę mniej.

Może.

Głupie emocje, głupia wagina ladacznica. Obracam się, wstaję, odkładam ubrania, a potem zrzucam buty i dżinsy, i kładę się na łóżku w podkoszulku i majtkach.

Myślami ciągle wracam do dzisiejszego pocałunku. To znaczy, kurwa, to był tylko pocałunek, więc dlaczego nie mogę przestać o tym myśleć? Moja dłoń sama się unosi i dotyka wciąż opuchniętych warg. Wszystko, co związane ze Żmijami, boli, nawet przyjemności.

Opuszczam dłoń, uderzam nią w łóżko i patrzę buńczucznie w sufit. Dobra, więc może przyznam przed sobą, że chcę się dymać z tymi mężczyznami… może gdyby nic nie mówili. Tak, zakneblowałabym ich, wydymała i zostawiła. Tak, to jest to.

Nie, kurwa, nie mogę.

Nie mogę przekroczyć tej linii. Już i tak odebrali mi wszystko, ale ich to nie obchodzi. Są przy tym zadowoleni z siebie, pragmatyczni, jak gdyby w ogóle nie dostrzegali, jak złą rzeczą jest to, że właśnie porwali jakąś osobę. Nie mogę, nie mogę jeszcze na dodatek ich pragnąć. Nie mogę dać im tej części siebie, nieważne, jak mocno ich chcę.

Ale… co, jeśli nie zostawią mi wyboru? Co, jeśli wezmą moje ciało, tak jak wzięli mnie?

Co, jeśli uświadomią sobie, jak bardzo ich pragnę?

Jak bardzo moja cipka zaciska się, gdy jestem w ich pobliżu… na przykład kiedy Ryder mówi tym zimnym, mrocznym głosem albo Kenzo rzuca mi znaczący uśmieszek… szalona, ale wciągająca osobowość Diesela czy gniew Garretta.

Serce zaczyna mi szybciej bić, a uda ocierają się o siebie, kiedy wyobrażam sobie całą tę siłę spadającą na mnie. Dobra, więc po prostu muszę trochę rozładować napięcie. Najwyraźniej za dużo czasu już minęło, odkąd ostatni raz z kimś spałam, i moje ciało postanowiło – ponieważ są jedynymi mężczyznami w pobliżu – że oni się do tego nadadzą.

Tak, to o to chodzi. Rozładuj napięcie, Rox, a potem znowu planuj, jak uciec od tych pieprzonych węży.

Dobrze, pomyśl o czymś seksownym. Czymś innym niż wytatuowani, silni mężczyźni w tym mieszkaniu…

Ale moje myśli znowu wracają do Rydera podwijającego sobie rękawy, cała ta siła… wyobrażam go sobie w siłowni. Jego ciało śliskie od potu, jego surowe oczy, kiedy zmusza się do wysiłku. Żeby być lepszym. Szybszym. Silniejszym.

To, jak jego lodowate spojrzenie migocze z irytacji na samego siebie. To, jak te smukłe palce chwytają ciężary…

Wsuwam dłoń w majtki i jęczę, przygryzając wargi, kiedy wyczuwam, że jestem już wilgotna. Maczam sobie palec w sokach i okrężnym ruchem masuję łechtaczkę, pobudzając się i wyobrażając sobie, że to cudza dłoń. Dotykająca mnie, pocierająca mnie, powodująca, że zaczynam dyszeć.

Zamykam oczy i kołyszę się, ocierając o swój palec, drugą ręką podciągam koszulkę i ściskam sobie pierś, trąc okrężnym ruchem sutek i wyobrażając sobie, że Ryder wciąga go do ust. Ze swoim zimnym wzrokiem wbitym we mnie, kiedy uśmiecha się pod nosem.

Zagryzam usta, powstrzymując jęk, zanurzam sobie palce w dziurkę, wsuwając je i wysuwając. Udając, że to jest kutas, dłoń któregoś z nich. Cokolwiek. Przyspieszam, dążąc do orgazmu, który, czuję to, zbliża się. Muszę osiągnąć ten szczyt.

Moje ciało nie dba o to, że nie powinnam ich pragnąć.

Pragnie ich.

Łaknie ich.

I w mojej mgle pożądania to ich widzę, kiedy się dotykam.

Dysząc, kołyszę się na własnych palcach, wyobrażając sobie ciemne oczy Rydera, który patrzy na mnie z końca łóżka. Myślę o ustach Diesela rozgniatających moje, kiedy bierze sobie to, czego chce – mnie. Garrett tam też jest. Skrada się dokoła łóżka, tym razem obserwując mnie. Palec Kenza posuwa się drażniąco w górę mojego uda.

Tak, kurwa.

Byliby szorstcy, byliby wredni.

To byłoby surowe i pełne gniewu, i nienawiści, nikt z nas nie chce tego, a jednak potrzebuje…

Kurwa!

Orgazm przeszywa mnie, przychodząc nie wiadomo skąd i jęczę, ciskając się na łóżku, moje biodra szybko się unoszą i dymam się, aż padam z wilgotnymi pacami, kiedy przepełnia mnie zaspokojenie. I wyczerpanie.

Jestem wykończona. Cała ta walka, cały ten stres i huśtawka emocji wycieńczyły mnie. Zsuwam się z łóżka, na drżących nogach idę do łazienki i myję się, a potem wsuwam się pod kołdrę i zwijam w kłębek.

Dam radę.

Muszę tylko nie pozwolić im odkryć, że mnie pociągają… albo że jestem cholernie ciekawa, jacy byliby w łóżku. Tak, właśnie tak. Muszę zachować dystans, rozgrywać to na zimno i zdobyć wolność.

Ponieważ mimo tych wymyślnych prezentów i faktu, że nie zrobili mi jeszcze krzywdy, tak naprawdę nie, wciąż chcę być wolna. Wciąż chcę odzyskać moje dawne życie, życie sprzed tych węży. Sprzed ich zimnych oczu i szorstkich dłoni. Takie, w którym ludzie nie rozmawiają przy pizzy o zabijaniu. To znaczy, no tak, prawdopodobnie zdarza się to w barze, ale ja właściwie o tym nie wiem.

Zawsze byłam jedną nogą w tej czarnej jak atrament ciemności, w tym podbrzuszu miasta, ale to? To jest pieprzona forteca tego wszystkiego, a ci czterej są przywódcami.

Żmije nie ustaną, dopóki nie posiądą wszystkich i wszystkiego. Ale nie może to dotyczyć mnie.

Ani teraz, ani nigdy.

Nie, jeżeli chcę przeżyć.

ROZDZIAŁ 17

ROXY

Następnego dnia rano przekonuję się, że Ryder nie kłamał, faktycznie ich nie ma. Wiem o tym, jak tylko wychodzę ze swojego pokoju – jest zbyt cicho. Zbyt pusto. Wzdycham i ignorując to, że jestem zawiedziona, postanawiam zjeść śniadanie. Skoro jestem ich więźniem, to mogę chyba korzystać z ich jedzenia.

Dziś rano wzięłam długą kąpiel, goląc się, kiedy zaczęło mi się nudzić, a potem założyłam jedną z długich koszulek, które kupił mi Ryder. Z przodu ma czaszkę i owiniętego wokół niej węża, jest z głębokim dekoltem i sięga mi do kolan. W parze z moimi nowymi zajebistymi wysokimi butami na obcasie, które sięgają do pół łydki, myślę, że wygląda to całkiem dobrze. Zrobiłam sobie nawet lekki makijaż, cały czas powtarzając, że robię to dla siebie, żeby znowu poczuć się sobą. Może gdybym się tak ubierała, faktycznie mogłabym być sobą.

Jednak mała cząstka mojej psychiki nazywa mnie kłamczuchą, zarzuca mi, że chcę wyglądać dobrze dla nich. Zduszam tę malutką cząstkę. Kto powiedział, że nasz wewnętrzny głos ma zawsze rację? Tak naprawdę to jest zadzierająca nosa, pyszałkowata suka.

Nie widzę nigdzie Kenzo, ale na stole znajduję pozostawione dla mnie śniadanie i dzbanek z ciepłą kawą. Siadam więc i jem, ale jestem cały czas spięta w otaczającej mnie ciszy, spodziewając się, że któryś z nich nagle skądś na mnie wyskoczy. Kiedy kończę jeść, wzdycham, zaczyna mi się już nudzić.

Rzucam się na kanapę, biorę tablet i próbuję wykombinować, jak włącza się telewizor. Dlaczego ci ludzie nie mogą mieć normalnego pilota jak wszyscy? W końcu udaje mi się go włączyć, znajduję kanał z horrorami i postanawiam obejrzeć film. Zastanawiam się, czy mają popcorn.

I wtedy mnie to dopada – zwyczajnie tu sobie siedzę. Dlaczego nie próbuję uciec? Mój wzrok kieruje się ku drzwiom, ale po tym, co było wczoraj, nie wygląda to na najlepszą drogę ucieczki. Ciągle boli mnie głowa od uderzenia w szybę, a chociaż ją obejrzeli i zrobił mi się już strup, to wciąż jest to dla mnie przestroga. Nie wspominając już o tym, że nie chcę, żeby D „dał mi kolejną nauczkę”. Nie sądzę, abym to wytrzymała. Nie teraz.

Wzdycham i odwracam głowę, właśnie kiedy słyszę za sobą odgłos kroków. Wykręcam się i widzę Kenzo idącego w moją stronę. Nie ma ze sobą, jak zazwyczaj, tabletu, ale wsuwa telefon do szarych spodni dresowych.

Ale nie to przykuwa mój wzrok. Nie, zdecydowanie nie to bardzo imponujące wybrzuszenie w dresie ani też fakt, że te luźne, opadając na biodra spodnie dresowe robią wyłącznie po to, aby drażnić kobiety. Tylko to, że nie ma na sobie koszuli.

To znaczy, że widzę wszystko. Także beleczkę w jego prawym sutku i tatuaże w stylu plemiennym rozsiane na ramionach. Idzie do kuchni i zapiera mi dech na widok tatuażu na jego plecach.

Przedstawia węża z czerwonymi oczami owiniętego wokół czaszki, który zajmuje mu całe plecy. Jest to oszałamiające dzieło sztuki, nie mówiąc już o wycyzelowanych mięśniach pod spodem.

– Napijesz się czegoś, najdroższa? – woła, a ja unoszę wzrok i widzę, że odwrócił się i uśmiecha się do mnie znacząco. – Czy wolisz się tylko ślinić?

Dupek.

No i co z tego, że jego mięśnie brzucha są jak wyrzeźbione z kamienia albo że ma to seksowne V, lekki meszek włosów schodzących do jego spodni dresowych i ciągnących się przez zdecydowanie imponującą klatkę piersiową? Albo że jego ramiona są tak szerokie, że w wyobraźni widzę tylko, jak drapię je paznokciami, kiedy porusza się nade mną? Przyciskając mnie do kanapy i pozwalając mi poczuć wszystkie te mięśnie… Zapomniałam, o czym myślałam.

Pieprzone spodnie dresowe i ich magiczne właściwości.

Przynajmniej powiększy to moją kolekcję obrazów do samotnych zabaw.

Chwyta dwie mocno schłodzone butelki wody i widzę, jak kondensujące się kropelki spływają mu po ramionach. Szczęściary. Idzie w moją stronę, przeskakuje przez oparcie kanapy w naprawdę imponującym pokazie sprawności i wręcza mi jedną. Prycham i biorę ją, starając się nie zdradzić, jak bardzo działają na mnie jego popisy.

Nie, bądź silna. Siła cipki… to chyba nie wyszło.

Odwracam się, żeby nie gapić się na niego, próbując skupić się na filmie, ale wciąż zerkam na niego kącikiem oczu. Ma wyciągnięte ramię na oparciu kanapy, jego palce niemal mnie dotykają. Siedzi odchylony do tyłu z rozsuniętymi nogami, a drugą rękę ma zatkniętą za pas spodni dresowych, zsuwając je przez to jeszcze niżej.

Kurwa.

Wygląda jak jedno z tych smakowitych zdjęć spotykanych w sieci, na widok których mówisz tylko: „Cholera". Zdecydowanie podobały mi się zdjęcia kilku modeli z Instagrama, które mu nawet do pięt nie sięgają. A co jest najgorsze? On to wie. Na jego głupich ustach błądzi uśmieszek i odwraca się, przyłapując mnie, jak się gapię.

– Nie chcesz oglądać filmu? Ponieważ jeżeli chcesz robić co innego, najdroższa, wchodzę w to.

– Zamknij się, kurwa – rzucam, wsuwając dłonie pod tyłek, żeby nie wyciągnąć ręki i nie zacząć głaskać jego muskułów. Właśnie tak. Głaskać ich.

Chichocze i nachyla się bliżej, jego usta są prawie przy moim uchu.

– Jesteś pewna? Możemy się o to założyć...

– Pieprzony nałogowy hazardzista – mamroczę.

– Tylko gdy chodzi o ciebie. Co ty na to, najdroższa? Chcesz zagrać w jakąś grę?

– A co mogłabym wygrać? – dopytuję, a w środku krzyczę na siebie.

– To, czego chcesz najbardziej... – Mój wzrok wędruje w kierunku jego kutasa, a on jeszcze głośniej się śmieje. Powinnam chwycić tę butelkę wody i wcisnąć mu ją do jego czarującego pieprzonego gardła. Ale jego kolejne słowa powodują, że nastawiam z uwagą uszu i zapominam o zrobieniu temu wężowi głębokiego gardła z użyciem butelki. – Twoją wolność.

Spotykam wzrokiem jego spojrzenie.

– Wkręcasz mnie.

– Może tak, a może po prostu jestem tak pewien, że wygram.
– Wzrusza ramionami, obserwując mnie tymi ciemnymi oczami.

– A ty co możesz wygrać? – pytam, bojąc się, że jeżeli taka jest moja wygrana, to jego nagrodą będzie coś gorszego.

Nachyla się bliżej, wyzbywając się wszelkich pozorów wdzięku. Ma wygłodniały wzrok, kiedy kieruje go na moje usta, a następnie na ciało, pieszcząc nim każdy centymetr sylwetki i powodując, że niemal drżę z pożądania.

– Ciebie – mówi chrypliwie.

Kurwa.

Kurwa do kwadratu.

Dlaczego moja cipka się zaciska?

– A gra? – dopytuję, a mój głos jest bardziej zdyszany, niżbym chciała.

– Poker – odpowiada, a ja prycham.

– Nie ma mowy, jesteś pieprzonym bukmacherem. Założę się, że jesteś w tym świetny. – Przewracam oczami.

Wzdycha, ale uśmieszek ponownie pojawia się na jego ustach.

– To niejedyna rzecz, w której jestem świetny… ale okej, najdroższa, ty wybierasz.

Przebiegam wzrokiem po mieszkaniu, próbując coś wymyślić, cokolwiek, w co mogłabym wygrać z tym człowiekiem, tą Żmiją, która siedzi tuż obok mnie, zwinięta i gotowa, żeby uderzyć i pożreć mnie całą. *Gry barowe, pomyśl, Rox. Jestem w nich dobra.*

– Masz plastikowe kubki?

Kurwa, dlaczego to jest pierwsza gra, która mi przychodzi do głowy? Ponieważ on jest za blisko, cuchnie jak wszyscy mężczyźni, a ja chcę tego posmakować, poczuć go i to rozprasza moją uwagę.

– Tak – odpowiada. Kiwam głową, a on wskazuje kuchnię.

Skaczę na nogi i biegnę do kuchni, otwieram szafki, aż znajduję to, czego szukam. Czy naprawdę zamierzam to zrobić? Wystawić na łut szczęścia moją wolność i ciało?

Tak.

Chwytając kilka piw z lodówki, idę do stołu i rozstawiam je między nami.

– Naprawdę? – prycha. – Jesteśmy nastolatkami?

– Boisz się, że przegrasz? – Uśmiecham się lekko, nalewając piwo.

– Nie, dawaj, najdroższa. – On też się uśmiecha.

Podnoszę pierwszy kubek, a on robi to samo.

– Pierwszy, który skończy wszystkie, wygrywa. Proste. Nie-łatwo oszukiwać. Trzy, dwa, jeden, start! – krzyczę i wychylam kubek. Ocierając usta, podrzucam go i ląduje do góry nogami, a on wybałusza na mnie oczy, kiedy kończy swój. – Jestem wła-ścicielką baru, najdroższy – mówię drwiąco i zabieram się za na-stępny.

Klnie i przewraca swój, ale za pierwszym razem nie ląduje właściwie, udaje mu się za drugim. Piję dalej i przewracam ku-bek. Jestem przy trzecim, a on przy drugim, ale nie mogę swojego sukinsyna obrócić. Próbuję i próbuję, patrząc nerwowo, jak mnie dogania, przewraca swój trzeci kubek i zabiera się za czwarty. Cholera.

Kurwa, on wygrywa. Wpadam w desperację, więc oszukuję. Nachylam się i na moment pokazuję cycki, on krztusi się przy na-stępnym łyku, co daje mi czas, żeby jeszcze raz stuknąć kubek, obrócić go i przejść do następnego.

Co najgorszego może się stać? On i tak już mnie ma, więc je-żeli jest szansa na odzyskanie wolności, muszę ją łapać. Ta myśl cały czas kołacze mi się po głowie, kiedy piję, wpatrując się w niego.

Odstawiam i odwracam kubek, ale idziemy łeb w łeb. Przy ostatnim kubku zwieramy się spojrzeniami, kiedy pijemy go duszkiem, a on nagle ściąga spodnie i pokazuje mi na moment swojego kutasa. Krztuszę się piwem, przez co zyskuje czas, żeby przewrócić kubek.

Patrzę na niego z kubkiem wciąż przy ustach, więcej niż wstrząśnięta. Przegrałam.

Przegrałam.

Uśmiecha się pod nosem i wyciera usta.

– Myślę, że teraz odbiorę wygraną – mruczy i skrada się wokół stołu w moją stronę. Ma wygłodniałe spojrzenie, ciało mu się pręży, a kutas sztywnieje i wypina materiał spodni. Cofam się, narastają we mnie jednocześnie strach i pożądanie.

Nie zakładałam, że przegram, a jeśli nawet… to sądziłam, że jakoś sobie poradzę. Teraz nie wiem, czy potrafię. Chcę go, pewnie, moja cipka już jest wilgotna na myśl o tym, ale Kenzo… Kurwa, każda z tych Żmij jest groźna nie tylko dla mojego ciała.

Jak obsesja. Albo narkotyk.

– Rewanż? – proponuję, trzymając się po drugiej stronie stołu, ale on przeskakuje, lądując tuż przede mną.

– Nie, zakład to zakład. Wypłata, najdroższa. – Chichocze.

Cofam się niepewnie i rzucam do ucieczki, ale on łapie mnie, wysuwa rękę i przerzuca mnie sobie przez ramię. Piszczę i biję go dłonią po plecach, a on rzuca mnie na kanapę, na której podskakuję, dysząc. Spoglądam do góry, zsuwam sobie włosy z czoła i widzę, jak stoi i patrzy na mnie. Musi dostrzegać mój strach, bo sięga do kieszeni i wyjmuje kostki do gry.

– Ale mogę zaproponować cię inną grę. Zgadnij liczbę. Jeżeli trafisz, jesteś bezpieczna, jeśli nie, musisz zdjąć jakąś część garderoby.

– Co? – Rozdziawiam usta.

Podchodzi bliżej.

– Chyba że wolisz, żebym zerwał je z ciebie.

Hmm, tak, proszę.

Ale też równocześnie, kurwa, nie.

– Pierdol się – warczę.

– Taki jest plan, najdroższa. Tak sądzę. – Uśmiecha się.

Panikuję.

– Siedem.

Podrzuca kostki i łapie je wprawnie. Mruga do mnie i pokazuje mi kostki. Kurwa.

– Góra – żąda.

– Nie – prycham, ale sięgam w dół i ściągam buty, rzucając nimi w niego. Odbijają mu się od piersi, na co jeszcze bardziej się szczerzy. – Pieprzony sukinsynu! Czy tylko tak potrafisz zdobyć kobietę?

Nawet kiedy obrzucam go paskudnymi słowami, nie mogę się opanować i dyszę, ściskam razem nogi, kiedy patrzy na mnie, w całości skoncentrowany na moim ciele. Jakby nie mógł się doczekać, żeby mnie zjeść, wydymać, posiąść mnie. Zamiast zmusić mnie, jak mógłby, wygrał w uczciwej grze.

Wygrał mnie.

I moje ciało.

Ale… czy mogę zapłacić?

Działają jak jad, który zadomawia się we mnie. Na początku nawet nie zdajesz sobie sprawy, że tam jest. Powoli rozchodzi się po tobie, zmienia cię, formuje, zaraża, aż jest za późno, żeby się uwolnić. Tak właśnie się czuję, ponieważ nienawidziłam ich, wciąż nienawidzę, ale teraz jest to już zmącone pragnieniem.

Które narzucili mi, zasiali we mnie, i wiedzą o tym.

Nienawidzę tego.

Nienawidzę ich.

Ale dlaczego by się trochę nie zabawić? Nie ma to jak nienawistny seks, a to pragnienie wyraźnie mnie nie opuszcza i nie wygląda na to, żebym szybko odzyskała wolność, więc równie dobrze mogę skorzystać, ile się da… prawda?

Tak przynajmniej sobie mówię.

– Dobrze – warczę. – Dziewięć. – Wskazuję na kostki, a on znowu rzuca.

Wypada dwanaście i on uśmiecha się pod nosem.

– Koszulka – żąda.

Burcząc, zdzieram ją przez głowę i rzucam w niego. Dlaczego, u diabła, zgodziłam się na tę grę? Siedzę teraz tylko w majtkach i staniku, a on niespiesznie mnie sobie ogląda. Drżę pod jego zaborczym spojrzeniem, sutki mi twardnieją, ocierając się o koronkowy materiał, i niewątpliwie mam mokro w majtkach. Wspaniale.

– Następna liczba, najdroższa? – mruczy ze wzrokiem na mojej zarumienionej piersi, a ja jeszcze mocniej zaciskam nogi. Ze stęknięciem sięga ręką do dołu i poprawia sobie. – Kurwa, jesteś zbyt piękna.

Zbywam to, bo szczerze, co miałabym odpowiedzieć?

– Trzynaście – warczę, ale on jest zbyt pochłonięty oglądaniem mnie. Prawie czuję pieszczotę jego spojrzenia. – Kenzo.

Podnosi gwałtownie wzrok, spotykając moje spojrzenie, rzuca i kostki wylatują w powietrze. Skomlę, kiedy przyszpila mnie do kanapy, rozpierając mi uda, moszcząc się między nimi i ocierając się o mnie.

– Nie wypowiadaj mojego imienia w taki sposób.

– Dlaczego? Kenzo? – dopytuję się zmieszana, a on wydaje jęk.

– Tak, w ten sposób, najdroższa.

– Przecież to twoje imię, wolałbyś, żebym po prostu nazywała cię dupkiem? – rzucam, chociaż moje ciało wygina się ku niemu.

– Nazywaj mnie, jak chcesz, najdroższa, bylebyś tylko mi nie przeszkadzała i krzyczała wszem wobec. – Śmieje się, przyciskając usta do moich. Nie mogłabym mu przeszkodzić, nawet gdybym chciała, bo słowa więzną mi w gardle, kiedy łapię go za włosy i przyciągam bliżej. Uśmiecha się lekko na moich ustach, więc gryzę go w wargę.

Z burknięciem gwałtownie się odsuwa, ciężko dysząc, i spogląda na mnie.

– Jak będziesz zachowywała się jak smarkula, to zostaniesz odpowiednio potraktowana.

– Wszystko jedno, złaź, kurwa, ze mnie – żądam. Trudno jednak być stanowczym tylko w majtkach, ale myślę, że je ściągnę.

Znowu się uśmiecha pod nosem, jego ciemne oczy wpatrują się w moje, sprawiając, że czuję się słaba.

– Dlaczego? Podoba ci się, że tu jestem.

– Nie, nie podoba mi się – protestuję bez przekonania drżącym głosem.

Śmieje się, naprawdę się śmieje, całe jego ciało się trzęsie.

– No pewnie, to dlaczego twoje sutki są twarde i aż się proszą o moje usta? – mruczy, zrywając mi stanik i obnażając mnie. Ze wzrokiem utkwionym we mnie obejmuje ustami jeden sutek i ssie go, sprawiając, że jęczę, zamykam oczy i wyginam się ku jego ustom.

Przeszywa mnie złość na moją reakcję i próbuję odciągnąć mu głowę za włosy. Znowu się śmieje, nie zwraca uwagi na moje rozpaczliwe szarpnięcia i całuje mnie po brzuchu, zatrzymując się na kolczyku przy pępku i okrążając go językiem, a potem zsuwa się ku moim majtkom i jego oczy spotykają się z moimi.

– Czuję, jak bardzo jesteś wilgotna. – Ściąga mi zębami majtki i rzuca je na bok.

Próbuję zacisnąć uda, ale rozpiera je i przyciska do kanapy, obnażając mnie przed sobą. Jęczy cicho, ten dźwięk niedobrze na mnie działa, kiedy się we mnie wpatruje.

– Jesteś, kurwa, kompletnie zmoczona. Chociaż mnie nie chciałaś.

– Nie chcę cię – warczę, mimo że wypinam biodra, potrzebując jego dotyku.

Uśmiecha się nieznacznie i sięga mi dłonią pomiędzy uda, muska moje wargi, a potem je rozwiera.

– Co to jest? Kolczyk? – mruczy zaskoczony, jego palec okrąża mój zakolczykowany napletek łechtaczki. Odważyłam się na to po pijaku i bolało jak cholera. – To jest cholernie rajcujące – jęczy. – Kurwa, jestem tak bliski spuszczenia się w spodnie, że to wcale nie jest zabawne – mruczy, a ja na to chichoczę.

Mruży gniewnie oczy i pociąga za mój kolczyk, dobywając zduszony krzyk z moich ust, kiedy przeszywa mnie ból, a potem przyjemność.

– Albo rób to dalej, albo spierdalaj – warczę, ale trudno grozić mężczyźnie, pod którym jesteś przyszpilona, naga i wilgotna.

Bez ostrzeżenia opiera się na łokciach z twarzą zupełnie w mojej cipce i liże mnie od łechtaczki po tyłek. Prawie zsuwam się z kanapy, ale on przykłada ramię do mojego brzucha, zahaczając o kolczyk, i przytrzymuje mnie.

W głowie wciąż mam mętlik, staram się powtarzać sobie wszystkie powody, dla których powinnam to przerwać, dla których powinnam go odepchnąć, dla których powinnam go nienawidzić, ale kiedy wciska mi do środka dwa palce, wszystko to roztapia się w przyjemności.

Przymykam oczy, jęcząc, nie jestem już w stanie patrzeć na tę ciemną głowę między moimi nogami. Jego dłonie wpijają się w mięsistą część moich ud, trzymając mnie rozwartą dla niego, a on dotyka językiem mojej łechtaczki, pociągając i liżąc mój kolczyk i fachowo zwija palce w moim wnętrzu. Rozgrywa mnie niczym jedną ze swoich gier. Wie dokładnie, gdzie lizać, gdzie dotykać, pocierać i dymać.

Ani się spostrzegam, a dyszę, ciało okrywa mi pot, twarz i pierś rumienią się. Próbuję się powstrzymać, ale nie potrafię, kołyszę się na jego twarzy, chcąc więcej. Robi ze mną, co chce, jego palce ocierają się wewnątrz mnie, a jednocześnie ciągle drażni w oszałamiającym tempie moją łechtaczkę. Opuszczam dłonie i lekko pocieram sobie sutki, zbyt podniecona, żeby się przejmować.

– Smakujesz, cholera, wyśmienicie – jęczy. – Kurwa, za dobrze.

Kręcę głową, usiłując powstrzymać potężny orgazm, który czuję, że we mnie wzbiera. Nie. Nie, to nie może być prawda. Próbuję go odepchnąć, ale nie zwraca na mnie uwagi, przyspiesza i powoduje, że zderza się z moim wytryskiem.

Przeszywa mnie, wyrywając mi krzyk z gardła, kiedy uda zwierają mi się na jego głowie, a cipka zaciska się na jego palcach. Przewala się przeze mnie, raz za razem, wypinam do góry piersi i zaciskam mocno oczy, aż wreszcie przemija.

Opadam na kanapę, pozwalając rozewrzeć się moim udom,

a kiedy spoglądam w dół, widzę uśmiechniętego Kenzo z potarganymi włosami, który wciąż leży między moimi nogami i chłepcze mnie niedbale językiem.

On się cofa, a we mnie wzbiera nienawiść do samej siebie na widok uśmieszku samozadowolenia błądzącego po jego błyszczących wargach. Wylizuje sobie do czysta palce, a ja na niego patrzę i nie mogę już dłużej tego znieść. Nie mogę uwierzyć, że pozwoliłam, żeby to się zdarzyło, i że krzyczałam z przyjemności.

On jest moim pieprzonym porywaczem.

Obracam się na kanapie i szybko odchodzę, a kiedy słyszę, jak za mną idzie, jeszcze przyspieszam. Serce mi wali, a w nogach wciąż czuję słabość. Nie mogę, kurwa, nie mogę uwierzyć, że to się stało. I że było mi tak dobrze. Próbuję przed nim uciec, ale łapie mnie w korytarzu i rzuca o ścianę, przytrzymując, kiedy nachyla się ze złością w oczach.

– Dokąd, kurwa, idziesz?

– Odpierdol się ode mnie! – krzyczę, wierzgając i szamocząc się w jego uścisku. Chrząka i znowu mnie przygniata, starając się utrzymać w miejscu.

– Dlaczego?

– Nienawidzę cię – rzucam zdesperowana, a on śmieje się, ale brzmi to nieprzyjemnie. Wszystkie oznaki przekomarzania się znikają wobec mojego gniewu. Ale on nie jest w całości skierowany na niego. Cholera, po części wynika z tego, że doprowadził mnie do takiego stanu, uczynił mnie słabą, ale po części jest skierowany na mnie samą.

– Nie, nienawidzisz to, że ci się podobało, nie kłam, kurwa, najdroższa. Ani się spostrzegłaś, a zaczęłaś krzyczeć, i nienawidzisz tego, że uwielbiałaś każdą pieprzoną sekundę, kiedy mój język był w twojej cipce.

Jego sprośne słowa rozwścieczają mnie i bez zastanowienia wymierzam mu policzek. Odbija się głośnym echem w otaczającej nas ciszy i wciągam oddech, kiedy jego głowa leci w bok. Powoli odwraca się do mnie i wszystkie oznaki zwykłego, czarującego, żartobliwego Kenzo się ulatniają. Dostrzegam teraz podobieństwo do Rydera. Te same emocje, dzikie, niekontrolowane uczucia.

Jest rozzłoszczony.

Wściekły.

No cóż, ja też!

– Nie powinnaś była tego robić – uprzedza niskim i szorstkim głosem. Jedną ręką trzyma mnie przygwożdżoną do ściany, a drugą ściąga sobie spodnie dresowe, i widok jego sztywnego, pulsującego kutasa sprawia, że zamieram w bezruchu. Jest duży, naprawdę, kurwa, duży. Za duży.

Nie.

Wystarczająco źle, że pozwoliłam mu mnie posmakować. Nie wydyma mnie. Zbieram całą wściekłość, całą nienawiść i kieruję na niego. Wszystko – od porwania mnie, przez mojego tatę, po tych dupków, po moje emocje, wylewam to z siebie. Nie dbając o to, czy go zranię.

Wychylam rękę i walę go pięścią w twarz, a potem, kiedy zatacza się do tyłu, robię to jeszcze raz i jeszcze raz, ale łapie ostatni cios i przyciska moją dłoń obok mnie do ściany, miażdżąc mi nadgarstek, aż zaczynam krzyczeć. Przysuwa twarz do mojej twarzy, uśmieszek przemienia się w grymas.

– Chcesz mnie nienawidzić? Dobrze. I tak będziesz krzyczeć moje imię, kiedy dojdziesz na moim kutasie.

– Pierdol się! – krzyczę mu w twarz, wyrzucając głowę

do przodu. Trafiam go i obydwoje wydajemy stęknięcie, a ból przenika moją i tak już zranioną głowę.

Łapie moją drugą rękę i przyciska mi obie razem nad głową, zmuszając, żebym wyciągnęła się na palcach, pierś mi faluje, kiedy wierzgam. Zrzuca spodnie dresowe i przygniata mnie swoim nagim ciałem. Nienawidzę tej iskry pożądania, jaka mnie przenika, i tego, że go pragnę. Tego, że widok jego pulsującego kutasa powoduje, że wilgotnieję jak nigdy wcześniej.

Ujmuje dłonią swoją pałkę, każąc mi na to patrzeć, kiedy dyszę.

– Chciałem być miły i założyć prezerwatywę, ale teraz – kręci głową i pochyla się, oblizując mi wargi – jesteś moja, nie muszę.

Puszcza kutasa, łapie mnie za udo i unosi do góry. Warczę, szarpiąc się w jego uścisku i starając się go znowu uderzyć. Udaje mi się nieco odsunąć ręce od ściany i drapię go do krwi po dłoniach, ale po chwili znowu je przypiera.

– Chcesz zachowywać się jak pieprzone zwierzę? To wydymam cię jak zwierzę – wrzeszczy mi w twarz.

Zanim zdążę mu odpowiedzieć, zostaję odciągnięta od ściany, obrócona i znowu na nią pchnięta. Opieram się o nią rękami, próbując się nie przewrócić, i wtedy on się przysuwa, przyciśnięty do moich pleców, jego kutas mości się na moim tyłku, a dłoń przesuwa się w moich włosach. Ciągnie za nie i wydaję krzyk, przechylając głowę do tyłu, aż utrzymuję równowagę tylko dzięki jego podtrzymującej mnie ręce. Łapie mnie za biodro i ciągnie do tyłu, rozsuwając mi kopniakiem nogi.

– Zejdź ze mnie – żądam.

Jego ręka wsuwa mi się między uda i wyczuwa, że jestem wilgotna.

– Nie, ty, kurwa, chcesz tego dokładnie tak samo jak ja, najdroższa, i mam już dosyć twojego zachowania. Wydymam je z ciebie.

Znowu się szamocę, wciąż mu się opierając, chociaż przyciskam cipkę mocniej do jego dłoni. Nienawidzę ich. Ja, kurwa, gardzę tymi Żmijami.

Ale cała ta walka, cała ta nienawiść, czyni mnie tak spragnioną, że kiedy ustawia kutasa przy moim wejściu i wciska go do środka, krzyczę. Nie z bólu. Z przyjemności.

Śmieje się, gdy go wyciąga, przezwyciężając opór mojej obłapiającej go kurczowo cipki, i znowu wsuwa.

– Grzeczna dziewczyna – grucha i liże mnie po szyi, a potem gryzie w ramię, chcąc, żeby mnie zabolało, i z powrotem wbija się we mnie, przyjmując ciężkie, brutalne tempo.

To nie jest dymanie.

To jest nienawiść.

Obydwoje nienawidzimy tego, że pragniemy się nawzajem. Ja nienawidzę, bo wyrwali mnie z mojego życia. On nienawidzi, bo jestem tutaj i mam czelność nie paść mu do stóp.

To przepływa w nas, kierując nami. Każde uderzenie jego bioder jest surowe, jego palce wpijają mi się w skórę, kiedy nabija mnie na swojego kutasa. Ocieram się piersiami o ścianę, co powoduje, że krzyczę i zaciskam się na nim.

Jest tak zapamiętały w dymaniu mnie, że nie zauważa, jak się odwracam. Wyrywam włosy z jego uścisku, pozostawiając mu w dłoni kilka pasemek, i jego kutas wysuwa się ze mnie, gdy obracam się i uderzam go pięścią prosto w twarz.

– Ty skurwysynu! Nie jestem twoja! – krzyczę.

Chwyta mnie i rzuca na podłogę, kładąc się na mnie.

– Jesteś – ryczy, kiedy wymierzam mu policzek, odpycham go, a potem się odwracam. Zaczynam odsuwać się na czworakach, ale on chwyta mnie dłonią za kostkę i przyciąga z powrotem. Sunę po podłodze, krzycząc ze złości.

Ale ani razu nie mówię nie.

Ponieważ chcę tego.

I nienawidzę tego.

Jego ręce są szybkie. Podciągają mi do góry biodra i po chwili znowu tam jest, nabijając mnie na swojego kutasa. Jęczę, nie mogę nic na to poradzić. Jest taki duży, to wspaniałe uczucie. Daje mi mocnego klapsa w tyłek, nie na żarty. To nie jest zabawa, to jest kara. Robi to tak, żeby zabolało, i podoba mi się to.

Krzyczę, napierając do tyłu w rytm jego szybkich pchnięć, słychać wyraźny odgłos naszej klaszczącej skóry, a on mruczy za mną.

– Dupek! – wrzeszczę, mimo że sięgam ręką między nogi, żeby pomasować sobie łechtaczkę.

Jego dłoń dociera tam wcześniej i odgania trzepnięciem moją. Nachyla się nade mną i znowu chwyta mnie za włosy, owijając je sobie wokół dłoni i używając jak smyczy, kiedy wygina mi szyję i warczy mi do ucha:

– Nie powiedziałem, że możesz dojść.

– Ty sukinsynu – krzyczę, kiedy jeszcze wyżej odchyla mi biodra i trafia w to głębsze miejsce we mnie, aż oczy wychodzą mi na wierzch. Mój oddech zaparowuje ich nieskazitelną podłogę, wodzę po niej dłońmi, próbując się opierać, ale nie jestem w stanie.

Nie kiedy on jest tak bardzo głęboko we mnie, kontrolując mnie. Posiadając mnie.

– Przyznaj, że ci się podoba – charczy, wodząc zębami po moim ramieniu – to pozwolę ci dojść.

Uśmiecham się, słysząc, że jego głos jest szorstki i ostry, nie pozostaje tak obojętny, jak myślał.

– Palant – rzucam. – Pieprzony dupek. Jebany skurwy…

Jego dłoń spada na mój tyłek raz za razem. Czuję promieniujący ból, kiedy jego kutas ociera się właśnie o te zakończenia nerwowe, co trzeba. Jestem tak blisko, próbuję się temu opierać, ale kiedy wyciąga rękę i targa za mój kolczyk, wydaję krzyk i wstrząsa mną wytrysk.

Zaciskam się na jego kutasie, zwijając się pod nim. Jego biodra zacinają się, potem jeszcze dwa razy wpycha się we mnie, zamiera i napełnia mnie swoją spermą. Dysząc, osuwam się na podłogę i opuszcza mnie cała chęć walki, a on pada na mnie, przygważdżając mnie swoim ciężarem.

Jakiś odgłos powoduje, że unoszę głowę, a kiedy widzę, kto to, wstrzymuję oddech.

Dostrzegam Diesela stojącego w końcu korytarza z uśmiechem na ustach.

– No, no, ładny ptaszku, to było niezłe przedstawienie.

Wyrzucam do tyłu łokieć i czuję, jak trafiam Kenzo, który przekręca się i zsuwa ze mnie. Gramolę się na nogi i rzucam mu piorunujące spojrzenie.

– Dymasz mniej więcej tak samo dobrze jak walczysz – prycham, odrzucam włosy do tyłu i z całą godnością, jaka mi pozostała, a nie jest jej dużo, idę zdecydowanym krokiem do mojego pokoju i zatrzaskuję za sobą drzwi.

Stoję oparta o nie, serce bije mi bardzo szybko i czuję, jak jego wytrysk spływa mi po udach. Słyszę, jak na zewnątrz obydwaj się śmieją.

Kurwa.

ROZDZIAŁ 18

DIESEL

Nie mogę przestać myśleć o tym, jak oglądałem ją z Kenzo. O tym, jak krzyczała, o tym, jak walczyła. To było oszałamiające. Jej piękne, nagie ciało wijące się na podłodze, przepełnione gniewem i przyjemnością. Nienawidziła tego i uwielbiała to jednocześnie.

Moja ptaszyna.

Prawdopodobnie nie zauważyła tego, że spuściłem się w dżinsy, kiedy doszła, patrząc, jak wygina się w spełnieniu, gdy Kenzo walił od tyłu w jej naprężone, śliskie ciało. To na mnie podziałało. Pewnie, wolałbym więcej krwi, ale to było cholerne przedstawienie.

Kiedy odbiegła, mrugnąłem do Kenzo, który zaczął się śmiać, a potem poszedłem do mojego pokoju, żeby się obmyć. Mieliście kiedyś spermę w dżinsach? Niefajne. Prawie tak samo uciążliwie do wyczyszczenia jak krew. Zakładam tylko same bokserki i wyleguję się na łóżku. Słyszę, jak pozostali rozmawiają na dole, na pewno informując Kenzo o tym, czego się dowiedzieliśmy. Ja tam byłem, więc nie muszę tego drugi raz słuchać.

Nie, moja ptaszyna jest tym, czego mi trzeba. Jest teraz wystraszona, nawet jeśli tego nie przyznaje, a Żmije ją okrążają. Ucieknie znowu, widziałem to w jej oczach, i nie mogę do tego dopuścić.

Jest teraz moja.

Kiedy to wszystko się zaczęło, była tylko zabawką, zwykłym długiem. Nieznaną kobietą, którą mógłbym torturować za grzechy jej ojca... teraz jest kobietą, która pocałowała mnie tak, jak gdyby zależało od tego jej życie. Która zajrzała mi w oczy, zobaczyła moją ciemność, kryjące się w niej potwory, i doprowadziło ją to do orgazmu. Nawet jeśli nie chce tego przyznać. Nie, moja ptaszyna jest bardziej podobna do węża, niż sobie z tego zdaje sprawę, ale spędziła tyle czasu wśród ofiar, że nie wie, jak być drapieżnikiem.

Pokażę jej. Zamierzam ją uwolnić i wydobyć z niej wszystkie te emocje. Zrobię z niej Żmiję.

Nigdy nie miała szans, żeby się nam wywinąć, ale teraz jest dla mnie oczywiste, że jest w tym drugie dno. Mąci w głowie nawet Ryderowi, a Garrettowi, temu biednemu sukinsynowi, przywodzi na myśl wszystkie złe wspomnienia. Nienawidzi jej za to, ale również jej pragnie. Słyszałem, jak walił konia w nocy z jej imieniem na ustach.

Moja ptaszyna albo zbliży nas do siebie, albo nas spali. Ciekaw jestem, które z dwojga.

Czekam więc, aż pozostali pójdą spać. Wiem, że Ryder na pewno spędzi całą noc w swoim biurze, próbując odgadnąć, kim był ten cyngiel. To zniewaga, że udało mu się uciec, że niemal załatwił jednego z nas. Nie mogę się doczekać, żeby go dostać w swoje ręce i pokazać mu, jak wygląda jaskinia Żmij.

Kiedy wszędzie jest już cicho, wstaję z łóżka i idę na dół. Schodzę po ciemku, spodziewając się, że Roxy będzie próbowała otworzyć drzwi frontowe. Ale nie ma jej tam, więc może zmieniła zdanie? A może jeszcze czeka.

Idę do jej pokoju, uchylam drzwi i zaglądam do środka. Leży nieruchomo, zwinięta na łóżku, w jednej ze swoich starych koszulek. Obserwuję ją w ciemności, widząc równomiernie unoszącą się i opadającą klatkę piersiową. Śpi. Nic dziwnego, że jeszcze nie próbowała uciec. Wygląda na to, że Kenzo ją wymęczył.

Wślizguję się do środka i delikatnie zamykam drzwi, tak żeby jej nie obudzić. To staje się zwyczajem, obserwowanie jej, kiedy śpi. Ale ona mnie przyciąga i potrzebuję jej. Aby ją rozpruć i wystawić jej wnętrze na mój ogień. Nie potrafię się powstrzymać, to silniejsze ode mnie.

Garrett mówi, że mam nałogową osobowość, prawdopodobnie po matce ćpunce, która szprycowała się, kiedy byłem jeszcze w jej brzuchu. Nie dbam o to, oznacza to tylko, że jestem w stu procentach skoncentrowany na mojej ptaszynie. Dostrzegam rzeczy, których inni nie chcą albo nie potrafią dostrzec.

Jak na przykład to, że ona pasuje do nas, mimo że nas nienawidzi… ale czy naprawdę? Gdyby Roxy faktycznie nas nie znosiła, bylibyśmy już martwi, poderżnęłaby nam gardła we śnie, czort z konsekwencjami. Nie zaatakowała nas, mimo że jest zła z powodu tego, co się wydarzyło.

Nie, ona się waha. Chciałaby nas nienawidzić, czuje, że musi – ze względu na to, jak to się zaczęło – ale powoli się ugina. Jeżeli miałaby kogoś nienawidzić, to swojego pieprzonego ojca, tego głupiego sukinsyna. On ją sprzedał. My tylko się zgodziliśmy na ten układ.

Dzień, w którym weszliśmy do tego baru, aby odebrać dług, był najlepszą rzeczą, jaka nam się przytrafiła. Wciąż pamiętam, jak powaliła Garretta i próbowała mnie zaatakować. Kutas mi staje na to wspomnienie. Ciekaw jestem, czy będzie ze mną tak walczyć, kiedy będziemy się dymać. Mam taką nadzieję.

Skradam się przez pokój i siadam na łóżku za jej plecami, przysuwając się bliżej, aż czuję jej ciepło. Obejmuję ją ramieniem i przyciągam sobie do piersi. Widziałem to w filmach, ale nigdy sam tego nie próbowałem. Zazwyczaj kobiety, z którymi byłem, były albo nieprzytomne, albo tak przerażone, że uciekały i musieliśmy im płacić, żeby siedziały cicho.

To przestaje być zabawne po jakimś czasie – cały ten strach. Choć raz chcę kogoś, kto mi dorównuje, żeby nie spalił się w moim ogniu, a na nowo narodził.

Chciałbym, żeby to Roxy okazała się właśnie kimś takim.

Bo tak czy owak, jest już w tym zanurzona i nie ma dla niej ucieczki. Ani teraz, ani nigdy. Wie o tym, widzę to w jej oczach. Wzdycha przez sen, wtulając się bardziej i dociskając mi ten pulchny tyłek do kutasa, aż wydaję jęk i napełnia mnie pożądanie. Nie wiem, co dałbym za to, żeby zerwać jej majtki i wejść w to jej wilgotne ciepło. Słyszeć, jak krzyczy, naznaczyć jej skórę moim szaleństwem.

Przesuwam dłoń do góry, przyciskam ją pod koszulką i czuję jej miękką, jedwabną skórę. Ona jest doskonała. Ogień i ciepło, w krągłym, pięknym opakowaniu. Chcę ją zobaczyć rozpadającą się dla mnie, jak to zrobiła dla Kenza. Poczuć jej cipkę albo tyłek zaciskające się na moim kutasie, kiedy ją dymam.

Ciągle wyobrażam ją sobie związaną w mojej jaskini, jej ciało nagie i skąpane we krwi i ogień buzujący za jej plecami, gdy ją biorę. Dymam ją. Podobałoby jej się, mojej ptaszynie, tak samo jak podobał jej się mój pocałunek i jak podobało jej się, kiedy zabijałem tamtego człowieka, mimo że się przed tym wzbraniała. Chciała, żeby zapłacił. Potrzebowała poczuć, że ten świat nie jest do końca zły i takie sukinsyny gdzieś dostają to, na co zasługują.

Może i jesteśmy Żmijami, drapieżnikami, ale często ludzie, których zabijamy, są źli.

Gwałciciele, prześladowcy, oszuści i mordercy.

Nasz świat jest ich pełen i jeżeli załatwimy choć jednego i ocalimy czyjeś życie, to mogę brukać sobie duszę codziennie i brodzić we krwi i łajnie. Nie wszystko robimy dla pieniędzy; kiedy zaczynaliśmy, byliśmy zagubieni. Bez rodziny, z pragnieniem zemsty w sercach. Każdy inny, ale łączył nas ból. Potrzeba. Ukształtowała nas, przetworzyła, aż staliśmy się *tym*.

I wraz z każdą osobą, którą niszczyliśmy, każdą, którą zabiliśmy, gubiliśmy kolejną cząstkę tych chłopców, którymi niegdyś byliśmy. Nie dbam o to, bo ten chłopak był ufnym głupcem, który kochał swoją matkę ćpunkę, mimo że próbowała handlować jego ciałem za działkę. Który ciągle uciekał do niej, nawet kiedy państwo go jej odebrało. Aż w końcu nie było już do czego wracać.

Nie żałuję drogi, która mnie tu przywiodła, ponieważ doprowadziła mnie do niej i teraz wiem, że było to moim przeznaczeniem, cały ten ból, całe to cierpienie i ciemność, w których musiałem się pogrążyć, były po to, abym odnalazł moją ptaszynę.

Ona skomli przez sen, jej ciało sztywnieje ze strachu. Biedna ptaszyna, uwięziona w swojej własnej ciemności. Budzę ją, szczypiąc w brzuch. Wyczuwam moment, w którym zauważa, że nie jest sama. Jej oddech zacina się, całe ciało pręży przy mnie, a ja wciąż głaszczę ją po miękkim brzuchu. Tak miękki, tak aksamitny, ciekawe, czy rozszedłby się pod moim nożem jak masło?

– Ptaszyno, ptaszyno, która tak bardzo się starasz od nas odlecieć, nawet we śnie – mówię cicho przy jej szyi, jej puls jest głośny i równie szybki jak mój.

– Diesel? – szepcze w ciemną noc. Nie sądzę, aby zdawała sobie sprawę, że kiedy poznaje, że to ja, wypuszcza oddech i rozluźnia się odrobinę. Zaczyna nam ufać, nawet jeśli tego nie dostrzega.

– Zmęczona, ptaszyno? Nie próbujesz dziś w nocy uciekać, nawet po tym, jak dymałaś się z Kenzo i uświadomił ci, jak bardzo nas pragniesz?

Burczy i odwraca się, piorunując mnie wzrokiem. Uśmiecham się lekko i przyciągam ją bliżej, kładąc dłoń na jej pulchnym tyłku, aby zatrzymać ją przy sobie.

– Nie pragnę was, to był głupi błąd… Nawet tego nie chciałam.

– Nie? Nie kłam, ptaszyno, widziałem twoją twarz. Chciałaś tego… ale cofnijmy się… Czy powiedziałaś nie? – pytam. Niech nie myśli, że sprawi, aby Kenzo miał poczucie, że wziął ją wbrew jej woli, bo to by go rozbiło. On jest taki delikatny.

Ciężko przełyka ślinę, odwraca na moment wzrok, starając się mnie ignorować. Nie możemy do tego dopuścić.

– Ptaszyno, odpowiedz mi – rzucam, szczypiąc ją w tyłek, na co skomle.

– Nie, dobrze? Nie powiedziałam nie! – wrzeszczy.

– Dlaczego? – naciskam.

– Dlatego… dlatego, że tego chciałam. – Wraz tą deklaracją pierś unosi się jej szybciej, a oczy rozszerzają, jakby nie mogła uwierzyć, że się do tego przyznała.

– Dobra ptaszyna, wreszcie uświadomiła sobie to, co wszyscy widzimy. Tęsknisz do nas, pragniesz nas, potrzebujesz nas – mruczę, a mój wzrok opada na jej usta. Chcę ją znowu pocałować. Zastanawiam się, czy pozwoliłaby mi na to.

Milknie, jej oczy stają się na chwilę nieobecne, gdy myśli, a potem znowu spoglądają w moje. I wiem, po prostu wiem, że ona znowu czegoś spróbuje. Moja ptaszyna nie potrafi poddać się bez walki, uważa, że uczyniłoby to ją słabą. Nie może być to dalsze od prawdy.

Poddanie się i zaakceptowanie nas byłoby z jej strony wyrazem największej siły. Jesteśmy potworami, żmijami, a kochać potwora to znaczy należeć do najsilniejszych ludzi na świecie. Dopuścić go do własnego serca, wiedząc, że może cię zniszczyć, zabić… to krańcowy przejaw siły – ale ona przekona się o tym pewnego dnia.

Na razie zadowolę się tym, bliskością. Obejmowaniem jej, kiedy ona nie próbuje się odsunąć. To jest miłe i czuję się z tym dobrze, ukojony. Jak po powrocie do domu.

Pewnego dnia może się to zmienić. Tylko przez ból potrafię jej okazać moje uczucia. To może ją zabić – kochanie mnie, posiadanie mnie, ale czy nie byłaby to najlepsza z możliwych deklaracji miłości?

Wysuwa język i zwilża wargi, a ja jęczę, patrząc na to.

– Nie drażnij mnie, ptaszyno.

– Bo co? Żadnych targów dzisiejszej nocy? – pyta drwiąco, przysuwając się, aż jest do mnie przyklejona. Każdą swoją krągłością przyciśnięta do mojego wzwodu.

– Żadnych targów, ptaszyno, ale wiesz co, dzisiejszej nocy jestem bliski krawędzi. Jeśli zanurzysz się w tym mroku, możesz nigdy nie wrócić – ostrzegam.

Przechyla głowę, zastanawiając się przez chwilę, a potem nachyla się bliżej, głaszcząc mnie dłonią po ramieniu.

– Może nie chcę.

Nie poruszam się, kiedy przyciska swoje wargi do moich. Tuli się do mnie, a ja pozwalam jej mnie całować mocnymi, rozpaczliwymi dziobnięciami. Burcząc z irytacji, mocno szczypie mnie w wargę. Prycham, a potem warczę. Próbowałem się powstrzymać, ale nie mogę.

Nie pozwala mi.

Chwytając z tyłu jej głowę, przyciągam ją bliżej. Otwiera usta, wstrzymując oddech, ręką kurczowo ściska mi udo, zanurzając się w pocałunku. Wsuwam język w jej usta i daję jej poczuć, jak bardzo jej pragnę. Do jakiego szaleństwa mnie doprowadza. Jęczy, odwzajemniając się własnym rozpaczliwym pożądaniem i zatracamy się w sobie nawzajem.

Gładzi mnie dłonią, posuwając się w górę uda i sprawiając, że jęczę, gdy przesuwa nią po moim wzwodzie. Ostrzegawczo gryzę ją w wargę i przestaje. Jej zęby zderzają się z moimi, zmagamy się ze sobą. Obydwoje walczymy o dominację. Jestem w niej tak zatracony, że nawet nie spostrzegam, jak wsuwa mi dłoń w bokserki, gdzie mam przypięty nóż, i nagle przyciska mi go do gardła.

Przewracam nas na drugą stronę, jej kolana osuwają się po obu stronach moich bioder, patrzy na mnie gniewnie z nożem przyciśniętym do mojej bezbronnej szyi. Z uśmieszkiem odchylam głowę, żeby miała lepszy dostęp, i obserwuję ją. Kurwa, ona jest niewiarygodna.

– Zrobię to – warczy z cipką spoczywającą na moim twardym, ubranym w bokserki kutasie. Kłamie. Czuję przez cienki materiał, jak jest wilgotna. Odrzuca popielate włosy do tyłu, obserwując mnie, jakby nie wiedziała, co zrobić.

Moja biedna, zagubiona ptaszyna.

– Zrób to, przelej moją krew. Chętnie umrę z tobą na górze… kurwa, mogłabyś mnie nawet pieprzyć, robiąc to. Tylko pomyśl, jak rajcujące by to było. – Jęczę, wyciągam rękę i chwytam ją za biodra, przeciągając ją sobie tam i z powrotem po kutasie. Jej usta rozchylają się z jękiem, a potem kręci głową i mocniej dociska nóż. Czuję, jak nacina mi skórę i przebiega mnie ukłucie bólu.

Podrzucam się do góry tak, że ona podskakuje na mnie i wpija mi ostrze głębiej. Krzyczy, odsuwając nóż, a ja czuję, jak krew spływa mi po gardle. To za mało, chcę więcej. Chcę, żeby zrobiła, co tylko, u diabła, chce.

– Jeszcze – domagam się.

Kręci głową.

– Ty naprawdę jesteś szalony.

Uśmiecham się lekko.

– A ty to uwielbiasz. Wybór należy do ciebie, więc co zrobisz, ptaszyno? Zabijesz mnie? Mogłabyś odciąć mi dłoń, żeby wydostać się z tego budynku. Byłabyś wolna, nawet bym się nie opierał.

– Dlaczego? – pyta zbita z tropu, z nożem spoczywającym na mojej skórze.

– A dlaczego nie? Sama to powiedziałaś, jestem szalony.

Siedzi tak na mnie, rozważając, czy mnie zabić i uciec. Jest bystra, rozgrywa to wszystko w swojej głowie.

– Ścigaliby mnie i wtedy na pewno by mnie zabili.

– Może. – Uśmiecham się szeroko. – A może byś im uciekła.

Przełyka ślinę, patrząc na mnie.

– Nie, nie zrobię tego. Nigdy.

Ach, wreszcie to pojmuje.

– Nie, nie zrobisz tego. Ale masz wybór, ptaszyno. Możesz uciekać przez resztę życia z nadzieją, że im umkniesz, albo użyć tego noża do czegoś, z czego obydwoje będziemy mieli dobrą zabawę.

Patrzy na nóż, z westchnieniem rzuca go na łóżko i przewraca się, kładąc na plecach obok mnie.

– Pieprzone dupki, przyszli i zrujnowali moje cholerne życie.

– Czy aby na pewno? – pytam dociekliwie, nie przejmując się tym, że może faktycznie tak było.

Nie patrzy na mnie, ale przygryza dolną wargę.

– Kocham mój bar.

– I coś jeszcze? Nie miałaś prawdziwych przyjaciół, stałych kochanków… Miałaś tylko ten bar.

Spogląda na mnie ze łzami w oczach.

– Bar nie może cię skrzywdzić. Bar nie może cię zdradzić. Kochałam kogoś tak bardzo, ale on odszedł.

– Zostawił cię? – pytam, mrużąc oczy na to, że mogła kochać kogoś innego niż mnie. Chcę go zabić. Czy byłoby przesadą go wytropić?

Prycha.

– No, w pewnym sensie, bo ten sukinsyn – odburkuje – wziął i kurwa umarł. Był jedyną pieprzoną osobą, która nie miała gdzieś, czy jem, czy śpię i czy jeszcze żyję, no ale umarł. Mojego własnego ojca to nie obchodziło, a matka nawet nie wiedziała, że istnieję, była zbyt naćpana, żeby się tym przejmować. Ale Rich przygarnął mnie, kiedy nic nie miałam. Dał mi pracę, dom, a potem, kurwa, umarł.

Rozważam jej słowa.

– Bar należał do niego?

Kiwa głową.

– Już tam pracowałam, żeby spłacić dług taty, gdy wreszcie się usamodzielniłam. Żyłam na ulicy i on to zauważył. Dał mi mieszkanie nad barem, zapłacił za meble i wszystko. Zaoferował mi pracę barmanki, a potem menedżera.

– Jak umarł? – dopytuję. Przynajmniej nie muszę go zabijać. Ale ciągle jestem zazdrosny o miłość brzmiącą w jej głosie. Nie może kochać nikogo oprócz nas.

– Na raka – szepcze, łzy spływają jej po policzkach, ale je ociera, nie pozwalając, aby nawet ta słabość ją wydała. Moja dzielna ptaszyna. – To było straszne, nastąpiło tak szybko. Kiedy się dowiedzieliśmy, było już za późno. Sukinsyn odszedł i zostawił mi bar, nie mówiąc mi o tym. Powiedział, że to jest teraz mój dom. Liczył na to, że zapewni mi lepszą przyszłość.

– Przykro mi, ptaszyno. – I to prawda. Ona tyle przeszła, tyle przetrwała, blizny malują się na jej ciele i duszy. Nie zdaje sobie sprawy, że jest do nas bardziej podobna niż ktokolwiek inny. Może powinienem spróbować jej to wyjaśnić.

Dlatego choć nigdy nikomu o tym nie mówiłem, rozrywam stare rany, które mnie zatruły, żeby mogła zrozumieć.

– Moja matka też była ćpunką.

Odwraca głowę i spogląda na mnie, jej ciemne oczy błyszczą od łez. Wyciągam rękę, ścieram jedną i smakuję ją na kciuku.

– Obchodziłem ją, dopóki mogła mnie jakoś wykorzystać. Kurier narkotykowy, posłaniec, raz nawet próbowała mnie sprzedać. Ale i tak ją kochałem. Wiele razy zabierano mnie od niej, umieszczano w domach opieki. Należałem jednak, jak to mówią, do trudnej młodzieży. Tak bardzo ją kochałem, była moją matką. Zawsze uciekałem i wracałem do niej. A to oznaczało powrót do tego życia, przez które zamknęli mnie na jakiś czas w poprawczaku.

Obserwuje mnie uważnym wzrokiem, kiedy odwracam się i kładę głowę na ramieniu, a drugą rękę wyciągam do niej. Tym razem nie zabrania mi, gdy wodzę nią tam i z powrotem po jej udzie.

– Kiedy wyszedłem, a siedziałem za poważne uszkodzenie ciała, już nie żyła.

Wstrzymuje oddech.

– Jak?

Wydymam wargi, starając się odepchnąć wściekłość i mówić dalej.

– Została zamordowana. Dowiedziałem się, że była winna dilerowi zbyt dużo kasy i nie była w stanie jej oddać, więc ją odwiedził. Pobił ją niemal na śmierć, a kiedy jeszcze żyła, podpalił dom razem z nią w środku. Przyjechałem tam zaraz po tym. Próbowałem wejść i ją stamtąd zabrać, dusiłem się od dymu. Parzyły mnie płomienie. – Unoszę ręce, odwracając je, żeby pokazać jej oparzenia na dłoniach. – Nie udało mi się, chociaż słyszałem, jak krzyczy. Pomimo wszystkich tych razów, kiedy mnie zawiodła, wciąż była moją matką. Mimo wszystkich jej wad, kochałem ją każdą cząstką mojego jestestwa, była moją obsesją. Moją jedyną rodziną.

– Diesel – szepcze.

– Wytropiłem go, wiesz? Tej nocy byłem tak rozwścieczony, kiedy patrzyłem, jak płomienie ją pochłaniają, że w końcu pękło to we mnie. Tak długo dławiłem to w sobie, odsuwając mój gniew, cały ten mrok kłębiący się we mnie. Tej nocy przestałem się temu opierać, pozwoliłem, żeby mnie pochłonęło. Ścigałem go po całym mieście.

- Ile miałeś lat?

- Siedemnaście. Znalazłem go, ogłuszyłem i zaciągnąłem do starego, opuszczonego magazynu. Gdy oprzytomniał, odpłaciłem mu. Wielokrotnie. Wyżywałem się na nim i po raz pierwszy poczułem, jak to jest być wolnym. Być sobą. Czuć, jak pod moimi rękami pękają kości i opryskuje mnie krew, ale to było za mało, musiał poczuć ten sam ból co ona. Więc oblałem go benzyną, podpaliłem i patrzyłem... i wiesz co? To nadal było za mało. Chciałem więcej, czegoś jak tamten pożar, potrzebowałem więcej. Jestem popierdolony, jestem szalony, wiem o tym. Myślałem, że nigdy nie znajdę miejsca dla siebie i wtedy spotkałem tych gości, i oni są dokładnie tak samo popierdoleni jak ja, chociaż lepiej to ukrywają. Wszyscy wiemy, co to znaczy być zagubionym, samotnym, ptaszyno, ale razem jesteśmy silniejsi. Porzuciliśmy tamto życie jak wąż zrzuca skórę...

- I staliście się Żmijami – kończy, wzdychając. – Kurwa, dlaczego mi to mówisz? Tak trudniej jest was nienawidzić.

- Ponieważ tak naprawdę nie nienawidzisz nas i tylko szukasz powodów, żeby tak czuć. Jest jeden powód. Tak, jestem potworem, ptaszyno. Uwielbiam zadawać ludziom ból, uwielbiam moją pracę, lubię zabijać ludzi i sprawiać im cierpienie. Kocham chronić moją rodzinę i robię to wszystko dla nich... a teraz też dla ciebie.

- Dla mnie? Ledwie mnie znasz – mówi cicho.

- Znam cię wystarczająco. Jesteś teraz jedną z nas. Będę cię chronił tak jak ich, wstąpiłaś do jaskini żmij, ptaszyno. Musisz wybrać, czy pozostaniesz tu jako nasza ofiara, czy przepoczwarzysz się i staniesz drapieżnikiem. Wybierz mądrze. Nie każdego zapraszamy do naszego grona, a w zasadzie nikogo. Żyj lub umieraj.

– Ale dlaczego ja? – pyta. – I nie mów, że chodzi o dług, bo mogliście mnie zabić i mieć to z głowy.

– Ponieważ, ptaszyno, tamtej nocy… tamtej nocy, gdy twój ojciec oddał cię bez walki, dostrzegliśmy w tobie to samo, co siedzi we wszystkich z nas. Garrett nawet nie wie, dlaczego cię oszczędził, tak myślę. Ryder okłamuje się, mówiąc, że to interes. Kenzo rozgrywa to jak grę, trzymając wszystkie karty przy piersiach. Ale ja to widzę. W chwili, kiedy twój tata wyrzekł się ciebie… stałaś się taka jak my. Kolejna zagubiona dusza. Kolejna Żmija poszukująca domu. Wszyscy zaczynaliśmy z niczym i nikim, a teraz popatrz, gdzie zaszliśmy. Rodzina. Rozbita, porąbana rodzina, ale mimo wszystko rodzina, która zabije, a nie pozwoli nikomu cię zabrać. Pomyśl o tym. – Pochylam się i całuję ją delikatnie, a ona wzdycha. – Dobranoc, ptaszyno. Możesz zatrzymać nóż, pomyśl o mnie za każdym razem, kiedy go użyjesz, ale pamiętaj, że jeśli użyjesz go przeciwko nam, przeciwko moim braciom, będę musiał cię zabić. Może nawet mi się to spodoba.

Zsuwam się z łóżka i odchodzę.

– Diesel! – woła, więc się zatrzymuję.

– Masz rację, chcę was nienawidzić, ale szczerze, jestem zraniona. Zraniona tym, że mój tata tak łatwo mnie oddał. Nie powinno mnie to dziwić, ale przypuszczam, że zawsze chciałam w nim widzieć coś dobrego. Potem przyszliście wy i daliście mi coś, na co mogłam przekierować tę nienawiść. Ale ja też to widzę. Upiory w twoich oczach, one są takie jak moje… i nienawidzę tego jeszcze bardziej. Bo to oznacza… – Jej słowa urywają się, głos cichnie.

– To oznacza, że jesteś taka jak my. – Kiwam głową, spoglądając na nią przez ramię. – Jesteś wężem.

Zamykam drzwi. Nie pójdzie za mną i nie ucieknie tej nocy,

już to wiem, nawet jeśli ona jeszcze tego nie wie. Jest we własnym domu i zaczyna to rozumieć.

Może będzie nadal się opierać, ale gdyby tego nie robiła, nie byłoby zabawy.

Nie mogę się doczekać, żeby zobaczyć, jak rozbiera na kawałki pozostałych, wkrada się do ich zimnych serc, tak jak zdobyła moje. Wszyscy razem spłoniemy.

Z powodu jednej kobiety.

Naszej kobiety.

ROZDZIAŁ 19

RYDER

Słyszałem o Roxxane i Kenzo. Chodziło mi to po głowie przez całą noc, kiedy wpatrywałem się w słowa na moim ekranie. Nie spałem, bo jak mógłbym? Jestem skołowany.

Czy ona nas zniszczy? Czy będzie naszym końcem? Czy powinienem był ją zabić? Czy teraz mam to zrobić?

Wszystko to potęgują jeszcze pytania, na które nie znamy odpowiedzi. Nawet Donald nie wiedział, kim jest ten cyngiel. Podejrzewa, że to był jakiś nielegalny, co oznacza sfałszowane papiery, żeby się tu dostać. Ale żeby ktoś go wynajął, żeby stać go było na takie usługi, musi to być ktoś więcej niż rozczarowany właściciel kasyna taki jak Declan.

Wzdycham, mój umysł kręci się w kółko, gdy opieram głowę na rękach. Mam za dużo pytań, a za mało odpowiedzi. Przypominają mi się słowa taty, mimo że nie podoba mi się to.

Znajdź odpowiedzi. Zrób, co trzeba, graj nieczysto.

Był sukinsynem, gównianym ojcem i jeszcze gorszym mężem, ale był świetnym biznesmenem. Pierwszą rzeczą, jaką zrobiłem, było przejęcie wszystkich jego interesów. To ma sens. On ma rację, znajdź odpowiedzi. Myślę za bardzo jak biznesmen. Myśl jak Żmija.

Muszę znaleźć osobę, która podrobiła papiery, dzięki czemu wpadnę na trop pieniędzy. Nawet gdy starają się go zatrzeć, zawsze zostaje ślad po forsie. Wtedy znajdziemy cyngla, zanim znowu spróbuje wykończyć któregoś z nas.

Z Roxxane, Triadą, a teraz tym zabójcą, mamy pełne ręce roboty. Czuję, że tracę kontrolę, i nie wiem, jak ją odzyskać. Widziałem wczoraj wieczorem twarz Kenza po tym, jak się z nią dymał. Był zagubiony. Już wcześniej widziałem u niego taki wyraz oczu. On jest marzycielem, w przeciwieństwie do mnie. Kochankiem. Może i wygrał z nią to rozdanie, ale przed nim cały turniej, a Roxxane nawet nie wie, że gra o najwyższą stawkę.

Nie o swoje życie.

O swoje serce.

Mój brat chce je mieć.

Co oznacza, że ona stała się zwierzyną łowną. Może to moja wina, że przekroczyłem granicę tam w windzie, ale nie mogłem się powstrzymać. Problem w tym... czy ja chcę grać w tę grę? Czy pragnę jej? Mój kutas mówi tak, ale mój umysł mówi nie. Z nią będą problemy, a my nie możemy sobie pozwolić na więcej problemów. Ktoś musi zachować wobec niej trzeźwe spojrzenie. A więc nie, nie mogę.

Wstaję i jadę windą na górę do naszego mieszkania zlokalizowanego nad firmą. Ten stary budynek był kiedyś dumą i radością mojego ojca. Z rozkoszą go przejąłem, z wielką przyjemnością rozebrałem do fundamentów, a potem odbudowałem według naszych potrzeb. Wchodzę do środka, pusty salon rozświetla wczesnoporanne światło. Idę na górę, biorę prysznic i przygotowuję się do kolejnego dnia.

Mam tyle do zrobienia i nie mam czasu na sen. Po kolei. Dzisiaj muszę znaleźć fałszerza. Wykonam parę telefonów przy śniadaniu i miejmy nadzieję, że ktoś się odezwie. Czekając na wiadomości, skontaktuję się znowu z Triadą, bo coś nie spieszą się z udzieleniem nam odpowiedzi.

Jak zawsze zakładam garnitur, przygotowując się na nowy dzień. Wygląd jest ważny, a garnitur emanuje władzą. Zanim jeszcze otworzę usta, przekazuję im informację, że nie jestem kimś, z kim mogą sobie pogrywać.

Kiedy kończę się ubierać i schodzę na dół, Roxxane siedzi już na swoim miejscu, a pozostali wokół niej. Kenzo uśmiecha się do niej znacząco, wodząc wzrokiem po jej gniewnej twarzy. Diesel tnie nożem stek, a Garrett wbija wzrok w stół. A więc jak zwykle.

Siadam na swoim miejscu i obserwuję ich, nakładając jedzenie na talerz i nalewając herbatę.

– Mamy dzisiaj parę rzeczy do zrobienia…

– A kiedy nie macie? Czy robicie sobie kiedyś wolne? – pyta Roxxane. Wydaje się bardzo często to robić. Jak na kogoś, kto nas nie lubi i nie chce tu być, zadaje mnóstwo pytań.

– Nie – odpowiadam, a potem wyciągam rękę i nalewam jej kawę, gdy Kenzo wydaje się nazbyt urzeczony jej piersiami w koszulce z głębokim dekoltem, aby samemu to zrobić.

Zakładam nogę na nogę, żeby ukryć własnego sztywniejącego kutasa. Czy ona wie, co z nami robi? Chodząc po mieszkaniu w tych ubraniach, pozwalając sobie nas dotykać. Gówniara.

– Jak mówiłem – podaję jej kubek, a ona wygląda na zaskoczoną – chcę, żebyście popytali o fałszerza, będzie dobry, prawdopodobnie najlepszy. – Kiedy Kenzo nic mi nie odpowiada, wbijam w niego wzrok. – Bracie, słuchaj, co mówię. Choć piersi Roxxane są niewątpliwie urocze, mamy sprawy do załatwienia.

– Jej piersi są ładne. – Diesel przytakuje poważnie. – Chociaż ja jestem bardziej za tyłkami, znaczniej więcej miejsca na nacięcia, wiecie?

– Dobrze wiedzieć – odpowiadam z kamienną twarzą, a Kenzo się śmieje. – Fałszerz, trzeba jakiegoś znaleźć.

– Znam jednego. – Roxxane wzrusza ramionami, na co wszyscy spoglądamy na nią z zaskoczeniem. Prycha. – Jestem właścicielką speluny, co się dziwicie? Znam niemal każdego przestępcę w mieście i oni wszyscy chcą, żebym była zadowolona i zapewniała im dopływ alkoholu. To jedyne miejsce, w którym nie muszą się martwić, że ich aresztują.

– Znasz fałszerza? Na tyle dobrego, żeby zrobił papiery dla nielegalnego zabójcy? – pytam, unosząc brwi.

– Tak, dupku. Miałam ci powiedzieć, ale teraz chyba tego nie zrobię – rzuca, sprawiając, że D się śmieje i nawet Garrett uśmiecha się pod nosem.

– Dobrze, przepraszam, Roxxane. To było nieuprzejme. – Wzdycham, zmuszając się do wycedzenia tych słów przez zaciśnięte zęby.

Uśmiecha się szeroko, a ja ostrzegam ją spojrzeniem, żeby nie przeginała.

– Dobra, owszem, znam kogoś takiego. Jest stałym bywalcem, czasem łapie klientów w moim barze. Kiedyś go podsłuchałam i jest bardzo ceniony. Powiem ci… pod jednym warunkiem.

– To znaczy? – cedzę.

– Zabierzecie mnie ze sobą – mówi poważnie.

– Nie – warczę, chociaż nie tego się spodziewałem. Myślałem, że to będą pieniądze, biżuteria, ubrania, cokolwiek. Stale mnie zaskakuje.

– To nie poznasz jego nazwiska. I tak nie chciałby z wami rozmawiać beze mnie. Możecie być przerażającymi Żmijami, ale on jest ponad to. Działa na zasadzie znajomości, a wy? Nie znacie go. – Uśmiecha się, wiedząc, że mnie ma.

– Po co? Po co chcesz z nami jechać? – dopytuję się szczerze. Jeżeli chce uciec, nie mogę tego zrobić. Musiałbym ją wtedy ukarać, a szczerze, chcę trzymać się od niej jak najdalej, bo ona już wystawia na próbę moje opanowanie. Ponowne użycie wobec niej siły fizycznej byłoby błędem.

– Nudzi mi się w tym pieprzonym mieszkaniu. W ten sposób będę przynajmniej miała coś do roboty – argumentuje, bierze do ust kawałek omletu i wydaje jęk. – To jest cholernie dobre.

– Posłuchaj Ry, co może się takiego zdarzyć? – Kenzo się śmieje. – Wszyscy jedziemy, więc nie będzie mogła próbować uciec ani nic takiego. Powiedziałeś, że potrzebny nam jest ten gość, i chyba w ten sposób do niego dotrzemy.

Zaciskając pięści, odliczam wstecz w mojej głowie, starając się zachować panowanie nad sobą. Nie znoszę robionych naprędce planów, nie znoszę, kiedy pojawia się niespodziewany, nieprzewidywalny element.

A Roxxane jest nieprzewidywalna.

– Kontaktowałem się z Triadą i czekam na odpowiedź. Pozostałe rodziny zaprzeczają, żeby cokolwiek wiedziały o tym zamachu – warczę.

- A więc to oni. - Diesel kiwa poważnie głową. - Pozabijajmy ich.

- Czekaj, może nie. Przecież nie mamy krótkiej listy wrogów, a podjęcie działania teraz i uderzenie w nich byłoby błędem. Nie jesteśmy przygotowani, a jeśli możemy utrzymać ich po naszej stronie, musimy spróbować. Na ich miejsce pojawi się ktoś inny, a ja wolę mieć do czynienia ze znanym niebezpieczeństwem niż nieznanym.

Czekamy, aż Roxxane się ubierze, wyglądała na podekscytowaną. Przypuszczam, że siedzenie w apartamencie, nawet tak luksusowym, to nie dla niej. Chce przygód, chce stymulacji. Mogę to zrozumieć, co nie znaczy, że jestem zadowolony, pozwalając jej z nami jechać. Ale jeżeli tylko tak możemy dotrzeć do tego fałszerza, byłbym głupcem, gdybym nie skorzystał z okazji.

- On ma rację, poczekamy i zobaczymy, oni nigdzie nie uciekną. Zajmijmy się najpierw tym zabójcą. - Garrett kiwa głową, mój głos rozsądku w tym bezhołowiu.

- Dobra, ach, powinniśmy też sprawdzić, co z barem Roxy - dodaje Diesel.

Wzdycham i patrzę w stronę korytarza, żeby upewnić się, że nie szpieguje.

- Już to zrobiłem. Jest nowy barman, zaufany człowiek. Otwiera i zamyka bar, pilnuje go, dba o to, żeby go nie zniszczyli. Wszystkie pieniądze są wrzucane na jej konto.

Kenzo gwiżdże z uśmieszkiem na ustach.

- To chyba oznacza, że uważasz ją z coś więcej niż tylko dług.

- To była prosta rzecz, niedużo pracy, a pomyślałem, że dzięki temu będzie mniej skłonna, żeby nas atakować.

– Aha – mówi. – Pewnie, mów tak sobie, starszy bracie, jeżeli pomaga ci to zasnąć.

Wbijam w niego wzrok, ale nie odpowiadam, bo korytarzem idzie do nas Roxxane. Otwieram nieznacznie usta. Kurwa, po co kupowałem jej nowe ubrania? Nie powinienem był jej nic kupować, wtedy musiałaby tu chodzić nago.

Ma na sobie czarną sukienkę wybraną przez Garretta, która jest bardzo obcisła i ukazuje wszystkie jej krągłości, z przezierającymi przez materiał cholernie seksownymi tatuażami. Kurtkę musiał przemycić któryś z chłopaków. Jest skórzana i ma ćwieki na ramionach, a kiedy obraca się trochę, widzę żmiję na plecach – spoko.

Wygląda diabelnie seksownie i niebezpiecznie, zwłaszcza z fioletową szminką i ciemnym makijażem wokół oczu – makijażem, który ja wybrałem. Włosy układają się jej w luźne fale i szczerze, jestem oniemiały. Ona zawsze wygląda pięknie, ale dzisiaj…

Dzisiaj wygląda jak Żmija.

Spoglądam na pozostałych akurat w porę, aby zobaczyć, jak Diesel odchyla się do tyłu ze swoim krzesłem, wyciągając szyję i próbując zerknąć na jej tyłek. Ale przechyla się za daleko i przewraca się z kwiknięciem. Ona patrzy, jak leży na podłodze, i uśmiecha się znacząco.

– Już na mnie lecisz, D?

D.

Nazwała go D.

Ogarnia mnie zazdrość. Używa jego przezwiska? Oczekiwałem, że będzie się go bała. Wielokrotnie przestrzegaliśmy ją, a teraz proszę, patrzy na niego rozbawiona i nazywa go D. Wstaję, chcąc przyciągnąć jej uwagę i starając się zignorować własne głupie uczucia.

– Dobrze, chodźmy – nakazuję i ruszam.

Zatrzymuję się przy niej i schylam głowę, nie mogąc się powstrzymać.

– Wyglądasz bardzo apetycznie – mówię.

Mruga zszokowana, a ja odchodzę i sprawdzam swoją broń przy drzwiach, czekając na pozostałych. Patrzy na nas, jak sprawdzamy broń i noże, i nie wygląda na zaskoczoną, gdy widzi, gdzie je przypasujemy.

– Czy mogę dostać broń?

– Nie – prawie warczę. – Nie potrzebujesz jej, zaopiekujemy się tobą.

– A czy mogę dostać mój kij baseballowy? Obiecuję, że nie użyję go znowu na kroczu Garretta – proponuje słodko, aż tamten prycha.

– Nie – odpowiada.

Wzdycha teatralnie, ale potem się uśmiecha.

– Sekunda. – Pędzi do swojego pokoju, a minutę później wraca, podrzucając w powietrze nóż.

Skąd, u diabła, go wzięła?

Diesel się śmieje.

– Zuch dziewczyna. Chodź, ptaszyno, czas się zabawić. – Zakłada ramię na jej ramionach, a ona wsuwa nóż do kieszeni kurtki i spogląda na mnie. Ja jednak nie jestem w stanie się ruszyć, wpatrując się w nich – jak blisko są ich ciała i jak swobodnie wyglądają.

Jest gorzej, niż myślałem.

Co mam zrobić? Na razie nic, mamy inne sprawy do załatwienia, ale później muszę podjąć decyzję – zanim Roxxane za bardzo się zakorzeni i będzie w stanie zburzyć wszystko, na co pracowaliśmy.

– Idziemy. – Otwieram szybko drzwi i wychodzę na zewnątrz, świadomy tego, że działam irracjonalnie, zduszam więc wszystkie emocje, wykorzystując czas oczekiwania na windę, żeby z powrotem stać się zimnym i otulić się warstwą lodowatej nieczułości. Kiedy odzywa się dzwonek i drzwi się otwierają, jestem z powrotem sobą.

Ponieważ mój samochód został zniszczony i czekam na nowy, decyduję, że weźmiemy SUV-a. Zmieścimy się wszyscy. Garrett wsiada na miejsce kierowcy, a ja siadam po stronie pasażera. Kenzo i Diesel wsiadają z tyłu, otaczając na środkowym siedzeniu Roxanne, która nie wygląda, jakby jej to przeszkadzało. Odchyla się wygodnie do tyłu, ale grozi, że dźgnie nożem Kenzo, jeżeli jeszcze raz dotknie jej uda.

On tylko się śmieje. Czasem inni myślą, że Kenzo do nas nie pasuje, ale ja nie – po prostu dobrze skrywa swoje szaleństwo.

– Dokąd? – pyta ogólnie Garrett, nie patrząc na Roxxane, więc zerkam na nią przez ramię.

– Jedź na południe, miń okolice teatru i wjedź do slumsów. Zatrzymaj się przy Moście Deckly, nie przeoczysz go. Jest tam graffiti na całej bocznej ścianie tuż obok opuszczonej stalowni – wyjaśnia.

Obracam się do przodu, wyciągam telefon i nie zwracając uwagi na wszystkich, przeglądam najświeższe maile i wiadomości. Mogłem kazać naszym ochroniarzom, żeby czekali na miejscu, ale skoro jesteśmy wszyscy czterej, nie ma takiej potrzeby. Myśli Roxxane muszą biec w tym samym kierunku.

– Czy wy macie ochroniarzy? Jesteście warci mnóstwo pieniędzy, prawda?

– Mamy ochronę – mamroczę z roztargnieniem. – Ponad siedemdziesięciu pięciu ludzi rozmieszczonych po całym mieście, w naszych firmach i domach. Poleciliśmy im, żeby się tobie nie pokazywali. Normalnie jechaliby z nami, ale kiedy wszyscy czterej wychodzimy, ci trzej udają, że są moją ochroną. Nikt nie wie, że oni też kierują interesem, bo to ja jestem twarzą naszej działalności, więc sensowne jest, że zabieram obstawę.

– Po co udawać ochroniarzy?

– W ten sposób tylko Ryder musi się martwić, że jest celem. Nie przejmują się nami, jesteśmy tylko mięsem armatnim. Co oznacza, że również więcej słyszymy – odpowiada Kenzo.

– Och, nie przejmujesz się, że masz cały czas na plecach tarczę strzelniczą? – pyta, nachylając się do przodu, kiedy wyjeżdżamy z parkingu podziemnego.

– Nie, to moja praca – odpowiadam, ruchem kciuka wysyłając odpowiedź na maila, a potem chowając telefon do kieszeni. – Siedźcie spokojnie, zapiąć pasy – rozkazuję.

– A ten człowiek, z którym jedziemy się spotkać? – zaczyna Kenzo.

– Dajcie mi z nim rozmawiać. On nie cierpi ludzi z zewnątrz i jest nieuprzejmym sukinsynem – mówi Roxy.

– Nawet wobec ciebie? – dopytuje.

– Zwłaszcza wobec mnie. On w ten sposób pokazuje, że cię lubi. A dodatkowo, jeżeli nie zauważyłeś, jestem nieuprzejmą suką. Doskonale się dogadujemy. – Śmieje się.

– Chcesz, żebym go zabił? – pyta Diesel wesoło.

Spoglądam do tyłu akurat, żeby zobaczyć, jak ona przewraca oczami i klepie go po piersi.

– Nie, a gdybym chciała, żeby zginął, zabiłabym go sama.

– To rajcujące. – Kiwa poważnie głową. – Będę mógł popatrzeć?

Pocieram sobie skronie i wzdycham głośno ze świadomością, że to będzie długi dzień. Na szczęście udaje nam się uniknąć większych korków i jeśli nie liczyć głośnego, fałszującego śpiewu Diesela, są cicho przez resztę drogi. Zatrzymujemy się przy moście i wysiadam z samochodu, sprawdzając spluwę, a potem rozglądając się wokoło. Pozostali natychmiast przeskakują na tryb bezpieczeństwa, mają bystre spojrzenia i wyprężone sylwetki, gdy lustrują przestrzeń dokoła.

Pierwszy idzie Garrett, ja i Roxxane za nim, a Kenzo i Diesel z tyłu. Nigdy za wiele ostrożności. Kładę dłoń na plecach Roxxane i kieruję nią, kiedy idziemy.

– Którędy teraz?

– Boczna uliczka. Są tam stalowe drzwi – informuje nas z powagą, najwyraźniej wyczuwając napięcie. Poza naszym domem musimy się tak zachowywać, tylko tam możemy się rozluźnić. Stawka jest za wysoka, abyśmy mogli stracić czujność, choćby na moment.

Idziemy tam, nie zważając na rozsianych wszędzie bezdomnych i biedaków. Przecież my też zaczynaliśmy na ulicy, czujemy się tu równie swobodnie jak w luksusowych apartamentach i rezydencjach, a nawet bardziej. Ale Roxxane o tym nie wie.

Przepycha się, mijając nas i Garretta, który próbuje ją chwycić, a potem wskakuje na dwa stopnie i wali w lite stalowe drzwi.

– Hej, przydupasie, to twoja ulubiona dziwka. Otwieraj! – krzyczy.

Unoszę brwi, ale po paru minutach w drzwiach otwiera się wizjer, ukazując dwoje jasnoniebieskich oczu.

– Czego, do kurwy, chcesz, pokrako?

Wysuwa biodro, przewracając oczami.

– Wydymać cię na okrągło, rzecz jasna – odpowiada z udawaną powagą i wszyscy się jeżymy. – Wpuść mnie do środka, nieudaczniku.

Słyszę, jak tamten chichocze, po czym wizjer się zamyka, a drzwi się otwierają. Muszę powiedzieć, że nie tak wyobrażałem sobie gościa, który wychodzi. Jest ogromny, tak duży jak Garrett, z ramionami, które mogą miażdżyć czaszki. Głowę ma ogoloną i pokrytą tatuażami, koszulka napina mu się na piersi. Spogląda na nas i mruży oczy, a potem pyta niskim i dudniącym głosem:

– Kim oni są?

– Znajomymi, chwilowo. Wpuścisz nas czy będę musiała tu stać i patrzeć, kiedy wy, skurwiele, mierzycie sobie kutasy? – mówi drwiąco.

Wzdycha, na ustach maluje mu się uśmiech, gdy patrzy na nią z góry. Jest w porównaniu z nim malutka, ale jej zachowanie wcale na to nie wskazuje.

– Dobrze wiesz, że mój jest większy od twojego, ostatnim razem mierzyliśmy.

– Ta, ta, no wiesz, oszukiwałeś, Malutki, więc wpuść mnie. – Przepycha się obok niego, a on idzie za nią. Garrett spogląda na mnie, więc kiwam głową.

Wchodzimy wszyscy do środka i kiedy zatrzaskuję za sobą drzwi, widzę, jak czeka u dołu jakichś przemysłowych schodów. Pomieszczenie jest małe, to tylko półpiętro, a kiedy patrzę za siebie, dostrzegam, że są tu kamery, automatyczny system blokujący drzwi, obok których stoi oparta ogromna strzelba.

Upewniając się, że idziemy za nią, zaczyna wchodzić po schodach. Podążamy za nią, ja wpatruję się w jej krągły jak brzoskwinia tyłek, kiedy idzie w górę, przeskakując po dwa stopnie za każdym krokiem. Wygląda na to, że wie, dokąd idzie, i gdy docieramy na górę, idzie w lewo do kolejnych drzwi, które prowadzą do magazynu.

Pomieszczenie jest ogromne i chłopaki rozdzielają się, żeby sprawdzić, czy nikogo więcej tam nie na, szukając kryjówek. Stoję tam i czekam, a ona idzie prosto do kanap ustawionych na środku pokoju i opada z wyciągniętymi nogami na jedną z nich. Są stare i czerwone, ale wygląda na to, że czuje się na nich całkiem wygodnie.

Obok siebie ma imponujący zestaw – cztery monitory komputerowe, wszystkie ustawione do wewnątrz, i ogromny fotel, który jest niewątpliwie przeznaczony dla Malutkiego. W głębi w rogu, pod oknami, stoi na podłodze łóżko i szafa na ubrania. Po prawej jest zbrojownia z bronią palną, nożami, a nawet pieprzoną wyrzutnią rakietową. Nie żartowała, kiedy mówiła, że zna różnych ludzi.

Malutki przechodzi koło mnie i klapsem zrzuca jej nogi, a potem opada w swój fotel. Pokazuje mu język i z powrotem kładzie je na kanapie.

– No i co tam, pokrako? Słyszałem, że zniknęłaś. Problemy rodzinne? – mówi kpiąco.

Ona przewraca oczami.

– Mówiłam im, że nikt w to nie uwierzy. – Jeżę się, myśląc, że będziemy musieli zabić tego człowieka, ale ona jak gdyby nigdy nic ciągnie dalej: – Zrobiłam sobie wakacje od baru, nie pokazuję się.

– Wpadłaś w tarapaty? – pyta, nachylając się do przodu.

– Kurczę, a kiedy ich nie miałam? – Śmieje się. – Nic takiego, z czym nie dam sobie rady. Ale potrzebuję przysługi.

Wzdycha.

– No oczywiście.

– Skurwielu, ciągle wisisz mi za ostatni raz, kiedy obudziliśmy się na tej barce. Nie jęcz, kiedy teraz masz mi się odwdzięczyć.

Jak blisko jest tych dwoje? Wbijam w nią wzrok i podchodzę, przysiadając na oparciu kanapy, podczas gdy pozostali kończą obchód pokoju. Malutki cały czas śledzi ich oczami, a na ekranach komputerowych zauważam otwarte okno z obrazem z kamer ukazującym cały magazyn.

– Dobra, czego, do kurwy, chcesz?

Wydaje się nieporuszona jego nieuprzejmością, czyści sobie paznokcie nowym nożem, rozłożona na kanapie. Dlaczego nie może być tak swobodna z nami? Chcę mu przywalić w twarz, ale przypominam sobie, że jest nam potrzebny. Powiedziała, żeby pozwolić jej prowadzić rozmowę, ale mimo to wtrącam się:

– Muszę znaleźć kogoś, kto kupił od ciebie papiery.

Obraca ogromną głowę, twarz mu się ściąga i spogląda z wyrzutem na Roxxane.

– Dziewczyno, kim, do kurwy, są ci goście? Naopowiadałaś im bredni na mój temat?

Sięga pod biurko, więc chwytam pistolet i niedbale kładę go na kolanach jako ostrzeżenie. Mruży oczy, ale zatrzymuje rękę sięgającą po broń.

– Czego, kurwa, chcesz, człowieku?

Roxxane wzdycha i unosi się z oparcia.

– Odłóż swój pieprzony pistolet – rzuca do mnie i spogląda na Malutkiego. – Przysługi, jak mówiłam.

– A ile jest warta?

– Drinki przez rok na koszt baru – proponuje i w pokoju zapada cisza.

– Jak powiesz dwa, dobijemy targu. – Wyciąga rękę, a ona

ją ściska. – Następnym razem nie przyprowadzaj mi tych dupków, głupia cipo.

Spogląda ponad moim ramieniem i patrzę za jego spojrzeniem na Diesela, który bawi się granatami z jego zbrojowni.

– Nie dotykaj mojego sprzętu.

Diesel uśmiecha się lekko i cofa, ale widzę, jak chowa do kieszeni granat, no świetnie. Odwracam się do Malutkiego i widzę, jak obraca się do swojego komputera.

– Kim oni są, tak przy okazji? Jakiś męski harem, który za tobą chodzi?

– Właśnie – woła Diesel, a potem szybko rzuca się obok Roxxane i szeroko uśmiecha. – Jej harem.

– Odważny człowiek – mamrocze Malutki. – Dobra, kogo szukamy?

– Odważny, bo co? – Diesel się uśmiecha.

– No, w zeszłym miesiącu widziałem, jak prawie obcięła gościowi fiuta kawałkiem stłuczonej butelki, którą w nią rzucił, bo złamała mu serce. Po prostu mówię, że jesteście odważnymi sukinsynami. – Malutki się śmieje.

Spoglądam na nią, unoszę brwi, a ona tylko wzrusza ramionami.

– Był niemiły, a dodatkowo tylko na jeden raz… okej, może więcej niż na jeden raz, ale szczerze, ludzie z chujami zawsze uważają, że wiedzą wszystko najlepiej i mogą postępować, jakbyś była ich własnością. Przypominam im, że pochwy są silniejsze od chujów, ponieważ nasze są schowane w środku, a wasze wystają… i można je obciąć.

Zakładam nogę na nogę i wzdrygam się za tego człowieka, mimo że Diesel śmieje się histerycznie.

– Nie krępuj się, odetnij mojego, ptaszyno.

Malutki odwraca się, spoglądając na Roxxane.

– Ten to ma nie po kolei, co? Lepiej opowiedz mi o tym gościu, którego szukacie.

Roxy kiwa głową i się pochyla, a Diesel zaczyna bawić się jej włosami.

– Facet miał być z zagranicy, co jeszcze? – Spogląda w moją stronę, a ja chrząkam.

– Mężczyzna, poniżej czterdziestki, czarne włosy. Cyngiel, mógł potrzebować również jakiegoś sposobu na zdobycie broni, a konkretnie karabinu snajperskiego. Powinien być z branży. – Wiem, że on wie, co mam na myśli, i twarz mu pochmurnieje. – Nie lokalny gość, taki, którego nikt nie widział, drogi.

On gwiżdże.

– Lepiej niech to będą trzy lata, jeżeli mam wejść w paradę temu sukinsynowi.

– A więc pamiętasz go? – pyta podekscytowana Roxy.

– Kurwa, pewnie, że tak, koleś był dupkiem. Ale płacił dobrze, chciał to mieć na zaraz. – Malutki kiwa głową.

– Czy wiesz, kto go zatrudnił albo masz jakieś informacje na jego temat? – dopytuję. Jeszcze nie byliśmy tak blisko nie tylko znalezienia tego człowieka, ale również ludzi, którzy za nim stoją.

Malutki rozważa to przez chwilę, a potem spogląda na Roxxane.

– Kurczę, chcę górną półkę, dziwko – żąda, a potem odwraca się do swojego komputera i zaczyna coś pisać. – Sprawdzam każdego, kto przekracza mój próg, za ich wiedzą lub bez niej. Masz rację, nie jest stąd, jest Niemcem. Wolny strzelec, bez żadnych powiązań. I dobry, jeden z najlepszych, jeśli nie liczyć tego tam na północy i jego ekipy.

– Donalda. – Kiwam głową.

– Tak, tego. Ktoś płacił mu kupę pieprzonych pieniędzy, to na pewno. Oni naprawdę chcieli, żebyście zginęli. Raz wyszedł na zewnątrz, żeby odebrać telefon. Mam nagranie. – Załadował je i wszyscy się nachylamy, żeby posłuchać.

Z głośników dobiega głos z niemieckim akcentem.

– Załatwię to dzisiaj wieczorem, potem wyjeżdżam z miasta. Chcę podwójną stawkę. Nie powiedziałeś mi, że ci, których mam zabić, rządzą tym miastem.

Na chwilę zapada cisza.

– Nie obchodzą mnie wasze sprzeczki czy walka o władzę. Podwójnie albo wycofuję się. – Nagranie się urywa.

– Sprzeczki – mamroczę, to musi być Triada. Ale bez dowodów nie mogę się od razu za nich wziąć. Muszę znaleźć tego cyngla. – Dziękuję, Malutki. – Kiwam głową, wstając. Wręczam mu plik gotówki, a on gwiżdże i spogląda na Roxxane.

– Twój harem ma głębokie kieszenie. Jesteś pewna, że wszystko u ciebie w porządku, dziwko? – pyta poważnie, na co wszyscy tężejemy. Teraz byłaby odpowiednia okazja, szkoda byłoby go zabijać, ale zrobimy to, jeśli będziemy musieli. Obejmuję dłonią pistolet i widzę, jak Garrett skrada się za jego plecami, ale kręcę głową, czekając na to, co ona zrobi.

Patrzy na nas i widzi, że czekamy na jej odpowiedź, gotowi do reakcji. Mruży oczy.

– Tak, u mnie wszystko w porządku. Jak mówiłam, przycupnęłam. Trzymaj się, kutafonie. – Wstaje, a ja czuję zaskoczenie malujące się na mojej twarzy.

Kiedy przechodzi koło mnie, chwyta moją rękę, w której trzymam schowaną broń.

– Zrobiłam to, żeby go uratować, nie myśl sobie.

Prawie parskam na to usprawiedliwienie.

Dokonała wyboru.

Jest nasza.

Mija nas, a ja podchodzę do Malutkiego, który mruży oczy. Spoglądam za siebie, żeby się upewnić, że odchodzi, potem daję znak skinieniem głowy Kenzo, który przesuwa się za jego plecy z wyciągniętą bronią. Wyciągam znowu swoją i przystawiam mu do głowy. Może i jest wielki, ale załatwiałem większych i silniejszych od niego ludzi.

– Jeszcze raz nazwiesz ją dziwką albo ją znowu obrazisz, a nacisnę ten spust, rozumiesz? – mówię cicho niskim i groźnym głosem.

– Ryder – protestuje Roxxane, ale nie zwracam na nią uwagi, podczas gdy Garrett i Kenzo z zimnymi twarzami okrążają tamtego. Może i nie zgadzają się, co z nią zrobić, ale koniec końców ona jest nasza.

Nikt nie będzie jej ubliżał.

Przyciskam muszkę mocniej do jego głowy, a on unosi ręce i zaczyna ciężko oddychać.

– Rozumiemy się?

– Tak, kurwa, tak! – wrzeszczy, podczas gdy Garrett strzela knykciami.

– Dobrze, a teraz nie powiesz nikomu, że tu byliśmy, albo wyślę do ciebie znowu tego stukniętego sukinsyna razem z tym dużym sukinsynem, żeby z tobą porozmawiali. Nie obchodzi mnie, że Roxxane ci ufa, ja nie ufam nikomu – warczę.

– Kapuję, cholera, dobra, człowieku – zarzeka się Malutki.

Zabieram broń, chowam ją z powrotem do kabury i kiwam głową do pozostałych.

– Dobrze, idziemy.

– Nie mogę uwierzyć, że to zrobiłeś – syczy Roxxane, uderzając mnie dłonią w ramię. Spoglądam na nią i powstrzymuję się, żeby się nie uśmiechnąć. Ona jest taka dzielna.

– Zrobię gorsze rzeczy, żeby chronić, co moje, pamiętaj o tym, kochanie – szepczę, a potem przyciskam jej rękę do pleców i wyprowadzam ją z pomieszczenia.

– Myliłem się, oni wszyscy są stuknięci – mamrocze Malutki, a ja uśmiecham się pod nosem.

ROZDZIAŁ 20

GARRETT

Wysuwam się naprzód i wszyscy razem schodzimy po schodach, ja na wszelki wypadek trzymając rękę na pistolecie. Jak zawsze, pierwszy wychodzę przez drzwi, rozglądam się dokoła, a potem badam wzrokiem dachy i wypuszczam na zewnątrz pozostałych.

Roxy próbuje odsunąć się w bok, ale obejmuję ją ramieniem w pasie i popycham z powrotem ku Ryderowi. Ktoś tam próbuje nas zabić i nie dba o to, kto się znajdzie na linii ognia. A nie chcę, żeby to była ona. Słyszę, jak się wykłóca, a potem dźwięczy odgłos klapsa, a ona wydaje jęk.

– Jeszcze raz mnie klepniesz w tyłek, kolego, a utnę ci dłoń i dam ją D. – Uśmiecham się na to, ale cały czas mam oczy szeroko otwarte, badając wszystko wzrokiem, kiedy idziemy. Nie podoba mi się to, nie wygląda to dobrze.

Kiedy przechodzimy na drugą stronę ulicy, jeżą mi się włosy na karku. Otwieram kaburę i biorę w dłoń pistolet. Pozostali musieli to zauważyć, bo cichną, i czuję, że przybliżają się do mnie, z pewnością też z wyciągniętą bronią. Przysuwając się plecami do ściany, badam wzrokiem otoczenie i wyłapuję błysk w uliczce naprzeciwko dokładnie wtedy, gdy zaczynają strzelać.

Chwytam Roxy, ciskam na ścianę za nami i stając plecami przed nią, celuję i strzelam. Pozostali otaczają ją i też strzelają. Ostrzał jest niecelny, więc to nie są cyngle, są zbyt niezdarni i zdesperowani. Ale jeden podchodzi zdecydowanie za blisko, więc wypuszczam oddech, mrużę oczy i strzelam, patrząc, jak tamten przewraca się z krzykiem. Słyszymy jeszcze dwa odgłosy niecelnych strzałów i ostrzał ustaje.

Oddychając miarowo, badam wzrokiem teren w poszukiwaniu innych strzelców. Roxy łapie mnie za plecy, ale ignoruję ją, czujnie się rozglądając.

– Garr…! – wrzeszczy i wyciąga mój drugi pistolet schowany z tyłu za pasem.

Odwracam się i widzę, jak strzela do człowieka skradającego się po mojej lewej stronie, który najwyraźniej ukrył się i czekał przy naszym samochodzie. Trafia go między oczy, ale dalej strzela raz za razem. Pociski trafiają go w piersi, kiedy drga i pada na ziemię.

Patrzę na nią z uniesionymi brwiami. Ma rozszerzone oczy, oddycha krótkimi zrywami i jest blada na twarzy, ale kiedy spogląda na mnie, kiwa głową i podaje mi broń. Kręcę głową.

– Zatrzymaj go na razie.

Mruga, a po chwili na jej ustach pojawia się lekki uśmiech, po czym przełącza bezpiecznik i trzyma pistolet przy nodze.

– Idziemy – warczę. – Nie chcę, żeby nas znowu złapali na otwartym terenie.

– Wysłałem już wiadomość do szeryfa, zajmie się tym – mówi Kenzo, kiedy ja łapię Roxy za rękę i mijam człowieka, którego zabiła. Otwieram samochód i wpycham ją do środka, potem pilnuję, żeby wsiedli pozostali. Dopiero gdy są w środku bezpieczni, obchodzę maskę z wciąż wyciągniętą bronią i wskakuję na miejsce kierowcy. Kładę broń na tablicy rozdzielczej, włączam silnik i szybko stamtąd spieprzam.

Kiedy jesteśmy kilka bloków dalej, rozluźniam dłonie na kierownicy, ale nadal sprawdzam, czy ktoś nie jedzie za nami. Skąd, kurwa, wiedzieli, że tam jesteśmy? Czy Malutki ją wydał? Nie, nie miałby na to dosyć czasu, co oznacza…

– Ktoś nas śledził – wzdycha Ryder, najwyraźniej dochodząc do tego samego wniosku.

– Tak – warczę. – Prawdopodobnie od samego budynku. Ale to nie byli zawodowcy. Spieszyło im się, skorzystali z okazji. – Walę pięściami w kierownicę. Byli niezdarni, ale udało im się podejść zbyt blisko, zwłaszcza kiedy była tam Roxy.

Patrzę w lusterko i napotykam jej wzrok z tylnego siedzenia. Ciężko jest zabić kogoś pierwszy raz. To zabiera jakąś cząstkę ciebie, coś, do czego ja nawykłem, ale ona prawdopodobnie nie. Jest przyzwyczajona, że ma do czynienia ze złymi ludźmi, ale co innego przyłożyć komuś kijem baseballowym, a co innego go zastrzelić. Jej głowa spoczywa na ramieniu Kenzo, który ją całuje. Drugą rękę trzyma w dłoni Diesela, który bawi się nią, gdy na nią patrzy. Ale jej oczy są wpatrzone we mnie. Nie są wystraszone ani nawet zmartwione. Są spokojne.

– Dobrze się spisałaś. – Kiwam głową. – Dziękuję.

Uratowała mi tyłek. Dlaczego? Nienawidzi nas, nienawidzi za to, że ją porwaliśmy. Mogła z łatwością pozwolić mi zginąć, a zamiast tego odebrała komuś życie, żeby ocalić moje. Uśmiecha się delikatnie, ściągając te swoje usta, na punkcie których mam obsesję.

– Nie ma za co. Ładna broń, tak przy okazji. Nazwę ją Zabójcą.

Prycham, nie mogąc się powstrzymać.

– Nikt nie nadaje imion broni.

– Aha – zachłystuje się Diesel.

– Dobra, nikt przy zdrowych zmysłach tego nie robi. – Śmieję się. Widzę, że Ryder rozmawia przez telefon, na pewno dyskutuje z ochroną w budynku i policją.

– Chcę nagrania z kamer wokół budynku. Ustalcie, kim są, idźcie do biura i ściągnijcie ich odciski i dane z policji. Chcę, żebyście podwoili środki bezpieczeństwa. Zamykamy budynek. Ktoś chce nas zabić. Zatrudnijcie więcej ludzi, jeśli trzeba.

Zostawiam mu to. Jest dobry w tym, co robi. Moim zadaniem jest utrzymać nas przy życiu, a jego – przygotowywać plany. Skupiam się więc na prowadzeniu samochodu, nie zwracając uwagi na ograniczenia prędkości. Nikt nie śmiałby nas zatrzymać.

– Jestem głodna – marudzi Roxy.

Ryder rozłącza się i spogląda na nią.

– Niedługo będziemy w domu.

Fakt, że nie zakwestionowała słowa *dom*, przepełnia mnie jakąś łagodnością, którą chcę stłumić, ale chyba nie potrafię, kiedy jest w pobliżu.

– Ryder, ja też jestem głodny – narzeka Diesel, a potem dołącza jeszcze Kenzo.

Ryder wzdycha, szczypiąc się w nasadę nosa, jakby bolała go głowa, i nie mogę powstrzymać się od śmiechu. To musi go dobijać. Ona wyrzuca wszystkie jego perfekcyjne plany i kontrolę za okno. Może i nie lubię jej za to, co sobą reprezentuje, i ponieważ nie mogę przestać o niej myśleć, ale Ryder znienawidzi ją, bo jest jego słabością.

- Moglibyśmy zatrzymać się w Rizzo's - podsuwam. - Red może coś wiedzieć o tym ataku, a jeżeli ktoś na nas czeka, to spodziewają się, że pojedziemy prosto do domu, żeby się przegrupować. - Wzruszam ramionami.

Ryder patrzy na mnie z niedowierzaniem.

- No nie, ty też.

- Lubię ich burgery. - Uśmiecham się szeroko, a on wzdycha, wiedząc, że przegrał.

- Dobrze, ale wchodzimy od tyłu - ostrzega, a ja przytakuję skinieniem głowy, sprawdzając lusterka, zanim zmienię pas, po czym kieruję się do ekskluzywnej włoskiej knajpy prowadzonej przez byłego zabójcę. On jest też facetem, który nauczył mnie walczyć, dobrym, godnym zaufania człowiekiem. Gdy chodzi o nasze życie albo interesy, Ryder nie ufa nikomu, a on jest jedynym człowiekiem, który choćby w przybliżeniu coś o tym wie - a to oznacza, że jest kimś, komu po części zawierzamy nasze życie.

Nie jadę pod główne wejście, ale na tyły. Wysiadam pierwszy, sprawdzając otoczenie, a potem otwieram tylne drzwi, pozwalając wysiąść Dieselowi i Roxy. Trzymam się blisko niej, wiedząc, że najszybciej spanikuje, gdyby coś się stało, kładę rękę na jej plecach i kieruję ją do tylnego wejścia, które otwiera Ryder. Przepuszcza nas, a na końcu wchodzi Diesel. Rozluźniamy się dopiero, kiedy drzwi się zatrzaskują.

Chowam broń i trzymam rękę na Roxy, żeby była blisko, gdyby się coś wydarzyło. W każdym razie tak sobie mówię. Po drodze wsuwam głowę przez drzwi kuchenne, uśmiechając się, kiedy dostrzegam Reda wydającego polecenia.

- Cześć, staruszku, masz dla nas miejsce?

Spogląda na mnie i grymas na jego twarzy przemienia się

w szeroki, koślawy uśmiech. Łysa głowa lśni mu pod lampami, a jego wielkie, pokryte bliznami i wytatuowane ciało jest ubrane w marynarkę i spodnie szefa kuchni.

– Garrett, mój chłopcze! Zawsze! – Podchodzi do mnie i obejmuje mnie w szerokim, niedźwiedzim uścisku, potem się odsuwa i uśmiecha do pozostałych, a kiedy jego wzrok pada na Roxy, oczy mu się rozszerzają.

Gwiżdże.

– No, u licha, kim jest ta piękność?

Roxy uśmiecha się lekko i wymija mnie.

– Jestem Roxy, te dupki mnie porwały – mówi niedbale i ściska mu dłoń.

On się śmieje, swoim znajomym tubalnym śmiechem.

– Podoba mi się, zatrzymajcie ją – mówi do mnie, na co przewracam oczami. – No dobrze, wchodźcie, trzeba was nakarmić.

Prowadzi nas korytarzem obok toalet do drzwi wahadłowych, za którymi jest restauracja. Przechodząc przez nią, trzymam Roxy tak, żeby być pomiędzy nią a pozostałymi gośćmi, nie żeby odważyli się zaatakować. Połowa bogatych ludzi, którzy tu przychodzą, nie wie, kim naprawdę jest Red. Druga połowa wie i boi się go, ale nie tak bardzo jak nas.

Chociaż kiedy dzisiaj rozglądam się dokoła, mam wrażenie, że większość z nich to zabójcy. Można ich poznać po bystrych spojrzeniach i naprężonych sylwetkach. Nigdy się nie rozluźniają. Dorastałem między nimi, więc łatwo mi ich rozpoznać, ale tutaj jest strefa bezpieczeństwa. Żadnych strzałów, żadnej konfrontacji. Po prostu miejsce, żeby się odprężyć i dobrze zjeść.

Prowadzi nas do stolika w głębi, oddzielonego od pozostałych przepierzeniem, żebyśmy mieli trochę prywatności. Mając na uwadze fakt, że na moją prośbę kupiliśmy ten lokal i daliśmy mu go w prezencie, pozwala nam tu jeść za darmo, kiedy tylko chcemy. Przydatne jest też to, że większość jego klientów wciąż działa w branży i może dla nas zdobywać informacje.

Diesel wślizguje się do boksu pierwszy, a za nim Roxy. Kenzo zamierza siąść obok niej, ale wyprzedzam go, nie wiem właściwie dlaczego, i wsuwam się do boksu, który ugina się pod moim ciężarem. Kenzo uśmiecha się pod nosem, ale siada obok mnie bez słowa.

Roxy waha się, nie wiedząc, gdzie położyć broń, więc nachylam się do niej.

– Sprawię ci kaburę, a na razie ja go wezmę, dobra?

Kiwa głową i podaje mi go, mówiąc:

– Dziękuję. – Nasze palce się stykają, kiedy biorę od niej broń, i czuję wzbierającą falę pożądania. Nie zwracając na to uwagi, wkładam rewolwer do kabury i odwracam wzrok z naprężoną twarzą.

Ryder siada, rozpinając marynarkę, chwyta serwetkę i kładzie ją sobie na kolanach, rozglądając się dokoła. Siedzi plecami do sali, kolejna mocna zagrywka, nawet kiedy się relaksujemy. Skinieniem głowy daję mu do zrozumienia, że czuwam. Diesel przysuwa się bliżej Roxy i nachyla.

– Mają tu zabójcze ciasto, dosłownie, bo kiedyś zabiłem gościa za jego kawałek.

Ona się śmieje i zastanawiam się, czy myśli, że żartuje.

– Pobiję się z tobą o nie – odpowiada. Ach, więc chyba nie.

– Co chcesz, chłopaku? – pyta Red, podając menu Roxy, która otwiera je i wydaje jęk.

– Kurwa, mogłabym zjeść wszystko – mówi pod nosem. Spoglądam w dół i przebiegam wzrokiem po jej drobnej, kształtnej sylwetce.

– I gdzie by to się zmieściło, w twojej arogancji? – prycham. Podnosi szybko głowę i wbija we mnie wzrok.

– *Potraktuję* cię znowu moim kijem – syczy, na co ja się śmieję. Odpowiada uśmiechem, a ja kręcę głową. Podnoszę wzrok i widzę, że wszyscy gapią się na mnie zaskoczeni.

Mrużę oczy, przestaję się śmiać i patrzę na nich gniewnie, kiedy spoglądają to na nią, to na mnie. Usta Rydera unoszą się w nieznacznym uśmiechu, który po chwili znika. Red też uśmiecha się do mnie.

– Dobrze widzieć, jak się znowu śmiejesz.

Chcę zapaść się pod ziemię.

– Dobra, walcie, czego chcecie, i nie chodzi mi tylko o jedzenie. – Kiwając głową, chwyta krzesło, obraca je i siada na nim odwrotną stroną.

Ryder wzdycha i odchyla się w swoim krześle.

– Wygląda na to, że staliśmy się celem. Możesz sprawdzić, czego zdołasz się dowiedzieć? Poluje na nas jakiś zawodowiec, Niemiec, a teraz chyba też jacyś niezdarni, drugorzędni cyngle.

Red unosi brwi.

– Byliście ostatnio bardzo zajęci. Kogo tym razem wkurzyliście?

– Wszystkich – odpowiada Diesel z uśmiechem, a z Reda dobywa się znowu dudniący śmiech.

– Dobrze, zobaczę, czego uda mi się dowiedzieć. Sądzicie, że mają powiązania? – dopytuje.

Wzruszam ramionami.

– Możliwe, ktoś dużo zapłacił za tego Niemca. A gdy on nie wykonał zadania, mogli się wkurzyć i wynajęli jakichś lokalnych zbirów.

Red kiwa głową.

– Dobrze, a teraz, co chcecie do jedzenia, to co zwykle?

– Tak, poproszę – odpowiada Ryder, a Red spogląda w stronę Roxy, która grozi Dieselowi nożem. Wzdychając, wyrywam jej go z ręki i podaję mój, większy.

– Weź przynajmniej ten, jeżeli zamierzasz go zadźgać.

– Co chcesz do jedzenia, ślicznotko? – pyta Red, a ja ostrzegawczo wbijam w niego wzrok.

– Nawet o tym nie myśl, jest nasza – warczę, bo narasta we mnie zazdrość. Red uśmiecha się znacząco i już wiem, że zrobił to specjalnie, dupek.

– Wezmę podwójnego cheeseburgera z bekonem, frytki serowe, pieczywo czosnkowe i łódeczki ziemniaczane. – Uśmiecha się do niego szeroko.

Podskakuje do tyłu, łapiąc się dłonią za serce.

– Jesteście pewni, że jest wasza? Nie mógłbym jej sobie wziąć?

Dieselowi ciemnieje twarz, kurwa. W porę wyciągam rękę, kiedy już zamierza rzucić się przez stół na tamtego. Red śmieje się i wstaje.

– Dobrze, już dobrze, przestanę was wkurwiać i przyniosę wasze zamówienie.

Odpycham Diesela z powrotem na siedzenie, kręcę głową i biorę łyk wody. Ten gość doprowadzi kiedyś do tego, że nas pozabijają. Żeby w taki sposób atakować zabójcę. Do diabła, Diesel sam jest przecież zabójcą, ale nawet te sukinsyny tutaj trzymają się od niego z daleka, bo jest za bardzo świrnięty.

Patrzę i widzę, jak Roxy poklepuje D po piersi jak psa.

– Grzeczny chłopiec, podzielę się z tobą moim ciastem, jeżeli nikogo nie zabijesz do końca obiadu.

– A co, jeżeli będzie trzeba kogoś zabić? – pyta, marszcząc brwi.

– Wtedy zrobi to Garrett – podsuwa słodko.

D wzdycha teatralnie i osuwa się na krzesło.

– Dobrze, ptaszyno. Ale tylko dlatego, że tak ładnie poprosiłaś.

Odchyla się do tyłu i wygląda na zadowoloną z siebie, a Ryder się w nią wpatruje. Jak, u diabła, skłoniła go do tego, żeby zrobił, co chciała? My próbowaliśmy przez lata i mam blizny, które o tym świadczą. A tu jedno mrugnięcie rzęs i on się zachowuje jak pieprzona normalna osoba.

– No więc jaki będzie wasz następny ruch? – pyta, bawiąc się słomką w szklance wody.

– Wytropimy ich, nieważne, kogo pierwszego dorwiemy, i oddamy D. – Ryder uśmiecha się lekko swoim paskudnym uśmieszkiem w pełnej krasie. – Jeżeli ich nie znajdziemy, wytropimy ich rodziny. Dzieci, żony. Zniszczymy im życie, aż wyjdą z ukrycia, i wtedy ich zabijemy. Dla przykładu, żeby przypomnieć ludziom, co się dzieje, kiedy zaatakujesz Żmije.

Kiwa głową, jakby się tego spodziewała.

– Jeżeli dasz mi swój telefon, mogę zadzwonić tu i tam. Tego rodzaju ludzie są stałymi bywalcami w Roxers, więc ktoś mógł coś słyszeć.

Ryder patrzy na nią z zaciekawieniem.

– A dlaczego chcesz nam ciągle pomagać, kochanie?

Ona wzdycha.

– Ponieważ to lepsze niż umrzeć. Nigdy się od was nie uwolnię, skurwiele, więc wygląda na to, że jedziemy na tym samym wózku, a naprawdę podoba mi się życie. Zatem pozwólcie mi pomóc. Nie jestem tylko ślicznotką.

Patrzy na nią przez chwilę, rozważając jej słowa, a potem podaje jej telefon. Otwieram szeroko oczy. Nawet mi nie pozwala dotykać swojego telefonu. To jego biblia. Ale jej go daje, a ona wybiera kciukiem numer i czeka, aż ktoś odbierze, przebierając palcami po stole. W końcu ktoś odbiera, bo uśmiecha się pod nosem.

– Czy ładnie tak się ze mną witać? – mówi, a potem słyszę mamrotanie w telefonie. – Tak, tak, nie obchodzi mnie, do jak późna nie spałaś, robiąc loda. Możesz mi wyświadczyć przysługę?

Zapada cisza, potem ona prycha.

– Tak, pewnie. Dobra. Jakieś męty urządziły dzisiaj strzelaninę niedaleko Malutkiego. Możesz dowiedzieć się, kto to był i gdzie teraz są?

Zapada cisza, a w tle słyszę odgłos stukania w klawiaturę, aż wreszcie Roxy się szeroko uśmiecha.

– Taka jest twoja cena? Kurczę, wiesz, że nie umówię się więcej z twoim bratem. Ostatnim razem zabrał mnie do burdelu.

Śmieje się i czeka, a my wszyscy patrzymy... Burdelu? Kim jest ta dziewczyna?

– Tak, dziękim dziewczyno. Do zobaczenia. – Rozłącza się i spogląda na nas z uniesionymi brwiami. – Należą do gangu ulicznego, prowadzą Death Eaters po południowej stronie. Drobni, ale niebezpieczni sukinsyni. Jeżeli się na was uwzięli, to na pewno ktoś ich wynajął, pracują tylko za pieniądze. Możecie ich znaleźć w opuszczonej papierni nad wodą. Ale będą mieli na straży psy i jest ich około czterdziestu.

Popycha telefon po blacie na drugą stronę stołu i bierze od niechcenia łyk wody.

– A, i jeden z was musi pójść na randkę z jej bratem. Prawdopodobnie do burdelu.

ROZDZIAŁ 21

ROXY

Diesel śmieje się z tego tak mocno, że musi otrzeć oczy serwetką.

– Wyznaczam Garretta. – Uśmiecha się pod nosem.

– Odpierdol się – warczy na niego wielkolud.

Ryder nie zwraca uwagi na nich wszystkich, jak zawsze skupiony na swoim telefonie. Nie mogę się powstrzymać, żeby mu się nie przyglądać, jest tak pełen gracji, tak wyrafinowany… i tak zimny. Jak śnieg. Ale śnieg jest piękny, a kiedy topnieje… ukazuje wszystko, co jest pod spodem.

– Muszę się odlać – mówi Diesel i wychodzi z boksu, a Kenzo od razu zajmuje jego miejsce obok mnie.

– On cię zabije – ostrzegam, wzruszając ramionami, odchylam się do tyłu i odwzajemniam spojrzenie ciemnych oczu Kenzo. Przygładza włosy do tyłu, na jego ustach pojawia się uśmiech, a mnie przechodzi fala gorąca, kiedy przypominam sobie, jak przyjemny był ich dotyk na mojej cipce.

Oczy mu się rozszerzają, jakby wiedział, o czym myślę.

– Zachowuj się, najdroższa.

– Zachowuję się – przekonuję, chociaż mój wzrok wędruje
z powrotem ku jego ustom. Nie rozmawialiśmy o tym, co się wydarzyło, ale nie sądzę, żebyśmy musieli. Obydwoje musieliśmy
wyładować agresję, która w nas siedziała. Do diabła, ciągle ich
nienawidzę… ale dosyć mam opierania się tej potrzebie, potrzebie, żeby ich mieć. Żeby poczuć tę siłę.

Wiem, co sobie mówiłam, ale nigdy nie odzyskam wolności,
więc czemu przy okazji nie mieć z tego trochę zabawy? Oni wciągają cię w swój świat i pogrążają w nim, a ja znalazłam się w samiutkim jego środku… i uwielbiam to.

Kenzo nachyla się bliżej, jego palec wędruje do mojej brody,
kiedy przysuwa się, niemal dotykając ustami moich ust.

– Jesteś w potrzebie, najdroższa? Obawiam się, że nie możemy
tutaj powalczyć… – Oblizuje mi usta, a potem się odsuwa i odwraca mi głowę. Pozwalam mu, a moje oczy zderzają się z zimnym spojrzeniem Rydera. Obserwuje nas uważnie, jego twarz jest
bez wyrazu, ale dostrzegam coś pod tym mrozem.

Iskrę.

Iskrę, którą stara się ukryć. Kenzo się tym nie przejmuje, przesuwa ustami po mojej szyi, mijając drgającą tętnicę. Rozchylam
usta, wstrzymując oddech, i próbuję się trochę odsunąć, ale wpadam na Garretta, więc przysuwam się z powrotem, a Kenzo przyciska się do mnie mocniej. Salę wypełniają gwar, śmiech i dzwonienie sztućców o talerze, ale ja słyszę tylko bicie własnego serca,
kiedy mi dokucza.

Ten dupek.

Jego ręka ląduje mi na udzie pod stołem i przesuwa się w górę,
wędrując wyżej i wyżej, a jednocześnie kąsa mnie w szyję.
Ze wzrokiem wciąż na Ryderze znowu się odsuwam, starając się
nie zwracać uwagi na moją pulsującą cipkę. Przesuwa językiem

po mojej szyi i zaczyna skubać mnie w ucho, rozsuwając mi uda i przyciskając dłoń do mokrych majtek, do których sukienka zapewnia mu swobodny dostęp.

– Czuję, jaka jesteś wilgotna – mruczy pożądliwym głosem. – Założę się, że gdybym wsunął palce w twoją ciasną małą szparkę, doszłabyś dla mnie, prawda?

– Nie ośmielisz się – rzucam, próbując udawać stanowczość, kiedy jednak te słowa opuszczają moje usta, zdaję sobie sprawę, co zrobiłam.

Rzuciłam wyzwanie… człowiekowi, który żyje z hazardu i zakładów.

Kurwa.

Kąciki ust Rydera unoszą się nieznacznie, jak gdyby wiedział, co będzie dalej. Odchyla się do tyłu na krześle, jego telefon leży zapomniany na stole, a on patrzy na mnie. Na pewno zauważa, jak moja pierś unosi się i opada, usta się rozchylają, a rumieniec występuje mi na policzki i pełznie w dół szyi. Z ręką zarzuconą na poręcz krzesła, rozsuniętymi nogami, siedzi tam, czekając, jakby oglądał pieprzone przedstawienie teatralne.

A ja występuję na scenie.

Kenzo odsuwa się na moment i spoglądam na niego z zaskoczeniem. Nie wygląda na takiego, który by rezygnował, ale za chwilę jest już z powrotem, ostrze noża błyska w świetle lamp, a potem dociska się do mojej okrytej majtkami cipki. Zamieram w bezruchu, ledwie oddychając, a on śmieje mi się do ucha.

– Przeszkadzają – mruczy, a potem je przecina. Wstrzymuję głośno oddech, czując, jak chłodne powietrze owiewa mi wilgotny środek.

Patrzę na niego, jak chowa nóż i moją bieliznę do kieszeni,

a potem jego dłoń znowu posuwa się w górę po moim udzie. Nie potrafię się powstrzymać, jeszcze bardziej rozchylam dla niego nogi, trafiając w ogromne udo Garretta pod stołem. Podrywam wzrok ku niemu i widzę, że mi się przygląda. Jest zły, jak zwykle, ale w jego wzroku widzę również głębokie pragnienie.

Chcę się odsunąć, powinnam. On nie lubi mnie ani kobiet w ogóle, ani jak się go dotyka. Ale nie odsuwa się, więc ja też tego nie robię. Przyciskam nogę do jego nogi, kiedy jego brat w końcu zakrywa dłonią mój żar.

Do stolika wraca Diesel i siada na miejscu Kenzo.

– Dupek – mamrocze, a potem spogląda na mnie, jego oczy się zapalają, kiedy widzi, w jakim jestem stanie. – Ach, w co się bawimy, ptaszyno?

– Tak, ptaszyno, powiedz mu – szepcze mi do ucha Kenzo, głaszcząc moją szparkę, w górę i w dół, w górę i w dół, i pobudzając mnie.

– Ja… hmm, w nic – bełkoczę, sięgam po wodę i biorę łyk, starając się powstrzymać, żeby nie przyciskać się do palców Kenzo. Właśnie mam pełne usta, kiedy rozwiera mi wargi i lekko trąca łechtaczkę. Krztuszę się wodą, stawiam z hałasem szklankę na stole, a on śmieje mi się do ucha, kiedy parskam i ocieram sobie łzawiące oczy. Ten skurwysyn…

Wymyka mi się z ust jęk, kiedy robi to znowu, a potem okrąża ją kciukiem i naciska, pocierając mnie. Liże mi ucho, a mój wzrok przeskakuje pomiędzy uśmiechniętym spojrzeniem Diesela a zimnym wzrokiem Rydera. Oni wszyscy na mnie patrzą. Jestem w centrum uwagi, kiedy Kenzo perfekcyjnie mnie rozgrywa.

Jego znajomy może w każdej chwili nadejść, ktoś może tu zajrzeć i nas zobaczyć. Ta myśl sprawia tylko, że jeszcze bardziej wilgotnieję, a on używa moich soków, żeby zatopić we mnie palec.

Jęczę i przygryzam wargę, żeby nie jęczeć głośniej, kiedy odchylam się do tyłu w boksie, otwierając się dla niego jeszcze szerzej i pozwalając zatopić jeszcze głębiej.

Jeżeli nie możesz ich pokonać, przyłącz się do nich.

Powieki mi opadają i opieram głowę o boks, czując tylko jego. Zwija palce, masując mnie w środku, a jego kciuk wciąż okrąża moją łechtaczkę, aż jestem już bardzo blisko. Ich spojrzenia skierowane na moje ciało i dotyk Kenzo przyciśniętego do mnie to za dużo.

– Otwórz oczy, najdroższa, zobacz, jak na nich działasz – mruczy mi do ucha i oczy natychmiast mi się otwierają.

Najpierw patrzę na Diesela, tego stukniętego sukinsyna, który ma kutasa na wierzchu. Wydaję jęk, gdy widzę, jak obejmuje sobie pałkę, nie przejmując się, że jest w miejscu publicznym. Ma rozpięte spodnie i oczy wpatrzone we mnie, kiedy Kenzo robi mi dobrze palcami.

Ślina napływa mi do ust na ten widok. Jest taki gruby, tak cholernie gruby, a w poprzek jego kutasa widać czarną dziarę. Zrobił sobie tatuaż na chuju! Nawet mnie to nie dziwi, ani kolczyk na jego końcu – prawdopodobnie miał orgazm, kiedy mu to robili. Nie mogę się powstrzymać, żeby nie myśleć, jak by to było poczuć go we mnie, ten kolczyk ocierający się o moje ścianki…

Kenzo dokłada jeszcze jeden palec, na co jęczę głośno i bezwstydnie kołyszę biodrami w rytm pchnięć jego dłoni.

– Spójrz na mojego brata, widzisz jego oczy? Są w ogniu, topią się dla ciebie. Próbuje się temu oprzeć, nie może znieść, że nie kontroluje ciebie ani swojej reakcji, ale popatrz.

Biegnę wzrokiem za jego zapraszającym spojrzeniem i patrzę na Rydera. Spotykam najpierw jego oczy i widzę to, o czym mówi Kenzo – topią się. Ogień walczy w nich z lodem i twarz mu tężeje.

Przebiegając wzrokiem po jego sylwetce, zauważam, że pierś mu delikatnie faluje, dłonie ma zaciśnięte w pięści na udach, a spodnie… opinają mu się na twardym kutasie.

On mnie pragnie.

Jestem zszokowana i jęczę głośno, kiedy Kenzo przyspiesza ruch palców, teraz naprawdę mnie dymając. Zatracam się w tym, w przepływającej przeze mnie przyjemności z powodu tego, że patrzą na mnie i jestem w środku tych wszystkich potężnych mężczyzn, czyniąc ich słabymi. Jak plastelina.

Unoszę biodra i bezwstydnie ujeżdżam jego palce, dążąc do spełnienia, a on szepcze mi do ucha sprośne słowa. Gryzie mnie w koniuszek ucha.

– Założę się, że jeśli włożysz Garrettowi rękę między nogi, przekonasz się, że jemu też stoi.

Przełykając ślinę, spoglądam na tego wielkoluda, który próbuje jak może nie patrzeć na mnie. Na twarzy ma przyklejony grymas, jego ciało jest naprężone i odchylone, jakby nie mógł już więcej znieść mojego dotyku. Dłonie… ma zaciśnięte w pięści, z tatuażami naciągniętymi na jego pokrytej bliznami skórze, ale drżą lekko.

Mój wzrok ześlizguje się po jego szerokiej piersi ku kolanom, które dostrzegam tuż pod stołem. Kenzo ma rację. Ma wzwód.

Kurwa.

Kenzo chichocze mi do ucha.

– Ja też mam, kiedy przypominam sobie, jak wiłaś się pode mną, jak ściśle obejmowałaś mojego kutasa, dojąc mnie. Jak cholernie pięknie wyglądałaś pode mną. Założę, się, że D też sobie przypomina. Ryder… Ryder to sobie wyobraża, żałując, że go tam nie było. Żałuje, że nie jest mną i nie czuje twojej wilgotnej małej cipki owiniętej teraz wokół jego palców. I nie czuje, jak bliska jesteś dojścia pod wpływem mojego dotyku i ich wzroku.

Z ust dobywają mi się niepohamowane jęki, jego sprośne słowa nakręcają mnie, aż w końcu chcę zerwać z siebie ubranie i zwyczajnie dosiąść go niczym pieprzone zwierzę. Ujeżdżać jego kutasa tu i teraz. Mruczy mi do ucha, jakby wiedział, o czym myślę, jego palce rozpierają mnie, gdy pociera mi łechtaczkę.

– Chcę, żeby widzieli, jak dochodzisz, słyszeli, jak jęczysz. Żeby wszyscy tu dowiedzieli się, do kogo należysz, kto daje ci przyjemność, której nikt inny nigdy ci nie da – warczy Kenzo.

Dyszę i kręcę głową, próbując się temu oprzeć, ale jest za późno. Wzbiera we mnie orgazm. Kiedy mnie opanowuje, zderzam się wzrokiem z oczami Rydera i przez moment widzę morze ognia szalejące w jego spojrzeniu, zanim zamknę powieki, a z moich ust dobiegnie stłumiony krzyk, kiedy dochodzę.

Eksplodują fajerwerki, a on cały czas mnie dyma, przeciskając palce przez moją wąską szparę, masując mi kciukiem wrażliwą łechtaczkę, co sprawia, że z ust dobywa mi się jęk i próbuję się odsunąć, ale jestem osłabiona i wyczerpana.

Ciężko dysząc, osuwam się do tyłu i otwieram oczy, napotykając znowu wzrok Rydera, ale on mruga i lód powraca, jak gdybym nigdy nie widziała tego, co myślałam, że widziałam. Rozglądam się z mocno bijącym w piersi sercem i widzę, jak Diesel chowa sobie miękkiego kutasa, a w ręku ma zwiniętą serwetkę… czy on się spuścił? Chryste.

Kenzo chichocze mi do ucha, a ja go odpycham. Odchyla się do tyłu i wyciąga palce z mojej ociekającej cipki ze słyszalnym mlaśnięciem. Zaciskam uda i wzdrygam się od pokrywającej je wilgoci.

Dyszę, nie mogę złapać oddechu, a moje ciało wciąż drga

od wstrząsów wtórnych, kiedy widzę, jak Kenzo wyciąga rękę, tę, którą mnie dymał, i pokazuje im wszystkim mój wytrysk na swoich palcach. Nasze spojrzenia się spotykają, a on unosi je do swoich aroganckich ust i do czysta wylizuje.

Kurwa.

Nie mogę już tego znieść, potrzebuję chwili, żeby się pozbierać. Czuję się obnażona, a oni wciąż na mnie patrzą.

– Czy mogę iść się umyć? – pytam cicho.

– Nie – warczy Ryder.

– Będziesz siedzieć we własnym wytrysku ze świadomością, że to jest dopiero pierwszy z wielu, które będziesz dzisiaj miała. – Kenzo uśmiecha się szeroko.

Pieprzone dupki.

Właśnie wtedy przynoszą nam jedzenie i nie jestem w stanie spojrzeć w oczy Redowi ani drugiemu kelnerowi, jak gdyby wiedzieli, co się właśnie wydarzyło. Cholera, czy on czekał z przyniesieniem tego, aż skończę? Na myśl o tym czerwienią mi się policzki. Jakie to, kurwa, zawstydzające. Nawet dla mnie.

Ale wtedy zbieram się w sobie. Nie, pierdolę to. Nie dam się zawstydzić. To jest moje ciało i gdybym chciała ujeżdżać tu ich wszystkich, zrobiłabym to. Przełykam ślinę, unoszę głowę i łowię spojrzenie kelnera. Ma zaróżowione policzki, a gdy spotykam jego wzrok, opuszcza oczy na stół, szybko rozstawia jedzenie i ucieka. Red chichocząc, idzie za nim.

– A mówią, że to nas się boją. Powinnaś zobaczyć siebie. To, kurwa, wspaniałe. – Diesel się uśmiecha, a potem bierze swojego burgera i gryzie ogromny kęs.

Robię to samo, jestem wygłodniała po całym dzisiejszym dniu. Nie wysilam się, żeby jeść kulturalnie. Pierdolę to. Jeżeli chcieli szykowną cizię, to powinni byli sobie taką porwać.

Jem po swojemu, pałaszując jedzenie w sposób, w jaki może to robić tylko dzieciak, który zawsze się bał, że nie dostanie następnego posiłku.

Kiedy już zjadłam, ile mogę, odchylam się do tyłu i wypełnia mnie poczucie winy z powodu pieczywa czosnkowego, którego nie dokończyłam. Kolejna rzecz, jakiej się nauczyłam, głodując – trzeba zjeść wszystko, bo nigdy nie wiadomo, kiedy znowu będziesz jadła. Ale nie mogę, jestem zbyt pełna. Próbuję sobie powiedzieć, że to nie ma znaczenia, już nie głoduję, ale przyzwyczajenie jest trudne do przezwyciężenia.

Ryder pochyla się przez stół i delikatnie unosi mi podbródek, zaglądają mi w oczy, jak gdyby dostrzegał moją walkę wewnętrzną. To głupie, ale ogarnia mnie panika. Czy będzie na mnie zły, że nie zjadłam wszystkiego?

On łagodnieje na moment.

– Oddychaj – mówi cicho, a potem wyciąga rękę i bierze ostatni kęs jedzenia z mojego talerza i zjada go, trzymając w dłoniach, co jak na niego jest niezwykłe. Kiedy kończy, spotyka mój wzrok i wyciera usta, a ja wiem, że zrobił to dla mnie.

Rozsiadam się, jestem więcej niż wstrząśnięta dzisiejszym dniem. Szczerze mówiąc, było za dużo emocji do przetrawienia. Siedzę w milczeniu, gdy oni kończą posiłek. Spoglądam na Garretta i spostrzegam, że stoi przed nim nietknięty talerz z jedzeniem.

Pochylam się bliżej.

– Nie jesteś głodny? – pytam.

– Nie jedzenia – warczy i spogląda na mnie z pociemniałymi oczami i ustami ściśniętymi żądzą. Łapię oddech, drżąc pod tym spojrzeniem. Myślałam, że on mnie nienawidzi.

Wtedy dzwoni telefon Rydera, przerywając tę chwilę między

nami, i odwracam oczy, uciekając przed jego spojrzeniem. Kurwa, co oni ze mną robią? Nie potrafię skupić się na rozmowie Rydera, a po chwili on przywołuje kelnera.

– Złap dla mnie Reda – prosi.

Nie mijają dwie minuty, a tamten jest przy naszym stoliku.

– Musimy iść, dziękujemy za jedzenie, ile ci jesteśmy winni?

– Nie pierdol, wiesz, że nie biorę waszych pieprzonych pieniędzy, ale mam dla was pewną informację. – Nachyla się bliżej i spogląda Ryderowi w oczy. – Ci ludzie to lokalne zbiry, z którymi łatwo sobie poradzić, ale jest nagroda za wasze głowy, przyjaciele.

Spogląda na Garretta.

– Ludzie zaczną na was polować, bo to mnóstwo pieniędzy.

– Rozumiem – mruczy Ryder. – A więc prawie jak zawsze.

– Nie rozumiesz. Mówią, że kiedy będziecie martwi… miasto przejdzie w nowe ręce. Lepsze. Planują wytępić Żmije i przejąć wszystko. Mówi się o tym w całym mieście.

Na to szeroko otwierają mi się oczy. Kto jest na tyle głupi, żeby uwziąć się na Żmije? Mają w kieszeni wszystko i wszystkich. Są potężni i cholernie przerażający. Ale Ryder nie wydaje się zaskoczony, choć oczy mu się odrobinę zwężają, i żegna się skinieniem głowy.

– Trzymajcie się bezpiecznie – mówi Red. – Wyjdźcie tyłem – dodaje i odchodzi.

– Nie martwisz się? – pytam, jak tylko znika.

Ryder uśmiecha się pod nosem, ale to nie jest przyjemny uśmiech, aż przechodzi mnie ognisty dreszcz po plecach.

– Czy się martwię? Nie. Zawsze są jacyś ludzie, którzy próbują nas zabić, zabrać nam to, co mamy. Kiedy jesteś na szczycie, najpotężniejszy, wszyscy chcą twojego upadku. My nigdy nie zamierzamy upaść. Po prostu nadszedł czas, żeby im to znowu pokazać, dać małą nauczkę i przypomnieć, do kogo należy to miasto. – Wzrusza ramionami i wstaje, zapinając marynarkę, a potem rzuca pieniądze na stół, nie zważając na słowa Reda. – Wracamy, mamy parę spraw do załatwienia.

Diesel reaguje na to okrzykiem:

– O tak, czas się zabawić!

O kurwa, nie podoba mi się, jak to zabrzmiało. Ale oni wszyscy wyglądają na podnieconych tą perspektywą, szczęśliwych, że znowu unurzają sobie ręce we krwi. Czasami zapominam, że są mordercami, zabójcami i wężami.

Czasami nie dbam o to.

Garrett wysuwa się z boksu, a ja przesuwam się po miejscu, na którym siedział. Wyciąga szybko i zdecydowanie dłoń, a ja się uchylam. Nieruchomieje i wysuwa ją do mnie wolniej. Podnoszę wzrok na jego twarz i widzę zrozumienie w jego oczach.

On wie.

Przyjmuję jego dłoń i pozwalam się podnieść na nogi. Szybko mnie puszcza, ale to była uprzejmość, której się po nim nie spodziewałam.

Kiedy wychodzimy z restauracji, dostrzegam wzrokiem kobietę i mężczyznę nachylonych do siebie. Ona ma ciasno związane z tyłu czarne włosy i uśmiecha się – jest piękna. Facet ma blond włosy i nachyla się do niej, szepcząc jej coś do ucha, a sądząc po uśmiechu na jej ustach, powiedziałabym, że jest to coś nieprzyzwoitego. Ona łapie mnie na tym, że patrzę, i kiwa do mnie głową.

– Dokąd idziesz, smarkulo? – woła koleś, a ona spogląda na niego.

– Do łazienki, chcesz się przyłączyć?

Odwracam się, uśmiechając do siebie. Wszyscy na tym świecie są trochę stuknięci. To w takim razie jaka ja jestem?

Po drodze do domu nie było żadnych problemów, ale Garrett cały czas sprawdzał, czy nikt nas nie śledzi. Kiedy dojechaliśmy do wieżowca, przy wjeździe do podziemia czekali na nas ochroniarze. Dokładnie sprawdzili nasz samochód, szukając materiałów wybuchowych, a potem stali przy nas na straży, podczas gdy parkowaliśmy.

Jest nawet dwóch nowych ochroniarzy przy wejściu do windy. Ale zostają tam, kiedy wjeżdżamy na górę do apartamentu. Wyczuwam napięcie, gniew w sylwetkach otaczających mnie Żmij, więc tym razem się nie odzywam. Jak tylko otwieramy drzwi do mieszkania, widzę wszystkich nowych goryli. Jest ich tu przynajmniej pięciu. Cholera, co oni myślą, że się wydarzy? Wszyscy są duzi, krzepcy i można się ich przestraszyć. Mają uważne spojrzenia, a ich sylwetki są naprężone – wyraźnie są zawodowcami.

– Nie zbliżaj się do okien i zostań w mieszkaniu. Wrócimy za jakiś czas – informuje mnie Ryder, zdejmując marynarkę, i idzie na górę. Widzę z dołu, jak skanuje dłoń i wchodzi do zamkniętego pokoju. Dostrzegam rzędy ustawionej broni, zanim zamyka za sobą drzwi.

Pozostali są równie poważni, przypasując sobie różnego rodzaju broń. Wszyscy oprócz Diesela, który śmieje się do siebie. Wygląda jak chodząca zbrojownia pokryta bronią palną i nożami. Oni naprawdę mają zamiar zabić ich wszystkich?

Czterech przeciwko ponad dwudziestu?

Czy oni szukają śmierci?

Ryder wraca na dół z kaburami na piersiach i biodrach. Przypomina teraz bardziej Kenzo, ma zimny i straszny wyraz twarzy. Podchodzi do mnie bliżej i widzę, że pozostali czekają przy drzwiach.

– Zachowuj się, kochanie.

– A jakże by inaczej? – Uśmiecham się lekko. Odwraca się, ale łapię go za ramię. – Nie zabieracie tych gości?

Ryder spogląda na mnie przez ramię, a usta układają mu się w uśmiech.

– Nie, ale nie martw się, kochanie, damy sobie radę. Dzień jak co dzień w życiu Żmij.

– Ich jest ponad dwudziestu – rzucam.

Śmieje się, naprawdę się śmieje, i to szczerze, jest to zatrważający odgłos.

– To dobrze, może stawią nam lepszy opór. I tak przegrają, ale będzie więcej zabawy. – Odwraca się, bierze moją rękę i całuje mnie w dłoń. – Nie rób zbyt wiele zamieszania i postaraj się nie zabić żadnego z nich.

– Nie obiecuję – odpowiadam ze śmiechem, a on odchodzi.

Patrzy na ochroniarzy.

– Ona ma nie wychodzić, a wy jej nie dotykać – rozkazuje, a potem otwiera drzwi frontowe. Wszyscy spoglądają za siebie na mnie, a ja czuję się tak zagubiona, tak nagle samotna bez nich wkoło mnie. Przyzwyczaiłam się do ich towarzystwa, a teraz mnie opuszczają, być może idąc na śmierć.

Diesel macha do mnie.

– Do zobaczenia, ptaszyno, przyniosę ci prezent.

Wychodzą i zostaję sama.

Rozglądam się dokoła i widzę, że wszyscy ochroniarze mnie obserwują. Mają swoje rozkazy, ale ja nie będę tu siedziała bez-

czynnie, kiedy tamtych nie ma. Muszę coś robić, cokolwiek...
Nie boję się o nich, prawda?

Nie, kurwa, jeżeli zginą, ja też umrę. Tylko dlatego się przejmuję.

– No i co, chłopaki, co będziemy robić, dopóki nie wrócą? – pytam.

ROZDZIAŁ 22

DIESEL

W drodze do magazynu zdejmuję koszulkę. Jest fajna i nie chcę jej zachlapać krwią. A dodatkowo lubię, jak krew chlapie mi na piersi. Wyobrażam sobie, jak wracam w niej unurzany, żeby zrobić wrażenie na mojej ptaszynie.

Ryder milczy, jak zwykle, kiedy ma się coś wydarzyć. Garrett jest zły, chrupie szyją i strzela palcami, kiedy się przygotowuje. Kenzo też nic nie mówi, drugi i trzeci raz sprawdzając swoją broń. Wiemy, jakie mamy szanse, i tym razem komuś może się udać… no, niech sobie myślą, że im się uda.

Walczymy razem dłużej niż ci gówniarze, wiemy dokładnie, jak ze sobą współpracować. Jesteśmy niepowstrzymani i na pewno poleje się krew, zanim wzejdzie słońce. Ich krew.

Od moich noży i broni za to, że nas znieważyli.

Przypomnimy im, dlaczego wszyscy właśnie nas się boją. Może staliśmy się ostatnio zbyt miękcy, więc porządna masakra powinna temu zaradzić. Zatrzymujemy się kilka bloków wcześniej i wysiadamy, zamykając samochód. Ryder zdjął marynarkę, podchodzi do sprawy poważnie. Bierze w dłoń pistolet i spogląda na mnie.

– Dach. – Potem patrzy na Kenzo. – Tylne wejście. – Następnie rzuca do Garretta: – Pierwsze piętro.

Wiem, że po drodze przejrzał szkice budynku i obmyślił najlepszy plan, zawsze tak robi.

– A ty? – Uśmiecham się pod nosem, wiedząc dokładnie, co planuje zrobić, stuknięty sukinsyn.

Odpowiada mi uśmiechem, żądnym krwi uśmiechem.

– Ja wchodzę przez pieprzone drzwi frontowe.

Ryder może się chować pod garniturami, ale jest takim samym zwierzęciem jak my i teraz zamierza spuścić się ze smyczy, żeby z nimi poigrać, niech Bóg ma ich w swojej opiece. Myśleli, że to ja jestem zły, ale jeszcze nic nie widzieli. Rozdzielamy się, nie potrzebujemy więcej słów. Przemykam się uliczką razem z Garrettem, obaj idziemy w tę samą stronę. Okrążamy budynek, mamy za plecami wodę. Mają patrole, ale są nieuważni.

Palące się papierosy wskazują ich pozycje, ich sylwetki są zmęczone, a oczy niewystarczająco uważne. Przeskakujemy przez ogrodzenie i przechodzimy tuż obok nich. Psy warczą, wyczuwając naszą obecność, ale patrole nawet tego nie sprawdzają. Idioci. Kiwam głową do Garretta, który składa razem dłonie. Rozpędzam się, podskakuję, a on mnie podsadza. Łapię się metalowych schodków, podciągam i wdrapuję, a potem zerkam na mury magazynu. Na dachu nie ma niczego, czego można by się złapać, ale między cegłami są wgłębienia.

Uśmiechając się, zaczynam się wspinać, wykorzystując szczeliny. Wciskam w nie stopy i palce, czując, jak kaleczę sobie skórę i robią się śliskie od krwi, ale ból tylko wzmaga moją koncentrację. Gdyby ktoś teraz spojrzał do góry, zobaczyłby mnie, ale nie robią tego i przeskakuję przez krawędź dachu, lądując na cichych podeszwach.

Czołgam się po dachówkach, znajduję szyberdach mniej więcej w połowie długości dachu i czekam na sygnał. Pozostali powinni właśnie zajmować pozycje. Magazyn ma trzy kondygnacje. Parter jest zagracony paletami i skrzynkami, a w środku stoją jakieś łóżka i stół. Wszędzie porozstawiane są butelki z piwem i palą się tam dwa ogniska w beczkach. Wygląda na to, że na pierwszym piętrze są jakieś biura, mają brudne i poprzesłaniane okna, ale na zewnątrz sączy się przez nie światło. Drugie piętro, tuż pode mną, to bardziej galeria, po której można obejść cały budynek i patroluje ją kilku ludzi.

Musiano w jakimś momencie usunąć wszystkie stare maszyny. Szkoda, liczyłem na to, że za ich pomocą kogoś zabiję.

Widzę, jak Garrett wślizguje się przez okno i kuca na podeście na pierwszym piętrze, jego postać rozmywa się na tle otoczenia, chyba że wiesz, czego szukasz wzrokiem. Otwieram świetlik i staję przy nim w gotowości.

Będzie niezła zabawa.

Tylne i frontowe drzwi otwierają się równocześnie z trzaskiem, słychać strzały, a ja skaczę. Ląduję prosto na zaskoczonym mężczyźnie, spieszącym w kierunku odgłosów walki. Opasuję mu szyję ramieniem i liżę go po twarzy.

– A kuku – szepczę, a potem łamię mu kark i zrzucam go z podestu.

Dostrzegam Garretta walczącego na noże z dwoma mężczyznami. Zadaje cios i wybebesza ich, a potem również zrzuca na dół. Śmiejąc się, ujmuję w dłoń zapalniczkę i zapalam papierosa w momencie, gdy zza rogu wychodzi jakiś człowiek. Zamiera w bezruchu, kiedy mnie widzi. Zamykam z kliknięciem zapalniczkę, uśmiecham się lekko do niego i wydmuchuję w jego stronę dym.

– Uciekaj, chłoptasiu, uciekaj. – Śmieję się.

Waha się, a potem rusza na mnie z wrzaskiem. Odpieram nożem jego desperackie ciosy, po czym go kopię. Leci do tyłu na poręcz, prawie przelatując na drugą stronę, i z okrzykiem rzuca się do przodu, prosto na moje wystawione ostrze.

Gwiżdżąc, wyciągam je i klepię go po twarzy zakrwawionym końcem.

– Trzeba było uciekać. – Uśmiecham się i kopniakiem zrzucam go na dół, jego krzyk ginie w strzelaninie. Wyglądam przez barierkę i patrzę, jak Ryder idzie przez tłum strzelających sylwetek, krocząc prosto przez nich, bez strachu i nietknięty. Dostrzega, że się na niego zamierzają, zanim jeszcze wystrzelą, i zabija ich. Spokojny i niewzruszony, strzela z precyzją ze swojej broni. Pieprzony zabójca.

Kenzo śmieje się na drugim końcu, gdy przewraca się za skrzynkami i wyskakuje znienacka na ludzi, strzelając im w twarz. Widzę, jak Garrett wślizguje się do pomieszczeń biurowych piętro niżej. Tutaj nie ma już więcej ludzi, więc łapię poręcz i przeskakuję na drugą stronę. Ląduję na pierwszym piętrze i kopniakiem otwieram drzwi kolejnego pomieszczenia biurowego, żeby pomóc Garrettowi je czyścić.

Pada strzał i uskakuję. To niecelny, desperacki strzał. Trafia we framugę drzwi i eksploduje, drzazgi tylko mnie ranią, a ja warczę. Rzucam w kolesia papierosa i szybko skaczę na niego, zanim udaje mu się ponownie nacisnąć spust. Szamocze się pode mną, ale jestem silniejszy. Obracam broń w jego rękach, przyciskam mu do podbródka i naciskam jego palec, obryzgując wszystko dokoła jego mózgiem. W uszach mi dzwoni od huku wystrzału, ale wstaję i wychodzę, kopniakiem zamykając za sobą drzwi i ruszając do sąsiednich.

Właśnie wchodzi przez nie Garrett, a ja tuż za nim, po czym nieruchomiejemy. Na łóżku kuli się naga kobieta. Obejmuje rękoma kolana i płacze.

– Gdzie? – rzuca Garrett, a powietrze wypełnia zapach seksu.

Wskazuje na drzwi w rogu, a my uśmiechamy się do siebie. Podchodzę do niej bliżej.

– Lepiej stąd uciekaj, moja droga. Twoi znajomi będą mieli zaraz przejebane.

Kiwa głową, wstaje i nie dbając o ubranie, szybko wychodzi. Kręcę głową, opieram się o drzwi, które wskazała, i spokojnie pukam.

– Wychodź, wychodź, chłoptasiu, i pobaw się z nami! – wołam.

Słyszę przekleństwo i dzwonienie łusek. Przewracając oczami, zapraszam gestem ręki Garretta, aby się tym zajął. Odchyla nogę i kopniakiem otwiera drzwi. Wpadają z hukiem do środka, a on już tam jest, chwyta nagiego kolesia i rzuca nim o wyłożoną kafelkami ścianę łazienki. Wali go raz pięścią w twarz, potem jeszcze dwa razy, puszcza paskudnie zakrwawionego na podłogę i spogląda na mnie.

– Jest twój, miłej zabawy, idę na dół zobaczyć, czy nie potrzebują pomocy.

– Spotkamy się tam. – Uśmiecham się i zastępuję tamtemu drogę, kiedy próbuje się odczołgać. – Kiedy skończę się bawić z tym tutaj. – Kucam i podciągam mu głowę za włosy. – Cześć kolego, chcesz się ze mną pobawić?

Garrett śmieje się i wychodzi, wiedząc, że ten biedny sukinsyn niedługo będzie trupem.

Oko już mu się zamyka od opuchlizny, ma rozciętą wargę, a jego skóra jest blada i lepka.

– Pierdol się – wrzeszczy i pluje mi krwią prosto w twarz. Pozwalam jej po mnie ściekać, a usta składają mi się w uśmiech.

– Nie, dzięki, od tego mam w domu ptaszynę – odpowiadam.

Chce na mnie znowu napluć, więc łapię go za brodę i rozwieram mu usta. Chwytam jego język i odcinam nożem. Krzyczy, bryzgając krwią, kiedy rzucam jego oddzielony mięsień na podłogę i patrzę, jak wije się w agonii.

Traci na chwilę przytomność, więc łapię z blatu kubek, odkręcam kurek i napełniam go, a potem chlustam mu zimną wodą w twarz. Przytomnieje, bełkocząc, a kiedy mnie widzi, wydaje jękliwy dźwięk i próbuje przeczołgać się między moimi nogami. Stąpam na jedną jego dłoń, aż słyszę, jak trzaskają mu kości, i pochylam się nad nim.

– Nie powinieneś przychodzić po mnie ani po to, co moje.

On chlipie, a po twarzy spływają mu duże, grube łzy, kiedy patrzy mi w oczy i widzi swoją śmierć. Nie spieszę się, odwracam go i kucam przy nim, a potem wyciągam zapalniczkę. Przyciskam mu ją do skóry, zapalam, pocierając, chwytam jego głowę i wypalam mu oczy.

A co zabawne, oczy nie topią się tak po prostu, one eksplodują.

Spływają mu po twarzy, gdy już go puszczam, a on chwyta się za twarz obiema dłońmi, z jego ust dobywa się zawodzenie. Gwiżdżąc, chowam zapalniczkę, chwytam go za nogi i wyciągam z pokoju. Po drodze zarzucam sobie na ramię fragmenty pościeli, bo wpada mi do głowy pewien pomysł.

Podnoszę go i zawiązuję kawałki pościeli na jego nadgarstkach, potem chwytam nóż – nie muszę nic robić na pokaz, przecież i tak mnie nie widzi. Nachylam się i przyciskam usta do jego ucha.

– To będzie bolało.

Rozcinam mu brzuch i pozwalam wylać się wnętrznościom, a potem kopniakiem zrzucam go przez poręcz.

Za pomocą pościeli przywiązuję go za ręce, tak że zwisa z balustrady. Ktokolwiek się tutaj pojawi, żeby prowadzić dochodzenie, zobaczy to i wieść się rozniesie. Będą wiedzieli, że to my, i zaczną się bać. Wnętrzności wylewają mu się z brzucha, zwisając w dół, leje się też z niego krew.

Znowu pogwizdując, schodzę na dół po schodach, zatrzymując się, aby podziwiać swoją robotę. Nieźle, jak na taki pośpiech. Przeskakuję ostatnie trzy szczeble i idę pomiędzy zwłokami ścielącymi się na podłodze z bronią leżącą bezużytecznie obok nich. Od początku byli bez szans.

Kiedy docieram na środek pomieszczenia, Ryder siedzi na krześle. Ma poplamioną krwią koszulę, jego broń leży obok na stole, a on nachyla się, wąchając jakąś butelkę, aby po chwili ją odrzucić. Garrett opiera się o skrzynię, czyszcząc sobie zakrwawione knykcie.

– Mam go – woła Kenzo i przywleka mężczyznę ubranego w dżinsy i poplamioną koszulkę. – Głupi idiota, zapytał, czy wiem, kim jest. Najwyraźniej to ich przywódca. – Rzuca go pod stopy Ryderowi, który nachyla się z rękoma między kolanami.

– To prawda? A wiesz, kim ja jestem? – pyta.

Kurwa, uwielbiam ten kawałek.

Chichoczę, kiedy Ryder powoli podwija sobie rękawy, ukazując tatuaże.

– Lepiej mu odpowiedz – wrzeszczę.

– Ja… wiem, kim jesteś – warczy mężczyzna, unosząc się na kolana. Próbuje wstać, ale Kenzo przyciska mu głowę, więc pozostaje w pozycji siedzącej.

– Dobrze, tak będzie łatwiej. Kto cię wynajął? – pyta niedbale Ryder, wciąż podwijając sobie rękawy. Metodycznie, powoli.

– Pierdol się – rzuca. Dlaczego wszyscy zawsze to mówią?

Ryder uśmiecha się lekko i chwyta nóż ze stołu. Unosi go do góry, a ostrze błyska w świetle.

– To zaczynajmy. Chcę, żebyś od początku wiedział, co się z tobą stanie. Zaproponowałem ci wyjście, a teraz już nie masz żadnego. Poobcinam ci palce u rąk, a kiedy będziesz wciąż krzyczał, wypruję ci mięso z ramion. Potem zabiorę się za twoje stopy. Będę oczywiście przypalał rany, żebyś się nie wykrwawił. Rzecz jasna, będziesz mówił, ale zrozum, że teraz muszę cię ukarać dla przykładu. Na koniec poćwiartuję twoje zwłoki i roześlę je po mieście jako ostrzeżenie.

Mężczyzna nie wygląda już na odważnego. Poci się, a ciało mu się trzęsie.

– Powiem ci, Boże, powiem ci wszystko.

Ryder wzdycha.

– Tak, powiesz. – Chwyta jego dłoń i zaczyna odcinać mu palce.

– Powiem ci! Proszę! – krzyczy rozpaczliwie, szarpiąc się, więc podchodzę i przytrzymuję go, obserwując jego twarz, gdy Ryder odcina jeden palec.

– Zaraz się zrzyga – zauważam spokojnie.

– Nie, zemdleje – oponuje Garrett.

– Jedno i drugie – wtrąca się Kenzo i wszyscy patrzymy, jak Ryder zabiera się za kolejny palec, starannie i na zimno.

Kenzo miał rację. Koleś rzyga. Odskakuję, żeby się uchylić,

i wtedy on mdleje, lądując we własnych wymiocinach. Kurwa. Wręczam mu stówę, to samo robi Garrett. Ryder przysiada na piętach i czeka, aż tamten oprzytomnieje.

W końcu się budzi, chociaż dopiero, kiedy wyciągam fiuta i zaczynam sikać na tego idiotę. Krztusi się moim moczem i śmiejemy się, a Ryder zaczyna od nowa. Zanim przechodzi do drugiej dłoni, koleś szlocha jak dziecko i sypie wszystko, co wie.

Łącznie z tym, kto go wynajął.

Triada.

Próbują nas wytępić.

– Oni… oni powiedzieli, że jak was nie będzie, to podzielą miasto i będziemy mogli wziąć sobie tę stronę – płacze.

Śmieję się, słysząc to.

– Was też by pozabijali, idioto. Nigdy nie współpracuj z tymi sukinsynami, bo oni nie dotrzymują słowa.

Ryder wygląda na wkurzonego.

– Jeśli chcą wojny, to będą ją mieli.

– A więc… więc mogę iść? – skomle tamten.

Uśmiecham się pod nosem, a Ryder szczerzy zęby.

– Nie, będziesz wiadomością, jak powiedziałem. A teraz, proszę, nie ruszaj się i staraj się oddychać. To będzie bolało.

Wszyscy rozsiadamy się i patrzymy na robotę Rydera. Przecież uczyłem się od najlepszego. Może i jestem okrutny i szalony, ale Ryder… wie dokładnie, gdzie ranić, gdzie uderzyć, gdzie ciąć, aby zadać jak najwięcej bólu. Jestem pewny, że w innym wcieleniu byłby z niego dobry lekarz, wiecie, gdyby nie był takim żądnym krwi sukinsynem.

Mężczyzna modli się o śmierć, zanim jest po wszystkim, i umiera w bólu i samotności, wiedząc, że może winić za to tylko siebie. Znajduję jakieś pudła i Ryder wkłada do każdego z nich członki tego człowieka.

Ramiona.

Nogi.

Dłonie.

Palce.

Kutasa.

Głowę.

Śmiejąc się, zamykamy je i zabieramy ze sobą do samochodu.

Kiedy kończymy, jest już wcześnie rano i słońce niemal wschodzi.

– Chodźmy do domu. – Ryder zakłada marynarkę, marszcząc czoło, kiedy widzi plamy krwi.

– Tak, ciekaw jestem, co tam porabia ptaszyna.

ROZDZIAŁ 23

ROXY

– Kolor, cioty! – Śmieję się, wykładając karty na stół. – Obejrzyjcie sobie i płaczcie.

Tony jęczy, jego duża postać wciśnięta jest w krzesło w jadalni, gdzie gramy w pokera. Wygląda jak goryl, ale w wersji człowieczej. W rzeczywistości jest bardzo słodki. Były żołnierz SAS, który nie potrafił się dopasować z powrotem do cywilnego życia. Dowiedziałam się, że wielu zatrudnianych przez chłopaków ochroniarzy ma tak samo. Wszyscy są ludźmi, którzy nie mają się gdzie podziać, żadnego innego miejsca, do którego pasują albo które mogą nazwać domem. Moje chłopaki im to zapewniają i dają im wypłatę.

– Kurwa, jak ty to robisz, że ciągle wygrywasz? – burczy Sam, rzucając swoje karty. Jest szczuplejszy od Tony'ego, ale również potężny w porównaniu ze mną. Ma długie, brązowe włosy związane u podstawy czaszki.

– Pewnie oszukuje – warczy Dem. Znowu on? On jest dupkiem. Grubiańskim pieprzonym sukinsynem, który uważa, że kobiety należy oglądać, a nie ich słuchać. Z wielką przyjemnością udowadniam mu, że się myli. Wydaje się, że nawet pozostali go nie cierpią. Pope nadal patroluje mieszkanie i czuwa, ale reszta tylko tu siedziała, więc zaczęło być nudno.

Przeszukałam pokój Kenza, znalazłam karty i zaproponowałam, żeby pograć w pokera w oczekiwaniu na powrót chłopaków. Nie ma mowy, żebym poszła spać, zanim wrócą, więc mogę równie dobrze wygrać trochę pieniędzy. Zgarniam banknoty i wciskam je sobie za stanik, częstując uśmieszkiem Dema.

– Nie umiesz przegrywać, zwłaszcza z kobietą. – Śmieję się, a jemu oczy się zwężają, a nozdrza buzują. Jest przystojnym skurwysynem, szkoda, że ma taki charakter.

– Tak, a jak to jest być zabawką? – rzuca.

Unoszę na to brwi, odchylam się na krześle do tyłu i sączę piwo.

– Nie wiem, ty mi powiedz. Zachowujesz się jak chodzący, gadający chuj, więc pewnie jesteś dildo.

Sam i Tony ryczą ze śmiechu, a ja chowam uśmieszek za krawędzią butelki. Za naszymi plecami prawie wschodzi słońce, więc chłopaki powinni niedługo być z powrotem. Wypadałoby to wszystko posprzątać, zanim wrócą i wkurzą się na mnie, że rozpraszam uwagę ich ochrony.

– Ty pieprzona dziwko, pokaż swoje karty – warczy, wyciągając rękę, ale ja nie puszczam ich i przyciskam sobie do piersi, dla zasady. Łapie mnie za nadgarstek i wykręca go, aż sapię, kiedy próbuje mi je wyrwać.

Sam i Tony zrywają się na nogi i patrzą surowym wzrokiem.

– Zostaw ją, człowieku.

– Nie, dopóki mi ich nie pokaże, oszukuje dziwka – mówi Dem szyderczo.

Wbijamy w siebie nawzajem wzrok, kiedy drzwi się otwierają. Kurwa. Nasze spojrzenie powoli kieruje się ku wejściu, gdzie stoją chłopaki. Są ochlapani krwią od stóp do głów, zwłaszcza Diesel i Ryder. Aż drugi raz spoglądam na tę zwykle zimną Żmiję. Ma podwinięte rękawy koszuli, widać jego zachlapane krwią przedramiona, ale pod spodem dostrzegam, że ma rękawy z tatuaży aż po nadgarstki. Nie spodziewałam się tego. Marynarkę ma zarzuconą na ramię, włosy rozczochrane, a jego perfekcyjna skóra jest prawie do szczętu zachlapana na czerwono.

Wszyscy się uśmiechają, dopóki ich spojrzenia nie zatrzymują się na mnie i na Demie. Wtedy ich dobry humor przemienia się w czystą pieprzoną złość. Cholera. Już nie żyję.

– Cześć, chłopaki, dobrze się bawiliście? Macie dla mnie prezent? – pytam, wypełniając ciszę, a Tony i Sam się odsuwają. Ręce trzymają za plecami, ich spojrzenie jest znowu bez wyrazu, kiedy stają pod oknem, dystansując się od Dema, który wciąż mnie trzyma, pokazując mi i chłopakom, jak bardzo go nie lubią. Nie próbują nawet go odciągnąć, zanim chłopki zareagują. Cholera, cholera, cholera. Ryder wysuwa się do przodu, jego lodowaty wzrok powoduje, że zamieram w bezruchu.

Jest tak piękny i straszny, że to niemal boli, a ten gniew, kurwa. Chcę się w nim pławić.

Diesel wygląda na wkurzonego. Okrąża pokój w lewo, a Kenzo idzie w prawo, kiedy Garrett zatrzaskuje drzwi i staje przy nich z założonymi rękoma i grymasem na twarzy. Ryder upuszcza marynarkę na podłogę i idzie w głąb pokoju z oczami utkwionymi w nas.

– Co tu się dzieje?

– No wiesz, gramy sobie w pokera dla zabicia czasu, i daję wycisk twoim ludziom. – Uśmiecham się lekko, kręcąc nadgarstkiem, aż Dem w końcu puszcza. Chowam szybko rękę pod stołem i masuję, wiedząc, że pozostaną czerwone ślady, ale Ryder zauważa mój ruch i idzie przez pokój.

Dem podskakuje, spadając z krzesła, żeby się uchylić, ale Ryder nie zwraca na to uwagi. Kuca koło mnie, kopniakiem odsuwa stół, a potem delikatnie chwyta i podnosi moją rękę. Z jakiegoś powodu nie mogę oderwać wzroku od krwi, którą zachlapane są jego długie, smukłe palce, kiedy powoli odwraca mi nadgarstek, patrząc gniewnym wzrokiem na czerwone znaki szpecące moją skórę.

– Koleś, wszystko w porządku, tylko się wygłupialiśmy. – Próbuję odciągnąć dłoń, ale on nie puszcza. Unosi na mnie wzrok, pochyla się i całuje podrażnioną skórę.

– Nikt nie będzie dotykał tego, co nasze. Nikt nie będzie cię krzywdził, kochanie – mruczy, a potem wstaje i jego oblicze się przemienia. Sylwetka mu się napina, twarz blaknie i dopiero wtedy uświadamiam sobie, jak bardzo przede mną udawał. Powoli odwraca głowę w stronę Dema, który trzyma uniesione w górę dłonie i w każdym rysie jego twarzy maluje się strach.

Obrzuca spojrzeniem pokój, pierś mu faluje.

– Posłuchaj, człowieku, to była tylko zabawa.

– Nazwał ją dziwką – podsuwa pomocnie Tony.

– Ryder… – zaczynam, wstając, ale wtedy ktoś nagle podchodzi do mnie, czyjeś ramię obejmuje mnie w pasie i ciągnie do tyłu na swoją pierś.

– Ptaszyno, ptaszyno, popatrz i przekonaj się, co dzieje się z tymi, którzy wejdą nam w drogę – szepcze mi do ucha Diesel ze swoim sztywnym kutasem przyciśniętym do mojego tyłka. – On jest chodzącym trupem. Nikt nie będzie cię dotykał, nikt nie będzie cię krzywdził, nikt nie będzie cię obrażał, oprócz nas. Jesteś nasza – warczy, a potem szczypie mnie zębami w ucho.

Milczę, niezdolna oderwać oczu od Rydera, który chodzi za Demem po pokoju, aż wreszcie przypiera go do ściany.

– Ryder, przepraszam! Przepraszam, to się więcej nie powtórzy! – krzyczy Dem piskliwym ze strachu głosem. Ten mizoginiczny, silny dupek niknie pod spojrzeniem Rydera, który tłamsi go bez słów samym wzrokiem. Niczego więcej nie potrzebuje. Budzi strach w sercach swoich wrogów, nawet kiedy jest w garniturze.

A teraz, kiedy tak wygląda – z ciałem zbryzganym krwią wrogów i pałający wściekłością – jest wprost przerażający... i trochę podniecający.

Dobra, bardzo podniecający.

Powiedzieć, że jestem pojebana, to jak nic nie powiedzieć, ale przestałam z tym walczyć już dawno temu. Jeżeli patrząc, jak potężny mężczyzna umorusany krwią przeraża jak cholera innego mężczyznę, podczas gdy jego brat mnie trzyma i szepcze mi do ucha sprośne słówka, robi mi się wilgotno, to co, kurwa, z tego? Każdy ma swoje dziwactwa, a wygląda na to, że Żmije i wszystko, co z nimi związane, jest moim.

– Dotknąłeś ją? – pyta Ryder cichym i strasznym głosem.

Dem zamiera w bezruchu, oczy mu się rozszerzają, jak u zwierzęcia w konfrontacji z drapieżnikiem, ponieważ właśnie nim jest Ryder.

– Nie chciałem – szepcze.

Diesel chichocze mi do ucha, ocierając się kutasem o mój tyłek.

– On go zniszczy. Powinnaś go zobaczyć wcześniej. To było jak poezja w ruchu, ptaszyno. Tyle krwi i to, jak rzezał ciało... –

Przechodzi go dreszcz, kiedy oplata mi dłonią szyję, żebym się nie ruszała. Jego kciuk spoczywa na moim pulsie, gdy zmusza mnie, żebym patrzyła na Rydera.

Panuje cisza, słychać tylko ich oddechy, i nagle Ryder uderza. Chwyta Dema, który jest od niego wyższy i większy, i ciska go na stolik do kawy. Szkło pęka, ale się nie tłucze. Trzymając rękę na jego głowie, łapie dłoń Dema i przyciska ją obok jego ciała.

– Młotek – komenderuje Ryder.

Chwilę później Garrett wręcza mu młotek i wraca na swój posterunek, a ja nie potrafię odwrócić wzroku. Odbiera mi głos. Patrzę z chorą satysfakcją i robi mi się w środku ciepło, kiedy widzę, co robi Ryder. Dla mnie. To popierdolone, ale nikt wcześniej się mną nie przejmował. Nie na tyle, żeby zrobić komuś krzywdę za to, że ten ktoś skrzywdził mnie. Nie mówiąc już o dotknięciu.

Bez ostrzeżenia uderza młotkiem w dłoń Dema. On krzyczy i rzuca się, ale Ryder z łatwością go przytrzymuje. Palce i dłoń Dema przedstawiają połamaną, krwawą miazgę, a Ryder chwyta go za drugą rękę, rzuca ją na stół i robi z nią to samo. Unosi się i puszcza tamtego, luźno trzymając w ręce zakrwawiony młotek.

I wtedy uświadamiam sobie, że niemal dyszę i ocieram się tyłkiem o Diesela, więc przestaję, a on chichocze mi do ucha.

– Uwielbiasz to, ptaszyno.

– Nazwałeś ją dziwką? – pyta Ryder, upuszczając młotek na podłogę. – Śmiesz obrażać naszą księżniczkę?

Dem ścisza swój krzyk, ze zranionej wargi, którą musiał sobie przygryźć, kapie mu krew. Zerkam na Tony'ego i Sama i widzę, jak się uśmiechają pod nosem. Wiedzieli, że tak będzie, widzieli już wcześniej Żmije w akcji. Słyszę krzyk i gwałtownie odwracam głowę, akurat w porę, aby zobaczyć, jak Ryder odcina Demowi język.

Chce mi się wymiotować, ale powstrzymuje mnie od tego dłoń Diesela trzymająca mnie za gardło, a ciepło narastające w moim podbrzuszu sprawia, że zastanawiam się, czy mnie to tak naprawdę obchodzi. Był dupkiem, to na pewno, ale czy na to zasłużył?

To nie ja tu decyduję.

Ryder odrzuca język, a tamten krzyczy komicznie i unosi okaleczone dłonie, próbując chwycić się za twarz, z której leje się krew.

– Czy on umrze? – pytam dziwnie spokojnym głosem.

– Może. Czy nie byłoby to zabawne? Założę się, że to strasznie boli, co? – szepcze Diesel.

Ryder cofa się i patrzy na tamtego z niesmakiem.

– Tony, Sam, zabierzcie go. Pope, chcę, żeby za drzwiami wejściowymi cały czas byli strażnicy, kiedy jesteśmy w środku. Za każdym razem, gdy wychodzimy, przeczesujesz mieszkanie, sprawdzając, czy nie ma pluskiew i ładunków wybuchowych, to samo z samochodami. Niech ktoś cały czas monitoruje obraz z kamer. Nikt nie wchodzi ani nie wychodzi bez powodu albo przepustki.

Tak jest – odpowiadają wszyscy, a potem łapią Dema pod ramiona i zaczynają go ciągnąć. Kiedy to robią, nie patrzą na mnie, wręcz całkowicie mnie unikają. Wiem dlaczego – z powodu Rydera i tego, co może zrobić. To smutne, polubiłam ich, a teraz na powrót mam tylko moje Żmije do towarzystwa.

Nie moje, po prostu Żmije, upominam się, kiedy Diesel puszcza mnie z szybkim liźnięciem po szyi, które przyprawia mnie o dreszcz, a on ponuro chichocze. Wtedy pojawia się w moim polu widzenia Kenzo, uśmiechając się lekko i przebiegając wzrokiem po mojej sylwetce.

– Czy on jeszcze gdzieś cię dotykał, najdroższa? Mogę ukoić pocałunkami te miejsca – proponuje i w pokoju robi się cicho, gdy czekają na moją odpowiedź.

– Chciałbyś, kurwa – prycham, krzyżując ręce, i piorunuję ich wzrokiem. – A więc teraz nawet nie mogę zagrać w pokera?

– Ależ możesz zagrać, najdroższa, ze mną. Może nawet dam ci wygrać... a nawet lepiej, możemy pograć w rozbieranego pokera – mruczy Kenzo, oblizując językiem dolną wargę, kiedy wodzi rozpalonym wzrokiem po moim ciele.

Próbuję ignorować ciepło zbierające mi się między udami i kieruję mój gniewny wzrok ku Ryderowi.

– A więc to tak? Ktoś mnie dotknie i rozbija mu się dłonie? – prycham. – Masz zamiar również ścigać wszystkich moich byłych?

– To nie jest taki zły pomysł – szepcze Diesel, budząc śmiech Garretta, ale ignoruję ich i podchodzę bliżej do Rydera. Jestem teraz rozzłoszczona.

– Bo powiem ci, że oni mnie dotykali w wielu miejscach. – Uśmiecham się posępnie. – Zamierzasz ich też zabić? A co z ludźmi, którzy na mnie popatrzą? Wy zaborcze pieprzone dupki, nie należę do was! – wrzeszczę.

Zbliża się jeszcze bardziej, a jego wzrok jest zimny i utkwiony we mnie.

– Należysz, i lepiej zacznij się z tym godzić, kochanie, ale prowokuj mnie dalej, próbuj.

Przełykam ślinę i unoszę podbródek. Nie boję się go, nawet po tym, co właśnie zrobił. Nie dlatego, że wiem, że mnie nie skrzywdzi – zrobiłby to, gdyby musiał, gdybym stała się zagrożeniem, nie wahałby się – ale dlatego, że znam Rydera. Rozumiem go i wiem, że wszystko, co robi, robi dla swojej rodziny. Jest gniewny, zimny, wyrachowany i bardzo bystry… i bardzo, kurwa, niebezpieczny.

– Dlaczego? Mi też połamiesz dłonie? – pytam śmiało. – Nie, tylko mnie związesz? Żebym była na twojej łasce? Bo muszę ci powiedzieć, że nawet ten stuknięty skurwiel ma więcej szans od ciebie.

Unosi brwi i milknie. Wiem, że go prowokuję, ale wygląda na to, że nie potrafię przestać.

– Co? Nic nie powiesz? Wielki, zły Ryder zaniemówił? A może nie wiesz, jak postępować z kobietą, która ma rozum, której nie możesz kupić i która się ciebie nie boi? – warczę.

– O cholera – słyszę, jak mówi jeden z nich, ale nie odwracam wzroku, cały czas się w niego wpatrując.

– Zostawcie nas – rzuca Ryder, z oczami utkwionymi we mnie.

– Powodzenia, ptaszyno. – Diesel śmieje się i wszyscy wychodzą.

– Pieprzeni zdrajcy – syczę, patrząc na Rydera stojącego z dłońmi opartymi o biodra.

– Co? Ukarzesz mnie za to, że się dobrze bawiłam? – pytam zadziornie.

– Nie, za to, że pozwoliłaś im się dotykać, za rozpraszanie ich uwagi – mówi spokojnie, rozpinając koszulę guzik po guziku. Obserwuję jego zwinne palce, kiedy tak obnaża coraz bardziej i bardziej swoją złocistą, wytatuowaną skórę.

– Ja…

– Oni są tu po to, żeby cię chronić. Jeżeli ich rozpraszasz, nie mogą tego robić – argumentuje i rozsuwa koszulę, ukazując perfekcyjnie rzeźbioną pierś, aż ślina mi napływa do ust. Jest zbudowany jak bóg, ma doskonałe kształty. – Pozwoliłaś mu się dotykać.

– Jak, do cholery, mam komuś przeszkodzić się dotykać? – rzucam, ale mój głos jest słaby.

– Nauczysz się. Każdy, kto cię dotknie, zginie. Zapamiętaj to sobie. Nieważne, kim jest, zabiję go, a ty będziesz wiedziała, że to przez ciebie.

– Ty okrutny, pieprzony sukinsynu – warczę, a on podchodzi bliżej.

– Tak, jestem okrutny, kochanie. Lepiej o tym pamiętaj.

Gapię się na niego, nie jestem w stanie się powstrzymać. Ryder ma taki sam wzór tatuażu jak Kenzo, ale wygląda na to, że zaczyna się na plecach i zawija na boku. Wąż wije się wokół jego mięśni na piersiach i kończy nad sercem. Ma wysunięty język i jest jak żywy, mogę wyobrazić sobie, jak mruga tymi czerwonymi oczami utkwionymi we mnie.

Ryder zbija mnie z tropu. Przyzwyczaiłam się do tego, że to ja jestem najniebezpieczniejszą osobą w towarzystwie, ale boję się go, bo przy nim jestem niczym. Całe te pieniądze, cała ta władza… powinnam go nienawidzić. Ale nie nienawidzę. Ani odrobinę. On pragnie mnie w pełni kontrolować, ale chce też, żebym się poddała. Całkowicie poddała, tylko że ja jestem przyzwyczajona do walki. Zresztą kiedy obedrze mnie z wszystkich tych warstw uporu i nienawiści, to co znajdzie pod spodem? To mnie przeraża i dlatego się rzucam. Dlatego ich prowokuję, drażnię, aż wszyscy eksplodujemy.

– Co? Może teraz powinnam paść na kolana i błagać o przebaczenie? – Śmieję się. – To nie w moim stylu, pierdol się i swoje głupie pieprzone Żmije. Skończyłam z wami wszystkimi.

Nie powinnam była tego mówić.

ROZDZIAŁ 24

RYDER

Roxxane odwraca się, żeby odejść, więc wyrzucam szybko ramię. Jest to reakcja podyktowana złością i pragnieniem. Jak ona śmie? Nie odejdzie ot tak sobie, musi zapłacić za swoje postępowanie i słowa. Chwytam ją z tyłu za szyję, obracam twarzą do siebie i przywieram ustami do jej ust. Nie planowałem tego, ale nie mogę się powstrzymać. Nie wolno jej tak sobie ode mnie odejść. Ani teraz, ani nigdy. Zabiłbym dla niej każdego na tym pieprzonym świecie, każdego, kto ośmieliłby się ją skrzywdzić. Nie będzie mi się na to boczyć i postępować jak smarkula. Nie kiedy tam w środku kryje się poturbowany, twardy rozbitek. Ona nie zna prawdziwej głębi uczuć, jakie do niej żywię, i nie wie, że choć staram się pozostać bezstronny i obojętny, to nie potrafię.

Ponieważ zakochuję się w niej.

Ona na chwilę nieruchomieje, a potem mięknie nieznacznie, jej usta walczą z moimi, ustawiając się frontalnie, jak w pojedynku. To wszystko jest surowe i pełne złości, to są zmagania, jak zawsze z nią. To walka o dominację, kiedy rozwieram jej usta i wsuwam do środka język, smakując jej słodycz. Eksploduje na moich kubkach smakowych, jestem teraz naznaczony jej aromatem i wiem, że to był błąd, bo nigdy nie będę mógł się cofnąć. Teraz już nie będę w stanie nie dotykać jej, nie smakować. Właśnie wystawiam na niebezpieczeństwo moją rodzinę i wygląda na to, że nie dbam o to, gdy mam ją w swoich ramionach. Cały ten gniew, cała ta śmiałość i pewność siebie, i tak łatwo topnieje przy mnie. Moja mała poturbowana księżniczka. Wydaje się to sobie uświadamiać, próbuje mnie odepchnąć i zaczyna walczyć. Miotając się nadaremnie w moim uścisku, gryzie mnie w wargę, aż czuję smak krwi. Jak gdybym kiedykolwiek mógł ją puścić. Nie, ona będzie dzisiaj moja. Dzisiaj zaspokoję moją żądzę, uwolnię całe to pożądanie Roxxane, a jutro... jutro będę mógł być Żmiją, którą muszę być, aby chronić moją rodzinę. Ale przez jedną noc będę samolubny. Do diabła z konsekwencjami, wezmę to, czego pragnę – ją. Chrapliwie chichocząc, odsuwam się, ignorując mojego pulsującego kutasa, który tęskni, żeby się w niej zagłębić, kiedy ona tak się ze mną siłuje.

Nie, najpierw musi nauczyć się posłuszeństwa, poddać się – mnie i mojej kontroli. Dopiero wtedy pozwolę nam skąpać się w przyjemności.

Czuję mocne walenie jej tętna pod moją dłonią, kiedy leniwie obejmuję ją za gardło. Nachylam się i mruczę przy jej ustach, nie mogąc się powstrzymać.

– Nie ma takiego miejsca na świecie, dokąd mogłabyś pójść, dokąd mogłabyś uciec od nas, księżniczko. – Łaknę jej ciepła, jej ciała, jej umysłu, nawet jej walki. Ona jest moją rosnącą słabością, szarą przestrzenią rozkwitającą w moim mrocznym sercu i rzucającą swój odcień na wskroś mojej duszy, aż nie mogę nic na to poradzić i zaczynam chcieć być lepszym człowiekiem dla niej, być człowiekiem, na jakiego zasługuje. Ale nigdy nim nie będę, więc zamiast tego dostanie mnie. Będzie musiała się nauczyć to znosić i nawyknąć do tego, ponieważ mam przeczucie, że nigdzie sobie nie pójdzie.

Chciałem ją ukarać, może wystraszyć, ale wygląda na to, że nie potrafię się powstrzymać. Teraz to mój kutas przejął wodze. Nasycę swoje pożądanie, a potem znowu będę trzymał chłodny dystans. Wciąż mogę nad tym zapanować, zapanować nad nią i sposobem, w jaki ją wezmę.

– Chcesz się, kurwa, założyć? Puść mnie i zobaczymy. – Dąsa się, ale usta ma obolałe od naszego pocałunku, a pierś przyciśniętą do mojej tak mocno, że wyczuwam jej twarde sutki, które aż proszą się, żebym się z nimi pobawił. Poznaję, że mnie pragnie, po tym, jak jej źrenice rozszerza żądza, gdy jej wzrok wędruje po mojej twarzy i wraca znowu ku ustom, i po lekkim drżeniu jej kształtnego ciała, kiedy trzymam je przy sobie. Roxxane nienawidzi tego, że mnie pożąda.

Uczucie jest wzajemne, kochanie.

– Puścić cię? – Uśmiecham się lekko. – Nigdy. A teraz czas na twoją karę. – Nieruchomieje przyciśnięta do mnie, a ja chichoczę. – Nie myślałaś chyba, że tak łatwo się wywiniesz, co? – Odpycham ją, a ona zatacza się do tyłu, wygląda nagle na zdenerwowaną, pierś jej faluje, a policzki uroczo się czerwienią.

Okrążam ją, łapię za długą koszulkę, którą ma na sobie, a przez kabaretki pod spodem dostrzegam jej jasną, wytatuowaną skórę. Muszę odzyskać trochę kontroli, więc popycham ją, aż zgina się wpół.

– Nie ruszaj się – rozkazuję, stojąc za nią.

Rozpinam guzik u spodni i wyciągam pasek przez szlufki, aż trzymam go w ręku. Odgłos jest wyraźnie słyszalny w panującej dokoła ciszy, a ona drży w oczekiwaniu. Podciągam jej koszulkę, żeby obnażyć tyłek i malutkie czerwone majtki, i muszę przygryźć sobie knykcie, kiedy na nią patrzę, żeby powstrzymać się od odrzucenia pasa, klęknięcia i wielbienia jej tak, jak chcę to robić. Chcę wcisnąć mojego kutasa do jej ciepłego środka i słyszeć, jak dla mnie krzyczy.

Dla mnie.

Nie dla moich braci.

Ale zduszam w sobie ten impuls, ledwo, ledwo, całe lata uważnego kontrolowania się wiszą na włosku wobec największego wyzwania, przed jakim staję. Jest wilgotna, widzę to. Kurwa. Poprawiając sobie kutasa w spodniach, staram się zignorować chęć zerwania tych drażniących majtek i wbicia się w jej ciasną małą cipkę. Nie, najpierw kara. Potem kontrola. I dopiero wtedy ją wezmę.

– Ryder, nawet, kurwa, nie…

Uderzam ją pasem w bezbronny tyłek. Syczy i leci do przodu, ale łapię ją wpół i kiedy znowu odzyskuje równowagę, pocieram dłonią jej pulchne, aksamitne pośladki, masując czerwony ślad, po czym znowu zamachuję się pasem i wymierzam jej jeszcze dwa uderzenia. Ona krzyczy, ale pozostaje w miejscu, a z jej ust wychodzą przekleństwa i obelgi.

Ale nie rusza się, nie opiera mi się… bo chce tego. Chce mojego rodzaju kontroli. Chce mi się poddać. Chce być przeze mnie pochłonięta i ja też tego chcę.

Grzeczna dziewczyna.

Zsuwam jej na bok majtki i czuję, jak zamiera w bezruchu pod moimi palcami, a ja spoglądam na nią obnażoną. Oblizuję usta i patrzę na jej lśniące wargi, tak wilgotne. Pachnie wybornie i założę się, że równie dobrze smakuje. Przesuwam jej klamrą od pasa przez środek, a ona wydaje okrzyk i napiera do tyłu, chcąc jeszcze.

Śmiejąc się, nasuwam jej z powrotem na miejsce bieliznę, a kiedy nie patrzy, zlizuję trochę jej soku z paska i mruczę, czując jej smak.

– Jesteś tak cholernie wilgotna, kochanie. Mów mi więcej, jak nas nienawidzisz, gdy ociekasz wilgocią dla mojego kutasa.

– Pierdol się, ty arogancki skurwysynu… – Skamle, kiedy znowu uderzam pasem. Upuszczam go na podłogę i przygryzam wargi na widok zaczerwienienia na jej pośladkach. Moje znamiona. Taki widok jest podniecający jak cholera.

Ale wystarczy jej już kary, mi też. Jeżeli szybko nie będę jej miał, to zaraz dojdę. Sięgam ręką i ściskam sobie kutasa. Jeszcze nie, ona musi zrozumieć, kto tu rządzi. Kto ma w posiadaniu jej ciało, a także jej umysł. Musi oddać mi się w całości i dopiero wtedy dostanie przyjemność, której chce. Nie mogę pozwolić, żeby wiedziała, jak bardzo na mnie działa.

Jak łatwo przełamuje moją kontrolę.

Odwracam się i daję sobie chwilę, żeby odetchnąć, a kiedy wszystkie te drażniące emocje są pod kontrolą, siadam na kanapie z rozstawionymi nogami i ramieniem przerzuconym przez oparcie, przypatrując się jej, wciąż stojącej w zgiętej postawie. Przebiegam łapczywie oczyma po jej pełnych, wytatuowanych udach i pulchnym czerwonym tyłku. Ona jest, kurwa, wspaniała, najbardziej niewiarygodne stworzenie, jakie kiedykolwiek widziałem. Wierci się z niewygody i robi mi się jej żal.

– Stój.

Waha się przez chwilę, ale w końcu robi, jak jej każę, skręcając się, żeby na mnie spojrzeć, na co cmokam z niezadowoleniem.

– Nie powiedziałem, żebyś się odwróciła, prawda, księżniczko? Zdejmij koszulkę – rzucam.

Jeży się na to polecenie, a ja mrużę oczy.

– Czy muszę znowu przylać pasem w twój pulchny tyłeczek, kochanie? Zrobię to i tym razem skończy się bólem, a nie przyjemnością. Kiedy wydaję ci polecenie, wykonujesz je. Zdejmuj koszulkę, już. Chcę popatrzeć na moją własność – rozkazuję.

– Nie jestem twoją własnością, dupku, i nigdy niczyją nie będę. Ani twoją, ani twoich pieprzonych braci. Nie ma takich pieniędzy na świecie, które by mnie kupiły – warczy i mam poczucie, że ma rację. To już bardziej jest pozór, że jest naszą własnością. Wszyscy wiemy, że Roxxane nie jest utrzymanką ani zabawką.

Jest pieprzoną dziką kartą.

Ale i tak robi, jak jej kazałem, bo chociaż się opiera, ona też nas pragnie. Burcząc, zdziera z siebie koszulkę, obnażając się przede mną. Wodzę oczami po jej gołej skórze. Pełne piersi unoszą się jej w prześwitującym koronkowym staniku, różowe sutki ma szpiczaste i wycelowane we mnie. Ma kształtny brzuch z wciętym pasem, idealnym, żeby się go złapać, i wyraźnie zarysowanymi mięśniami i błyszczącym kolczykiem na pępku, który aż prosi się o to, żebym przesunął po nim językiem. Ma zaokrąglone i przepyszne uda i wyobrażam sobie, jak oplatają mi głowę, kiedy dymam językiem jej szparkę. Jej nogi są długie i smukłe, i też nie mogę się doczekać, kiedy obejmie mi nimi głowę.

Jest cholernie piękna, tak piękna, że to aż boli. Wszędzie jasna, aksamitna i wytatuowana skóra, pełne uda i ta pewność siebie. Kombinacja, o której nie sądziłem, że będzie dla mnie nieodparta, ale mój sztywny kutas drga, kiedy zapisuję w pamięci każdy szczegół jej ciała. Każde wgłębienie, zaokrąglenie i bliznę.

Rozwiera nogi z głową przechyloną do tyłu, kiedy się nią upajam, nie wstydzi się własnego ciała. Nie, Roxxane je posiada. Nie stara się uczynić go w jej pojęciu doskonałym, nie robi sobie zabiegów plastycznych czy poprawek jak wiele innych w naszym świecie. Czuje się komfortowo i pewna siebie we własnej skórze, z bliznami i wszystkim – i to jest seksowne jak cholera. Nie mówiąc już o tatuażach wymalowanych na jej skórze niczym najwspanialsze dzieła sztuki.

Właśnie tym jest. Dziełem sztuki.

Takim, na które będę patrzył przez resztę mojego życia.

– I co teraz, dupku? Chcesz jeszcze, żebym się do ciebie przyczołgała? – drwi sobie.

Chowając uśmiech pod dłonią, pocieram sobie brodę, a potem opuszczam rękę na kolana.

– Właściwie to tak.

– Słucham? – piszczy, a potem chrząka. – To znaczy co, do kurwy?

Nachylam się do przodu i wbijam w nią wzrok, ostrzegając, żeby nie była nieposłuszna. – Czołgaj się do mnie, kochanie. – Ona wciąga głęboki oddech, rozważając, czy mnie zignorować czy nie. Zastanawia się, co by to oznaczało, ale chce przyjemności, jaką mam jej do zaoferowania.

W tym momencie bardziej mnie pragnie niż nienawidzi.

– Kurwa! – krzyczy, osuwając się na kolana. – Nienawidzę cię – rzuca mi to niczym drut kolczasty. Ale ja tylko się śmieję, bo mówi to tak często, że staje się to już rodzajem dowcipu między nami. Gdyby tego nie powiedziała, zacząłbym się niepokoić. To lepsze niż… gdyby mówiła, że nas kocha. Nie może tego mówić, ale to – nienawiść i pożądanie – to możemy przetrwać.

Podpiera się dłońmi, po czym z hardym i ostrym spojrzeniem

zaczyna posuwać się na czworakach w moją stronę. Nawet nie stara się, żeby to było seksowne, jest na to zbyt rozzłoszczona, ale kiedy widzę, jak jej ciało się kołysze, jej pełne cycki prawie wypadają ze stanika, jej tyłek buja się kusząco… kurwa. To jest tak cholernie zmysłowe, że prawie spuszczam się w spodnie.

Mieć ją na mojej łasce jest wciągające, widzieć ją na kolanach przede mną to piękny obrazek. Gdy dociera do mnie, zatrzymuje się z falującą od złości i żądzy piersią, unosi się do tyłu na pięty, a potem łapie mnie za uda, wpijając w nie paznokcie, na co chichoczę.

Nawet teraz walczy, nawet kiedy wie, że to bezcelowe. Będę ją miał. Będzie wykrzykiwać moje imię, drapiąc mi plecy tymi małymi dłońmi, gdy będę ją dymał, tak że wszyscy usłyszą. Ci mężczyźni, z którymi się zakolegowała, ci strażnicy za drzwiami dowiedzą się, do kogo należy.

– Wyjmij mi kutasa – nakazuję, chowając drżące ręce, gdy na nią patrzę.

Zgrzyta zębami, ale wyciąga do góry rękę i rozpina mi suwak u spodni, wydając głośny syk, kiedy wyczuwa moją nagość i sztywność pod spodem. Dyszy, usta się jej kusząco rozchylają, a ciemne oczy opuszczają chciwie na mojego kutasa, gdy obejmuje go dłonią i wyciąga na zewnątrz.

– No, no, zachowuj się, księżniczko.

Dławię jęk na widok swojego kutasa w jej drobnej bladej dłoni i wobec tej małej kobiety tak łatwo zyskującej nade mną kontrolę jednym pieprzonym dotknięciem.

Ściska mnie, na co wydaję jęk, zanim udaje mi się go powstrzymać, a na jej usta występuje uśmieszek.

– Co w tym zabawnego? Chcesz kontrolować każdy mój ruch,

bo to oznacza, że możesz się zdystansować, no, pierdolę to. Jeżeli już mam być twoją cholerną niewolnicą, to nie odgrywaj chłodnego dupka. Chcesz mnie wydymać? To mnie wydymaj. Bez żadnych gierek, bez żadnych chwytów obronnych, które mają trzymać cię ode mnie z dala. Niech boli, niech będzie dobrze, wszystko mi, kurwa, jedno, ale przestań próbować być tym zimnym skurwysynem, bo widzę, jak strasznie chcesz tego... chcesz mnie.

Nieruchomieję na to, skąd, do... skąd ona to wie? Zaglądam jej w oczy, jest bystra i taka sama jak ja. Jej śmiałość i obcesowość to gra, żeby inni trzymali się na dystans. Żeby przeszkodzić im w uzyskaniu nad nią kontroli. Żeby uniemożliwić im zranienie jej. Widzę to w jej spojrzeniu, pierwsza ich rani, odpycha, tak żeby oni nigdy nie mogli jej zranić.

Nigdy więcej.

– Ty pragniesz mojej kontroli, mojego zimna, kochanie. Ponieważ bez tego byś mnie nie przeżyła – przyznaję.

Przechyla wyzywająco głowę, znowu ściskając mi kutasa, co powoduje, że napieram na jej dłoń.

– Wypróbuj mnie – mówi śmiało. Zamieram na jej słowa i wpatruję się w jej oczy, a ona patrzy prosto w moje. Nie wie, o co prosi. Co mogłaby rozpętać.

– Śpieszno ci umrzeć? – Uśmiecham się pod nosem, żeby pokryć niepokój spowodowany tym, jak szybko ona przełamuje moje mechanizmy obronne.

– Każdy kiedyś umiera, a dodatkowo mogłam stracić życie w każdej minucie każdego dnia z wami, chłopaki. Ale nie zginęłam. Pogodziłam się z tym, że to nastąpi, więc sprawdź mnie, Ryder. Pokaż mi, czego się tak boisz, czego nie pokazujesz nikomu innemu, a jeśli mnie to zabije, to kurwa co? Nikt mnie nie będzie żałował.

To nieprawda, ja bym żałował. Tak bardzo bym jej żałował, że aż czuję ukłucie w moim lodowatym sercu. Nigdy więcej nie słyszeć, jak się śmieje, nigdy nie zobaczyć, jak rzuca mi wyzwanie, opiera mi się… nie. Ja bym jej żałował.

Moi bracia też by żałowali. Zabiliby mnie, gdybym ją skrzywdził.

Obserwuję ją przez chwilę, starając się powstrzymać. Ale nie mogę. Jej dotyk, jej słowa, to kruszy moją kontrolę. Wywraca wszystkie pieczołowicie budowane ściany, aż wyłazi znowu to, czego nienawidzę. Ból, złość, potrzeba wyrządzania krzywdy. Demolowania i niszczenia wszystkiego, co dobre i piękne. Tak jak ona.

Potrzeba pochłaniania i brania. Cechy pochodzące od mojego ojca, jego ostatni podarunek. Czyniące mnie dokładnie tym, czym się brzydzę. *Nim.*

Chwytam ją i unoszę. Ona dyszy i kładzie mi uda po obu stronach, ma głowę wyżej ode mnie, a ja chwytam ją za uda i przyciskam sobie do twardego kutasa, tak żeby poczuła, co ze mną robi, chociaż nie mogę powiedzieć tego słowami. Nie mogę dać jej tej władzy. Sięgam do góry i ściskam zapięcie jej stanika pomiędzy obfitymi piersiami, który się otwiera, a piersi wypadają w moje dłonie. Nachylam się i wciągam jeden z sutków do ust, jęcząc, kiedy ona skomli, więc ssę go mocniej i nie mogąc się powstrzymać, wpijam w niego lekko zęby.

Przyjemność i ból są dla mnie nierozdzielne.

Krzyczy, wyginając się ku mnie, a ja obracam w palcach jej drugi sutek. Dysząc, wplata mi palce we włosy i chwyta je mocno, tak że przechodzi mnie iskra bólu, gdy kołysze się na mojej pałce, biorąc to, czego pragnie, od mojego ciała.

Z pyknięciem wypuszczam z ust jej sutek, zajmuję się tak samo drugim, a potem odchylam się i patrzę, jak dyszy i wije się na mnie, jej wilgoć przesiąka przez majtki. Ma wspaniałe piersi, nie mogę się na nie napatrzeć. Kurwa, jak pięknie by wyglądały naznaczone przeze mnie? Jakby popsuć te blade kule, znacząc dla mnie ich delikatną skórę? Opieram się tej pokusie, ale nachylam się i chwytam zębami kawałek jej skóry, gryząc, aż ona wydaje krzyk.

Puszczam jej skórę, unoszę głowę i widzę odcisk moich zębów na jednej piersi, więc przesuwam głowę i gryzę drugą, pozostawiając po sobie ślady. Ona skomli, ale przyciąga mnie bliżej. Gładząc jej biodro i kojąc ból, puszczam ją i z zadowoleniem spoglądam na swoje dzieło. Następnym razem może chodzić ze śladami po moim pejczu. Myślę, że uwielbiałaby to.

– Ryder – dyszy, kołysząc się mocniej na moim ciele.

Unoszę ją, zdzieram z niej te kabaretki i majtki i rzucam na bok, a potem znowu sadzam ją na swoim kutasie, przeciągając nią po nim tam i z powrotem. Pozwalam, żeby pokryła mnie swoją wilgocią. Skowyczy, oczy ma odurzone przyjemnością, kiedy wyczuwa w każdym calu tę moją część, którą za chwilę będzie miała w środku. Naznaczę ją jak nikt inny tego nie zrobi. Uczynię ją naszą na zawsze.

– Masz mnie ujeżdżać – żądam, nachylając się i przyciskając kutasa do jej ciasnego, małego otworu. Moja zachłanna dziewczynka kołysze się mocniej, próbując się nabić, ale ja przytrzymuję ją, zmuszając, żeby popatrzyła na mnie. Nie będzie się ode mnie dystansować, jeżeli ja tego nie zrobię. Będzie wiedzieć, kto ją dyma, kto daje jej taką przyjemność, że aż nie może wytrzymać.

Kiedy jej oczy spotykają się z moimi, opuszczam ją, nadziewając sobie na kutasa.

Obydwoje jęczymy. Ona jest tak cholernie ciasna, tak wilgotna. Obłapia mnie niczym aksamitna rękawiczka, jej wewnętrzne mięśnie napinają się wokół mnie. Kołysze się mocniej, cały czas w ruchu, nie czekając ani chwili. Obydwoje jesteśmy zbyt zdesperowani, żeby się nie spieszyć, żeby się tym delektować – to przyjdzie później.

Boimy się, że jeśli zwolnimy na tyle, aby zacząć myśleć o wszystkich troskach, wszystkich tych czynnikach, które nas dzielą i czynią z nas wrogów, to przestaniemy to robić.

– Ujeżdżaj mnie, dymaj się na moim chuju, aż dojdziesz – nakazuję szorstko, odchylam się do tyłu i patrzę na nią. Jej ciało kołysze się w rytm wykonywanych ruchów, piersi trzęsą się jej od energicznych podrzutów. Mój kutas jest głęboko w niej zanurzony, gdy mnie ujeżdża, robiąc dokładnie tak, jak jej kazałem. Robiąc sobie dobrze.

Zapiera dech, kiedy się na to patrzy.

Nie mogę się powstrzymać, sięgam ręką i chwytam jej okręcające się biodra, wyczuwając każdy najdrobniejszy ruch, i usilnie staram się nie napierać do góry, nie chwycić jej i nie wziąć mocno i szybko, i po prostu ją walić. Nie, to jej kolej.

Ona unosi dłonie i chwyta się palcami za sutki. To nie jest udawane, podoba jej się to. Czuję, jak wilgoć skapuje z jej cipki i mnie okrywa. Zsuwa dłoń po brzuchu, sięga sobie do łechtaczki i zaczyna ją pocierać. Jęczy, odchyla głowę do tyłu, zwijając się i pocierając, dążąc do spełnienia.

– Jestem tak blisko – jęczy, ale nie pomagam jej, tylko ją obserwuję, i przy kolejnym ruchu palcami spuszcza się po całym moim kutasie.

Krzyczy, jej ciało sztywnieje i drga, cipka zaciska się na moim kutasie, a ona buja biodrami w trakcie wytrysku. Muszę zwinąć palce w pięści na jej biodrach, żeby powstrzymać się od ruchu, ale jest to najsłodsza pieprzona tortura. Dopiero gdy się osuwa, przejmuję inicjatywę. Pokazuję jej dokładnie, jak bardzo jej pragnę. Do jakiego szaleństwa mnie doprowadza.

Chwytam ją za biodra, unoszę i opuszczam na kutasie, prąc do góry i nawlekając na swoją pałkę. Wydaje okrzyk, jej oczy są rozszerzone i błyszczące, kiedy na mnie spogląda. Wygląda, kurwa, oszałamiająco z piersią zarumienioną od orgazmu i skórą połyskującą od potu. Te odgłosy, które z siebie wydaje, doprowadzają mnie do szaleństwa.

Ale chcę, żeby krzyczała.

Ona się już zabawiła, teraz moja kolej. Pragnie mnie całego? *Zapnij pasy, kochanie, bo zaraz to dostaniesz.* Wstaję, wciąż w niej zagłębiony, zmieniam pozycję, opuszczając ją na kanapę i zrzucając szybko spodnie. Zwykle pozostaję w ubraniu, ale muszę poczuć na sobie dotyk jej skóry. Zbliżam się do niej na stojąco i znowu wciskam się w jej wąską cipkę, która w szybkim tempie staje się dla mnie ulubionym obiektem dymania. Jej nogi automatycznie oplatają mnie w pasie, starając się przyciągnąć do siebie, jej pierś wygina się, kiedy przyjmuje mnie głębiej w swoje wilgotne ciepło.

– Jesteś tak, kurwa, piękna – mruczę, liżąc wgłębienie pomiędzy jej piersiami, gdy wbijam się w nią raz za razem. Jest tak śliska, że mogę wejść w nią do końca, trąc o jej wewnętrzne zakończenia nerwowe, kiedy wyciągam rękę i pocieram jej wrażliwą łechtaczkę, tak żeby bolało w równym stopniu, co sprawiało przyjemność.

Ona krzyczy, paznokciami orze mi plecy, przecinając skórę. Ból wsiąka we mnie, aż puszcza ostatni z hamulców. Jęcząc, tracę nad sobą kontrolę. Nie ma w tym ładu ani składu, dymam ją głębokimi, potężnymi pchnięciami. Mocniej i mocniej, dążąc do własnego wytrysku, nie dbając o to, że mi się opiera. Przyciąga mnie do siebie nogami, mimo że dalej mnie okłada. Wbija mi się paznokciami w ciało i czuję, jak skóra się rozstępuje, zaczyna mi kapać krew. To tylko powoduje, że jeszcze bardziej mi sztywnieje, twarz wykrzywia się w grymasie, odchylam się na pięty i chwytam ją za biodra, jednym płynnym ruchem unosząc do góry jej tyłek.

Ona jest tak doskonała, zbyt doskonała. Moja mała wojowniczka. Kiedy patrzę, jak mój kutas wsuwa się i wysuwa z jej wilgotnego ciepła, prawie się spuszczam. Zbyt łatwo się w niej zatracam, jest zbyt wąska, zbyt wilgotna, zbyt piekielnie piękna, że to aż boli, i nie potrafię się wstrzymać, chociaż chciałbym, żeby to trwało dłużej.

Trafiam w to miejsce głęboko w środku, aż wbija paznokcie w kanapę, rzucając głową, gdy mi się opiera.

– Dochodź – nakazuję, nie poznając własnego ochrypłego głosu, potrzebuję, żeby została zaspokojona, zanim ja będę mógł skończyć. Jestem tak blisko, zbyt, kurwa, blisko. To się nigdy nie zdarza, zawsze dbam o to, żeby przynajmniej trzy razy doszły, zanim ja to zrobię, ale z Roxxane nie potrafię się powstrzymać. Z nią to nie jest rutyna, coś, co można odhaczyć na liście, tylko dla nasycenia ciała. Chcę jej każdym pieprzonym włóknem mojego istnienia, tak bardzo, że aż boli. Chcę pryskać na jej pierś moim nasieniem, po tych śladach po moich ugryzieniach. Chcę wziąć każdy cal jej ciała moim językiem i kutasem, ale to przyjdzie później, na razie chcę ją napełnić i nie mogę się już dłużej wstrzymywać.

Ona mnie rozbija, a świadomość, że będzie chodzić z moją wyciekającą spermą, tak żeby wszyscy wiedzieli i widzieli, że jest moja, sprawia, że staję dęba nad nią, a biodra mi się zacinają.

– Teraz – nakazuję, trącając jej łechtaczkę.

Wykrzykuje swoje zaspokojenie w panującej dokoła ciszy, jej cipka zaciska się na mnie tak mocno, że z trudem przebijam się przez jej kanał, aż wreszcie już nie mogę. Ryczę, spuszczając się, napełniając ją moim nasieniem. Skowyczy, kiedy cały czas ją grzmocę, a w końcu mój kutas mięknie i go z niej wysuwam.

Dysząc, drży pode mną, wyczerpana. Otwiera oczy i zderza się z moim wzrokiem. Ja też z trudem łapię oddech, a moje mury leżą wokół mnie w gruzach, więc widzi, co kryję w środku. Od jej paznokci mam plecy zalane krwią, a mój kutas jest mokry od jej dziewczęcego wytrysku.

– Kurwa, było ostro – mruczy. – Następnym razem nie wstrzymuj się, chcę, żebyś poszedł na całość.

Następnym razem?

Kurwa, ona mnie zabije i może nawet jej na to pozwolę.

Oczy jej się zamykają, wiem, że nie spała, bo czekała na nas. Muszę o nią lepiej zadbać.

– Musimy iść spać. – Biorę ją w ramiona i z trudem wstaję z kanapy, czując słabość w nogach. Chichocze, ale bardziej się przytula. Jest teraz zbyt zmęczona, żeby mi się opierać, nie to żeby próbowała, tak sądzę.

Powinienem wziąć prysznic i być gotowy na kolejny dzień, mam mnóstwo rzeczy do zrobienia, ale wygląda na to, że nie potrafię się zmusić, kiedy idę na górę do swojego pokoju. Kładę ją na łóżku, wymykam się do łazienki i biorę ściereczkę, zwilżam ją i wracam do niej. Nawet mi się nie opiera ani nie krzyczy, gdy rozchylam jej uda i wycieram lśniące, różowe, obnażone krocze. Nie mogę się powstrzymać, nachylam się i całuję jej cipkę, a ona wydaje jęk i odpycha mnie nogą, wzbudzając mój śmiech. Wyrzucam ściereczkę do kosza, wślizguję się do łóżka i biorę ją w ramiona.

Czuję się naturalnie, dobrze. Ale to dziwne. Nigdy nie sypiam z kobietami, nie mówiąc już o przytulaniu się, ale chcę tego. A gdy kładzie mi głowę na piersi i zasypia, cicho i uroczo pochrapując, nie mogę się powstrzymać, zamykam oczy i odpływam, przyciągając ją bliżej do siebie.

Co ona ze mną robi?

Muszę uważać, żeby nie zniszczyła nas wszystkich. Moim obowiązkiem jest ich chronić… ale jak mogę to robić, kiedy chcę spalić się w jej płomieniu? Kiedy jej jad krąży w moich żyłach, mówiąc mi, że ona jest dokładnie tam, gdzie powinna, i ja też. Zmieniając mnie, naprawiając mnie, uwalniając te emocje, które ukrywam przed wszystkimi.

Jutro, albo jeszcze dzisiaj, odbuduję starannie moje mury i założę garnitur, zmieniając się na powrót w okrutnego przywódcę Żmij, ale tu i teraz, gdy ona śpi na mojej piersi, nasze nogi się splatają, a palce są złączone… pozwolę sobie na trochę słabości.

Tylko przez chwilę.

Dla niej.

ROZDZIAŁ 25

ROXY

Kiedy się budzę, ciepła, zadowolona, i ziewam, Rydera już nie ma. Pamiętam, jak przyniósł mnie do swojego pokoju, do swojej przestrzeni i przytulał mnie. Ale wyszedł i wszelkie świadectwa czasu spędzonego razem zniknęły, oprócz bolesności pomiędzy moimi udami i śladów ugryzień na piersi. Unosząc prześcieradło, widzę, że wciąż tam są, czerwone i surowe. Uśmiecham się na ten widok.

To było, kurwa, odlotowe, co robiliśmy. Tak mocno doszłam, że prawie nic nie widziałam, a obserwowanie, jak ten lód topi się w czyste pożądanie, było wciągające. Wszystkie te mury skrywają za sobą tak wybuchową osobę… nie mam pojęcia, jak on to robi. Przewracam się, prześcieradło otula mnie niczym aksamit, wyglądam przez okno i widzę, że słońce już niemal zachodzi. Cholera, przespałam cały dzień? Zazwyczaj wstaję po kilku godzinach, żeby otworzyć bar, ale przebywając tutaj, się rozleniwiam.

Wyskakuję z łóżka, łapię jedną z jego białych koszul i zapinam ją na sobie, a potem schodzę na dół. Na nieszczęście są tam Garrett i Diesel. Garrett upycha coś do torby przy stole, a Diesel się temu przygląda. Obydwaj się odwracają, kiedy wchodzę. Diesel pali, jego wzrok przesuwa się po mojej sylwetce. Garrett z niesmakiem spogląda, w co jestem ubrana. Od czasu restauracji jest znowu zdystansowany, prawie zdegustowany mną… albo sobą, nie jestem pewna.

– Dokąd się wybieracie? – pytam, wiedząc, że nie ma powodu, żebym się wstydziła tego, co robiłam z Ryderem.

– Nie twój pieprzony interes – warczy Garrett.

– Na walkę. Idziemy zobaczyć, czy uda nam się dowiedzieć czegoś nowego, i żeby zasiać trochę pogłosek. Chcesz iść z nami? – pyta Diesel, ignorując burczenie Garretta.

– Pewnie, tylko się ubiorę. – Uśmiecham się szeroko.

Garrett wali dłońmi w stół.

– Ona, kurwa, nigdzie nie idzie, może zostać tutaj z ochroniarzami, aż Kenzo i Ryder wrócą z pracy.

– Nie, to nudne, idę z wami – mówię ze zdecydowaniem, a potem odwracam się i odchodzę.

– Do kurwy nędzy! – słyszę, jak wrzeszczy. O, ktoś jest dzisiaj nie w sosie. Chyba potrzebuje tej walki, może pomóc mu w jego problemach z gniewem.

Szybko się myję, a potem ubieram. Zakładam jakieś szorty z rozcięciami i jedną z nowych koszulek, które mi kupili, podwiązując ją, tak że widać goły brzuch. Robię makijaż, zakładam moje zajebiste buty i jestem gotowa do wyjścia. Chwytam skórzaną kurtkę i wsuwam do niej nóż, po czym idę do nich.

Garrett obrzuca mnie jednym spojrzeniem i szybko wychodzi drzwiami frontowymi. Diesel śmieje się i chwyta mnie.

– Będzie niezła zabawa.

Zjeżdżamy windą w pełnej napięcia ciszy. Na dole widzę Tony'ego i Sama, więc macham do nich, ale Diesel ciągnie mnie do samochodu. Siadam z tyłu z Dieselem i nic nie mówię, kiedy Garrett z piskiem opon wyjeżdża z garażu. Jedziemy przez około dwadzieścia minut i zatrzymujemy się w kolejnym zabudowanym garażu. Gasi silnik i wysiada bez słowa. Idę za nim, dźwięk zatrzaśniętych przeze mnie drzwi odbija się głośnym echem na parkingu. Diesel dołącza do mnie z przodu samochodu, gdy Garrett swoim długimi krokami dociera już do bocznych drzwi budynku. Uderza w nie dwa razy i drzwi się otwierają, ze środka wypływają krzyki i muzyka.

– Kim oni są? – warczy oślizgły mężczyzna, łypiąc na mnie okiem. Garrett wchodzi mu w drogę, zasłaniając mnie przed jego spojrzeniem.

– Są ze mną.

Mężczyzna prycha, ale się cofa.

– Mam okienko za dziesięć minut, przygotuj się. – Po czym odchodzi.

Garrett spogląda do tyłu na mnie i zdaje się coś rozważać, a potem wzdycha.

– Trzymaj się blisko.

Wyciągam rękę i łapię go z tyłu za koszulę. Nieruchomieje, ale ignoruje mnie i lawiruje w tłumie. Gra głośna muzyka, nawet stąd daje się słyszeć odgłos ciała uderzającego o ciało. Garrett rozpycha ludzi, żeby przejść, a Diesel idzie za mną, powstrzymując ich, żeby się na mnie nie pchali.

Kiedy docieramy do frontu, Garrett wyciąga głowę i rozgląda się, a potem idzie w kierunku jakichś starych skrzynek w rogu ringu. Odwraca się, łapie mnie za biodra i sadza na jednej z nich.

– Siedź tutaj, nie ruszaj się i krzycz, jeżeli będziesz czegoś potrzebowała – nakazuje.

Kiwam głową, a on robi krok do tyłu, ściąga koszulę przez głowę i rzuca ją na mnie. Łapię ją odruchowo, mimo że ślinię się, wpatrując w jego pierś. Patrząc na jego blizny, kołyszę się nieswojo, a cipka mi pulsuje. Jest cholerną maszyną, a tors ma wyrzeźbiony idealnie dla mokrych dziewczęcych snów. Kładę sobie jego koszulę na kolanach, a on zrzuca buty, kładzie mi na kolanach broń, po czym zerkając na mnie jeszcze raz przymrużonymi oczami, idzie na ring, z którego właśnie ściągają jakiegoś nieprzytomnego gościa.

– Idę posłuchać, co ludzie mówią. Zostań tutaj. Cały czas będę miał na ciebie oko – mówi cicho Diesel, a potem całuje mnie w policzek i ginie w tłumie. Szukam go wzrokiem, ale nie potrafię go namierzyć. A jednak, jak powiedział, czuję na sobie jego wzrok, a także wzrok innych. Nie mają pewności, kim jestem, ale nikt nie śmie się do mnie zbliżyć i nie mam im tego za złe. Przyszłam z Dieselem i Garrettem – dwoma groźnymi pieprzonymi sukinsynami.

Nawet jeśli nie wiedzą, kim są, to wyczuwają niebezpieczeństwo, więc trzymają się z dala. Garrett ma walczyć następny i zapowiadają go jako Wściekłego Psa, a potem na prosty ring wychodzi mu naprzeciw naprawdę duży gość.

I od tego momentu nie mogę oderwać od niego wzroku. Potrzebował tego, zdaję sobie z tego sprawę, żeby wyrzucić z siebie nieco złości. To nie jest gra ani sposób na zdobycie informacji. Nie może się obejść bez walki, tak jak nie może się obejść bez oddychania. Jego sylwetka wreszcie się rozluźnia, plecy się wyginają, kiedy chrupie szyją, a na usta występuje mu paskudny uśmiech.

Wtedy moja cipka właściwie zakłada fanklub Garretta, pompony i tak dalej.

On czeka, aż ten drugi wykona pierwszy ruch, tłum wykrzykuje jego imię, ale oni wszyscy zamazują się, kiedy patrzę, jak napinają mu się mięśnie na plecach, wiedząc, że zaraz zaatakuje. Uchyla się od ciosu, tańcząc do tyłu na lekkich nogach i drażniąc przeciwnika.

– Hej, laseczko, chcesz się zabawić? – napływa mi się do ucha czyjś głos.

Odwracam szybko głowę i uświadamiam sobie, że byłam tak zaabsorbowana, że niepostrzeżenie podkradł się do mnie jakiś mężczyzna. Uśmiecha się szeroko, pokazując mi swoje koślawe, żółte zęby. Ma przylizane do tyłu, przetłuszczone i niechlujne włosy, niebieskie oczy bez wyrazu i bladą, lepką skórę. Ćpun. Rozpoznałabym wszędzie te oznaki, nawet bez oglądania śladów po igłach.

– Spadaj – warczę, wiedząc, że niedługo pojawi się tu Diesel.

– No przestań, możesz się ze mną dobrze bawić – mamrocze i łapie mnie za nogę – za moje nagie udo. Zanim Diesel skopie mu tyłek, łapię jego dłoń, wykręcam ją do tyłu, chwytam za nadgarstek i używam go jako lewara, żeby go odwrócić.

– Nie dotykaj mnie, kurwa, śmieciu, bo cię zabiję, rozumiesz? – warczę i odpycham go.

Wydaje skowyt, ale patrzy na mnie z wyrzutem i przybliża się, trzymając przy piersi uszkodzony nadgarstek. Zamachuję się i walę go pięścią w twarz, a potem chwytam i odbezpieczam broń Garretta. Przystawiam mu ją do czoła i spoglądam w oczy lodowatym wzrokiem. Bez wahania pociągnę za spust. Nie obchodzi mnie to, kurwa.

– Zabiję cię, widzisz to w moich oczach? – Kiwa głową, wieje od niego strachem. – To dobrze, lepiej spadaj, zanim to zrobię.

Odchodzi chwiejnym krokiem, klnąc, kiedy przepycha się przez tłum, który zebrał się, żeby popatrzeć. Obserwuję, jak się posuwa, aż widzę go blisko drzwi, po czym znika. Odwracam się i uświadamiam sobie, że walkę przerwano. Garrett patrzy na mnie wzrokiem rozgrzanym pożądaniem i gniewem. Kiwa głową, a ja mu odpowiadam skinieniem, żeby wiedział, że wszystko u mnie w porządku. Na ustach pojawia mu się mały uśmiech, gdy odwraca się do przeciwnika.

Tłum zaczyna znowu kibicować, ale uważają, żebym miała dosyć miejsca. To dziwne, że boją się mnie, kiedy jest tutaj Garrett. Ale trzymam blisko siebie broń, na wypadek gdyby ktoś jeszcze czegoś próbował. Nigdy za dużo ostrożności w tym podbrzuszu miasta, a właśnie w nim teraz się znajduję. Może i jestem tu razem ze Żmijami, ale nie będę siedziała, ładnie wyglądając, kiedy ktoś mnie atakuje. Potrafię sama sobie dać radę i zabiję, jeżeli będę musiała.

Wracam do oglądania walki Garretta, ale gdzieś w tłumie słyszę krzyk mężczyzny, na co się uśmiecham. Założę się, że Diesel znalazł tamtego mężczyznę. Szkoda. W końcu ludzie wokół mnie się rozluźniają, są znowu wpatrzeni w Garretta, który napierdala jak cholera. To piekielnie rajcujące i muszę ściskać sobie uda, z wargą przygryzioną zębami, oglądając go. Nic dziwnego, że nazywają go Wściekłym Psem. Dobiegają mnie szepty spośród tłumu. Słyszę, jak ktoś mówi, że jestem dziewczyną Żmij i żeby ze mną nie zadzierać, jeżeli komuś życie miłe, na co się śmieję.

Przypuszczam, że się nie mylą.

Słyszę też inne gadki, wypowiadane z zazdrości i ze strachu, słowa mówione przyciszonym głosem, kiedy obrzucają mnie wzrokiem, wiedząc, że jestem ze Żmijami. Próbuję słuchać, ale dobiega mnie tylko kilka urywków rozmów o wypatroszonym człowieku i masakrze, a potem skupiam się z powrotem na walce. Garrett to maszyna. Pieprzona sztuka w ruchu. Jego ciało jest potężną bronią, każde uderzenie jest strategicznie zaplanowane i obarczone taką siłą, że aż stąd to widzę. Ma surowy i dziki styl, kipi złością.

Opanowuje go zupełnie, aż ledwie widzi przeciwnika, tylko walczy. Wyrzucając z siebie całą tę agresję. Muszą go dwa razy przytrzymywać, kiedy zmieniają mu rywali, ale wygrywa każdą walkę, a gdy kończy, spływa potem. Pierś mu faluje, ma ręce pokryte krwią i ciemną twarz. Nie zwraca uwagi na aplauz i całą oprawę, a zamiast tego wyskakuje z ringu i idzie do mnie. Bierze swoją torbę z podłogi.

– Diesel? – rzuca, z twarzy ścieka mu pot, a ja mam przedziwną ochotę, aby mu go zlizać.

– Nasłuchiwał wieści – mówię, dokładnie kiedy ten pojawia się koło nas.

– Chodźmy. – Kiwa głową i Garrett szybko odchodzi. Tłum się przed nim rozstępuje, a ja zeskakuję na ziemię. Diesel obejmuje mnie ramieniem i idziemy za tym gniewnym człowiekiem. Wszyscy patrzą na nas ze strachem i szacunkiem, na co unoszę dumnie brodę.

W drodze powrotnej prowadzi Diesel, a Garrett nas ignoruje, ma odwróconą głowę i patrzy przez szybę. Kiedy jesteśmy na miejscu, przechodzi przez mieszkanie do swojego pokoju i zatrzaskuje za sobą drzwi. Diesel też się ulatnia i zostaję w korytarzu, nie wiedząc, co zrobić.

Z jakiegoś powodu idę za Garrettem, czując, że mnie potrzebuje. Otwieram drzwi jego pokoju, wsuwam się do środka i widzę, jak tam stoi na bosaka z naprężoną i gniewną sylwetką. Odwraca się i spogląda na mnie dziko.

– Co?

– Wszystko w porządku? Chcesz, żebym rzuciła okiem na twoje dłonie? – proponuję słodko, miękko, jak gdybym podchodziła do dzikiego zwierza.

– Odwal się – warczy i z powrotem się odwraca, jakby nie mógł znieść mojego widoku.

A więc wchodzę do środka i zatrzaskuję drzwi. Chce kłótni, dobra.

– Nie. Chcesz o tym porozmawiać?

– O czym? – rzuca, jego dobrze umięśnione ramiona sztywnieją i unoszą się, przygotowując się do kłótni.

– O tym, co cię gryzie? – naciskam, opierając się plecami o ścianę.

Obraca się i rusza na mnie, rzucając mnie na ścianę. Jego ramiona lądują po obu stronach, zakleszczając mnie, a on nachyla się bliżej i patrzy na mnie wściekle.

– Powiedziałem ci, żebyś się odwaliła! – ryczy mi w twarz.

Ale jego wzrok jest zagubiony, dziki i pełen bólu. Ma złamane serce.

– Pozwól mi sobie pomóc – szepczę.

Zamyka na chwilę oczy.

– Nie możesz, nikt nie może. Nie chcę, żebyś mnie takim widziała… – Urywa. Z grymasem niesmaku wobec samego siebie odrywa się ode mnie, przesuwa dłońmi we włosach i zaczyna chodzić po pokoju.

To tym się przejmuje? Że zobaczyłam, jak traci panowanie nad sobą? Och, moja biedna uszkodzona Żmija.

– Podobało mi się to. Oglądanie, jak napierdalasz tych ludzi – to było podniecające – przyznaję, nie wstydząc się, że się nakręciłam, kiedy na niego patrzyłam.

Ignoruje mnie, więc kontynuuję, próbując wyciągnąć go z nienawiści do siebie samego.

– Naprawdę było. Cała ta siła w twoim ciele, to jest cholernie seksowne. To, jak na ciebie patrzą, jak się ciebie boją… jesteś nietykalny.

Zatrzymuje się plecami do mnie, pierś mu faluje.

– Chcę ciebie – mówię, próbując zagrać w otwarte karty.

Przebiega go dreszcz, więc obchodzę go i patrzę mu w oczy, wiedząc, że z nim to ja muszę zrobić pierwszy krok.

– Mokro mi się robi na twój widok.

– Wynoś się, zanim cię zabiję – ostrzega, ale w jego głosie brzmi desperacja, nie chce, żebym sobie poszła.

Nie chce tego, widzę to w jego twarzy, w jego oczach. Chce, żebym została, chce, żebym zwalczyła to dla niego, z nim. *Pomóż mi.* Widzę to wypisane w jego rysach. Zastanawiam się, czy ktokolwiek inny kiedyś zajrzał pod te wszystkie pokłady gniewu na przestraszonego, zdruzgotanego człowieka wołającego stamtąd o pomoc.

Jego walki, jego złość, wszystko to sposób chronienia siebie.

Potrzebuje kogoś, kto go popchnie, kto wyrwie go z tego, ale może to oznaczać dla tej osoby śmierć… więc dlaczego jestem gotowa spróbować?

Jest moim porywaczem. Moim wrogiem. Ale nie mogę go zostawić.

– Nie, chyba sobie nie pójdę. Ty też tego chcesz, pragniesz mnie. A więc dlaczego by nie ulec? – Uśmiecham się.

– Dlaczego uważasz, że cię pragnę, skoro nawet nie mogę

znieść twojego widoku? Skoro cię nienawidzę? Hmm? Powiedz mi, dziecino, dlaczego uważasz, że jesteś taka wyjątkowa, że cię wydymam? Albo pozwolę ci się dotykać? – cedzi przez zęby.

Upajam się jego gniewem, nie daję się zastraszyć i nie cofam się jak wszyscy inni. Rzuca się tak z powodu strachu, z powodu gniewu. Wiem to, ponieważ sama tak robię.

– Ponieważ stoi ci, ponieważ obserwujesz mnie, kiedy myślisz, że nie widzę, ponieważ wyobrażasz sobie, że mnie dymasz, choćbyś tego nie cierpiał – rzucam mu wyzwanie i nie zawodzi mnie, gdy wyciągam rękę, żeby go dotknąć.

Warcząc, chwyta moje dłonie, zanim dotkną jego piersi, i wykręca mi je za plecami, zmuszając mnie, żebym się wyprostowała i wygięła do tyłu, kiedy się nade mną nachyla. W jego oczach błyskają nienawiść i pożądanie.

– Nigdy mnie, kurwa, nie dotykaj, bo cię zabiję. Chcesz mnie? Tak bardzo potrzebujesz kutasa, że Ryder i Kenzo ci nie wystarczą? Dobrze. – Ciągnie mnie do kabiny prysznicowej w łazience.

Jedną szorstką, pokrytą bliznami i zakrwawioną dłonią zrywa ze mnie koszulkę i szorty i odrzuca je na bok, z niesmakiem wodząc wzrokiem po mojej skórze, a potem odkręca wodę. Przyklęka, wciąż mnie trzymając, ściąga mi buty i rzuca za siebie, potem wstaje i zaciska mi dłoń na nadgarstku, tak że aż czuję ból. Popycha mnie na kolana i zawiązuje mi koszulką ręce za plecami, żebym nie mogła go dotykać. Nie mogę złapać równowagi, kucając przed nim na piętach, kiedy on zrzuca szorty, ukazując mi swoje napięte, gołe ciało. Jest w każdym calu pokryte mięśniami. Jego ciało jest śmiertelnie niebezpieczne, jest bronią, której używa na co dzień. Jego pierś nie jest zniszczona, jak sam uważa, to arcydzieło bólu i cierpienia. A reszta jest tak oszałamiająca, że prawie zapiera mi dech w piersiach. Ma sztywnego kutasa, długiego i grubego, cieknie z niego trochę i celuje prosto we mnie. Spływa po mnie woda, przyklejając mi włosy do głowy i chłodząc moje rozpalone ciało.

Nie dbam o to. Przesłania strumień i łapie mnie za głowę, zmuszając do otwarcia ust, a potem bez ostrzeżenia wpycha w nie kutasa. To nie jest grzeczne, nie spodziewałabym się tego po nim. To okrutne, kara dla mnie, a także dla niego samego za to, że mnie pragnie.

Trzymam się, jak potrafię, jestem dla niego zwykłą marionetką do wykorzystania, lalką dla zaspokojenia pragnienia, tak samo jak jego walki są ujściem dla jego złości. Wyrzuca to wszystko na mnie, jego kutas jest sztywny, długi i gruby, dosięga mi dna gardła. Nie mam wyjścia, muszę oddychać nosem, kiedy obracam oczy ku jego oczom. Oddaje mi spojrzenie, wydając jęk, jego biodra się zacinają, a potem znowu napiera w moje usta. Mocniej niż wcześniej.

– Nie patrz, kurwa, tak na mnie. Jakbyś tego chciała – rzuca, ale ja nie mogę na to nic poradzić. Chcę tego. Każde mocne pchnięcie jego kutasa powoduje, że kołyszę się na zimnych kafelkach, a z cipki mi kapie.

Bierze, czego mu trzeba, jest to tak szorstkie i surowe. Krwawią mi od tego wargi, jego ruchy przepełnione są nienawiścią i odrazą… oraz żądzą. Napiera w moje usta, nie dbając o to, że sprawia mi to ból, i kiedy jego uda się naprężają, a mięśnie brzucha wciągają, zrzuca swój wytrysk, spuszczając mi się do gardła. Z pełnym niesmaku warknięciem odpycha mnie, wysuwając się z moich ust. Oblizuję poranione wargi i patrzę, jak się odwraca i bez słowa wychodzi spod prysznica. Prężą mu się pośladki, kiedy szybko wychodzi z pokoju, niemal wyrywając drzwi z zawiasów, tak spieszy mu się, żeby ode mnie uciec.

Zostawia mnie tam mokrą i związaną, ze łzami spływającymi po twarzy i krwią przemieszaną ze spermą cieknącą z ust, a moja własna wilgoć skapuje mi między udami.

Taką znajduje mnie Diesel. Spogląda i gwiżdże. Zakręca wodę i kuca, przesuwając kciukiem po moich obolałych wargach, nie przejmując się spermą.

– Naciskaj go dalej, ptaszyno. Jesteś jedyną osobą, która może się do niego przebić, a jeśli ci się nie uda, możemy go stracić na zawsze. – Zdejmuje mi więzy, delikatnie podnosi mnie w ramionach i wyciera, a potem zabiera do mojego pokoju i tuli.

To jest z kolei łagodne i słodkie, aż znowu napływają mi łzy do oczu. Ten stuknięty sukinsyn coraz bardziej mnie bierze. Kto by pomyślał… i co on miał na myśli, mówiąc o Garretcie?

Wiem, że nienawidzi kobiet. Łatwo się domyślić, że kiedyś w przeszłości któraś go skrzywdziła. Mocno. Czy po prostu odrzuciła jego oświadczyny? Czy tym była ta obrączka? Nie, to musi być coś gorszego, czuję to. Ale wątpię, żeby mi powiedział. Garrett wyraźnie próbuje się trzymać ode mnie z dala, tylko że jak dwa samochody na kolizyjnym kursie nieuchronnie zmierzamy ku sobie.

Kto wyjdzie z tego z życiem?

ROZDZIAŁ 26

KENZO

– Cholera – mówię cicho, kiedy parkujemy pod salonem spa. – Zapomniałem pożegnać się z Rox.

Ryder prycha, ale wysiada z samochodu, to samo robią ochroniarze, których ze sobą zabraliśmy. Wyskakuję i opieram się na dachu sportowego samochodu, czekając, aż dojedzie SUV z ochroniarzami.

– Co? Słyszałem was oboje ostatniej nocy, bracie. – Poruszam brwiami.

Na jego ustach pojawia się uśmieszek zadowolenia, gdy tak jak ja opiera się ramionami na samochodzie.

– I co z tego? W przeciwieństwie do ciebie, braciszku, potrafię oddzielić seks od uczuć.

– Aha, to dlaczego pacnąłeś dziś rano Garretta za to, że zachowywał się za głośno i prawie ją obudził? – drwię.

Przewraca oczami, ale uśmieszek znika.

– Potrzebowała snu. Nie mogę ciągle się z nią użerać, jak jest rozwydrzona.

– Pewnie. – Uśmiecham się, obchodząc samochód, i ruszamy w stronę spa. – To dlaczego ją przytuliłeś i pocałowałeś na pożegnanie, kiedy myślałeś, że nikt nie patrzy?

Zastyga w bezruchu i obraca głowę, żeby gniewnie na mnie spojrzeć.

– Co ci mówiłem na temat szpiegowania mnie?

Śmiejąc się, klepię go po plecach.

– Przyznaj, Ry, też ją lubisz. W porządku, nie mam nic przeciwko dzieleniu się, ale nie będę się z tobą kłócił.

Wzdycha i kładzie dłoń na klamce.

– Czy możemy łaskawie skupić się na tym, po co tu przyjechaliśmy?

– Dobra, groźby, płacenie wrogom, rozumiem. – Kiwam głową, a on otwiera energicznie drzwi i kiedy wchodzimy do środka, a za nami nasi ochroniarze, dolatuje nas relaksująca muzyka salonu spa. Ryder nie chciał zostawiać w domu Tony'ego i Sama, w zasadzie dopilnował, żeby z nami pojechali. I ten idiota wciąż uważa, że jej nie lubi.

– Powinniśmy wziąć dla niej tu jakieś babskie przybory, żeby czuła się bardziej jak w domu – sugeruję, rozglądając się dokoła. W poczekalni siedzi kobieta ubrana w suknię, poprawia sobie cycki, żeby bardziej je uwidocznić, i częstuje mnie uśmiechem. Puszczam do niej oko i nachylam się, mówiąc: – Przykro mi, ale jestem zajęty, on też.

Schodzi z niej powietrze, ale uśmiecha się i spogląda z powrotem na magazyn, który przeglądała. Pogwizdując, zerkam na Rydera, który patrzy na mnie z wyrzutem.

– Jesteśmy zajęci? – powtarza.

– No pewnie! Myślisz, że Rox nie zabiłaby każdej biednej dziewczyny, którą byś sprowadził, żeby zrobić jej przykrość?

Może tego nie zauważyłeś, Ry, ale ona jest tak samo porąbana jak my.

Kręci głową, mamrocząc coś pod nosem na temat braci idiotów i dokuczania kobietom, kiedy kroczy do kontuaru i stuka knykciami w zaokrąglony drewniany blat.

– Chciałbym rozmawiać z Sandrą. Natychmiast – rzuca ze ściągniętym i rozzłoszczonym wyrazem twarzy.

Kobieta za kontuarem kuli się, blednąc.

– Prze… Przepraszam, proszę pana, ale Sandra jest zajęta…

– Zrób sobie przerwę, Izzy – woła Sandra, wychodząc z biura za plecami recepcjonistki. Jest dużą dziewczyną, znaczy się wysoką. Niemal wyższą od Rydera. Ma krągłą sylwetkę, jest ubrana w obcisłą suknię i buty na obcasie. Siwiejące włosy ma spięte z tyłu w ścisły kok, eksponując twarz po liftingu. Do tego różowe usta, które są zdecydowanie za pulchne, aby były naturalne. Kiedy nas widzi, mruży oczy.

Jest niebezpieczną kobietą, na tyle, że kurczą mi się jądra, ale właśnie dlatego nam się spodobała.

– Panowie, co za niespodzianka. Wejdźcie proszę i przestańcie napastować mój personel – rzuca, a potem odwraca się i stukając obcasami, wchodzi do swojego biura.

Nachylam się do Rydera, uśmiecham i mówię cicho:

– Lubię kobiety, ale tej się, kurwa, boję. Chociaż nie tak bardzo jak Rox. A, schowałem jej kij baseballowy w zbrojowni.

Ignoruje mnie i przepycha się za kontuar, idąc do biura. Kiwam głową do Tony’ego, który staje przy drzwiach wejściowych. Spoglądam wkoło na klientów, uśmiecham się i oświadczam:

– Przykro mi, ale spa jest zamknięte, proszę wyjść.

Obecni tam mężczyźni i kobiety zaczynają protestować, więc pokazuję moją broń z radosnym uśmiechem i wtedy szybko ruszają do wyjścia. Tony zatrzaskuje za nimi drzwi i przekręca zamek. Sam idzie za mną i staje przy drzwiach do biura, ale ja zatrzymuję się i przybieram na chwilę ponury wyraz twarzy, kiedy spoglądam na nich pod nieobecność Rydera.

– Może i nie zareagowałem, Ryder też nie zareagował, ale jeśli jeszcze raz zbliżycie się do naszej kobiety, będzie to ostatnia rzecz, jaką zrobicie w swoim życiu – ostrzegam i widzę, jak Sam przełyka ślinę, po czym obydwaj kiwają głowami. Potem znowu z radosnym uśmiechem klepię go po piersi, wchodzę do środka i zamykam za sobą drzwi. – Przykro mi, wygląda na to, że wszyscy wyszli – zauważam z szeroko otwartymi, niewinnymi oczami, tocząc kostki do gry między palcami i opierając się plecami o ścianę.

Sandra patrzy na mnie z wyrzutem, siedzi w swoim biurowym fotelu z nogą założoną na nogę, ręce ma przyciśnięte do brzucha i czeka, aż Ryder zacznie mówić. On siedzi na kanapie naprzeciwko niej, bawiąc się telefonem i dając jej się pocić. Dosłownie. Widzę, jak pot spływa jej po twarzy, a ona nerwowo się wierci.

Wie, co zrobiła, i zastanawia się teraz, czy ujdzie z tego z życiem.

Ryder daje jej czekać, a ja wyciągam telefon i piszę wiadomość do Garretta, żeby sprawdzić, co z Rox. Odsyła mi zdjęcie jej zwiniętej i śpiącej na kanapie obok niego. Na zdjęciu ma przyklejony do twarzy grymas niezadowolenia, na co się śmieję. Przesyłam je Ryderowi, który lekko się uśmiecha, a potem chowa telefon do kieszeni.

Spogląda na Sandrę i głośno wzdycha.

– Nie odzywałaś się do nas ostatnio, Sandro, co mnie dziwi, zważywszy na fakt, że grunt, na którym się pobudowałaś, jest naszą własnością... Więc powiedz mi – skoro nas nie spłacasz, to dokąd wędrują twoje pieniądze, hmm? Już wiemy, że wypływają z twojego rachunku.

Ona się stawia, pewnie nie zdając sobie sprawy, że mamy nie tylko mięśnie.

– Miałam… miałam rachunki do zapłacenia, więc trochę się spóźniam – odpowiada, unosząc brodę, ale jej oczy biegają nerwowo po pokoju.

– Nie kłam, Sandro. Jestem dla ciebie miły i byłoby przykro, gdybym musiał zmienić podejście – warczy Ryder zimnym i groźnym głosem. – To ty przyszłaś do mnie z propozycją, a nie na odwrót. Potrzebowałaś naszej pomocy, pożyczyliśmy ci pieniądze, żebyś mogła prowadzić ten biznes… a teraz próbujesz wycofać się z umowy? Złotko, to nie działa w ten sposób.

– Mam dosyć płacenia – wyrywa jej się, a potem przełyka ślinę. – Ja… tracę na was połowę moich zysków.

– Oferujemy niższe oprocentowanie niż banki, już o tym zapomniałaś? Bez nas nie byłoby żadnego salonu spa – cedzi Ryder. – Mógłbym oczywiście anulować pożyczkę, zabrać ten biznes, zwolnić cały twój personel i zburzyć to… albo nawet mógłbym zrobić coś gorszego. Jak się miewa twój mąż, Sandro?

– Nie mieszaj do tego Mike'a. – Prawie wrzeszczy, na co ja chichoczę.

– Bardzo byśmy chcieli, ale Mike sam się w to wplątał. Wiedziałaś, że lubi hazard? – zauważam jak gdyby nigdy nic, a ona spogląda na mnie zmieszana. – Nie zrozum mnie źle, to było tylko od czasu do czasu, dopóki… nie pokazałem mu wciągającej strony miasta. Próbowałem mu pomóc. – Wzdycham i kręcę głową. – Wygląda na to, że miał dosyć siedzenia pod obcasem w domu. Upił się i opowiedział to wszystkim.

– Kłamiesz – rzuca, więc ściągam wideo z jednego z moich

klubów. Pokazuję jej tylko drobny fragment, a potem chowam telefon z powrotem do kieszeni. – No i co z tego? – mówi, ale widzę w jej oczach, że jest dotknięta.

– No więc doprowadziło go to do uzależnienia i teraz jest winny pieniądze pewnym złym ludziom. Gdyby przyszedł do mnie, pomógłbym mu wyjść z tego. Ale nie przyszedł. – Wyciągam dłonie w fałszywym geście przyjaźni, usta ściąga mi niesympatyczny uśmieszek.

– Czy… czy wszystko z nim w porządku? – pyta, wodząc wzrokiem między nami.

– Może być w porządku, to wszystko zależy od twojej decyzji, Sandro. Mogę go z tego wyciągnąć, ale oczywiście te pieniądze doliczymy do tego, co już jesteś nam winna, albo zostawię go im. No, oni nie zabiją go za pierwszą wpadkę, nie, jedynie połamią mu kolana. A jako budowlaniec chyba ich dosyć potrzebuje, prawda? – Śmieję się, ale to nie jest przyjemny odgłos, aż się od niego wzdryga.

– Jesteście pieprzonymi, niegodziwymi wężami – syczy i z oczu płyną jej łzy, które próbuje wytrzeć, ale tylko rozmazuje sobie makijaż.

– Nie, złotko, nie jesteśmy niegodziwi, załatwiamy tylko interesy. Daliśmy ci pieniądze, pracę, wyciągnęliśmy cię z ulicy. Mieliśmy oko na twojego męża, który bez nas byłby już martwy. Owszem, lubimy pieniądze i czerpiemy zyski z naszych transakcji biznesowych… ale nie wszystko jest czarne albo białe. Pełno jest też szarości i tak się po prostu składa, że zajmujemy się tą szarą strefą.

Odwraca się i otwiera z trzaskiem szufladę, wypisuje czek i rzuca go Ryderowi. On chowa go do kieszeni. To w końcu nie chodzi o pieniądze, ale o to, że miała czelność nie spłacać nas po tym wszystkim, co dla niej zrobiliśmy. Bank zabrałby już jej to spa.

– Dzięki, madame. – Mrugam do niej, przypominając jej, gdzie dokładnie ją znaleźliśmy. Lata temu, gdy pracowała w jednym z klubów Triady.

Odwraca wzrok, pociągając mocno nosem.

– Chciałam tylko innego życia – szepcze cicho, tak cicho, że nie jest to przeznaczone dla naszych uszu.

– Wiemy, dlatego ci pomogliśmy w zamian za wszystkie informacje. Już prawie spłaciłaś dług, Sandro, więc nie wychylaj się, a niedługo to miejsce będzie w całości twoje – mówię grzecznie. Ryder spogląda na mnie, a potem wstaje.

– Nie zmuszaj nas, żebyśmy tu wrócili, Sandro.

– A Mike? – szepcze, wpatrując się w nas z wielkimi śladami po spływających łzach na twarzy.

Wysyłam krótką wiadomość do ludzi, którzy go przetrzymują.

– Właśnie spłaciłem jego dług, jest wolny, ale może miej oko na jego wydatki i zorganizuj mu jakąś pomoc. – Całkiem łatwo przychodzi mi odgrywać rolę sympatycznego brata i mrugając do niej przyjacielsko, odwracam się, żeby wyjść, ale wzrok zatrzymuje mi się na półkach z produktami.

– Ach, potrzebujemy trochę babskiego badziewia – mówię do Sandry. Kiwa głową, łzy wciąż spływają jej po twarzy, a wraz z nimi czarny tusz do rzęs. Jest w proszku.

– Bierzcie, co chcecie – szepcze, szybko odwracając wzrok.

– Dzięki, czy ta… maseczka do twarzy jest dobra? – pytam, a Ryder prycha.

– Weź po prostu wszystko. Jestem pewien, że Sandra zamówi więcej produktów za pieniądze, które odzyska od Triady.

Czy nie tak, Sandro? – Bierze ją brzydko pod włos, a ona pospiesznie przytakuje.

Biorę torbę i wrzucam do niej wszystko jak leci, mając nadzieję, że spodoba się Rox, potem zakładam ją na ramię i otwieram drzwi. Sam natychmiast bierze ode mnie torbę, ma cały czas czujny wzrok i lustruje otoczenie. Znowu pogwizdując, idę do drzwi, a Tony je otwiera, ale najpierw sam wychodzi, sprawdzając wszystko, zanim daje nam znak skinieniem głowy.

Wracamy do samochodu i gdy już jesteśmy w środku, spoglądam na Rydera.

– Powinniśmy kupić jej trochę innych rzeczy, żeby czuła się jak w domu. Ona zostaje, prawda?

Łapie kierownicę.

– Nie wiem.

– No przestań, Ry, ona nie jest jak tamta suka. Nawet nie chce naszych pieniędzy. – Śmieję się.

– Nie, chce czegoś gorszego. Odzyskać wolność. – Spogląda na mnie poważnie. – Nigdy nie będzie szczęśliwa, będąc zamknięta w naszym apartamencie, nie jest utrzymanką. Lubi pracować i z tego żyła.

Przytakuję skinieniem głowy i odwracam wzrok.

– No więc damy jej jakieś zajęcie, cokolwiek. Bo zostaje z nami.

– Nawet gdybyśmy chcieli, nie możemy zwrócić jej wolności. To byłaby oznaka słabości, a teraz wszyscy już widzieli ją z nami. Zginie, jak tylko wyjdzie z naszego budynku. – Ryder wzdycha i pociera dłonią głowę. Obydwaj wiemy, że to prawda. Przez to, że należy do nas, ma na plecach tarczę strzelniczą, ale nie potrafię obudzić w sobie z tego powodu żalu, skoro oznacza to, że ją mam.

– Dobra, chodźmy kupić jej trochę rzeczy, inne sprawy mogą poczekać.

Odpala Astona i włącza się do ruchu, Tony i Sam cały czas jadą za nami, a potem zawraca, żeby pojechać w stronę centrum do dzielnicy ze sklepami.

– Kurwa, nienawidzę robić zakupów – burczy.

Włączam radio i pląsam w takt muzyki.

– Ja uwielbiam.

– Jak możemy być braćmi? – mamrocze.

– Bo cały gniew i szaleństwo trafiły do ciebie. – Śmieję się.

Klnie, a ja nie zwracam na niego uwagi i dzwonię do Garretta.

– Cześć, lecimy do sklepu, potrzebujesz czegoś?

– Pozwolenia na zabicie tej pieprzonej smarkuli – rzuca, a potem wrzeszczy głośniej: – Więc nie próbuj więcej tego gówna – i wraca do telefonu. – Jest kurewsko nieznośna, jesteście pewni, że nie mogę jej zabić?

– Słyszałam to, dupku! – krzyczy Roxy w tle. – Może i nie mam mojego kija, ale i tak cię załatwię, skurwysynu.

Unoszę na to brwi.

– Myślałem, że wy dwoje zaczęliście się dogadywać?

Prycha, ale nie odpowiada. Aha, dobra, więc zaszła mu za skórę. Możemy nad tym popracować.

– Nie waż się, kurwa, znowu przestawiać tego kanału – warczy.

– Zostawiam was, miłej zabawy – mówię ze śmiechem, rozłączam się i spoglądam na Rydera. – Niedługo owinie go sobie wokół palca.

Uśmiecha się.

– No pewnie, ciebie już sobie owinęła.

– I D, słyszałeś, że on zabił tego pijanego idiotę tam na walkach?

Ryder przytakuje skinieniem głowy.

– Niechlujne, ale taki już jest Diesel.

Zatrzymuje się na ulicy przed sklepem, ignorując wymalowany na asfalcie zakaz parkowania. Czekamy, aż Tony i Sam wysiądą, a potem otwierają nam drzwi – musimy teraz być bardzo ostrożni. Nie byłoby dobrze, gdyby postrzelono któregoś z nas tylko dlatego, że byliśmy nieuważni. A skoro jest nagroda za nasze głowy, to będą próbować na nas polować. Mamy nadzieję, że wśród nich będzie ten Niemiec i dlatego pokazujemy się na mieście.

Przynęta.

Z podniesionymi głowami i bez obaw wchodzimy do sklepu. Odźwierny od razu nas namierza, wyczuwając pieniądze, i oczy mu się rozjaśniają.

– Panowie, w czym mogę pomóc?

Ryder wskazuje na mnie i wyciąga telefon, na pewno po to, żeby móc odpowiedzieć na wszystkie zaległe maile. Zakładam mu ramię za szyję, zabieram telefon i chowam do kieszeni.

– O nie, też jej wsadziłeś chuja, więc musisz jej kupić ładne rzeczy, żeby wynagrodzić swoje gówniane zachowanie.

Burczy i spogląda na mnie z wyrzutem, odpychając mnie. Próbuje zabrać swój telefon, ale cofam się, śmiejąc. Sprzedawca nawet nie mrugnie okiem, udając, że nie słyszy naszej rozmowy, jak to mają w zwyczaju najlepsi w jego fachu. Jeżeli obsługujesz bogatych i sławnych, musisz naprawdę szybko stać się głuchym albo długo nie zagrzejesz miejsca.

– Dobrze, potrzebuje więcej biżuterii – mamrocze, na co ja klaszczę w dłonie.

– Wreszcie coś powiedziałeś. Potrzebuje więcej tych seksownych staników i na pewno jeszcze kilka par tych butów, są rajcujące jak cholera. A, i powinniśmy jej kupić jakąś broń. – Wzdycham tęsknie.

Spogląda na mnie.

– A jeżeli użyje jej przeciwko nam?

Wzruszam ramionami.

– Pewnie tylko przeciwko Dieselowi, a jemu to by się spodobało, no i może przeciwko Garrettowi, ale on by się po prostu odrodził, taki z niego czart.

– Oczywiście, proszę pana, zechce pan pójść za mną. Poproszę mojego kolegę Francesco, aby pana zaprowadził do działu biżuterii.

– Nie, możemy pójść razem, nie spieszy nam się – odpowiadam i zapraszam go gestem ręki. Pochyla głowę i prowadzi nas na drugie piętro, gdzie mają biżuterię.

– Jakiego rodzaju badziewie lubią kobiety? – mamroczę.

– Wszystko, co drogie – rzuca Ryder.

– Akurat, kurwa. Myślisz, że Rox dba o to, ile wydamy? Rzuciłaby nam to pewnie w twarz, krzyżując te swoje drobne ramiona i przybierając śliczny wyraz twarzy, coś w rodzaju „Nie potrzebuję twoich łapówek, dupku” – małpuję, a jemu opada szczęka na mój dziewczęcy głos.

– To było zadziwiająco udane i nawet trochę mnie wystraszyłeś. Dobra, co jej weźmiemy? – Wyrzuca ręce w powietrze.

– Obsługa, co mamy wziąć dla kobiety, która ma w dupie pieniądze i bogactwa, i jest trochę rockowa?

Zastanawia się przez chwilę.

– Och, mam trochę rzeczy, które mogą pasować.

– A cokolwiek w kształcie węża? – dopytuje się Ryder.

Mężczyźnie nawet nie drgnie powieka na to dziwne życzenie.

– Tędy proszę.

Prowadzi nas do małej poczekalni i znika. Rozpierając się na krześle, rozglądam się dokoła na wszystkie te iskrzące się drogie kamienie.

– Cholera, pamiętam, jak przychodziliśmy w takie miejsca z tatą, żeby mógł pokazać swoją nową zdobyczną żonę.

Ryder chrząka, ale ja ciągnę dalej.

– Nie znosiłem tego i tych kobiet – im zależało tylko na pieniądzach. A jednak my też skończyliśmy z tego rodzaju kobietami… no, z wyjątkiem Roxxane. Ona naprawdę jest inna. Myślisz, że to dlatego, bo naprawdę nie wie, ile mamy kasy?

– Nie sądzę, żeby to miało znaczenie. Wychowała się z niczym, nie dostała niczego i zapracowała na wszystko, co ma. Myślę, że Rox lubi na siebie zarabiać. Nie czułaby się tu onieśmielona, ale też nalegałaby, żeby za siebie zapłacić.

Przytakuję głową. Ma rację, zawsze ma rację. Potrafi dobrze czytać ludzi.

– Myślałeś kiedykolwiek, że tutaj skończymy?

Spogląda na mnie z zimną twarzą, ale ja i tak wiem swoje. Mój brat dźwiga cały świat na swoich barkach, zawsze tak było. Nawet wtedy, kiedy chronił mnie przed naszym starym, dlatego stał się bystry, zimny i zły.

– Nie, myślałem, że albo zginiemy albo wciąż będziemy z tym sukinsynem.

Kiwam poważnie głową.

– Zrobiłeś, co musiałeś, bracie.

Odwraca na chwilę wzrok, patrząc na wchodzących i wychodzących ludzi.

– Wiem. – Milknie. – Czy czasem ci go przypominam?

Rozważam to pytanie.

– Tak, ale masz coś, czego on nigdy nie miał.

– Co takiego? – dopytuje, patrząc na mnie.

– Mnie. – Uśmiecham się pod nosem. – On nie miał nikogo, kto by go hamował, zatrzymał, zanim posunął się za daleko. Ty masz jego głód, bystrość i tak, również jego złość. Ale masz też rodzinę, której naprawdę na tobie zależy. Wszyscy jesteśmy trochę popieprzeni, ale wiemy, jak się nawzajem utrzymać przy zdrowych zmysłach. Nigdy nie musisz się martwić, że staniesz się taki jak on, nigdy ci na to nie pozwolę. Wcześniej cię zabiję – obiecuję, a on uśmiecha się szczerym uśmiechem, i prawie widzę go jako dzieciaka, kiedy tak właśnie się zawsze uśmiechał, zanim mój ojciec wybił to z niego.

Właśnie wtedy mężczyzna wraca i rozkłada przed nami biżuterię. Wybieramy to, co nam się podoba, nie kłopocząc się sprawdzaniem cen. Obiecuje, że zapakują wszystko w pudełka i przygotują dla nas, a potem prowadzi nas do działu z ubraniami.

Siedzimy tam jakiś czas, a on nam je pokazuje i dobiera kreacje z tego, co nam się podoba. Roxy może i nie lubi, kiedy się ją rozpieszcza, ale mam przeczucie, że to tylko dlatego, że nikt nigdy tego nie robił, ale teraz nie ma wyjścia. Podjąłem decyzję, że zostaje z nami, a to oznacza, że będę ją rozpieszczał, kiedy tylko chcę, a ona musi się z tym pogodzić.

Może mi się za to odwdzięczyć, pokazując, jak dobrze się prezentuje w nowych kompletach bielizny, które dla niej kupiliśmy, bo, do licha, one są seksowne. Mogę wyobrazić sobie, jak unoszą jej cycki i okrywają wytatuowaną skórę.

Kurwa, co za nieodpowiedni moment, żeby mieć wzwód. Zmieniam pozycję, żeby sobie poprawić, i podsuwam mężczyźnie moją kartę, płacąc za to wszystko.

– Samochód przed wejściem od frontu – odpowiadam, kiedy pyta, dokąd to zanieść.

Wyciągam ciemne okulary z kurtki i zakładam je na nos, a potem idę za Tonym i Samem na zewnątrz i patrzę, jak szybko ładują rzeczy do samochodu.

– Powinniśmy jej sprawić samochód, szybki samochód, to by się jej spodobało.

Ryder prycha.

– Której części zdania „Ona jest naszym więźniem" nie zrozumiałeś?

Patrzę na niego, uśmiechając się.

– Obydwaj wiemy, że to nieprawda. Od pierwszej chwili, kiedy ją zobaczyliśmy, była czymś więcej niż więźniem.

– Nie potrzebuje samochodu. Będziemy ją wozić wszędzie, gdzie będzie chciała – rzuca.

Kiwam głową.

– Tak tylko pomyślałem, bracie, może poczułaby się bardziej wolna. Ale nie kupuj go jej jeszcze, niech najpierw uświadomi sobie, że jest w nas bez pamięci zakochana, wtedy nigdy nie odejdzie.

– Teraz to zachowujesz się jak głupek. Ona nigdy nas nie pokocha, jesteśmy na to zbyt pokręceni. Pragnie nas, pewnie, ale nigdy nie będzie nas kochać – drwi sobie.

– I tu się mylisz, starszy braciszku. Może i jesteś mózgiem całej działalności, ale tym razem nie masz racji. – Mrugam do niego, a potem wsiadam do samochodu.

Obrusza się i idzie w moje ślady. Jedziemy przedmieściami, nadrabiając drogi, żeby sprawdzić, czy ktoś czegoś nie spróbuje.

– Wciąż nic, nie możemy tak jeździć w kółko, bo to wygląda podejrzanie – rzuca Ryder, uderzając dłonią w kierownicę. – Naprawdę myślałem, że spróbuje, kiedy ma nas tu obu.

Klepię się po podbródku, namyślając się ze wzrokiem wpatrzonym w widok za szybą.

– Zatrzymaj się tutaj i udawaj, że rozmawiasz przez telefon. Tu jest pusto, a te budynki zasłaniają mu pole strzału. Musiałby podejść blisko, a to byłaby dobra okazja, żeby go złapać.

– Skąd możesz wiedzieć, że on się czai? – rzuca.

– Pomyśl, Ry. Wiem, że miałeś dymanie, ale nie pozwól, żeby kutas tobą kierował. On tu jest, raz ich zawiódł, a teraz jest zdesperowany, żeby się przed nimi zrehabilitować. Dzięki temu robi się nieuważny, a to działa na naszą korzyść.

Kiwa głową i bierze głęboki oddech.

– Nie podoba mi się, że do was strzelał, chłopaki. Złości mnie to, a to nigdy nie jest dobry znak.

Potakuję.

– Wiem, bracie. Nie dbasz o to, kiedy dobierają się do ciebie, ale gdy uderzają do nas, to trafia w twój czuły punkt. Zawsze możemy na ciebie liczyć. Wiemy o tym.

Zatrzymuje się w małej uliczce, jak sugerowałem, i gestem ręki odsyłamy kawałek dalej Tony'ego, żeby cyngiel pomyślał, że nadarza się okazja, a potem czekamy. Ryder udaje, że rozmawia przez telefon, a ja odchylam do tyłu głowę, jakbym przysypiał, chociaż moje oczy są lekko uchylone, a dłoń trzymam na broni, czuwając.

No chodź, ty sukinsynu.

Mija długie dziesięć minut. Może się myliłem. Kurwa, on jest nam potrzebny, musimy zadać cios Triadzie i wydobyć z niego informacje. Nie mówiąc już o tym, że Diesela aż świerzbi, żeby zapolować na tego matkojebcę, a to pociągałoby za sobą ofiary w całym mieście. Nie, musimy go znaleźć i oddać w ręce D, żeby się z nim trochę pobawił.

I wtedy wykończymy tych drani, którzy próbowali skrzywdzić naszą rodzinę.

Próbowaliśmy grać grzecznie, próbowaliśmy okazać szacunek, a oni tak nam odpłacają? W ten sposób podpisali na siebie wyrok śmierci. Zniszczymy ich, kawałek po kawałku. To jest specjalność Rydera. Wiem, że on już pracuje nad tym, jak podgryźć każdy bez wyjątku biznes należący do nich i rachunki bankowe, żeby zabrać im pieniądze. Potem zabierze się za ich rodziny. I dopiero wtedy, kiedy będą przerażeni i osamotnieni, zajmie się nimi samymi.

Jest brutalnym sukinsynem, najlepszym w tym, co robi.

Kiedy chroni tych, których kocha.

Nawet jak byliśmy dzieciakami, był taki sam, zawsze bardzo poważny. Kurwa, on już wtedy nosił garnitury. Nigdy nie miał prawdziwego dzieciństwa. Nie, stał się tym, czym chciał go uczynić nasz tata, żeby mieć pewność, że nigdy nie wejdę w drogę temu człowiekowi. Robił wszystko, o co prosił go ojciec, nawet brudził sobie ręce.

Pamiętam noc, kiedy po raz pierwszy zabił człowieka, miał wtedy trzynaście lat, a ja jedenaście. Wrócił do domu i był jakiś inny. Bał się, nie jak zwykle taty, ale siebie. Miał na rękach krew i siedział, ścierając ją, a po policzkach spływały mu łzy. Powiedział mi, co się wydarzyło, oczywiście niecałą prawdę. Dowiedziałem się później, że zrobił to, żeby mnie chronić, że tata zagrał na jego miłości do mnie, takim był sukinsynem. Zastraszył Rydera, powiedział, że jeśli nie zabije tego człowieka, to zmusi mnie, żebym ja to zrobił.

Nie chciał, żebym zbrukał sobie duszę, więc sam to zrobił. Mimo że coś w nim pękło, zrobił to. Obejmowałem go, gdy płakał. To był ostatni raz, kiedy widziałem, jak płacze albo okazuje słabość. Powiedział mi, że przeraża go, że nie był wstrząśnięty, że czuł się dobrze… że jest potworem, takim jak nasz ojciec.

Obiecałem, że nigdy mu nie pozwolę, aby nim się stał. Dotrzymam tej obietnicy. Oddał swoje dzieciństwo, swoją duszę za mnie. Zrobiłbym dla niego wszystko. Nie zdaje sobie nawet sprawy, że Roxxane, jak ją nazywa, jest częścią tego wszystkiego. On potrzebuje jakiejś słabości, kogoś, z kim mógłby dzielić świat, kto pomoże mu dźwigać ciężar, bo inaczej się spali.

A ja nie mogę go stracić.

Będę chronił tego płaczącego chłopca z krwią na rękach, a ona będzie do tego kluczem.

Zaświtało mi to w głowie już pierwszego dnia, widząc, jak patrzył na nią, jakby była wyzwaniem, zagadką, której nie potrafi rozwiązać, a ona się go nie bała tak jak wszyscy inni. Stanęła przed nim twarzą w twarz, równie uparta, równie zła na ten świat. Roxy go ocali.

Ona ocali nas wszystkich.

A my ją skażemy na potępienie.

Powinienem się tym przejąć, ale wygląda na to, że nie potrafię. Nie, skoro zachowam ją i mojego brata.

Mój wzrok zatrzymuje się na czymś w głębi uliczki, rejestruję ruch tak nieznaczny, że nie dostrzegłbym go, gdybym się nie przypatrywał.

– Godzina dwunasta – mruczę, ledwie poruszając ustami.

– Tak – rzuca Ryder, nadal udając, że rozmawia przez telefon.

Cień przesuwa się przy murze i zatrzymuje za jakąś skrzynią. Bez patrzenia wstukuję kciukiem szybką wiadomość do Tony'ego z oczami utkwionymi w tę sylwetkę. Facet strzela, a my przechylamy się do przodu od szarpnięcia samochodem. Idiota, ta pieprzona szyba jest kuloodporna.

Próbuje uciekać, wiedząc, że go namierzyliśmy, ale Tony blokuje uliczkę z drugiej strony i wtedy na niego ruszamy. Wysiadam szybko z samochodu, przeskakuję przez maskę i klepię go w ramię, a kiedy się odwraca, walę go pięścią w twarz. Jednak nie przewraca się, próbuje uderzyć mnie bronią, ale Ryder łapie go od tyłu i zaczyna dusić, więc wyrywam mu broń z ręki i uderzam pistoletem w skroń.

Osuwa się w ramiona Rydera, który pozwala mu opaść na ziemię.

– Widzisz, bracie? Proste. – Szczerzę się.

Tony i Sam łapią mężczyznę i ciągną go do swojego samochodu, a my idziemy do naszego.

– Diesel będzie szczęśliwy. – Ryder się uśmiecha. – I zdobędziemy informacje, których potrzebujemy. Zadarli z niewłaściwymi ludźmi.

– Ze Żmijami, bracie. Nawet węże boją się innych węży – przyznaję mu rację.

ROZDZIAŁ 27

ROXY

Zabiję go.

Poważnie. Zabiję Garretta. On i ja nie rozmawialiśmy ze sobą przez cały ranek po tym, co wydarzyło się zeszłej nocy. Dziś rano Diesel wyciągnął mnie z pokoju, a Garrett przygotował mi śniadanie, nie odzywając się do mnie ani słowem. Potem zaprowadzili mnie do salonu, gdzie zasnęłam na kanapie. Milczy, nawet nie patrzy w moją stronę.

To doprowadza mnie do szału.

A więc co? Nienawidzi kobiet. I tak, użył mnie, ale mi się to podobało. Inaczej powiedziałabym mu nie albo nakopała w tyłek. Chuj wie dlaczego, ale z jakiegoś powodu pragnę go. Muszę obrać go z całej tej złości, aby dostać się do strachu, który zobaczyłam pod spodem. Do człowieka, którym wiem, że jest.

Wydaje się to cholernie ważne, ale on mi nie pozwala, zamiast tego traktując mnie oziębie. Pierdolę to. Nigdy nie byłam z tych, co siedzą bezczynnie. Przetrwałam tak długo, bo walczyłam i nigdy nie rezygnowałam, nieważne, jak bardzo się bałam. Teraz jest tak samo.

Cokolwiek jest między nami, zmieniło się przez ten czas, jaki tu spędziłam, a to, że przespałam się z Kenzo i Ryderem, tylko to scementowało. Pragnę ich i zależy mi na nich – nie żebym im kiedykolwiek o tym powiedziała. Sukinsyni wykorzystaliby to przeciwko mnie.

Mogę nadal walczyć, ile tylko chcę, albo mogę się tym rozkoszować. Pławić się w przyjemnościach i sile, które oferują. Mam dosyć uciekania, dosyć życia z dnia na dzień, i Garrett nie będzie mnie odpychał tylko dlatego, że się boi.

Sama jestem przerażona.

Nim, nimi i tym, co znaczą dla mojego ciała i mojego serca. Ale wciąż tu jestem. Wciąż walczę. Więc on też musi.

Denerwuję go, trącając go, zahaczając o niego, a kiedy prycha na mnie, uśmiecham się pod nosem zwycięsko. Ponownie zaczyna mnie ignorować i ogląda telewizję, więc przestawiam kanał. Burczy i wrzeszczy na mnie, ale właśnie wtedy dzwoni mu telefon.

Słyszę, jak rozmawia z kimś, kto brzmi jak Kenzo, więc dalej zmieniam kanały. Irytuje się, krzyczy i kończy rozmowę, piorunując mnie wzrokiem.

– Zachowuj się.

– Bo co? – Uśmiecham się. – Znowu rzucisz mnie na kolana?

Wzrok mu ciemnieje pożądaniem, wędrując na to wspomnienie ku moim uśmiechniętym ustom, i zmienia pozycję na sofie, z pewnością przypominając sobie wsuniętego tam swojego kutasa – ja pamiętam.

– To był błąd.

– Pewnie, co tylko chcesz, wielkoludzie. Miałam niedługo kończyć sobie tatuaż, nadal mogę tam iść? – pytam.

– U kogo? – odpowiada pytaniem, mrużąc oczy. To przynajmniej krok we właściwym kierunku.

– Zeke z Alluring Art. – Wzruszam ramionami.

– Koleś? – rzuca, a jego sylwetka wibruje od złości. – Nie.

– Co? Dlaczego? – pytam, teraz już wkurzona.

– Nikt oprócz nas nie będzie cię dotykał – burczy, a ja się śmieję.

– Zazdrosny? – pytam z uśmieszkiem.

Znowu się uśmiecha.

– Nie, pozostali by go zabili. Czy twój tatuaż jest naprawdę wart jego śmierci?

Diesel też się śmieje, rozwalając się na kanapie obok mnie.

– On ma rację, zabiłbym go. Ale Garrett sam tatuuje, może go dla ciebie dokończyć. To on robił wszystkie nasze dziary.

Garrett nieruchomieje, a ja nastawiam uszu.

– Cholera, naprawdę? Są dobre! Zrobisz to?

– Nie – rzuca, zgrzytając zębami i spoglądając z wyrzutem na uśmiechającego się pod nosem Diesela.

– Co? Dlaczego? Nie mogę iść do Zeke, ale ty go nie dokończysz? – wrzeszczę.

Odwraca powoli głowę z ponurym spojrzeniem.

– Nie będę cię działał, zapomnij o tym.

– Dlaczego? Bo jestem kobietą, a ty nie chcesz się zniżyć do tego, żeby mnie dotknąć? – prowokuję go.

– Och, to będzie niezłe, idę po popcorn – mamrocze Diesel, ale go ignoruję, wpatrując się w Garretta i nie dając za wygraną.

– Odpuść – ostrzega Garrett.

Tak, pierdolę to. Mam dosyć jego napadów złości.

– W czym problem? Boisz się cipki czy naprawdę jesteś tak autodestrukcyjny i przepełniony nienawiścią, że staje ci tylko wtedy, kiedy kogoś krzywdzisz?

W pokoju zapada cisza, jeśli nie liczyć strzelania popcornu Diesela w kuchni.

– Idź stąd, natychmiast – warczy niskim i groźnym głosem. Ma oczy rozpalone tym samym gniewem, który widziałam w ringu – jest więcej niż rozzłoszczony. Wkracza na teren walki, a ja jestem teraz jego przeciwnikiem.

Rozsądnie byłoby odejść i pozwolić mu się uspokoić. Czy tak robię? Nie, oczywiście, że nie. Nigdy nie twierdziłam, że jestem rozsądna, ale mam dużo ikry.

– Nie. A więc o to chodzi, Garreciku? To przez twoją mamusię? Nie, założę się, że przez dziewczynę. Co zrobiła, oszukała cię? Och, straszne, biedny Garrett, ale to nie znaczy, że będziesz mnie traktował jak gówno, duży dupku. Możesz groźnie na mnie patrzeć i straszyć, ile chcesz, ale wszyscy wiedzą, jaka jest prawda. Pragniesz mnie i nienawidzisz się za to.

Życie nie jest dane raz na zawsze, nikt nie gwarantuje jutra i nie wierzę w marnowanie czasu na żałowanie czegoś, co się powiedziało albo zrobiło. Więc chociaż wiem, że to durne, wyrzucam to wszystko z siebie. Nigdy nie można ruszyć do przodu, jeżeli nie przezwycięży się przeszłości.

Podchodzi szybko, zapewne to przyzwyczajenie bokserskie, chwyta mnie za gardło i unosi w powietrze. Ledwie dotykam stopami podłogi, ale nie wyrywam się z jego uścisku. Poddaję mu się z uśmieszkiem na twarzy, nawet kiedy zaciska dłoń mocniej, odcinając mi dopływ powietrza. Jego usta są wykrzywione nienawiścią, na twarzy ma grymas. Nie powoduje nim nic oprócz gniewu. Nie widzi mnie, nie – widzi ją.

Kobietę, która zraniła go tak głęboko, że nigdy nie doszedł do siebie.

– Chcesz umrzeć, tak? Chcesz, żebym cię zabił? Bo zrobię to. Może i obciągnęłaś mi chuja, może i pragnę cię, ale i tak cię wykończę – grozi.

– To zrób to, skończmy wreszcie z tym. Zabij mnie teraz albo przestań używać swojego strachu jako wymówki, żeby mnie odpychać – mówię chrapliwym głosem.

Ciężko oddycha, pierś mu faluje, gdy groźnie na mnie patrzy. Z burknięciem rzuca mnie z powrotem na kanapę i prędko wychodzi. Robiąc szybkie oddechy, zrywam się na równe nogi, dostrzegając kątem oka Diesela, który siedzi z boku przy stole, przeżuwając popcorn, uszczęśliwiony sceną, którą ogląda.

Ruszam za Garrettem i gonię za nim na górę. Zatrzaskuje za sobą drzwi, ale otwieram je i wchodzę za do środka. Nie chcę się teraz cofnąć, nareszcie zaczynam się do niego przebijać.

Chodzi po pokoju, a potem sięga ramieniem ku szufladom i wywala wszystko z trzaskiem na podłogę. Szkło pryska, ale jego to nie obchodzi. Zamachuje się ręką i uderza w worek treningowy tak mocno, że ten urywa się i spada na podłogę. Łapie swoje łóżko, przewraca je, ale nawet wśród tego zniszczenia jeszcze mu mało.

Czuję to.

Znam to uczucie, kiedy jesteś tak przepełniony krzywdą, bólem, że aż cię to wypacza. Ja leczyłam mój ból latami z pomocą Richa, ale Garrett nie miał tej szansy. Zamknął to w sobie, nie chcąc okazywać słabości, i zżera go to od środka.

To go zabije.

Więc mimo tego, że staję w obliczu śmierci, nie zatrzymuję się.

– Skończyłeś? – cedzę, opierając się plecami o ścianę.

Odkręca się z rozszerzonymi nozdrzami i podchodzi do mnie. Rzuca mnie na ścianę.

– Jakbym to już skądś znała… – drażnię go.

– Przestań naciskać – warczy.

– Dlaczego? Skończyłam z niańczeniem cię. Pozostali mogą tak robić, ale ja nie mam zamiaru. Widzę cierpienie w twoich oczach, wiem, bo kiedyś widywałam je w swoich. Ktoś cię skrzywdził, ktoś, komu ufałeś. Ktoś, kogo kochałeś. To zmienia człowieka, łamie go i po wszystkim zostaje takie połamane stworzenie. Któremu cały świat się zawalił. Wiem – wrzeszczę – bo sama taka byłam. – Milknę, ciężko oddychając. – I czasem nadal taka jestem, nadal uciekam. Wciąż żyję w strachu, jakbym była tą samą małą dziewczynką.

On nieruchomieje i popatruje mi w oczy, więc to wszystko we mnie wzbiera i otwieram swoją duszę, mimo że takie obnażanie się przed nim boli.

– Ufałam mu, Garrett. Kochałam go, jak to dziecko. – Do oczu napływają mi łzy i nie znoszę tego pokazu słabości, wiedząc, że on pozostaje silny. – Każde uderzenie, każdy kopniak czy pogardliwe słowo mnie łamało. Stałam się jedynie niedobitkiem, żyjąc z dnia na dzień, i nawet teraz… nawet teraz, kiedy się od niego uwolniłam, robiłam to samo, zatracając się w gorzale i seksie, żeby nie musieć się ze sobą mierzyć. A chcesz usłyszeć, co w tym wszystkim najciekawsze? I tak udało mu się znowu spierdolić mi życie, sprzedając mnie. On mnie, kurwa, sprzedał. – Śmieję się gorzko. – Jakby zrujnowanie mi całego pieprzonego dzieciństwa nie wystarczyło, posunął się dalej i sprzedał mnie. Ale wiesz co? Mam dosyć uciekania. Nienawidzę go. Chcę, żeby zapłacił za to, ale jeszcze bardziej chcę się uwolnić od tych szponów, które są wciąż we mnie. Nie wiem, jak to zrobić, ale próbuję. Musisz spróbować Garrett, ponieważ widzę to w twoich oczach – jesteś w stanie przetrwalnikowym, wciąż walczysz, żyjesz z dnia na dzień, ale tak się nie da żyć. Przestanę uciekać, jeżeli ty przestaniesz walczyć.

Puszcza mnie i się odwraca.

– Nie wiem jak – przyznaje.

Nie dotykam go, wiem, że tego nie znosi, więc zamiast tego okrążam go, żeby spojrzeć mu w twarz.

– Pierwszy krok to przyznanie tego przed sobą. Musisz zabliźnić rany, Garrett, albo zawalą się twoje fundamenty. Nie twierdzę, że powinieneś ze mną rozmawiać, ale jestem tu, gdybyś tego potrzebował. Tak jak twoi bracia. Są przy tobie i cię kochają.

– A ty? – chrypi, patrząc na mnie surowym spojrzeniem.

– Ja? Nie nienawidzę cię… cały czas. – Uśmiecham się pod nosem.

– Dlaczego? Dlaczego próbujesz mi pomóc? – pyta i wydaje się, że to dla niego ważne.

– Szczerze? Nie wiem. Może dlatego, że dostrzegam siebie w tobie. A może nudzi mi się, może robię to z czysto egoistycznych pobudek. Tak czy owak, jestem tu i nigdzie się nie wybieram. Musimy znaleźć sposób, żeby jakoś razem żyć. Jeżeli faktycznie mnie nienawidzisz, możemy opracować jakiś harmonogram, żebyś mógł mnie unikać, jeżeli to ma pomóc – proponuję, a potem wstrzymuję oddech.

Przełyka ślinę, porusza mu się jabłko Adama, a pięści się zaciskają.

– Nie nienawidzę cię. W tym problem, dziecino, nie widzisz tego? – Kręci gorzko głową. – Nie nienawidzę cię, zależy mi aż za bardzo… ale ostatnia osoba, na której mi zależało…

– Zraniła cię – kończę. – Dobra, więc będziemy posuwać się
krok po kroku. Nie proszę cię, żebyś się ze mną żenił. – Uśmiecham się, a on się śmieje. – Proponuję tylko zawieszenie broni.
Przestanę cię prowokować, a ty możesz przestać próbować mnie
dusić albo zabić... okej, może tylko zabić. Nie krępuj się i duś
mnie, kiedy chcesz, to właściwie jest całkiem rajcujące.

Znowu chichocze, ale na koniec wydaje jęk.

– Nie możesz do mnie tak mówić. – Kręci głową. – Chcę cię,
naprawdę, ale nie mogę... zabiłbym cię... nawet nie wiem,
czy potrafię jeszcze być z kimś w taki sposób. Powinnaś trzymać
się pozostałych, kogoś, kto potrafi dać ci, czego potrzebujesz.
Nie złamanego pojeba.

– No to spróbuj. – Wzruszam ramionami. – Przekonaj się
w rzeczywistości. To nie musi być teraz, ale pomyśl o tym.
Nie będę kłamać, jesteś dla mnie atrakcyjny i nie wykopałabym
cię z łóżka.

– A ja myślałem, że nas nienawidzisz – mówi drwiąco.

– Tak, nadal tak jest, i to jest cholernie irytujące, ale próbuję.
Orgazmy mają to do siebie, że łagodzą nienawiść, i postawmy
sprawę jasno, obydwoje wiemy, że to jest teraz moje życie. Mam
dosyć walczenia z tym.

Wzdycha, a potem siada na swoim powywracanym łóżku
i opuszcza głowę między dłonie.

– To prawda. Jesteśmy popierdoleni, nie powinniśmy godzić
się na tę umowę.

– Może tak, a może nie. To już przeszłość, nie ma co się
nad tym rozwodzić. Co się stało, to się nie odstanie. Teraz jestem
jedną z was i czas, żebym nauczyła się, co to znaczy, i zaczęła odpowiednio postępować. To nie będzie proste, ciągle jestem wku-

rzona i mogę to na was, chłopaki, wyładowywać, ale spróbuję zrozumieć... albo oni to zwyczajnie ze mnie wydymają.

Wydaje jęk, ale milczy przez chwilę, więc po prostu siedzę tam z nim. Rich nauczył mnie, że dobrze jest zwyczajnie pobyć przy kimś, żeby ta osoba wiedziała, że może na ciebie liczyć, gdy będzie cię potrzebowała. On przesiadywał tak pod moją sypialnią co noc przez okrągły rok. Zawsze, gdy budziłam się krzycząc albo wystraszona, był przy mnie i to pomagało.

– Twój tata... kiedyś opowiesz nam o tym? – szepcze.

– Tak, kiedyś. – Kiwam głową.

Wzdycha.

– W takim razie kiedyś i ja tobie opowiem, dziecino. – Spogląda na mnie, a słowo „dziecino” w jego ustach powoduje, że zmieniam pozycję, żeby zignorować przebiegającą mnie falę gorąca. Ten człowiek jest zdolny do takiej destrukcji, takiego zła. A jednak tak bardzo go pragnę. Chcę, żeby mnie zniszczył w najlepszym znaczeniu tego słowa.

– Dobrze. To co dalej robimy? – Śmieję się.

– No... spróbujemy jakoś się dogadywać. Przestać walczyć ze sobą tylko dlatego, że boimy się tego, kim jest druga osoba. – Kiwa głową i rozgląda się dokoła. – Chyba muszę posprzątać. – Wzdycha i wstaje na nogi.

– Pomogę. W końcu to przeze mnie. – Odwraca się i podaje mi rękę. Już kiedyś to zrobił, ale to wydaje się ważniejsze, jak nowy początek, więc pozwalam mu podciągnąć mnie na nogi i tym razem nie puszcza mojej dłoni od razu, uśmiecha się do mnie, a jego dotyk trwa chwilę.

– Dziękuję.

Kiwam głową i bez słowa zabieram się do roboty. Pracujemy razem w synchronizacji, mając świadomość, gdzie jest druga osoba. Uważam na to, żeby go nie dotykać ani nie zbliżać się za bardzo, kiedy wyrzucam kawałki drewna i zamiatam podłogę, podczas gdy on porządkuje łóżko i wiesza z powrotem worek treningowy. Odkładam na bok jego rzeczy z szuflady, wahając się, gdy znajduję obrączkę. Ale nie pytam o nic, kładę ją na wierzchu. Czuję jego spojrzenie, jednak wystarczająco się już otworzył jak na jeden dzień, więc pracuję dalej, jak gdyby nic się nie stało.

Kiedy kończymy, wracamy na dół. Diesel uśmiecha się do nas szeroko i porusza brwiami, rzucając nożem w puszki ustawione rzędem na stole.

– Czy wy dwoje bzyknęliście się na zgodę? Słyszałem dużo hałasu, ale pomyślałem, że lepiej zostawię was samych.

Śmieję się.

– Mówi się: pocałować się na zgodę, świrze.

Marszczy brwi i nagle poważnieje.

– To nudny sposób na pogodzenie się.

– Wiesz co? Masz rację. – Uśmiecham się i idę do niego. – Mogę spróbować?

Trzyma nóż nad moją głową.

– Zamierzasz go użyć przeciwko mnie albo Garrettowi? – Nie żeby wyglądał na zrażonego tym pomysłem, bardziej jest ciekawy.

– A co? Obydwoje wiemy, że spodobałoby ci się to. – Puszczam do niego oko, a potem uderzam go pięścią w brzuch. Zgina się, sapiąc, a ja wyrywam mu nóż z dłoni i odwracam się w stronę puszek, podczas gdy on śmieje się do rozpuku.

– Ożenię się z nią – mówi do Garretta, ale ja to ignoruję, uznając za kolejny z jego szalonych wymysłów.

– Musisz się jej najpierw oświadczyć, geniuszu. – Garrett chichocze.

– Nie, po prostu założę jej pewnego dnia obrączkę na palec i powiem, że jest po wszystkim – stwierdza poważnie.

Przewracając oczami, rzucam nóż, jak mnie kiedyś uczył Rich. Trafia w puszkę i przewraca ją. Wydaję okrzyk i odwracam się do nich z uśmieszkiem.

– Pamiętajcie o tym, kiedy mnie następny raz wkurzycie. – Przechodząc wokół stołu, biorę nóż i wracam, a oni patrzą na mnie zaskoczeni.

Podrzucam go na pokaz w powietrze, a potem upuszczam w dłoń Diesela.

– Dzięki, czubku.

Idę sobie, a ich oczy wciąż są utkwione we mnie.

– Chyba się spuściłem – słyszę, jak mówi Diesel.

Garrett prycha.

– Jesteś obrzydliwy.

– Chcesz mi powiedzieć, że właśnie ci nie stanął? – pyta głośno Diesel.

– Nie będę z tobą rozmawiał o moim kutasie – odpowiada, a ja chichoczę.

Następną godzinę spędziliśmy w komfortowym milczeniu, ale szybko zaczęło mi się nudzić. Muszę coś robić. Jestem tak przyzwyczajona do pracy, że bez niej czuję się zagubiona. Używam jej dla zajęcia czymś uwagi, ale to działa, i szczerze mi jej brakuje. Nie jestem z tych, co śpią całymi dniami albo leniuchują. Muszę działać. Tak więc kiedy Ryder i Kenzo wracają, z ekscytacją zrywam się na nogi.

Patrzę zszokowana, gdy Ryder ściąga marynarkę i spogląda

na nas, ale potem zamieram w bezruchu, widząc krew na jego koszuli. Nie rozmawialiśmy o tym, co się wydarzyło. Tak, dymaliśmy się, ale było w tym uczucie. Nie wiem, na czym stoję, ale widząc krew, czuję, jak w żołądku narasta mi strach, i nagle stoję przy nim, chociaż nie pamiętam, żebym się ruszała.

Mruga, patrząc na mnie, wygląda na zmieszanego, kiedy wskazuję palcem krew.

– Wszystko w porządku? Co się stało?

– To nie moja krew – upewnia mnie zimnym głosem, ale wyraz twarzy nieznacznie mu łagodnieje. Rozpina koszulę, żeby pokazać mi nietkniętą pierś. – Widzisz?

Kiwam głową, rozluźniając się, i spoglądam na Diesela, który wygląda na uszczęśliwionego.

– Zdobyć informacje, których potrzebujecie? – pyta.

Ryder potwierdza skinieniem głowy, a jego palce okrążają moje dłonie na jego piersi, przytrzymując je tam, tak że wyczuwam miarowe bębnienie jego serca.

– Tak.

– To ja pójdę z nim – oświadczam, a potem przysuwam się i szybko całuję Rydera. Nie jestem pewna dlaczego, ale wydaje mi się to właściwe. – Muszę coś robić. Mogę przypilnować, żeby nie zabił go za szybko – szepczę do Rydera, który wydaje się zszokowany moim pocałunkiem.

Kenzo się dąsa.

– A ja nie dostanę całusa? – mruczy.

Śmiejąc się, wyrzucam pięść, żeby go uderzyć. Łapie ją w powietrzu i przyciąga mnie do siebie, przechylając teatralnie, kiedy całuje mnie mocno, porządnie, aż zaczynam mu jęczeć w usta, i dopiero wtedy pozwala mi się wyprostować. Czuję w środku pulsowanie stopionego żaru od tego jednego pocałunku. Odsuwam się niepewnym krokiem, a on puszcza do mnie oko.

– Lepiej.

– Jesteś pewna, Roxxane? – dopytuje Ryder, wracając do przerwanej rozmowy.

Wzruszam ramionami.

– Widziałam go już przy pracy i nie przeraża mnie. A poza tym mówiłeś już, że potrafię go kontrolować. Chcę pomóc, dostaję tutaj bzika.

Zagląda mi głęboko w oczy, po czym kiwa głową.

– Jeżeli za bardzo ci dokuczy, wracaj na górę – przestrzega, udając, że Diesel go nie słyszy.

– Nic jej nie będzie, prawda, ptaszyno? – Uśmiecha się znacząco, pocierając sobie dłonie.

– On ma rację, nic mi nie będzie, do zobaczenia później. – Kiwam do nich głową, a Diesel ciągnie mnie do windy. Nie wrócę na górę, nawet jeśli ciężko mi będzie to wytrzymać. Muszę im pokazać, że potrafię znieść ich życie, a to jest właśnie ich życie. Jeżeli będę się bała Diesela, on wykorzysta to przeciwko mnie i na śmierć mnie tym zagryzie.

Nie, nie chcę się cofać.

Wiem, że teraz oni są moją przyszłością i muszę odzyskać kontrolę. Stać się częścią tego wszystkiego. Dowieść im, że mogę być czymś cenniejszym niż tylko dobre dymanie. Szczerze, moje dawne życie jawi mi się w rozmytych konturach, tak bardzo pochłonęły mnie Żmije. Nie chcę już stąd odchodzić.

Uświadomiłam to sobie jakiś czas temu, ale wciąż się temu opieram. Jestem zmęczona samotnością, trwaniem, zmaganiem się z dnia na dzień. Brakuje mi baru i muszę dopilnować, żeby nadal działał, ale tak naprawdę, jeżeli pominąć wszystkie te złe rzeczy, żyje mi się tu nie najgorzej, poza tym, że cholernie mi się nudzi. Liczę na to, że jeśli pokażę, że przydaję się na coś, pozwolą mi się czymś zająć. Moja przyszłość jest wciąż niepewna. Mogą mnie zabić, ale w miarę upływu dni wydaje się to coraz mniej prawdopodobne.

Oni też mnie potrzebują.

Wiem to, widzę to. Chcą, żebym tu została, wszyscy poza Garrettem. No tak, są przestępcami, ale połowa ludzi, których znam, nimi jest. Tak, potrafią być zimnymi, złymi draniami, a ta… relacja nie zaczęła się najlepiej. Ale co się tak nie zaczyna w realnym życiu? Nie są rycerzami w lśniących zbrojach, nie, są łajdakami w ciemnościach ze złowrogimi oczami i zwierzęcymi popędami.

Ale ja nigdy nie potrzebowałam rycerza.

Potrzebowałam kogoś, kto byłby przy mnie w ciemności, a te węże ze mną są.

Im więcej się o nich dowiaduję, tym mocniej zdaję sobie sprawę, jak jesteśmy podobni. Może mają pieniądze i władzę, ale pod spodem wszyscy jesteśmy tacy sami. I dlatego nie chcą mnie zabić albo wykorzystać tak, jak początkowo planowali.

Podobne rozpoznaje podobne.

Może zatruwa mnie ich jad albo to syndrom sztokholmski. A może ja po prostu, kurwa, nie dbam o to. Nigdy nie czułam tak bardzo, że żyję. Zależy im na mnie, zwracają uwagę. Ich słowa mogą być szorstkie, a dotyk surowy, ale tylko dlatego, że jak sądzę, nie wiedzą, jak kochać, tak samo jak ja tego nie wiem.

Chyba będziemy się razem tego uczyć, bo teraz stawiam wszystko na jedną kartę. Z własnej woli idę znowu do tej jaskini żmij i wyciągam ramiona, żeby mnie pokąsały. Miejmy tylko nadzieję, że mnie to nie zabije.

Drzwi otwierają się z odgłosem dzwonka, a Diesel spogląda

na mnie i jego twarz przechodzi przemianę. Widać w niej zapał i to, że jest wygłodniały, ale nie mnie. Cierpienia. Przelewu krwi.

– Jesteś gotowa, ptaszyno? Zaraz zobaczysz, do czego naprawdę jestem zdolny.

– Gotowa – przytakuję, udając odwagę.

Uśmiecha się pod nosem, wychodząc z windy.

– To dobrze, bo zostaniesz u mego boku, dopóki nie wykrzyczysz mojego imienia. – Odwraca się i idzie korytarzem.

– Chwila… co?

ROZDZIAŁ 28

DIESEL

Słyszę ją za sobą. Ona nie wie, w co się pakuje, ale mogła się wycofać i nie zrobiła tego. Powstrzymywałem się, starając się być grzeczny, ale już wystarczy. Dzisiaj uzyskam informacje, których potrzebujemy, i wezmę kobietę, która jest moja.

Moja ptaszyna.

Słyszę, jak mężczyzna szamocze się w łańcuchach, próbując się uwolnić. Jest zabójcą, więc trudniej będzie go złamać, ale będzie to tym słodsze.

Kiedy wchodzę do pomieszczenia, zamiera w bezruchu, badając mnie wzrokiem w poszukiwaniu broni. Wie, po co tu jest, i wie, że prawdopodobieństwo, że przeżyje, jest niewielkie. Jest bystry, widzę to w jego oczach. Ciekaw jestem, czy od razu zacznie mówić, czy będzie chciał sprawdzić, jak daleko jestem gotów się posunąć.

– Zaczynajmy, dobrze? – Uśmiecham się i słyszę, jak moja ptaszyna wchodzi do pokoju, ale tym razem nie będzie tylko patrzeć, o nie, będzie mi pomagać.

Chce być jedną z nas? Więc tak to się dokona.

– Ptaszyno, podaj mi duży nóż – instruuję.

Słyszę, jak się waha, i spoglądam na nią.

– Natychmiast, ptaszyno.

Zagląda w moje niebieskie oczy, a potem bierze oddech, chwyta nóż z tacy i podaje mi go. Uśmiechając się pod nosem, pochylam się i całuję ją w rękę.

– Grzeczna dziewczyna. – Odwracam się do gościa i podchodzę bliżej. Wiem, że zabrano mu całą broń, ale nigdy za dużo ostrożności.

Robię kilka szybkich nacięć i pozbawiam go ubrania, aż wisi na moich hakach nagi – ramiona muszą go już boleć. Roxy łapie oddech, na pewno na widok jego licznych blizn. Przecież jest zabójcą.

– Chciałbyś mi coś powiedzieć, zanim zacznę?

Proszę, powiedz nie.

Wydyma usta, rzuca spojrzenie na Roxy, a potem pluje na mnie. Śmiejąc się, podrzucam nóż w powietrze.

– Dzięki, kurwa. Zabawimy się.

Rzucam znowu nożem, prosto w niego. Napina się, kiedy wbija mu się w ramię. Jedynym dźwiękiem, jaki wydaje, jest syk spomiędzy zaciśniętych zębów.

– Ptaszyno, ptaszyno, oni zawsze pękają tak łatwo… ale myślę, że nie ten.

– Czy to dobrze? – pyta i czuję jej dłoń na swoich plecach.

Spoglądam na nią i uśmiecham się, a ona przełyka ślinę na mój widok.

– Bardzo dobrze – mruczę i wręcza mi skalpel, mimo że o to nie prosiłem. Och, teraz ona się włącza.

Odwracam się do mężczyzny i pozwalam mu zobaczyć szaleń-

stwo, które tli się głęboko w moim wnętrzu, ogień, który roz-
niecili we mnie, gdy jeszcze byłem dzieckiem, a którego nawet
ja nie kontroluję.

Podchodzę bliżej, patrzę w oczy zabójcy i przeciągam ostrzem
skalpela po jego skórze, przecinając zgrubiałą tkankę blizny,
aż znowu syczy, a jego oczy się wywracają. Robię to znowu
na klatce piersiowej i ramionach, a potem chwytam nóż tkwiący
w jego barku i obracam go.

– A teraz masz coś do powiedzenia? Może zaczniemy od pro-
stych pytań – dla kogo pracujesz?

– Dla Świętego Mikołaja – szydzi, na co śmieję się i wciskam
ostrze głębiej, widząc, jak krew kapie z rany.

– Jesteś zabójcą, więc sądzę, że palec wskazujący jest dla ciebie
ważny, prawda? – myślę na głos.

Przełyka ślinę, porusza mu się grdyka, a ja nagle wyciągam
nóż, dobywając krzyk z jego gardła. Dźwięk ten jest słodyczą dla
moich uszu i jak nic innego powoduje, że mi staje... oprócz mojej
ptaszyny.

Obracam się, chwytam piłę, wyciągam rękę i zabieram się
za jego palec, pogwizdując przy tym. On krzyczy i szarpie się,
próbując się opierać. Krew tryska po łańcuchach i jego dłoni,
aż dochodzę do kości. Klnąc, dociskam mocniej ostrze.

– Głupia piła, tak trudno jest znaleźć dobrą piłę do kości,
która się za szybko nie tępi – mówię mu jak gdyby nigdy nic. –
Nie uwierzyłbyś, ile razy musiałem ją wymieniać. – Wzdycham,
kiedy odrywam mu palec i rzucam na bok. Upuszczam piłę
na podłogę, biorę zapalniczkę i uśmiechając się centymetry
od jego twarzy, przystawiam ją do rany, żeby przestała krwawić.

Znowu krzyczy, a kiedy dochodzi mnie zapach przypalanego

ciała, wydaję z siebie jęk. Zatrzaskuję zapalniczkę, odsuwam się, kiwając głową i patrzę na niego.

– Spróbujemy jeszcze raz?

– Pierdol się. – Pluje na mnie, z nosa ciekną mu smarki, a ślina spływa po brodzie.

– Bardzo dobrze. – Ponownie biorę skalpel i zaczynam dźgać i ciąć, chaotycznie i na chybił trafił, tak żeby nie mógł się przygotować.

Jego krzyki dźwięczą mi w uszach, odbijając się wkoło echem i przywodząc inne krzyki z przeszłości, pomieszane z zapachem przypalonego ciała. Tnę coraz szybciej i szybciej, dźgając.

Wciąż go haratam, wydając okrzyki, a w przerwach między ciosami się śmieję. Nie mogę przestać. Wokół mnie migocze ogień, w głowie dźwięczą mi wrzaski mojej matki, aż przez płomienie przebija się ręka. Wyciągnięta prosto do mnie.

– D, spójrz na mnie – domaga się głos. Jest cichy, zmysłowy. Znajomy.

– Ptaszyna? – mamroczę, nieruchomiejąc.

Chwyta moją dłoń i ostrze. Dysząc, mrugam i na powrót zaczynam widzieć otaczające mnie pomieszczenie. Stoi przed zakrwawionym, krztuszącym się mężczyzną. Trzyma dłonią ostrze, kalecząc sobie skórę, żeby mnie powstrzymać przed kolejnymi ciosami. Kiedy widzi, że przytomnieję, uśmiecha się.

– Opuściłeś mnie.

– Nigdy – mówię cicho, patrząc w jej oczy.

– Nie możesz go zabić, jeszcze nie, nie wydobyłeś od niego informacji – ostrzega.

– Nie próbowałaś go uratować? – pytam, marszcząc brwi, wzbiera we mnie nagła fala zazdrości. Jak on śmie? Ona jest moja.

Napiera na ostrze, żeby z powrotem przyciągnąć moje spojrzenie i dopiero wtedy zdaję sobie sprawę, że zacząłem warczeć jak zwierzę. Dyszy z bólu, oczy jej się rozszerzają, kiedy jej krew spływa po krawędzi noża na moją dłoń, na co wydaję jęk.

– Nie. Próbowałam ci pomóc – szepcze bolesnym głosem.

Zakrywam jej dłoń, wbijając ostrze głębiej, a ona kwili, ale nie wzbrania się. Jęczę i odsuwam jej rękę, odrzucam nóż i przyciągam ją w ramiona. Podnosi dłonie do mojej twarzy i obejmuje ją. Czuję, jak krew z jej dłoni pokrywa mi policzki, w reakcji na to porusza mi się kutas, a ona desperacko wyciąga się, ale jest za niska.

Uśmiecham się i unoszę ją z podłogi, aż nasze usta się spotykają. To jest surowy, bolesny pocałunek i sprowadza mnie z powrotem z tej krawędzi, jak nic innego by nie potrafiło. Zastępując wrażenie płomieni liżących mi skórę jej miękkością. Posmak dymu – jej słodyczą. Odgłos krzyków mojej mamy – jej jękiem, który połykam.

Odsuwam się i stawiam ją z powrotem na ziemi, a ona lekko się chwieje, nie mogąc złapać równowagi, więc ją przytrzymuję.

– Muszę usiąść – mruczy, dysząc.

– Zapraszam na moją twarz – odpowiadam, a z jej ust wyrywa się śmiech.

Uśmiechając się, przenoszę ją na skrzynkę narzędziową i sadzam na niej. Otwieram jej zamkniętą, zranioną pięść i spoglądam na ranę – nie jest zbyt głęboka. Pochylam się z oczami utkwionymi w nią i całuję ją, aż krew pokrywa mi usta. Prostuję się i oblizuję wargi, czując jej metaliczny smak, a ona zmienia pozycję, oblizując sobie wargi.

O tak, mojej ptaszynie podobam się zwierzęcy. Zły. Bestialski. Szalony.

Ponieważ doszedłem już trochę do siebie i odzyskałem kontrolę, więc odwracam się do mężczyzny i uśmiecham.

– Przepraszam za to. A teraz masz mi coś do powiedzenia?

On ciężko oddycha, ma zwieszoną głowę.

– Triada, oni mnie wynajęli. – Każde wypowiedziane słowo jest szorstkie, na pewno zdarł sobie głos krzykiem.

Łapię go za włosy, unoszę mu głowę i uśmiecham się do niego.

– Bardzo dobrze, ale w jaki sposób?

– A jak, kurwa, myślisz? – rzuca, na co marszczę brwi, a on przełyka ślinę. – Przez znajomych.

– Myślałem, że mają problemy finansowe? – dopytuję, marszcząc brwi.

Rozpaczliwie kręci głową.

– Nie, to nieprawda. Ukrywają swoje prawdziwe dochody. Handlują w innych miastach, żeby odzyskać trochę pieniędzy. Wiedzieli, że będą ich potrzebowali, żeby się za was zabrać.

– A skąd ty to wiesz? – pytam od niechcenia.

– Robię własne rozeznanie. – Śmieje się gorzko. – Najwyraźniej niewystarczająco dobre, skoro stanąłem po niewłaściwej stronie.

Uśmiecham się na to.

– No właśnie.

Odwraca głowę i pluje krwią na podłogę.

– No to chyba kontynuujmy – proponuje, wygląda na zmęczonego, więc cmokam.

– Och, nie poddawaj się tak łatwo. Byłeś taki silny na początku – zauważam i patrzę na swoje przybory. – A co powiesz na trochę podtapiania, żebyś się ocucił?

Naśmiewa się:

– Co? Nic nowego? Muszę powiedzieć, że jestem zawiedziony.

Wielki Diesel używa starych technik? Myślałem, że jesteś kreatywniejszy.

Nieruchomieję. Och, on chce zagrać w tę grę? Dobrze. Biorę moją zabawkę i odwracam się z uśmieszkiem.

– Coś nowego? A co powiesz na to? Sam to zbudowałem. Oczywiście wziąłem kilka pomysłów z innych urządzeń. – Wzruszam ramionami, podchodząc bliżej.

Traci na moment trochę wcześniejszej brawury.

– Tak? Jak to działa?

– Tak. – Uśmiecham się znacząco, kiedy nasuwam mu tuleję na kutasa i zatrzaskuję zamek. Zamiera, ledwie oddychając, ale gdy nic się nie dzieje, rozluźnia się. Obserwuję wyraz jego twarzy, aż wreszcie uświadamia sobie, że to powoli zaciska się na jego kutasie. Oczy wyłażą mu na wierzch, gdy tuleja się zamyka, ściskając mocniej i mocniej, a kiedy zaczyna krzyczeć, wiem, że wrzyna się w skórę jego chuja. – Hmm, to chyba coś nowego?

Odsuwam się i opieram między nogami Roxy, patrząc, jak tamten krzyczy. Owija mnie ramionami, rozluźniając się na moich plecach i opierając mi podbródek na ramieniu.

– Czy gdy zadajesz cierpienie ludziom, staje ci? – pyta ni stąd, ni zowąd, na co mrugam, zanim jej odpowiadam.

Odwracam się, biorę jej dłoń i przyciskam sobie do kutasa.

– A jak myślisz?

Przechyla głowę, przygryzając wargę, a ja puszczam jej rękę, ale ona nie zabiera jej, nie, masuje mnie przez spodnie, na co mruczę. Nachylam się ku niej z pięściami rozstawionymi po obu stronach jej ud i liżę jej usta.

– Nie prowokuj, ptaszyno, chyba że chcesz, żebym cię tu na miejscu wydymał.

Ona bierze oddech.

– A chciałbyś sprawić mi ból?

– Tak – przyznaję bez wstydu. – Chcę orać twoją skórę i widzieć, jak spływa krwią, kiedy będę cię walił.

Łapie drżący oddech, jej dłoń mocniej przyciska się do mnie.

– Przeżyję to?

– A dbasz o to?

Kręci głową.

– Może. Ale chyba chcę się przekonać.

Uśmiecham się.

– Wiedziałem, że zechcesz, ptaszyno, jesteś taka dzielna. Myślisz, że potrafisz mnie kontrolować… powstrzymać mnie, zanim cię zabiję. Powiedz mi, czy potrafisz przemienić tę żądzę krwi w zwyczajną żądzę?

Przytula się do mnie i gryzie mnie w wargę.

– Chcę spróbować.

Zza moich pleców dochodzi wyjątkowo głośny krzyk.

– Poczekaj z tymi myślami, nie chcę jeszcze, żeby umierał – rzucam.

Ciężko oderwać się od jej ciekawskiej dłoni, ale robię to. Okręcam się, otwieram zatrzask i zdejmuję mu to z kutasa, krzywiąc się za niego, kiedy widzę krwawą, pociętą miazgę.

– O kurde, mam nadzieję, że nie chciałeś mieć dzieci. – Śmieję się. – Dam ci chwilę, żebyś się pozbierał. Mam jeszcze tylko kilka pytań i kończymy.

Rzucam na bok moje ustrojstwo, odwracam się i znowu wbijam wzrok w Roxy, a on mdleje za moimi plecami. Skradam się do niej, a ona się uśmiecha bez najmniejszego strachu. Może się myliłem, może wcale nie jest ptaszkiem. Może jest wężem.

Tak jak ja.

Przygląda mi się z pożądaniem w oczach. Moja ptaszyna uwalnia się ze swojej klatki z każdym dniem, z każdym postępkiem. Chcę tego. Jej wolności, jej przyjemności, jej bólu. Powinienem skupić się na zabójcy, ale kiedy ona tu jest, myślę tylko o tym, żeby zgiąć ją wpół na tej skrzynce narzędziowej i wejść jej w cipkę, patrząc jak przyjmuje mojego kutasa w otoczeniu przelewu krwi i tortury.

Oblizuje sobie wargi, jak gdyby wiedziała, o czym myślę.

– Wydymasz mnie? – pyta nonszalancko. Okrążam ją, wodząc palcami po jej ramionach i włosach, i biorę pełny oddech słodkiego zapachu, którym jest Roxy. Osiada mi w trzewiach, aż porusza mi się kutas, i lepiej mogłoby być tylko, gdybym widział jej krew.

– Zastanawiam się nad tym – odpowiadam.

– W jego obecności czy najpierw go zabijesz? – pyta, wyginając się, żeby ułatwić mi dostęp.

Zatrzymuję się za nią, zsuwam na bok włosy, a ona nieruchomieje, kiedy liżę i całuję ją po szyi, czując jej łomoczący puls na swoich ustach. Jest taka delikatna, a zarazem taka silna.

– Myślę, że najpierw go zabiję, a potem mając wciąż jego krew na rękach, zerwę z ciebie tę sukienkę i wydymam cię, zostawiając odciski moich dłoni na tej nieskazitelnej bladej skórze.

Ona dyszy i drży, opierając się o mnie. Sprośna ptaszyna, ona to uwielbia. Mrucząc, szczypię ją w szyję, a potem gryzę. Sapie z bólu, ale przyciska się do moich zębów, ośmielając mnie, żebym posunął się dalej. Wiem, co robi, sprawdza, jak dalece ma nade mną kontrolę, i rzuca samej sobie wyzwanie.

Myśli, że jeśli potrafi mnie przyjąć, mnie mieć, to przetrwa w tym świecie.

Zobaczymy.

– A co, jeśli wypróbuję na tobie moje zabawki, ptaszyno? Czy nadal doszłabyś tak ładnie z nożem przebijającym ci skórę i moim kutasem w cipce? – Ona jęczy, wyciąga do tyłu rękę i obejmuje mi głowę, przyciągając mnie bliżej i kołysząc się na skrzynce narzędziowej.

Przesuwam ręce w dół po jej ramionach, obejmuję jej falujące piersi i ściskam je, mocno, aż piszczy.

– Widziałem, jak brałaś kutasa Kenzo. Podobała ci się walka, ból, ale jak dużo bólu potrafisz znieść? – szepczę przy jej skórze.

– Cały – odpowiada, kiedy zsuwam dłoń po jej brzuchu aż do cipki, a potem ją obejmuję, pozwalając jej się kołysać na mnie, a ja skubię i liżę ją po szyi.

– Myślę, że się przekonamy. Pozostali teraz już cię nie uratują. Przyszłaś tu i nie wyjdziesz, dopóki nie będę zaspokojony z twoim wytryskiem na moim chuju i twoją krwią na moich dłoniach. Odważna ptaszynko, weszłaś prosto do jaskini Żmij – mruczę, a zabójca zaczyna przytomnieć.

Przyciskając dłoń mocniej do jej zmoczonej szparki, obracam oczy, żeby spotkać jego spojrzenie, kiedy mruga i unosi głowę. Patrzy na mnie i jego oczy rozszerzają się ze strachu, gdy bawię się z moją dziewczyną. Przesuwam dłoń znowu w górę jej ciała, pieszczę jej piersi, a potem mocno gryzę ją w szyję, aż krzyczy. Odsuwam się ze śmiechem.

– Oprzytomniał, ptaszyno, więc będziesz musiała poczekać, aż się z tobą pobawię. Nie krępuj się i zabaw się sama ze sobą, gdy będziesz czekać, ale pod warunkiem, że nie dojdziesz, a on nie zobaczy nawet cala twojej skóry.

On zamyka oczy.

– Niczego nie widziałem – mówi szybko, kiedy idę wokół niej.

– Nie, nie widziałeś – burczę zaborczo. – Wyczuwasz zapach

jej podniecenia? – Wciągam głęboki oddech. – Ja czuję. Ona lubi patrzeć na mnie przy pracy, lubi krew. Cierpienie. Moja paskudna ptaszyna.

Kręci przecząco głową, specjalnie starając się nie oddychać, ale zacina się i wciąga powietrze. Rzucam się do przodu, zakrywam mu usta i nos i przysuwam mu się do twarzy.

– Nie będziesz jej wąchał – warczę, a oczy mu się rozszerzają, kiedy usiłuje nie wziąć kolejnego oddechu.

Patrzymy na siebie, gdy tak się wysila, w płucach z pewnością brakuje mu powietrza.

– D, bądź grzeczny – woła ona zza moich pleców.

Ze śmiechem odsuwam się, a on bierze głęboki oddech i się krztusi. – Podziękuj mojej ptaszynie, że pozwoliła ci żyć.

Znowu kaszle, oczy mu wilgotnieją, kiedy unosi wzrok i spogląda na nią.

– Dziękuję, ptaszyno.

Nieruchomieję, a ona klnie.

– Czy właśnie nazwałeś ją ptaszyną?

Kieruje wzrok na mnie i uświadamia sobie swój błąd.

– Nie… nie, ja tylko…

– D – mówi cicho, ale nie zwracam na nią uwagi, tylko skaczę mu do twarzy.

– Starannie dobieraj słowa. Czy możesz mi jeszcze coś powiedzieć? – pytam, chwilowo się cofając i próbując wykonywać swoją pracę, mimo że chciałbym rozerwać go na strzępy.

– Wynajęli innych, dzieciaki, żeby was zabili. Nie ustaną, aż zginiecie, i mają kogoś, kto wie dużo na wasz temat – mówi pospiesznie.

– Kreta? – pytam.

Mocniej kręci głową.

– Nie… nie, część informacji była stara, przypuszczam, że to dawny pracownik.

Klepię go lekko w twarz.

– Dobrze się sprawiłeś.

Jestem więcej niż wkurzony, że ktoś, komu daliśmy pracę, nas sprzedał. Będę musiał o tym powiedzieć Ryderowi, żeby ich posprawdzał. Zwykle monitorujemy byłych pracowników, żeby wiedzieć, czy niczego nie potrzebują, ale to? To jest zdrada.

Odwracam się, uśmiecham znacząco do mojej ptaszyny i chwytam dłonią mały nóż, który mam za pasem. Ona łapie szybki oddech, kiedy obracam się i podcinam mu gardło. Oczy mu się rozszerzają w szoku i charczy, a krew tryska i leje się z rany. Nie może jej zatamować i stoję przy nim twarzą w twarz, gdy umiera, widząc, jak światło gaśnie w jego oczach.

– Ona jest moja. Moja! – ryczę.

Patrzę, jak umiera, a potem wciąż czując to pragnienie buzujące we mnie, odwracam się twarzą do mojej kobiety. Spogląda na mnie, a w jej oczach strach toczy wojnę z pożądaniem, kiedy podchodzę bliżej. Dobrze, powinna się mnie bać. Mogę spalić ją równie łatwo jak ona może pochłonąć mnie.

Wie, że jestem niebezpieczny, wie, że być może w moich ramionach znajdzie śmierć, ale z własnej woli podchodzi do mnie. Jesteśmy tylko dwojgiem ludzi, którzy się odnaleźli w tym mrocznym, bezwzględnym świecie. Jest popierdolona, ale ja też jestem. Razem możemy być czymś wspaniałym, albo możemy eksplodować.

Chcę się przekonać.

Nie będę jej zbawcą, będę jej grzesznikiem.

Ona godzi się na to – bardziej niż godzi, przywiera do mojej piersi i odchyla do tyłu głowę, żeby się do mnie uśmiechnąć. Sły-

szę, jak za moimi plecami krew kapie na podłogę, ale ona
tak samo jak ja nie zwraca na niego uwagi. Tańczyliśmy wokół
tych płomieni, odkąd pierwszy raz tutaj przyszła, i nadeszła pora,
żebyśmy zapłonęli.

– Diesel. – Sposób, w jaki wymawia moje imię, wysyła impuls
żądzy do mojego i tak już sztywnego kutasa. Ma rozchylone
w pożądaniu usta, szczyty jej piersi niemal wypadają jej z koszulki, kiedy ciężko oddycha.

– Ptaszyno – odpowiadam, opuszczając powoli głowę i dając
jej szansę, żeby się cofnęła. Nie pozwoliłbym jej uciec, ale to zde-
cydowałoby, w jaki sposób by się to wszystko skończyło. Czy ona
chce walczyć tak jak z Kenzo, czy chce się poddać mi i cierpieniu,
i przyjemności, jakimi władam?

Spotyka się ze mną w pół drogi. Wplatam palce w jej włosy
i przyciągam ją bliżej, zmuszając, żeby wspięła się na palce, kiedy
ją całuję. Ona pobudza tę zwierzęcą cząstkę we mnie, wywabia
ją na zewnątrz, abym pokrył nią jej skórę.

– Proszę – błaga mi przy ustach.

To ta prośba tego dokonuje i ona wie o tym. Jej oczy błyszczą
szelmowsko, moja ptaszyna wie dokładnie, co powiedzieć,
żeby grać w tę grę. Gotowa jest zrobić wszystko, żeby dostać to,
czego chce, a teraz chce mnie.

W jej głębi.

Ma zarumienione pożądaniem policzki, a oczy jej się iskrzą.
Nawet tutaj, w tej piwnicy, błyszczy niczym klejnot. Przesuwa
dłonią po mojej piersi, a ja pozwalam jej na to. Zręcznie rozpina
mi dżinsy i uwalnia kutasa, opuszczając na niego wzrok.

Ogląda tatuaż na moim chuju i płomienie, które wznoszą się
na biodrach, oblizując sobie wargi.

– Płomienie?

– Przestroga, jak łatwo wszyscy możemy upaść – mruczę.

Kiwa głową ze zrozumieniem, obejmując moją pałkę, a potem trąca kolczyk u jej szczytu. Mając dosyć jej zabawy, warczę, łapię ją za ręce i unoszę je jej nad głowę, aż jest wyciągnięta.

– To nie tak będzie wyglądać, ptaszyno.

– Nie? – pyta wyzywająco z uśmiechem igrającym jej na ustach.

– Chcesz delikatności, to idź do innych. Przyszłaś tutaj – i dostaniesz ból. Ale ty przecież wiesz o tym, ptaszyno. Przyszłaś tu, żeby ukarać siebie mną za to, że pragniesz nas, za uległość. Z chęcią wyświadczę ci tę przysługę.

Uginają się pod nią kolana, więc ją przytrzymuję – nie, tak się nie da, potrzebuję mieć wolne ręce.

Trzymając jej dłonie w moich, unieruchamiam je sobie pod pachą, szybko rozwiązuję łańcuch, którym skrępowany jest zabójca, i rzucam jego zwłoki w róg pomieszczenia. Ciągnę ją za kałużę krwi, która z niego spłynęła, i krępuję jej kolejno obie ręce, ściągając łańcuchy w dół, aż obejmują jej nadgarstki, a ona ledwie dotyka podłogi. Specjalnie wykręcam jej ramiona do tyłu, aż zaczyna sapać, ból jest stały i nieunikniony. Żeby była cały czas na krawędzi.

Przyjemność jest tylko inną odmianą tortury, a ja jestem jej mistrzem.

Ma rozszerzone oczy, a pierś jej faluje, kiedy patrzy na mnie. Ona tego chce, weszła tu dobrowolnie. Teraz zamierzam ją wziąć, raz za razem, aż będę zaspokojony, a jeśli to przeżyje, będzie jedną z nas.

Używając małego noża, którym podciąłem gardło tamtemu człowiekowi, rozcinam jej koszulkę i zrzucam ją z niej. Opada, ukazując jej piersi wysuwające się z prześwitującego czarnego koronkowego stanika. Pamiętam, żeby uważnie zdjąć jej buty, bo wiem, że to jej ulubione. Kiedy jej kremowa skóra jest już przede mną obnażona, wycieram ostrze i dezynfekuję je, żeby było czyste do tego, co zaplanowałem.

Obserwuje mnie, przełykając ślinę, ma dzikość w oczach. Rumieniec barwi jej pierś, kiedy wodzę wzrokiem po jej tatuażach i obłościach. Jest pyszna, czysta pokusa. Pełne uda, tatuaże i ta jej szalona pewność siebie, która powoduje, że cały czas stoi mi pałka.

– Będę przesuwał tym nożem po twojej skórze, nie przecinając jej, jeszcze nie, tylko wodząc. Tak żeby zostały pyszne różowe ślady, po których podążą moje usta – mówię do niej, unosząc ostrze, które odbija światło i pobłyskuje.

Podchodzę bliżej i ocieram ustami o jej usta.

– Aż do twojej słodkiej małej cipki, której zapach czuję – mówiąc to, przesuwam nożem w dół, rozcinając jej stanik. Odrzucam go na bok i wsuwam ostrze noża pomiędzy skórę jej biodra a pasek stringów, na co ona nieruchomieje, a ja wykonuję szybkie cięcie w górę. Je też odrzucam. Ona jest, kurwa, oszałamiająca. Ma skórę poznaczoną tu i ówdzie bliznami i dziarami – jest przepyszna.

Wciągająca.

Moja nowa ulubiona obsesja.

– No więc zrób to, przestań gadać – rzuca.

– A może jeszcze nie skończyłem się z tobą bawić? Może chcę zobaczyć ten ogień w twoich oczach. – Uśmiecham się i obchodzę ją dokoła, wodząc palcem przez jej pulchny tyłek i wokół jej biodra ku brzuchowi i zatrzymując się na kolczyku w pępku. Patrzę na nią i szarpię nim. Najpierw milczy, ale kiedy ciągnę mocniej, z ust wyrywa się jej skowyt, na co jęczę. I pojawia się ten ogień.

– No, tak lepiej – mruczę.

– Dupek – prycha, starając się odchylić do tyłu i dzwoniąc łańcuchami.

Szybko pochylam się do przodu, przyciskając jej nóż do szyi w miejscu, gdzie kilka minut wcześniej poderżnąłem człowiekowi gardło. Przełyka ślinę i odchyla głowę do tyłu, a kiedy spotyka mój wzrok, dociska się do ostrza, sprawdzając mnie. Żeby zobaczyć, jak daleko się posunę. Gdy przecina skórę i na ostrze występuje krew, odsuwam się, a ona się śmieje.

– A więc mnie nie zabijesz? W takim razie może mnie wydymaj? – mówi drwiąco i rozwiera kremowe uda, pokazując mi swoją lśniącą cipkę i starając się mnie popędzić.

Cmokając, wodzę ostrzem w dół wgłębienia pomiędzy jej piersiami, a potem okrążam jej sutki. Wykonuję tę pętlę kilka razy, za każdym razem dociskając ostrze coraz mocniej.

– Nie popędzaj mnie, ptaszyno. Wyobrażałem sobie wszystkie sposoby, na które mogę cię dymać, ranić i sprawiać, że będziesz krwawiła i krzyczała, od kiedy cię zobaczyłem.

Unoszę nóż i uśmiecham się lekko na widok różowych śladów, jakie zostawiłem po sobie, i jak obiecałem, schylam głowę i podążam tym śladem językiem. Ona dyszy, wyginając się do przodu i starając się wcisnąć mi sutek w usta. Zachłanna ptaszyna.

Znowu podnoszę głowę i przejeżdżam ostrzem od jej piersi ku brzuchowi i wokół pępka, a potem osuwam się na kolana i wodzę tym śladem ustami. Odwracam oczy ku górze, trącam językiem jej kolczyk w pępku, a ona opuszcza głowę i spotyka moje spojrzenie. Ma przygryzioną wargę i drży od mojego dotyku.

Obracam językiem wokół kolczyka i trochę go pociągam, na co wydaje jęk, a potem odwracam głowę i gryzę ją w biodro bez ostrzeżenia. Jej jęk przemienia się w krzyk i szarpie się w łańcuchach, lekko się odsuwając, więc chwytam jej biodro i wbijam zęby głębiej, a potem puszczam skórę i całuję kojąco to miejsce. Liżąc i gryząc, posuwam się w górę jej ciała i nie zwracając uwagi na mojego wyrywającego się kutasa, przesuwam nożem po jej sutku. Wydaje jęk, kiedy ostrze noża dotyka niebezpiecznie jedno z jej najbardziej wrażliwych miejsc i nachyla się ku niemu, więc robię to znowu i znowu, a potem liżę ślad. Ona znowu jęczy moje imię, moja ptaszyna próbuje mnie skusić.

A więc za karę tnę szybko nożem, zostawiając dwa małe nacięcia u szczytu jej piersi. Odchylam się i patrzę, jak w ranach zbiera się krew, a ona jęczy:

– D, proszę.

Wpatrując się jej w oczy, liżę nacięcia, trącając językiem ich krawędzie, aż ona burczy z bólu, ale zarazem drży z przyjemności.

– Wiedziałaś o tym, ptaszyno, że domieszka bólu potrafi spotęgować przyjemność? Otóż normalni ludzie lubią tylko trochę, a inni potrafią znieść dużo… ciekaw jestem, ile ty możesz wytrzymać?

Liżę jej szyję i zatrzymuję się na ustach.

– Przekonamy się, naciskaj dalej, aż twój krzyk agonii pomiesza się z wyciem rozkoszy. – Szczypie mnie w usta, na co się uśmiecham. – Od czego zaczniemy, ptaszyno? Mogę dalej bawić się nożem… Mam wizje, jak go przyciskam do twojej zakolczykowanej łechtaczki, a jednocześnie językiem dymam ci dziurkę… a może twoja wąska dupcia z moim kutasem w środku?

Ona dyszy szarpiąc się w moją stronę.

– Nóż – szepcze bez tchu.

– Bardzo dobrze. – Opadam na kolana, rozchylam kremowe uda, żeby obnażyć jej cipkę. Jest taka zmoczona, że śluz spływa jej po udach, a kiedy rozwieram wargi i chłepczę zakolczykowaną łechtaczkę, przysuwa się bliżej. Chętnie bym umarł z twarzą zanurzoną w jej cipce, czując jej smak na moim języku.

Przesuwam nożem do góry po obu udach, pozostawiając ostry ślad, krążę nim wokół cipki, a potem zwilżam ostrze jej śluzem. Odchylam się do tyłu i napotykam jej spojrzenie, pozwalając jej patrzeć, jak zlizuję z ostrej krawędzi jej wydzielinę.

– Hmm, wyborne.

Zamyka na moment oczy, a potem mruga i je otwiera.

– No jak, zamierzasz mnie wydymać czy tylko będziesz siedział i gadał?

Chwytam jej udo, wpijam w nie paznokcie i przyciskam ostrze płaską stroną do jej łechtaczki, mocno, trzymając je tam, kiedy zagłębiam język w jej otwór. Ona jęczy moje imię, szarpiąc się w łańcuchach i przysuwając bliżej. Ale to nie dosyć dla mnie ani dla niej. Odsuwam się, liżę jej łechtaczkę i zabieram nóż, a potem podrzucam go i przyciskam do jej otworu grubą, czarną rękojeść. Otwiera szeroko oczy i wstrzymuje oddech, a potem kiwa głową, napierając na nią i próbując przyjąć ją do wnętrza.

– To jest nóż, którym go zabiłem. Widziałaś, jak pięknie zginął, krztusząc się własną krwią? – mówię cicho i wciskam go do środka, potem wyciągam i znowu wciskam trochę głębiej.

– To ostrze z łatwością rozcięło mu skórę, cała ta krew, krew, w której teraz stoisz… – Milknę, oblizując sobie wargi, żeby zachować smak jej cipki w ustach. – Następnym razem każę ci patrzeć. Będę cię dymał z nożem na gardle, podczas gdy ktoś będzie umierał w naszej obecności. – Po czym wciskam jej rękojeść do środka.

Wydaje okrzyk zarazem bólu i przyjemności, a ja chichoczę,

a potem obracam rękojeść, a użebrowanie uchwytu powoduje, że ona rzuca do przodu biodrami, starając się dostać więcej.

– Tak, jeszcze! – krzyczy, kiedy wyciągam nóż z jej zaciskającego się na nim ciała, a potem wpycham go znowu, dymając ją nim. Ona skanduje moje imię i słowa zachęty, a ja patrzę, jak rumieniec spływa po jej ciele, a uda jej się trzęsą, gdy osiąga szczyt. Jest tak blisko, z głową zwisającą do tyłu w rozkoszy, zamkniętymi oczami i zwiotczałą twarzą.

Tak blisko.

Wyciągam nóż, a ona gwałtownie otwiera oczy.

– Co, do kurwy? – krzyczy.

Znowu chichocząc, wylizuję do czysta rękojeść, gdy ona patrzy z falującą piersią.

– Nie możesz jeszcze dojść. Będziesz podążać po tej krawędzi raz za razem, aż stanie się to dla ciebie tak bolesne, że zaczniesz błagać, żebym pozwolił ci dojść.

– Ty pieprzony fiucie – warczy, szarpiąc się w łańcuchach i wierzgając w moją stronę. Łapię ją w powietrzu za kostkę, przysuwam sobie do ust i drapię ją zębami po wierzchu stopy, na co wstrzymuje oddech.

– To nie było miłe, ptaszyno – mruczę, a potem puszczam jej nogę i wstaję. Odsuwam się i powoli ściągam spodnie, a ona jęczy, wodząc oczyma po mojej sylwetce i ściskając uda.

Biorę drewnianą tyczkę, której czasem używam, żeby krępować im ręce, i przesuwam nią między jej piersiami i w dół do cipki, lekko ją trącając, a potem zachodzę ją od tyłu. Ma włosy opadające na ramiona, odgarniam je i całuje ją w szyję.

– Chcesz być ukarana? Zostaniesz.

Uderzam ją tyczką w plecy raz za razem w krótkich odstępach. Ona wije się i krzyczy. Nie robię tego delikatnie i kiedy się odsuwam, dostrzegam pręgi na skórze, tak ładnie ją przystrajające.

– To takie piękne patrzeć, jak twoja skóra znaczy się dla mnie. Wiedzieć, że będziesz nosiła ślady, a tamci będą się zastanawiać, co ci zrobiłem… Ciekaw jestem, ptaszyno, czy oni wiedzą, jak bardzo jesteś pokręcona – szepczę przy jej skórze. – Ponieważ wiem, że jeśli teraz sięgnę ręką pomiędzy te aksamitne uda, będziesz zmoczona z bólu. Czy oni wiedzą, że lubisz to tak bardzo jak ja?

Kręci głową, z jej ust dobywa się skomlenie.

– Kto by pomyślał. Duża, nieustępliwa Roxy, a niczym plastelina w moich rękach. Poddaje mi się cała. – Znowu uderzam ją tyczką i patrzę, jak ciemnieje jej skóra. – Tylko nam. Wszyscy dostają sukę, a my dostajemy łagodność…

– Pierdol się – szepcze niemal w odurzeniu.

Śmiejąc się, uderzam ją tyczką w tyłek, na co leci do przodu z krzykiem.

– Jeszcze nie, ptaszyno. Chcę zobaczyć, co potrafisz wytrzymać.

– Wszystko. Cokolwiek. Myślisz, że możesz mnie skrzywdzić? Nie możesz. Tyle gorszych rzeczy mi robiono. A więc wywal to, swoje wszystkie pokręcone pragnienia, zrób to. Potrafię to znieść. Potrafię ciebie znieść – warczy, głos ma silny pomimo jej nagiego, uległego ciała.

– Myślę, że się przekonamy. – Uśmiecham się wymownie, zastanawiając się, czy ona faktycznie to potrafi. Inne już próbowały, sądząc, że mogą mnie okiełznać. Chłopaki podrzucali mi różne kobiety i łamałem każdą z nich bez wyjątku. Czy z moim ptaszkiem będzie tak samo?

Ani razu nie pragnąłem ich tak bardzo, jak jej. Ona mnie rozpala, podczas gdy tamte nie krzesały nawet iskry. To dla niej niedobrze, musi przyjąć całe brzemię mojej obsesji, ale nie ruszymy z miejsca, dopóki to się nie stanie. Dopóki nie będę wiedział, że potrafi przetrwać szaleństwo, które kryję w sobie, albo jej przypadkiem nie zabiję i tamci będą wkurzeni.

Upuszczam tyczkę i chwytam jej szyję jak w imadle. Nie będę już grał miło. Próbowałem się wstrzymywać, bo mi na niej zależy, ale ona ciągle mnie zaczepia…

Teraz wstąpi w płomienie.

Dyszy i wygina się do tyłu, ocierając się obolałym tyłkiem o mojego sztywnego kutasa. Odcinam jej dopływ powietrza, chwytam sobie kutasa i kolanami rozwieram jej uda, wsadzając go jej do środka. Ona podskakuje od siły pchnięcia, nie mogąc wydać z siebie dźwięku, a ja wychodzę i ponownie się w nią wpycham. Łańcuchy głośno dzwonią. Utrzymuję ją na krawędzi, przymuszając jej ciało do granic tego, co potrafi znieść.

Jej cipka zaciska się na mnie, swoją wilgocią pozwalając mi z łatwością wpychać się i wychodzić z jej ciała. Znowu drży, gdy zaciskam dłonie, i zaczyna szarpać łańcuchem, kiedy powoli odbieram jej życie, aż w końcu nagle przestaje i rozluźnia się, przylegając do mnie. Grzeczna dziewczyna, nie opieraj się. Rozluźniam trochę uścisk, a ona bierze oddech i równocześnie napiera do tyłu na mnie w rytm moich pchnięć.

Nachylam się i biorę znowu nóż. Zatapiając się głęboko w jej wnętrze, wodzę ostrzem po wybrzuszeniu jej piersi. Jęczy głośno, bez obawy pozwalając mi robić, co chcę z jej ciałem.

Ona może walczyć z Kenzo, może rzucać obelgami i być najodważniejszą osobą, jaką spotkałem, ale tutaj, ze mną, pozbywa się tej wyuczonej kontroli, jej mury walą się wokół niej, kiedy biorę ją jak zwierzę.

Robię nacięcie między jej piersiami, w oddzielającym je wgłębieniu, i czuję, jak z rany płynie krew. Pocieram dłonią i przyciskam nacięcie, powodując, że krzyczy z bólu. Chichocząc, z zapartym tchem przesuwam umazaną we krwi dłoń po jej brzuchu ku cipce i lekko trącam zakolczykowaną łechtaczkę, aż ona znowu staje nad przepaścią rozkoszy.

Wtedy przestaję, nieruchomiejąc z kutasem w jej ciele i palcem na łechtaczce. Skomli, starając się napierać do tyłu, żeby mieć na czym dojść. Odwracam nóż, maczam rękojeść w jej śluzie, dokładnie i starannie ją nim pokrywając, a potem wyciągam kutasa z jej zaciśniętej cipki. Chwytam ją za biodra, jeszcze bardziej wypinam do tyłu i rozchylam pośladki.

– Powiedz mi, ptaszyno, czy kiedyś wsadzali ci tu coś?

Słyszę, jak głośno przełyka ślinę.

– Tak – szepcze.

– Podobało ci się? – pytam, autentycznie ciekaw, nie żeby mogło to zmienić to, co zamierzam zrobić.

Ona dygocze i drży w moim objęciu.

– Tak.

Chichocząc, przyciskam rękojeść noża do jej otworu. Udaje mi się wcisnąć ją parę centymetrów, a potem znowu wysuwam. Idzie to powoli, ale w końcu rączka małego noża siedzi jej tyłku. Odsuwam się i spoglądam na ten obraz – czerwone pręgi na tyłku, wystający z niego nóż, śluz pokrywający uda. Kurwa. Prawie dochodzę od samego tego widoku. Łapię telefon, robię szybkie zdjęcie i wysyłam chłopakom, żeby wiedzieli, co ich omija, a potem rzucam go na bok i znów chwytam ją za biodra.

– Diesel – zaczyna, kiedy ustawiam się przy jej cipce, a ostrze dotyka mięsistej skóry nad moim biodrem. – Zranisz…

Rycząc, wciskam się w nią, nadziewając się na nóż. Przecina

mi skórę, dobrze, że wiem, gdzie ciąć, żeby rana nie była śmiertelna, ale boli jak skurwysyn. Ból wzbiera we mnie, spotykając się z ogniem w moim żołądku i jądrach. Wyładowuję się na niej, dymając ją coraz mocniej i szybciej, a nóż wchodzi w moje ciało i z niego wychodzi, kiedy ona krzyczy. Krew ciekne z rany na nasze złączone ciała, powodując, że mam jeszcze bardziej ślisko. Nie mogę za mocno się ruszać, nie chcę poszatkować sobie wnętrzności, mimo że nóż jest mały i wchodzi mi ledwie pod skórę.

Skowyczy, jej cipka się zaciska i chce więcej, ja też chcę. A więc chociaż uwielbiam ten ból i krew pokrywającą teraz nasze ciała i ręce, łapię nóż tkwiący między nami i odsuwam go, żeby zrobić sobie więcej miejsca.

Obracam nóż, na co ona jęczy, a ja burczę z bólu, a potem odsuwam się, wyciągam go i rzucam na bok, wciąż ją dymając.

Krew płynie swobodnie z mojej rany i wiem, że jeżeli zbyt długo tak to zostawię, to zemdleję. W pewnym momencie trzeba będzie to zszyć, ale na razie przeżyję.

– Będziesz musiała mnie zszyć.

– Co... – ona jęczy, ledwie zdolna wymówić słowo.

– Kiedy skończymy, zszyj mnie, bo inaczej mogę umrzeć – droczę się, ale ona wstrzymuje oddech, myśląc, że nie żartuję. Śmiejąc się, chwytam ją za biodra i wpycham się w nią znowu i znowu, pocierając zakrwawionym palcem jej łechtaczkę. Jaja podchodzą mi do góry, przewala się przeze mnie przyjemność wraz z bólem.

Jestem zbyt blisko, chcę, żeby to trwało wiecznie i chętnie umarłbym tutaj, ale muszę się spuścić. Zobaczyć, jak będzie jej ciekło z umazanej krwią, wilgotnej szparki.

– Dochodź – żądam, a ona krzyczy, kiedy pociągam ją za kolczyk w łechtaczce, i równocześnie jej cipka zaciska się na mnie. Burczę, wbijam się w nią i nieruchomieję, napełniając ją swoją spermą.

Dysząc, opieram się na niej, łańcuchy głośno dzwonią, a potem z jęknięciem wychodzę z jej wnętrza. Sięgam ręką i krzywię się bólu, jaki ten ruch powoduje na mojej zranionej skórze, gdy ją odwiązuję i łapię, żeby nie upadła. Mimo że to boli i czuję się trochę słaby z powodu upływu krwi, biorę ją na ręce i idę w stronę skrzyni, żeby ją posadzić. Ma wciąż zamknięte oczy, a ciało jej drży od wstrząsów wtórnych.

Przetrwała to.

Zbieram jej włosy z twarzy i całuję ją delikatnie.

– Ptaszyno, ptaszyno, wiedziałem, że jesteś tą jedyną. Nigdy już od nas nie uciekniesz, jesteś moja. Na zawsze. Związana mocniej, niż uczyniłaby to obrączka czy ślub. Jeśli spróbujesz odejść, wytropię cię.

Uśmiecha się, a ja opieram się obok niej, wydając jęk.

– Dasz radę mnie zeszyć, ptaszyno? Mam nadzieję, że nie drżą ci palce.

Otwiera szeroko oczy i patrzy zszokowana na ranę, wstrzymując oddech.

– Kurwa, dobra, tak, potrafię szyć. Musiałam to kilka razy robić sama sobie. Szybko się nauczyłam. Masz apteczkę?

Śmiejąc się, wskazuję apteczkę w rogu, którą tam zostawiłem na wypadek, gdyby próbowali się wykrwawić. Okazuje się teraz przydatna. Ona zsuwa się ze skrzyni, podchodzi na bosaka i bierze ją, a jej umazany krwią tyłek trzęsie się pociągająco. Przymykam oczy i czekam, aż wróci.

Czuję, że jest blisko, otwieram z powrotem oczy i widzę, jak przyklęka u mych stóp z otwartym opakowaniem, wyjmując z niego to, co potrzebne. Czyści ranę, na co syczę, chociaż kutas mi sztywnieje w reakcji na ból. Uśmiecha się znacząco, ignoruje to i zaczyna szyć rozcięcie.

– Nie jest tak źle, to tylko zwykłe krwawienie. Ty stuknięty sukinsynu.

Kiedy kończy, siada z powrotem, śmiejąc się z mojego sterczącego kutasa.

– No, to była niezła zabawa. – Przechyla się na bok i opiera o mnie. Pochylam się i głaszczę ją po włosach. – Hmm – mruczy, odpoczywając. – Ale nie pomogę ci w pozbyciu się tych zwłok. Chyba mnie wykończyłeś, potrzebuję snu i jedzenia.

Uśmiecham się i całuję ją, nie zważając na to, że naciągam sobie szwy.

– Następnym razem. Zabiorę cię na górę, jestem pewien, że Kenzo słodziutko się tobą zaopiekuje.

Spogląda na mnie i wydyma wargi.

– Zwłaszcza jak zrobię taką minę, założę się, że nawet Rydera skłoniłabym, żeby przygotował mi kąpiel.

Śmieję się.

– Niezłe z ciebie ziółko, dokładnie wiesz, jak mocno owinęłaś ich sobie wokół palca.

Ani trochę nie wygląda na zawstydzoną.

– Raczej wokół cipki.

– To też. – Kiwam poważnie głową, czekając, aż wrócą mi siły, a potem wstaję. – Następnym razem wymyślę coś jeszcze odważniejszego.

Wydaje na to jęk.

– Nie mogę się doczekać, ale poważnie, muszę wziąć kąpiel, lepię się jak cholera.

– Moment. – Kiwam głową i zsuwam się na podłogę, przyciągając ją w ramiona, podoba mi się myśl o niej pokrytej moją krwią i spermą.

– Naprawdę masz na imię Diesel? – pyta, wtulając się we mnie, cała oblepiona krwią i potem. Tak pięknie wygląda, jeszcze z moimi znakami.

– Nie – odpowiadam, a ona unosi głowę, żeby spojrzeć na mnie uważnie. – Ile to jest dla ciebie warte, ptaszyno?

Całuje mnie pożądliwie i mocno, a potem odsuwa się, a ja jęczę. Spuszczam głowę ku ziemi.

– Wielki Boże, chcesz mnie zabić. Nie, tak naprawdę mam na imię Kace. Nazwałem się Diesel po tamtej nocy. Kace zginął w tamtym pożarze z moją mamą, a ja się narodziłem.

Wpatruje mi się w oczy, a potem łagodnie całuje mnie w usta.

– Nie znam nikogo o takim imieniu, ale podoba mi się Diesel. Mimo że jest trochę stuknięty i czasem podgląda mnie, jak śpię.

Śmieję się i przyciągam ją bliżej.

– Niewiele jeszcze widziałaś, ptaszyno, ale jesteś teraz moja. Nie mogę się zdecydować, czy wolałbym urządzić jakąś masakrę, czy cię wydymać.

ROZDZIAŁ 29

ROXY

Po jakimś czasie Diesel bierze mnie na ręce i nie dbając o ubranie, kroczy korytarzem – pomimo rany, którą sam sobie zadał, więc za bardzo mu nie współczuję – kierując się do windy. To, co właśnie robiliśmy, było… kurwa, niesamowite.

Czuję się pokrzepiona, co jest dziwne, jak gdyby pomógł mi wyrzucić z siebie cały wewnętrzny ból. Każda część męczarni, jakie mi zadał, łamała okalające mnie mury, aż mój gniew i strach w końcu przemieniły się wyłącznie w uczucie do niego, całkowite poddanie mu się. On ma rację – z pozostałymi jestem inna, ale tu na dole muszę być po prostu tym, czego potrzebuję.

Każdy z nich daje mi inne ujście i tak się składa, że to Diesela jest pokręcone, krwawe i pełne cierpienia. Inni ludzie potępialiby to, co robiliśmy, wzdrygając się, ale to wszystko było dobrowolne i prowadziło do przyjemności, więc mam to w dupie. Może to cały świat jest szalony, a nie my…

A może to my jesteśmy po prostu zbyt obłąkani, aby dostrzec, jak mało szaleni są wszyscy inni. Nie wiem dlaczego, ale w ramionach tych Żmij nie tylko odkrywam siebie, ale też w końcu wstrząsam tymi murami, które mnie otaczały przez całe moje życie.

Kobieta może być silna i słaba.

Piękna i poznaczona bliznami.

Przestraszona i dzielna.

Bystra i seksowna.

Uczą mnie tego i dzięki ich wsparciu zauważam, że częściej chodzę z podniesioną głową. Jestem, kim jestem i nie powinnam się z tego powodu tłumaczyć. Nawet tam, w barze czułam potrzebę, żeby być „Zabójczą Roxy", mroczną, gniewną barmanką. Nigdy nie pozwalano mi być słabą. A tutaj mogę taka być.

Kurwa, to nie znaczy, że przestanę im się stawiać, walczyć o wszystko, dawać ludziom pięścią w twarz czy być generalnie suką. Ale może, być może mogę zaufać im z wszystkim innym, czego świat nie widzi.

Winda się otwiera, udaje mu się otworzyć drzwi do mieszkania jedną ręką i gdy wchodzimy do środka, stajemy jak wryci. Oni wszyscy tam są, siedzą na kanapie i czekają. Kenzo przebiega po mnie wzrokiem i widząc, że jestem w jednym kawałku, puszcza do mnie oko. Garrett prycha, ale widzę szacunek w jego oczach, zanim odwraca wzrok. Ryder kiwa głową, ale usta mu nieznacznie drgają.

– Mam pewne informacje – zaczyna Diesel poważnym tonem, a potem się uśmiecha. – Roxy lubi krzyczeć. Mogę teraz poinformować o tym jej tatę.

Ryder się śmieje i tym razem brzmi beztrosko.

– Mogłem ci o tym powiedzieć.

Mężczyźni.

– Ale wydobyłem też coś od tego zabójcy – mówi Diesel, a Ryder poważnieje.

– Ryder mi później opowie, czego się dowiedziałeś, a teraz zajmę się Roxy. – Kenzo uśmiecha się lekko, zsuwa z kanapy i bierze mnie, a ja skomlę, kiedy chichocze i spokojnie odchodzi. Przypatruje mi się i uśmiecha łagodnie.

– Nie mogę uwierzyć, że go przetrwałaś. Ostra jesteś, kobieto. Ale wiesz, co to oznacza, prawda?

– Co? – pytam, wtulając się w jego objęcia. Powinnam zażądać, żeby mnie postawił na ziemi i pozwolił iść samej… ale jakoś nie mogę się zebrać.

– Rzuciłaś mu wyzwanie tylko po to, żeby poznać nowe sposoby zadawania bólu. – Śmieje się. – To dobrze, że cię polubił, masz przed sobą całe morze cierpienia.

Jęczę:

– Kurwa, on jest szalony – ale nawet mówiąc to, się uśmiecham.

– Nie on jeden. – Kenzo się śmieje, spoglądając na mnie znacząco, a potem otwiera nogą drzwi i przechodzi przez swój pokój. Trzymając mnie na kolanach, nalewa wodę do wanny i wrzuca do niej coś, żeby się pieniła, po czym przyciąga mnie bliżej.

Siedzimy w milczeniu, wanna się napełnia, a ja rozluźniam się w jego ramionach. Powinnam zapytać, dlaczego nie przeszkadza mi, że dzielę swoje ciało między niego a jego brata, albo dlaczego jemu to nie przeszkadza… ale szczerze mówiąc, robiłam gorsze rzeczy i nie chcę się tego wstydzić. W ich przypadku myślę, że to dlatego, że przyzwyczaili się do myśli, że muszą dzielić się „długiem".

Gubię się tak we własnych myślach, że nawet nie zauważam, kiedy wanna jest już pełna. Kenzo mnie ściska.

– Wskakuj.

Wrzuca mnie do wody, na co krzyczę, a gdy wypływam, spoglądam na niego z wyrzutem.

– Uwielbiam, kiedy wykrzykujesz moje imię.

– Nie zrobiłam tego – prycham.

– Nie? Pozwól, że to naprawię. – Puszcza do mnie oko, na co się uśmiecham, co za obciachowy sukinsyn. Wydaje jęk, trzymając rękę na sercu. – Kurwa, jesteś tak cholernie śliczna. Gdybyś nie odpoczywała, w tej chwili bym ci sprawił orgazm.

Opryskuję go i unoszę się na powierzchni wody w wielkiej wannie, boli mnie całe ciało, mam też obolałą cipkę i pupę, ale warto było. Odsuwa się, zgarnia z twarzy włosy, a potem zrzuca koszulę i spodnie. Nagi, pozwala mi upajać się swoim ciałem, moja wrażliwa cipka dygocze na widok arcydzieła, jakim jest Kenzo, ale żadne z nas nie ulega tej pokusie, mimo że kutas mu stoi.

Wchodzi do wanny i obejmuje mnie ramionami, trzymając od tyłu, a ja unoszę się w wodzie z jego kolanami po obu stronach. Namydla sobie ręce i zaczyna mnie starannie myć.

– Dlaczego jesteś dla mnie taki miły? Kiedy pierwszy raz się tu znalazłam, pozostali mnie nie cierpieli, chociaż mnie tu sprowadzili, a ty mimo to byłeś miły.

Mruczy.

– Jak mówiłem, dostrzegłem w twoich oczach te same upiory, które nam towarzyszą. Szczerze, potrzebowaliśmy kogoś, kto by tu przyszedł i nas poruszył. Tylko funkcjonowaliśmy, ledwie jeszcze tworząc rodzinę. Interesy i pieniądze zbierały swoje żniwo i wszyscy zaczynaliśmy być zimni – Ryder zbyt poważny, Diesel zbyt dziki, Garrett zbyt gniewny i wycofany…

– A ty? – podpowiadam, kiedy myje mi cipkę, co powoduje, że wstrzymuję oddech.

– Zbyt zabłąkany. Zaczynałem chadzać coraz dalej i dalej, ale ty sprowadziłaś mnie do domu, Roxy. Sprowadziłaś nas wszystkich z powrotem i przypomniałaś nam, po co to zaczęliśmy. Miłość i rodzina – szepcze, a potem całuje mnie w ramię. – Nigdy nie przestajesz być sobą, nawet jak się złościsz. Naciskasz, żeby się bardziej starali, kwestionujesz rzeczy, które oni przestali kwestionować, bez mrugnięcia spoglądasz śmierci w oczy. Potrafisz bawić się z Dieselem i rozmawiać o zwykłych rzeczach z Ryderem. Nie rozumiesz, jakie to rzadkie.

Wzdycham.

– Nie jestem wyjątkowa, jestem po prostu tak samo porąbana jak wy, chłopaki.

– Właśnie. – Śmieje się. – Dorównujesz nam swoim porąbaniem. Jesteś taką drobniutką, małą istotą, a potrafisz nas załatwić i zrugać. To cholernie rajcujące. Nawet kiedy mówisz nam, że nas nienawidzisz.

– Naprawdę was nienawidzę – mruczę.

– Pewnie. – Chichocze. – Tylko nie doprowadzaj do złości Diesela.

– Czekaj. – Prycham wodą, kwiląc, kiedy próbuję się odwrócić i prawie tonę, więc rezygnuję. – To nie był rozzłoszczony Diesel?

Śmieje się, przyciągając mnie bliżej i unosząc w ramionach.

– Nie. Nie chcesz tego zobaczyć – to, kurwa, przerażające i nie sądzę, abyś nawet ty potrafiła go sprowadzić na ziemię.

Siedzimy sobie w wodzie i prawie zasypiam, tak bardzo jest to relaksujące. Całuje mnie, spuszcza wodę z wanny i pomaga mi wyjść.

Jestem tak senna i zmęczona po ciepłej kąpieli, że nawet

nie protestuję, gdy Kenzo mnie wyciera, zabiera do pokoju i sadza na łóżku.

Smaruje mnie obficie kremem, żeby pomógł na pręgi, a potem każdą z nich kojąco całuje i przyciąga mnie w ramiona, zakrzywiając swe ciało wokół mnie, aż jego kolana wpasowują się w moje i jesteśmy zwinięci razem. Zasypiam tak, ale chyba na krótko, bo kiedy się budzę, nie czuję się zbyt wypoczęta, ale przynajmniej mogę teraz jakoś funkcjonować.

– Zostawię cię, żebyś się ubrała. Mamy dla ciebie niespodziankę, przyjdź, jak będziesz gotowa – mówi cicho, całując mnie w policzek, a potem wysuwa się z łóżka. Przewracam się na plecy, ziewam i przeciągam, krzywiąc się na obolałość pomiędzy nogami i na plecach. Nawet po tym, jak zajął się tym Kenzo, nadal boli, ale co tam.

Niespodzianka? Ciekawa jestem, co to może być. Dlatego ruszam się, idę się ubrać, zarzucam na siebie tylko zostawioną przez Kenzo koszulę i nic więcej, i wychodzę zobaczyć. Lepiej, żeby była dobra. Na przykład jedzenie albo broń.

Muszę właściwie człapać jak kaczka do salonu, co szczerze nie jest atrakcyjne, ale trudno. Kiedy tam docieram, Kenzo wygląda na naprawdę przejętego i nawet Ryder nie rozmawia przez telefon. Garrett posyła mi lekki uśmiech, co oznacza zawieszenie broni, a Diesel, no cóż, Diesel podskakuje w górę i w dół na kanapie, czekając.

– Chcę kawy – sarkam i wskazuję na Diesela. – Kawa, natychmiast.

Wszyscy trzej podrzucają głowy ku Dieselowi i skaczą

do przodu, jak gdyby spodziewali się, że eksploduje albo coś, ale on tylko śmieje się i przetacza przez oparcie kanapy.

– Pewnie, ptaszyno.

Patrzę na pozostałych i widzę, że Ryder uśmiecha się pod nosem.

– Powiedziałbym, że powinniśmy zrobić to co ty, żeby się zaczął dobrze zachowywać, ale… no, wszyscy widzieliśmy, co ci zrobił, i nie powiem, żebym był zbytnio zainteresowany.

Przewracając oczami, rzucam się na jego miejsce.

– Założę się, że bym cię namówiła – docinam, a on się śmieje.

– Pewnie tak, ale lepiej ostrożnie korzystaj ze swojej władzy nad nim – przestrzega i nachyla się bliżej. – Nie wykorzystuj jej – przekomarza się, ale brzmi w tym nuta przestrogi.

– Nie zrobię z niego mojego osobistego zabójcy, bo bylibyście, chłopaki, w dupie, po prostu chcę kawy… i jedzenia… i może orgazmów. – Wzruszam ramionami.

Ryder uśmiecha się do mnie, pokazując białe zęby.

– Jestem pewien, że w tym mogę pomóc – mruczy uwodzicielsko, kierując wzrok na moje biodra i cycki, które wybrzuszają białą koszulę Kenzo, nie pozostawiając żadnego pola dla wyobraźni. Głośno przełykam ślinę, ściskając bolące uda. Moja cipka dosłownie dostała lanie, ale i tak drga na jego słowa. Ladacznica.

Uśmiecha się, przeciągając palcami po moim nagim obojczyku, na co przechodzi mnie dreszcz, ale jedynie zsuwa mi pasemko włosów za ucho i odwraca wzrok.

Dobry cholerny Boże, ci goście nie robią dobrze mojej cipce. Wystarczy, że spojrzą na mnie tymi wrednymi oczami, a ja się rozpływam.

Diesel wsuwa się za mnie na kanapę, popychając mnie

do przodu, a jego nogi sadowią się po obu moich stronach. Ma wciąż nagą pierś, a moje szwy okrywa biała gaza. Oplata mnie ramieniem w pasie i ciągnie do tyłu, aż jestem unieruchomiona między jego udami. Drugą ręką podaje mi dymiący kubek kawy.

Jęcząc, biorę go i parzę sobie usta, kiedy piję – warto było. Burczy mi w brzuchu, a on śmieje się, całując mnie w policzek.

– Najpierw prezenty, potem jedzenie.

– Prezenty? – Nastawiam uszu. – Nowy kij baseballowy?

Garrett się śmieje.

– A nie mówiłem? – Kenzo sarka i wręcza mu pieniądze, które tamten chowa do kieszeni, a potem puszcza do mnie oko. A niech to, ta sprawa z zawieszeniem broni naprawdę działa.

– Nie, żadnych kijów, przykro mi, najdroższa – mówi Kenzo, pochylając się do przodu, żeby spotkać moje spojrzenie. – Chcieliśmy pokazać ci, że potrafimy być czymś więcej niż… no, gangsterami. To wszystko dla ciebie. Jeżeli coś ci się nie spodoba, możemy to oddać, możemy też sprowadzić wszystko, czego potrzebujesz. – Drapie się z tyłu głowy. – Wiem, że zaczęliśmy… niezręcznie, ale zależy nam na tym, żebyś była szczęśliwa.

Patrzę na torby i pudełka na stole, których wcześniej nie zauważyłam. Jest ich tyle, że zsuwają się na podłogę. Co, do…?

– Kiedy przywieźliście to wszystko?

– Wcześniej Ryder i ja pojechaliśmy na zakupy. – Kenzo się śmieje.

Spoglądam na Rydera, który tylko wzdycha.

– Zmusił mnie.

– Nie musicie mi kupować badziewia – marudzę. Irytuje mnie to, lubię sama za siebie płacić… to tak, jakbym potem była im coś winna.

Ryder nachyla się, nie zważając, że jestem owinięta uściskiem

Diesela, i mocno łapie mnie za brodę, zmuszając, żebym na niego spojrzała.

– Żadnych zobowiązań, żadnych oczekiwań. To jest po prostu miły gest, i wiem, że trudno to zrozumieć, ale zrobiliśmy to, bo nam zależy. Przyjmij to, kochanie.

Kurwa, skąd on wiedział?

Ponieważ Ryder wie wszystko, a postarał się, żeby dowiedzieć się wszystkiego na mój temat. Ten pieprzony mężczyzna. Uśmiecha się pod nosem, jakby znał moje myśli, i nachyla się, oblizując mi wargi, a porem mruczy.

– Hmm, kawa.

Odsuwa się, zostawiając mnie bez tchu i lekko zwilżoną. Dupek. *Okej, bez zobowiązań. Normalni ludzie potrafią przyjmować prezenty. Potrafisz to zrobić.*

– Poważnie, mam nadzieję, że nie wydaliście za dużo – mamroczę i oczy mi się rozszerzają, kiedy dostrzegam pudełko Cartiera.

Diesel się śmieje, gdy próbuję uciec, oplata mnie nogami, aż w końcu jestem owinięta przez chorego psychicznie misia koala, który nie pozwala mi się ruszyć. Ryder wyrywa mi z dłoni kawę, zanim ją rozleję, i ze wzrokiem utkwionym we mnie, kiedy się szarpię, przysuwa usta w miejsce, gdzie były moje, i ją wypija.

– Skurwysynu – syczę. – Jesteś mi winny kolejną kawę.

– Wynagrodzę ci to. – Mruga, bierze pudełko, małe pudełko, i wpycha mi je do rąk. Nagle wygląda na zdenerwowanego, a to nie jest określenie, którego normalnie bym użyła w stosunku do Rydera. – Masz, to ja wybrałem.

Nie mogąc uciec, wzdycham i przyjmuję pudełko, otwierając wieczko. W środku umoszczony w jedwabiu leży naszyjnik. Jest, kurwa, olśniewający. To gruby złoty splot, obroża, z głową węża na jednym końcu i ogonem na drugim. Złoto pokryte jest łuskami, a oczy to jaskrawoczerwone rubiny. Jest oszałamiający, i na pewno drogi.

Jestem podwójnie zirytowana – po pierwsze, spodziewam się, że zobowiąże mnie to w jakiś sposób, a po drugie, chcę się wściec. Nie jestem czymś, co mogą sobie kupić świecidełkami. Nie chcę ich pieprzonych pieniędzy.

Kenzo się nachyla.

– Najdroższa, przyjmij to. Planujemy cię bardzo często rozpieszczać.

– Dlaczego? – pytam, ściskając pudełko, teraz już rozzłoszczona.

Wzrusza ramionami.

– Ponieważ możemy, ponieważ wszyscy wiemy, skąd przyszłaś, a większość z nas też się stamtąd wywodzi. Powinnaś mieć ładne rzeczy. Powinnaś być rozpieszczana błyskotkami i przedmiotami, które i tak nie mogą równać się z twoją pięknością. Przywyknij do tego, tak będzie.

– Ale… – zaczynam, a Ryder mruży oczy.

– Powiedz tylko dziękuję, nie oczekujemy niczego w zamian… no, może nie kop więcej Garretta w klejnoty rodzinne.

– A pieniądze…

– Mamy ich, kurwa, od groma, więcej niż kiedykolwiek będziemy potrzebować, więc przyjmij te cholerne prezenty albo będą urażeni. Te głupie dupki nigdy nie robią nic dla innych, więc nie zepsuj tego – rzuca Garrett.

No kurczę.

Wzdychając, zbieram się na odwagę, wiedząc, że to ja mam problem, z którym muszę sobie poradzić. Postanowiłam postawić wszystko na jedną kartę z nimi, przestać walczyć o każdą drobnostkę. To jest mój problem z pieniędzmi i prezentami, nie ich. Garrett ma rację.

– Przepraszam – szepczę, a potem spoglądam na Rydera i Kenzo, którzy wyglądają na przygnębionych. Ryder zaciska zęby.

– Dziękuję, nigdy wcześniej nie dostałam prezentu i chyba nie wiedziałam, jak zareagować.

– Nigdy?! – grzmi Garrett.

Kręcę głową, wyciągając rękę i gładząc węża.

– W dzieciństwie nie obchodziliśmy świąt ani moich urodzin, więc gdy dorosłam – wzruszam ramionami – nigdy się nie zdarzyło.

– Pieprzone dupki – burczy Garrett, a Diesel przyciąga mnie bliżej.

– Kiedy masz urodziny? – pyta Kenzo.

– Hmm, chyba w maju. – Wzdycham, a Ryder patrzy na mnie lekko zdziwiony. – Nie powiedzieli mi, kiedy dokładnie.

Mruży oczy i zaciska pięści.

– Dowiem się.

Diesel znowu mnie całuje.

– Ja też nigdy nie dostawałem prezentów, zanim nie spotkałem tych gości, ale spójrz na nich, popatrz, jacy są szczęśliwi, dałaś im cel. Mają całe te pieniądze i nikogo, na kogo mogliby je wydawać, więc pozwól im się rozpieszczać, ptaszyno. To dla nich równie ważne jak dla ciebie. Ich ojciec wykorzystywał pieniądze jako broń, kolejną rzecz do gromadzenia. A więc to dobrze im zrobi, pokaże im, że pieniądze mogą służyć nie tylko do zdobywania władzy.

Ma rację. Kenzo szeroko się uśmiecha, nawet Ryder jest rozluźniony i wygląda na szczęśliwego.

– To jest piękne. Ale dostrzegam pewien motyw przewodni. – Śmieję się, a Kenzo sięga i podaje mi kolejne dwa pudełka.

Zamykam ostrożnie pudełko z naszyjnikiem i rozglądam się, gdzie by je położyć, kiedy dłoń Rydera owija się wokół mojej i zabiera je, jego smutne, ciemne spojrzenie spotyka się z moim.

– Dziękuję – szepcze, a ja podążam za jego wzrokiem ku Kenzo. Kryje się za tym jakaś historia, z pewnością, ale nie na teraz.

Otwieram ostrożnie następne i nawet nie jestem zaskoczona klejnotami w środku – jak bogaci są ci goście? W jednym pudełku jest kolczyk do pępka ze zwisającym złotym wężem, co budzi mój śmiech. W drugim jest pierścionek, na widok którego zapiera mi dech. Jest czarny i duży, osadzony w złocie, ze szponami obejmującymi klejnot.

– One są… – Kręcę głową. – Cudowne – szepczę.

– Myślę, że to dobre zadośćuczynienie za wszystkie urodziny, święta i inne okazje, których dawniej nie obchodziłaś. – Diesel się śmieje.

– Jeszcze nie, to zajmie przynajmniej kolejne trzy takie podejścia – dorzuca Kenzo z uśmiechem.

Kurwa, trzy?

– Daj jej następny – nalega z podnieceniem Kenzo i zanim mam czas przyjrzeć się biżuterii, zabierają mi ją, a w mojej dłoni ląduje następne pudełko.

Otwieram je uważnie, niemal kręcąc głową na cacko znajdujące się w środku, podobny pierścionek jak ten pierwszy, ale tym razem czerwony. Są jeszcze cztery sztuki biżuterii, kolczyki z wspinającym się wężem, bransoletka na kostkę i opaska na głowę. Czuję się przytłoczona i muszą to widzieć, bo Ryder zarządza przerwę na kawę. Wtulam się znowu w ramiona Diesela, pozwalając mu się objąć, i próbuję to wszystko przetrawić.

To jest jak sen.

Ryder wychodzi, a Kenzo przysuwa się bliżej i bierze mnie za rękę.

– Przepraszam, jeżeli za dużo tego wszystkiego, chciałem cię tylko rozpieścić – mówi i nagle posępnieje, a ja przypominam sobie wygląd Rydera i zmuszam się do uśmiechu.

– Dużo tego, szczerze, i czuję się, jakby przytrafiało się to komuś innemu, ale dziękuję, to wiele dla mnie znaczy – mówię, a potem w przypływie odwagi nachylam się i go całuję. Jęczy przy moich ustach i kiedy się odsuwam, wygląda na ożywionego. Spogląda na Garretta, po czym zsuwa się na podłogę i przeszukuje pozostałe torby i pudła.

Ryder wraca i podaje mi kubek, w który tym razem dmucham, czekając, aż ostygnie. Siada przy mnie, na tyle blisko, że może szeptać, tak aby nikt inny – no, oprócz mojego koali – nie słyszał.

– Mój ojciec nigdy nie kupił mamie prezentu, ani razu. Jeżeli w ogóle nam coś dawał, to dlatego, że oczekiwał czegoś w zamian, zawsze szły za tym zobowiązania. Kenzo uwielbiał Boże Narodzenie, otwieranie prezentów od naszej mamy, ale ojciec zliczał je wszystkie w pamięci. Widać było, że mamie jest z tego powodu przykro, była taką cichą, wątłą, słabą kobietą, chociaż ogromnie nas kochała. W końcu przestaliśmy obchodzić święta, ale Kenzo zawsze znajdował sposób, żeby co roku dać jej prezent. Zarabiał własne pieniądze i kupował jej coś, przemycając to dla niej, gdy tata nie widział. Myślał, że będzie dzięki temu szczęśliwsza, w taki sposób okazywał, że ją kocha. Do czasu, kiedy umarła.

Patrzę na niego, zaglądając mu w oczy. Opowiadał o tym zimno, jak gdyby jego to nie dotyczyło. Czy ten lód znowu

skrywa jego prawdziwe uczucia? Tak myślę, więc wyciągam rękę
i przesuwam mu palcem po brodzie.

– To musiało być trudne dla was obu. Jak ona umarła?

Wciąga powietrze, a lód odrobinę topnieje.

– Zabiła się, pewnego dnia wróciliśmy do domu po szkole,
a ona wisiała w hallu. Udało mi się zatrzymać Kenzo, zanim
to zobaczył...

– Ale ty zobaczyłeś – szepczę.

Kiwa głową.

– Kenzo był młody, zabrałem go na zewnątrz, a potem... potem próbowałem ją uratować. Unosiłem ją i szarpałem, starając
się ją z powrotem wciągnąć za balustradę, ale byłem wtedy taki
mały. Nie byłem w stanie tego zrobić, nie mogłem jej uratować.

– Ry – szepczę – to nie należało do ciebie, żeby ją ratować. Byłeś tylko dzieciakiem.

Kręci głową.

– Moim zadaniem było ochraniać ich obydwoje i zawiodłem.
Ale nigdy więcej nie zawiodę.

Kiwam głową, teraz rozumiejąc, dlaczego jest, jaki jest.

– Dziękuję, że mi o tym powiedziałeś.

Wzrusza ramionami, a lód wraca, kiedy próbuje odsunąć się
i zdystansować, to jego mechanizm radzenia sobie z trudnymi sy-
tuacjami, więc łapię go za rękę i przyciskam do mojej, nie puszczając. Kenzo z ekscytacją wręcza mi małą torbę. Śmieję się
i otwieram ją jedną ręką, nie chcąc wypuścić dłoni Rydera.
On musi to czuć, być tutaj, a nie zamykać się i siedzieć samotnie,
chroniąc nas, tylko cieszyć się tym tak jak Kenzo. Miał takie samo
dzieciństwo, a kiedy opowiadał tę historię, czułam jego ból i to,
jak bardzo chciałby pokazać swojej matce, że ją kocha. Nie może
teraz się znowu wycofać. Roztopię ten lód kawałek po kawałku.

W torbie jest nowa koszulka. Dalsze prezenty to mnóstwo nowych ubrań i kiedy nie ma już więcej pudełek ani toreb, oddycham z ulgą. Choć to wszystko było wspaniałe, wciąż walczę ze sobą, żeby to przyjąć, ale poradzę sobie z tym.

Jedną ręką przekładam torby, a w drugiej wciąż trzymam dłoń Rydera. Pierdolę to. Mocniej ją ściskam i przykładam sobie do piersi.

– Dobra – mruczę, gdy już udaje mi poukładać torby obiema rękoma.

Podnoszę wzrok, a oni wszyscy wpatrują się we mnie.

– Co? – pytam i nagle wszyscy ryczą ze śmiechu. – Dupki – sarkam, a Ryder ściska mi pierś.

Spoglądam na niego i widzę, jak w jego zimnych oczach błyskają iskierki i uśmiecha się szeroko i lubieżnie.

– Nigdy się nie zmieniaj, kochanie.

– Zamknij się. A teraz nakarmcie mnie, porywacze, jestem głodna.

Ryder nachyla się bliżej, obejmuje mi z tyłu głowę i całuje mnie w czoło, zostając tam ustami przez chwilę.

– Oczywiście – mruczy, a potem wstaje i rusza do kuchni. Kenzo podchodzi, całuje mnie mocno i idzie za nim.

Zostaję z Dieselem i Garrettem i nagle Garrett spogląda nieswojo, ale rzuca mi pudełko, nie patrząc w moją stronę.

– Masz.

– Co to jest? Coś przeoczyliśmy? – dopytuję, zbita z tropu.

– To ode mnie – mamrocze, pocierając sobie głowę.

Uśmiecham się.

– Od ciebie?

– To coś niezbędnego, nadal cię nienawidzę – rzuca, na co ja się śmieję.

– Nie martw się, ja też cię nienawidzę. – Kiwam głową, a on przez chwilę lekko uśmiecha się do mnie.

– Otwórz – domaga się.

Robię, o co prosi, i na twarzy pojawia mi się ogromny uśmiech. To broń, lepsza niż moja stara gówniana. Nie, ta jest wymyślna, a na suwadle jest wyryty napis „Dziewczyna Żmij".

– Nie ma w nim na razie amunicji. – Chrząka.

– Nie chciałeś, żebym cię zabiła? – Uśmiecham się. – Oczywiście przypadkowo! – Trzepoczę do niego rzęsami, a on śmieje się chrapliwie.

– Muszę się upewnić, że potrafisz z tego strzelać. Zabiorę cię później. – Kiwa głową, a ja się ożywiam.

– No pewnie! Nauczysz mnie też kilku swoich wymyślnych chwytów walki? – Uśmiecham się.

– Nie – rzuca, marszcząc brwi. – Mogłabyś wykorzystać je na mnie.

– Albo mogłabym użyć ich przeciwko D. – Uśmiecham się, a Diesel się krzywi.

– Proszę, zrób to, ptaszyno – mruczy.

– Wy dwoje jesteście porąbani. – Garrett przewraca oczami, ale na ustach ma uśmiech.

Doprawdy, dziewczyna Żmij.

Ryder i Kenzo tak dobrze mnie karmią, że leżę na kanapie, nie mogąc się ruszyć, a na koniec zapadam w drzemkę ze stopami na kolanach Rydera, który głaszcze mi palce, a w drugiej ręce trzyma telefon. Głowę mam na kolanach Kenzo, a Diesel leży obok mnie na podłodze, trzymając w wyciągniętej ręce moją dłoń. Garrett siedzi na drugiej kanapie, ale nie wychodzi, a to już coś. Kiedy się budzę, wokół nie ma nikogo oprócz Garretta.

Przeciągam się, ziewam i rozglądam dokoła.

– Cholera, na jak długo przysnęłam?

Garrett odrywa wzrok od noża, który ostrzy, odkłada go i rozsiada się, patrząc na mnie.

– Kilka godzin, potrzebowałaś tego. – Wstaje i przeciąga się, koszula mu się unosi, ukazując mięśnie brzucha, a ja nie mogę się powstrzymać, żeby się nie gapić.

Łapie moje uporczywe spojrzenie i myśli sobie pewnie, że patrzę na jego blizny, ponieważ się zamyka, a wzrok mu pochmurnieje.

– Jesteś gotowa, żeby wypróbować nową broń? – mówi, ale wydaje się teraz zdystansowany.

– Pewnie. – Wstaję i nasuwam sobie buty. – Czy musimy tam pojechać samochodem?

Chrząka i rusza w stronę drzwi wejściowych, więc idę za nim, zabierając ze sobą moją nową broń. Idzie do windy, ale nie odzywa się do mnie przez całą drogę na dół i wiem, że muszę wyjaśnić to gówno, zanim z powrotem nie zacznie mnie serdecznie nienawidzić, ale kiedy mam się już odezwać, drzwi windy się otwierają i wychodzi.

Z westchnieniem idę za nim, ale zamieram w bezruchu, gdy prowadzi mnie w miejsce, które wygląda na pieprzoną strzelnicę. Co, do cholery? Co oni jeszcze mają w tym budynku?

– Macie własną strzelnicę? – pytam.

Wzrusza ramionami, zajmując pozycję.

– W tym budynku mamy wszystko, czego potrzebujemy – siłownię, restaurację, sklep. Jest samowystarczalny.

Podchodzę do niego, a on zakłada mi na głowę nauszniki.

– Strzelałaś już kiedyś z broni palnej?

Kiwam głową.

– Raz czy dwa razy, Rich mnie uczył, ale… no, nie tak jak tutaj. Strzelaliśmy w lesie.

– Rich? – powtarza, przyglądając mi się uważnie.

– Był właścicielem Roxers – informuję go, a potem odwracam wzrok. – On… mój ojciec był mu winny pieniądze i dostałam tam robotę, żeby odpracować jego dług, ale cóż, podobało mi się i Rich wziął mnie pod swoje skrzydła. Kiedy wyprowadziłam się z domu, nie miałam gdzie się podziać, więc dał mi dom, miejsce do mieszkania. Pomógł mi. Rich był dobrym człowiekiem.

– Co się stało? – pyta łagodnie.

Przełykam ślinę i wpatruję się w broń.

– Umarł. – Biorę oddech i spoglądam na niego. – A więc jak mam to robić?

Pokazuje mi, jak się ustawić, i w jaki sposób trzymać broń, a potem mogę oddać kilka strzałów. Kilka razy koryguje moją pozycję, po czym pozwala mi dalej strzelać, aż wreszcie znowu się uśmiecham. Przerywam, przełączam bezpiecznik i zdejmuję nauszniki, spoglądając na niego, kiedy tak stoi obok mnie. Ale on unika mojego wzroku. Poza rozmową o Richu nadal wydaje się wkurzony moim wcześniejszym gapieniem się.

Dobrze więc, chyba muszę to naprawić. W żadnym razie nie pozwolę na zerwanie naszego zawieszenia broni z powodu głupiego nieporozumienia.

– Będziesz tak ponuro patrzył przez cały wieczór czy, kurwa, porozmawiasz ze mną? – rzucam, przekrzywiając biodro.

Zgrzyta zębami, ale mnie ignoruje.

– Koleś, miej trochę jaj. Coś nie tak?

Prycha:

– Przykro mi, że moje blizny budzą w tobie obrzydzenie, pieprzona księżniczko. Czas wracać na górę.

Przyciskam broń do jego brody i mrużę oczy.

– Chuj mnie obchodzi, co sobie myślisz o swoich bliznach, Garrett, ale posłuchaj mnie. Uwielbiam je, dzięki nim lepiej się czuję z moimi. Na każdą z nich zapracowałeś, i pokazują, że przetrwałeś coś, czego inni by nie przetrwali. Kiedy je widzę, przypominam sobie, jak jesteś silny, i szczerze, one nie umniejszają twojej atrakcyjności, ale ją zwiększają. Wcześniej gapiłam się na twoje pieprzone mięśnie brzucha, okej? Zastanawiając się, czy byłoby dziwne, gdybym je polizała.

On nieruchomieje, szeroko otwierając oczy.

– Co?

– Zobaczyłeś w moich oczach to, co chciałeś zobaczyć – obrzydzenie – bo dzięki temu łatwiej ci mnie odpychać. – Wzdycham. – Mamy zawieszenie broni, Garrett, więc jeśli jesteś na mnie zły, zwyczajnie porozmawiaj ze mną, dobrze?

– Kochałaś go? – dopytuje się, zbijając mnie z tropu. Muszę wyglądać na równie speszoną, jak się czuję, bo wyjaśnia: – Richa.

– Kochałam, ale nie w ten sposób, o jakim myślisz. Jak ojca. Wygląda na to, że starsi mężczyźni jakoś mnie nie kręcą. Wolę wrednych dupków, którzy mnie porywają. – Uśmiecham się.

Uśmiecha się na to pod nosem, przyciskając się do broni, nasze ciała niemal się dotykają i czuję, jak przeszywa mnie ukłucie gorąca. Pragnę Garretta, nawet mu to mówiłam, i on też wyraźnie mnie pragnie, ale coś go ciągle powstrzymuje, trzyma w ryzach. Wiedząc, że to głupie posunięcie, otwieram usta.

– Co się stało z twoim torsem?

Zamiera w bezruchu, oczy mu pochmurnieją, a ciało sztywnieje. Zadał mi pytanie, a ja mu opowiedziałam o sobie, więc dlaczego nie może mi choć odrobinę zaufać? Odsuwa się i odwraca.

– Odłóż broń, kończymy, zanim pozostali wrócą w domu.

– A więc to tak? Odpowiadasz warknięciem, ja obnażam przed tobą swój ból, a w zamian nie dopuszczasz mnie do siebie? – rzucam. – Nie możesz mi tego robić, przecież pytam tylko o przeszłość.

Warczy i obraca się, ciało mu się prostuje. Wygląda teraz naprawdę potężnie.

– Za dużo żądasz! – wrzeszczy. – Mój ból jest wyłącznie moim własnym bólem. Nie prosiłem o twój ani go nie chcę. Możesz mieć pozostałych, ale nigdy nie będziesz miała mnie.

– Pierdol się! – krzyczę. – Nie możesz próbować przebijać się przez cudze mury i wchodzić im do serca bez pokazania własnego, to nie tak, kurwa, działa, ty dupku!

– Kto powiedział, że chciałem dostać się do twojego serca? – mówi cicho okrutnym głosem, pochylając głowę. – Ja nie chcę dostać się nawet do twoich majtek. Próbujesz mieszać chuć z miłością, *miłością* – szydzi. – Jak tylko im się znudzisz, wyrzucą cię jak wszystkie inne.

Odskakuję na to… czy on ma rację?

– Dobrze, być może tak. Dam sobie radę sama, ale na razie jestem tutaj. Jestem jedną z was…

– Nigdy nie będziesz jedną z nas. To, że rozkładasz nogi, nie oznacza, że możesz się z nami równać – ryczy i aż mnie odrzuca do tyłu od jadu, jakim przesycony jest jego głos. To nie jest już Garrett, to jest dzikie zwierzę rzucające się na wszystkich i wszystko, ponieważ boi się, że podeszłam za blisko. Boi się, że zostanie zraniony. – Nie jesteś niczym więcej, jak tylko długiem.

– Nienawidzę cię – syczę.

– Ja też cię nienawidzę – warczy i nie mówiąc nic więcej, wychodzi, zostawiając mnie samą, a ja się zastanawiam, czy wszystko, co mówił, to prawda.

Patrzę za nim, a potem odwracam się i biorę nauszniki, wyładowując złość na tarczy strzelniczej. Strzelam raz za razem, aż dyszę i pozostaje mi więcej pytań niż odpowiedzi. Opieram się o drewniane przepierzenie i zwieszam głowę. Nie powinnam była go naciskać, nie był gotowy... ale to gówno, które powiedział...

Czy on ma rację?

– Tylko nie pozwól, żeby wlazł ci do głowy. Garrett ma wiele twarzy – jest bojownikiem, zabójcą i tak, dupkiem – ale nie ma racji, nie tym razem – mówi cicho Ryder i czuję, jak przytula się do moich pleców. On wszystko słyszał? Nawet nie zarejestrowałam, kiedy tu wszedł. – On się boi, kochanie, boi się, że jesteś jedną z nas, że tak łatwo się wpasowałaś... boi się, co to oznacza dla niego, więc się rzuca. Nie to miał na myśli, przecież wiesz, że jesteś czymś więcej niż szybkim numerkiem.

– Doprawdy? – pytam, odważna, bo nie patrzę w te lodowate oczy.

– Tak – rzuca, łapiąc mnie za biodra i obracając. Przyciska się piersią do mojej i przysuwa mnie plecami do ściany, przypierając mnie tam i pochylając głowę, aż jest na wysokości mojej twarzy. – Myślisz, że wpuszczamy byle kogo do naszego domu? W nasze życie? Nie kryjemy się z naszymi sekretami? Były inne kobiety, ale nigdy, przenigdy nie dopuszczaliśmy ich do naszego wewnętrznego kręgu. A ty jesteś w samym jego środku, Roxxane. Gdybym chciał szybkiego numerku, wyszedłbym na miasto i znalazł go sobie, ale nie chcę tego.

– To czego chcesz? – dopytuję.

– Ciebie i całego twojego sposobu bycia, który jest nieodłącznym elementem ciebie. Nawet kiedy nas nienawidzisz, nawet kiedy nas atakujesz. – Uśmiecha się pod nosem. – Nawet kiedy jesteś smarkulą, pragnę ciebie, księżniczko, więc nie pozwól mu, żeby zasiał w tobie wątpliwości. Naciskaj go dalej, musisz być silniejsza niż kiedykolwiek wcześniej, żeby się do niego przebić.

– Dlaczego chcesz, żebym to zrobiła? – pytam, zaglądając mu w oczy.

– Ponieważ zdaję sobie sprawę, że jesteśmy albo wszyscy, albo nie ma żadnego z nas. Wiem, że Garrett chce cię, chce tego, co budujemy, ale nie wie jak. Jego przeszłość przesłania mu to, co ma wprost przed oczami. Otwórz tę ranę, wywlecz go wierzgającego i krzyczącego i uczyń go swoim tak samo, jak uczyniłaś wszystkich pozostałych.

– Jak ciebie? – pytam, a nasze usta niemal się stykają.

– Jak mnie. – Uśmiecha mi się w twarz. – Ale nie myśl sobie, kochanie, że możesz zacząć rozstawiać mnie po kątach, bo przypomnę ci, co się wtedy stanie. – Jego spojrzenie zapala się, a mnie przechodzi dreszcz. Chichocze i przyciąga mnie bliżej, całując delikatnie. – Chodź, wracamy, zanim D się zaniepokoi i zacznie cię tropić. Jest gorszy niż wściekły pies.

Śmieję się i idę za nim, już w lepszym nastroju. Ma rację. Wystarczająco długo pozwoliłam Garrettowi się skrywać. Może i jestem długiem, ale co to za dług? Taki, co zawojował Żmije, przetrwał Diesela, zdobył Kenzo i kurwa, niewątpliwie rozstawia Rydera po kątach.

On będzie mój.

ROZDZIAŁ 30

RYDER

Moja kolej zostać w domu z Roxxane. Nie sądzę, aby jeszcze próbowała uciekać, ale nie czułbym się w porządku, zostawiając ją samą, kiedy Triada chce najwyraźniej nas pozabijać. A poza tym muszę posprawdzać parę rzeczy. Diesel wyszedł i razem z Garrettem poluje na płatnych zbirów, żeby im przypomnieć, kim jesteśmy. Może i nie jesteśmy jeszcze w stanie dobrać się do Triady, ale możemy im odciąć dostawy, tak żeby wpadli w desperację.

Kenzo jest ze swoimi ochroniarzami i sprawdza nasze pozostałe biznesy, żeby nie pomyśleli sobie, że nie mogą już na nas polegać. Ja oczywiście odpowiadam na maile z naszych legalnych biznesów i ogarniam konferencje na Skypie. Ciężko kieruje się imperium. Nadal musimy prowadzić codzienne interesy w mieście i w tym celu jesteśmy teoretycznie firmą inwestycyjną i architektoniczną z wieloma różnymi działami, które trzeba nadzorować. Nie wspominając o zarządzie, który trzeba na bieżąco o wszystkim informować – to się robi wyczerpujące.

Mam również oko na wieści od chłopaków, więc zanim się spostrzegam, jest już prawie południe, a jeszcze nawet nie widziałem Roxy. Czy wszystko u niej w porządku? Odrywam się od ekranu i idę jej poszukać.

Spostrzegam, że siedzi na zewnątrz przy basenie w jakichś koronkowych majtkach i staniku, włosy ma odgarnięte do tyłu, a twarz wystawioną ku słońcu. Kurwa, czy nie kupiliśmy jej żadnego stroju kąpielowego? Odnotowuję to w głowie, mimo że równocześnie wodzę wzrokiem po jej kształtnej sylwetce. Odwracam się, ignorując swojego kutasa, idę do kuchni i robię dla niej kawę, a dla siebie herbatę. Kiedy kończę, wchodzi do środka w długiej koszuli, na co marszczę brwi. Ciekaw jestem, czy zdołałbym ją namówić na to, żeby chodziła po domu nago.

Tyle że wtedy nici z pracy. W rzeczywistości powinienem się przygotowywać do kolejnego spotkania, sprawdzać nowego menedżera… kurwa. Uśmiecha się do mnie i podchodzi, wskakując na stołek naprzeciwko mnie, luźna koszula rozsuwa się, ukazując jej piersi lśniące od wody w basenie. Patrzę na kropelki i rozważam, czy uszłoby mi na sucho, gdybym je zlizał.

Chrząka, a mój wzrok biegnie po jej szyi, aby spotkać oczy, które śmieją się do mnie.

– Dzień dobry, Kenzo powiedział, że pracujesz, więc nie chciałam ci przeszkadzać.

Podaję jej kawę i opieram się plecami o blat, odliczając w myślach, żeby powstrzymać się od rzucenia jej na blat i wydymania. *Ryder, praca. Masz pracę do zrobienia, masz to spotkanie, musisz też sprawdzić jej tatę, upewnić się, że wszystko w porządku u Kenzo, i że Diesel nie…*

– Czy ty kiedykolwiek odpoczywasz? – pyta, przechylając głowę i patrząc na mnie. – Widzę, jak głowa ci pracuje przez każdą minutę na okrągło każdego dnia. Czy czasem zwyczajnie przestajesz?

Unoszę brwi i biorę łyk herbaty.

– Nie, nie mam czasu.

Prycha.

– To go znajdź. Jeżeli nie będziesz uważał, to zamyślisz się na śmierć. Życie jest takie wspaniałe, Ryder, rozejrzyj się wokół. Spójrz, gdzie jesteś, co masz u swoich stóp, czy kiedykolwiek się tym cieszysz, czy tylko pniesz się wyżej i wyżej? Kiedy tego wszystkiego będzie ci dosyć? – Jej oczy wpatrują się we mnie rezolutnie.

– Nie chodzi o pieniądze, chodzi o to, żeby zapewnić mojej rodzinie bezpieczeństwo. Żeby dać Dieselowi miejsce, gdzie może być sobą, i zapewnić Garrettowi dom, do którego może wrócić i się schronić – mówię cicho.

– A Kenzo?

– Potrzebuje rodziny, ludzi, na których mu zależy i których kocha. – Wzruszam ramionami.

– A ty? – naciska z uśmiechem.

– Ja? – powtarzam.

– Tak, Ry, ty. Czego ty potrzebujesz? – dopytuje.

Waham się, a ona uśmiecha się jeszcze szerzej.

– Nie sądzę, żebyś kiedykolwiek się nad tym zastanawiał, prawda? Jesteś zbyt zajęty, żeby być najlepszym i zapewnić im wszystko, czego tylko chcą i potrzebują, abyś kiedykolwiek pomyślał, czego ty chcesz.

– Ja chcę ich, moich braci. Chcę ich szczęścia i bezpieczeństwa. – Wzruszam ramionami.

Kiwa głową.

– Wiem. Ale muszę cię zapytać, jak ich spotkałeś?

– Kenzo jest moim bratem. Garretta spotkaliśmy podczas jednej z jego walk, kiedy był zawodowcem, potem byliśmy w kontakcie, a gdy zszedł do podziemia, żeby zarabiać więcej pieniędzy, zaczęliśmy z nim współpracować. Pewnej nocy wpadliśmy na Diesela, kiedy kogoś tropił. W tamtych czasach pracował jako zabójca do wynajęcia, był w tym dobry, ale dostrzegłem w jego oczach, jak bardzo jest zagubiony. To nas wszystkich połączyło. Mieliśmy pieniądze naszego ojca, i mieliśmy plany. Plany, do których potrzebowaliśmy jeszcze kogoś oprócz nas, i po prostu pewnego dnia ich znaleźliśmy i staliśmy się rodziną. Od tego czasu jesteśmy nierozłączni – wyjaśniam.

Popija kawę, jęcząc, a ja zmieniam pozycję, żeby sztywny kutas mnie nie uwierał.

– Żmija to wasze prawdziwe nazwisko?

Śmieję się na to, nie mogę się powstrzymać.

– Nie, przybraliśmy je po śmierci ojca. Nigdy nie chcieliśmy nosić jego nazwiska ani żeby nasze sukcesy opierały się na jego nazwisku. Przyjęliśmy nazwisko Żmija, bo kiedy wąż jest przyparty do muru, jest najniebezpieczniejszym zwierzęciem. A my wszyscy byliśmy przypierani do muru. Przez rodzinę. Przez żal. Przez pieniądze. Wszyscy byliśmy żmijami… a teraz ty też nią jesteś.

– Ja? – mówi kpiąco, zmieniając pozycję, przez co koszula jeszcze bardziej się jej rozwiera.

– Byłaś przyparta do muru i wyszłaś z tego silniejsza. Może to nie jest życie, jakie sobie wyobrażałaś, ale dajesz radę, korzystasz z tego, co masz. Jesteś bystra i silna, jesteś Żmiją – podkreślam, nachylając się ku niej i przyciskając knykcie do blatu.

Ona ożywia się, prawie się śmiejąc.

- Na pewno jest, cholera, lepsze od nazwiska mojego ojca, tej kanalii.

- A nie przyjęłaś nazwiska Richa, tego mężczyzny, który był właścicielem baru? - pytam z autentycznej ciekawości, bo są granice tego, czego można się dowiedzieć w sieci i z pogłosek.

- Cały czas wyszukujesz informacje, co? Tak, przyjęłam, zrobiłam to na jego urodziny, chociaż mi też to pasowało. To było ostateczne zerwanie z moją rodziną, która mnie tylko krzywdziła. A on nie. - Wygląda na zasmuconą, więc sięgam przez blat i kładę rękę na jej dłoni. Wpatruję się w nią, pewnie nienawykła do tego, żeby ktoś ją pocieszał, ale nie zabiera ręki. - Przypuszczam, że wiesz, że on nie żyje?

Kiwam głową, a ona wzdycha.

- Był dobrym człowiekiem, bardzo dobrym. Zrobił trochę złych rzeczy w przeszłości, ale to nigdy mi nie przeszkadzało. Mój ojciec natomiast ma czystą kartotekę, wszyscy zawsze uważali go za czarującego, a jednak był potworem. Richa uważano za potwora, ale zależało mu na mnie bardziej niż komukolwiek innemu. Pomógł mi w nauce i skończeniu szkoły, wejściu w życie, zapewnił mi pracę i dach nad głową, gdzie mogłam spać bez obawy, że...

- Obawy? - podpowiadam.

- Obawy, że obudzi mnie zły dotyk. - Wzrusza ramionami niezawstydzona.

- Bił cię. - Już wcześniej o tym wiedziałem. - Mój ojciec też to robił.

Nie wiem, po co jej o tym mówię, chyba jedynie dlatego, że widzę cierpienie w jej spojrzeniu, kiedy je na mnie zatrzymuje - przemawia do mnie kryjące się w nim zażenowanie i gniew. Powoduje, że chcę jej o tym powiedzieć, żeby pomóc jej zrozumieć, że nie różnimy się tak bardzo. Ala do tej rozmowy potrzebuję czegoś mocniejszego, więc obracam się, nalewam nam obydwojgu trochę whisky i podaję jej szklankę. Przechylam swoją i opieram się na blacie, mocno się go chwytając. Czeka cierpliwie, obracając w dłoniach szklankę.

– Był sukinsynem, ale chyba już o tym wiesz. Był bogaty, potężny i czarujący. Wszyscy go uwielbiali albo chcieli być tacy jak on. Zarobił swoje miliony, niszcząc słabszych od siebie ludzi i depcząc ich. A w domu był jeszcze gorszy, był pieprzonym czartem. Nienawidził nas, a zwłaszcza Kenzo. Uważał go za słabego, bo on potrafił kochać, bo się śmiał. Musiałem chronić mojego brata. Wiem, że bił go czasem, kiedy nie mogłem go ochronić, ale zazwyczaj to ja przyjmowałem każdy cios, każdy bat, każde lanie. Stawałem między nim a moją matką, nie żeby przez to bardziej nas kochała. Kenzo zawsze miał nadzieję, że ona zabierze nas i go porzuci, ale ja nie miałem złudzeń. Była słaba i strasznie jest mi to mówić, bo naprawdę ją kochałem, ale była słaba. Potrzebowała do życia jego pieniędzy i nigdy by go nie opuściła, bo się go bała. Nie zrobiłaby tego nawet żeby nas chronić.

– Ryder… – Ona kręci głową, a ja uśmiecham się ze smutkiem.

– W porządku, Roxxane. To przeszłość. Mówię ci o tym, ponieważ chcę, żebyś wiedziała, że nieważne, skąd się wywodzisz – ze śmietnika czy z drapacza chmur – zło jest złem. Nasza krew może i spływała po marmurowej posadzce, ale tak samo krwawiliśmy, a jeśli mógłbym się cofnąć w czasie, jeszcze raz zrobiłbym wszystko tak samo. Zbierałbym wszystkie baty ze stoickim spokojem.

– Dlaczego? – pyta, marszcząc brwi.

Rozglądam się wokoło.

– Żeby być tu z moją rodziną. Zapłaciłem wysoką cenę, ale teraz wiem, że warto było. Mam wokół siebie najlepszych braci, nawet jeżeli o tym czasem zapominam, pogrążony w liczbach i interesach. Mam wszystko, czego kiedykolwiek mógłbym chcieć.

– Kiedykolwiek? – mówi cicho, a ja uważnie na nią spoglądam.

– Kiedykolwiek – szepczę, mając na myśli również ją. Miłość dobrej kobiety, wystarczająco silnej, żeby znieść nas, przetrwać mnie i potwora, którego stworzył we mnie mój ojciec. Odstawiam na bok filiżankę herbaty i czuję pragnienie, żeby się do niej zbliżyć, ale nie wiem jak. Nie jestem tak kochający jak Kenzo, nigdy nawet nie byłem w związku. Mój ojciec zrujnował to we mnie przez to, jak traktował matkę… Myślę, że dopuszczam Roxanne tak blisko jedynie dlatego, że nie mam wyboru.

Z nią wszystko zaczęło się od transakcji biznesowej, której nie mogłem uniknąć, a teraz nie potrafię pozbyć się jej z mojej głowy ani z mojego zimnego serca.

Ale ona znowu zbiera się na odwagę, zsuwa się ze stołka i idzie naokoło blatu, zatrzymując się w moich ramionach. Obejmuję ją nimi mocno i zastanawiam się, jak mam to zrobić, żeby została tu na zawsze. Wszystkie myśli o interesach nikną z mojej głowie, gdy spoglądają na mnie te roześmiane oczy.

Jak taka mała osoba może mieć tyle siły – zdumiewa mnie to. Mogła pozwolić się maltretować i dać się złamać swojemu ojcu, mogła przestać walczyć. Mogła przestać nawet wtedy, gdy ją porwaliśmy, poddać się i uschnąć. Zamiast tego rozkwita. Diesel ma rację – Roxxane żyje dla niebezpieczeństwa, dla stresu i dla mrocznych chwil. To wtedy jest najbardziej sobą. Ciekaw jestem, czy o tym wie. Pewnie dlatego zdecydowała się prowadzić Roxers, żeby czuć tego kopa każdego dnia.

Tego samego, który Diesel znajduje w płomieniach, Kenzo w hazardzie, Garrett w walkach… a ja w interesach, w zdobywaniu ludzi i manipulowaniu nimi. Ale tutaj to mną się manipuluje i nie sądzę, żeby ona nawet zdawała sobie z tego sprawę.

Wyciągam rękę i obejmuję dłonią jej twarz, wpatrując się uważnie w te oczy, których jestem niewolnikiem. Gdyby tylko moi wrogowie wiedzieli, że aby dostać nas wszystkich, aby nas zabić… jedyne, co muszą zrobić, to zabrać ją. Skrzywdzić ją. To by nas zniszczyło.

Kiedy Żmije coś robią, robią to na całego, a Roxxane? Jest tu zaledwie od tygodnia, a jednak tak się już z nami przeplotła, że stała się niezbędna w naszym życiu. Ona zmieniła nas, skłoniła nas do miłości i wzbudziła naszą złość. A jednak teraz, trzymając ją w ramionach, mogę nareszcie głęboko odetchnąć, ale dłoń mi drży z obawy przy jej policzku. Co, jeśli jestem zbyt podobny do mojego ojca?

Co, jeśli ją skrzywdzę?

– Jesteś jedyną osobą, która widzi, jak drżą mi ręce, kochanie – mruczę, a ona uśmiecha się pod nosem.

– Dobrze, nie pozwól im tego zobaczyć. – Kiwa głową, grając w tę grę równie dobrze jak my. – I nie sądzę, żebyś mnie skrzywdził.

Mrugam w zdumieniu, a ona się śmieje.

– Nie tylko ty potrafisz czytać ludzi, dupku.

Śmieję się na to, a ona przytula się do mojej dłoni.

– Nie jesteś swoim ojcem. Widzę twoją obawę. Tak bardzo się boisz, żeby nie stać się nim, że umknęło ci, że nie jesteś również sobą. Przestań z tym walczyć, z tym morzem ognia w środku. Wykorzystaj je. Ten gniew, który on wzbudził, ja mam w sobie taki sam. Jesteśmy jak dwie strony jednej monety. Ty próbowałeś to pogrzebać, a ja pozwoliłam, aby mnie to wzmocniło. Ani jedno, ani drugie nie jest dobre ani złe, ale ja wiem, Ryder, ja wiem, że nigdy mnie nie skrzywdzisz, nie fizycznie. Możesz to uczynić słowami, możesz próbować mnie odepchnąć albo udawać, że mnie nie chcesz, z tego samego powodu, z którego ja to robię, ale nie, nigdy mnie nie skrzywdzisz.

– Skąd wiesz? – pytam, naprawdę ciekaw, bo sam tego nie wiem. Czy moja kontrola, moja potrzeba, aby całkowicie mi się poddała, nie oznacza, że pewnego dnia mogę posunąć się za daleko i zrobić jej krzywdę?

– Ponieważ obydwoje widzieliśmy, co to robi z ludźmi, i pomysł, aby samemu to zrobić innej osobie, nigdy nie przejdzie nam przez myśl. A poza tym nigdy bym ci na to nie pozwoliła. Może i nie jestem tak silna jak wy, chłopaki, ani nie mam takich pieniędzy, ale jak powiedziałeś, jestem waleczna. W ten sposób przetrwałam. Nie skrzywdzicie mnie, bo nigdy wam na to nie pozwolę. Gdybyście spróbowali, zabiłabym was, nakopała wam w dupę. Diesel może nacinać mi skórę albo wypełniać mnie bólem, ale to jest mój wybór. Chcę tego i nie będę się z tego powodu wstydzić. Ale zawsze pragnę uśmiechu i delikatnych przekomarzań Kenzo… i twojego lodu i ognia.

– A Garrett? – Muszę ją o to zapytać. Ona ma rację, jest zbyt silna, nie jak moja matka, nigdy by nie pozwoliła nam się skrzywdzić. Wcześniej by nas zabiła. Ta myśl mnie uspokaja i teraz wtulam się w nią i odprężam.

– Jego też pragnę – przyznaje. – Powiedziałam mu to, ale powoli nam idzie. Nie zapytam więcej, co mu się przydarzyło. Sam mi powie, kiedy będzie gotów, i mam nadzieję, że kiedyś będziemy mogli o tym porozmawiać.

– To brzmi jak słowa kogoś, kto planuje tu zostać – przekomarzam się, a ona wzdycha.

– A mam wybór? – Puszcza do mnie oko, ale wyczuwam prawdę w tych słowach i sztywnieję.

Czy faktycznie ma?

Czy ja – my pozwolilibyśmy jej odejść, gdyby miała już nie wrócić? To, co jej mówiłem, było prawdą, na początku była interesem, z którego planowaliśmy skorzystać, a potem się go pozbyć. Ale ona jest teraz jedną z nas… lecz jak prawdziwie może być jedną z nas, skoro to nie był jej wybór? My wszyscy wybraliśmy sobie to życie… a ona została do niego zmuszona.

– Ryder – zaczyna, a ja czekam, ale przygryza wargę, pewnie uświadamiając sobie to samo – nie może powiedzieć nic, co nie byłoby kłamstwem. Tak, ona nas chce, ale jak bardzo? Czy jest tak dlatego, że korzysta, jak potrafi ze złej sytuacji, czy rzeczywiście nas pragnie?

– Lepiej wrócę do pracy – mówię cicho, a potem nachylam się i całuję ją delikatnie, żałując, że tego nie wiem. Odsuwam się i odwracam, czując, jak patrzy za mną, i zatrzymuję się przy drzwiach. – Masz urodziny siódmego maja, urodziłaś się o ósmej pięćdziesiąt pięć rano – mówię, a ona wstrzymuje oddech.

– Dziękuję, Ryder.

Kiwam głową i wychodzę, nie potrafię zostać tam dłużej, myśli wirują mi w głowie od niepokoju. Muszę porozmawiać z moimi braćmi. Musimy podjąć decyzję. Możemy ją zatrzymać, zmusić, żeby została, i być może nawet nie będzie nas za to nienawidziła. Ale nigdy nas nie pokocha, nie tak, jakbyśmy chcieli. Jak można kochać kogoś, kto zabiera ci wolność?

Nie wiem, ale nie wiem też, czy możemy pozwolić jej teraz

odejść. Nie z powodu tego, co wie i widziała, ale dlatego, że pozostali się do niej przywiązali.

Ja się przywiązałem.

Po południu pogrążam się w pracy, próbuję unikać pytań wirujących mi w głowie, aż dzwoni do mnie Garrett. Odbieram i odchylam się w fotelu.

– Mów.

– Oczyściliśmy miasto. Jedynymi chętnymi na nagrodę za nasze głowy są ludzie spoza miasta albo bezpośrednio wynajęci przez Triadę – grzmi w słuchawce Garrett.

– Dobrze, a czy coś znaleźliśmy w sprawie przecieku? – dopytuję i słyszę, jak Diesel prycha.

– Nie pozwala mi się z nimi pobawić – biadoli, na co się uśmiecham.

– Ruszymy znowu jutro i zajmiemy się tym. Sprawdziliśmy kilka nazwisk. Wystarczyło postraszyć ich rodziny i ich samych, oni nas nie zdradzili.

– Ale ktoś to zrobił – rzucam, a potem wzdycham, przebierając palcami po biurku i zastanawiając się. – To musi być ktoś, kto tu pracował, inaczej nic by nie wiedzieli, szukajcie dalej.

– Dobra – burczy Garrett, a potem zalega cisza, ale się nie rozłącza. Unoszę brwi zaskoczony, Garrett nie jest zwykle zbyt rozmowny.

– Co tam? – pytam i słyszę burczenie w telefonie, a potem głośno wzdycha.

– Diesel chciałby się dowiedzieć, czy… czy wszystko dobrze u Roxy? – dopytuje z wysiłkiem. Uśmiecham się, ale udaje mi się powstrzymać od śmiechu. Założę się, że nie tylko Diesel, ale niech sobie skorzysta z Diesela jako pretekstu.

– Wszystko było u niej dobrze ostatni raz, kiedy sprawdzałem, ale myślę, że się nudzi. Miałeś rację, będziemy musieli dać jej w końcu jakieś zajęcie.

– Nie brzmisz, jakbyś był co do tego przekonany – zauważa Garrett.

– Wieczorem, jak wszyscy wrócicie, musimy porozmawiać – mówię tylko i się rozłączam. Nie mogę nic zdecydować bez nich, to nie tak działa. Albo wszyscy się na coś zgadzamy, albo tego nie robimy.

A to dotyczy wolności Roxy.

Nie jestem pewien, czy Diesel w ogóle by jej pozwolił odejść w tym momencie, ale muszę się dowiedzieć. Kładę telefon na biurko, luzuję krawat i zamykam na chwilę oczy. Zawsze jest tyle do zrobienia. Czy Roxxane ma rację? Czy potrafię się odprężyć?

Słyszę skrzypnięcie drzwi, ale nie otwieram oczu. To ona. Wiem o tym. Ktoś inny by zapukał, bojąc się tego nie zrobić, tylko moja dziewczyna jest na tyle zuchwała, żeby bez pukania wejść do mojego biura – które w jakiś sposób znalazła. Musiała znowu przekupić jednego z ochroniarzy.

– Tak? – pytam, a ona się śmieje. Kiedy otwieram oczy, siedzi niedbale na krześle po drugiej stronie biurka.

– Nudzi mi się, może w czymś pomogę? – proponuje, machając bosymi stopami. Nadal ma na sobie tylko koszulę.

– Chcesz pomóc? – pytam, unosząc brwi.

Prostuje się i wstaje, a ja uważnie ją obserwuję, kiedy okrąża biurko. Odsuwa nogą fotel i siada na biurku naprzeciwko mnie, przebierając nogami i uśmiechając się.

– Tak, to kogo trzeba zabić?

– Robimy też inne rzeczy. – Śmieję się. – My naprawdę prowadzimy firmy, inwestujemy w ludzi, wznosimy budynki i rewitalizujemy zaniedbane tereny. Prowadzimy schroniska dla bezdomnych i kuchnie dla biednych, pomagamy organizacjom dobroczynnym…

Przesuwa w powietrzu ręką.

– Rozumiem, maczacie palce we wszystkim.

– Nie we wszystkim… jeszcze nie – mruczę, przesuwając wzrokiem po jej rozsuniętych udach, co pozwala mi zobaczyć jej majtki.

– Ładnie – przekomarza się.

Wbijam w nią wzrok i pokazuję na podłogę.

– Na kolana, kochanie.

Uśmiecha się lekko i zsuwa na dół bez pytania. Roxxane może i lubi mieć kontrolę, ale ze mną uwielbia, gdy to ja ją kontroluję. W rzeczywistości założę się, że gdybym sięgnął do tych małych majtek, byłaby wilgotna.

– Zdejmij koszulę – rozkazuję, rozsiadając się i patrząc na nią. Kutas mi twardnieje w spodniach, kiedy ją ściąga i rzuca na bok. Ma gołe piersi prócz tego małego skrawka koronkowego materiału. – Zdejmuj – nakazuję.

– To? – mruczy jedwabiście, a potem gładzi obłości swoich piersi.

– Natychmiast – żądam.

Uśmiechając się, rozpina stanik, po czym powoli zsuwa ramiączka kolejno z obu ramion i przytrzymuje go przy sobie, aż zaciskam pięści, a wtedy ze śmiechem puszcza go, obnażając przede mną swoje wspaniałe piersi, których sutki przemieniają się w sztywne szczyty, kiedy na nie patrzę.

Sięga rękoma ku moim biodrom i przesuwa je do góry, zbliżając się niebezpiecznie do kutasa, który mocno wypina mi spodnie.

– Uwolnij mnie – żądam.

Znowu się ze mną draźni, wiedząc, że będzie miała za to kłopoty, ale chce tego. Jej dłoń przesuwa się po moim kutasie, nie wykonując polecenia.

– Natychmiast – rzucam. – A potem obciągniesz mi za to, że nie zrobiłaś wystarczająco szybko tego, co ci kazałem.

– Tak jest – mruczy, a potem uwalnia mi kutasa i ujmuje go dłonią.

Srebrzyste włosy spadają jej na ramię i wprawnie je odrzuca, a jej ciemne oczy spotykają moje, kiedy obejmuje ustami główkę mojego kutasa i mruczy. Jęcząc, patrzę, jak przesuwa językiem po mojej szparce, zagłębiając się w nią, żeby wybrać preejakulat, a potem odchyla się, obejmując go dłonią u podstawy i ściska. Oblizuje sobie usta.

– Pyszne.

Łapię ją za włosy i bez słowa przyciągam bliżej, a ona połyka mnie, biorąc do ust prawie do końca, a potem zsuwa się, odwraca oczy ku moim i znowu pochłania mnie całego.

Stękam głośno, szarpiąc się w jej ustach i sięgając dna jej gardła. Kurwa, kurwa, kurwa. Wypuszcza go, przeciągając zębami po spodzie mojego kutasa, a potem znowu go wciąga, nachylając głowę, aż prawie spuszczam się jej do ust.

Dzwoni telefon, na co wydaję jęk, a ona zsuwa mi się z kutasa z uśmieszkiem, oblizując sobie przekornie usta.

– Odbierz – mruczy chrapliwym głosem. – Zobaczmy teraz to twoje lodowate opanowanie, *kochanie*.

Czeka, a ja zgrzytam zębami, ale sięgam po telefon, nie patrząc, naciskam Odbierz z oczami utkwionymi w nią.

– Co, do cholery… – ucinam z sapnięciem, kiedy ona znowu mi bierze do ust.

– Pan Żmija? Przepraszam, czy dzwonię nie w porę? – pyta wystraszony, przebiegły głos.

– Kto mówi? – rzucam, napierając do przodu, żeby jej głębiej wejść w usta, starając się zatrzymać pożądanie, które topi ten lód. Odwołuję się do mojego opanowania, licząc w myślach, ale nie dochodzę do czterech, bo ona znowu burczy.

Kurwa.

– Panie Żmijo, jest pan tam?

– Czego, kurwa, chcesz? – warczę, na co ona chichocze, więc ciągnę ją mocniej za włosy, przejmując inicjatywę i wpychając się jej w usta raz za razem.

– Mam te dane księgowe z nowego klubu, o które pan prosił – mówi szybko i piskliwie.

Klub… a, tak.

– To wygląda na dobrą inwestycję, ale chciałbym się upewnić, że właściciel jest w stanie spłacać pożyczkę, więc liczyłem na to, że będę mógł przejrzeć informacje na ich temat – papla, pewnie nie chcąc mi się naprzykrzać. Jestem znany z tego, że zachowuję się jak dupek, i nie nazywają mnie bestią za moimi plecami bez powodu. Oni wszyscy się mnie boją, nie słynę z uprzejmości.

Dusząc jęk, staram się zachować spokojny głos.

– Zgadzam się, wchodzimy w to.

Nie słyszę jego odpowiedzi, ponieważ Roxxane robi coś takiego swoim językiem, co powoduje, że wypinam się ku jej ustom i głośno burczę.

– Muszę już kończyć. Proszę przesłać mi te dane. – Rozłączam się i rzucam na bok telefon, piorunując ją wzrokiem.

Zsuwa usta z mojego kutasa i wyciera je jednym palcem, zadowolona z siebie.

– Jakiś problem?

Stękając, chwytam ją i unoszę do góry. Patrzy na mnie, a ja rozwiązuję krawat, szarpię jej ręce za plecy, aż pierś wypina się jej do przodu, a ona sapie z bólu. Wiążę jej ręce za plecami, mocno ją całując i czując swój smak na jej ustach, a potem odsuwam się gwałtownie i okręcam ją dokoła. Zrywam majtki, obnażając ją, chociaż sam jestem wciąż w garniturze, z wyjątkiem krawata, którego już nigdy nie będę mógł nosić, żeby mi nie stawał.

Śmieje się, kiedy kolanem rozwieram jej nogi i przyciskam górną część jej tułowia do blatu biurka.

– Ciekawa jestem, czy mógłbyś się teraz skupić na pracy – droczy się, zdyszana, a ja ujmuję dłonią kutasa i przesuwam go w dół jej szparki ku zmokniętej cipce. Jęczy głośno, napierając do tyłu i próbując mnie przyjąć, więc sięgam ręką i owijam sobie jej włosy wokół dłoni, boleśnie ciągnąc głowę ku górze.

– Mógłbym cię dymać tak, żebyś raz za razem dochodziła, i wciąż kierować tym imperium, kochanie – warczę, przyciskając jednocześnie główkę kutasa do jej cipki. Kiedy ma już mi odpowiedzieć, na pewno jakąś przekorną uwagą, wciskam się w nią, na co ona krzyczy.

Kiedy nieruchomieję, dyszy, opierając się ciężko na biurku.

– Naprawdę? Nie sądzę, byś to potrafił, biedny mały Ryderku… owładnięty kutasem.

– Zachowuj się – burczę i daję jej klapsa w tyłek, a ona jęczy i zaciska się na moim kutasie.

- Dlaczego miałabym, skoro twoje kary są takie dobre? – skomle, napierając do tyłu w rytm moich gwałtownych pchnięć, w pokoju słychać wyraźny odgłos naszej klaszczącej skóry. Moje opanowanie rozpada się w drzazgi.

Wpychając się w nią, skręcam biodra, sięgam jej między nogi i lekko trącam łechtaczkę, na co ona wykrzykuje moje imię.

- Tak, kurwa – jęczy, napierając w tył mocniej, przyjmując mnie do końca swoją ciasną i tak wilgotną cipką.

Znowu burczę, próbując zwolnić tempo, powstrzymać wytrysk, który czuję, że wzbiera. Chcę, żeby to trwało dłużej, chcę widzieć, jak eksploduje na moim kutasie dopiero, kiedy tak powiem, ale ona mi nie pozwala. Rozpaczliwie napiera do tyłu, zmuszając mnie, żebym ją szarpał i taranował mocnymi, zwierzęcymi pchnięciami.

Dzwoni mi telefon i to znowu Garrett, więc uśmiecham się i daję jej klapsa w tyłek.

- Cicho, chyba że chcesz, żeby się dowiedzieli – kpię, nie mówiąc jej, kto dzwoni, i dalej w nią miarowo wchodzę, jedną ręką trzymając za biodro, a drugą odbierając połączenie i podnosząc telefon do ucha.

Prawie już dyszę, ale próbuję skupić się na tym, co mówi, zamiast na jej ściśle obłapiającej mojego kutasa cipce, spływającym po jej plecach ku związanym rękom pocie czy cholernie pięknym widoku, jaki przedstawia zgięta wpół na moim biurku i przyjmująca mnie jak grzeczna dziewczynka.

- Mów.

- Sprawdziliśmy połowę listy, ale Diesel grozi, że przypali mi jaja, jeżeli nie zabiorę go do domu, żeby mógł zobaczyć Roxy, więc wracamy. - Wzdycha.

Śmiejąc się, włączam głośnik i kładę telefon na jej plecach, wciąż w nią wchodząc. Z jej ust dobywają się drobne zdyszane jęki, kiedy próbuje być cicho.

– Jest tutaj – mówię tylko i znowu wsuwam jej rękę między nogi i bezlitośnie pocieram łechtaczkę. Mój własny wytrysk narasta, jądra podciągają mi się ku górze, wychodząc z samej podstawy kręgosłupa, kiedy staram się powstrzymać. Moje pchnięcia tracą rytm, stają się teraz urywane i rozpaczliwe.

– Roxy? – pyta Garrett, a potem słyszę skowyt i drugi głos, bez wątpienia my też teraz jesteśmy na głośniku, tym lepiej.

– Ptaszyno, jaką psotę knujesz? – pyta Diesel.

– Do cholery, mój nos, ty dupku – warczy Garrett.

Chrząkam i gryzę się w pięść, żeby siedzieć cicho, ale niepotrzebnie, bo wraz z jednym ostatnim pchnięciem i jednym trąceniem mojego palca ona dochodzi z krzykiem, jej ciało wije się pode mną, a cipka zaciska się tak ściśle, że nie mogę nic na to poradzić i sam dochodzę. Spuszczam się w nią i nieruchomieję, dysząc i powstrzymując mój własny krzyk.

Opada na biurko, oddychając ciężko, a ja cicho chichoczę, wciąż będąc w jej ciasnej dziurce. W telefonie przez chwilę panuje cisza, aż wreszcie dochodzi z niego śmiech.

– Ach, rozumiem, co to za numer! Czy doszłaś dla niego jak dobra ptaszyna?

Garrett wydaje jęk.

– Czy ty faktycznie włączyłeś głośnik, żebyśmy mogli usłyszeć, jak ona krzyczy?

Śmiejąc się, siadam z powrotem w fotelu, ciągnąc ją za sobą i pozostawiając nawleczoną na mojego już znowu sztywniejącego kutasa, a w drugiej ręce trzymam telefon, kiedy głaszczę ją po drżącym boku.

– Tak, została ukarana. – Wzruszam ramionami, na co ona się śmieje.

– Nie wygląda mi to na karę. Cześć, wariacie – pozdrawia Diesela. – Cześć, gniewny człowieku.

Obydwaj się śmieją.

– W takim razie nie będziemy się spieszyć. Przywieziemy coś do jedzenia, przyda się wam – mówi Diesel i się rozłączają. Odrzucam na bok telefon, ona przywiera śliskimi plecami do mojej piersi i kołysze, sprawiając, że obydwoje jęczymy. Chwytam ją za biodra i zmuszam, żeby przestała się ruszać, przyciskając czoło do jej spoconego barku. – Nie ruszaj się.

Stoi mi i chcę ją znowu dymać. Chryste, czy to kiedykolwiek zelżeje? To pieprzone pragnienie, żeby ją mieć? Jak jedna kobieta może tak bardzo kontrolować moje emocje i jednym uśmiechem i paroma słowami sprawiać, że tracę panowanie nad sobą?

– To było wspaniałe. Gotowy na drugie podejście? – pyta i unosi się, a potem spada na mojego kutasa.

Kurwa.

– Zawsze – rzucam, pomagając jej mnie ujeżdżać, i patrzę, jak mój kutas wślizguje się i wyślizguje z jej mokrej dziurki, a jej tyłek przyciska się do moich bioder. Zatacza kusząco biodrami, a ja wyciągam rękę i chwytam jej pierś, szczypiąc za sutek i dobywając jęk z jej gardła.

– To był dopiero twój pierwszy orgazm. Do trzech razy sztuka, co? – mruczę, przesuwając jej dłonią po brzuchu ku łechtaczce, którą znowu zaczynam delikatnie trącać.

Dochodzi jeszcze trzy razy. Dwa razy na moim kutasie i raz w moich ustach. Kiedy kończymy, obydwoje jesteśmy jak z gumy i połyskujemy od potu.

– Weźmy prysznic, zanim wrócą – proponuję, a ona wzdycha, przytulając się mocniej.

– Nie mogę chodzić, musisz mnie zanieść – domaga się.

– Wciąż chcesz rozstawiać mnie po kątach, księżniczko? – przekomarzam się.

– Wciąż udajesz, że tak nie jest? – dogryza mi, wtulając się nosem w moją pierś.

Podnoszę ją, a ona owija mi nogi w pasie, gdy niosę ją z biura do mojego pokoju, gdzie razem bierzemy prysznic. Dopiero kiedy się ubieram, zauważam, że zostawiłem telefon na biurku. Nieruchomieję. Ja zostawiłem swój telefon? Niesłychane. Ale kiedy mam wrócić tam, żeby go zabrać, chwyta mnie za rękę i prowadzi na dół, gdzie czekają na nas pozostali.

Szybko znowu o nim zapominam. To jest mój pierwszy wolny wieczór… od zawsze.

Podoba mi się. Zwłaszcza że ona siedzi mi na kolanie, je razem ze mną, a ja trzymając w ręce piwo, uśmiecham się, kiedy Diesel opowiada swoje perypetie z całego dnia, sprawiając, że razem z nami się śmieje.

Jest miło.

Jak w domu.

ROZDZIAŁ 31

ROXY

Budzę się wcześnie, nie wiem dlaczego. Przewracam się na plecy i wzdycham. Jestem tak przyzwyczajona do wstawania po południu, że chociaż jest już dziesiąta rano, czuję się jak zupełnie nowa osoba. Wstaję, wkładam sukienkę, nie kłopocząc się butami, ale zatrzymuję się, mijając lustro, a potem wracam i dodaję kolczyki i pierścionki, które kupił mi Ryder.

Wyglądają dobrze, więc uśmiecham się i wychodzę z pokoju, słysząc już z daleka, jak sprzeczają się przy śniadaniu. Teraz to już zwyczaj, jedzenie razem z nimi, i prawdopodobnie dlatego się obudziłam. Jak bardzo zmieniło się moje życie. Kiedy siadam przy stole, wszyscy obdarzają mnie uśmiechem, a potem drugi raz na widok biżuterii. Ryder wygląda na zadowolonego z siebie, Kenzo łagodnie się do mnie uśmiecha, Garrett tylko chrząka z aprobatą, a Diesel nachyla się do przodu.

– Tak, jedna z nas, jedna z nas! – skanduje, uderzając nożem i widelcem o stół, na co ja się śmieję. – Ach, chcesz coś zobaczyć? – pyta, poruszając brwiami.

- Nie wiem... a powinnam? Jeżeli to jest twój kutas, kotku, to już go widziałam, i chociaż jest ładny, wolałabym po prostu zjeść parówkę, którą mam na talerzu – dowcipkuję, z uprzejmym uśmiechem przyjmując kubek od Rydera. W reakcji na to jego usta poruszają się, bardziej niż zwykle. Może ten lód wreszcie zaczyna pękać.

- Nie... to później. Gdy to zobaczysz, na pewno na mnie wskoczysz. – Śmieje się i wstaje. Spoglądam w jego stronę i widzę, jak ściąga koszulkę.

- D, masz ładne mięśnie brzucha... – zaczynam, ale zacinam się, widząc nową dziarę na jego piersi. Mojej uwagi nie rozprasza nawet, jak to bywało zwykle, muskularny tors tego stukniętego mężczyzny. Stoi tam dumny, pusząc się, z tym szalonym uśmiechem na ustach, a ja tylko się gapię.

Na jego piersi, tuż nad sercem, jest ptak.

Ptak znajduje się na jego mięśniu piersiowym, usadowiony na zwiniętej żmii. Obydwa są jak żywe, aż mnie korci, żeby je dotknąć i przekonać się, czy są prawdziwe. Ptak stoi tam śmiało, nie bojąc się węża, z wysoko uniesionym dziobem, a wąż jest owinięty wokół niego, nie więzi go... ale podtrzymuje.

Ja i on.

Ten stuknięty sukinsyn zrobił sobie tatuaż nas dwojga nad sercem.

- Podoba ci się, ptaszyno? – pyta i nagle wydaje się zdenerwowany.

Rozglądam się dokoła, a Garrett otwiera szeroko oczy, szarpiąc głową w stronę Diesela i ponaglając mnie. Przełykam ślinę, patrzę z powrotem na D i oblizuję wargi.

- To chyba ja... i ty?

– Oczywiście. – Uśmiecha się szeroko. – Moja ptaszyna, tuż nad moim sercem.

– Ja… – Znowu przełykam ślinę. – Strasznie mi się podoba.

I tak jest w istocie. Jest wspaniały, najwyraźniej to znowu robota Garretta, ale co to oznacza? Jakaś moja cząstka wie, więc przepełnia mnie strach i podniecenie. Czy Diesel… mnie kocha?

Być przez niego kochaną byłoby zarazem niebezpieczeństwem i przygodą. To mogłoby mnie zabić, mogłoby mnie pochłonąć, ale umierałabym z uśmiechem na ustach. Tylko że on nie może mnie kochać. Prawda? I czy tak mnie postrzega? Taką silną, zdobywającą ich.

– Jest piękny – mówię cicho, a on okrąża stół i kuca przede mną.

– Tak jak ty, ptaszyno. – Puszcza do mnie oko, a potem nachyla się i mocno mnie całuje, chyba nieświadom tego, że jestem zmrożona. Odsuwa się, wyglądając na przeszczęśliwego. – Mówiłem ci, że jesteś nasza, ptaszyno, i nigdy od nas nie uciekniesz. To tylko po to, żeby pokazać innym. Ty nosisz nasze znaki, a my twoje.

Otwieram szeroko oczy. Czy pozostali też sobie takie zrobili? Ta myśl mnie przytłacza.

– Tylko D – komentuje Garrett, jak gdyby czytał w moich myślach, a ze mnie schodzi powietrze. Kurwa, na szczęście. D jest szalony i ma odmienne emocje niż inni ludzie. Chce mnie i bierze mnie. Kocha mnie i rani mnie. To jest dla niego proste. Gdyby pozostali sprawili sobie takie dziary, mieliby do tego inne powody, a ja nie wiem, czy jestem na to gotowa.

Ale Diesel – dla niego nie ma znaczenia, czy coś odpowiem albo czy nie jestem pewna swoich uczuć, on wie. Zawsze tak jest.

Znowu mnie całuje i tym razem odwzajemniam mu pocałunek. Śmieje się i szczęśliwy wraca na swoje miejsce, a ja nie odzywam się przez cały posiłek. Cały czas czuję na sobie wzrok Rydera.

Czy tak teraz wygląda moje życie?

Zakochiwanie się w Żmijach? Pożądanie i akceptacja mojego nowego życia to jedna rzecz… ale czy naprawdę potrafię ich kochać? Zaczęliśmy szorstko i jakaś moja część nadal ich nienawidzi.

Czy gdzieś po drodze te wszystkie „nienawidzę cię" nie zaczęły znaczyć czegoś innego? Nie wiem i to mnie niepokoi. Ryder jest przerażony, że zniszczę mu rodzinę… a co, jeśli ma rację?

Ale co, jeśli tego nie uczynię? Co, jeśli znajdę tu szczęście? Biorę oddech, postanawiając, że muszę spróbować. Może i boję się pokochać kogoś… więcej niż *jednego* kogoś, ale nie chcę jeszcze się poddawać. Nie będę im więc pokazywać, jak ciężko jest mi kochać albo jak bardzo jestem pokręcona, tak że kiedy ktoś mówi, że mnie kocha, ja czekam, aż nadejdzie ból. Bo zawsze przychodzi.

Ci, którzy nas kochają, mają okazję najgorzej nas ranić, i z mojego doświadczenia wynika, że zawsze to robią.

Po śniadaniu idę do pokoju, żeby mieć chwilę dla siebie. Kończy się tym, że zasypiam, a kiedy się budzę, czuję się lepiej. Nie mogę pozwolić na to, żebym od tego wszystkiego zgłupiała.

Mogę się chować, uciąć to i pozwolić, żeby mnie to opanowało… i może stracić tych chłopaków – najlepszą rzecz, jaka mi się kiedykolwiek przydarzyła.

Albo będę normalnie żyła dalej, pomimo obaw, i nadal ich

akceptowała. Wiem, jaki mam wybór, przybieram więc barwy wojenne i czuję się silniejsza, kiedy robię sobie makijaż. Mam podkreślone kredką ciemne oczy, usta ciemnoczerwone jak krew, dodaję też naszyjnik, który mi kupili, obrożę, a potem wskakuję w kolejną sukienkę. Jest czarna z koronkowymi rękawami, które prześwitują. Jest nieco szykowna, opina mi sylwetkę, ale dobrze się w niej czuję. Na koniec poprawiam włosy, wygładzając je.

Wychodzę z pokoju, ale spotykam tylko Kenzo, ma włosy zaczesane do tyłu, a na sobie białą koszulę z podwiniętymi rękawami ukazującymi jego grube przedramiona, a do tego szarą kamizelkę i spodnie. Wygląda odlotowo. Gdy z łagodnym uśmiechem podnosi wzrok i mnie widzi, otwiera szeroko usta, dzięki czemu czuję się seksowna, więc podchodzę dumnym krokiem i odważam się usiąść mu okrakiem na kolanach. Jego tablet zsuwa się zapomniany na bok, łapie mnie za tyłek i przyciąga do siebie.

– Wyglądasz tak apetycznie, że chciałbym cię zjeść – mruczy.

– Obiecujesz? – Uśmiecham się do niego, wsuwając dłoń w jego włosy, tak że trochę opadają na bok.

Wydaje jęk.

– Chciałbym, ale muszę niedługo wyjść.

– Dokąd? – pytam, czując, jak przyciska się do mnie jego sztywny kutas.

Oczy mu ciemnieją od żądzy.

– Gra – mruczy. – Będzie grał pewien człowiek, od którego potrzebuję informacji.

– O tych zamachach? – naciskam.

Kręci głową.

– Na temat przecieku. To mój stary gracz, ktoś, kto kiedyś zajmował się dla mnie bukmacherką.

Ożywiam się.

– Mogę iść z tobą?

– A chcesz iść? – pyta powoli, a ja prycham.

– No pewnie, kurewsko mi się nudzi, mogę ci pomóc. A poza tym wóda, hazard i ty? Brzmi jak dobra zabawa.

Jęczy, oblizując wargi.

– To absurdalnie rajcujące. – Wodzi wzrokiem po mojej sylwetce, na co przebiega mnie dreszcz. – Możesz iść ze mną, ale pamiętaj, że twoja sukienka będzie u mnie na podłodze jeszcze tej nocy. Jesteś moją wygraną.

Pochylam się i całuję go delikatnie.

– Obiecanki cacanki – mruczę, wstaję i odchodzę, zatrzymując się przy drzwiach i spoglądając na niego. Ma zamknięte oczy i wydęte wargi. – Idziesz?

Gramoli się na nogi, uśmiechając się lekko do mnie, kiedy wygładza sobie kamizelkę, bierze telefon i chowa go do kieszeni. Podchodząc, obraca w dłoni kostkami do gry i zakłada mi rękę na ramię.

– Nie mogę się doczekać, najdroższa.

Zjeżdżamy na dół, w windzie głaszcze mnie dłonią od pleców po pupę. Uśmiecham się, kiedy drzwi się otwierają, a on obejmując mnie ramieniem, prowadzi do czerwonego ferrari. Otwiera drzwi, a ja wskakuje do środka, patrząc, jak obchodzi maskę i wsiada na miejsce kierowcy. Mruga do mnie.

– Trzymaj się – ostrzega, gdy silnik nabiera obrotów, i z piskiem opon rusza z miejsca.

Krzyczę w ekstazie, gdy wyjeżdżamy z budynku i pędzimy ulicami. Zapada już zmrok, miasto budzi się do życia, a my zagłębiamy się w uliczny ruch. Wyjeżdżamy z miasta i jedziemy odcinkiem drogi na otwartej przestrzeni. Z jedną ręką na kierownicy, a drugą na dźwigni zmiany biegów przyspiesza, a potem wyciąga rękę, kładzie dłoń na moim nagim udzie i ściska je, cały czas prowadząc.

Wiatr rozwiewa mi włosy, serce mi wali od prędkości, a na ustach pojawia się uśmiech. To jest niesamowite. Rozwieram szerzej uda dla niego, a jego dłoń sunie wyżej, zatrzymuje się, kiedy pociera mi kciukiem o cipkę, i zostaje tam, podczas gdy on dalej kieruje. Podnieca mnie sposób, w jaki panuje nad tą maszyną, i jak szybko jedziemy, cały czas wspinając się pod górę.

Dlaczego to takie rajcujące?

Nie mija wiele czasu, a skręcamy i jedziemy prywatnym podjazdem w najbogatszej dzielnicy miasta.

– Dlaczego nie macie tutaj domu, chłopaki? – pytam.

– Mamy. Nie cierpimy go. – Uśmiecha się do mnie, kiedy zatrzymujemy się przy czarnym, bogato zdobionym ogrodzeniu z herbem od frontu. – Nie znosimy bogaczy, tych sztywnych sukinsynów.

– Sam jesteś bogaty. – Śmieję się.

– To prawda, i czyż nie jestem sztywnym sukinsynem?

Brama otwiera się ze szczęknięciem i przejeżdża ją szybko, jadąc brukowaną alejką do kolistego podjazdu z fontanną w środku, znajdującego się przed ogromną rezydencją. Zatrzymuje się przed wejściem i wysiadając, rzuca kluczyki kamerdynerowi, a potem obchodzi samochód, żeby otworzyć mi drzwi. Podaje mi rękę, a ja ją przyjmuję, po czym pomaga mi wstać i obejmuje mnie ramieniem w pasie, gdy idziemy po schodkach do wejścia.

Otwierają się przed nami drzwi. Ze środka sączy się muzyka, a kiedy wchodzimy, niemal opada mi szczęka. Kurwa, to tak żyją bogacze. Wszędzie wiszą żyrandole, a na każdej ścianie dzieła sztuki w staroświeckich, złotych ramach obok portretów rodzinnych. Z hallu, w którym się znajdujemy, prowadzą na piętro dwie pary krętych schodów.

Dobiega nas muzyka, śmiech i pobrzękiwanie szkła. Wkoło przechadzają się kobiety w obcisłych sukniach i biżuterii, wystrojone po uszy, opierając się na ramionach mężczyzn w garniturach. Wszystko tu ocieka luksusem i czuję się cholernie nie na miejscu. Ale Kenzo się nie przejmuje, nachyla się i mówi cicho:

– Udawaj, dziecino, oni wszyscy to robią i wszyscy skrywają swoje ciemne sekreciki. Widzisz tego z wąsem?

Kiwam głową, kiedy wspomniany mężczyzna przechodzi obok.

– Sypia ze swoją pasierbicą, tą, która śmieje się w tej wielkiej grupie bogatych palantów. Jest bankrutem. To wszystko gra, najdroższa, niebezpieczna, ale gra. Tutaj używają słów, a nie pięści, ale na jedno wychodzi. Wiesz, jak w nią grać, tak samo jak ja. Oni nie są lepsi od nas, nie, oni są niczym. To tylko pionki, wszyscy spragnieni władzy i pieniędzy, zrobią dla nich wszystko.

– Całuje mnie w szyję i prostuje się, gdy podchodzi do nas jakiś mężczyzna, żeby się przywitać. Nawet na mnie nie spogląda, tylko ściska rękę Kenzo.

– Miło cię widzieć. Jesteś mi winny partyjkę później, żebym mógł spróbować się odegrać. – Symuluje uśmiech.

– Oczywiście. – Kenzo się uśmiecha, ale to też jest maska, widzę to. – Pozwól, że przedstawię ci moją dziewczynę, Roxy.

Mężczyzna w końcu na mnie patrzy, wodząc wzrokiem od góry do dołu po mojej sylwetce, jego świdrujące oczy się zapalają.

– Miło cię poznać… Roxy – wita się, ujmując i całując moją dłoń.

– Żałuję, że nie mogę powiedzieć tego samego, ale ponieważ nie przedstawiłeś się, zanim zacząłeś gapić się na moje piersi, nie mogę cię właściwie poznać, nieprawdaż? – Uśmiecham się pod nosem.

Śmieje się i teraz sprawia wrażenie bardziej zainteresowanego, ożywiając się, jak gdyby to on sam grał w jakąś grę.

– Oczywiście. Wybacz mi, jestem przyzwyczajony do głupiutkich ślicznotek, które dbają tylko o kolor twojej karty kredytowej. Mam na imię Stefan, miło cię poznać, Roxy. – Pochyla głowę, tym razem jakby z szacunkiem.

– Przepraszam, ale mamy inne zobowiązania towarzyskie i pieniądze do wygrania – mówi Kenzo i zabiera mnie, a Stefan patrzy za nami. – Uroczy mężczyźni, prawda, najdroższa? – mruczy do mnie. – Uważaj, dziecino, oni tu wszyscy są wężami.

– Ale żaden nie jest takim jak ty – mówię, zerkając na niego, kiedy zatrzymujemy się w drzwiach. – A mimo to opieram się na twoim ramieniu, dupku.

– Uwielbiasz to. – Mruga do mnie, gdy przynoszą nam dwa drinki. Podaje mi szkocką, a sam wypija duszkiem szampana, a potem oddaje kelnerowi kieliszek. – Jeszcze jedna szkocka dla mnie.

Prawie wybucham śmiechem, że wiedział, że nie wypiję tego świństwa z bąbelkami, sącząc swojego drinka i czując ciepło rozlewające się po całym ciele, kiedy lustruję pomieszczenie. Wkoło porozstawiane są stoły, jak w kasynie, tyle że w prywatnej rezydencji, jest też bar i stoliki. To robi wrażenie, zgromadzili się tu bogaci i potężni i przepuszczają swoje pieniądze, oddając się hazardowi.

Te same pieniądze, które kradną biednym.

– Kto to prowadzi? Ty?

– Nie, dżentelmen, z którym mamy się spotkać. To jest poza granicą administracyjną miasta i dlatego nie mam go w kieszeni, a ponadto to stary znajomy – odpowiada spokojnie Kenzo, uśmiechając się i witając skinieniem głowy mijających nas ludzi.

– Nie przyjaciel? – dopytuję, badając wzrokiem tłum.

– Ja nie mam przyjaciół, najdroższa. Mam braci i ciebie – mówi z roztargnieniem, a potem ciągnie mnie przez ciżbę. – Oto on. Nie hamuj się ze względu na mnie, te bogate fiuty potrafią znieść twoje zachowanie, dziecino, więc wkurzaj ich i nie daj sobie w kaszę dmuchać. Sam, kurwa, tak robię.

– A jednak uwielbiają cię – dodaję, bo widzę, jak wszyscy się z nim witają.

– Uwielbiają moje pieniądze i władzę, jaką mam. Nie wiedzą, jak cię traktować, ale jesteś ze mną, więc będą się z tobą śmiać i nie będą się odgryzać. Rób, co chcesz, bądź tak wredna, jak ci się podoba, bądź sobą.

No cóż, dał mi pozwolenie. Będzie tego żałował.

Zatrzymujemy się przy pełnym stole i nagle miejsce przy nim się zwalnia. Kenzo siada i ciągnie mnie, sadzając sobie na kolanach. Jest tam czterech mężczyzn i krupierka w krótkiej sukience koktajlowej.

– Danny. – Kenzo wita skinieniem głowy mężczyznę siedzącego naprzeciwko nas.

Jest rudzielcem z gęstą brodą, świdrującymi niebieskimi oczami i bladą cerą, ma na sobie do połowy rozpiętą koszulę. Wygląda groźnie, kiedy spogląda na nas.

– Kenzo, nie przypominam sobie, żebym cię zapraszał.

– A czy kiedykolwiek mi to przeszkadzało? – Śmieje się i ściska mnie mocniej.

Wzrok Danny'ego przesuwa się na mnie, ogląda mnie i odwraca spojrzenie, okazując brak zainteresowania. Skurwiel.

– Nie wiem, dziecino, on dla mnie nietęgo wygląda – zauważam, nachylając się do Kenzo, który całuje mnie w ramię, a dłonią gładzi mi udo pod stołem i bierze swoje karty.

Danny ponownie na mnie spogląda, oczy zapalają mu się rozdrażnieniem, a nozdrza rozszerzają.

– Co powiedziałaś, dziewczyno?

– Jestem kobietą, nie dziewczyną – odpieram, a potem odwracam się, ignorując go. – Nie sądzę, żebyśmy go potrzebowali.

Danny wbija we mnie wzrok. Czuję to, gładząc ramię Kenzo, który gra w karty.

– Możemy znaleźć kogoś innego, pieniądze się nie różnią.

Kenzo uśmiecha się lekko, kiedy wygrywa, i następuje kolejne rozdanie. Jakiś inny mężczyzna przy stole patrzy na mnie gniewnie, a ja odwzajemniam jego spojrzenie.

– Masz jakiś problem, dupku? Potrzebujesz viagry, żeby ci stanął, czy wystarczy, że zerkniesz na moje cycki?

Tamten odskakuje zszokowany, a ja się śmieję.

– Nie martw się, twoja żona nie będzie ci miała tego za złe, w swoich perłach będzie tak samo zniesmaczona jak ty, tym nudnym sztampowym seksem z tobą, kiedy kurz będzie się sypał z twoich zmurszałych kości.

On prycha, a Kenzo się śmieje, ale nie powstrzymuje mnie. Spoglądam na drugiego mężczyznę, jest w średnim wieku i trochę pucołowaty.

– Niech zgadnę, pieniądze tatusia? Wydajesz je na dziwki i dlatego drapiesz się po jajach. Trochę chorób wenerycznych, mam rację?

Danny śmieje się głośno, a tamci dwaj odchodzą od stołu. Zostaje teraz tylko on i Kenzo.

– Ona mi się podoba, gdzie ją znalazłeś?

– Tam, gdzie ty nie chadzasz. – Kenzo uśmiecha się, lekko wykładając karty i zgarniając wygraną, na co Danny klnie przy kolejnym rozdaniu. – Potrzebuję informacji.

– Miło z twojej strony. – Danny prycha.

– To cipa. – Śmieję się. – Woli grać sobie w karty, a nie w prawdziwe pieniądze.

Kenzo przesuwa dłoń wyżej, nie zważając na innych, i obejmuje mi cipkę. Jęczę mu do ucha i szczypię zębami za małżowinę, jest skupiony na kartach i wygrywa, nawet gdy równocześnie mnie pieści, na co mu pozwalam. Cipka pulsuje i świerzbi mnie, pragnąc go. Kiedy widzę go w tym wcieleniu, jego opanowanie, siłę… to na mnie działa.

Jestem zmoczona jak cholera.

Musi to czuć, bo wydaje jęk, na co uśmiecham się, znowu liżąc go po uchu.

– Wyobrażam sobie, że dymasz mnie w obecności tych wszystkich starych, bogatych sukinsynów i pokazujesz im, czym jest prawdziwe życie – mruczę mu do ucha.

Klnie i przegrywa kolejne rozdanie, na co Danny się śmieje.

– Informacje, mówisz? Dobra, o co chodzi?

Ale Kenzo wstaje, ciągnąc mnie za sobą.

– Później – warczy.

Podnosi mnie, chwyta za rękę, mrugając do Danny'ego, a ja się zastanawiam, do czego pije, ale wyciąga mnie już z pokoju, wyglądając na zdesperowanego. Ignoruje wszystkich, którzy próbują z nim rozmawiać, rozgląda się wkoło, aż wreszcie otwiera jakieś drzwi i wpycha mnie do środka. Lecę na ścianę i stękam.

To jest schowek na przybory do sprzątania. Odwracam się, żeby na niego spojrzeć, on zamyka drzwi i przekręca zamek, a potem obraca się do mnie. Ma ciemne i wygłodniałe spojrzenie.

– Mam zamiar cię wydymać, najdroższa. Lepiej głośno krzycz, żeby cię słyszeli i żebyś faktycznie mogła zszokować tych starych, bogatych sukinsynów. – Uśmiecha się pod nosem, podchodząc bliżej. – Nie powinnaś była się ze mną drażnić, najdroższa.

– A kto powiedział, że się drażniłam? – Uśmiecham się, chwytając suknię, podciągając ją do góry i odsłaniając majtki. – No to jak, wydymasz mnie?

Rozpina pasek i spuszcza suwak, wodząc po mnie oczami. Potem działa szybko. Za dużo stłumionego pożądania, za dużo potrzeby. Ostatnim razem opierałam mu się, ale teraz tego nie robię. Chcę tego, chcę jego. Chcę mieć jego kutasa w środku w tej rezydencji pełnej bogatych skurwieli, których zawsze nienawidziłam.

Chcę, żeby słyszeli, co ze mną robi, żeby wiedzieli, że może i mają pieniądze i ludzi, ale nigdy nie będą mieli tego, co my mamy. Realności. Czystego pożądania i potrzeby dymania się. Drugiej osoby.

Rzuca mnie na ścianę i unosi.

– Zrobimy to mocno i szybko, ty pieprzona złośnico.

Jęczę, odchylając głowę do tyłu, kiedy ściąga mi na bok bieliznę, ustawia się przy mojej mokrej cipce i wchodzi we mnie. Wtedy krzyczę z bólu, ale też z przyjemności. Nie przestaje, odchyla się do tyłu i wbija się we mnie, a ja oplatam go nogami w pasie.

Klamka u drzwi się porusza, ja śmieję się, a on chichocze.

– Jestem zajęty dymaniem mojej dziewczyny, niedługo wyjdę – woła, a potem znowu wbija się we mnie.

– Prawdopodobnie dostał ataku serca – jęczę i oczy mi się zamykają.

– Prawdopodobnie. Czy to nie byłoby wspaniałe? – mruczy, liżąc rowek pomiędzy moimi piersiami.

Wbijam obcasy w jego tyłek, przynaglając go. Przyciska dłoń do ściany, a drugą trzyma na moim biodrze, dymając mnie. Jęczy moje imię. Sposób, w jaki je wymówił, sylaby toczące się z jego ust, kiedy jego mięsisty kutas wchodzi we mnie, nawlekając mnie na siebie, powoduje, że przeszywa mnie dreszcz pożądania. On dyszy, nasze serca walą zgodnie, gdy posuwa mnie po ścianie siłą swoich pchnięć.

Wpijam dłonie w jego barki i przyciągam go bliżej, wytrysk narasta we mnie pod wpływem jego dłoni i kutasa. Gryzie mnie w pierś i krzyczę moje spełnienie. Przenika mnie ono, drżę i dygocę, a on burczy w moją pierś, kiedy czuję, jak wypełnia mnie jego wytrysk.

Ja pierdolę.

Obydwoje ciężko oddychamy, opierając się o ścianę, czuję słabość w nogach, którymi wciąż go oplatam. Unosi głowę, ma ciemne i filuterne spojrzenie.

– Ciekaw jestem, czy to słyszeli, czy musimy zacząć od nowa?

– Nie wiem – mówię, ledwie łapiąc oddech. – Może jeszcze raz?

Uśmiecha się szelmowsko i odsuwa od mojego przywartego do niego ciała. Dotykam nogami podłogi, są słabe i prawie uginają się pode mną, ale on pomaga mi, podtrzymując mnie ręką w pasie, przyklęka u mych stóp i zatapia twarz w mojej cipce.

Jęcząc, zakładam mu jedną nogę na ramię, ale on chwyta drugą i też ją tam zarzuca, bez wysiłku unosząc mnie, kiedy chłepcze moją łechtaczkę, nie dbając o to, że wycieka ze mnie jego wytrysk.

Wylizuje mnie od góry do dołu, zagłębiając się w cipkę, a potem skupia się na zakolczykowanej łechtaczce, bawiąc się nią, drażniąc mnie. Przysuwam się bliżej, prawie dusząc go moją cipką, gdy moje uda zaciskają się na nim.

Nie dba o to, chwyta mnie mocniej rękoma, jakby nie mógł się mną dostatecznie nasycić. Jego język wprawnie naciska i liże tam, gdzie mi tego trzeba. Klamka u drzwi znowu grzechocze, ale obydwoje nie zwracamy na to uwagi.

– Tak – jęczę i głowa opada mi do tyłu. – Kenzo, proszę – błagam.

Koniecznie muszę znowu dojść, żołądek mi się zwija, kiedy żyłami płynie mi lawa wzbudzona jego wprawnymi ustami. Jęczy, przywarty do mojej cipki, i odgłos ten wibruje we mnie, kiedy targa za mój kolczyk.

– Boże, tak! – wrzeszczę, przyciągając go bliżej i wyciągając ręce, aby chwycić go za włosy, i kołyszę biodrami, rozpaczliwie dymając jego usta.

To ponownie narasta, czuję to. Jestem tak blisko krawędzi, że gdy znowu pociąga mnie za kolczyk, spadam z niej z krzykiem. Liże mnie cały czas łagodnymi, chłepczącymi głaśnięciami po wrażliwej łechtaczce, a ja dyszę i rozluźniam się, oparta o ścianę, wciąż ze ściśniętym żołądkiem i drżącymi udami wokół niego.

Pomaga mi stanąć, opuszczając moje stopy na ziemię. Wciąż klęczy, ma brodę i usta pokryte moim wytryskiem, i uśmiecha się lekko do mnie.

– Otwieraj drzwi, pieprzony fiucie, mam dla ciebie te informacje – wrzeszczy Danny, a Kenzo wyciera usta i puszczając do mnie oko, z powrotem pakuje się w spodnie, doprowadza się do ładu i sprawdza, czy ze mną wszystko w porządku, a potem otwiera drzwi.

– Wszystko u ciebie w porządku, stary? Potrzebujesz czegoś? – pyta Kenzo, zasłaniając mnie przed Dannym, kiedy poprawiam sobie ubranie i uspokajam oddech.

– Chcesz wiedzieć, kto was zdradził, tak? – rzuca Danny przyciszonym głosem.

– Naprawdę? Nie wiem… – Kenzo się uśmiecha.

– Zamknij się, kurwa, wiesz, że tam nie mogłem rozmawiać. Wpuścisz mnie do środka? – Przepycha się obok Kenzo i kieruje oczy na mnie. – Cuchnie tu seksem.

– Serio? – Uśmiecham się. – To chyba ta gra w karty tak mnie nakręciła. – Mrugam do niego.

Kenzo zamyka drzwi, opiera się o nie i uśmiecha do mnie.

– Co począć, nie mogę się przy niej powstrzymać.

– Tak, tak, nie obchodzi mnie, kurwa, że sobie zamoczyłeś chuja. Nie mogą widzieć, że z tobą rozmawiam, zabiją mnie. Chcesz te informacje czy nie? – warczy Danny, odwracając się ode mnie, żeby spojrzeć w twarz Kenzo, która spochmurniała i stała się poważna.

– Co wiesz? – pyta Kenzo.

– Wystarczająco dużo, żeby wiedzieć, że kolegowanie się z tobą jest teraz niebezpieczne, nawet te bogate kutasy o tym wiedzą, ale ciebie boją się bardziej. Ktoś wie wszystko, chłopie, i to nie jest pracownik. Znają szczegóły, których nikt inny nie zna. Dane nie są aktualne, ale mają je – gdera Danny. – Na twoim miejscu rozejrzałbym się w przeszłości i nie wychylał głowy.

– Dlaczego? – pyta Kenzo.

– Bo zbliża się atak i nie sądzę, żebyście to przetrwali. Jeżeli wam się uda, zagramy znowu, możesz przyprowadzić swoją dziewczynę, wtedy wygram trochę więcej. – Danny kiwa głową, a Kenzo odpowiada mu skinieniem głowy ze spokojnym uśmiechem na ustach.

– Dzięki, stary.

Kenzo go wypuszcza na zewnątrz i zamyka drzwi.

– I co? Jesteś bardzo spokojny.

On się śmieje.

– Najdroższa, my już wiedzieliśmy, że będzie atak, zawsze jest jakiś atak, żyjemy z tym bez ustanku. Mam tutaj czterech ochroniarzy wmieszanych w tłum. Nikt ci nie zrobi krzywdy – burczy, a oczy znowu mu ciemnieją – oprócz nas.

– Jakie to romantyczne – mówię drwiąco, wygładzając sobie suknię. – A więc wychodzimy już?

– Jest jeszcze wcześnie, chodźmy wygrać trochę pieniędzy. – Kenzo mruga do mnie porozumiewawczo, łapie mnie za rękę i splata palce między moimi. Kiedy otwieramy drzwi, przechodzi jakiś mężczyzna i twarz mu czerwienieje, gdy nas mija, na pewno słyszał, co tam wyrabialiśmy, bo pochyla się i szybko odchodzi, na co obydwoje się śmiejemy.

Powinna być niezła zabawa, a już zdecydowanie za długo nie wychodziłam się zabawić. Czas pożażywać życia bogaczy i zabrać im wszystkie pieniądze. Czy wspominałam, że lubię hazard?

Och, chyba zapomniałam o tym powiedzieć Kenzo.

ROZDZIAŁ 32

KENZO

Moja dziewczyna jest naturalna, olśniewa wszystkich wokoło. Nie tylko swoją błyskotliwością i ciętym językiem, ale też tym, że drenuje tych bogatych starych fiutów do sucha. Bierze ich pieniądze z bezczelnym uśmiechem i wulgarnym słowem. Nie wiedzą, jak ją ugryźć, nie ma żadnych zahamowań. Jest niegrzeczna, jest głośna i jest cholernie doskonała.

Czyści stolik pokerowy i rozsiada się w swoim krześle jak pieprzona królowa, z nogą założoną na nogę, pokazując długie, smukłe kończyny, które nie tak dawno temu były oplecione wokół mojej głowy. Wiedząc, że nie ma na sobie majtek, jestem w ciągłym stanie podniecenia, nie mówiąc już o tym, jak cholernie jest dobra. Dziewczyna idealna dla mnie.

Wie, kiedy spasować, a kiedy blefować.

To jest rajcujące jak cholera. Nasze węże błyszczą w jej uszach i na szyi, znacząc ją jako naszą. Dzielę uwagę pomiędzy nią i obecnych, wypatrując zagrożeń. Normalnie nie przejmowałbym się, cieszyłbym się z dobrej bitki, ale kiedy ona jest ze mną, nikt nie podejdzie na tyle blisko, żeby do tego doszło.

Nikt jej nie dotknie.

Wygrywa kolejne rozdanie i puszcza do mnie oko, na co fala pragnienia spływa mi prosto do kutasa.

– Wygląda na to, że te bogate sukinsyny naprawdę lubią rozstawać się z pieniędzmi. Muszę powiedzieć, że spodziewałam się, że będą lepsi w tym gównie, widząc, jak trzymają się swojej kasy, żeby pozostać bogatymi. – Śmieje się, a inne kobiety śmieją się razem z nią.

– Z czego się śmiejesz, Karen? Wszyscy wiemy, że kładziesz się na plecach dla tej biżuterii. – Prycha na dosyć młodą kobietę, która jest ze starym, pomarszczonym sukinsynem gapiącym się na moją dziewczynę.

Kobieta łapie oddech i wygląda na zszokowaną, usta jej się otwierają i zamykają, ale nie zaprzecza. Wszyscy wiedzą, że jest blacharą, chociaż chyba nie ma na imię Karen.

– Grasz tak samo, jak się dymasz – mówię do mojej dziewczyny, a mężczyźni słysząc to, spoglądają nieswojo, kiedy się lekko uśmiecham.

– Ty też. – Uśmiecha się. – Jeżeli oni też, to żal mi ich żon. Najwyraźniej nie po to za nich wychodziły.

Śmieję się tak mocno, że prawie płaczę. Boże, to jest niesamowite. Roxy nigdy by się tu nie wpasowała. Jest inteligentna, zbyt pewna siebie i nie trzyma języka za zębami. A jej gadka – kurwa, uwielbiam to. Ma w dupie, że są tu najbardziej wpływowi ludzie z miasta. Zachowuje się w ich obecności tak samo jak z nami i z klientami swojego baru.

To jest ożywcze i tak cholernie powabne.

Wstaje.

– Znudziłam się, za łatwo mi z nimi idzie. – Spogląda na mnie. – A co powiesz na partyjkę między nami? – Jej wzrok przesuwa się po mojej sylwetce. – Potrzebuję prawdziwego wyzwania, w końcu jesteś bogatym fiutem. Co masz do stracenia?

Śmiejąc się, odstawiam drinka i wstaję.

– Sama tego chciałaś, najdroższa. O co zagramy?

– O wszystko. – Uśmiecha się szeroko. – Jeżeli wygram, biorę ciebie. – Przypominam sobie, jak pierwszy raz graliśmy, i w tym rzecz. Kurwa.

– A jeśli ja wygram? – mruczę, przywierając do niej i nie zważając na zdegustowane spojrzenia kierujące się w naszą stronę, bo łamiemy reguły dobrego wychowania. Pierdolę ich opinię.

– Dostaniesz mnie – mruczy uwodzicielsko.

– Ależ, najdroższa, już ciebie mam, ale dobrze. – Prowadzę ją do prywatnego stolika i zaczynam jej pokazywać, dlaczego nikt nie znosi ze mną grać.

Wygrywam.

Wkurza się na to, ale godzi się z przegraną, a potem znowu wstajemy i przechadzamy się po sali. Specjalnie prowadzę ją do ludzi, których nie znoszę, i przedstawiam ją, żeby zobaczyć, co powie. To moja nowa ulubiona zabawa. Nigdy nie wiem, co wymsknie się z jej ust. Kiedy zbliżamy się do ludzi, oni w końcu próbują się cofać, nie jak zazwyczaj, ze strachu, ale zniesmaczeni tym, co może powiedzieć moja „grubiańska dziwka”.

Człowiek, który to powiedział, leży zapewne wciąż nieprzytomny w toalecie – to moja robota.

– Najdroższa, to burmistrz Brentworth – informuję, przedstawiając ją jemu i jego żonie.

– Miło cię poznać, Roxy. Słyszę, że wywołujesz prawdziwe poruszenie. – Burmistrz się śmieje.

– Być może, a może wy, bogacze, nie jesteście przyzwyczajeni, żeby słuchać prawdy. Wiem, że tak jest. Kiedy ostatni raz spojrzał pan poza swoje wieżowce ku ludziom śpiącym pod gołym niebem, pana ludziom? Następnym razem, zanim postawi pan dziesięć kawałków w kasynie, niech pan pomyśli, co mogłyby one znaczyć dla tych w potrzebie, hmm? – mówi, teraz już rozzłoszczona.

Ach, moja żmijka. Zawsze stara się ratować ludzi.

On blednie jak kartka, chociaż jego żona się śmieje.

– Ona mi się podoba. Mówiłam mu wiele razy, że powinien więcej inwestować w przedmieścia, a mniej w tych bogaczy.

Roxy mruga i na jej twarzy maluje się powoli uśmiech.

– Podobasz mi się. – Tamta kiwa głową, spoglądając znowu na burmistrza, a Roxy dodaje: – Jest bystra, powinieneś od czasu do czasu jej posłuchać, burmistrzu, to może mniej ludzi by cię nienawidziło. – Odstawia drinka i zwraca się do mnie: – Nudzi mi się, chodźmy stąd, co?

Uśmiechając się pod nosem, obejmuję ją ramieniem w pasie.

– Tak, do cholery, chodźmy stąd. Mogę cię wydymać na łóżku z pieniędzy, które wygrałaś. – Jej oczy się zapalają, a ja słyszę, jak ludzie dokoła fukają, na co jeszcze bardziej się śmieję, nachylając się do niej. – Nigdy się nie zmieniaj, dziecino, już dawno tak dobrze się nie bawiłem jak dzisiaj.

– Bulwersując staruchów? – Uśmiecha się.

– Nie, śmiejąc się podczas pracy. To życie… czasami nie cierpię jego finansowej strony i ludzi, których sprowadza niczym sępy. A dzisiaj… dzisiaj udało mi się być sobą i dobrze się bawić, dziękuję – cedzę, wyprowadzając ją z sali.

Kiedy wychodzimy na zewnątrz, kamerdyner biegnie sprowadzić nasz samochód i zostajemy tylko ja i ona. Przytula się do mojej piersi.

– Dziękuję, że mnie zabrałeś. Dobrze się bawiłam, miło było gdzieś wyjść, być pomocną, a nietrudno było ubliżać tym skurwielom dla ciebie. Nie podoba mi się, jak oni na ciebie patrzyli z góry.

Prycham.

– Pochodzę z rodziny bogatej od pokoleń, najdroższa, ale oni wiedzą, że to pieniądze splamione krwią. Zawsze patrzyli i zawsze będą na nas patrzeć z góry. Dlatego wiele lat temu przestaliśmy próbować się dopasować.

– Hm, nie będą się wywyższać, nie kiedy ja jestem w pobliżu. – Uśmiecha się, gdy podjeżdża samochód.

Odbiera mi mowę, więc tylko ją całuję. Próbowała nas chronić, walczyć o nas na swój własny sposób, a ja mogę jedynie ją za to kochać. Nasz zupełnie własny mały żołnierz.

Żmija taka jak my.

Wsadzam ją do samochodu i szybko odjeżdżam, ale na końcu podjazdu zatrzymuję się i spoglądam na nią.

– Zmęczona?

Kręci głową, rozsiadając się w fotelu i obserwując mnie.

– Ani trochę, a co?

– Chcesz zobaczyć, dokąd naprawdę chodzę? Gdzie jestem sobą? – pytam.

Kiwa głową z niepewnym uśmiechem, a ja ruszam.

Ona żyje chwilą. Roxy nigdy nie była stworzona do tamtego życia, po prostu cały czas czekała, aż ją znajdziemy. Żałuję tylko, że trwało to tak długo. Przynależy do naszego świata, wstrząsnęła nim i kazała nam uświadomić sobie, że się zatracamy.

Przy niej jestem sobą.

Przy niej jestem szczęśliwy.

A teraz zabiorę ją w jedyne miejsce, w które nie zabieram nikogo. Żadne bogactwa, żadne kluby i żadne gry. Tylko miejsce, w które chodzę, żeby czasem uciec od tego wszystkiego, miejsce, o którym nie mówię nawet Ryderowi, że je odwiedzam. Wyszedłbym na sentymentalnego, ale to mi pomaga.

Jedziemy przez miasto, ale zostawiamy za sobą muzykę i światła. Wiem, że jest ciekawa, dokąd zmierzamy, ale nie potrafię zmusić się do mówienia, nawet kiedy zatrzymujemy się przy cmentarzu. Wysiada, a ja w milczeniu biorę ją za rękę i otwieram bramę. Czuję, że patrzy na mnie, ale idę z nią alejką w milczeniu, odnajdując w głębi grób, którego szukam. Jest oddalony od innych, z wielkim aniołem sięgającym ku niebu i ławką naprzeciwko. Siadam, Roxy robi to samo, dłoń trzyma wciąż w mojej dłoni i opiera się o mnie ramieniem, kiedy czyta nazwisko na nagrobku.

Nagrobku mojej matki.

– Ona nie była złą kobietą, głęboko nas kochała. Myślę, że Ryder czasem o tym zapomina. Ale zapłacił za to, aby zadbać o nią po śmierci. Często tu przychodzę, żeby mówić do niej i czuć się blisko niej. Żeby nigdy nie zapomnieć, skąd się wywodzimy, nie zapomnieć siły miłości i więzi z nią – szepczę w ciemność.

– Kenzo – szepcze, przytulając się mocniej.

– Pokochałaby ciebie, wiesz? – Uśmiecham się. Zwykle znajdowałem tu smutek, ale nie teraz. Tu jest mój spokój, moja samotnia. Tęsknię za nią, zawsze będę tęsknił, ale ona nie była stworzona dla tego świata. Zbyt delikatna, zbyt kochająca, zbyt opiekuńcza. Mój ojciec zniszczył to wszystko. Nigdy nie pozwolę, aby Ryder stał się taki. Chroni nas, a ja utrzymuję go w ryzach… no, w każdym razie próbuję.

– Tak myślisz? – dopytuje, wyglądając na zaskoczoną. – Ja nie jestem całkiem… na twoim poziomie, kotku.

Prycham.

– Ona wywodziła się z nizin. Chyba nigdy ci o tym nie mówiłem. Miała piętnaście lat, gdy uciekła od ojca, który o raz za dużo ją zgwałcił. Powiedziała mi o tym kiedyś, kiedy byłem zły na ojca i nie rozumiałem, dlaczego z nim została. – Przytula się jeszcze mocniej, jak gdyby jej obecność mogła odgonić złe wspomnienia.

– Znalazł ją na ulicy, dostrzegł jej piękność. Początkowo nie szczędził jej pieniędzy i prezentów, opiekując się nią, jak nikt nigdy tego wcześniej nie robił. Dlatego z nim była na początku, najdroższa, żeby mieć poczucie bezpieczeństwa. A potem została z naszego powodu. Może i była po części słaba, ale była też silna, ponieważ pozostała w mateczniku potwora, aby nas chronić, aby nas kochać, nawet kiedy doprowadziło ją to do śmierci – szepczę. Roxy wzdycha i widzę, że ma łzy w oczach. – Roxy, ona była silna i ty też jesteś. Ale ty jesteś silniejsza, o wiele silniejsza, i jesteś bystra, obrotna, piękna i łagodna, a zarazem wiesz, jak obstawać przy swoim. Jesteś złośliwa, jesteś zła i tak cholernie nadzwyczajna. Jeśli chcesz, to może być również twoje miejsce, gdy będziesz miała wszystkiego dosyć. Kiedy będziesz ich nienawidzić, kiedy będziesz wściekła, możesz tu przychodzić. Zawsze cię tu przywiozę, nawet jeśli nie będziesz chciała ze mną rozmawiać.

Patrzę znowu na grób, ale ona wyciąga rękę, obejmuje mi dłonią policzek i odwraca głowę. Opieram czoło na jej czole.

– Dziękuję, Kenzo – szepcze, a potem czule mnie całuje. –

Czuję, jak bardzo ona cię kochała, a ty ją. Miała to szczęście, i ty też.

– Wiem. – Uśmiecham się łagodnie.

– Opowiedz mi jeszcze o niej – prosi i znowu mnie całuje, po czym opiera głowę na moim ramieniu. I tam, w świetle księżyca opowiadam jej historie o mojej matce. Takie, których nigdy nie mówiłem. Ryder nie chce ich słuchać, ranią go. Nie przyzna tego, ale nigdy jej nie wybaczył, że go opuściła, że nas nie uratowała. Ja jej wybaczyłem. Tak więc miło jest z kimś podzielić się nimi.

Z moją dziewczyną, która śmieje się razem ze mną, a kiedy w końcu płaczę, trzyma mnie w ramionach. Obejmuje mnie i głaszcze po włosach, obsypując pocałunkami moją głowę.

– Zakochuję się w tobie, najdroższa – mruczę, a ona zamiera w bezruchu.

– Nie rób tego, miłość ma to do siebie, że zmienia się w nienawiść – szepcze przestraszona, a ja unoszę głowę. Teraz moja kolej podtrzymać ją na duchu.

– My zaczęliśmy od nienawiści, dziecino, nie sądzę, żeby w naszym przypadku to poszło z powrotem w drugą stronę. Miłość potrafi ranić, wiem o tym. – Spoglądam wymownie na grób. – Ale też mam dzięki niej te historie, które pielęgnuję po dziś dzień. A zresztą to nie jest coś, co można powstrzymać, Rox. – Uśmiecham się szeroko. – To się dzieje, więc wskakuj na pokład. – Puszczam do niej oko, na co się śmieje.

– Idiota.

– Ach, to lepiej niż dupek, jak zwykłaś mnie nazywać.

– Och, nim też nadal jesteś – szepcze i znowu ją całuję. – Boję się – przyznaje.

– Wiem, my też. Ale nie jesteś z tych, które ulegają strachowi, podobnie jak my.

Kiwa głową i siedzimy obok siebie, zagubieni we własnych myślach, nasze ciała splecione pod nocnym niebem. Powinienem wracać do domu, tamci będą się niepokoić, ale chcę skraść jeszcze kilka chwil, pozostając z nią sam na sam. Ponieważ dzisiaj zobaczyłem więcej prawdziwej Roxy, tej osoby, którą stara się skrywać, tej, którą jej ojciec próbował wybić z niej pięściami, niż od momentu, kiedy do mnie przyszła.

Do nas.

Za każdym razem, gdy odkrywam kolejną cząstkę tej kobiety, zakochuję się w niej mocniej. Pytanie tylko, czy odpłaci mi miłością?

ROZDZIAŁ 33

GARRETT

Wszyscy słyszeliśmy, jak Kenzo i Roxy wrócili. Patrzyłem z tarasu i zobaczyłem, jak całuje ją namiętnie przy drzwiach jej pokoju, a potem mówi, żeby się trochę przespała. Szeroko się uśmiechał, chyba nigdy nie widziałem go tak szczęśliwym. Nawet nie zauważył, że patrzę, jak szedł do swojego pokoju.

Chory z miłości głupiec.

Przewracam oczami, zatrzaskuję drzwi i kładę się na łóżku z ramieniem wsuniętym pod głowę, ale jak zwykle nie mogę zasnąć. A kiedy zasypiam, zawsze wracają wspomnienia, *te* wspomnienia. Czy nie wystarczy, że widzę fizyczne blizny, jakie mi zostały? Muszę to jeszcze od nowa przeżywać każdej pieprzonej nocy?

Zamykam oczy i zmuszam się, żeby zasnąć, nic nie mogę począć, ale tak jak się spodziewałem, przychodzą koszmary senne.

Czuję zapach własnej krwi. Wypełnia powietrze, tak samo jak moje krzyki. Początkowo trzymałem się dzielnie, ale w miarę jak wykrawała mi coraz więcej skóry, śmiejąc się, nie mogłem już wytrzymać. Popłynęły ze mnie, moje krzyki agonii.

Uśmiecha się do mnie obłąkańczo, jej niebieskie oczy, które kiedyś kochałem, są pociemniałe od chciwości i żądzy. Żądzy mojego bólu, mojej śmierci. Myśli, że w ten sposób dostanie to, czego pragnie. Chcę się poddać, opaść w to świetliste ciepło, które mnie wzywa, ale opieram się temu. Muszę się uwolnić, żeby ją zabić, zanim dostaną ją pozostali. Będą ją torturowali, zrobią to tak, żeby bolało… a mimo wszystko jakaś część mnie nadal ją kocha.

Nawet teraz, kiedy nóż w jej dłoni błyska w świetle i wraca na moją pierś, przecinając mi dalej mięsień, oprawiając go, zależy mi na niej.

Szamocę się w łańcuchach i walczę, a ona chichocze.

– Och, Garrett, zawsze walczysz do końca. Uwielbiam to w tobie, wiesz o tym? Patrząc na ból, jaki wywoływałeś, całą tę krew na twoim ciele, kiedy z nimi walczyłeś – jęczy, ocierając się o mnie, aż się krztuszę. – Ale myliłam się. Jesteś słaby, kurwa, żałosny. Zwykły durny bogaty koleś, nie taki jak ja. – Obrączka na palcu, którą jej dałem kilka godzin temu, lśni w świetle, kiedy unosi nóż pokryty moją krwią.

To miał być najszczęśliwszy wieczór w moim życiu. Pozostali wyszli, żebyśmy czuli się swobodnie i żebym jej się oświadczył, a teraz proszę, umieram.

Czuję to – tracę za dużo krwi.

Czy ona tego chce? Rozpala się we mnie cholerny gniew, ten, który czuję podczas walk, ten, który trzyma mnie przy życiu. Buzuje w moich żyłach, gdy piorunuję ją wzrokiem. Zaciskam usta i nie pozwalam, żeby wydostał się z nich więcej żaden dźwięk, ale jej się to nie podoba. Z wrzaskiem kłuje i tnie. Moje skrępowane ciało przeszywa ból, jakiego dotąd nie znałem…

Rzucam się i budzę, coś jest nie tak. I wtedy wyczuwam to, łańcuch na moim ramieniu. Z rykiem łapię go i skręcam, odrzucając osobę, która jest obok mnie, a potem ją przygważdżam. Ogarnia mnie i zaślepia wściekłość oraz strach. Na ślepo zaciskam dłonie na gardle, aż w moim otumanieniu dobiega mnie słaby głos:

– Garrett?

Mrugam i widzę Roxy.

– Rox? – mamroczę zdezorientowany. Przełykam ślinę, dostrzegam, że trzymam dłoń na jej gardle, i siadam, szybko odsuwając się od niej. Sen wciąż gdzieś mi się tłucze, więc jestem szorstki i zły.

Ona siada, nie wygląda na wystraszoną, mimo że właśnie omal znowu jej nie zabiłem. Ciało mi faluje, pierś boli od tego snu. Nie powinno jej tu być, nie teraz, ale wygląda na to, że wcale się, kurwa, tym nie przejmuje, jak zwykle.

– Wszystko w porządku? Usłyszałam, jak wrzeszczałeś, i przyszłam sprawdzić, co się z tobą dzieje…

– W porządku, wynoś się – rzucam, powstrzymując w sobie wściekłość, która chce się uwolnić i ukarać ją, mimo że to nie jej wina.

Marszczy brwi.

– Garrett, czy ty…

– Wynoś. Się – warczę.

Nieruchomieje, przypatrując mi się.

– Czy chodzi o powód, dla którego nienawidzisz kobiet… o tę kobietę, która zrobiła to z twoją piersią?

Teraz z kolei ja zamieram w bezruchu.

– Jak…?

– Nietrudno się domyślić. Nie wiem, kim była ani co się wydarzyło, ale przypuszczam, że jakaś kobieta ci to zrobiła. – Uśmiecha się smutno. – Przykro mi, Garrett, nic dziwnego, że nienawidzisz kobiet.

– Nic nie wiesz, wynoś się. – Zawstydzony odwracam wzrok.

– Opowiedz mi – przekonuje, wyciągając do mnie rękę, ale w porę wstrzymuje ją, żeby mnie nie dotknąć. – Zrozumiem, mogę pomóc. Co się wydarzyło? – pyta błagalnie. Zgrzytam zębami, a ona wzdycha, opuszczając rękę na łóżko między nami. – Chcę tylko pomóc, Garrett, przysięgam, że cię nie zranię. Ja chcę jedynie… no, ciebie. W każdy sposób, w jaki mogę cię mieć, nawet jako przyjaciela.

– Nie widzisz, że jestem zniszczony? – krzyczę. Wiem, że pozostali mnie usłyszeli, ale nie próbują mnie powstrzymać ani jej chronić. Głupcy. Ona wzdycha, wygląda na rozdrażnioną.

– Gdzie? Gdzie jesteś zniszczony? – rzuca, wyraźnie znudziło jej się bycie miłą. – Na twoim torsie? Jest seksowny, przetraw to, kurwa, masz kilka blizn. – Prycha.

– Kilka? – ryczę i przybliżam się do jej twarzy, wskazując na pociętą tkankę na piersi. – To jest, kurwa, potworna miazga, aż niedobrze mi się robi, kiedy na to patrzę. Jak możesz oczekiwać, że uznam, że to jest dla ciebie pociągające?

– Nie będziesz mi mówił, co jest dla mnie pociągające – odpowiada z warknięciem, sama zezłoszczona. – Uwielbiam twoje blizny tak samo jak uwielbiam własne. To przez nie czułam, że jesteś mi bliski, przed wszystkimi pozostałymi. Ktoś z takimi bliznami poznał ból, tak jak ja. A więc tak, podobają mi się, tak, pragnę cię tak bardzo, że to aż głupie, tak bardzo, że dotykam się, myśląc o tobie, nawet kiedy jesteś wredny i nienawistny. Nie będziesz mi mówił, czego pragnę, tylko dlatego, że się, kurwa, boisz! – wrzeszczy, a potem ciężko oddycha, gdy patrzymy na siebie.

– Oczywiście, że się boję, jestem cholernie przerażony – krzyczę, waląc się dłonią w pierś. – Ona zniszczyła mnie, moje ciało, mój umysł i kurwa, Rox, jak możesz tego chcieć? Jak możesz chcieć, żebym cię dotykał, skoro jest ze mnie taki dupek? Skoro mogę cię zabić?

– A co mi zrobi odrobina niebezpieczeństwa? – Uśmiecha się. – Byłam z Dieselem, koleś, nie jesteś gorszy od niego.

Milknę, nie wiedząc, co powiedzieć.

– Nie mówili ci, co się wydarzyło? – pytam cicho.

– Nie, to twoja historia i tylko ty możesz ją opowiedzieć – odpowiada spokojnie, nie jest już rozzłoszczona. Kurwa, psujemy to nasze zawieszenie broni. – Wszystko w porządku?

Pocieram twarz i siadam, opierając się plecami o ścianę, a ona siada ze mną.

– Tak, nie – mamroczę, nie potrafiąc na nią spojrzeć. – Od tamtego czasu mam koszmary senne, ale ostatnio są jeszcze gorsze.

– Przykro mi – mruczy, a ja kiwam głową. Siedzimy chwilę w milczeniu, a ona wzdycha. – Pójdę już, nie chciałam…

– Nie odchodź – rzucam od razu i czuję, jak się odwraca, żeby na mnie popatrzeć.

Nie wiem jednak, co powiedzieć ani zrobić. Jestem tak, kurwa, niezdarny w tym gównie i nie wiem, co może mnie rozjątrzyć. Jak mogę się do niej zbliżyć, skoro mógłbym ją skrzywdzić? Czy to nie samolubne, że jej pragnę? Ale tak – pragnę jej.

Chciałem mocno jak cholera ją pocałować za każdym razem, kiedy się kłóciliśmy, chciałem ją rzucić na łóżko i dymać. Ale nie mogę.

Przysuwa się bliżej, ciągle jednak nie mogę się zebrać, żeby na nią spojrzeć. Śmieje się cicho, a potem nagle przerzuca mi nogę nad kolanami i jest naprzeciwko mnie, unosząc się nad moimi biodrami.

– Tak jest dobrze? – pyta.

Potrafię tylko bez słowa kiwnąć głową, a ona się do mnie uśmiecha.

– Garrett, zauważyłeś przed nimi wszystkimi, że uchylam się, gdy ktoś poruszy się za szybko. Wiesz dlaczego, prawda? Założę się, że się domyśliłeś albo ci powiedzieli.

– Twój tata. – Kiwam głową, żałując, że nie zabiłem sukinsyna, kiedy miałem okazję.

– Mój tata. – Kiwa głową i uśmiecha się gorzko. – Za pierwszym razem, jak uprawiałam seks po… – Przełyka ślinę. – Było trudno, to był mój pierwszy raz, miało być niby wspaniale, ale byliśmy pijani i za każdym razem, gdy mnie obejmował, ciągle widziałam mojego ojca. Szybko było po wszystkim, a ja rozpłakałam się i poszłam do domu. Potem było lepiej, nauczyłam się to blokować. Stałam się w tym dobra, w panowaniu nad swoimi reakcjami. Zajęło to wiele lat, kurwa, ciągle jeszcze się uchylam. Ciągle miewam koszmary senne, to tak łatwo nie mija – uraz psychiczny tkwi w tobie każdego dnia przez całe życie. Ale mamy wybór, czy pozwolić mu nas kontrolować lub zniszczyć. Postanowiłam, że ani jedno, ani drugie, ponieważ w ten sposób on by wygrał. To brzmi głupio i zarozumiale, jak gdybym tak po prostu postanowiła pewnego dnia, ale tak po prostu było. Miałam dosyć strachu, więc nawet teraz, kiedy jakieś gówno mnie wystraszy, kiedy nagle dopadają mnie wspomnienia albo koszmary, albo kiedy niewłaściwie reaguję… decyduję, jak sobie z tym radzić. Ja. Nikt inny. Ponieważ nikt nie potrafi zrozumieć, co czuję w takich chwilach. Nikt inny tego nie potrafi. Zabliźnianie ran nie jest proste, złotko. Pod pewnymi względami jest gorsze niż faktyczne… maltretowanie, i będziesz ponosił porażki i się zniechęcał, ale warto spróbować. Inaczej będziesz tkwił w tych wspomnieniach, wciąż walczył o przetrwanie…

– Mam dosyć walki – przyznaję, a ona się uśmiecha.

– Ja też. A więc kiedy coś spieprzę, jeżeli cię rozjątrzę albo coś, powiedz mi. Daj mi znać. Dawaj nam znać, jak możemy pomóc, bo oni chcą pomóc. Twoi bracia, oni wyciągają do ciebie ręce, próbują zrozumieć, jak mogą cię chronić. Co mogą dla ciebie zrobić. Tak samo ja. Musisz zdecydować, czy nam pozwolisz.

– Muszę to zrobić samemu – mówię cicho.

– Wiem, ale my tu jesteśmy – szepcze – a czasem to wystarczy, chyba że jestem śnięta i majaczę.

Chichoczę, a ona się uśmiecha.

– Chcesz obejrzeć film albo coś?

– Nie, naprawdę, kurwa, chyba nie – rzucam, a ona wygląda na zawiedzioną. Ale kiedy ma się już odsunąć, wysuwam dłoń, wolniej niż normalnie bym to zrobił, tak żeby widziała, że ją wyciągam, wplatam w jej włosy i przyciągam ją do siebie. Wstrzymuje oddech, gdy przyciskam usta do jej ust. Najpierw nieruchomieję, nienawykły do takiego kontaktu, ale kiedy jęcząc, zaczyna się przy mnie poruszać, nie mogę się powstrzymać i burcząc, całuję ją.

Skomli mi w usta, gdy wsuwam jej język między wargi i przeplatam go z jej językiem. Pocałunek jest rozpaczliwy i szorstki, przepełniony tak silną potrzebą, że nie mogę się powstrzymać i wyobrażam sobie, jak obejmuje mi ustami kutasa. Ale wtedy ona opada mi na kolana, wyraźnie zmęczona utrzymywaniem uniesionej pozycji, i zamieram w bezruchu.

Zastanawiam się, czy wyczuwa na moich ustach strach, strach, że to zniknie i stanie się kolejnym snem, a ja z powrotem będę musiał chcieć jej z dystansu. Łaknąc jej w pustce władającej moim umysłem.

Czuję jej ciężar na sobie, nad sobą.

Kurwa.

Nawet nie pamiętam, jak się poruszyłem, ale kiedy otwieram oczy, jest przyszpilona pode mną na łóżku, a ja na nią warczę. Przerażony tym, co robię, unoszę się z niej.

– Kurwa, przepraszam, kurwa.

Nie mogę się zebrać, żeby na nią spojrzeć, ale jej ręka ląduje lekko na moim ramieniu, bez obawy nawet po tym, jak jeszcze raz próbowałem jej zrobić krzywdę.

– W porządku, czy chodziło o pocałunek, czy o to, że siadłam na tobie?

– Kurwa, Rox, co za różnica? – rzucam, pocierając sobie twarz. – To, że siadłaś na mnie – szepczę ze smutkiem. – Ona… ona była na mnie, kiedy mi to robiła. – Wskazuję na swój tors. – Byłem związany, nie mogłem się ruszyć ani uciec.

– A ja siadłam na tobie… – wzdycha. – Kurwa, przepraszam, Garrett.

– No, ja też, jestem pojebany – burczę.

Nie mówi nic więcej, a ja odwracam się do niej, nagle zły na siebie – na moją przeszłość, na kobiety, na moją własną pieprzoną potrzebę, której, do cholery, nie mogę zaspokoić.

– Mam, kurwa, dosyć tego gówna, że mi stoi i nie jestem w stanie cię dotknąć. Chcę cię dymać tak bardzo, że to aż boli. Budzę się, spuszczając na mój własny cholerny brzuch, wyobrażając sobie, że jesteś pode mną, a ja cię walę. W uszach brzmią mi twoje krzyki, kiedy byłaś z tamtymi. – Kręcę głową, waląc się pięścią w pierś. – Tak, kurwa, bardzo cię pragnę. Jak możesz tu siedzieć z takim spokojem? – prawie wrzeszczę.

Z falującą piersią patrzę na nią, jak siada i krzyżuje nogi, jej oczy spoglądają w dal.

– W twoich marzeniach jestem pod tobą? – pyta.

– Jakie to, kurwa, ma znaczenie? – warczę, obejmuję ją dłonią za gardło i ściskam, przysuwając bliżej, ale ona się nie opiera.

– Po prostu się zastanawiam. Jeżeli naprawdę tego chcesz, tak jak ja, to może spróbujemy ze mną na dole? Cholera, mógłbyś mnie nawet związać! – Wzrusza ramionami.

Oburzam się na to, a ona się uśmiecha.

– Kotku, ja lubię być związana, nie stresuj się. Jeżeli unieruchomisz mi ręce, nie będę mogła cię obejmować, nie będę mogła cię dotykać i będziesz czuł, że bardziej kontrolujesz sytuację. Tak jak związałeś mi ręce, kiedy dymałeś mnie w usta.

Wydaję na to pomruk, a jej wzrok ciemnieje, zsuwając się pożądliwie na mojego kutasa.

– Tylko tym razem wydymasz mnie naprawdę, tak jak obydwoje tego chcemy.

– Roxy… – zaczynam, a ona się uśmiecha.

– Założę się, że Diesel ma łańcuchy. – Porusza brwiami. – Jak myślisz, wielkoludzie, chcesz spróbować?

Wodzę wzrokiem po jej sylwetce.

– Spróbuję wszystkiego, żeby móc cię wydymać.

Ona śmieje się z tego.

– Zuch chłopak.

Chce wstać, ale przytrzymuję ją, powoli się nachylając i całując, żeby udowodnić jej i sobie samemu, że potrafię. Jęczy mi w usta, gdy ściskam jej gardło, a potem ją puszczam. Wstaje, chichocząc, a ja daję jej klapsa w tyłek, na co jeszcze mocniej się śmieje, wychodząc z pokoju. Dwie minuty później słyszę skowyt, a potem śmiech Diesela.

Z uniesionymi brwiami patrzę, jak wraca do pokoju i zamyka drzwi z łańcuchem w dłoniach i zarumienioną twarzą.

– Pomyślałam, że spróbuję go wystraszyć przez sen, tak jak on mi to robi, ale nie udało się.

Śmieję się.

– Co zrobił?

– Spoliczkował mnie kutasem. – Gapię się jak głupi, a potem wybucham śmiechem. Uśmiecha się, ale opiera rękę na biodrze.

– Serio, Garrett, komu przyszłoby do głowy spoliczkować intruza kutasem? – Wyrzuca ręce w powietrze.

– Pewnie wiedział, że to ty, a poza tym mnie by to na pewno powstrzymało, gdybym próbował go zabić albo obrabować. – Uśmiecham się.

– Mężczyźni. – Kręci głową i podchodzi bliżej, ale potem zatrzymuje się niepewna. – Mam się sama przywiązać łańcuchem do łóżka? Albo mogę sprowadzić Diesela, żebyś ty nie musiał tego robić. – Spogląda na łańcuchy. Ja też na nie patrzę, czekając, czy mnie rozjuszą, ale nic się nie dzieje.

– Nie, myślę, że jest okej, ona… ona użyła zardzewiałego łańcucha z dworu, to były…

– Prawdziwe więzy. – Kiwa głową ze zrozumieniem. Wyciąga rękę i upuszcza mi łańcuch w dłoń, a potem czeka. Ja też odczekuję chwilę, ale kiedy nic się nie dzieje, wbijam w nią wzrok.

– Na łóżko, twarzą do góry, natychmiast – warczę, bo opanowuje mnie pożądanie. Jeżeli to się uda…

Kurwa. Będę w końcu ją miał.

Będę patrzył, jak krzyczy pode mną, kiedy ją dymam w ciasną małą cipkę.

Oczy jej się rozjarzają, jakby czytała mi w myślach. Robi krok do tyłu, zrzuca króciutkie szorty i koszulkę, w których spała, i jest naga, a ja tylko się w nią wpatruję. Jest olśniewająca, ma delikatną kremową skórę z licznymi tatuażami i bliznami, mięsiste uda, pełne piersi i węża błyszczącego jej w pępku.

Prawie dochodzę na miejscu.

– Na łóżko. Natychmiast – nakazuję, na co się uśmiecha. Podchodzi bliżej i wdrapuje się na łóżko, kołysząc w moją stronę tyłkiem, kiedy pełznie do wezgłowia, na co wydaję jęk i sięgam, żeby przesunąć dłonią po brzoskwiniowym pośladku. W dawnych czasach zawsze byłem amatorem kobiecych tyłków.

Znowu nim kręci, więc lekko smagam ją po nim łańcuchem, na co łapie głośno oddech i podskakuje. Pada do przodu i obraca się, jej włosy są rozrzucone na mojej poduszce, a oczy rozszerzone żądzą. Bezwstydnie rozwiera uda, pokazując mi różową, lśniącą cipkę, a potem unosi ręce nad głowę i składa je razem. Piersi podrygują jej w trakcie tego ruchu, przyciągając moje spojrzenie. Podsuwam się na czworakach i całuję każdą z nich, kiedy sięgam ku jej dłoniom, unieruchamiając je łańcuchami u wezgłowia, a potem wciągam do ust jeden sutek.

Jęczy głośno, wypinając się ku mnie, gdy go wypuszczam i robię to samo z drugim, a potem siadam i patrzę na te różowe wzgórki. Jej pierś szybko wznosi się i opada, ma zaczerwienioną twarz, rumieniec wędruje po szyi ku jej piersi, a ja tylko siedzę i patrzę na nią. Nie przypominam sobie, żebym kiedykolwiek widział coś tak pięknego.

Mam dłonie pokryte bliznami i splamione krwią, a jej ciało jest zbyt doskonałe, żebym je nimi dotykał, ale zrobię to. Zbrukam ją nimi, tymi samymi dłońmi, którymi zabijam ludzi, bo nie mogę tego nie zrobić.

Łapię jej nogi i rozsuwam szerzej, żebym mógł przyjrzeć się jej cipce i zapamiętać ją. Usta mnie świerzbią, żeby jej posma-

kować, żeby sprawdzić, czy jest tak słodka jak wygląda, w kontraście do jej zwykłego zachowania.

– Zapomniałeś, jak to się robi? Kutas do dziury – docina mi,
na co burczę i wpijam głębiej dłonie.

– Uważaj, co mówisz.

– Bo co? Znowu wsadzisz mi do ust? – Uśmiecha się, kusząco
unosząc biodra. – Obiecujesz? – szepcze chrapliwie.

Kurwa mać.

Chcę zrobić to powoli, nie spieszyć się, delektować się nią,
ale za bardzo jej pragnę. Chciałem jej od chwili, kiedy ją spotkałem, a ona kopnęła mnie w jaja. Moja własna mała wojowniczka.

– Ryder ma rację, jesteś pieprzoną smarkulą – warczę, wchodząc na czworaka nad nią i kładąc dłonie po obu stronach jej
głowy. – Pyskatą, ordynarną małą smarkulą.

– Uwielbiasz to. – Uśmiecha się. – Tak samo jak on. Nawet na-
zywając mnie tak, robił mi dobrze, aż krzyczałam – droczy się.

Łapię ją za gardło i wbijam w nią wzrok. Nie szarpie się,
tylko lekko się do mnie uśmiecha, oplatając mnie w pasie nogami
i próbując przyciągnąć bliżej.

– Jesteś moja.

– Zaborczy – mruczy. – Weź się do roboty chujem, a nie ga-
daj... Właściwie możesz to zrobić też ustami.

– Taką, kurwa, masz chcicę – mamroczę i znowu ściskam
ją za gardło, aż jęczy.

– Mniej gadania, a więcej ruchania, Żmijo – warczy, szarpiąc
się w łańcuchach i próbując przysunąć bliżej.

Przysiadam na piętach i zrzucam bokserki, w których spałem,
a ona wodzi wzrokiem po moim pokrytym bliznami i wytatu-
owanym ciele. Jęczy lubieżnie, przekrzywiając biodra. Ona mnie
chce. Z bliznami i wszystkim.

To przełamuje moje ostatnie wahania. Roxy nie jest taką dobrą aktorką, nie ma czasu na wciskanie kitu czy kłamstwa. Pragnie mnie.

Rozwieram jej uda i przyciągam tyłek, napinając ramiona, które ma nad głową, kiedy zginając kolana, przyciska stopy do moich zniszczonych mięśni piersiowych. Jedną ręką łapię ją chciwie za biodro, a drugą obejmuję sobie kutasa.

– Mocno i szybko, dziecino, zaraz będziesz krzyczała moje imię.

– Chcesz się założyć? – Śmieje się.

Mrużąc oczy, ustawiam kutasa przy jej wejściu. Mam dużego, prawdopodobnie większego niż pozostali, więc mimo że jest zwilżona, posuwam się powoli, nie chcąc jej sprawić bólu. Wsuwam się parę centymetrów, potem wychodzę i zaczynam od nowa, ale ona ma dosyć czekania i ze zdecydowanym uśmiechem nadziewa się na niego.

Krzyczy głośno, a ja jęczę, przymykając oczy.

Kurwa, kurwa, kurwa.

Czuję, że jest za dobra, za ciasna, za wilgotna. Długo to nie potrwa, zbyt wiele czasu upłynęło. Już teraz kręgosłup niemal mi się wygina od tego doznania. Kiedy jej krzyki zlewają się w skowyt, otwieram oczy i przyciskam jedną dłoń do materaca, wychodząc powoli, a potem znowu się wpychając.

Ona dyszy i dociska, żeby głębiej mnie wziąć, i szybko znajdujemy wspólny rytm. Na początku jest wolny, ale potem staje się szybki i mocny. Żadne z nas nie jest w stanie zapanować nad sobą, aż w końcu zwyczajnie się w nią wciskam, rozpychając jej cipkę swoim kutasem. Ona szarpie łańcuchami, tak mocno je ciągnąc, że aż trzeszczy wezgłowie łóżka.

– Garrett, Boże, więcej – domaga się, jej zgięte nogi rozwierają się, pozwalając mi wejść głębiej.

Zgrzytając zębami, dymam ją mocniej, tracąc panowanie nad sobą. To kuszenie losu, mogę ją złamać i zabić, mogę zrobić jej krzywdę, ale żadne z nas nie dba o to. Jesteśmy zbyt zatraceni w potrzebie, która nas przenika. Nie mógłbym przestać, nawet gdybym próbował, za daleko już się posunąłem.

Zatraciłem się w niej.

Krzyczy moje imię, kiedy się nachylam i gryzę ją w sutek, aby potem go kojąco possać, a ona wypina pierś ku moim ustom, po czym się prostuję i z pomrukiem przekręcam ją. Dłonie na pewno boleśnie skręcają jej się w łańcuchu, a ja unoszę w powietrze jej tyłek i wciskam się w jej cipkę, chwytając ją za biodra, żeby pociągnąć do tyłu.

Jęcząc, raz za razem napiera do tyłu w rytm moich pchnięć, jej cipka pulsuje wokół mnie. Dochodzi, czuję to, ale ja też. Chciałbym, żeby to trwało dłużej, chciałbym pozostać w niej zanurzony przez całą noc, ale nie potrafię się temu oprzeć. Jądra podchodzą mi do góry, brzuch mi się ściska. Sięgam między nas i pocieram jej łechtaczkę.

– Już – warczę.

Skowyczy, potrząsając głową, kiedy raz za razem ją nadziewam, a potem rycząc, dochodzę, biodra mi się zacinają, a plecy prężą. Krzyczy głośno, drgając pode mną, gdy dochodzi, zaciskając się na moim kutasie i wysysając mój wytrysk, który zdaje się trwać bez końca.

Wreszcie ustaje i opadam do przodu, częściowo na nią, a częściowo na łóżko. Ja pierdolę.

– Pierwsza runda – mruczę, na co ona się śmieje, a potem wydaje skowyt.

– To było raz? Kurwa.

– To było tylko żeby rozładować napięcie – mruczę, całuję ją w ramię i zsuwam się z niej. Przewraca się na plecy i tak leżymy spleceni ze sobą, starając się odzyskać oddech.

Gdy oddech mi się już uspokaja, spoglądam na nią z szerokim uśmiechem. Zdobyłem się na to, pozwoliłem jej mnie dotykać.

– Dziękuję, dziecino – mruczę.

Przełyka ślinę, odwraca się i uśmiecha do mnie.

– Możesz mi to wynagrodzić orgazmami, proszę.

Śmiejąc się, przewracam się na nią, a ona chichocze, aby wkrótce zacząć jęczeć, kiedy ją całuję.

ROZDZIAŁ 34

ROXY

– Diesel, co jest, kurwa, człowieku? – słyszę, jak mamrocze Garrett.

– No, ktoś nie dawał nam spać całą noc, więc pomyślałem, że jak przyjdę i przyblokuję ci kutasa, to będę mógł pospać – mówi Diesel. Pojękując, wciskam głowę głębiej w poduszkę.

Chwila, Diesel?

Otwieram szybko oczy, przewracam się na plecy i widzę, jak uśmiecha się do mnie. Garrett wciąż leży po mojej drugiej stronie.

– Wiesz, masz problem z podglądaniem mnie, kiedy śpię. To okropne, koleś.

Jego uśmiech się powiększa.

– To nie wszystko, co robię, kiedy śpisz.

Mrugam szybko.

– Jest, kurwa, za wcześnie na twojego bzika – utyskuję, przeciągając się, a potem krzywię się, kiedy moje ciało protestuje. Mam obolałe uda, tak samo jak cipkę, bo jedno i drugie było w niezłym i niezaprzeczalnym użyciu. Garrett ma niezupełnie małego kutasa i cały ten seks, który z nim uprawiałam, dał mi się we znaki.

– Diesel, boli mnie cipka – narzekam, a on i Garrett się śmieją.

– To dobrze.

– Obydwaj jesteście dupkami – rzucam. – Nie obchodzi was wcale, że wasze wielkie kutasy robią krzywdę mojej małej wagince.

– Aha, a nie chciałeś tego i nie prosiłaś o to za każdym razem bez wyjątku? – Uśmiecha się pod nosem.

Wbijam w niego wzrok.

– Już cię nie lubię.

– A lubiłaś mnie wcześniej? – Ożywia się.

– Stuknięty sukinsyn – mamroczę. – Poszukam Kenzo. Zadba o mnie i zaopiekuje się mną.

Obydwaj rechoczą.

– Pewnie tak, ckliwy sukinsyn.

Chcę się ruszyć, ale Garrett zahacza mnie ramieniem w pasie, przyciąga z powrotem do siebie i zamyka oczy. Diesel przytula się bardziej do mnie od tyłu, czuję jego sztywnego kutasa na swoim gołym tyłku.

– Nawet, kurwa, o tym nie myśl. Zbliżysz się do mnie ze swoim małym wężem, a ci go odetnę – warczę, zamykając z powrotem oczy.

Chichocze mi do ucha.

– Mały wąż? Czy mam ci przypomnieć, jaki jest duży?

Garrett warczy:

– Zamknijcie się, kurwa, i śpijcie.

– To on zaczął – mruczę i przysuwam się bliżej Garretta, a odsuwam od Diesela, ale dwie sekundy później jest z powrotem przyklejony do moich pleców, a ja czuję się jak pieprzona kanapka ze żmij.

– Nienawidzę was wszystkich – psioczę, a Diesel gryzie mnie w ramię, na co wydaję skowyt.

Gdzieś po drodze moje „Nienawidzę was" zaczęło znaczyć coś innego, ale jestem zbyt zmęczona, żeby się nad tym zastanawiać, więc znowu zasypiam pomiędzy moimi Żmijami, a kiedy się budzę, oni wciąż tam są.

– Nie macie nic do roboty? – pytam, ponownie się przeciągając.

Garrettowi rozchylają się oczy i patrzy na mnie, wzrok mu się rozpala, a ja piorunuję go spojrzeniem.

– Nie, niegrzeczna Żmijo – rzucam, trzepiąc go w nos. Diesel się śmieje, a Garrett fuka, przewracając na plecy i przeciągając.

– Nie, dzisiaj jest kolej Kenzo i Rydera – odpowiada Diesel, ciągnąc mnie w tył, aż w końcu leżę plecami na jego piersi. Cudak.

Przytula mnie jak misia pluszowego, a ja wiercę się, próbując się uwolnić, ale przestaję, kiedy wydaje jęk. Lubieżny sukinsyn.

– To co dzisiaj robimy? – pytam z nadzieją, że będzie to coś zabawnego.

– Nie możemy nigdzie wychodzić, zabrali większość ochrony. Przykro mi, ptaszyno. Ale znajdziemy sobie jakieś zajęcie – proponuje, więc odwracam się od niego i wytaczam z łóżka, ląduję na kolanach i wstaję.

– Nie, ja idę wziąć prysznic. – Odwracam się i obrzucam ich gniewnym wzrokiem. – Sama, chuje odpoczywają, idźcie zrobić mi kawę i coś do jedzenia.

Kiedy odchodzę, słyszę, jak Garrett się śmieje.

– Była znacznie mniej wymagająca, kiedy nas nienawidziła.

– Nadal was nienawidzę – wołam i unoszę rękę, pokazując mu środkowy palec. – Lubię tylko wasze kutasy!

Po prysznicu czując się bardziej jak człowiek, ale wciąż z narzuconym sobie zakazem wstępu dla chujów, którego trudniej, niż mogłoby się wydawać, przestrzegać z dwoma napalonymi, seksownymi jak cholera mężczyznami w pobliżu, spotykam ich w kuchni. Są zajęci gotowaniem, ale Garrett podaje mi kubek i wraca do wcześniejszych zajęć, ale potem waha się, odwraca, opiera na blacie i mocno mnie całuje.

Kiedy się odsuwa, uśmiechając do siebie, właściwie zaciska mi się cipka. Kurwa, zakaz? Może powinnam to przemyśleć. Mruga do mnie, jak gdyby czytał mi w myślach, a Diesel się śmieje.

– Wyleczyłaś mu chuja, to teraz stał się pieprzonym Panem Czarującym.

– Jesteś zwyczajnie zazdrosny – prycha Garrett, a Diesel mruży oczy.

– Tak? Nazywasz to pocałunkiem?

O kurwa.

Próbuję uciec, ale on przeskakuje przez wyspę i łapie mnie, przechyla i mocno całuje, wplatając mi dłonie we włosy. Nie trwa to długo, po chwili pomaga mi zdyszanej się wyprostować. Pierdolę zakaz wstępu dla chujów.

Mogą mnie dymać tu i teraz, jeżeli chcą.

On śmieje się i odchodzi, dupek.

– To był pocałunek – mówi do Garretta.

– Nienawidzę was obu – mruczę, popijając kawę. – Pieprzone Żmije, bardziej jak pieprzone dzieci.

Obydwaj się śmieją i nie zwracają na mnie uwagi. W końcu jedzenie jest gotowe i siadamy dzisiaj przy wyspie. Brakuje mi naszych wspólnych posiłków. Czuję ukłucie z tego powodu, ale tłumię je, wiedząc, że są zajęci. Mają dużo pracy, nic dziwnego, że nie mogą tego robić codziennie.

Kiedy kończę jeść, odchylam się do tyłu.

– I co teraz?

– Mogę zrobić ci tatuaż – proponuje Garrett, a ja nieruchomieję.

– Naprawdę? – Uśmiecham się i nastawiam uszu.

Wzrusza ramionami.

– Jeżeli chcesz. Czy nie mówiłaś, że masz jeden, który trzeba dokończyć?

Diesel się uśmiecha.

– Tak, kurwa, zróbmy to.

– Z czego się tak cieszysz? – fukam.

Uśmiecha się, wodząc wzrokiem po mojej sylwetce.

– Pamiętam naszą rozmowę, a ty, ptaszyno?

Marszczę przez chwilę brwi, aż wreszcie do mnie dociera. Przełykam ślinę, kurwa, pamiętam. Odkrył, że robi mi się mokro podczas tatuowania, że lubię ból… może to nie jest jednak dobry pomysł.

– Jaką rozmowę? – dopytuje się Garrett, zbity z tropu.

– Żadną! – wyrywa mi się, a Diesel się śmieje.

– Zobaczysz. No idź, przynieś swoje bambetle, ja przygotuję tu miejsce – mówi do niego Diesel, popijając kawę.

Obydwaj wychodzą szybko, a ja zostaję w kuchni. Kurwa, nie pomyślałam o tym. To może być cholernie rajcujące, Garrett mnie tatuuje, a Diesel patrzy?

Zakaz wstępu dla chujów wylatuje przez okno, czuję to. Głupia wagina i jej obsesja na punkcie kutasów.

Leżę na jednym z leżaków do opalania z zewnątrz, który wciągnęliśmy do salonu, jestem tylko w majtkach i krótkiej koszulce. Mam odsłoniętą zewnętrzną powierzchnię nogi i leżę na boku, tak żeby widział dotychczasową część tatuażu, kiedy tłumaczę mu, czego chcę.

– Mogę go zrobić odręcznie, jeżeli mi ufasz – mówi cicho.

– Żadnych chujów – rzucam, kiedy czyści powierzchnię skóry. Jestem przynajmniej ogolona, więc tego nie trzeba już robić.

Uśmiecha się pod nosem, ale nie odpowiada. Za mną jest Diesel z oczami utkwionymi w mój tyłek. Sprośny sukinsyn. Czeka, aż się całkiem podjaram i nakręcę, żeby wypaplać o tym Garrettowi.

– A co powiesz na węża? – pyta, a ja nieruchomieję. Podnosi wzrok. – Możesz się nie zgodzić, ale ja bym tu zrobił żmiję.

– Po prostu zrób to. – Diesel się uśmiecha.

Wzdycham w reakcji na to, że mnie pyta. Diesel ma rację, mogliby po prostu to zrobić. Przecież nadal uważają mnie za swoją własność. Ale pomysł, żebym miała na sobie żmiję, jest faktycznie pociągający. Wyobrażam sobie, jak zapalają im się oczy, kiedy ją zobaczą, i reakcję Rydera i Kenzo… cholera, tak. A zresztą, to przecież nic nie znaczy, prawda? To tylko wąż, nic więcej.

– Pewnie. – Wzruszam ramionami. – Mam do ciebie zaufanie.
– I tak jest naprawdę, ufam mu. Garrett nigdy by mnie nie skrzywdził. Zawodowo jest egzekutorem, ale tutaj, w swoim domu, jest obrońcą.

Kładę głowę na ramieniu, kiedy zaczyna bzyczeć igła, a on przybliża się z jedną dłonią opartą na moim udzie, a drugą dociska igłę do skóry. Wykonuje malutką linię, potem przerywa i spogląda na mnie, spodziewając się, że zacznę tchórzyć.

– Kotku, jestem cała pokryta tatuażami – przypominam mu, a on uśmiecha się lekko, wracając do pracy.

Początkowo go obserwuję. Wygląda uroczo ze skupioną twarzą i przygryzioną wargą. Sprawia wrażenie rozluźnionego, jakby czuł się komfortowo. Czy to jest jego sposób na ucieczkę? Tak jak grób matki dla Kenzo i tortury dla Diesela? Być może, ale tak czy owak, chętnie mu pomagam i kiedy wnika we mnie ból wraz z brzęczeniem igły, staram się nie poruszać ani nie okazywać w żaden sposób, że mnie to bierze.

Bo, kurwa, bierze mnie. Mam go tak blisko swojej cipki, jego pokiereszowane, wytatuowane knykcie dotykają mojej skóry, gdy mnie dziara… To rajcujące jak cholera. Te same dłonie, zdolne do zadawania śmierci i takiego zniszczenia, tworzą piękne dzieło sztuki na mojej skórze, a to miesza się jeszcze z bólem. Tak, robi mi się wilgotno.

Założę się, że Diesel też to wie, ale Garrett wydaje się tego nieświadomy, gdy niezdarnie się przesuwam, próbując złagodzić nacisk na moją cipkę. Zamykam oczy i staram się wyobrażać sobie coś innego, ale z każdym przesunięciem ściereczki i każdym bzykiem igły, przypominam sobie, jak jest blisko mnie. Jak niedaleko od mojej cipki jest jego ręka. Jaką przyjemność może dawać, nawet teraz, kiedy czuję ból. Zgryzam wargi, żeby nie jęknąć, powstrzymując się od przechylenia bioder, kiedy cipka mi się zaciska, a majtki moczą z pożądania.

– W porządku, ptaszyno? – pyta Diesel i słyszę w jego głosie rozbawienie zmieszane z pragnieniem. Dupek się pewnie tym rajcuje. Chwila, oczywiście, że się rajcuje – to jest dla mnie tortura,

on to uwielbia. Dziwię się, że sobie, cholera, nie wali konia, chociaż Garrett mógłby go trzepnąć, gdyby to robił.

– W porządku – odpowiadam bez tchu.

Bzyczenie ustaje i Garrett unosi głowę, marszcząc brwi, gdy
na mnie spogląda.

– Jesteś pewna? – pyta, najwyraźniej myśląc, że mnie boli.
Wydymaj mnie.

– No właśnie, ptaszyno, jesteś pewna? – Diesel się śmieje.

Garrett wygląda na speszonego, a ja wzdycham.

– Kolego, wszystko w porządku, Diesel się tylko ze mną droczy, bo lubię ból przy robieniu tatuaży.

Garrett jeszcze bardziej marszczy brwi, patrząc na mnie, a potem chyba zaskakuje, otwiera szeroko oczy i rozdziawia usta,
na co się uśmiecham.

– Założę się, że nie masz tak tutaj z nimi – żartuję sobie.

Rumieni się na to, co sprawia, że śmieję się jeszcze głośniej.

– Ja nie... kurwa, dziecino – chrypi, przenosząc wzrok
ze mnie z powrotem na tatuaż. – Teraz będzie mi stał, jak to będę
robił.

– No to obydwoje będziemy się męczyć – podśmiewam się.

Bierze głęboki oddech, ale potem znowu wydaje jęk.

– Kurwa – słyszę, jak mamrocze, a po chwili znów odzywa się
brzęczenie. Przestaję próbować ukryć moje reakcje, bo szczerze
mówiąc, zabawnie jest patrzeć, jak się męczy.

Kiedy dochodzi do szczególnie drażliwego miejsca, wyrywa
mi się jęk, a on klnie, podrzucając do góry głowę i spoglądając
na mnie z wyrzutem, podczas gdy Diesel się śmieje.

– Klnę się na Boga, jeszcze raz to zrobisz, i pierdolę ten tatuaż,
a zamiast tego wydymam ciebie.

– Nie, najpierw tatuaż, wielkoludzie – odpowiadam, gdy obraca mi nogę, żeby mieć lepszy dostęp, i zaczyna znowu, ale co jakiś czas jego spojrzenie wędruje ku moim oczom, a kiedy odwraca się, żeby zanurzyć igłę w tuszu, spogląda na mnie znacząco.

Diesel przysuwa się bliżej, owiewając mi swoim oddechem ucho, gdy rozlega się znowu bzyczenie. Nie patrzę na tatuaż, chcę, żeby to była niespodzianka, jak już skończy.

– Ciekaw jestem, czy da ci dojść później, czy sama dojdziesz, zanim skończy – szepcze głośno tak, żeby Garrett to usłyszał. – Myślę, że on wyobraża sobie wszystkie pozycje, w jakich mógłby cię dymać na tym leżaku. Ja sobie to wyobrażam, ptaszyno.

– Diesel – rzuca Garrett, a potem wzdycha i znowu przeryva. – Zachowujcie się.

Śmiejemy się obydwoje, a Diesel przesuwa mi dłonią po ramieniu i na drugą stronę, obejmując moją luźną pierś przez koszulkę. Nie chciało mi się zakładać stanika, czasami trzeba dać trochę luzu cyckom. Ale to oznacza, że chwyta moją nagą pierś, szczypie mnie w sutek, a ja znowu jęczę. Garrett klnie. Liżąc mnie w ucho, Diesel chichocze, skręcając i trącając go, aż wreszcie wiję się na leżaku, a Garrett odskakuje.

– Kurwa – warczy. – Siedzę nad tym dopiero dwie godziny i zostało mi jeszcze przynajmniej trzydzieści minut, żeby skończyć.

– Trzydzieści minut? – Śmieję się, a Diesel skubie i ściska mi sutki. – No, nie wytrzymam tak długo.

Garrett ma zbolały wygląd, kiedy patrzy, jak Diesel mnie maca, dłoń trzyma mi wciąż na udzie, próbując się uspokoić na tyle, żeby wrócić do dziergania.

– Mam pomysł, ptaszyno. – Diesel uśmiecha się, a potem spogląda w stronę Garretta. – Mogę zająć jej uwagę. Może wsiąść mi na kutasa, a ty będziesz kończył.

– W czym to, kurwa, pomoże? Myślisz, że potrafię pracować, gdy ona będzie jęczeć i krzyczeć? – burczy.

Diesel się śmieje.

– Bez dymania, bez ruszania się, będę tylko w niej w środku, drażniąc ją. Torturując ją. – Garrettowi ciemnieje na to spojrzenie. – A kiedy skończysz, postaram się, żeby krzyczała dla ciebie.

Pierdol się. Dosłownie.

Niech ktoś lepiej mnie zaraz wydyma.

Oczy niemal wywracają mi się na drugą stronę na ten pomysł, wypinam pierś ku jego dłoniom, tak bardzo tego chcę.

– Możesz wydymać mnie w usta – proponuję Garrettowi, a on prycha.

Ściąga rękawiczki i wychodzi. Dwie minuty później wraca i patrzy na nas gniewnie.

– To będzie najdłuższe pół godziny w moim życiu – mruczy. – Dobra, zróbcie to, a ja tymczasem umyję ręce.

Biorę oddech, na myśl o tym cała drżę. Diesel chce mnie torturować, trzymać mi w środku kutasa, w czasie gdy Garrett będzie mnie tatuował. To będzie czyste cholerne piekło i aż nie mogę się tego doczekać. Garrett odchodzi, a Diesel rozcina mi majtki swoim nożem, po czym wsuwa się za mną na leżak. Muszę posunąć się do przodu, więc prawie z niego spadam. Unosi mi nogę i kładzie ją na swojej, przyciskając kutasa do mojej mokrej cipki.

– Kurwa, ptaszyno, jesteś mokra – mamrocze, gdy sięga dokoła ręką, wsuwa palec w moją wilgoć i rozsmarowuje mi ją po łechtaczce, pocierając o nią. Kiedy zaczynam jęczeć, skręcając się w jego objęciu, wsadza mi kutasa do cipki, na co wydaję krzyk. Nieruchomieje i całuje mnie po ramieniu, a ja się sadowię. Obejmuje mnie ramieniem, unieruchamiając, i zostaje w środku, zagłębiony do końca, a ja prawie zsuwam się z fotela.

– Gotowe – woła.

O kurwa.

Garrett wraca i gdy mnie widzi, pięści mu się zaciskają, a pociemniały wzrok skupia na miejscu, gdzie Diesel jest zagłębiony we mnie po same jaja. Bierze oddech, na chwilę zamyka oczy, a potem naciąga rękawiczki i przysuwa się bliżej.

– Dobra – mamrocze i chwyta moją nogę, kładąc ją sobie na kolanach. – No, tak lepiej… przynajmniej już nie widzę twojej cipki – gdera, na co Diesel się śmieje, a ja jęczę, kiedy potrząsa mną na swoim kutasie.

Gdy się uspokajamy, Garrett zaczyna tatuować i staram się nie ruszać i być cicho, żeby mógł się skupić, ale Diesel co jakiś czas się wierci, wykonując niewielki ruch, który wyczuwam wewnątrz, pomieszany z bólem, i wtedy skomlę.

– Śliczna ptaszyna – mruczy mi Diesel do ucha. – Żałuj, że nie czujesz, jaka ona jest wilgotna – mówi do Garretta.

Mrużę gniewnie oczy i wyciągam rękę, żeby go trzepnąć w policzek, ale chwyta moją dłoń i ciągnie ją w górę mojego ciała, aby przycisnąć mi ją do piersi.

– Jest cholernie mokra, a za każdym razem, kiedy trafiasz na szczególnie bolesne miejsce – o, tak jak teraz – ściska mi kutasa.

Garrett chrząka, zaciskając mi dłoń na udzie, a potem bierze głęboki oddech.

– Zamknij się, kurwa, albo narysuję chuja.

Diesel się śmieje, ja też.

– Nie sądzę, żeby to zrobił, ptaszyno. Musiałby wtedy na niego patrzeć, kiedy cię dyma.

Staram się powstrzymać chichot, a potem jęk, gdy wciska się głębiej. Garrett przeciąga po wrażliwym miejscu, a potem jeszcze raz i uświadamiam sobie, że robi to specjalnie, dupek. Spoglądam na niego gniewnie, a on na moment podnosi wzrok, na ustach mając uśmieszek.

– Cholerny palant – syczę.

– Nie martw się, D, prawie skończyłem, a potem wsadzę jej w usta, żeby nie mogła nam więcej ubliżać – komentuje Garrett, z powrotem pochylając głowę.

– Nie, ona to robi, kiedy jest nakręcona. – Diesel chichocze.

– Pierdolcie się, obydw… aach. – Diesel gryzie mnie w ramię, na co zaciskam się na jego kutasie. Staram się nie ruszać i zamykam oczy, żeby się na nim nie kołysać, szukając większego tarcia, żeby dojść. On ma rację – to jest tortura.

Pożądanie mąci mi w głowie, mam rozpalone nim całe ciało i jeśli Garrett nie skończy szybko, pożegnam się w cholerę z tatuażem i przyciągnę go do siebie. Pozostaję tak nieruchoma przez kolejne piętnaście minut, najdłuższe piętnaście minut w moim życiu. I wtedy na moim udzie, trochę niżej, ląduje pocałunek.

– Skończone, dziecino.

Czuję, jak czyści mi skórę, otwieram oczy i chcę unieść głowę, żeby spojrzeć, ale on zrywa z dłoni rękawiczki i rzuca na bok igłę, a jego pociemniałe spojrzenie zatrzymuje się na moich ustach.

– Obejrzysz sobie później. Teraz możesz mi podziękować. Otwieraj usta, ty pieprzona złośnico.

– Chcę zobaczyć… – zaczynam, ale on już jest przy mnie. Szybko rozpina sobie dżinsy i wyciąga na wierzch dużego kutasa. Jest sztywny, a z końca mu kapie, i przyciska mi go do ust, napierając na wargi.

– A ja chcę, żebyś się, kurwa, zamknęła i ssała mi chuja, żeby D mógł cię w końcu wydymać. Spędziłem dwie godziny z głową prawie w twojej cipce, patrząc na twoją pieprzoną wilgotną szparkę i wyobrażając sobie swojego chuja w środku. Potem kolejne trzydzieści minut, widząc kutasa D w twoim środku i ciebie jęczącą mi nad głową. A więc. Otwieraj. Natychmiast – warczy, wplatając mi dłonie we włosy i bezwzględnie przyciągając głowę do przodu.

Mrużę gniewnie oczy i robię, co mi każą. Wpycha mi kutasa do ust, aż prawie się krztuszę. Łapie mnie za brodę i zmusza, abym objęła go wargami, a Diesel chwyta mnie za biodra i zaczyna ruszać się wolnymi, miarowymi pchnięciami, na co wyciągam ręce i chwytam Garretta za biodra. On jęczy, a ja unoszę wzrok, napotykając jego pociemniałe, pełne pożądania oczy, kiedy mu obciągam.

Jęcząc na jego kutasie, wpijam mu paznokcie w udo, a on wcale się nie wkurza. Może dlatego, że jestem ograniczona przez Diesela, który liże i gryzie mnie w szyję, przesuwając mi dłonią w dół brzucha, aby trącać i pociągać za kolczyk w łechtaczce. Przenika mnie ból spowodowany tym i tatuażem na udzie, który spotyka się w dole brzucha z ogniem przyjemności.

Narastało to przez ostatnich kilka godzin i teraz jestem tym owładnięta, niczym kłębek pożądania. Potrzebuję więcej, potrzebuję wszystkiego. Potrzebuję przyjemności, jaką mogą mi dać. Oczy mam cały czas otwarte i utkwione w niego, mimo że zamykają mi się, i wciągam go głębiej. Czuję, jak po brodzie spływa mi ślina, ale nie przejmuję się tym. Dociskam tyłek ku Dieselowi, jęcząc z kutasem Garretta w ustach, kiedy on mocno wsuwa mi go i wysuwa.

Garrett stęka, głowa opada mu do tyłu, zaczyna wbijać mi się w usta szybkimi, mocnymi szturchnięciami, dążąc do orgazmu. Obciągając mu, kiwam głową w rytm pchnięć Diesela, wszyscy jesteśmy połączeni w tej pętli przyjemności. Diesel jęczy mi do ucha sprośne słowa, ponaglając mnie, jego palce drażnią i trącają mi łechtaczkę, aż wreszcie krzyczę z kutasem Garretta w ustach, gdy przeszywa mnie orgazm. Próbuję się odsunąć do tyłu, ale nie pozwala mi na to jego dłoń we włosach i teraz on przejmuje inicjatywę.

Wykorzystuje moje wargi, maltretuje je mocnymi pchnięciami, którymi sięga mi głęboko do gardła, i wrzeszczy, biodra mu się zacinają, a potem jego nasienie wypełnia mi usta. Nie mam wyjścia, muszę je połykać i dopiero wtedy jego palce wyplątują mi się z włosów.

Ciężko dysząc, z obolałymi ustami i policzkami otwieram oczy i widzę, jak uśmiecha się lekko do mnie, a potem pada na swoje krzesło.

– Moja kolej – burczy mi do ucha Diesel.

Skomlę, kiedy mnie przekręca i obraca, aż jestem usadowiona na jego kolanach. Diesel leży na plecach pode mną, twarzą do mojego tyłka, po czym unosi mnie i opuszcza na kutasie. Wyciągam desperacko ręce i chwytam się fotela po obu stronach, kręcąc biodrami, kiedy narasta we mnie z powrotem ta sama przyjemność.

Garrett patrzy na mnie, patrzy, jak dymam i ujeżdżam jego brata. Chwytam się za sutek, ściskam go i skubię, podskakując mu na chuju, jego pchnięcia są złośliwe, mocne i nieubłagane.

– Kurwa – jęczy. – Ptaszyno, jestem tak blisko, zrób, żebyś doszła, już – domaga się.

Skowycząc, sięgam ręką i pocieram sobie drażliwą łechtaczkę, a on popycha mnie tak mocno, że niemal lecę do przodu, ale to działa. Wzbiera to we mnie, dobywając się z każdego włókna nerwowego, aż przestaję myśleć i oddychać. Przyjemność przepływa przeze mnie falami i zaciskam się na nim.

Stęka głośno i nieruchomieje, trzymając mnie zaciśniętą na swoim kutasie, kiedy dochodzi. Drżę i trzęsę się, nie mogę się powstrzymać, cipka mi cały czas pulsuje, czuję, jak żołądek mi się ściska, a serce wali w klatce piersiowej. Jasna cholera.

W końcu puszcza mi biodra i unosi z kutasa, a potem przyciąga mnie znowu do swojej piersi. Leżę na niej, ciężko dysząc, spoglądam na Garretta i widzę, jak patrzy na mnie łagodnymi, ciemnymi oczami. Kiwa głową, a potem na chwilę znika. Wraca z butelką wody, z której z wdzięcznością popijam, a on mnie wyciera, delikatnie i bez słowa, po czym podaje mi większe lustro.

– Popatrz, dziecino.

Trzyma lustro, a ja unoszę swoją ciężką głowę i przechylam w dół, żeby obejrzeć tatuaż. Kiedy go widzę, zapiera mi dech. Jest, kurwa, piękny, trochę obolały i krwawiący, ale absolutnie cudowny. Jest delikatny, inaczej niż ich grube, ciężkie tatuaże. W dół uda schodzą róże z ostrymi kolcami, ociekające mandalami i paciorkami, a wokół łodygi róży owinięta jest malutka żmija, zerkająca oczkami poprzez liście. Tatuaż jest wspaniały i bardzo realistyczny, dzięki cieniowaniu wygląda jak żywy.

– Cholernie mi się podoba – szepczę i spotykam jego wzrok. – Jesteś taki utalentowany. Dziękuję ci, Garrett.

Wzrusza ramionami i przeciera go dla mnie, a potem nachyla się i całuje mnie w usta.

– Nie ma za co, dziecino – mruczy miękko i próbuje się odsunąć, ale obejmuję mu głowę i przytrzymuję, pokazując mu swoim pocałunkiem, jak wiele to dla mnie znaczy. Kiedy się odsuwam, uśmiecha się.

– Myślałeś kiedyś, żeby zająć się artystycznym tatuażem? – pytam zaciekawiona.

– Nie, ale mój tata to robił, zanim dał się zabić jednej z rodzin, które rządziły miastem przed nami. Chyba po prostu cieszę się, że przypomina mi to o nim. Ja zawsze chciałem walczyć – wyjaśnia, z powrotem siadając.

– I lubisz to? – dopytuję się, wtulając się w pierś Diesela.

– Kiedyś lubiłem. – Wzdycha. – Bardzo. A teraz? Teraz to dla mnie sposób na rozładowanie emocji i jedno z niewielu miejsc, gdzie nie muszę się wstrzymywać. Mogę po prostu robić ludziom krzywdę i to jest w porządku.

Diesel prycha.

– On był kiedyś zawodowym bokserem i to cholernie dobrym, miał nawet kilka tytułów.

– Naprawdę? – pytam, szeroko otwierając oczy.

Garrett kiwa głową.

– To było zawsze dla mnie zbyt… ograniczające. Wolę walki bez reguł. Lubię robić ludziom krzywdę, dziecino, zawsze tak było i zawsze tak będzie.

Uśmiecham się.

– No? A myślisz, że ja nie lubię poużywać sobie moim kijem baseballowym na ludziach? Albo kiedy nakopałam ci w jaja?

Śmieje się i Diesel też.

– Nigdy mi tego nie przestaniesz wypominać.

– Nie, przykro mi, wielkoludzie. – Wzdycham i kładę głowę na Dieselu. – Dowiedzieli się, kto was zdradził?

– Jeszcze nie, ale dowiemy się, ptaszyno, a kiedy uda nam się… – wydaje pomruk. – Czego to ja im nie zrobię, a potem tobie.

Przechodzi mnie dreszcz od obietnicy pobrzmiewającej w jego głosie, a on śmieje się i klepie mnie w udo.

– To co teraz chcesz robić, ptaszyno?

Rozważam dostępne opcje.

– Chcę zobaczyć was przy robocie, ale bez tortur. Widziałam Kenzo w jego roli… ale co wy, chłopaki, robicie na co dzień?

Garrett prycha.

– Różnie. Raczej nie chodzimy na posiedzenia zarządów, to działka Kenzo i Rydera. Prowadzimy bary i kasyna, i zbieramy informacje na ulicach i od sprzedawców.

– Możemy zabrać ją do Loży – proponuje Diesel.

Garrett unosi brwi.

– Do tego klubu ze striptizem? Po co?

Ożywiam się na to.

– Bo ona chce zobaczyć, jak załatwiamy interesy, a i tak musimy tam zajrzeć, sprawdzić, czy stara dziwka Cherry się nie wygadała.

Garrett patrzy na mnie, a ja się uśmiecham.

– Nagie kobiety w brokacie? Wchodzę w to.

Mruga zdziwiony, na co się śmieję.

– Kotku, zapomniałeś, że prowadzę spelunę, a to, że nie lubię sałatki, nie oznacza, że nie potrafię docenić strony estetycznej.

– Sałatka – parska Diesel, a potem wszyscy wybuchamy śmiechem. Kiedy już dochodzimy do siebie, daje mi znowu klapsa.

– Idź się ubierz. Załóż coś takiego, żebym widział twoją nową dziarę, ptaszyno, i zabieramy cię.

Po kąpieli godnej dziwki – bez wystawiania mojego nowego tatuażu na strumień prysznica – czeszę sobie włosy, robię makijaż i zakładam żmijową biżuterię, a potem przeglądam nowe ubrania. Wybieram czarną sukienkę, którą kupił mi Ryder, i wskakuję w nią i jakieś buty na obcasie, spoglądając w lustro, czy widać moją dziarę, a jest tak. Wtedy nieruchomieję, patrząc na siebie.

Nie wyglądam jak ja, ale jednocześnie wyglądam. Ta Roxy jest lepiej ubrana, w oprawie kolorów, ale to uśmiech na mojej twarzy mnie porusza. Kiedy ostatni raz po prostu się uśmiechałam? Właściwie to nie przypominam sobie… czy jestem tu szczęśliwa?

Co to znaczy?

Nie chcę stąd odejść, wiem o tym, ale wciąż jestem… wściekła. Chcę odzyskać wolność, chcę własnego życia i prawa wyboru, ale mimo to jestem… kurwa, szczęśliwa. Przez nich. Właśnie wtedy otwierają się drzwi do mojego pokoju i wchodzi Diesel. Owija się wokół mnie od tyłu, kładzie mi głowę na ramieniu z rozpuszczonymi blond włosami i tymi swoimi ożywionymi jasnoniebieskimi oczami.

Jest w skórzanej kurtce, obcisłych czarnych dżinsach z rozcięciami i bez koszuli. Lśni mu złotawa pierś, dumnie ukazując nowy tatuaż, i na moment mój wzrok pada na mięśnie jego brzucha. Wyglądamy dobrze razem, jasne z ciemnym, złocista skóra i złote włosy u niego i blada skóra i srebrzyste włosy u mnie.

– Jesteś tak doskonała, ptaszyno – mruczy, całując mnie w szyję, gdy spotyka moje spojrzenie w lustrze. – Jesteś doskonała. Zawsze. Chodź, chcesz zobaczyć, czym parają się Żmije? Chcesz zobaczyć, kim jesteśmy, kiedy wychodzimy na miasto, a my chcemy się tobą pochwalić. Żeby wiedzieli, że jesteś naszą dziewczyną.

– Dziewczyną Żmij? – Uśmiecham się lekko, a on śmieje się przy mojej skórze.

– Na zawsze – mruczy.

– Gotowa? – wrzeszczy Garrett z korytarza.

Diesel bierze mnie za rękę i wyprowadza z pokoju, potem szybko wraca, a później zatrzymuje mnie w korytarzu i przyklęka. Spoglądając na mnie, chwyta rąbek mojej sukni i unosi go powoli, obnażając mi uda. Wyciąga coś z kieszeni, owija mi wokół tego świeżo wydzierganego uda i wsuwa tam mój nóż, ten, który mi podarował.

– Proszę. – Całuje mnie w udo i opuszcza sukienkę, a potem znowu bierze mnie za rękę.

Spotykamy Garretta w przedpokoju. Jest zajęty przeglądaniem czegoś w telefonie, ale nie mogę się powstrzymać, żeby nie wstrzymać oddechu na jego widok. Ci mężczyźni są nazbyt niebezpiecznie przystojni. Ma zaczesane do tyłu włosy i grymas niezadowolenia na twarzy, co tylko dodaje mu atrakcyjności. Jego masywna, wysoka sylwetka jest cała obleczona w czerń, tu i ówdzie wyzierają mu tatuaże, jego dłonie są duże i w bliznach.

Kiedy spostrzega, że tam jestem, chowa do kieszeni telefon i ma się już uśmiechnąć, ale gdy spogląda na moją sukienkę, wydaje z siebie jęk.

– Będę musiał komuś przywalić.

– Będzie wspaniale. – Diesel się śmieje, kręcąc mną po posadzce, aż wpadam na pierś Garretta, który mnie łapie i przytrzymuje przy sobie. Jego duże dłonie wędrują mi na tyłek i przyciągają mnie bliżej, masując mi pośladki z nachyloną głową i mrucząc mi w usta.

– Zabiję każdego, kto krzywo na ciebie spojrzy. Trzymaj się przy nas, ale nie okazuj strachu, dziecino. Tu może i jest jaskinia Żmij, ale tam na zewnątrz to pieprzone gniazdo szerszeni. – Całuje mnie, a potem otwiera drzwi i wychodzi przodem. Diesel bierze mnie za rękę, ale drugą dłoń trzyma na nożu, który ma przy boku.

– Garrett musi mieć wolne ręce na broń – wyjaśnia, a ja kiwam głową.

Zjeżdżamy do garażu i bierzemy jedno z większych, ale wciąż sportowych audi. Garrett nie pozwala Dieselowi prowadzić, a kiedy pytam dlaczego, kręci głową.

– Zaufaj mi.

Diesel prycha, ale siada z tyłu, a ja zajmuję miejsce pasażera.

– Nie zabiłbym nas, kiedy jest z nami nasza ptaszyna.

– Pewnie – mówi drwiąco Garrett, odpalając samochód, i podjeżdża pod bariery, które zaczynają się unosić. – Zapnij pas, dziecino.

Robię, co mi każe, i gdy pędzimy przez miasto, patrzę na mijane budynki i ludzi. Jesteśmy w zamożnej części miasta, wszędzie widać salony mody, butiki i sportowe samochody, mężczyzn i kobiety, którzy nigdzie się nie spieszą. Wszystko ocieka luksusem. Czuję się tu mniej swojsko niż na ulicy, więc kiedy wjeżdżamy w bardziej ponurą część miasta, właściwie się rozluźniam. Wiem, jak tutaj żyć, jak przetrwać, a na tych lśniących ulicach podszytych krwią i pieniędzmi – nie za bardzo.

Nie przejeżdżamy koło mojego baru, ale jesteśmy po drugiej stronie, mijając wszystkie wielkie banki i miejsca dla bogaczy, co ma sens. Parkujemy tuż pod lokalem, Garrett wysiada pierwszy i okrąża samochód, nie pozwalając mi wysiąść, dopóki nie rozejrzy się wkoło. Dopiero gdy wszystko sprawdził, otwiera mi drzwi. Diesel znowu bierze mnie za rękę i prowadzi do klubu, a Garrett idzie za nami, pilnując tyłów.

Z zewnątrz wygląda to tak, jak można by się spodziewać

po klubie ze striptizem – wielki, tandetny neon i ciemne, zasłonięte okna. Uwielbiam to. Diesel nie płaci na wejściu, nawet nie spogląda na mężczyznę przy drzwiach, tylko otwiera je i popycha mnie do środka.

Robi się od razu ciemno i uderza mnie zmysłowa muzyka razem z zapachem cygar, alkoholu i potu. Drewniana posadzka w hallu wiedzie ku podwójnym drzwiom, które otwieramy i wchodzimy do głównej sali klubu.

Bar jest za naszymi plecami po prawej, a większą część pomieszczenia zajmuje scena. Są tam ruchome podesty i klatki zawieszone w powietrzu, i strefa dla VIP-ów na piętrze. Na każdej ścianie znajdują się oddzielone zasłonami kabiny, które dostrzegam dopiero kiedy mrużę oczy. Wszystko jest przyciemnione i nastrojowe z kolorowymi światłami. Wszędzie widać rury, a przy scenach ustawione są małe stoliki.

To zdecydowanie jest spelunka, więc czuję się jak w domu. Na ścianach wiszą neony – wisienki, usta, co tylko chcesz, mają wszystko. Drewniana podłoga się lepi, moje obcasy przywierają do niej, kiedy idę. W środku jest duży ruch mimo wczesnej pory, wokoło siedzą mężczyźni w garniturach i skórach, parę kobiet również. Kelnerki w seksownych sukienkach przechadzają się z tacami w tłumie, są też dwie kobiety za barem. Na scenie właśnie występuje tancerka w bikini z błyskotek, huśtając się i kręcąc wokół rury w rytm muzyki. Przechylam głowę.

– Jest dobra. – Kiwam głową, a Diesel uśmiecha się pod nosem.

– Jesteś dziwna, ptaszyno, uwielbiam to – mruczy, nachylając się, żebym mogła go usłyszeć mimo muzyki.

– No co, próbowałam kiedyś tańca na rurze, to cholerstwo jest trudne. Te kobiety to pieprzone siłaczki, a jeszcze spróbuj zrzucić te świecidełka – nie tak łatwo – mówię drwiąco.

Właśnie wtedy podchodzi jakaś kobieta, uśmiechając się do nas nerwowo, jej wzrok skacze pomiędzy chłopakami.

– Cherry jest na zapleczu, misiaczki, chcecie, żebym ją złapała? Ma spotkanie.

– Nie, nie szkodzi, możemy poczekać – mówi do niej Garrett, a potem zajmuje stolik blisko jednej ze ścian, tak żeby widział wszystkich. Trzyma rękę na udzie, gdzie spoczywa jego broń, spojrzenie ma ostre, lustruje wszystko dokoła. Diesel natomiast łapie krzesło, ciągnie mnie i sadza sobie na kolana, a potem patrzymy na kobietę na scenie.

– Może chcecie taniec, kiedy będziecie czekać? – pyta nerwowa kelnerka, najwyraźniej wiedząc, kim są.

– Nie – warczy Garrett.

– Przykro mi, przyprowadziłem własną. – Diesel się śmieje.

Kelnerka odchodzi najszybciej, jak może, i spostrzegam, że ludzie przy barze spoglądają na nas z niepokojem. Niektórzy wyraźnie wiedzą, kim jesteśmy, ponieważ wstają i wychodzą, a inni zostają. Mogą nie wiedzieć, kim są Garrett i Diesel, ale wyczuwają, czym są, choćby nie znali ich osobiście.

Zabójcami.

Bogatymi.

Potężnymi.

Atmosfera siada, mężczyźni prostują się i trzeźwieją.

Wszystkie oczy kierują się na nas, nawet jeśli są to ukradkowe spojrzenia, tak żebyśmy ich nie zauważyli. Odstawiają od razu drinki, cały czas uważają na nas, czekając, co zrobimy. Taką reakcję wywołują u ludzi Żmije – strach i respekt. Niczym członkowie rodziny królewskiej.

– Idę do łazienki – mówię do Diesela i wstaję. Garrett łapie mnie za rękę i wbija we mnie wzrok, komunikując się ze mną bez słów. – To tutaj blisko, wielkoludzie, możesz stąd zobaczyć drzwi. Zaraz wracam. – Nachylam się, całuję go i widzę, że go zaskoczyłam, gdy puszcza moją rękę.

– Tylko pospiesz się, dziecino, albo przyjdę po ciebie – burczy, kiedy odchodzę.

Macham w tamtą stronę ręką i idę przez tłum do toalety, wyczuwając wzrok wszystkich kierujący się na mnie, każdy z nich zastanawia się, kim i czym jestem dla Żmij. Wślizguję się do łazienki, załatwiam swoje sprawy, a potem myję ręce.

Otwieram drzwi i znowu uderza mnie muzyka. Właśnie kiedy wchodzę z powrotem do głównej sali klubu, drogę zastępuje mi jakiś mężczyzna. Jest duży, dwa razy wyższy ode mnie, ma na sobie źle dopasowany garnitur i podrobiony zegarek na nadgarstku. Stara się wyglądać na bogatszego niż faktycznie jest, nie tak jak moje chłopaki, oni nie obnoszą się ze swoim bogactwem.

Mężczyzna ma szklane spojrzenie, więc jest na haju lub pijany, albo jedno i drugie, zatacza się ku mnie.

– Hej, kotku, masz tu pięć dych za lodzika. – Rzuca mi pieniądze.

Prycham i przewracam oczami, po czym kopię go obcasem w krocze. Osuwa się, kwicząc, na kolana i charczy.

– Co jest, do kurwy, dziwko? – wrzeszczy, a Garrett zachodzi go od tyłu.

Zamachuję się ręką i uderzam go pięścią w twarz.

– Znalezione, nie kradzione. – Śmieję się, chowam do kieszeni banknoty i przestępuję przez jego leżącą na brzuchu, zawodzącą postać.

– Głupia pinda – warczy i słyszy to Garrett, ale ja też.

Nikt nie będzie mnie obrażał. Odwracam się i chwytam nóż, który mam na udzie, odciągam mu głowę za przetłuszczone włosy i przykładam ostrze do gardła.

– Jeszcze raz mnie obrazisz, a będzie to ostatnia rzecz, jaką zrobiłeś w swoim życiu, rozumiesz, posrany łbie? – warczę.

On zamiera w bezruchu, owiewa mnie od niego zapach alkoholu i czuję, jak się cały trzęsie.

– Kiedy cię puszczę, przeprosisz mnie. Powiesz: „Przepraszam, wielka Roxy, jestem głupkowatym idiotą z małym kutasem”, a potem zapłacisz za wszystkie drinki, jakie dzisiaj zamówimy, dobrze?

Kiwa głową, a ja się śmieję, zabierając nóż i odsuwając się, na wypadek gdyby czegoś próbował. Gramoli się na nogi i odwraca, ma bladą twarz, gdy na mnie patrzy.

– Powiedz to. – Uśmiecham się, uderzając lekko ostrzem o udo.

– Ja… przepraszam, wielka Roxy, jestem głupkowatym idiotą z małym kutasem… – Zacina się, w oczach błyska mu panika.

– Zapłacisz za wszystkie nasze drinki – podpowiadam, a on szybko potakuje.

– Wszystkie wasze drinki, bardzo przepraszam – woła znowu, a ja odwracam się z uśmiechem i dostrzegam, jak Garrett rzuca mi wymowny uśmieszek.

– Dziecino, gdzie ty trzymałaś ten nóż? – pyta, a oczy ciemnieją mu z pożądania, przebiega nimi po mojej sylwetce i bardzo obcisłej sukni. Biorę go za rękę i przesuwam nią sobie w górę uda, aż wyczuwa futerał. Wydaje jęk i oczy mu się na chwilę zamykają.
– Cholera, Rox.

Odsuwam się, chichocząc.

– Nie rób mu krzywdy, już się tym zajęłam. – Trzymając go za rękę, ciągnę go z powrotem do stolika, gdzie Diesel patrzy na mnie z uśmiechem.

– Ptaszyno, to było rajcujące – mówi cicho, kierując wzrok na mój nóż. – Później użyjesz go na mnie.

Śmieję się i siadam mu na kolanach, wiedząc, że Garrett musi mieć swobodne ręce. Oglądamy kolejną dziewczynę, a na naszym stole ląduje następna butelka. Szampan. Wyciągam korek i biorę łyk, przepijając do kolesia, którego wystraszyłam, siedzącego przy stoliku w rogu. Kiwa głową i odwraca ze strachem wzrok.

Wtedy przy naszym stoliku staje bramkarz. Spogląda na mnie i prycha:

– Zabieraj się za kulisy, dziewczyno. – Odwraca się do moich chłopaków. – Ona może się już z wami zobaczyć, proszę za mną.

Diesel sztywnieje przy mnie. O kurwa. Przyciskam się mocniej do niego, żeby nie zabił tego idioty, ale w mgnieniu oka jest już przy nim Garrett. Jest taki szybki, nawet nie spostrzegłam, jak wstawał. Jego pięści poruszają się błyskawicznie i bramkarz opada na kolana, z rozbitego nosa i wargi leci mu krew, a Garrett stoi gniewnie nad nim.

– Co ty do niej powiedziałeś? – warczy niskim i dudniącym głosem.

Widzę, jak bramkarz szeroko otwiera oczy, uświadamiając sobie, jak królewsko sobie przejebał. Próbuje spojrzeć na mnie, ale Garrett wchodzi mu w drogę, przesłaniając pole widzenia.

– Nie patrz na nią pod żadnym pozorem.

– Przepraszam pana, myślałem, że jest tancerką. Naprawdę cholernie mi przykro – mówi spiesznie mężczyzna. Jeszcze minutę temu był dużym, krzepkim skurwielem, którego nawet ja zawahałabym się walnąć. Teraz, w konfrontacji z Garrettem wy-

gląda jak wystraszony chłopaczek. – Proszę, proszę, tak bardzo
mi przykro – błaga.

– Obraziłeś ją – cedzi Garrett przez zęby i znowu wali kolesia
pięścią w twarz.

Popijam szampana i patrzę. Trochę sobie na to zasłużył,
ale do tego Diesel cały czas próbuje wstać, i jeśli się dołączy, koleś
umrze, a to nie będzie dobrze.

Bramkarz pada na brzuch i próbuje się odczołgać, ale Garrett
już tam jest, przyciska butami dłoń kolesia i staje na niej. Krzyk
bramkarza odbija się głośnym echem. Muzyka cichnie i cały klub
zamiera. Garrett się nie przejmuje, oni są nietykalni.

– Obraziłeś ją – warczy znowu i staje na jego drugiej dłoni,
a potem go kopie. – Wstawaj.

Cholera. Bramkarz gramoli się na nogi, trzyma dłonie przy
piersi, a po twarzy spływają mu łzy.

– Przepraszam, bardzo przepraszam, proszę – zaklina, z nosa
ciekne mu smark.

Dobra, dostał już za swoje. Wstaję, chwytam nóż i na moment
przyciskam go Dieselowi do gardła.

– Nie ruszaj się, kurwa, albo przysięgam, że nigdy więcej się
z tobą nie pobawię.

Dąsa się, ale kiwa głową, biorąc ode mnie szampana, a ja zabieram nóż i podchodzę do Garretta, właśnie kiedy znowu zamachuje się pięścią. Widzę wściekłość wibrującą w jego sylwetce.
Nie może przestać, jak w ringu, ale przyszliśmy tu w jakimś celu,
a nie żeby obijać idiotów.

Kładę mu dłoń na plecach i nieruchomieje, odwracając głowę,
żeby na mnie spojrzeć swoimi ciemnymi oczami.

– Odpuść, wielkoludzie – mówię cicho.

Właśnie wtedy koło nas odzywa się kobiecy głos:

– Co, do kurwy, się tutaj dzieje?

Wszyscy się odwracamy, żeby spojrzeć na osobę, która to powiedziała. Jest wysoką kobietą, ponad metr osiemdziesiąt, i ma gigantyczne piersi. Poważnie, co, do kurwy? Są wielkie i wypiętrzają się z jej obcisłej różowej sukni, która przylega do pełnego brzucha i ud. Ma rude włosy, napuszone, jakbym cofnęła się w czasie do szkoły średniej. Usta pomalowane na czerwono, brązowe oczy i twarz pokrytą ciężkim makijażem. Mruży oczy, ale zdaje się wahać, kiedy widzi obie Żmije, a potem się przemaga.

Ta kobieta ma dużo ikry. Przyznaję jej to. Zgarnia włosy na ramię.

– Mój drogi, co ty robisz z moim pracownikiem?

Garrett prostuje się i jeszcze raz spogląda gniewnie na tamtego mężczyznę.

– Idź stąd, zanim się rozmyślę.

Bramkarz bez wahania ucieka, a Diesel wstaje. Stoją po obu stronach mnie. Ona przebiega po nich bardziej niż klinicznym spojrzeniem, na co się jeżę, aby w końcu zatrzymać się na mnie. Nadyma wargi, jakby nie spodobało jej się to, co widzi, i znowu odrzuca włosy.

– Miło was obu widzieć, chodźmy do mojego biura.

No nie, ta suka właśnie mnie zignorowała. Jak, kurwa, niegrzecznie.

Diesel pochyla się do mnie.

– Chcesz, żebym ją zabił? Albo potrzymał ją, żebyś ty to zrobiła?

Śmiejąc się, odpycham go, ale obejmuje mnie ramieniem i idzie za nią, a z tyłu kroczy Garrett, jak zawsze w trybie obronnym. Kobieta prowadzi nas korytarzem przy barze do drzwi na końcu, za którymi jest biuro. Przysiada na biurku, rozchylając uda, żebyśmy wszyscy mogli zajrzeć jej pod suknię.

Diesel prowadzi mnie na kanapę przy ścianie i sadza obok siebie. Dłonią bawi się moimi włosami, a Garrett zamyka drzwi i staje o nie oparty z założonymi rękami. Śmiejąc się i nadal mnie ignorując, ona podchodzi do niego, kręcąc biodrami i tyłkiem.

Wyciąga rękę, żeby go dotknąć, a ja skaczę, chwytając ją, zanim przesunie mu po piersi. Zaciskam dłoń na jej palcach i wbijam w nią wzrok, a ona dyszy z bólu.

– Nie dotykaj go – ostrzegam, wiedząc, że tego nie znosi, i owszem, jestem też odrobinę zazdrosna.

Odsuwam ją, ona zbywa to nerwowym chichotem i siada z powrotem na biurku. Ciągnę Garretta do kanapy i sadzam obok siebie, aż znowu mam ich po obu stronach. Nachyla się i całuje mnie w policzek.

– Dziękuję, dziecino – mówi cicho.

– Zatem czemu zawdzięczam tę przyjemność, że składacie mi wizytę? Skoro nie ma tu Rydera, przypuszczam, że nie chodzi o interesy? – pyta z uśmiechem i wciąż rozchylonymi nogami. Przeciąga dłonią po udzie, próbując przyciągnąć ich wzrok, ale oni ani drgną, co mnie uspokaja.

– Tak – rzuca Garrett najwyraźniej już nią zmęczony. To logiczne, ponieważ jest kobietą wykorzystującą swoją seksualność i prawie go dotknęła. Pewnie jej nie cierpi. Diesel jest zbyt zajęty zabawą moimi włosami, żeby to zauważyć, ale on też fuka na jej zachowanie.

Ona przesuwa dłonią po rozległej piersi, wciąż starając się skupić na sobie ich wzrok, i nachyla się, żeby pokazać więcej biustu.

– Co to za sprawa? – mruczy sugestywnie niskim głosem.

I wtedy uświadamiam sobie, że ona włada własnym ciałem niczym bronią, wykorzystując swoją seksualność dla odwrócenia uwagi. Nie jest największa ani najsilniejsza, ale przetrwała tak długo dzięki temu, że wie, jak rozgrywać mężczyzn i jak grać w tę grę. Szanuję ją za to i gdy to dostrzegam, rozluźniam się.

– Cherry, nie przyszliśmy tu zrobić ci krzywdy, możesz darować sobie to aktorstwo – rzucam.

Oczy jej się zapalają, a potem tężeją, opuszcza dłoń z piersi i wychodzi z niej prawdziwa Cherry, nawet twarz jej opada. Nagle wygląda znacznie starzej.

– Dziękuję. – Uśmiecha się do mnie przyjaźnie. – Przepraszam, to z przyzwyczajenia.

– Nie wątpię. Robię tak samo, zwykle odgrywając twardą sukę i używając kija baseballowego. – Wzruszam ramionami.

– Podobasz mi się. Więc po co tu przyszliście? – pyta, teraz patrząc tylko na mnie, na co z zaciekawieniem przekrzywiam głowę. – No przestań, oni mają pieniądze i władzę, ale tutaj nie oni szefują, a ty. A więc co was tu sprowadza?

Ja tu szefuję? Czekam, aż wyprowadzą ją z błędu, ale nie robią tego, więc prostuję się. Dobra, zagramy w tę grę.

– Chcemy się dowiedzieć, czy ktoś nas nie zdradził. Czy ktoś nie zadawał pytań albo nie zachowywał się podejrzanie.

Znowu wydyma usta.

– Skąd mam to wiedzieć?

– Nie zgrywaj głupiej, Cherry, nie pasuje to do ciebie. Jesteś na to zbyt bystra. Twój biznes polega na tym, żeby wiedzieć, a twoje dziewczyny – widziałam, jak zbierają informacje tak samo, jak zbierają pieniądze. Ludzie przy nich czują się swobodnie. Chcemy tylko wiedzieć, czy coś słyszałaś. To wiele by znaczyło dla Żmij, dla nas, i z pewnością bylibyśmy wdzięczni.

Pozwalam sobie tak mówić, ale chłopaki mi nie przerywają. Miejmy nadzieję, że później Ryder mnie nie zabije.

Ona się uśmiecha, szeroko i szczerze.

– Cholera, dobra jesteś. Okej, dobrze. Tak, mam pewne informacje. Wiem o zamachach na was, chłopaki, ale nie jestem na tyle głupia, żeby być w to zamieszana, znam waszą siłę. Zawsze wygrywacie, a jeśli chodzi o zdradę… – Wzdycha i siada za biurkiem. – Słyszałam, że jest jakiś ukryty gracz dostarczający informacje, ale nie potrafię dojść kto. Próbowałam, żeby sprzedać wam tę nowinę. Miałam tu kilku ludzi Triady w ostatnich dniach i wysłałam im swoje najlepsze dziewczyny, ale dowiedzieliśmy się tylko, że to jakiś stary znajomy. Słyszałam, że mają tu wrócić po objeździe w przyszłym tygodniu. Mogę wam dać znać, jak tu będą, jeżeli chcecie… i możecie z nimi porozmawiać. – Uśmiecha się. – Mogę, rzecz jasna, zapewnić prywatne pomieszczenie na tę… rozmowę.

– Będę wdzięczna. – Szybko zapisuję na kartce swój numer telefonu. – Wyślij mi wiadomość, a się zjawimy. A tymczasem jeżeli czegoś się dowiesz, z chęcią zwrócimy ci koszty twojego czasu i starań. – Wstaję, wyciągam rękę i ściskam jej dłoń, na co ona się śmieje.

– Dziewczyno, słyszałam o tobie. Roxy, tak? Córka Richa? – pyta z namysłem, a ja się uśmiecham pod nosem. Skoro wiedziała, kim jestem, to po co sprzedawała mi to całe gówno? Musi widzieć to pytanie w moich oczach. – Musiałam upewnić się, że jesteś tą dziewczyną, o której mówił. Że się nie opierdala, robi co chce i z kim chce. Niczego się nie boi. Nieustraszona. Odważna i cholernie bystra.

– Dowiadywałaś się na mój temat?

Śmieje się pełnym śmiechem, aż jej się brzuch trzęsie.

– Gdy słyszę, że jakaś dziewczyna dołączyła do Żmij i cieszy się ich najwyższym, niewzruszonym szacunkiem i lojalnością? Wiele dziewczyn próbowało, więc owszem, zaciekawiło mnie to. A Rich był moim starym znajomym, dobrym człowiekiem. – Marszczy brwi. – Przykro mi, że umarł, stary sukinsyn zasługiwał na więcej.

Kiwam głową.

– To prawda, był jednym z nielicznych dobrych ludzi, jakich spotkałam. Przyjął mnie, kiedy byłam krnąbrną smarkulą.

– Tak, i jak to wyszło? – Uśmiecha się pod nosem.

– Nabrałam jeszcze więcej krnąbrności. – Mrugam do niej porozumiewawczo. – I wprawę na jej poparcie.

Uśmiecha się na to.

– Nie wątpię. To on wyciągnął mnie z toksycznego związku, gdy znalazł mnie płaczącą w toalecie w Roxers. – Uśmiecha się ze smutkiem. – Ten człowiek uratował mi życie. Nigdy nie zdążyłam mu odpłacić, więc zatrzymajcie swoje pieniądze, Roxy. Ten dług przechodzi teraz na ciebie i pomogę wam, jak tylko będę mogła. Dla Richa. – Kiwa głową.

Odpowiadam jej skinieniem głowy.

– Dziękuję i kiedy tylko chcesz, nie krępuj się i wpadaj z dziewczynami do Roxers, drinki na koszt baru. – Mrugam do niej. – Chuj wie, może skorzystamy na… ich atrakcyjności. – Śmieję się i odwracam, żeby wyjść. Przy drzwiach zatrzymuję się i jeszcze raz na nią spoglądam. – Jesteś dobra w tę grę, Cherry, tylko uważaj, żeby nie stracić w niej życia, to byłaby cholerna szkoda.

Otwieram drzwi i wychodzę, a za mną Diesel i Garrett. Garrett się nachyla.

– Cholernie pięknie to załatwiłaś, dziecino.

– Poczekaj, aż opowiemy Ryderowi – krztusi się Diesel. – Wiedziałem, że moja ptaszyna to będzie to.

Kręcę głową ze śmiechem. Idziemy przez klub, lawirując między stolikami, ale gdy już dochodzimy do drzwi, ktoś nas zatrzymuje. Stoi przed nami mężczyzna, który towarzyszył tamtemu pijanemu kolesiowi wcześniej, i wygląda na rozwścieczonego.

– Pieprzona dziwko, wydałaś wszystkie jego pieniądze. Nie stać cię na drinki?

O cholera.

Czuję, jak obydwaj mężczyźni za mną tężeją, ale ten głupi skurwiel nie przestaje.

– Zostaw w spokoju mojego brata. Masz problem, to będziemy w boksie numer trzy. Możesz nam obciągnąć za te pieniądze, które chcesz.

No nie, ten głupi skurwysyn jest martwy i w żaden sposób mu nie pomogę.

– Co ty powiedziałeś? – warczy Diesel, a twarz mu się ściąga. Powoli odwraca się do mężczyzny. – Nazwałeś moją dziewczynę dziwką?

Gdzie jest popcorn, kiedy go potrzeba?

Ściąga kurtkę, rzucając ją na mnie, i zbiera włosy do tyłu, zawiązując je sobie u podstawy czaszki. Pierś mu lśni w świetle stroboskopów, kiedy skrada się wokół mężczyzny, który teraz wygląda, jakby żałował swoich słów.

– D... – zaczynam, ale on nie zwraca na mnie uwagi.

Buńczuczność jego płynnych ruchów, gdy tak chodzi, sprawia, że oblizuję wargi. On naprawdę jest cholernie fantastyczny, niebezpieczny, mroczny, szalony i kurewsko piękny. Wyciąga nóż i unosi go, żeby tamten zobaczył.

– Nie myślałeś chyba, że będę spokojnie słuchał, jak obrażasz naszą dziewczynę?

Tak, ten koleś jest martwy. Patrzę na głupiego skurwiela, któremu wciąż wydaje się chyba, że może załatwić Diesela. To wszystko jest oczywiście udana brawura, każdy widzi, jak niebezpieczny jest Diesel. Jest zapałką czekającą, aż ktoś ją potrze, a ten koleś właśnie ją potarł.

– Uciekaj, póki jeszcze możesz, ty głupkowaty skurwysynu – doradzam, ale on pluje w moją stronę. No cóż, próbowałam.

A więc chwytam lufę z najbliższego stolika i wychylam ją, opierając się o Garretta, żeby oglądać mojego wariata w akcji.

– Będzie zabawa.

– Dziecino, nie można się nudzić, kiedy jesteś w pobliżu. – Śmieje się, chociaż czuję, jak bada wzrokiem ludzi wkoło, na wypadek gdyby ktoś postanowił popełnić głupotę i skoczyć na nas albo na D.

– Pierdol się – warczy koleś. – Myślisz, że jesteś twardzielem, bo przyszedłeś tu ze swoją dziwką? – Koleś znowu się śmieje, na co się wzdrygam. Cholera, będzie źle. – Jesteście niczym, zwykłych dwóch idiotów wodzonych za chuje przez tę samą tanią kurwę.

Diesel skończył już rozmowę. Atakuje z precyzją człowieka nawykłego do zabijania, który wie dokładnie, gdzie zadać cios. Jest nieustraszony i odważny. Przeciąga mężczyźnie nożem po twarzy, a ten idiota cofa się z wrzaskiem bólu. Unosi rękę, żeby zablokować kolejne cięcie Diesela, które przechodzi mu po piersi, rozcinając koszulę i skórę i tocząc krew. Ale Diesel jest jak opętany. Nie torturuje ani nie dręczy jak zwykle. Kręci się i tnie, rozwścieczony, z gniewem i śmiercią na twarzy. Z bezwzględnym spojrzeniem.

Podcina mężczyźnie nadgarstki i ścięgna pod kolanami, przez co tamten pada z piskiem bólu na podłogę. Wszyscy patrzą, niepewni, czy się wmieszać, kiedy Diesel odrzuca do tyłu złociste włosy i staje za mężczyzną. Ze zwężonymi, rozwścieczonymi oczami chwyta go za włosy i odciąga mu głowę do tyłu.

– Ta dziwka – wypluwa to słowo – próbowała cię uratować. Pamiętaj o tym, gdy będziesz leżał w trumnie. – Podcina mu gardło od lewej do prawej, a ono otwiera się niczym przepastny krwawy uśmiech. Bez wysiłku D rzuca go na podłogę, żeby zadławił się własną krwią, która leje mu się z rany.

Diesel przestępuje przez jego ciało i idzie w moją stronę, nie zatrzymując się, aż przytula się do mnie i wręcza mi nóż niczym prezent.

– Chcesz, żebym odciął mu dla ciebie jaja, ptaszyno?

Śmiejąc się, biorę nóż i składam pocałunek na jego ustach.

– Nie, kotku, nie trzeba. Chodźmy, jestem zmęczona.

Uśmiecha się i odsuwa, biorąc kurtkę i zarzucając ją sobie na ramię. Drugim ramieniem obejmuje mnie w pasie, zabierając mnie Garrettowi.

– Chodźmy do domu.

Rozglądam się dokoła.

– Założę się, że zaraz będzie tu policja.

Ludzie rozmawiają przez telefony, niektórzy płaczą, a dziewczyny krzyczą i wtedy przez środek tłumu przebija się Cherry – spokojna, opanowana i mająca wszystko pod kontrolą. Widzi tamtego mężczyznę, potem nas i kiwa głową.

– Zajmę się tym, idźcie – mówi do nas Cherry, a potem odwraca się do klientów i dziewcząt. – Nic, kurwa, nie widzieliście! A teraz wracajcie do pracy! Rick, nalej wszystkim po drinku na koszt firmy!

Kiwając z wdzięcznością głową, chociaż nie sądzę, żeby chłopaki mieli wielkie problemy z policją, wychodzimy, dopóki jeszcze możemy. Może i mają swoje wpływy, ale założę się, że musieliby odpowiedzieć na kilka pytań, a to nie byłoby dobre w wybuchowym nastroju, w jakim są obydwaj.

Nie mówiąc o tym, że zirytowałoby to Rydera. Moja pierwsza wycieczka na miasto z tą przerażającą parą i zostajemy aresztowani? Tak, wymierzałby mi karę przez całą noc…

Po namyśle… chyba powinnam tam wrócić i dać się aresztować.

ROZDZIAŁ 35

RYDER

Łapię się za włosy i opuszczam głowę między dłonie.

– Pięć, cztery, trzy, dwa, jeden – mamroczę, skandując to jeszcze raz i jeszcze raz, aż czuję, że bardziej panuję nad sytuacją. Mamy za dużo do zrobienia. *Ja mam za dużo do zrobienia.*

Nadal muszę się dowiedzieć, kto nas zdradza, zanim nas to zabije, a do tego zajmować się Triadą, a także prowadzić nasze legalne interesy. Jestem wyczerpany, oczy mnie kłują, a ciało mam znużone, ale muszę dalej pracować. Nie mogę spocząć, dopóki nie uratuję naszej rodziny.

Będę ich chronić, nawet jeśli mnie to zabije. Nic innego się nie liczy.

– Pięć, cztery, trzy, dwa, jeden – znowu szepczę i słyszę, jak otwierają się drzwi wejściowe i dźwięczy charakterystyczny chichot Roxxane. Zgarniam włosy do tyłu, prostuję się i wracam do przeglądania przelewów bankowych na rachunkach byłych pracowników. To byłaby pierwsza oznaka, że nas zdradzili. Mógłbym poprosić Kenzo, żeby to sprawdził, ale on jest zmęczony i potrzebuje snu.

Rozłożyłem się przy stole, nie chcąc siedzieć w biurze całą noc. Wszędzie leżą sterty papierów, mam włączone dwa laptopy, wyszukuję też informacje w telefonie i tablecie. Mam za dużo rzeczy do zrobienia, ale muszę je zrobić. Nie podnoszę wzroku, słysząc, jak się zatrzymują i śmieją. Dochodzą mnie jakieś szepty, odgłos oddalających się kroków, a potem chrząknięcie.

Wzdycham, nie podnosząc oczu.

– Garrett, wszystko w porządku, prześpię się, jak…

– Przepraszam, wyglądam lepiej od niego – droczy się Roxxane.

Gwałtownie unoszę głowę i marszczę brwi.

– Przepraszam, myślałem… – Pocierając twarz, uśmiecham się lekko. – Przepraszam, kochanie. Miło spędziłaś wieczór?

Spogląda na papiery i na mnie, i kiwa głową.

– Zrobię kawę.

Unoszę swój kubek.

– Mam… och, wygląda na to, że już wypiłem.

Śmiejąc się, nachyla się i cmoka mnie w usta.

– Zajmę się tym, dobra? Pozwól, że zaopiekuję się tobą, kiedy ty opiekujesz się nami.

Mrugam zdumiony, ale jej już nie ma. Słyszę, jak w kuchni wrzeszczy na szafki, żeby się otworzyły, na co uśmiecham się pod nosem, spoglądając znowu na wyciągi bankowe, które przeglądałem – H. Fedred, to zdecydowanie nie on. Ma niemal debet w swoim banku, rachunki pochłaniają wszystkie wpływy z pracy, którą sprawdziłem, żeby upewnić się, że jest legalna. Był ochroniarzem, recepcjonistą, jak sądzę, był dobrym człowiekiem.

Biorę telefon i robię mu przelew na parę tysięcy, żeby pomóc, a potem ładuję kolejny wykaz przelewów bankowych, które dostarczył mi Kenzo. Pracował cały dzień, zbierając te informacje. Nie pytam jak, nie obchodzi mnie to, ale to bardzo pomocne. Na moje polecenie ochroniarze, którym ufam, sprawdzają obecną ochronę, ale zgadzam się, to jest ktoś, kto pracował dla nas wcześniej. Nie mają aktualnych informacji.

Wraca Roxxane i stawia koło mnie kubek, trzymając mi dłoń na ramieniu, i nachyla się. Nie mogę się powstrzymać, odprężam się, wtulając plecami w jej ciepło, szukając ukojenia jej ciała, chociaż na to nie zasłużyłem. Dlaczego nie potrafię wykryć, kto nas zdradza? Nachylam się i wracam do pracy, odsuwając się od niej.

Muszę dowiedzieć się, kto to jest. Muszę.

– Pomogę ci – proponuje.

– Dam radę, idź się przespać – mówię jej w roztargnieniu i wtedy moje krzesło zostaje nagle odsunięte, a ona sadowi mi się na kolanach. Łapię ją odruchowo, żeby nie spadła, patrząc na nią z niedowierzaniem.

Ma zdecydowany wyraz twarzy i wbity we mnie wzrok.

– Ja nie pytałam, a teraz pozwól mi sobie pomóc albo będę ci przeszkadzała przez całą noc. Jesteś zmęczony i zestresowany. Wiem, że uważasz, że musisz wszystko sam załatwić, że ciężar spoczywa wyłącznie na twoich barkach, ale w końcu musisz poszukać u kogoś oparcia, Ry. Proszę, daj sobie pomóc – mówi łagodnie, wyciąga rękę i obejmuje mi dłonią policzek. Nie mogę się powstrzymać, żeby się w nią nie wtulić, a ona się uśmiecha.

– Nie staniesz się przez to słaby, nadal jesteś naszym przywódcą, nadal za wszystko odpowiadasz, ale nawet najlepsi przywódcy potrzebują od czasu do czasu wsparcia.

– Roxxane – wzdycham. – Jesteś pewna?

Kiwa głową, nachylając się i całując mnie.

- A teraz, szefie, powiedz, co mam robić, a jeśli będę dobrym pracownikiem, możesz mnie później nagrodzić.

Śmiejąc się, pomagam jej wstać, zajmuje krzesło naprzeciwko mnie, zrzucając buty i siadając wygodnie. Nie mogę się powstrzymać, żeby się nie uśmiechnąć, jest taka śliczna. I nigdzie się nie wybiera. Jeżeli nie pozwolę jej sobie pomóc, chuj wie, co będzie wyrabiać. Kiedy o tym myślę, czuję ulgę. Logicznie rzecz biorąc, oznacza to, że praca pójdzie szybciej, dzięki czemu może ich wytropimy, zanim znowu uderzą. Podsuwam jej tablet.

- Sprawdzamy wyciągi bankowe, szukając czegoś podejrzanego. Jeżeli coś znajdziesz, zaznacz to dla mnie. Wszelkie powtarzające się duże płatności powyżej tysiąca i prawdopodobnie nawet do miliona. - Kiwam głową, zastanawiając się nad tym. - Lepiej dmuchać na zimne, potem będziemy mogli przejrzeć tę listę. A, zaznacz też każdego, kto ma kłopoty finansowe - dodaję po namyśle i czuję, jak się we mnie wpatruje, więc znowu na nią spoglądam. - Co, kochanie?

- Wyślesz im pieniądze, jeśli mają kłopoty - mówi, a na jej ustach pojawia się uśmiech, gdy marszczę brwi. - Wielkie, złe Żmije, kto by przypuszczał, że takie z was mięczaki?

- Mięczaki? - prycham. - Nie mów nikomu.

- Bo mnie zabijesz - przekomarza się i zaczyna przeglądać wykaz. - Ta groźba trochę już zwietrzała, kotku.

- Wiesz co, myślę, że jesteśmy dla ciebie zbyt pobłażliwi, kochanie. Masz zdecydowanie za dużo tupetu. - Uśmiecham się, przeskakując przez dane.

- Aha, kotku, miałam tupet, zanim mnie poznaliście, nie wam zawdzięczam swój rozum i wygadanie. - Uśmiecha się, wpatrzona w tablet. - A teraz do roboty, chcę znaleźć tego sukinsyna i dostać moją nagrodę.

Popijając kawę, którą zrobiła, zagłębiam się w wyciągach bankowych, od czasu do czasu odpowiadając na maile. Pracujemy głównie w milczeniu, ale parę razy dolewa mi kawy, po czym wraca do pracy. Po paru godzinach rozsiadam się i przeciągam.

– Masz coś?

Podnosi wzrok i kładzie tablet obok listy, którą sporządziła.

– Kilku, dokładnie trzech, ale mam jeszcze cztery nazwiska do sprawdzenia. A jak u ciebie?

– Mam czterech do dokładnego sprawdzenia i zostało mi jeszcze siedem nazwisk. – Wzdycham, przecierając oczy. Jest środek nocy, ale nie mogę teraz przerwać. – Przejrzyjmy resztę, a potem zrobię nam coś do jedzenia.

Uśmiecha się na to pod nosem.

– Lepiej, żeby to było coś dobrego.

Śmiejąc się, szybko przeglądam pozostałe nazwiska. Ona oczywiście kończy przede mną i widzę, jak patrzy na listę ze zmarszczonymi brwiami, więc gdy kończę, biorę ją od niej i przekreślam kilka nazwisk.

– Niektórzy z nich nadal wykonują dla nas okazjonalne zadania, stąd te przelewy. – W ten sposób zostaje nam obydwojgu dziesięć nazwisk. – Dobra, poproszę Kenzo, żeby sprawdził je jutro, może założymy im podsłuch i będziemy ich śledzić. Jesteś głodna, kochanie?

– Wygłodniała – mruczy, wstając i przeciągając się, na co przesuwam wzrokiem po jej przepysznej sylwetce. Bierze nasze kubki, a ja wstaję i podwijam sobie rękawy.

– Domowy makaron? – pytam, a ona się zatrzymuje.

– Gotujesz? Robisz domowy makaron? – mówi cicho, a ja uśmiecham się pod nosem.

– Tak.

– Cholerne dupki, czy jest coś, czego nie umiecie robić? – gdera w drodze do kuchni. Wskakuje na wyspę i patrzy, jak biorę potrzebne składniki.

Ale jej słowa dźwięczą mi w uszach. Jest coś, co przemyśliwałem, co w kółko chodzi mi po głowie. Jedyny sposób, żebym miał co do tego pewność, to zapytać ją, więc opierając się plecami o blat, kieruję na nią wzrok i nieruchomieję.

– Roxxane?

Ona przechyla głowę.

– Oho, wpadłam w tarapaty? Chodzi o tego kolesia, któremu sprawiłam lanie?

Mrugam zaskoczony.

– Znowu kogoś zlałaś? Co… nieważne, wrócimy do tego później. Muszę cię o coś zapytać.

– Pewnie, o co chodzi? – pyta niedbale.

– Czy ty chcesz tutaj zostać?

Ona nieruchomieje, szeroko otwierając oczy.

– Pytam szczerze. Wiem… wiem, że nie daliśmy ci wyboru. Ale teraz wyglądasz prawie na szczęśliwą. Widzę, jak dogadujesz się z moimi braćmi i muszę wiedzieć, muszę wiedzieć, czy będziesz jeszcze próbować uciekać, czy mogłabyś zostać i być z nimi szczęśliwa?

– A jeśli powiem, że nie? – pyta powoli.

– Ja… ja muszę ich chronić, kochanie, nawet przed ich własnymi uczuciami. To robi się poważniejsze, niż kiedykolwiek bym przypuszczał. Powiedz mi prawdę, Roxxane, czy chcesz zostać z nami? – Wstrzymuję oddech, czekając na odpowiedź, ponieważ tak naprawdę… ja też jej chcę.

Jest najlepszym długiem, jaki kiedykolwiek ściągnąłem, i najważniejszym interesem, jaki zrobiłem.

Ale jak jest z jej strony, czy zaakceptowała nieuniknione? Czy my jesteśmy zwyczajnie decyzją, aby przestać się opierać? Jeżeli w grę wchodzić będzie ona albo moi bracia, czy dokonam mądrego wyboru? Czy w ogóle jestem jeszcze w stanie wybrać? Bo mimo wszystkich moich planów, żeby trzymać ją na dystans, ta mała kokietka weszła pod mój pancerz i teraz nawet moje własne serce jest wystawione na niebezpieczeństwo.

Jest w uścisku tej kobiety.

Ona ma władzę, żeby nas wszystkich zniszczyć. Czy wie o tym?

Wygląda, jakby się zastanawiała, rozważała odpowiedź.

– Kochanie, spójrz na mnie. Jesteś szczęśliwa? Czy nadal chcesz swojej wolności… czy chcesz nas?

– Czy tylko taki mam wybór? – pyta, a potem na chwilę odwraca wzrok, światła miasta skrzą się na jej rozdzierająco pięknej twarzy. – Nie wiem. Gdybyś zapytał mnie tydzień temu, wybrałabym wolność… ale zaleźliście mi za skórę. Zaraziliście mnie swoim jadem i przez ten ostatni tydzień bardziej niż kiedykolwiek wcześniej czułam, że żyję. D ciągle mówi mi, że tu jest moje miejsce, Garrett w końcu dopuścił mnie do siebie, a Kenzo jest tak słodki i opowiedział mi o swojej przeszłości… A ty, ty, Ryder, dajesz mi szansę, żebym miała prawdziwą rodzinę…

– Ale? – podpowiadam, wpijając palce w granit, kiedy wzbiera we mnie obawa. Nie znoszę obawy, czyni nas słabymi. Ona czyni nas słabymi.

– Ale… jak mogę być w pełni szczęśliwa jako więzień? Nie chcecie, żebym was wybrała? Żebym was nie potrzebowała, ale chciała? Miałam własne życie, mam własne miejsce, swój biznes. Zarabiam sama na siebie, płacę rachunki i kupuję sobie badziewie, jakie chcę. Nie jestem bogata, ale wystarcza mi. Nauczyłam się zmieniać żarówki, kosić pieprzoną trawę, zmieniać koło w samochodzie. Składać meble, podróżować, być sama. W tym wszystkim nauczyłam się, że nie potrzebuję mężczyzny, żeby był przy mnie, żeby robił te rzeczy za mnie, potrafię je robić sama. Nic nie jest za trudne, można jakoś sobie poradzić. Ale to oznacza, że kiedy jestem z kimś… kiedy wybiorę sobie kogoś, to dlatego, że go chcę. Nie dlatego, że go potrzebuję do czegoś, że muszę z nim być, ale dlatego, że *mogę* z nim być. Czy chcesz tego?

Tego właśnie najbardziej się obawiałem i wiedziałem to od początku. Dlatego starałem się trzymać dystans. Roxxane chce być wolna. Od nas. Odejść… ale czy wróci? Ona prosi o ten wybór i z jakiej racji miałbym jej go odmawiać? Jeżeli mi naprawdę na niej zależy, to z pewnością powinienem jej pozwolić nas wybrać. Ale co, jeśli tego nie zrobi? D nigdy nie pozwoli jej odejść, to złamałoby serce Kenzo, a Garrett – kurwa, on w końcu znowu otworzył się na kogoś, próbując zaleczyć rany.

Zabiłaby nas i zniszczyła wszystko, na co tak ciężko pracowaliśmy.

Ale druga możliwość jest taka, że zacznie nas ponownie nienawidzić, kiedy blichtr i miłe słowa przestaną wystarczać, kiedy my nie będziemy wystarczać, aby powstrzymać w niej tę nienawiść, nienawiść za to, że odebraliśmy jej możliwość dokonywania własnych wyborów. Przecież czy nie to właśnie zrobił jej ojciec? Czy jesteśmy lepsi od niego?

Nie jesteśmy dobrymi ludźmi, jesteśmy przestępcami, ale czy dla niej nie moglibyśmy zrobić czegoś dobrego, choćby ten jeden raz?

Odwracam się i zabieram za przygotowanie jedzenia, zastanawiając się nad odpowiedzią.

– Ry? – szepcze. – Nie chcę nikogo zranić, naprawdę nie chcę.

Początkowo chciałam, nienawidziłam was i myślę, że jakaś cząstka mnie nadal was nienawidzi, ale również zależy mi. D powiedział mi coś, co teraz nabiera sensu. Gdybym naprawdę was nienawidziła, zabiłabym was tej pierwszej nocy, i on ma rację. Jestem silna, wiem o tym, i zabiłabym was, bo miałam pod dostatkiem sposobności. Ale nie chciałam, nie chciałam zdobyć wolności w ten sposób. Ale jak nazwał mnie D, jestem ptakiem, potrzebuję skrzydeł. Potrzebuję wolności. Kiedy byłam dzieckiem, zabrano mi ją, żyłam w ciągłym strachu i nienawiści tak silnej, że mnie spaczyła, dopiero gdy zyskałam wolność, mogłam być sobą, odkryłam, kim jestem. Nie chcę tego znowu utracić. Nie chcę was nienawidzić – kończy szeptem, a ja się wzdrygam.

– Ja też tego nie chcę – mówię jej – ale nie wiem, jak pozwolić ci odejść.

– Rozumiem – wzdycha i oplata mnie od tyłu ramionami. – Jestem twoją najgorszą zmorą, Ryderze Żmijo, czymś, czego nigdy się nie spodziewałeś. Czymś, czego nie potrafisz kontrolować.

Wtulając się w nią, przyciskam sobie jej dłonie do brzucha. Ona ma rację. Ale jest też najlepszą rzeczą, jaka nam się przydarzyła. Jest tak pełna życia, potrafi się śmiać i cieszyć. Wydobywa z nas to, co najlepsze, i akceptuje to, co najgorsze. Czy mógłbym ją kochać?

A jeśli tak…

Czy naprawdę mogę jej odmówić?

Czy zniósłbym to, że kiedyś będzie nas nienawidzić? Tak jak moja matka nienawidziła ojca?

– Może jestem do niego bardziej podobny, niż chcę to przyznać. – Wzdycham.

– Do kogo? – pyta.

– Mojego ojca. Wiem, że coś o nim słyszałaś, ale on był sukinsynem, kochanie. Prawdziwym sukinsynem. Naginał mnie, żebym był taki jak on, ale co, jeśli faktycznie taki jestem? Co, jeśli całe to kształtowanie, wszystkie te nauki zrobiły ze mnie dokładnie to, czego, kurwa, nienawidzę? Kenzo to dostrzega, ty też. Jestem zdolny do takiej destrukcji, tak nikczemnych postępków i usprawiedliwiam to potrzebą obrony mojej rodziny. Ale jesteś tutaj, jesteś moim więźniem, i nie chcę cię puścić. Chcę cię mieć tylko dla nas, trzymać cię w zamknięciu, żeby nikt inny nigdy cię nie miał. On zrobił to samo mojej matce. Czy jestem skazany, żeby powtarzać jego błędy?

Milczy przez chwilę.

– A czy ja jestem skazana na to, żeby postępować tak jak mój ojciec? – odpowiada. – Żeby być osobą tak słabą i okrutną? Nie wiem, mogłabym. Ale myślę, że z racji tego, że nas to martwi, nie staniemy się tacy, bo nie chcemy tacy być, bo mamy tego świadomość. Owszem, potrafisz być okrutny, zimny i perfidny. Ja potrafię być podła, zdzirowata i też okrutna. Ale nie stajemy się przez to nimi. Jesteśmy sobą. Przestań walczyć z tym, kim jesteś, Ryder, i przestań się bać, kogo znajdziesz, kiedy to zrobisz. Nigdy nie wiadomo, może nawet odkryjesz, że siebie kochasz. – Odsuwa się, a ja ją puszczam, bo muszę.

Mógłbym trzymać ją tutaj przy sobie, ale to mogłoby zabić w niej tę cząstkę, którą kocham. Silną, szaloną, nieprzewidywalną Żmiję, ponieważ tym właśnie jest – jedną z nas. Nie ma co temu zaprzeczać, wiedziałem o tym, gdy pierwszy raz ją zobaczyłem. I dlatego tak się obawiałem. Ponieważ jeśli jest jedną z nas… co się stanie, kiedy odejdzie?

Robiłem różne złe gówna w moim życiu. Deptałem ludzi. Zabijałem. Niszczyłem im życie, rodziny i biznesy bez mrugnięcia okiem. Na moich rękach jest więcej krwi, niż może sobie wyobrazić. Wszystko dla nich. Dla mojej rodziny.

Zatem co zrobię dla niej?

Wszystko.

Z łatwością sobie to uświadamiam. Zrobiłbym wszystko. Każdą rzecz. Spaliłbym całe to pieprzone miasto do fundamentów i odnalazł ją w popiołach. Zabijałbym, kradł, kłamał. A co zrobiłbym, żeby pozwolić jej odejść?

Czy potrafię to zrobić?

Dla wszystkich innych jesteśmy łotrami, jesteśmy złem tego miasta. Ludźmi zatraconymi we władzy i w pieniądzach. Jesteśmy tymi, których się boją, przed którymi się kryją. A ona nie, ona się w tym pławi. A co, gdybym ją zatrzymał tutaj, na zawsze? Czy byłoby to naprawdę takie złe?

Odwracam się, żeby wziąć nóż do makaronu, gdy coś trafia mnie w twarz. Krztusząc się, ścieram sobie biały proszek, obracam się i widzę, jak Roxxane się śmieje, trzymając w ręce torbę z mąką. Uśmiecha się do mnie znacząco, jest to ten uśmieszek, który sprawia, że chce mi się robić z nią brzydkie rzeczy. Jeden uśmiech i uciekają wszystkie moje demony, które próbują się uwolnić.

– Uciekaj – rzucam.

Ona chichocze i się cofa.

– Uciekaj, kochanie – ostrzegam, skradając się ku niej wokół wyspy kuchennej. Jeszcze mocniej się śmieje i próbuje się wymknąć, ale łapię ją, znowu ją obejmuję i przyciągam do siebie. – Powinnaś szybciej uciekać – mruczę jej do ucha.

– A może chciałam, żebyś mnie złapał. – Śmieje się i wierci, próbując się uwolnić.

Biorę leżące obok jajka i rozbijam jedno wprost nad jej głową.

Krzyczy i się odchyla. Kiedy widzę, jak jajko spływa jej po twarzy, nie mogę powstrzymać się od śmiechu. Nozdrza jej się rozszerzają, wbija we mnie gniewny wzrok.

– Och, już nie żyjesz. Teraz ty, kurwa, uciekaj!

Chwyta masło leżące z boku i rzuca nim we mnie. Uchylam się i chichocząc, łapię makaron i rzucam na nią. Krzyczy i goni mnie z mlekiem, a ja odsuwam się i śmieję, bo udaje mi się uchylić. Odwraca się, żeby złapać coś innego, a ja oplatam ją od tyłu rękoma w pasie.

– Zawieszenie broni – wołam, chichocząc, a ona wierzga i się śmieje.

Uspokaja się i chichocząc, wtula się we mnie plecami. Obracam ją w ramionach i uśmiecham się do niej, zsuwając jej z twarzy cienkie pasemko zlepionych jajkiem włosów. Uśmiecha się do mnie, jej ciemne oczy błyszczą szczęściem. Jak ona tego dokonała?

Uwolniła mnie od moich demonów, nawet nie próbując tego zrobić. W tym domu nigdy nie było tyle śmiechu i szczęścia. Odbijają się echem wśród tych niemych, marnych ścian, wypełniając je życiem. Wypełniając je nią.

Twarz pokrywa mi mąka, mam jedzenie we włosach i na ubraniu, i uśmiecham się szeroko, nie mogąc sobie przypomnieć, kiedy ostatni raz ją całowałem. Rozpaczliwy, kurczowy pocałunek. Pożegnanie, ponieważ już wiem. Muszę pozwolić jej odejść.

Nawet jeśli do nas nie wróci.

Ponieważ przeznaczeniem Roxxane nigdy nie było pozostać więźniem. Powinna być wolna, dzika i niepowstrzymana. Nawet teraz, ze śmiechem na ustach, a ona szczęściem na twarzy, wiem, że rozważa, czy naprawdę by tu była, gdyby miała wybór.

Jest za silna, zbyt, kurwa, silna na to.

Jeżeli wybierze to życie, zaakceptuję to, ale nie zrobiła tego, nie miała wyboru i muszę go jej dać. Nawet jeśli zniszczy to moją rodzinę.

Muszę pozwolić jej odejść.

ROZDZIAŁ 36

ROXY

Tej nocy znowu spałam w ramionach Rydera, wcześniej oczywiście wzięliśmy prysznic. Przynajmniej przestał na trochę pracować, mimo że rozmowa zrobiła się niewesoła. A więc kiedy się budzę, a jego nie ma, nie jestem zdziwiona, znajdując na jego poduszce wiadomość.

Do zobaczenia wkrótce. Zachowuj się.

Dupek. Uśmiechając się pod nosem, zakładam jedną z jego koszul, a potem nieruchomieję, przypominając sobie naszą rozmowę z ostatniej nocy. Czy on naprawdę rozważał, żeby mnie wypuścić? Nie wiem, ale jeżeli tak… to czy odejdę? Nawykłam już do życia tutaj i naprawdę mi na nich zależy… dzięki nim czuję, że żyję, dzięki nim jestem szczęśliwa, ale czy szczęście i miłość są naprawdę możliwe, skoro nie miałam wyboru?

Nie wiem, ale wątpię, żeby się tym martwili. Dokonali wyboru i będą się go trzymać. Ja już postanowiłam przestać walczyć i zacząć po prostu żyć, więc chociaż brakuje mi mojego dawnego życia, odsuwam to od siebie.

Kiedy schodzę na dół, zastaję tam tylko Diesela i Garretta. Siadam na moim krześle, Garrett podaje mi kawę i nasze palce stykają się przez chwilę.

– No więc, gdzie jest głupi i głupszy? – pytam z uśmieszkiem.

Garrett prycha, ale Diesel nawet na mnie nie spogląda.

– Sprawdzają tę listę.

Kiwam głową i nachylam się do Diesela.

– Hej, przystojniaku, to chyba znaczy, że znowu zostaliśmy ty i ja. – Poruszam do niego brwiami. Zgrzyta zębami i szybko wychodzi, a ja zostaję, patrząc za nim. – Hmm, jakieś wyjaśnienie? – pytam Garretta.

Odwracam się i widzę, że patrzy na mnie smutno, a potem przybiera beznamiętny wyraz twarzy.

– Nic takiego, miał po prostu złą noc, nie martw się tym. A więc co chcesz dzisiaj robić?

– Hmm, cokolwiek – odpowiadam rozkojarzona, spoglądając za Dieselem. – Czy tak wygląda, kiedy jest zły?

Garrett śmieje się szczerze.

– Ależ nie, dziecino, nie pomylisz się, kiedy zobaczysz go złego. Nic mu nie będzie. A więc dzisiaj…

Kiwam głową, kiedy mówi, ale myślami ciągle wracam do Diesela. Co ugryzło moją stukniętą Żmiję? I jak mogę to naprawić? Nigdy nie sądziłam, że będzie mi brakować jego odmiany szaleństwa, ale gdy upływa poranek, staje się to nieznośne. Chcę z powrotem mojego zwariowanego, pokręconego Diesela, więc odwołuję się do pomocy Garretta. Przygotowuje wszystko, a ja idę poszukać tamtego.

Znajduję go leżącego na moim łóżku i wpatrzonego w sufit.

Wskakuję na nie, podczołguję się ku niemu i przyciskam twarz do jego twarzy.

– Twoja ptaszyna jest niegrzeczna, chcesz pomóc? – Uśmiecham się.

Mruga i obejmuje mnie ramionami.

– Jak gdybyś potrzebowała mojej pomocy – mamrocze, ale ma bezbarwny głos, a jego niebieskie oczy nie skrzą się tak jak zwykle.

– Och, no chodź, pojebie, albo tylko ja będę miała zabawę i kto wtedy wymierzy mi karę? – Puszczam do niego oko i chwytam go za ręce, ciągnąc do góry.

Wzdycha, ale pozwala mi na to i kiedy już stoi na ziemi, rzucam się na niego. Nie ma wyboru, musi mnie złapać, a ja oplatam go nogami w pasie i gryzę w wargę, na co wydaje jęk.

– Pobaw się ze mną – mruczę.

Zaciska mi dłonie na tyłku i przytrzymuje mocniej.

– Ptaszyno – burczy, a ja nigdy nie odetchnęłam z taką ulgą. Gryzę go w wargę, aż czuję krew, i wyrywam mu się, spadając na podłogę, a potem wstaję i uciekam.

Słyszę, jak się śmieje, kiedy biegnę korytarzem.

– Zaraz cię złapię, ptaszyno! – woła. Kiedyś by mnie to przeraziło, ale teraz w reakcji na to przebiega mnie tylko dreszcz pożądania i się śmieję.

Dobiegam do salonu i wskakuję na plecy Garrettowi, który jest pochylony i naprawia krzesło. On chrząka, wyciąga ręce do tyłu, łapie mnie za nogi, przytrzymując, i prostuje się, akurat kiedy Diesel wchodzi do pokoju z uśmieszkiem na twarzy.

– Chowasz się, moja ptaszyno? – gaworzy i skrada się bliżej, na co śmieję się do ucha Garrettowi.

– Och, namówiła mnie na jeden ze swoich pomysłów. –

Wzrusza ramionami, a potem się śmieje i rzuca mnie na Diesela. Skowyczę, lecąc w powietrzu, ale Diesel łapie mnie ze stęknięciem, pozbawiając na moment tchu, kiedy ściska mnie ramionami.

– A więc co tam knujesz, ptaszyno? – Diesel uśmiecha się do mnie.

– Zrobimy tatuaż Garrettowi. – Uśmiecham się znacząco.

Śmieje się.

– Jak, do kurwy, udało ci się go do tego przekonać?

– To proste – prycham, kiedy staję na nogi i puszczam do niego oko. – Mam waginę, którą on chce dymać. Chcesz mi pomóc czy jak?

– Zagroziła też, że znowu obtłucze mi jaja – woła Garrett.

Kiwam poważnie głową.

– To też, tym razem z użyciem patelni, zważywszy na fakt, że nadal nie mam mojego kija baseballowego.

Diesel się śmieje.

– Musisz przestać obijać ludziom tyłki, ptaszyno. Łatwiej jest ich po prostu zabijać.

Macham ręką w tamtą stronę.

– Poczekajmy z masakrami, na razie zostańmy przy tatuażach z chujem.

– Żadnych pieprzonych chujów – wrzeszczy Garrett, a ja się odwracam i wbijam w niego wzrok.

– Jak będę chciała zrobić chuja, to zrobię chuja – rzucam.

Piorunuje mnie wzrokiem i staje przede mną.

– Żadnych. Pieprzonych. Chujów. Jeżeli tylko zobaczę jakiegoś cholernego chuja na mojej skórze, to…

– To co? – pytam słodko, przesuwając ręką w dół jego piersi ku jego kutasowi i obejmując go dłonią. – No?

– Wet za wet – warczy. – To ja zrobię ci chuja na twarzy.

– Nie ośmieliłbyś się – burzę się.

– Sprawdź. – Uśmiecha się lekko.

– Bardziej mi się podobało, kiedy tylko wydawałeś pomruki. Dobrze, bez chujów, siadaj – rzucam, puszczając jego twardego kutasa i obchodząc go, a on się śmieje.

Ale wtedy wpada mi do głowy pewien pomysł i skinieniem głowy każę D się przybliżyć, po czym zastanawiamy się, co wytatuować. Nachylam się i szepczę mu do ucha, tak żeby Garrett mnie nie słyszał:

– Przemycimy jakoś chuja we wzorze, nigdy się o tym nie dowie.

– On cię zamorduje, wchodzę w to. – Śmieje się.

– Niech spróbuje. – Uśmiecham się, naciągając rękawiczki i kołysząc palcem. – Czas na badanie, dziecino, nachyl się.

Diesel to robi, kręcąc tyłkiem w moją stronę, na co Garrett wydaje jęk.

– Jak dzieci – woła i odwracamy się do niego, a ja daję klapsa Dieselowi. – Nie ma zabawy z dupcią przed tatuażami.

– A potem? – pytam poważnie, a on zakrywa sobie dłonią oczy.

– To cholernie okropny pomysł, a to jego nazywają stukniętym, ale ona nie jest lepsza – mamrocze do siebie.

Siadam na fotelu i podsuwam się bliżej, zastanawiając, gdzie zrobić tatuaż. Nie ma zbyt wiele wolnego miejsca.

– Co powiesz na tyłek? – mruczę, jeszcze raz go oglądając.

– Nie będziesz tatuowała mi tyłka – rzuca, a ja fukam z irytacją.

– To gdzie? Na kutasie? Nie dotykam się przedziałka na twojej wielkiej dupie. – Wzdrygam się z niesmakiem.

Spogląda w dół, szukając miejsca.

– Cholera, dziecino, proszę, tylko nie tyłek.

Znowu go oglądam.

– Tyłek albo kutas, wybieraj.

Wbija we mnie groźnie wzrok, a ja się uśmiecham.

– Pochyl się, chłopcze.

– Żadna wagina nie jest tego warta – warczy, rozpinając i ściągając spodnie. Zostaje w krótkich czarnych bokserkach, masywne uda ma pokryte tatuażami i rozpaczliwie szuka jakiegoś miejsca. Nic nie znajduje i spogląda na mnie szeroko otwartymi oczami. – Kurwa.

Uśmiecham się i kręcę palcem w jego stronę, a on niechętnie obraca się i kładzie twarzą do dołu. Ściągam mu bokserki i obnażam jego brzoskwiniowy, pieprzony tyłek, ale potem zamieram w bezruchu.

– Wszystko w porządku? – pytam cicho, przypominając sobie.

Nieruchomieje, ale kiwa głową, a potem obraca się, żeby mnie widzieć.

– Wszystko w porządku, widzę cię.

Kiwam głową i znowu się uśmiecham.

– Diesel, brzytwa.

Wręcza mi ją i najpierw przemywam mu pośladek, a potem zaczynam golić.

– Nie powiem, żebym kiedykolwiek myślała, że będę golić tyłek mojemu chłopakowi – mruczę, na co Diesel się śmieje.

Garrett jęczy.

– Do końca życia będziecie mi to wypominać. Tylko nie Barbie ani żadne dziwaczne gówno, dziecino, bo zrobię ci coś jeszcze gorszego.

– Dobrze. – Wydymam wargi, patrząc na jego bladą skórę.

Co robić? Biorę igłę i, jak mi pokazywał wcześniej, przytykam ją do skóry. Robię malutkie serduszko, a potem spoglądam i widzę, że ciężko oddycha z zaciśniętymi powiekami, więc cofam rękę. – Gotowe!

Otwiera oczy i spogląda na mnie.

– Dziecino, wszystko w porządku.

Nachylam się i całuję go delikatnie.

– Odwróć się, zrobię ci tatuaż na piersi – proponuję, wiedząc, że jeśli przerwiemy, to go dobije.

Potakuje głową, podciąga spodnie i się odwraca. Przecieram mu fragment tuż przy brzuchu, gdzie jest trochę miejsca, jak również trochę blizn.

– Jesteś pewny? – dopytuję się łagodnie.

Zaciska zęby.

– Dam radę, zrób to.

– Powiedz, jak będziesz chciał, żebym przerwała – nakazuję, a on kiwa głową. Diesel przysuwa się i pomaga mi, zaczynamy tatuować. Mam nadzieję, że mu się spodoba. Szczerze, boję się, że nie, ale teraz jest już za późno. Wykonuję tylko mały rysunek i nie jestem nawet w przybliżeniu tak dobra jak Garrett, ale nie jest źle. Kiedyś uwielbiałam rysować, więc nie jest to dużo trudniejsze. Dobra, to nieprawda, ale i tak.

Kiedy kończę, Diesel dodaje detale i cieniowanie, a ja trzymam drżącą dłoń Garretta i nachylam mu się do twarzy, uśmiechając się do niego.

– To jest absolutnie chuj, ukarzesz mnie znowu? – Uśmiecham się, a on się śmieje.

– Kurwa, pewnie, że tak, dziecino. – Ma wzrok utkwiony we mnie, a ja coś paplam, odwracając jego uwagę do chwili, gdy Diesel kończy.

– Jestem z ciebie cholernie dumna – mruczę mu przy ustach.
Obejmuje mi głowę i jęczy.

– Ufam ci, dziecino.

Zatyka mnie.

Nie mogę wykrztusić słowa, gdy odsuwa się i sprawdza nowy
tatuaż. Zamieram jak wmurowana. On mi ufa. Słyszę, jak wstrzymuje oddech.

– Ja pierdolę, Roxy.

Odwracam się i patrzę na tatuaż w lustrze, przejęta, że mu się
nie spodobał. To zaczęło się jako żart, ale teraz nabrało konkret-
nego znaczenia. Zaufał mi na tyle, że mogłam go dotykać…
Kurwa, co ja sobie myślałam? W miejscu, gdzie jest blizna,
ma zerwany kawałek skóry, a pod nią są ruchome zwoje węża,
jak gdyby obdarto mu skórę, żeby ukazać kryjącą się pod spodem
żmiję. Detale dodane przez Diesela sprawiają, że wygląda o niebo
lepiej i nie ma tam żadnego chuja. Myślałam, że Garrett przesa-
dził z odwagą.

Odwraca się, ma rozszerzone i zadziwione oczy.

– Dziecino…

Wzruszam ramionami.

– Może i cię poszatkowała, Garrett, ale pod całą tą skórą jest
żmija, drapieżnik, silniejszy niż kiedykolwiek.

Rzuca się ku mnie i wstrzymuję oddech, ale przyciska mnie
do siebie i mocno całuje, rozpaczliwie, z miłością, a potem opiera
się czołem o moje czoło.

– Kurwa, uwielbiam to.

– Tak? – pytam.

Kiwa głową, ale potem mruży przekornie oczy.

– Co wytatuowałaś mi na tyłku?

Odsuwam się i wskazuję na Diesela.

– On to zrobił! – wrzeszczę i zaczynam uciekać.

Słyszę, jak ściąga spodnie.

– Roxy! – krzyczy, a ja chichoczę.

Ale Garrett łapie mnie, bierze na ręce i przytula sobie do piersi.

– Serce? Naprawdę?

– Jest śliczne. – Uśmiecham się, a on fuka, niosąc mnie z powrotem do salonu. – Co teraz możemy napsocić? – pytam, poruszając brwiami.

Okazuje się, że wiele możemy napsocić. Wygląda na to, że wywołałam wojnę na psoty pomiędzy Żmijami, ale ci kryminaliści nie napełniają balonów wodnych mąką ani nie podkładają sztucznych węży. Nie, oni się, kurwa, bawią w to naprawdę. To szaleństwo, ale nie potrafię powstrzymać się od śmiechu, kiedy broimy przy samochodzie Kenzo. Postanowiliśmy pomalować go sprejem, a założę się, że jest wart miliony. Rysuję na nim chuje, bo dlaczego by nie, to samo robi Diesel. Garrett też nam pomaga i chichoczemy przy tym jak dzieciaki.

Jeżeli chodzi o Rydera, idziemy do jego biura mieszczącego się pod mieszkaniem. Diesel proponuje granat pod fotelem, ale na szczęście udaje nam się zawetować ten pomysł. Chcę go naprawdę zapytać, skąd w ogóle ma ten granat, ale szczerze, nie jestem tym nawet zaskoczona. Zamiast tego robimy coś równie zwariowanego.

Kupujemy w jego imieniu burdel.

Wszystkie wiadomości są mu przesyłane na maila i po kilku minutach do nas dzwoni.

– Co, do kurwy, się dzieje? Czy mnie zhakowali, czy może nudzicie się i kupiliście pieprzony… co to jest za gówno, kurwa, Garrett? Śliska Dziurka? Co jest, kurwa?

Nie mogę przestać się śmiać i musi to słyszeć.

– Kochanie, jeżeli ty to kupiłaś, to dlaczego pytają mnie, czy chcę przetestować usługi? Moje preferencje to… pieprzony złoty deszcz robiony przez mężczyzn? Jezu, Roxxane. – Ale słyszę uśmiech w jego głosie. – Chcesz wojny, kochanie? Będziesz ją miała. – Rozłącza się.

O cholera.

Już nie żyję.

Czekamy wszyscy na dole w garażu na powrót Kenzo, a on wjeżdża samochodem, którego nigdy wcześniej nie widziałam. Jest czarny, matowoczarny, co jest piekielnie seksowne. Smukły, z niskim zawieszeniem i sportowy, ale szczerze mówiąc, nie mam pojęcia, jaka to marka. Ryder podjeżdża za nim, a my wyskakujemy, gdy wysiadają ze swoich aut, i wszyscy stajemy wokół samochodu Kenzo.

Podchodzi do nas, a potem nieruchomieje, widząc nasze malowidła.

– No nie, kurwa, wy to zrobiliście? – warczy.

– My? Nie odważylibyśmy się. – Trzepoczę rzęsami, kiedy jego wzrok zatrzymuje się na prostym rysunku jego i jakiegoś ludzika.

– Najdroższa, ten samochód kosztował więcej niż całe to cholerne miasto – psioczy. – I pomyśleć, że chciałem ci podarować twój własny samochód…

– Czekaj, co? – Wstrzymuję oddech i podchodzę szybko, ale on kręci głową, unosząc w dłoni kluczyki. – Ta kurewsko seksowna maszyna jest moja? – Normalnie byłabym na nich wkurzona, że kupili mi coś tak drogiego, ale… on naprawdę jest cholernie seksowny.

– Miała być, ale myślę, że nie zasłużyłaś na to. A ty, bracie? – pyta.

Ryder prycha.

– Ciągle dostaję maile na temat zjeżdżalni w urynie. Kazałem jej się zachowywać, więc nie.

– Ale jest taki ładny – szepczę, zerkając obok niego i gapiąc się na samochód. – Jest naprawdę dla mnie?

Upuszcza kluczyki w moją dłoń, ale ja dalej stoję bez ruchu, a jemu twarz łagodnieje.

– To samochód, najdroższa, a nie pieprzony przeszczep nerki. To tylko pieniądze, bierz go. – Popycha mnie w jego stronę, ale kurwa. Ile on kosztował? Nie to, że powinnam być zaskoczona, ci idioci nie znają pojęcia umiaru.

Podchodzę bliżej, ale boję się go nawet dotknąć. Jest taki cholernie ładny… co to oznacza? Czy to wymyślony przez Rydera sposób, żeby dać mi trochę wolności?

– Wsiadaj do tego cholernego samochodu, dziecino – nakazuje Garrett, więc przewracam oczami i otwieram drzwi, wślizgując się w czarny ergonomiczny fotel, który jest skórzany i wygodny jak cholera. Tablica rozdzielcza jest pełna gadżetów i rozświetla się jaskrawymi, fioletowymi lampkami ledowymi.

– Jest twój – woła Ryder. – Weź go i zrób sobie przejażdżkę.

Diesel wydaje okrzyk i wsiada na miejsce pasażera, uśmiechając się do mnie.

– Odpal go, ptaszyno!

– Tylko bez rozbijania! – krzyczy Ryder, kiedy z pomrukiem uruchamiam silnik.

– A niech to, ten samochód chyba pociąga mnie seksualnie – mamroczę, zamykając drzwi, i podjeżdżam do szlabanu, który się unosi. Wyjeżdżam na ulicę, jadąc wolno i bardzo ostrożnie, samochód jest zbyt ładny, żeby go choć zarysować, ale Diesel prycha.

– Przygazuj, kurwa, ptaszyno, życie jest zbyt krótkie, żeby się tak snuć.

A więc tak robię.

Śmieję się, pędząc przez miasto, i dopiero w drodze powrotnej uświadamiam sobie, że byłam na zewnątrz, byłam wolna. Owszem, był ze mną Diesel, ale mogłam go wykopać na zewnątrz. Nawet o tym nie pomyślałam. Co to znaczy? Milczę, gdy wracamy i wjeżdżamy do garażu, gdzie pozostali na nas czekają. Spierają się o coś, ale przerywają, kiedy zatrzymujemy się i wysiadam.

– Uwielbiam go – mówię im, ale jestem też zmieszana i Ryder musi to widzieć.

– Chodź, kochanie, potrzebuję twojej pomocy przy papierkowej robocie.

Spoglądam za siebie na samochód, kiwam głową i idę za nim. Zagłębiam się w pracy, starając się nie zadawać sobie pytania, dlaczego nie uciekłam. Wieczorem udaję, że źle się czuję, i idę do swojego pokoju, spędzając noc w samotności po raz pierwszy od jakiegoś czasu, i żaden z nich do mnie nie przychodzi.

Ogarnia mnie samotność i prawie nie śpię. Wyglądam przez okno, zastanawiając się, co się ze mną stało.

Czy chcę tu zostać?

Nie wiem, naprawdę nie wiem, i to mnie przeraża. Tak łatwo jest zatracić się w ich życiu, ale ja nie chcę się zatracić. Nie po raz kolejny. Muszę być sobą, a oni mnie do tego zachęcają, zwłaszcza Diesel, ale… ale co, jeśli nie potrafię być tutaj sobą?

Chuj z tym, nie pasuję do ich bogatych znajomych, ale czy to ma znaczenie?

Kiedy wschodzi słońce, nie mam więcej odpowiedzi niż wtedy, gdy zachodziło. Jestem skołowana i mam gówniany nastrój. Robią dla mnie te wszystkie miłe rzeczy, kupują mi badziewie i dają mi wszystko, czego kiedykolwiek bym potrzebowała.

Ale czy to wystarczy?

A co, jeśli tego, czego potrzebuję, nie da się kupić?

Tylko trzeba to dać?

ROZDZIAŁ 37

KENZO

Żaden z nas nie spał.

Diesel wybiegł, kiedy decyzja została podjęta, chuj wie, co zrobić, ale ja wiem, że w mieście pojawi się krwawa ścieżka, i nie wiem, czy wróci. Garrett też wychodzi, na pewno na walkę. Jak na kogoś, kto chciał, żeby odeszła, od chwili gdy tu przybyła, był niechętny, nawet zły na wzmiankę o tym, żeby pozwolić jej odejść.

Ponieważ kocha ją tak jak ja.

Ale ja kocham ją na tyle, żeby dać jej odejść. Dać jej to, czego potrzebuje. Myślałem, że samochód pomoże, ale kiedy wróciła, dostrzegłem prawdę w jej oczach. To nigdy nie wystarczy. My nigdy nie wystarczymy, jeśli nie będzie miała wolności.

Słyszałem, jak rozmawiała tamtej nocy z Ryderem i od tego czasu nie był sobą, więc gdy zwołał naradę po tym, jak poszła spać, nie było to dla mnie niespodzianką. Byłem przygotowany. Mówią, że jestem romantyczny, miękki i może tak jest, ale Ryder? Jest logiczny i pewnie tylko dlatego pozostali go posłuchali.

Roxy jest wolna.

Pozwalamy jej odejść.

A ja modlę się do kogokolwiek, kto mnie, kurwa, wysłucha, żeby wróciła, bo pierwszy raz w życiu jestem szczęśliwy. Mam wszystko, czego potrzebuję, coś, czego nie można kupić za pieniądze – kogoś, z kim mogę przejść przez życie. Tak się akurat składa, że ten ktoś jest również dla moich braci, co ma sens. Nikt nigdy nas nie poróżni.

Ta sama olśniewająca, silna, zaciekła, gniewna, bystra i seksowna kobieta.

Jest naszym sercem. Naszą łagodnością. Naszą dobrą stroną, i to wszystko osiągnęła w tak krótkim czasie. Ale dla niej my jesteśmy jej porywaczami.

Czekam, aż się obudzi, mam serce w gardle i ściśnięty żołądek. Czy będzie się cieszyć? Smucić? Kurwa. Siedzi ze mną Ryder. Dwaj bracia, obok siebie, gotowi stawić razem czoło kolejnemu problemowi. Czuję się jak wtedy, kiedy byliśmy dzieciakami, i czekaliśmy, żeby stanąć przed naszym ojcem, czekaliśmy, aż nadejdzie cierpienie. Ryder wycofuje się jak zawsze w swój lód, ale ja nie potrafię. Czuję całym sobą.

Ból.

Jest w każdym moim oddechu. Jeżeli odejdzie, co się z nami stanie? Diesel i Garrett już sobie poszli. Jeżeli jej tu nie będzie, czy wrócą?

Możemy żyć dalej bez niej, przetrwamy jak zawsze, ale jesteśmy teraz udomowionymi wężami, a bez niej to wszystko będzie na nic.

Zakochiwałem się w niej powoli. Kiedy pierwszy raz się do mnie uśmiechnęła. Kiedy pierwszy raz ją rozśmieszyłem, przy naszym pierwszym pocałunku, kiedy pierwszy raz byliśmy razem. Kiedy zasnęła w moich ramionach i trzymała mnie za rękę przy grobie mojej matki. Kiedy mi się zwierzała, zaufała. Kiedy przestała się wzdrygać, kiedy otworzyła się na mnie. Ufając mi.

Za każdym razem zakochiwałem się trochę mocniej, aż niepostrzeżenie byłem w niej kompletnie zakochany. Jestem jej, ale ona nie jest moja.

Nie w pełni. Jej serce wciąż rwie się ku miastu. Ku jej dawnemu życiu. Ku wolności poza tymi ścianami. Nic tego nie zastąpi, żaden prezent ani miłość. Musi być wolna.

I nie wolno jej mnie znienawidzić.

Nie zniósłbym tego.

Nie zniósłbym znowu nienawiści w tych oczach. Miłość oznacza cierpienie, wiem o tym, ale takie cierpienie? Mogłoby mnie tym razem zwyczajnie zniszczyć. Kiedyś przeżyłem już stratę, gdy odeszła matka, ale to jest znacznie gorsze.

Ona wstaje wcześnie. Słyszę, jak krząta się po pokoju, i nie mogę się powstrzymać od uśmiechu. Jest jak my, zawsze gotowa na kolejny dzień, ubrana i w makijażu, traci czujność tylko w naszym gronie. Ryder siedzi nieruchomy koło mnie, ale widzę jego dłonie ściśnięte w pięści pod stołem, więc robię coś, czego nie robiłem od czasów, kiedy byliśmy dzieciakami – sięgam i łapię go za dłoń.

– Cokolwiek się stanie, nigdy mnie nie stracisz – mówię, nie patrząc na niego. Powinienem mu to powiedzieć dawno temu. Znam jego obawy. Myśli, że stanie się naszym ojcem. – Nigdy nim nie będziesz. Tak powinniśmy postąpić, bracie.

– Wiem, ale strasznie się z tym czuję – szepcze złamanym głosem.

– Wiem – szepczę do niego, w gardle mnie coś uwiera. – Nie mamy jednak prawa zabierać jej własnego życia. Nigdy nie mieliśmy. Nigdy nie była długiem, nigdy nie była transakcją biznesową, była zawsze naszym przeznaczeniem, ale czasem ono przychodzi w złym momencie.

– Co teraz zrobimy? – pyta, a ja odwracam głowę i widzę jego zagubione oczy. W jego garniturze i tych ciemnych oczach widzę dzieciaka, którym kiedyś był, dzieciaka, który zbyt młodo stracił mamę, który stracił niewinność z winy okrutnego ojca. Mężczyzna, który zawsze wie, co robić, jest teraz zagubiony, tak samo jak ja. Nasze perfekcyjne życie i plan załamały się z powodu jednej kobiety.

Jego największa obawa się urzeczywistniła.

– Będziemy żyć dalej, jak zawsze. Oddech za oddechem. Tym razem pozwól, że ja cię będę chronił, bracie, pozwól mi na to – mówię do niego, będąc choć raz tym silnym. On tego potrzebuje. Potrzebuje oparcia w ludziach, nawet jeśli tego nie wie. Roxy mnie tego nauczyła.

Słyszę, jak otwierają się drzwi jej pokoju i zbliża się odgłos jej stóp. Mocno ściska mi dłoń i przybiera spokojny wyraz twarzy, obydwaj odwracamy się do niej, kiedy wchodzi. Ma worki pod oczami i jest zmęczona. Pewnie też nie spała. Spogląda na zmianę po nas, a Ryder wstaje.

– Nie będę żył tak jak mój ojciec, kochanie – warczy. – Nie zniósłbym tego, gdybyś mnie znienawidziła. Ktoś inny tak, ale nie ty. Nigdy.

I wychodzi, pozwalając mi to załatwić, tak jak obiecałem, że to zrobię. Nie ucieka, nie kryje się, uczy się, że czasami można pozwolić innym się wesprzeć.

– Ry? – woła ona, pędzi na górę, ale nieruchomieje z dłonią na poręczy.

– Kocham cię każdą połamaną, splamioną krwią cząstką siebie

- mówi mój brat cicho, a potem znika. Ona wstrzymuje oddech, cofając się, i patrzy na mnie zaskoczona.

Wstaję i podchodzę do niej, ale nie mogę zupełnie się do niej przybliżyć. Gdybym to zrobił, pewnie objąłbym ją i nigdy nie puścił. Potrzebuję teraz chłodnej pewności siebie Rydera i potrzebuję siły Garretta i wiary Diesela. Potrzebuję ich wszystkich i są tu ze mną wszyscy, w moim sercu. Razem z nią.

- Roxy, musisz mnie ten raz wysłuchać i nie otwierać swojej ładnej buzi, aż skończę. Jesteś miłością mojego życia, najdroższa. Kimś, o kim nawet nie wiedziałem, że go szukam przez te wszystkie lata. Ale jesteś tutaj i kocham cię bardziej, niż potrafię to wyrazić słowami, i dlatego daję ci te kluczyki. Wiem, że nigdy nie pokochasz mnie tak, jak ja ciebie, dopóki nie będziesz wolna. Mam nadzieję, mam, kurwa, nadzieję, że chociaż możesz odejść, chociaż jesteś wolna, a przyrzekam ci, że jesteś wolna, bo nie będziemy cię ścigać, nie będziemy cię tropić… No więc mam nadzieję, że mimo to zechcesz zostać. Z nami. Kochać nas, Roxy. Wiem, że nie proszę o coś łatwego czy prostego, proszę o wszystko, ale nie mogę tego nie zrobić. Jesteś naszym sercem, Rox, naszym żywym, bijącym sercem. Częścią naszej rodziny, której nam brakowało. Wywróciłaś nam cały świat do góry nogami. Nie jesteśmy dobrymi ludźmi, nie jesteśmy łagodni ani kochający, jesteśmy twardzi i nasze dłonie są splamione krwią. Ale przyrzekam, przyrzekam, że jeśli zostaniesz, nigdy niczego ci nie zabraknie, i nikt więcej cię nie skrzywdzi… no, oprócz nas.

Uśmiecham się lekko, a jej łzy napływają do oczu i patrzy na mnie oniemiała.

- Będziemy cię kochać z łatwością, zawsze, nawet kiedy to trudne albo boli, kiedy będziemy nienawistni i mroczni, nawet kiedy wszyscy będą się nas bać oprócz ciebie. - Podchodzę bliżej i podaję jej kluczyki do samochodu. – A więc stoję tutaj, błagając, żebyś nie odchodziła, mimo że możesz to zrobić. Dla ciebie mogę wyzbyć się wszelkiego poczucia dumy i godności. Zrobię to, czego oni nie potrafią. – Przełykam ślinę, te słowa przychodzą mi z trudem, kiedy patrzę w oczy, które mam wrażenie, że znam lepiej od własnych. – Zostań, bądź z nami. Pomóż Ryderowi zachować zdrowy rozum, roztop ten lód i daj mu miłość, której nigdy nie zaznał, chociaż na nią zasługiwał. Kochaj Garretta, mimo że on z trudem sam siebie potrafi kochać. Kochaj Diesela, chociaż może cię to zabić… i kochaj mnie, mimo że na to nie zasługuję. Bądź moją największą wygraną.

Mruga i na chwilę patrzy w bok, więc odwracam ją twarzą do siebie, zostawiając przez chwilę dłoń na jej policzku.

– Nie mam żadnych prezentów, żadnych klejnotów ani drogich ubrań ani… ani niczego innego do zaoferowania. Tylko siebie i moje serce. – Uderzam się pięścią w pierś. – To, które mój ojciec próbował mi wydrzeć. Jest złamane, popsute i ciemne jak my wszyscy, ale jest twoje. Razem z moją bronią i moją lojalnością. Na zawsze. Zostań, najdroższa, proszę, zostań.

Przełyka ślinę, nie pozwalając wypłynąć łzom, jest zbyt silna, ta nasza dziewczyna.

– Naprawdę jestem wolna? – pyta.

Kiwam głową.

– Tak, możesz wrócić do swojego życia, jeżeli tego chcesz.

Wpatruje się bez słowa w moje oczy. Serce mi wali tak mocno w piersiach, że musi to słyszeć. Czuję słabość w nogach, żołądek mi się ściska i kiedy się odsuwa, pozwalając mojej dłoni opaść z jej policzka, wszystko się wali.

Pierś mi pęka na dwoje, żołądek opada, a nogi niemal uginają się pode mną. Patrzę, jak bez słowa odwraca się i biegnie do drzwi. Otwiera je szybko, waha się i przez chwilę mam nadzieję, że zostanie, ale odchodzi, framuga pozostaje pusta.

Osuwam się na kolana, serce mi się rozpryskuje na milion kawałków, gdy patrzę w pustą przestrzeń, gdzie stała. Mój dom jest zimny i pusty. Jestem sam.

I właśnie złamano mi serce.

Odeszła.

Odeszła od nas.

Jakiś hałas każe mi odwrócić głowę w stronę galerii. Widzę wycofującą się postać Rydera, a potem słyszę, jak zatrzaskuje drzwi do swojego pokoju. Złamała dzisiaj więcej niż jedno serce, ale dotrzymamy naszej obietnicy.

Dostanie swoją wolność.

Ale… ale co, jeśli nie zdołam…?

Ponieważ w miarę jak mijają sekundy, coraz trudniej i trudniej mi oddychać, im bardziej – jak wiem – ona oddala się od nas. Co, jeśli bez niej nie będzie nas?

Co, jeśli nie potrafię pozwolić jej odejść?

Co, jeśli nie jestem wystarczająco silny?

Co, jeśli za bardzo jestem Żmiją, żeby wypuścić naszą ofiarę?

ROZDZIAŁ 38

ROXY

Serce mi wali i bolą mnie płuca, ale biegnę dalej. Tak mocno ściskam kluczyki, że wpijają mi się w dłoń, ale nie rejestruję tego bólu. Nie może konkurować z uczuciem nudności w żołądku czy moim wyrywającym się sercem.

On błagał.

Zupełnie się otworzył przede mną i prosił, żebym została.

A ja odeszłam.

Przyspieszam biegu, rzucając się w dół schodów, aż docieram do garażu. Przykładam dłoń do skanera i zapala się zielona lampka, przepuszczając mnie. Szybkim krokiem podchodzę do samochodu i rzucam się na siedzenie kierowcy, ale ponieważ nie mam dokąd uciekać, wszystko to wraca z siłą.

Ból w jego głosie. Miłość w jego oczach. Rozpacz widoczna w ułożeniu jego ramion. Dali mi wszystko, czego kiedykolwiek chciałam, odkąd pierwszy raz weszli do mojego baru… ale jeśli to, czego chcę, się zmieniło? Co, jeśli wąż zrzucił skórę i stał się czymś nowym?

Nie, nie pozwól, żeby cię omotali.

Tego właśnie chciałaś, mówię do siebie. Łapię kierownicę i włączam silnik. Jestem wolna. Nie należę już do nich.

Siedzę jednak w samochodzie i nie mogę się ruszyć. Moje dawne życie jest pełne duchów, to pusta, samotna skorupa. Czy naprawdę chcę do tego wrócić? Czy w ogóle jest do czego wracać?

Żmije to nie jest sytuacja, z której można się wycofać, są na zawsze. Jeżeli ich wybrałam, wybrałam na zawsze i ze wszystkim, z czym wiąże się ich życie.

Ponieważ gdzieś po drodze „Nienawidzę cię" stało się naszym „Kocham cię".

Tak, nienawidzę ich tak bardzo, że aż mnie to przeraża. Tak naprawdę właśnie dlatego odchodzę, ale nie mogę pozwolić na to, żeby powstrzymywał mnie strach. Nie, kiedy stawka jest tak wysoka. Nie przy czterech sercach. To proste. Pragnę ich, a oni pragną mnie.

Wolność, rodzina, praca się nie liczą. Tylko oni.

Żmije.

Moje Żmije.

Jestem ich dziewczyną.

Dlaczego więc uciekam? Bo się boję, dlatego. Boję się tego, jak bardzo ich chcę, jak bardzo mnie pochłonęli. Jak dobrze się czuję w ich ramionach i w ich życiu. Zimny, kontrolujący wszystko alfa. Zraniony egzekutor z sercem ze złota. Romantyczny, czarujący hazardzista. Szalony zabójca z opętanym sercem.

Czym ja jestem w tym wszystkim?

Ich więźniem?

Nie, już nie. Jestem ich, jestem Żmiją. Tu jest mój dom.

Jak tylko sobie to uświadamiam, już wiem. Wiem, że nie chciałam odejść, już od dawna nie chciałam. Ta walka i nienawiść były skierowane ku mnie samej, bo wiedziałam, że gdybym się poddała, dostrzegłabym całą prawdę. Od pierwszego pocałunku, mrugnięcia okiem i uśmiechu byłam ich.

Ale nie można brać, nie dając w zamian.

Wzięli mnie, ale dali mi siebie.

A ja to właśnie zniszczyłam. Nie chcę być taka, jak rodzice Rydera i Kenzo. Nie chcę być tą suką, która zniszczyła Garretta. Nie chcę być matką, która nigdy nie kochała Diesela. Nie chcę powtarzać przeszłości.

To jest nasza przyszłość, oni są moją przyszłością. Gaszę silnik i kiedy nie czuję żalu, wiem, że to właściwa decyzja. Zostaję z nimi. Z ich stylem życia i wszystkim, co się z nim wiąże – wrogami, krwią, bogactwami, przyjęciami, wężami i kłamcami. Z tym wszystkim. Wysiadam z samochodu z walącym sercem, odwracam się, żeby pobiec z powrotem do nich i zamieram w bezruchu, bo spostrzegam Kenzo.

Stoi za samochodem, ma oczy pełne łez, pierś mu faluje, a ciało drży, tak jak mi. Obydwoje walczymy, ale to, co powiedziałam Garrettowi, jest prawdą, mam dosyć walki.

Podchodzi bliżej i tym razem się nie cofam.

– Skłamałem – chrypi. – Zawsze będę cię śledził. Będę cię tropił po całym świecie. Nawet jeśli znienawidzisz mnie, nas za to. Przyciągnę cię z powrotem wierzgającą i krzyczącą. Uderz mnie, spoliczkuj mnie, walcz ze mną. Nie dbam o to, ten ból jest wart tego, żeby mieć cię przy sobie, najdroższa. Zbyt mocno cię kocham, żeby pozwolić ci odejść. Jestem zbyt, kurwa, samolubny, żeby pozwolić, aby odeszła od nas najlepsza rzecz, jaka się nam kiedykolwiek przytrafiła. Jesteś nasza.

Ruszam do niego, a on wychodzi mi naprzeciw i od razu mnie unosi. Nasze usta spotykają się w tym garażu. Odchyla się, chwyta mnie szorstko za włosy i patrzy na mnie ostrym i okrutnym wzrokiem.

– Nigdy, kurwa, więcej nie odchodź ode mnie, najdroższa.

– Nie pozwól mi, kurwa – rzucam i wymierzam mu policzek z uśmieszkiem na ustach.

Wydaje jęk, głowa mu odskakuje do tyłu i całuje mnie mocno. Zaczyna cofać się w stronę windy, ale zatrzymuje się i przyciska mnie do betonowej ściany, aż dech mi zapiera z bólu. Ma brutalne spojrzenie i ja to uwielbiam.

– Teraz nie odejdziesz już od nas, Roxy.

– Dobrze. – Uśmiecham się lekko. – To obietnica?

Burczy i słyszymy, jak otwiera się brama garażu. Spoglądam ponad jego ramieniem i widzę Garretta wjeżdżającego szybko do środka na swoim motorze. Zdziera z głowy kask i widząc mnie, skrada się w moją stronę z gniewnym spojrzeniem i sylwetką wyprężoną ze złości. Podchodzi do nas blisko, nie dbając o pozycję, w jakiej jesteśmy.

– Kurwa, nie odejdziesz.

– Myślałam, że mnie nienawidzisz – przekomarzam się.

– Nienawidzę cię – warczy, obejmując mi dłonią gardło i przysuwając się do twarzy, nie zważając na Kenzo. – Ale nie odejdziesz.

– Nienawidzę cię – rzucam, a on uśmiecha się pod nosem.

– Ja też cię nienawidzę, dziecino.

Kenzo mnie odciąga.

– Na górę, natychmiast – nakazuje i prowadzi nas szybko do windy. Garrett wbija palec w przycisk, patrząc na mnie swoimi ciemnymi oczami, i wiem, że cokolwiek planują, będzie bolało. W najlepszy z możliwych sposobów.

Patrzy na mnie przez całą drogę na górę, a kiedy otwierają się drzwi, stoi tam Diesel z dzikim wyrazem twarzy. Zatrzymuje się, widząc mnie, i wbija we mnie wzrok.

– Ptaszyno, ptaszyno, próbowałaś uciec?

– Nie, chciałam tylko zostać ukarana. – Szczerzę się do niego.

Uśmiecha się pod nosem, a jego wzrok przesuwa się po mnie pożądliwie.

– To da się zorganizować.

Kenzo mnie nie puszcza, kiedy wychodzimy z windy, ale Dieselowi udaje się zbliżyć.

– Myślałaś, że pozwolę ci odejść? Mówiłem ci, jesteś moja, musieliby mnie zabić, żebym przestał cię ścigać.

Rozbraja mnie to. Kiedyś by mnie to wystraszyło. Pierwszy raz, jak go zobaczyłam, myślałam, że jest szalony, nadal jest – pieprzony pojeb. Ale jest moim pojebem. A kiedy szepcze takie brzydkie pogróżki, nie mogę się opanować, wiercę się i chcę więcej.

Chyba też jestem stuknięta.

Muszę być, żeby kochać cztery Żmije.

Drzwi są wciąż otwarte i Kenzo szybko przez nie wchodzi, opuszczając mnie na podłogę w salonie i stając przede mną z założonymi rękoma i rozzłoszczony.

– Rozbieraj się. Natychmiast.

– Co, tym razem bez kostek do gry? – mówię drwiąco, mimo że moja cipka zaciska się na to polecenie.

Diesel skrada się wkoło mnie, a Garrett przygląda mi się z kanapy z rozstawionymi nogami i pożądliwym wzrokiem.

Ale są wciąż źli – źli, że niemal ich opuściłam. Ja też czuję napięcie. A jaki jest najlepszy sposób, żeby to załatwić? Wypieprzyć to.

– Lepiej się rozbierz, ptaszyno – burczy Diesel.

Przewracając oczami, ściągam moją krótką koszulkę, zrzucam buty i szorty, aż stoję przed nimi w samej bieliźnie. Czuję się pewnie we własnej skórze, więc nie muszę się zasłaniać. Przesuwam dłonią po rowku między piersiami, czując swoją siłę, kiedy trzy pary oczu śledzą moje ruchy, a męskie pomruki wypełniają pokój.

Owszem, Żmije potrafią kąsać.

Ale ja też to potrafię.

I oni są moi.

– Co... – warczy Ryder, a ja spoglądam w górę i widzę, jak stoi znieruchomiały u szczytu szklanych schodów. – Roxxane?

Puszczam do niego oko.

– Zejdziesz się zabawić? – Jestem zdenerwowana, ale staram się tego nie okazywać. Zapewne sądził, że odeszłam, ale jestem z powrotem. Czy wciąż mnie chce?

Obserwuje mnie, przyglądając się każdemu pieprzonemu kawałkowi mojej skóry, każdemu ruchowi, każdemu mrugnięciu oka, jak zawsze. Analizując to i wykorzystując jako broń.

– To zależy, kochanie, planujesz nas znowu opuścić? – rzuca bezwzględnie.

– To zależy, *kochanie*, planujesz zapewnić mi trochę orgazmów? – przedrzeźniam go.

Oczy mu się zwężają i zaciska pięści, schodzi na dół, nie zatrzymując się, aż staje przede mną, a pozostali podchodzą za nim. Ja przeciwko czterem złym, podnieconym Żmijom. Wygląda na to, że mam nie najgorsze szanse, pewnie lepiej by sobie poradzili z kilkoma mężczyznami.

Chwyta mnie mocno za brodę, ma okrutne i złośliwe spojrzenie. Lodowate.

– Nie przedrzeźniaj mnie, kochanie. Możesz sobie myśleć, że dasz sobie z nami radę, ale to nie oznacza, że faktycznie tak będzie. No więc, kurwa, udowodnij to.

Sprawdza mnie, przyciska, żeby zobaczyć, czy potrafi utrzymać mnie na dystans, zawsze starając się chronić ich serca. No, pierdolę to.

– Dobrze – odpowiadam, choć stoję w obliczu jego mrocznej złości. Jego demonów.

Nie powiedziałabym, że on nigdy mnie nie skrzywdzi. Może to zrobić. Może nawet pewnego dnia mnie zabić, ale jego miłość jest tego warta. Oni są, kurwa, tego warci. Nie powiedziałabym, że to zbyt ciężkie zadanie, żeby tego dowieść. Więc osuwam się na kolana jak grzeczna dziewczyna i rozpinam mu spodnie, wsuwając rękę do środka.

– A wy wszyscy będziecie tak stali i patrzyli czy się przyłączycie?

Przez chwilę się wahają, a ja wbijam wzrok w Rydera i liżę jego sztywnego kutasa, przypominając mu, jak było nam razem dobrze. Myśli, że nie poradzę sobie z nimi? Wydymam ich wszystkich i udowodnię, że się myli. Są moją rodziną, moimi Żmijami, a nie kocha się Żmii, jeśli nie kocha się bólu.

Chwyta mnie za kark i odciąga, rzucając w tył. Padam na plecy dysząc, na moich ustach pojawia się uśmieszek, kiedy widzę, że nie jest wcale tak obojętny, jak udaje. Oczy mu się niebezpiecznie zwężają.

– Diesel, przypomnij Roxxane, do kogo należy.

– Och, Roxxane, źle ze mną – drwię, gdy Diesel zachodzi mnie od tyłu. Odciąga mi głowę i przyciska nóż do gardła, a potem przesuwa nim w dół, rowkiem między piersiami, przecinając mi stanik, i sunie dalej do wisiorka nad pępkiem, a skrobanie ostrza o metal sprawia, że jęczę.

Kenzo przyklęka i całuje mnie po udzie, co jest tak przeciwstawne wobec szorstkich, złośliwych dłoni Diesela. Jego usta sięgają mojej cipki i zamykają się na niej przez majtki, smakując moją wilgoć.

Jęcząc, wyginam się ku niemu i ostrzu, zacinając się. Z malutkiej rany skapuje mi po brzuchu krew, na co Diesel stęka za mną, zaciskając dłoń na moich włosach.

– Sprośna Ptaszyna.

– Orgazmy – domagam się, dysząc i przyciskając cipkę do ust Kenzo.

Diesel się śmieje.

– Poczekaj – mruczy do Kenzo, przesuwa nożem niżej i jednym płynnym, fachowym pociągnięciem rozcina koronkę, obnażając mnie przed nimi wszystkimi. Z szeroko otwartymi oczami i falującą piersią spoglądam na Rydera i Garretta.

Ryder jest nadal lodowaty, ma wzrok wbity we mnie i obserwuje każdą moją reakcję. Garrett zaciska dłonie w pięści, gdy chodzi z również skupionym na mnie spojrzeniem, pożądliwym i złym jednocześnie.

– Nie pozwól jej jeszcze dojść – rozkazuje Ryder, rozsiada się na kanapie i przygląda się nam. Pieprzony dupek.

Wbijam w niego wzrok, a on uśmiecha się pod nosem, jakby czytał mi w myślach.

– Garrett, jak myślisz, gdyby Diesel przytrzymał jej głowę z kutasem w ustach, a Kenzo skrępował jej ręce, mógłbyś ją wydymać w cipkę?

Garrett spogląda na mnie poważnie, a ja nieruchomieję,

mimo że Diesel przesuwa nóż do góry i okrąża nim jeden z moich sutków, a język Kenzo chlupie mi w cipce drażniącymi, małymi pchnięciami, jakbym była jego ulubionym deserem, na co skomlę i chcę więcej.

– Tak. – Kiwa głową.

– Dobrze. Bracie, zadbaj o to, żeby była przyjemna i wilgotna dla niego, a potem trzymaj jej ręce, aż on skończy – nakazuje. Ten pieprzony osioł próbuje wszystko kontrolować, jak zwykle. Pozwolę mu na razie, bo pomoże to Garrettowi, ale potem? Wszystko się może zdarzyć.

Kenzo przewraca tymi swoimi oczami, spotykając mój wzrok, zamyka usta na mojej łechtaczce i ssie, a jego palce wsuwają się w moją rozgrzaną wilgoć. Diesel przyciska mi zimne, stalowe ostrze do wrażliwego sutka i trzyma je tam, gdy kołyszę się na ustach Kenzo.

Nie mija dużo czasu, a narasta spełnienie, ale tacy z nich skurwiele, że właśnie gdy już prawie dochodzę, Kenzo się odsuwa. Jęcząc, zamykam oczy i klnę, aż ktoś odwraca mi głowę i wsuwa do ust kutasa. Przez chwilę się krztuszę, po moim języku przesuwa się kolczyk i kiedy otwieram oczy, napotykam spojrzenie Diesela. Kenzo krępuje mi ręce, a dwie szorstkie dłonie lądują mi na udach i szerzej je rozsuwają. Chcę się odwrócić, żeby spojrzeć, ale nie mogę, Diesel kontroluje mi głowę i nie jest delikatny. Mocno dyma mnie w usta, każąc mnie za to, że odeszłam. Od siły jego pchnięć płyną mi łzy z oczu i gardło mi się ściska, więc panicznie próbuję oddychać przez nos. Dopiero gdy się rozluźniam, czuję, jak Garrett ustawia się przy mojej cipce.

Ociera się swoim wielkim kutasem o moją wilgoć, a potem wpycha się we mnie, na co krzyczę i krztuszę się z kutasem Diesela w ustach, który za karę przeciąga mi nożem po piersi.

Do rany napływa krew, czuję to, a nagły ból powoduje, że zaciskam się na Garretcie, na co on wydaje pomruk, z trudem wciskając się w moją wąską cipkę.

– Kurwa, dziecino – jęczy i mocniej obejmuje mi dłońmi biodra, przyciągając ku sobie, moje ciało jest rozpostarte pomiędzy nimi, kiedy wymierzają mi swoją karę.

Garrett dyma mnie mocno i szybko, świńsko i surowo. Jego kutas przesuwa mi się po wewnętrznych zakończeniach nerwowych, aż jęczę, obejmując ustami kutasa Diesela. Jego niebieskie oczy wpatrują się we mnie szaleńczo, przyciska mi palec do rany na piersi, trącając i szarpiąc jej krawędzie, aż ból miesza się z przyjemnością.

– Sprośna ptaszyna – mruczy, a jego kutas skacze mi w ustach, gdy zabiera palec, żeby pokazać mi krew na swojej dłoni. Wyciąga mi kutasa z ust i dyszę, patrząc, jak obejmuje go zakrwawioną dłonią, przesuwając ją sobie po wilgotnej pałce z oczami nadal wbitymi we mnie. Potem przyciska mi końcówkę do ust. – Obciągaj mi, sprośny ptaszku, i posmakuj siebie na mnie. Zobacz, jak ładnie krwawisz od mojego noża. Gdyby nie było tutaj pozostałych, nie gwarantuję, że przeżyłabyś, w takim jestem dzisiaj nastroju – warczy.

Moja uwaga kieruje się ku Garrettowi, który trąca mi łechtaczkę, aż zaczynam krzyczeć, otwierając usta, a wtedy Diesel wpycha się do środka. W ustach eksploduje mi smak miedzi i mężczyzny i wydaję jęk, ssąc go mocniej.

– Nie pozwólcie jej dojść – nakazuje Ryder, a ja drżę od narastającej we mnie fali. – Nie dostaje się nagrody, jeżeli się odchodzi, Roxxane. Przyjmiesz ich kutasy i spermę jak grzeczna dziewczyna i dopiero gdy skończymy, zadecydujemy, czy pozwolimy ci się zaspokoić czy nie.

Diesel uśmiecha się do mnie znacząco, kołysząc biodrami i wpychając mi się w usta, aż w końcu staram się to tylko przetrzymać. Garrett wali we mnie, ma tak dużego, że jest to na granicy bólu. Czuję, jak wpija paznokcie, niemal kalecząc mi skórę.

– Kurwa, dziecino – burczy. Czuję, jak jego biodra się zacinają, a potem wydaje jęk, tryskając we mnie, i wyciąga kutasa. A to sukinsyn!

Diesel śmieje się i mocniej łapie mnie za głowę, ciągnąc mnie na swojego kutasa i napierając w głąb gardła, aż w końcu zamyka oczy i wydając jęk, też dochodzi. Mięśnie brzucha mu się zaciskają i dyszy, a potem wyciąga mi z ust i pada na plecy z uśmiechem zadowolenia na twarzy.

– Jesteście pieprzonymi dupkami – chrypię szorstkim głosem, przełykając i oblizując sobie wargi. Kenzo chichocze i puszcza mi ręce. Mam obolałe ciało, a cipka raz za razem zaciska mi się, tak bliska spełnienia, a zarazem tak daleka.

Oni się już zabawili, teraz moja kolej.

Siadam, nawet się nie krzywiąc, kiedy czuję, jak wypływa ze mnie sperma Garretta. Odwracam głowę i spoglądam w oczy Rydera. On tutaj kontroluje wszystko, ale zapomniał chyba, że ja nie przyjmuję dobrze rozkazów.

– Nie będziesz wszystkiego kontrolował, Ry – mruczę i sunę do niego na czworakach. Patrzy, jak się zbliżam, rozchyla usta, a wzrok mu topnieje. Wspinam mu się po nogach i siadam na kolanach, łapiąc i ustawiając jego kutasa, a potem na niego wskakuję. Wydaje jęk i chwyta za moje biodra, żeby mnie unieruchomić, żeby kontrolować moje ruchy, ale ja mu na to nie pozwalam. Chcę dojść, chcę dojść na jego kutasie, i biorę to, czego chcę. Bujam się, unosząc i opadając, pomaga mi w tym sperma jego brata.

To jest dzika, niekontrolowana jazda, aż klnie i w końcu daje za wygraną.

Kenzo przysuwa się, a ja odwracam głowę i otwieram dla niego usta. Wsuwa się, podczas gdy jego brat jest zagłębiony w mojej cipce, a pozostali dwaj patrzą na nas wyczerpani.

Jestem, cholera, tak bliska spełnienia, że kiedy Kenzo nachyla się i wciąga do ust mój sutek, a ja obrabiam jego kutasa, dochodzę z krzykiem na kutasie jego brata. Ale nie pozwalają mi się odsunąć, ręce Rydera zaciskają się i mocniej mnie ciągną, gdy mnie teraz dyma. Kenzo wciska mi w usta i wysuwa, obaj patrzą na mnie, kiedy biorą sobie, czego chcą. Drżę i trzęsę się między nimi, ledwie mija mój wytrysk, a już narasta kolejny.

– Do kurewskiej cholery, ptaszyno, powinnaś się zobaczyć. Masz kutasa w ustach, a drugiego w cipce, umazana we krwi, pieprzone arcydzieło – woła Diesel zza moich pleców i na te słowa zamykają mi się oczy i zaciskam się na Ryderze.

– Otwórz oczy, kochanie – rzuca Ryder. – Będziesz patrzeć, jak cię dymamy i spuszczamy się w ciebie. Za każdym cholernym razem, kiedy spróbujesz od nas odejść, będziemy ci przypominać, do kogo należysz. To ciało – pojękuje – jest nasze, ta cipka jest nasza. Nigdy, kurwa, o tym nie zapominaj.

Kenzo dyszy, ma dzikie oczy, kiedy na mnie patrzy.

– Najdroższa… kurwa.

Sięgam ręką i obejmuję dłonią jaja Kenzo, ujeżdżając równocześnie kutasa Rydera. Kenzo klnie, zamykając oczy jakby z bólu.

– Jestem, kurwa, tak blisko, Rox. Boże, przestań…

Ale ja, cholera, nie przestanę.

Niemal to utraciłam.

Utraciłam ich.

Z powodu dumy i strachu.

Obciągam mu mocniej i ściskam jaja. On wrzeszczy i podrywa się, wpychając mi się w usta, a potem nagle wyciąga, obejmuje sobie kutasa i patrzy na mnie. Mam obolałe usta, spuchnięte wargi, a on piorunuje mnie wzrokiem.

– Wszyscy cię oznaczymy – warczy, jeszcze dwa razy przeciąga dłonią po kutasie, a potem dochodzi, pryskając mi spermą na piersi. Jęczy, a gdy z powrotem otwiera oczy i widzi mnie ochlapaną swoją spermą, burczy: – Kurwa, to rajcujące.

Przesuwam palcem po tym wytrysku, a potem wsuwam go sobie do ust, oblizuję i obracam się, spoglądając Ryderowi w oczy. Pozwolił mi skończyć z jego bratem, żebym mogła teraz skupić całą uwagę na nim. Wtedy przypomina mi, dlaczego uwielbiam, jak mnie karze, jego ból i ogień.

Dlaczego go kocham.

Obraca mnie, przeginając na kanapie, głowa mi dynda, kiedy osuwa się za mną na kolana i wbija w moją cipkę. Jedną dłoń wplata mi we włosy, ciągnie głowę do tyłu i gryzie w szyję, a jego sztywny i gruby kutas ociera się we mnie o te zakończenia nerwowe, aż prawie krzyczę, a oczy mi zezują z przyjemności.

– Nigdy nas, kurwa, więcej nie zostawiaj – domaga się dzikim głosem.

– Nigdy – dyszę, napierając do tyłu w rytm jego pchnięć.

– Powiedz to jeszcze raz – nakazuje, waląc we mnie.

– Nigdy, nigdy, nigdy – skanduję, mając ciało pod jego kontrolą. Czuję, że zaczyna tracić panowanie, kiedy wsuwa mi palec w tyłek, powodując, że osuwam się w przepaść. Dochodzę z krzykiem. Ledwie czuję własne ciało, w oczach mi ciemnieje, a gdy przytomnieję, leżę na kanapie przyciśnięta jego ciężarem i czuję wilgoć między udami, która mi mówi, że się spuścił.

Znowu liże mnie po szyi.

– Jeszcze nawet nie zbliżamy się do końca. Kiedy wzejdzie słońce, nie będziesz nawet w stanie chodzić po tym, co dla ciebie zaplanowaliśmy. Za to, że ośmieliłaś się odejść. Jesteśmy Żmijami, kochanie. Kąsamy i nigdy nie przestajemy polować.

Wysuwa mi się z cipki i padam na kanapę, jestem jak z gumy i lepię się, ale czuję się więcej niż zaspokojona. Cipka mnie boli, ale jak obiecał, jeszcze ze mną nie skończył.

Kenzo obciera mi cipkę delikatnymi pociągnięciami ściereczki, potem ją odrzuca i inicjatywę przejmują jego palce, gładząc moją obnażoną szparkę. Próbuję protestować, ale robi to wolno i delikatnie, i zanim się spostrzegam, znowu wypinam się ku niemu.

Wsuwa mi do środka dwa palce i masuje, aż zaczynam dyszeć i kołysać w górę biodrami, a wtedy ciągnie mi nogi do krawędzi kanapy i zanurza tam swoją twarz. Liżąc i chłepcząc mnie, kojąc mnie swoim językiem.

– Jak ona smakuje, bracie? – mruczy Ryder, a ja odwracam głowę i widzę, że patrzy na nas. Oni wszyscy patrzą i wszystkim im znowu stoją. Wielki Boże.

Garrett stęka, oblizując sobie wargi, i podchodzi bliżej.

– Kurwa, niebiańsko – jęczy Kenzo, chwytając mnie łapczywie rękami i pochłania mnie coraz szybciej i szybciej.

– Kenzo – skowyczę, wyprężając się do góry, a wtedy znienacka czuję draśnięcie noża Diesela, na co podskakuję i obracam głowę, spostrzegając go za kanapą, jak się nachyla, żeby mnie dotknąć.

– Ona tak słodko jęczy, prawda? – Diesel się śmieje. – Powinieneś usłyszeć, jak krzyczy, kiedy kroi się jej skórę.

Zamykam na to oczy, nie mogę tego już znieść, a kiedy Diesel ściska mi gardło, odcinając dopływ powietrza, a Kenzo zawija językiem wokół mojego kolczyka, dochodzę z krzykiem, a oni wszyscy patrzą na mnie, jak skręcam się z przyjemności.

– Chcę jej tyłka – mówi Diesel do pozostałych, a Kenzo całuje mnie kolejno w obydwa uda i obraca. Nie mogę nawet mówić, a co dopiero protestować i gdy czuję, jak szorstkie, zrogowaciałe dłonie Diesela gładzą mnie po udach, wydaję skowyt, przyciskając twarz do kanapy.

O Boże, nie mogę.

– D – szepczę, ale on mnie nie słyszy i wbija mi znienacka zęby w udo, na co krzyczę.

– Nasza – warczy. – Będę cię miał, jak tylko mi się, kurwa, zachce, ptaszyno. Będzie bolało i będziesz to uwielbiać.

Tortura.

On teraz torturuje mnie za to, że ośmieliłam się go zostawić. Oni wszyscy to robią, ale kiedy towarzyszą temu jedne z najlepszych orgazmów w moim życiu, jak mogę się opierać? Więc chociaż jestem wyczerpana, mam zmęczone i nasycone ciało, nie sprzeciwiam się, kiedy podciąga mi tyłek w powietrze.

– Kocham cię, ptaszyno. Jesteś benzyną dla mojego ognia. Nigdy nie pozwoliłbym ci odejść, pozostali też by ci nie pozwolili. Są idiotami, jeżeli myśleli, że to potrafią – mruczy, rozchylając mi pośladki i liżąc pupę. – Gotowa na drugą rundę?

O cholera.

ROZDZIAŁ 39

RYDER

Roxy przychodzi na śniadanie, szeroko ziewając. Ma na sobie prześwitującą koszulę i nie założyła ani majtek, ani stanika. Prawie upuszczam filiżankę, tak się na nią gapię. Uśmiecha się lekko, łapiąc moje spojrzenie, i puszcza do mnie oko, a potem wskakuje na swoje miejsce i kładzie mi nogi na kolanach. Przewracam oczami, ujmuję dłonią jej palce u stóp i wracam do czytania wiadomości na telefonie.

Spała niemal cały dzień po naszym powitaniu, jak to nazywa Diesel. Wciąż ma obolałe ciało, więc nie naciskam, mimo że chciałbym przegiąć ją na stole i wydymać. Sprawiliśmy jej piekło tamtej nocy, cały salon był zachlapany jej krwią, odpokutowała orgazmami za to, że próbowała nas opuścić. I uwielbiała każdą cholerną minutę, chociaż kiedy wreszcie skończyliśmy z nią i tuliliśmy ją do snu, powiedziała, że nas nienawidzi. Jest taką cholerną kłamczuchą.

– Diesel, zechciałbyś wyjaśnić, dlaczego kupiliśmy drugi jacht?

– pytam i widzę, jak tamten z uśmieszkiem odchyla się do tyłu, a Garrett wydaje jęk.

– Mówiłem ci, D, że się dowie. – Śmieje się.

D wzrusza ramionami.

– Widzisz, szedłem sobie, zajęty własnymi sprawami, kiedy zobaczyłem jacht o nazwie Roxy. Oczywiście nikt inny oprócz nas nie może być właścicielem łodzi nazwanej imieniem naszej dziewczyny, więc zaproponowałem im kupę kasy, żeby ją kupić. – Wzrusza ramionami, a Roxy się śmieje, ujmując dłońmi kubek z kawą, który wręczył jej Kenzo.

– Zapominasz tę część, gdy odmówił, więc zlałeś go patelnią i powiedziałeś, że teraz łódź jest twoja i żeby nazywał cię Kapitanem Szalonym – dodaje Garrett, jedząc.

Przez chwilę panuje cisza, a potem wszyscy ryczymy ze śmiechu, a Diesel się uśmiecha. Spogląda na Roxy i mruga do niej.

– Możesz mnie nazywać szalonym, ptaszyno.

– Ale my już mamy jacht – wzdycham, kiedy opanowuję śmiech.

– No to teraz mamy dwa, możemy zrobić regaty. – Diesel się śmieje, otwierając i zamykając swoją zapalniczkę.

Mam właśnie spróbować mu wytłumaczyć, dlaczego nie będziemy tego robili, gdy przerywa mi dzwonek telefonu. Odbieram go, masując zimne palce u stóp Roxxane, ale nieruchomieję na słowa, które słyszę w aparacie:

– Doszło do eksplozji.

Prostuję się, ciało mi sztywnieje i staję się w całości tylko Żmiją.

– Gdzie?

– W starym domu. – Tony wzdycha.

– Ktoś jest ranny albo zginął?

Czuję, jak pozostali wpatrują się we mnie, więc podnoszę palec, dając znak, żeby poczekali.

– Nie, był pusty. Jest tu policja i strażacy, ale to znajomi, więc powiedzą, że to był wybuch gazu i niedługo odjadą.

– Dzięki, Tony, informuj mnie na bieżąco.

– A, szefie, znaleźliśmy ślady motocykli na drodze ziemnej za domem, cztery. – Rozłącza się.

Motocykle.

Triada.

Ci pieprzeni idioci. Zabiję ich za to. To nie jest tylko chytry prztyczek dla naszej potęgi, to jest otwarty akt wojny. Mogliśmy przymknąć oko na próbę zabójstwa jako nieodpowiedzialny wybryk i nadal doprowadzić ich do porządku, ale to?

To oznacza ich śmierć.

Rzucam telefon i patrzę na pozostałych, którzy są w gotowości, mają napięte sylwetki, wiedzą, że coś się wydarzyło.

– Wysadzili stary dom.

– Triada – warczy Garrett z dłońmi zaciśniętymi w pięści, a ja pochylam głowę.

– Na tyłach znaleźli ślady motocykli. Policja i straż pożarna uznają to za wybuch gazu. – Zgrzytam zębami i czuję, jak Roxy marszczy brwi i przypatruje się nam.

– Stary dom? – pyta, ale jestem zbyt rozjuszony, aby odpowiedzieć, zbyt zajęty odliczaniem w głowie, żeby w ogóle się odezwać. Żeby nie wybuchnąć i nie siać, kurwa, zniszczenia w tym mieście, które śmie się nam przeciwstawiać.

– Dom naszego ojca. Przez jakiś czas mieszkaliśmy tam po jego śmierci, kiedy budowaliśmy to – mówi do niej Kenzo, ale nawet on ma spięty głos.

Uderzając w ten dom, nasz dom, starają się sprowokować reakcję. Jeżeli im nie odpłacimy, okażemy słabość, jakbyśmy się ich bali, a nie boimy się. Ich rodzina może kiedyś rządziła w tym mieście, ale teraz są już tylko przeżytkiem.

A przeżytki idą w zapomnienie.

– Co robimy? – pyta Kenzo. Nikt już teraz nie je.

– Odpłacimy im, rzecz-kurwa-jasna, i pozabijamy ich wszystkich – warczy Diesel dźgając nożem w stół z twarzą wykrzywioną gniewem.

– Nie, jeszcze nie. Pokażemy im, że z łatwością możemy ich dorwać. Dowiedziemy naszej siły, sprawimy, że będą się nas bali tak jak wszyscy pozostali. A potem zniszczymy ich – przedstawiam plan, spokojnie odstawiając filiżankę i wygładzając sobie garnitur.

– Przyniosę wyrzutnię rakiet – dodaje Diesel.

– Nie, oni mają restaurację, prawda? Ich rodzice prowadzili ją przez wiele lat i mieszkali na górze, znajdźcie mi adres. Odszukajcie też adresy wszystkich trzech braci. Jest niedziela, więc będą u siebie w domu z rodzinami. – Zaczynam się uśmiechać, a Kenzo idzie w moje ślady.

– Zajmę się telefonami. Podoba mi się kierunek, w którym zmierzasz, braciszku.

Biorę telefon i wstaję.

– Chcę, żeby policja była u wszystkich trzech, niech aresztują ich pod byle zarzutem, pokażmy im, niech wiedzą, że to my, i zamknijcie restaurację, przejmijcie ją, jest teraz nasza.

– Co zamierzasz zrobić? – pyta Roxy z zaciekawieniem, nie wyglądając wcale na zmartwioną.

– Zamierzam sprawdzić papiery wszystkich członków ich rodziny i pracowników. Każdy, kto jest tu nielegalnie, zostanie natychmiast deportowany. Zniszczymy ich, to jest wojna.

Ona wstaje.

– Pomogę ci.

Pozostali pospiesznie łapią telefony, ale ja wstrzymuję się i patrzę na nią.

– Chcesz pomóc?

Kiwa głową, na ustach pojawia jej się chytry uśmiech.

– Myślisz, że tylko ty możesz coś zrobić? Mam pomysł. Ufasz mi?

Patrzę na nią, a ona podchodzi bliżej.

– Ryder, ufasz mi?

Słowa te dźwięczą mi koło uszu, potakuję głową. Uśmiecha się szerzej i całuje mnie w policzek.

– To dobrze, będzie rozpierdol.

Odchodzi, a ja patrzę za jej oddalającą się sylwetką, zastanawiając się, czy nie powinienem bardziej martwić się nią niż Dieselem i jego wyrzutnią, ale nie mam zbyt wiele czasu, żeby nad tym deliberować. Jeżeli chcę to załatwić dzisiaj, muszę zacząć dzwonić, i to szybko.

Mija kilka godzin, zanim kończę wykonywać telefony, a Roxy wraca i wygląda na niezmiernie z siebie zadowoloną. Tuż za nią podąża Garrett.

– Wszystko załatwione, możemy teraz usiąść i popatrzeć.

– A co zrobiłaś, kochanie? – pytam już spokojniejszy.

Siada mi na kolanach, uśmiecha się lekko i przysuwa.

– Patrz i się ucz, dziecino. – Całuje mnie, po czym wstaje, pogwizdując, idzie do salonu i włącza wiadomości w telewizji.

Idę za nią, pochylam się nad oparciem kanapy i oglądam

nad jej głową, jak mówią o nalotach w mieście – bez wątpienia na ich domy i restaurację, na co uśmiecham się pod nosem – ale potem zaczyna się inna relacja i szczęka mi opada.

Dotyczy biznesu importowego Triady.

– Zrób głośniej – domagam się i telewizor huczy na cały pokój, aż przychodzą Kenzo i Diesel.

Dziennikarz wyjaśnia, że na podstawie przecieku ustalono, że firma okradała miasto i importowała narkotyki, a informatorzy, których nazywają lokalnymi handlarzami, potwierdzili, że to oni dostarczają im towar.

Wyłączam telewizor i patrzę na Roxy, która przygląda się swoim paznokciom z uśmiecham na twarzy.

– Kochanie…

– Jak, u licha, to zrobiłaś? – Kenzo wytrzeszcza oczy. Patrzy na mnie zszokowany. – Wiedziałeś o tym?

Kręcę głową, a Roxy odwraca się i spogląda na nas.

– Nie tylko wy macie znajomości. Ten, który przygotował relację na temat ich firmy, ciągle do mnie przychodzi, żeby psioczyć na swoją żonę, uwielbia burbona i był mi winny przysługę. – Wzrusza ramionami. – Ale obiecałam, że dostanie u was pracę, zważywszy że swoją właśnie stracił. To prawdopodobnie nie utrzyma się długo, ale na jakiś czas ich przymknie i zszarga im opinię.

– A ci dilerzy? – pytam, marszcząc brwi, kiedy Diesel śmieje się jak szaleniec.

– Och, Wheels i Timmy? Tak, dobre chłopaki, przez jakiś czas mieszkałam z nimi na ulicach. I tak mieli na karku gliniarzy, więc to pomogło im się ich pozbyć i skierować uwagę na dostawców. – Porusza brwiami. – Obiecałam, że nie aresztują ich, a gdyby tak się stało, to ich wyciągniemy. Jakiś problem?

Tylko patrzę na nią, nie wiedząc, co powiedzieć.

– Ja pierdolę, najdroższa, to niewiarygodne. Przysięgam, że stoi mi teraz jak cholera. – Kenzo się śmieje.

Nawet Garrett się uśmiecha.

– Dziecino, jesteś zdecydowanie jedną z nas, okrutna suka.

Puszcza do niego oko, a Diesel rzuca się na nią i mocno ją całuje.

– A nie mówiłem, Żmija z krwi i kości.

Oni wszyscy na mnie patrzą, gdy się jej przyglądam, a ona z uśmiechem przechyla głowę.

– Twój plan był lepszy, ale zaatakowani z kilku stron, będą cały czas w defensywie i zyskacie na czasie, żeby ich zniszczyć. – Wzrusza ramionami.

– Kochanie. – Kręcę głową i przywołuję ją palcem. Przysuwa się bliżej, a ja ujmuję dłonią jej podbródek, ma oczy trochę rozszerzone pożądaniem i rozchylone usta. – Jesteś geniuszem – mruczę, nachylając się i zakładając jej włosy za ucho. – Rób tak dalej, a zaczniemy myśleć, że wcale nas nie nienawidzisz, a nawet nas lubisz – droczę się.

Prycha i uwalnia się z mojego uścisku, zrzucając włosy na bok.

– Tylko sobie nie myśl, nudziło mi się, a to była dobra zabawa, to wszystko. Nadal was nienawidzę.

Uśmiecham się lekko do niej, przesuwając wzrokiem po jej ciele.

– Naprawdę? Wciąż się trzymasz tego starego kłamstwa?

Diesel wślizguje się za nią i też się lekko uśmiecha.

– Ptaszyno, nie sądzę, żebyś w ogóle nas nienawidziła.

Mruży oczy, a potem obraca się, waląc go kolanem w krocze. On pada na podłogę, śmiejąc się, mimo że krzywi się i zakrywa dłonią kutasa. Idiota, lubi to. Łapie go za włosy i ciągnie mu do góry głowę, spoglądając na niego z góry niczym pieprzona królowa.

– Nie denerwuj mnie, obydwoje wiemy, że skończy się to znowu tak, że będziesz krwawił.

Potem spogląda na nas, bez najmniejszej obawy, licząc na to, że sprowokujemy ją i wkurzymy.

– Jeszcze komuś mam coś przypomnieć? – Zerka na Garretta. – Chcesz drugą rundę?

Uśmiecha się do niej.

– Nie dasz mi rady, dziecino. Pamiętasz, co się stało za pierwszym razem?

– Kiedy musiałeś sobie obłożyć kutasa lodem? – odpowiada słodko, a on parska śmiechem.

Dzwoni mój telefon i odbieram go, podczas gdy ona straszy z kolei Kenzo, a ja mam na ustach uśmiech.

– Załatwione. Na długo to nie wystarczy, ale wystarczająco, żeby dostali sygnał. Ale miałeś rację z tymi papierami. Jedziemy zatrzymać dziesięciu pracowników i pięciu członków rodziny.

– Dobrze. – Rozłączam się i spoglądam na nią. – Przestań się z nimi przekomarzać, kochanie, mamy robotę do wykonania.

Przechodzi obok Kenzo, który się do niej nachyla.

– Kochasz nas, przyznaj się.

Wali go prosto w twarz, a on pada na krzesło, śmiejąc się, chociaż z nosa leje mu się krew. Potrząsając dłonią, podchodzi do mnie z błyskiem w oczach.

– Gdybym miała mój pieprzony pistolet…

– No tak, dlatego właśnie nie dostajesz broni, bo masz skłonność do jej używania. – Uśmiecham się lekko i obejmuję ją ramieniem. – Chodź, pójdziesz ze mną na spotkanie. Damy tym biednym sukinsynom odpocząć od twoich ciosów.

Fuka, ale pozwala mi się odprowadzić, a kiedy dochodzimy do drzwi, słyszę, jak Diesel oświadcza:

– Ożenię się z tą kobietą.

Wyrywa mi się z objęcia.

– Zadźgam tego sukinsyna…

Śmiejąc się, przerzucam ją sobie przez ramię.

– Zachowuj się albo pozwolę mu się z tobą zabawić. Kto wie, on może się nawet z tobą ożenić, nie mówiąc ci o tym.

Ona nieruchomieje.

– Pieprzone zwierzęta. Głupie kurewskie węże. – Daję jej klapsa w tyłek, a ona skomle.

– Jeżeli nie chcesz, żebym cię wydymał w środku posiedzenia zarządu, wystarczy tego pyskowania, smarkulo.

Opuszczam ją w windzie na ziemię, a ona piorunuje mnie wzrokiem – taka waleczna, nasza dziewczyna. Co nie znaczy, że wybaczyłem jej to, że sobie poszła.

– Co to za posiedzenie? – Spogląda w dół na prześwitującą koszulę, a potem na mnie.

– Zarządu. Rozwijamy działalność. To nudziarstwo, teraz gdy za kilka dni musimy zająć się Triadą i zrealizować porządny plan, ale mimo wszystko musimy też prowadzić nasze bieżące interesy. Pokazać, że ich atak nas nie dotknął. – Wzruszam ramionami.

– A ja tam po co idę prawie naga? – Wzdycha i krzyżuje ramiona. Nie mówię jej, że w ten sposób przyciska sobie mocniej sutki do materiału, aż zaczynam się ślinić.

– Bo nie znoszę ich i mnie nudzą. Jak pójdziesz tam ze mną, może będzie zabawnie.

– Ryder, widać mi waginę – zauważa.

Przesuwając wzrokiem po jej sylwetce, uśmiecham się pod nosem.

– Naprawdę? A to niefart, może te stare sukinsyny się pod-
niecą i wezmą do roboty.

– Aha, albo dostaną zawału.

Nachylam się do niej i kładę na niej ramiona.

– Przyznaj, kochanie, dajesz sobie ze wszystkim radę. Jeżeli się
spiszesz, może nawet pozwolę ci później zlać Diesela.

– Jakbyś mógł mi przeszkodzić. Obydwoje wiemy, że ten stuknięty sukinsyn tylko na to czeka. – Uśmiecha się lekko, ale zrzuca
włosy przez ramię, a potem zerka na mnie. – Dobrze, daj
mi swoją marynarkę.

Robię, o co prosi, a ona ją zakłada, podwijając zbyt długie rękawy. Nie zapina jej, ale zasłania sobie wystarczająco przód,
aby nie było widać piersi, ku memu rozczarowaniu, i wygląda
na jako tako ubraną. Co za szkoda.

– Mówię ci, nikt nie zwróci na to uwagi. – Zabieram ramiona,
kiedy się zatrzymujemy.

– Tak, jakim cudem? – mówi drwiąco.

Uśmiecham się pod nosem i obejmuję ją ramieniem, gdy
drzwi otwierają się na najwyższym piętrze, gdzie odbywamy posiedzenia. Jest tam trochę pracowników, ale jak tylko wychodzimy z windy, wszyscy odwracają wzrok.

– Bo oni nie śmią patrzeć na ciebie – mruczę, krocząc do sali
konferencyjnej. Wszyscy już tam są, dziesięciu mężczyzn i trzy
kobiety, siedzą za stołem i czekają na mnie. Wchodzę do środka
i zajmuję miejsce u szczytu stołu. Roxy przysuwa sobie krzesło
i siada obok mnie, unosi nogi i kładzie na stół, jest bosa.

Biorę dokumenty i przerzucam je.

– Każdy, kto choćby spojrzy na Roxxane, zostanie od razu
zwolniony – ostrzegam niedbale. Słyszę, jak się nieswojo wiercą,

a ktoś krótko kaszle, ale kiedy podnoszę wzrok, wszystkie spojrzenia są specjalnie skierowane na mnie. – Zaczynajcie.

– Proszę pana, nasza sprzedaż wzrosła w ostatnim kwartale, a ponieważ zyski z farmaceutyków się podwoiły, zamierzamy wykupić konkurenta i w ten sposób rozwijać działalność – zaczyna jedna z kobiet, Rechel.

– Zróbcie to. – Kiwam głową. – Następny.

Pulchny mężczyzna, który siedzi obok niej, kaszle nerwowo, ma czerwoną twarz.

– Ja… udało nam się uzyskać pozwolenia potrzebne do budowy nowego wieżowca… – Ciągle popatruje na Roxxane, a ja unoszę dłoń, spoglądając na sprawozdanie.

– Jesteś zwolniony – mówię, nie podnosząc wzroku znad danych liczbowych.

– C… co, proszę pana? – bełkocze z czerwoną, cętkowaną twarzą.

– Patrzyłeś na moją kobietę, jesteś zwolniony. Chcę, żebyś wyniósł się w ciągu godziny. – Patrzę na kobietę siedzącą obok niego. – Ty opowiesz mi to, czego on nie był w stanie z siebie wydusić.

– Dostaliśmy pozwolenia, zaczynamy budowę pod koniec miesiąca – mówi pospiesznie.

– Dobrze. Jakie zajmujesz stanowisko? – pytam, a mężczyzna szybko wychodzi z sali.

– Byłam jego zastępcą. – Odchyla z dumą w tył głowę.

– Już nie, witamy na pokładzie, pani prezes, daj znać gdzie trzeba, że natychmiast masz dostać jego pensję i dodatki. – Kiwam głową i przechodzę dalej. Pytam wszystkich pozostałych i nie ma więcej żadnych spraw, a Roxxane przygląda się temu, aż dochodzimy do ostatniego mężczyzny.

– Pozyskaliśmy lokale w całym mieście na pana nowe przedsięwzięcie w branży gastronomicznej i barowej.

Kiwam głową.

– Dobrze. Tym wszystkim będzie się zajmować Roxxane. Ona za to odpowiada.

Czuję, jak na mnie spogląda, i mrugam do niej.

– Roxers jest też w to włączony. Możesz robić, co ci się podoba, będą przynosić zyski pod twoim kierunkiem, jestem tego pewien… – Spoglądam na tego mężczyznę, a on się uśmiecha.

– Ried.

– Ried pomoże ci we wszystkim, co tylko trzeba.

On zerka na nią, a ja uważnie go obserwuję, ale cały czas patrzy jej w twarz.

– Z przyjemnością będę z tobą współpracował. Widziałem Roxers, ma taki surowy styl, który ma teraz wzięcie. Jestem przekonany, że z twoją wizją i wiedzą otworzymy świetne lokale.

Oczy jej się rozszerzają, gdy mu się przygląda.

– Jesteś za schludny, chłopaku. Poluzuj sobie krawat, to pogadamy. – Chichoczę, nie mogąc się powstrzymać, a ona się nachyla. – A poza tym upiłeś się kiedyś? Wyglądasz zdecydowanie za młodo.

Kiwa nerwowo głową, luzując sobie krawat.

– Raz czy dwa razy. Byłem zajęty nauką na uniwersytecie…

– Dobrze. Wszystko po kolei, spróbuj się nawalić. Chcesz prowadzić bar? Musisz wiedzieć, co się sprzedaje, czego chcą klienci. Przekonaj się – doradza mu swobodnie. Roxxane może nie zdaje sobie z tego sprawy, ale jest naturalną przywódczynią. Ma wszystkie niezbędne cechy i niełatwo ją wystraszyć, będzie cennym nabytkiem w naszej firmie.

– Możecie iść – rzucam i wszyscy zaczynają między sobą rozmawiać, zbierając szybko torby i aktówki i kierując się do wyjścia, ale Ried waha się i znowu spogląda na Roxxane.

– Proszę pani…

– Kurwa, nie zwracaj się tak do mnie, jestem Roxy.

Uśmiecha się na to i rozluźnia.

– Roxy, może ja też mógłbym zaproponować jakieś pomysły?

Ona uśmiecha się do niego.

– Cholera, no pewnie. Nie wiem, od czego zacząć, chłopaku, więc ty będziesz moim zaufanym człowiekiem.

On na to jakby rośnie i w końcu wychodzi.

– Roxers? – pyta mnie, unosząc brwi.

– To twój bar. – Wzruszam ramionami. – Teraz możesz robić, co tylko, kurwa, chcesz… otworzyć sieć, nie obchodzi mnie to, zarabiaj własne pieniądze. Chcesz zbudować kasyno? Zrób to. Chcesz całą cholerną wyspę? Tylko powiedz.

Kręci głową, a ja nachylam się, zakrywając jej usta.

– Nasze pieniądze są teraz twoje, a ponadto zainwestowałem trochę twoich własnych przychodów z Roxers i masz więcej, niż myślisz. Nawyknij do tego, kochanie.

– Muszę przyznać, że to było cholernie podniecające patrzeć na ciebie. – Śmieje się, nachylając się bliżej, a ja rozsiadam się w moim fotelu. Łapię ją i sadzam sobie na kolanach, a ona opiera się plecami o stół. Moja marynarka, którą ma na sobie, rozchyla się, ukazując jej różowe, zuchwałe sutki wyzierające przez koszulę.

– Naprawdę? – naciskam, głaszcząc ją dłońmi po udach.

Kiwa głową, pozwalając mi podciągać sobie koszulę.

– Kurwa, no pewnie, taki władczy i trzymający wszystko w garści. Powinieneś zobaczyć, jak oni się ciebie bali, to odjazdowe. No więc wszystkie te interesy przed obiadem, a co teraz?

– Teraz? Zaraz wydymam cię na tym stole, pani prezes, a potem weźmiemy się za Triadę. – Uśmiecham się lekko.

Śmieje się, kiedy podciągam jej koszulę, zwijając ją aż pod piersi.

– Brzmi nieźle, bierz się do roboty.

ROZDZIAŁ 40

ROXY

– D jest w swojej jaskini. Idź i zobacz, co tam robi, dobrze? – prosi Kenzo.

– Dlaczego ja? Dobrze mi tu – marudzę, wtulając się w jego pierś, kiedy odpoczywamy na kanapie, a Ryder coś gotuje.

– Bo jak ja pójdę, nie posłucha mnie, a jak ty pójdziesz, to posłucha. – Uśmiecha się lekko, a potem mnie popycha. Spadam z kanapy z pacnięciem i fukając, odwracam się na pięcie i odchodzę. Otwieram drzwi wejściowe i idę do windy. Ochrona i skanery w całym budynku już mnie znają, więc mogę wychodzić i przechadzać się, gdzie tylko chcę. Zjeżdżam do podziemi, w których zabawia się D, a gdy drzwi się otwierają, słyszę dobiegające stamtąd krzyki.

Maszeruję korytarzem i przystaję w drzwiach, widząc, jak znęca się nad jakimś człowiekiem skutym łańcuchami.

– Kto to jest? – wołam, przekrzykując wrzaski.

D odwraca się z szerokim uśmiechem na twarzy, jego spocona i obnażona pierś jest pochlapana krwią.

- Zagrożenie, ptaszyno, chodź się pobawić.

Uśmiecham się, ale stoję w miejscu.

- Nie, zostawiam to tobie.

- Proszę, proszę pomóż mi, to wariat! - wrzeszczy mężczyzna, rzucając się w łańcuchach, a D marszczy brwi i odwraca się do niego.

- To niegrzecznie przerywać komuś rozmowę - strofuje go i szybko dźga nożem, po czym spogląda znowu na mnie. - Przepraszam, ptaszyno, on jest źle wychowany. Wszystko w porządku?

- Przyszłam zobaczyć, co robisz, tęsknię za tobą. - Uśmiecham się pod nosem i w mgnieniu oka on jest przy mnie. Łapie mnie i rzuca na ścianę, jego usta przywierają do moich. Smakuje jak ogień i krew i nie mogę się powstrzymać, żeby nie zajęczeć.

- Trzymaj się tej myśli - mruczy, a mężczyzna dalej się wydziera. Dysząc i opierając się o ścianę, patrzę, jak Diesel odwraca się, bierze pieprzony tłuczek do mięsa i wciska go w otwarte usta tamtego. Wykonuje obrót i przywodząc mi na myśl wojownika ninja, kopnięciem przebija mu nim czaszkę.

Krzyki ustają, ale wygląda również na to, że mężczyzna nie żyje, i D marszczy brwi.

- Cholera, myślę, że teraz ty zostałaś mi jako zabawka - mruczy i odwraca się, skupiając uwagę na mnie.

Podchodzi do mnie i znowu unosi mnie na skrzynkę narzędziową. Wygląda na to, że często kończymy w takiej pozycji. Ciągle mam na sobie prześwitującą koszulkę, ale założyłam majtki, nie żeby to robiło wielką różnicę z tymi ludźmi. Wyciąga zza pasa broń i przystawia mi do głowy. Wstrzymuję oddech, chociaż cipka mi się zaciska. Ryderowi i mnie przeszkodzono wcześniej. Prawie zastrzelił tego człowieka, ale miał pracę do zrobienia, więc nie miałam orgazmu od jakichś... dwudziestu czterech godzin, co jest po prostu irytujące.

– Ptaszyno, ptaszyno, zginęłabyś dla nas? – mruczy.

Uśmiecham się.

– A będę musiała?

Pociąga za spust, a ja ani drgnę, nawet nie mrugnę okiem. Śmieje się i przystawia go sobie do głowy.

– Ja zginąłbym dla ciebie. – Znowu pociąga za spust, daje się słyszeć suchy trzask, a on się uśmiecha. – Ups, zapomniałem nabojów. No cóż, i tak może się do czegoś przydać.

Przystawia mi go do ust, a ja je otwieram. Wsuwa mi lufę do środka, a ja oblizuję metal, potem ją wyciąga, wilgotną od mojej śliny. Przesuwa nią po mojej brodzie i rozrywa koszulkę, aż jestem przed nim obnażona, ma dłonie pokryte krwią, a jednak już jestem wilgotna. Łaknę tego szaleństwa, chcę go w całości.

Z nim jestem wolna.

Niczym nie będzie nigdy zszokowany, przestraszony. Nigdy nie zrobię czegoś, z powodu czego czułby odrazę albo bał się mnie. Spodobałoby mu się to, rozkoszowałby się tym i wielbił mnie.

Wstrzymuję oddech, czując chłodny metal pistoletu przesuwający się po mojej piersi i brzuchu, a potem patrzę, jak wsuwa mi go do majtek. Rozwieram nogi i poruszam biodrami w kierunku metalu. Pociera nim tam i z powrotem o moją cipkę, zwilżając go, a potem przystawia mi lufę do dziurki i nachyla się bliżej.

– Jeżeli wydymam cię moim pistoletem, dojdziesz dla mnie?

– Wiesz, że tak – jęczę, gdy wsuwa mi lufę odrobinę do środka, jej obcość sprawia, że podskakuję i głośniej jęczę. –

D, proszę, Ryder już się ze mną drażnił, zanim nam przerwano, chcesz się pobawić czy nie?

– Z tobą? Zawsze, ptaszyno – mruczy, a potem zrywa ze mnie majtki i wbija wzrok w pistolet i moją cipkę. Przesuwając znowu ku górze, przyciska mi go do łechtaczki, ściąga sobie spodnie i zwilża kutasa w moim śluzie. – Zawsze taka wilgotna.

– Dymaj mnie już – warczę.

Uśmiecha się.

– Masz sprośną buzię, zamierzam ją wydymać później.

Bez ostrzeżenia wbija się we mnie, a ja wydaję krzyk, na który on się śmieje. Nie traci czasu. Nie kochamy się, pieprzymy się szybko i mocno, jak zawsze.

Oplatam mu biodra nogami, wychylam się do góry i mocno go całuję, szczecina na jego szczęce drapie mnie, kiedy rozpaczliwie dążymy do spełnienia. Cały czas trzyma mi przystawiony pistolet, to ciągła groźba, przypomnienie jego władzy. Twardy metal ociera się niemal boleśnie o mój kolczyk, a mimo to nie mogę się powstrzymać, żeby nie kręcić biodrami dla większej przyjemności.

– Więcej – domagam się.

Burcząc, unosi mnie i opuszcza, napełniając mnie raz za razem swoim kutasem. Broń trzyma mi przy biodrze, kontrolując mnie. Ociera się o mnie zakrwawioną, spoconą piersią, a zbrukaną krwią dłonią trzyma mnie złośliwie za biodro.

Sięgam ręką, chwytam pistolet i wykręcam mu rękę, aż go puszcza. Odwracam go i przesuwam mu nim po piersi aż do ust.

– Ssij – żądam z uśmiechem.

Śmieje się i przestaje poruszać, kiedy obejmuje ustami lufę i wylizuje ją z mojego śluzu. Pociągam za spust, a on wydaje jęk, oczy mu się zamykają i wbija mi się w cipkę. Chwyta pistolet, unosi sobie do czoła i przyciska się do muszki.

– Zrób to, zastrzel mnie – dyszy, dymając mnie.

Pociągam za spust raz za razem, a on jęczy głośno, jego twarz rozpływa się w rozkoszy. Kiedy sięgam między nas drugą ręką i pociągam go za sutek na tyle mocno, że aż stęka, nieruchomieje, bo nagle przeszywa go orgazm. Spuszcza się we mnie, dysząc, oparty o pistolet. Śmieję się z poczuciem dziwnego sukcesu. Udało mi się odwrócić sytuację i spowodować, że to on doszedł. Ale wtedy otwiera szybko oczy i wbija we mnie wzrok.

– Nie skończyłem jeszcze zabawy, ptaszyno – warczy, wyrywając mi broń z dłoni tak gwałtownie, że aż czuję ból w nadgarstku. Wysuwa się z mojej cipki i przyciska broń do otworu. – Chciałem pozwolić ci dojść na moim kutasie, ale teraz dojdziesz na moim pistolecie.

Wstrzymuję oddech, nie potrafię się powstrzymać. Chłodny metal jest tak obcy w dotyku, kiedy wciska mi go do środka, mam cipkę śliską od śluzu i jego spermy, dzięki czemu łatwiej się wsuwa. Dyma mnie nim płytkimi, wolnymi pchnięciami, a potem robi to kilka razy mocno, utrzymując mnie na krawędzi, tak żebym nie wiedziała, kiedy dojdę. Wyczuwając w sobie powierzchnię lufy, jęczę i zamykam oczy.

To jest tak nieprzyzwoite, tak niebezpieczne.

W mojej cipce jest cholerny pistolet i prawie dochodzę na samą myśl o tym.

Przyciska czoło do mojego, gdy mnie nim dyma, rozpierając bronią i wciskając ją głębiej.

– A co, gdybym go naładował, ptaszyno?

Przechodzi mnie dreszcz i zaciskam się na metalu, a on uśmiecha się, liżąc mnie po wargach.

– Ty sprośna ptaszyno. Ciekaw jestem… ciekaw jestem, jaką jeszcze bronią pozwoliłabyś mi się spenetrować.

O Boże.

Jestem tak blisko, czuję, jak to we mnie narasta i narasta. Próbuję się wstrzymać, chcąc, żeby dłużej trwało, ale nie pozwala mi. Gryzie mnie w brodę, a kciukiem pociera mi łechtaczkę, wpychając we mnie pistolet, aż krzyczę i dochodzę na nim. Wysuwa go trochę, a potem znowu powoli wciska, prowadząc mnie przez mój wytrysk, aby w końcu zupełnie wyciągnąć pistolet.

Padam do tyłu, nie mogąc się ruszać, a on podnosi błyszczący pistolet, spotyka moje spojrzenie i liże lufę, smakując mnie.

– Kurwa, to może być moja nowa ulubiona broń, kiedy wiem, że była w twojej cipce. Za każdym razem, gdy użyję go, żeby zabić, za każdym razem, gdy okryje się krwią, będę myślał o tobie, jak wykrzykujesz swoje spełnienie z nim zagłębionym w twojej słodkiej szparce.

No, do kurwy nędzy. Co można na to powiedzieć?

Śmieje się i chowa go do kieszeni, a potem się odwraca i wyciera, dając mi chwilę, żebym do siebie doszła.

Wracamy na górę i wyczuwam napięcie. Wszyscy zastanawiają się, co teraz nastąpi, jak Triada zareaguje i odpowie. To coś więcej niż starcie gangów, to dwie rodziny idące na wojnę. Polem walki jest dla nich miasto, pełne krwi i pieniędzy, a miejsca w nim starczy tylko dla jednej z nich.

Dla moich Żmij.

Ponieważ oni nie zamierzają dać za wygraną, zrobią wszystko, żeby zwyciężyć, a ja im pomogę. To jest teraz moje życie. Oni są moim życiem. Tak zdecydowałam, chcę tego i szczerze… czuję się z tym dobrze. Sytuacja nie jest dobra, ale podniecenie, jakie to wszystko we mnie wywołuje, sprawia, że jestem szczęśliwsza niż kiedykolwiek i nareszcie czuję, że żyję. Oni to sprawili. Uczynili ze mnie kobietę, którą zwykle ukrywałam. Zerwali zasłonę i pozwolili mi lśnić, bez strachu o to, co znajdą w środku.

– Wypuścili ich trzy godziny temu. Jestem ciekaw, co planują – mruczy Kenzo z oczami utkwionymi w tablet.

– Coś dużego, narobiliśmy im wstydu. – Ryder się uśmiecha.

– Już się zaczęło, nasza kryjówka w centrum właśnie padła – warczy Garrett, na co wszyscy wstają.

Czas ruszać na wojnę.

ROZDZIAŁ 41

GARRETT

Czekamy do rana następnego dnia i się rozdzielamy. Ryder ma sprawdzić wszystkie biznesy, Kenzo nielegalną stronę naszych operacji, a Diesel ruszy na ulice, żeby się jak najwięcej dowiedzieć. Ja natomiast mam objechać bezpieczne kryjówki. Wszyscy bierzemy ze sobą ochroniarzy i jesteśmy uzbrojeni po zęby. Przed wyjściem każemy Roxy obiecać, że przynajmniej dzisiaj nie będzie nigdzie wychodzić i zostawiamy z nią kilku ochroniarzy.

Oni będą chcieli się zemścić, a dorwanie kogoś z nas nie będzie łatwe, ale i tak musimy zachować ostrożność. Ignoruję swoją wściekłość z powodu tego, że tak blisko nas podeszli. Ataki z ich strony przyszły zdecydowanie za szybko, nigdy nie chcieli zawrzeć z nami pokoju. Cały czas przygotowywali się, żeby nas załatwić. Pozwoliliśmy żyć ich rodzinom i tak nam odpłacają?

Pozabijam ich wszystkich.

Bierzemy opancerzony samochód i jedziemy do kryjówki, którą zaatakowali ostatniej nocy. Kazałem Tony'emu i kilku innym pojechać tam od razu, kiedy się to stało, ale muszę sam to obejrzeć. Najpierw stary dom, a teraz to. Skąd, do kurwy, biorą te informacje? Ryder też jest zestresowany – chce dorwać tego kapusia i to natychmiast.

Nie mogę się doczekać, aż zajmie się nim Diesel, gdy już go znajdziemy.

Jazda do kryjówki nie zajmuje długo. Utrzymujemy je dla naszych pracowników albo dla nas samych, gdyby zaszła taka potrzeba. Mamy też pięć planów ucieczki – teraz sześć, dzięki Roxy. Będąc najpotężniejszymi ludźmi w mieście, pozostajemy dla wielu ruchomym celem i musimy wiedzieć, kiedy uciekać.

Ale to nie jest taka sytuacja.

To jest po prostu kolejna pieprzona nauczka, którą trzeba dać dupkom uważającym, że jesteśmy słabi, myślącym, że nie stoi za nami nic więcej niż pieniądze tatusia Rydera.

Parkujemy przy kryjówce. Pozwalam, żeby wysiedli pierwsi, chociaż drażni mnie to, i z ręką na pistolecie wysiadam za nimi, gdy stukają knykciami w moje drzwi. Mam oczy szeroko otwarte, patrząc jednocześnie wszędzie, sprawdzając drzwi domów, inne samochody, dachy i okna. Nigdy za dużo ostrożności, a skoro Roxy czeka na mnie w domu, czuję, że mam po co żyć.

Sama kryjówka to malutki bungalow wciśnięty pomiędzy dwa inne bungalowy na przedmieściach. Jest mały i nie rzuca się w oczy, tak jak lubimy. Mamy mnóstwo takich domków rozrzuconych po całym mieście – nigdy za dużo ostrożności.

Chłopaki idą przede mną, posuwamy się starym, popękanym podjazdem obok zarośniętego ogrodu ku żółtym drzwiom wejściowym z łuszczącą się farbą. Klamka jest urwana, zamek zniszczony, a ja klepię ich po ramionach, żeby wiedzieli, że jestem za nimi. Wchodzą pierwsi i wyciągam broń, mimo że Tony już tutaj był. To może być pułapka. Wślizgujemy się do domu i rozdzielamy, żeby go sprawdzić. W sypialni i łazience nie ma nikogo, w salonie i kuchni też. Chowam broń do kabury i marszczę brwi, rozglądając się dokoła. Wnętrze jest zawalone rzeczami wyrwanymi ze ścian, w tynku są dziury i pęknięcia, wszędzie leżą poprzewracane meble. Wygląda to tak, jakby czegoś szukali, ale my nie trzymamy niczego w kryjówkach, więc to wszystko to tylko ostrzeżenie.

Przypomnienie, że pamiętają o nas i są wściekli.

I że mogą się za nas wziąć. Zaciskając pięści u boków, stąpam przez ten bajzel, przesuwając kopniakiem połamaną kanapę.

– Sprawdźcie wszystkie pozostałe kryjówki, chcę dostać raport. Dowiedzcie się, kto nas, kurwa, zdradził! – rzucam.

Biorę telefon i wybieram numer Rydera.

– Mów – warczy, najwyraźniej równie dobrze się bawi, jak ja.

– Dom jest zdemolowany, dokładnie, kurwa, wiedzieli, dokąd jechać. Musimy znaleźć tego pieprzonego sukinsyna, który przekazuje im informacje – warczę, waląc pięścią w ścianę.

– Wiem o tym, próbuję. Jedź i posprawdzaj pozostałe kryjówki – rozkazuje, a potem się rozłącza. Chowam do kieszeni telefon. On też jest zestresowany, na wszystkich nas się to odbija. Przedtem nie miałoby to znaczenia, to byłaby dobra zabawa, gra, żeby ich zniszczyć, ale teraz musimy myśleć o Roxy, a nie chcemy, żeby oberwała rykoszetem. Telefon mi wibruje, gdy wsuwam go do przedniej kieszeni dżinsów, więc go wyciągam i czytam wiadomość.

Kenzo: Nie poszczęściło mi się tutaj.

Kurwa.

Chowając go, daję palcem znak pozostałym.

– Chodźmy stąd. Będziemy sprawdzać wszystkie domy, aż kogoś znajdziemy, a kiedy nam się uda, pozabijamy ich, kurwa.

Kiwają głowami i ruszamy, żeby sprawdzić następną kryjówkę.

Objeżdżamy kolejnych pięć domów i jestem wkurwiony. W trzech z nich uderzyli, ale nie ma żadnych śladów, kto to zrobił ani kto im o nich powiedział. Ale wszyscy wiemy, że to Triada, atak odwetowy. Może liczyli na to, że kogoś w którymś z nich znajdą, nie jestem pewien. Tak czy owak, mam ochotę przywalić komuś w twarz.

Muszę powstrzymywać ten impuls, ciało przenikają mi napięcie i gniew, czuję się tak, jak kiedy nakręcam się przed walką. Oddycham głęboko, starając się to w sobie tłamsić najdłużej, jak potrafię. Nagle dzwoni mi telefon i odbieram, nie patrząc.

– Tak? – warczę w telefon w drodze do kolejnej kryjówki.

– Tak, kurwa, niegrzecznie! Chciałam choć raz być miła, ale… – Śmieje się, to Roxy. Od razu się rozluźniam na dźwięk jej głosu, na ustach pojawia mi się uśmiech.

– Wszystko u ciebie w porządku, dziecino? – pytam, teraz już łagodniejszym głosem. Widzę, jak dwaj mężczyźni z przodu wiercą się, więc wbijam wzrok w ich plecy, a oni się kulą.

– Tak, a u ciebie, wielkoludzie? Martwiłam się, że żaden z was się nie odzywa. – Pociąga nosem.

– Nudzi ci się, prawda? – Chichoczę.

– Jak cholera. – Wydaje teatralny jęk, na co jeszcze mocniej się śmieję.

– Ale jeszcze nic nie nabroiłaś? – pytam, wyglądając

przez szybę. Całe napięcie na moment ze mnie schodzi, kiedy wyobrażam sobie, jak bladzi ochroniarze uganiają się za nią, starając się mieć ją na oku, żeby za bardzo nie narozrabiała.

– Ćśś, jeszcze nie, ale jest dopiero… dziewiąta rano. – Śmieje się i ten dźwięk płynie mi prosto do kutasa, powodując, że sztywnieje. – Ale zamówiłam nam nowe łańcuchy do zabawy. – Głos jej się obniża i staje się zmysłowy.

Ja pierdolę.

Mruczę, zamykając na chwilę oczy.

– Dziecino, jestem w samochodzie z trzema innymi facetami, nie możesz opowiadać takich kawałków.

– Dlaczego? Ich też chcesz związać łańcuchami? – przekomarza się.

– Zachowuj się – warczę.

– Czy ja kiedyś, do kurwy, się zachowywałam? – mówi z drwiną. – Bierz swoją wielką dupę w troki i wracaj do domu, cholernie mi się nudzi i nie wiem, co zrobię.

Rozłącza się, rżąc. Chowam telefon z powrotem do kieszeni, czuję się spokojniejszy. Bardziej odprężony i opanowany. Czuję, jak chłopaki spoglądają na mnie, więc odwracam głowę i wbijam w nich wzrok.

– Nawet o niej nie myślcie, nie patrzcie na nią ani się do niej nie zbliżajcie, bo kurwa, poobijam wam facjaty.

Wszyscy natychmiast się odwracają, a ja uśmiecham się pod nosem, chociaż Tony chichocze z przodu. Kolejna kryjówka to mieszkanie nad kawiarnią, więc kiedy je sprawdzamy i okazuje się zdemolowane, decyduję, że zrobimy sobie przerwę. Nic rano nie jadłem i trochę tęsknię za naszymi spotkaniami śniadaniowymi. Kiedy jej nie znosiłem, a przynajmniej próbowałem, to była tak naprawdę jedyna okazja, gdy mogłem przy niej być, tak żeby pozostali nie dostrzegli mojego pożądania. Mogłem na nią patrzeć, nie zwracając ich uwagi.

Wzdycham i wchodzę do środka. Jeden z ochroniarzy zostaje w samochodzie, drugi staje przed lokalem, a trzeci siada i czeka, sprawdzając wzrokiem wszystkich dokoła. Ale ja też to robię, z przyzwyczajenia, i wtedy widzę ją.

Ją.

Jest tutaj i patrzy prosto na mnie.

Ma na głowie kaptur kryjący połowę jej twarzy, ale to ona. Wszędzie bym ją rozpoznał. Na ustach maluje jej się uśmieszek, jej jedno chabrowe oko jest wbite we mnie. Kiedyś godzinami wpatrywałem się w te oczy, zastanawiając się, czy jest moja na zawsze, a teraz pojawiła się tutaj.

Całe ciało mi zastyga, pierś i mięśnie mnie palą, wypełniają mnie strach i wściekłość.

– Proszę pana? – pyta zdezorientowana kobieta za ladą. Jestem z przodu kolejki, teraz moja kolej, aby zamówić, ale nie mogę oderwać od niej wzroku.

Dafne.

Ta suka, która próbowała mnie zabić, która zdzierała mi skórę z piersi. Moja była dziewczyna. Siedzi w rogu z nietkniętym kubkiem przed sobą, patrząc na mnie w ten sam pieprzony sposób, w jaki robiła to kiedyś. Z wyrazem twarzy, który – nie zdawałem sobie z tego sprawy – był tak zimny i wyrachowany, pazerna pizda, aż w końcu było za późno. Aż miała nóż na mojej piersi, krojąc mnie na kawałki i śmiejąc się.

Kiedy się obudziłem w prywatnym szpitalu, chłopaki byli przy mnie. Wiedzieli, dokąd uciekła, nigdy nie dotarła na tyle daleko, żeby nam uciec. Nigdzie nie byłoby dla niej wystarczająco daleko.

O nic nie pytałem, powiedziałem im tylko, żeby się tym zajęli. Żeby bolało.

Żeby cierpiała za to, co zrobiła.

Bo gdy odwinąłem bandaże, zrobiło mi się niedobrze na widok własnej piersi i nie pozwalałem pielęgniarkom pomagać mi się myć. Musiał to robić Diesel. Nie mogłem znieść ich dotyku – kiedy jedna z nich spróbowała, wykręciłem jej nadgarstek. Ta kobieta próbowała mnie zabić, zniszczyć.

I nawet jej się to udawało przez wiele lat. Dopiero teraz, przy Roxy, zaczynam wreszcie odżywać, a jednak ona siedzi tutaj, patrząc na mnie, jak gdyby nic się nie wydarzyło.

Jak to możliwe, że przeżyła?

– Proszę pana? – słyszę znowu, ale odwracam się i idę prosto do niej. Chcę skręcić jej kark, złamać go z trzaskiem, ale to byłoby za szybko. Jak ona przeżyła to, co zrobili z nią chłopaki? To musiało być paskudne, zapewniali mnie, że nie żyje.

W jaki, kurwa, sposób przeżyła?

I dlaczego drżą mi ręce? Chowam je za plecami, stając nad jej stolikiem. Próbuje rozegrać to na chłodno, sięga ręką po kubek, ale widzę, że drży, i widzę strach w jej oku. W przeciwieństwie do Roxy zawsze trochę się mnie bała z powodu tego, do czego byłem zdolny. Była zdegustowana moimi walkami, ale ta cholerna zimna dziwka nie brzydziła się *mojej* krwi.

Pizda.

Łapię wzrokiem jej nadgarstek, kiedy bluza podciąga się jej do góry przy ruchu, ukazując cętkowane, spalone mięso. Wstrzymuje oddech i chowa dłoń pod stołem, wbijając we mnie spojrzenie.

– Gar – dyszy. – Dobrze wyglądasz... prawie zupełnie doszedłeś do siebie. – Uśmiecha się pod nosem.

– W jaki sposób przeżyłaś? – kipię, powstrzymując się, żeby jej nie zaatakować. Nie byłoby to rozsądne, ale cholernie ciężko mi to przychodzi. Chcę połamać każdą kość w jej zdradzieckim ciele. Żeby cierpiała, tak jak ja cierpiałem, i nie tylko z powodu jej zdrady.

– Nie było łatwo. – Wzrusza ramionami. – Ale miałam po co żyć.

– Jak pieprzony karaluch, którego nie można się pozbyć – warczę, a ona się śmieje tym denerwującym, cienkim chichotliwym śmiechem, za którego dźwięk Diesel groził, że zadźga ją nożem. To powinno być dla mnie wystarczające ostrzeżenie. Nie lubili jej, ale ja byłem ślepy.

Broniłem ją nawet przed nim, pozwoliłem jej odciągnąć się od moich braci, kiedy ona się ich bała. Zraniłem ich, nie żeby kiedykolwiek mi to powiedzieli. Wiem, że to dlatego Ryder tak panikuje w związku z Roxy, bo mogłem od nich odejść dla niej.

Zrobiłbym wszystko, o co by mnie poprosiła.

Myślałem, że Dafne jest stworzona dla mnie, że zamieszkamy razem i się pobierzemy. Wydawało się, że to dobry pomysł, bo ona tego oczekiwała, napomykała o tym. Chociaż nie byłem pewny, i tak kupiłem obrączkę. Jak mogłem być tak, kurwa, ślepy?

Ona jest zimną, przebiegłą, łasą na kasę pizdą.

Roxy ma w sobie tyle życia, jest pełna śmiechu, a gdybym kiedykolwiek spróbował dać jej pieniądze, rzuciłaby mi je w twarz. Jej nienawiść, jej złość dorównują moim, jej blizny są zwierciadlanym odbiciem moich. Jest teraz moim światem i pokazuje mi to tylko, jak rozpaczliwie pragnąłem miłości, skoro nie tylko dymałem tę kobietę, ale nawet się jej oświadczyłem.

– Gar, pamiętam, że kiedyś nie chciałeś się mnie pozbyć –
mruczy obłudnie.

– Nie nazywaj mnie tak, kurwa – warczę. – Dlaczego tu jesteś?
W moim mieście. Powinnaś wiedzieć, że się dowiem i cię, kurwa,
zabiję.

Czuję, że ludzie się gapią, ale nie dbam o to. Niech patrzą,
jak zmiatam tę pizdę z powierzchni ziemi, niech się mnie boją,
nie obchodzi mnie, co myślą. Jest tylko pięcioro ludzi, na których
mi zależy, a oni staną przy mnie, kurwa, oni podadzą mi nóż.

– Słyszałam, że masz nową zabaweczkę, jest śliczna. Czy wie
o twoim upodobaniu do bólu? Albo jak lubisz dymać mocno
i szybko... – Jej wzrok kieruje się pożądliwie ku mojej piersi,
a ja walę pięściami w stół. – Założę się, że nie wie. Ciekawa jestem, czy jest w stanie znieść widok twojej piersi?

Płuca mi falują i niemal czuję, jak znowu wrzyna się we mnie
ostrze, zdzierając ze mnie skórę. Otacza mnie mrok, moje demony podnoszą głowę i domagają się, żeby je uwolnić.

– Odpowiedz mi, natychmiast.

Uśmiecha się i odchyla do tyłu, a ja mam dosyć tych gierek.
Chwytam kaptur i ściągam go do tyłu. Oczy mi się rozszerzają,
a ona szybko wstaje, naciągając go sobie na głowę. Ale nie jest
wystarczająco szybka. Zobaczyłem to, co starała się ukryć.

Nie ma połowy twarzy, która jest przeorana – bez włosów,
bez oka, a skóra wygląda jak rozlany wosk. To z pewnością robota Diesela. Uśmiecham się na to, raczej nieprzyjemnie.

– Och, biedna mała Dafne, nie możesz już torować sobie drogi
urodą? Nie to, żebyś miała jakieś inne możliwości, ty głupia
pizdo. Po co tu jesteś? – pytam ostatni raz szyderczo.

Jestem zbyt mocno naciągniętą struną, gotową pęknąć, kiedy
widzę przed sobą kobietę, na której mi kiedyś zależało, kobietę,

która omal nie zabrała mi wszystkiego, i czuję, że pragnę jej śmierci. Czuję się jak Diesel, chcę się tym lubować, patrzeć, jak jej krew pokrywa mi skórę, a potem pobiec z powrotem do mojej dziewczyny i dymać ją z zakrwawionym ciałem.

– Mam jeszcze niezakończone porachunki, Garrett. Z tobą i z twoimi pieprzonymi Żmijami – warczy i przysuwa się bliżej, wkraczając w moją przestrzeń. Nie cofam się, mimo że huczy mi w głowie, a dłonie mnie świerzbią, żeby ją chwycić i zabić. – Zapłacisz za to, co zrobiłeś. Będę patrzeć na twój upadek – szepcze, nachylając się bliżej, jej czerwone sztuczne paznokcie przesuwają mi się po piersi.

Sztywnieję na to, w głowie mąci mi się od gniewu i ruszam, zanim się spostrzegam. Chwytam ją za nadgarstek i odrzucam, a ona mocno uderza w ścianę, śmiejąc się. W mgnieniu oka jestem znów przy niej, zaciskając dłoń na jej gardle. Oczy jej się rozszerzają ze strachu. Mimo całej swojej brawury boi się.

Śmiertelnie się boi. Mnie. Nas. Tego, co jej zrobimy.

Ona nie pociąga za sznurki, jest kukiełką... czyją? Triady? Czy możliwe, że uwziął się na nas więcej niż jeden wróg? Nie, oni muszą działać razem. Szukali słabego punktu, sposobu, żeby się do nas dobrać, i uznali, że ona się nada.

Ale tak naprawdę nigdy nie była jedną z nas. Nigdy nie mieszkała z nami w domu, nie widziała naszych interesów. Widziała to, co chcieliśmy jej pokazać, nic więcej. Ściskam mocniej, nie używając nawet w pełni swojej siły, aby utrzymać ją w miejscu. Pozwalam jej dostrzec w moich oczach, z jaką łatwością mogę ją zabić, skończyć z nią i nikt się tym nie przejmie.

Nikt mnie nie powstrzyma.

Ale to byłoby zbyt szybkie.

Do uszu dochodzą mnie odgłosy lokalu, w którym jesteśmy.

Ludzie krzyczą i słyszę, jak rozmawiają przez telefony, czuję, jak ktoś klepie mnie po ramieniu. Odwracam się, warcząc, rzucam ją na podłogę i napotykam wzrok mojego ochroniarza.

– Musimy iść, chyba że chcesz godzinami dyskutować z policją. Jeżeli chcesz, żeby ją zabrać albo zabić, powiedz, zorganizujemy to i zadzwonimy do Rydera, żeby posprzątał.

Nie pyta, kim ona jest, mówi to wszystko bez mrugnięcia okiem. Spoglądam znowu na nią, jak gramoli się na nogi i poprawia sobie bluzę. Posyła mi całusa.

– Do zobaczenia wkrótce, Garrett, i pozdrów ode mnie swoją dziewczynę. – Potem odchodzi szybko między przepychających się ludzi i miesza się z tłumem.

– Nie, ale śledźcie ją – rzucam.

On szybko wychodzi, a ja idę przez lokal, klienci przewracają się, próbując zejść mi z drogi. Mają blade i wystraszone twarze, gdy otwieram szybko drzwi kawiarni i wychodzę na zewnątrz.

Sięgam po telefon, żeby zadzwonić do Rydera i powiedzieć mu, że wiem, kim jest kret, ale kiedy wsuwam dłoń do kieszeni, okazuje się, że nie ma go tam. Przypominam sobie, jak przysunęła się do mnie, gładząc mnie dłonią po piersi… Byłem tak spanikowany, tak rozzłoszczony, że nawet nie przyszło mi to do głowy, kiedy ją odepchnąłem.

Kurwa.

Ma mój telefon.

ROZDZIAŁ 42

ROXY

Kurwa, nudzi mi się. Nie opuszczam mieszkania tylko dlatego, że tak słodko mnie o to prosili. Nie żądali ani nie kazali, naprawdę zależało im na tym, żebym nie wychodziła. A więc nie wychodzę.

Nie powiedziałam, że będę grzeczna, a jedynie, że nie wyjdę. Powinni się tego spodziewać. Trochę pracuję. Ryder zostawił mi umowy i informacje na temat barów, które chce kupić albo zbudować, więc przeglądam je, zaznaczając, które się nadadzą, i odrzucając te, które odpadają. Dołączył też wykaz dochodów z Roxers i informacje, jak zainwestował moje pieniądze. Idzie dobrze, lepiej, kurwa, niż dobrze. Ryder ma smykałkę do finansów i inwestycji – zyski się potroiły.

Mam pieniądze.

Więcej niż potrafię wydać lub potrzebuję.

Wiedział, że zajmie mnie to na jakiś czas, szczwany sukinsyn, i tak jest w istocie, ekscytuje mnie robienie czegoś, co kocham. Czegoś dobrego. Planuję, żeby zatrudniać tylko byłych więźniów i bezdomnych. Ludzi, którzy tego potrzebują. Dostaną porządne wynagrodzenie i możemy zbudować jakieś mieszkania, dać im drugą szansę w życiu. Taką jak Rich mi dał. Tak to zamierzam nazwać, Fundusz Richa.

Dla niego… człowieka, który uratował mi życie, a sposobność stworzenia tego funduszu dali mi mężczyźni, którzy mnie kochają.

Kto by pomyślał, że tak skończę? Na pewno nie ja, kiedy spałam pod mostem i głodowałam.

Gdy już kończę ten plan, znajduję stary polaroid wciśnięty gdzieś w pokoju Kenzo i robię dla nich sprośne zdjęcia, a potem chowam je im pod poduszkami, cały czas chichocząc. Później postanawiam spróbować się włamać do zbrojowni, bo chcę odzyskać mój kij baseballowy. Patrzę na drzwi pokoju z bronią. Jest tam skaner dłoni i zastanawiam się, czy mogłabym je otworzyć. W całym budynku dodali moje odciski palców, więc chyba obejmuje to też to pomieszczenie? Chyba że działa ono w innym systemie.

Postanawiam spróbować, idę na górę i przyciskam dłoń do ekranu, ale świeci się na czerwono. Kurwa mać. Kiedy teraz o tym myślę, chcę się dowiedzieć, co jest w środku. Muszę. Przepełnia mnie chętka psocenia, ta sama, która skłoniła mnie do pocięcia w strzępy ubrań Rydera i zdemolowania jego samochodu, do zostawienia im pod poduszkami sprośnych zdjęć, do kupienia tego prezentu, który już jest w drodze…

Pierdolę to.

Zastanawiam się… Schodzę na dół, biorę nóż i wracam do drzwi, próbując wyłamać zamek, ale nie udaje mi się.

– Hej, ty tam, blond kolesiu od ochrony – wołam, wychylając się przez balustradę. – Potrzebuję twojego ciała.

Spogląda spod okna, którego pilnował, i blednie, cofając się, po czym wysuwa ręce, jakby chciał się przede mną zasłonić.

– Proszę, nie, oni mnie zabiją. Ja… eee… jesteś bardzo piękna, ale, kurwa, nie mów im, że to powiedziałem – błaga z wytrzeszczonymi oczami.

Śmieję się i przywołuję go ręką na górę.

– Nie w tym sensie, koleś. Mam cztery kutasy, myślisz, że potrzeba mi więcej? Nie powiem im, jeżeli walniesz w te drzwi.

Spogląda na drzwi i kręci głową.

– O nie, oni mnie zamordują.

– Nie, nie zrobią tego, nie pozwolę im. Powiem im, że ja to zrobiłam. No chodź, wielkoludzie, pomóż siostrze – proszę.

Patrzy na pozostałych, potem wzdycha, idzie po schodach na górę i ogląda drzwi.

– Chcesz, żebym je wyważył?

– Mogę sama spróbować, niech wszyscy usłyszą mój kobiecy ryk, albo mogę być spryciarą i pozwolić to zrobić za mnie dużemu twardzielowi takiemu jak ty – mówię słodko, a on prycha.

– Potrafisz lepiej manipulować ludźmi niż oni, już rozumiem, dlaczego cię uwielbiają – komentuje bezceremonialnie, a potem odchyla nogę i kopniakiem otwiera drzwi. Lecą do środka, a zamek spada na podłogę. – Ja tego nie zrobiłem, niczego nie widziałaś – fuka, a potem wędruje na dół.

Wibruje mi telefon, sprawdzam i widzę, że to Ryder. Przez cały ranek wysyłałam do nich wiadomości. Ostatnia, jaką dostałam od Diesela, to było zdjęcie jego twarzy pochlapanej krwią, z podpisem „Siądziesz na niej później", ale teraz mam połączenie wideo. Sarkając, idę do jego sypialni i padam na łóżko, nie chcąc, żeby zobaczył, co kombinuję.

Odbieram i tak ustawiam telefon, żeby było widać moją twarz. Jest w samochodzie, telefon trzyma blisko twarzy, więc widzę tylko skrawek jego garnituru. Włosy ma zaczesane do tyłu, a oczy zimne, ale kiedy padają na mnie, zdają się trochę łagodnieć. Nawet przez telefon wyczuwam jego siłę i niepohamowane zainteresowanie, co sprawia, że przechodzi mnie dreszcz pożądania. Ryder Żmija jest cholerną bronią… dla mojej waginy.

– Kochanie, co porabiasz? – pyta od razu, jego niski, chrapliwy głos sprawia, że ściskam uda, a potem przychodzi mi do głowy brzydki pomysł.

Uśmiechając się lekko do niego, kieruję kamerę w dół, przesuwam dłonią po przodzie, aby objąć nią sobie piersi, a potem sunę po brzuchu. Wydaje jęk, gdy zaczynam podciągać sobie sukienkę, ukazując uda.

– Kochanie, jesteś na moim łóżku?

– Tak. – Śmieję się. – I nudzi mi się, i jestem napalona – mówię mu, pokazując na moment stringi, rozsuwając uda i pozwalając mu patrzeć, jak obejmuję się dłonią.

Jęczy, a potem mówi coś na boku. Słyszę pisk, a potem odgłos drzwi.

– Co to było? – Chichoczę, przesuwając z powrotem kamerę i widząc jego wymagające i skupione spojrzenie.

– Nie mogłem im pozwolić cię podsłuchiwać – warczy, jakby to było oczywiste, wysuwa język i oblizuje dolną wargę. – Pokaż mi to jeszcze raz, kochanie, podotykaj się.

– Och, sprośne rzeczy chodzą ci po głowie?

– Nie każ mi się dwa razy prosić, Roxxane – rozkazuje.

– Bo co? – Uśmiecham się, wodząc dłonią w górę uda i pokazując mu to. – Jesteś za daleko, żeby coś poradzić…

Chrząka.

– Rozchyl uda, włóż sobie palce i pokaż mi, jaka jesteś wilgotna.

Drażniąc go, przesuwam palcami po cipce i zsuwam sobie stringi.

– Gdybyś tu był, sam mógłbyś zobaczyć.

– Kurwa, nie prowokuj mnie, kochanie, rób, co ci mówię, Roxxane – żąda.

Łapiąc oddech, zsuwam sobie bardziej stringi, obnażając się przed nim, i słyszę, jak w odpowiedzi jęczy.

– Tak cholernie wilgotna – mruczy. – Podotykaj się, niech popatrzę.

Wyginając się, wsuwam palce do środka tak, żeby widział, a potem masuję okrężnym ruchem łechtaczkę, żałując, że nie on mi to robi.

– Zrób tak, żebyś doszła. Chcę popatrzeć. Wtedy, jeżeli będziesz grzeczna, to kiedy wrócę, spędzę całą noc pomiędzy twoimi udami, pożerając twoją pieprzoną cipkę jak głodujący.

Wyobrażając to sobie, pocieram się szybciej, wsuwając znowu palce i dymając cipkę, a on patrzy. Wiem, że na dole są ochroniarze, ale nie dbam o to.

– Tak? Żadnej kary? – droczę się zdyszana.

– Och, kochanie, zawsze będzie jakaś kara, bo nie umiesz się zachować. Dojdziesz przynajmniej pięć razy, zanim weźmiesz mojego kutasa w tę słodką małą cipkę. Moi bracia będą patrzeć, jak krzyczysz i błagasz mnie, walcząc ze mną, nawet kiedy mi się poddajesz.

Jego sprośne słowa powodują, że jęczę głośno, szerzej rozchylam uda i przyspieszam, kołysząc się i napierając sobie na palce, dążąc do spełnienia, które czuję, że nadchodzi, i potrzebując go.

– Właśnie tak, dziewczynko, dymaj się dla mnie, zrób sobie

dobrze. Niech zobaczę te palce w środku twojej chciwej małej cipki.

Moja cipka jest wciąż trochę obolała po ostatniej nocy, ale nie dbam o to, ból tylko potęguje odczucia, nasilając przenikającą mnie przyjemność.

Skowycząc, nachylam kamerę jeszcze bardziej do dołu, a on jęczy.

– Dotykasz się? – Łapię oddech.

Wydaje jęk.

– Jak pieprzony nastolatek. Jesteśmy w cholernym garażu podziemnym, ochroniarze są na zewnątrz, a ja walę konia ręką, żałując, że to nie twoja cipka.

Właśnie sobie to wyobrażam.

– Pokaż mi – proszę.

Patrzę na ekran, widząc, jak go nachyla. Garnitur, który ma na sobie, jest bez zarzutu, jeżeli nie liczyć jego obnażonego kutasa. Trzyma go w dłoni, ściskając i masując. Widząc, jak obejmuje go sobie dużymi, pokrytymi bliznami dłońmi, prawie krzyczę i dochodzę, wijąc się w pościeli i niemal gubiąc telefon.

– Niech popatrzę – domaga się. – Tylko, kurwa, nie upuść telefonu.

Skowycząc, zaciskam się znowu na swoich palcach, cipka mi pulsuje, a potem uwalniam je z obejmujących je mięśni, wilgotne od mojego wytrysku. Unoszę kamerę, spotykam jego rozszerzone, pełne żądzy oczy, i wsuwam sobie palce do ust, wylizując je do czysta. Burczy głośno, tylko na moment zamyka oczy, a potem znowu je otwiera, patrząc na mnie. Nie ma w nich już lodu, a zamiast niego jest wulkan, gwałtowność, którą kryje w sobie.

– Do kurwy nędzy, kochanie. Będę w domu za dwie godziny. Kurwa, dwie godziny i ta cipka będzie moja.

– Tak? – Uśmiecham się, wyjmując sobie palce z ust. – Będziesz musiał mnie najpierw złapać, tymczasem planuję być bardzo niegrzeczna.

– Jedna cholerna godzina – warczy.

Rozłączam się, śmiejąc, i zsuwam z łóżka, serce mi się uspokaja. Wycieram się w łazience, a potem wracam do zbrojowni. Nie wstydzę się, jeśli słyszeli mnie na dole, a niech tam. Gdyby był tutaj Ryder, bez żenady dymałabym się z nim na ich oczach. Gdy chodzi o moje Żmije, nie potrafię się opanować.

Dobra, ośmieliłam się być niegrzeczna. No więc to dobrze, że włamaliśmy się do tego pokoju. Niemal wyobrażam sobie teraz karę i kurwa, nie mogę się jej doczekać. Ostatnio byli zbyt mili, a ja łaknę ich okrucieństwa. Ich siły.

Wchodzę do zbrojowni i gwiżdżę, kiedy to wszystko widzę. To nie jest cholerny pokój, to jest pieprzony arsenał. Z różną bronią na każdej ścianie i stole, rzędy przy rzędach broni palnej, mieczy, noży, granatów… i pieprzonych pocisków rakietowych. Jezu. Jest też zbroja i czarne skrzynki w rogu.

– Do cholery, to jakbym chodziła z Johnem Wickiem – mruczę, rozglądając się dokoła. – Ciekawe, czy namówiłabym któregoś z nich, żeby wcielił się w jego postać. – Wzdycham, przesuwając palcami po broni.

Założę się, że Kenzo by się zgodził, ze swoimi ciemnymi włosami pasowałby do tej roli. Diesel jest odrobinę zbyt stuknięty, żeby być Keanu. Garrett powiedziałby mi, żebym się odwaliła, ale potem by mnie wydymał. A Ryder uśmiechnąłby się pod nosem i zażądał czegoś w zamian.

Sukinsyny.

Ale nawet myśląc to sobie, uśmiecham się. W głębi pomieszczenia znajduję swój kij baseballowy i ujmuję go czule, obsypując pocałunkami gładkie drewno.

– Też za tobą tęskniłam, dziecino, tak bardzo. Nigdy już nie pozwolę im cię zabrać. Niedługo znowu będziemy napierdalać – obiecuję z miłością.

Właśnie wtedy odzywa się mój telefon. Nie wiem, czy mam tulić swój kij, czy odebrać, ale brzęczy po raz drugi, więc odkładam kij i wyciągam telefon z kieszeni… tak, zgadza się, moja sukienka ma kieszenie. Nie ma nic lepszego. Można w nich łatwo schować i batoniki, i broń.

Pieprzony Maruda: Potrzebuję twojej pomocy, spotkajmy się przy hotelu Mors.

Jeszcze raz czytam wiadomość, marszcząc brwi. Jeżeli Garrett mnie potrzebuje, to nie są żarty. Zerkam przez balustradę i patrzę na kolesi z ochrony. Nie jestem taka głupia, żeby jechać bez nich, zrobiłby się marudny.

– Hej tam, wielkoludy, wytaczamy się stąd.

– Proszę pani, powiedziano nam, że ma pani zostać w domu… – zaczyna jeden z nich.

Podnoszę telefon.

– Garrett przysłał mi wiadomość, potrzebuje naszej pomocy, no ruszcie się, autoboty, do szeregu! – wołam, na co jeden z nich prycha.

Inny wyciąga telefon, a ja schodzę na dół.

– Ryder nie odbiera. Dobra, jedziemy, ale jak tylko będą jakieś problemy, spadamy stamtąd. Nie chcę, żeby mnie przez to zabili – mamrocze.

– Załatwione, wielkoludzie, a dzięki twojej masie mogę teraz zabrać ze sobą nowe zabawki. – Uśmiecham się, pokazując broń.

Krzywi się.

– Oni mnie zamordują.

– Nie tam, no dobra, może tak, ale zrobią to szybko. – Wzruszam ramionami, przypasując sobie broń jak prawdziwy twardziel.

Kobieta John Wick.

Pani Wick… nie, to do bani, wymyślę jakieś odjazdowe pseudo po drodze.

ROZDZIAŁ 43

ROXY

To pewnie zły pomysł, ale tęskno mi, żeby gdzieś wyjść, żeby im pomóc. Siedzenie bezczynnie nie jest w moim stylu, więc ochoczo korzystam z okazji. Jednak zabieram ze sobą jako wsparcie ochroniarzy i pozwalam im trochę porozkazywać, żeby myśleli, że to oni tu rządzą. To piękne, jak się denerwują, kiedy nie słucham.

Jestem też poobwieszana bronią, pistoletami i nożami, tymi, które zwędziłam. Niemal chichoczę z tego powodu. Nie mogę dyskretnie nosić ze sobą mojego kija baseballowego, więc zostawiam go w domu. Ale zakładam na nogi pierwszą z brzegu parę szpilek, nie chcąc tracić czasu na szukanie wysokich butów, i ruszamy.

Hotel jest w centrum, więc po drodze trochę stoimy w korkach. Nadal próbują dodzwonić się do Rydera, ale nie odbiera i nic w tym dziwnego, zważywszy na fakt, że jechał na spotkanie. Parkujemy na zewnątrz i marszczą brwi.

– Nie podoba mi się to – mówi cicho jeden z nich.

Wzdycham, rozglądając się dokoła.

– Może i masz rację. Nigdzie go nie widać, a na pewno nie będę włazić do nieznanego budynku tylko na podstawie wiadomości tekstowej. Nie jestem, kurwa, głupia.

Próbuję się do niego dodzwonić, ale włącza się poczta głosowa. Cholera, a co, jeśli coś jest nie tak?

– Co chcecie… – Przerywają mi strzały.

– Na ziemię! – krzyczy jeden z nich.

Rzucam się na tylne siedzenie, osłaniając głowę, kiedy nadlatuje więcej pocisków i pęka szkło. Czuję, jak sypie mi się na plecy, a potem wszystko ustaje. Podnoszę się i patrzę do przodu, wstrzymując oddech, i widzę, że moi ochroniarze mają kule w głowach. Kurwa. Chwytam pistolet i zastanawiam się, czy nie położyć się na podłodze samochodu, ale jeżeli ktoś otworzy drzwi, będę bezbronna. Czołgam się po tylnym siedzeniu, otwieram drzwi i wyślizguję się na zewnątrz, używając samochodu jako osłony. Szukam po kieszeniach telefonu i klnę, czując, że są puste. Musiał mi wypaść, ale za późno, żeby po niego wrócić. Unoszę broń, odbezpieczam i czekam.

Słyszę cichy silnik, a potem odgłos butów. Zerkam pod samochodem i widzę cztery pary nóg zmierzające wprost ku mnie. Kurwa. To nie przypadek, zaplanowali to, a ktoś dostał w swoje ręce telefon Garretta, żeby mnie tu zwabić. *Pieprzona głupota, Roxy!* Mam nadzieję, że nic mu się nie stało, ale nie mam czasu martwić się o niego. Muszę myśleć o sobie i wydostać się stąd.

Czekam, aż otworzą drzwi, i wtedy zwiewam, kierując się ku uliczce z boku hotelu. Biegnę najszybciej, jak potrafię, machając ramionami, aż przypominają mi się dawne czasy, kiedy jako bezdomna uciekałam przed policją.

Kurwa, kurwa.

Słyszę za sobą odgłos butów, a potem ich wrzaski. Skręcam w uliczkę i niemal krzyczę. Na końcu jest pieprzone ogrodzenie. Pierdolę to. Nie poddam się bez walki. Kryję się za pojemnikiem na śmieci i czekam. Jeden z nich przebiega tuż obok mnie i wysuwam się, strzelając. Pada bez słowa, a ja patrzę w tył i widzę zbliżających się do mnie kolejnych trzech mężczyzn w pieprzonych kaskach motocyklowych. Znowu ruszam i jestem już przy ogrodzeniu.

Dam radę. Rzucam się na nie i zaczynam się wspinać. Ześlizguję się, raniąc sobie palce, ale burcząc, tłumię ból i podciągam się do góry. Słyszę jakiś niecelny strzał, uchylam się, ale dalej się wspinam i słyszę, jak krzyczą:

– Nie strzelać, kurwa, potrzebna jest nam żywa!

No, to przynajmniej coś.

Przerzucam nogę na drugą stronę i wrzeszczę, bo ktoś łapie mnie za kostkę. Spoglądam w dół na kask i używam pistoletu jak kija, waląc nim w wizjer. Tłucze się, a on spada z ogrodzenia na ziemię. Korzystając z zamieszania, przerzucam się na drugą stronę i ląduję na kolanach, szybko podnosząc się na nogi, obcasy zakleszczają mi się w jakiejś pieprzonej dziurze. Ale nie mam czasu, żeby się zatrzymywać, bo oni już się zbliżają. Słyszę, jak dzwoni siatka, kiedy się na nią wspinają.

Głośno oddycham i przyspieszam biegu, ale ciągle słyszę za sobą wyraźny odgłos ich butów. Do kurwy nędzy, nie. Nie polegnę w ten sposób, nie teraz, nigdy. Nie po to przetrwałam całe to gówno, żeby zginąć w jakimś cholernym zaułku.

– Stój! – dochodzi mnie wrzask.

Prycham, jakby to mogło zadziałać. Mocniej macham ramionami. Przede mną uliczka wychodzi na coś, co wygląda jak parking. Stamtąd mogę pobiec na ulicę, zgubić ich w ruchu i uciec.

Ale są zbyt blisko, spowalniają mnie moje obcasy. Chwyta mnie czyjeś ramię.

Nie kłopocząc się, aby krzyczeć, bo wiem, że nikt mi nie pomoże, staję mu na stopę i kopię w tył. Odskakuje, a ja odwracam się, strzelając po drodze. Pada ciężko na ziemię, a ja przypominając sobie właściwą postawę, unieruchamiam ramiona i strzelam do pozostałych dwóch, ale chowają się za kolejnymi pojemnikami na śmieci. Prowadnica zostaje w tylnej pozycji, pistolet jest pusty i klnę, wiedząc, że nie mam przy sobie więcej naboi. Mam noże, ale na to musieliby podejść blisko.

Rzucam pistolet i znowu ruszam. Słyszę, jak mnie doganiają, są zbyt szybcy. Nie dam rady dobiec do ulicy, więc skręcam na parking i chowam się za samochodem, oddychając ciężko i starając się być cicho, siedzę w kucki. Sięgam do dołu i wyciągam dłonią dwa noże.

Jeżeli myśleli sobie, że będę łatwym celem, to mam dla nich jeszcze jedną niespodziankę. Ktoś musiał słyszeć strzały, więc niedługo powinna pojawić się policja. Muszę tylko załatwić tych dwóch dupków i będę mogła spokojnie wrócić do chłopaków.

– Idź w tamtą stronę! – krzyczy jeden z nich. Rozdzielają się, co ułatwia mi sprawę. Skradam się w kucki do bagażnika samochodu i wyglądam. Jeden z nich idzie w inną stronę, ale drugi rozgląda się wkoło i patrzy pod samochodami, zbliżając się do mnie.

Uspokajam oddech i tężeję, czekając na odpowiedni moment, żeby skoczyć. Mogę spróbować tylko raz. Są więksi i mają broń. Nie mam przy sobie kija baseballowego, nie sprzyja mi też nieznany teren, więc muszę to zrobić szybko.

No chodź, skurwysynu, jeszcze trochę bliżej. Zaciskając dłoń na nożu, czekam, aż obejdzie tył samochodu, ma głowę delikatnie odwróconą ode mnie. I wtedy uderzam, szybko i nisko. Nawet nie udaje mu się unieść broni, a ostrze jest już w jego nodze. Upada z krzykiem, a ja wyciągam nóż i z wojennym okrzykiem ląduję mu na piersiach, dźgając go raz za razem.

Kiedy przestaje się szarpać, chwytam jego pistolet i odwracam się, żeby załatwić drugiego kolesia, ale jestem zbyt wolna. Zbyt, kurwa, wolna. Widzę zbliżającą się kolbę pistoletu, która po kilku sekundach uderza mnie w twarz i zapada ciemność.

Cholera, czuję ból w tyle głowy. Leżę bez ruchu i czuję, że coś się rusza. Och, chwila, jednak to ja, ja się ruszam. Co, do kurwy, się wydarzyło?

Wiadomość tekstowa.

Atak.

Oddycham równo, tak jak to robiłam, kiedy byłam dzieckiem i liczyłam na to, że mój tata nie zauważy, że nie śpię. W głowie mi łomocze i mam obolałą twarz, lepiej żeby ta kurwa nie złamała mi nosa tym pistoletem. Co za cholerne prostactwo. Ignorując ból, czego nauczyłam się wiele lat temu, skupiam się na tym, gdzie jesteśmy. Pode mną jest sztywne, ale miękkie siedzenie i opieram się o coś zimnego i drżącego. Słychać warczenie i odgłosy klaksonów.

Jesteśmy w samochodzie.

Otwieram lekko jedno oko i widzę, że jestem oparta o szybę na tylnym siedzeniu. Nie śmiem obrócić głowy, ale czuję kogoś obok mnie, kogoś dużego. Widzę również dwóch mężczyzn z przodu – jeden kieruje, a drugi siedzi na miejscu pasażera. Gra cicho radio, z głośników słychać wesołą popową piosenkę w rytm łomotania w mojej głowie.

Dobra, trzech kolesi.

Dawałam radę większej liczbie i nie w sensie seksualnym... chociaż to też jest teraz prawda, tak sądzę. Trzech dużych kolesi, na pewno uzbrojonych, ale ja mam nad nimi przewagę. Oni chcą mnie mieć żywą, a ja chcę, żeby byli martwi.

Mam rękę niewygodnie uwięzioną pomiędzy tułowiem a drzwiami samochodu, więc lekko się przesuwając, uwalniam ją. Zastygam, czując, jak facet z przodu zerka w tył, żeby sprawdzić, co ze mną. Dopiero kiedy z powrotem się odwraca, znowu się poruszam, powoli, żeby nie zwrócić na siebie uwagi. Przesuwam dłonią w dół uda – cholera, zabrali mi broń.

Założę się, że wszyscy razem, sukinsyni o lepkich rączkach. Diesel będzie wkurzony. Nawet przez myśl mi nie przechodzi, że w to wszystko jest zamieszany Garrett. Gdyby chciał, żebym zginęła, zabiłby mnie. Nie, ktoś się do niego dobrał, mam tylko nadzieję, że nic mu nie jest.

Okej, nie mam broni. *Myśl, Roxy.* Kurwa, tak mnie boli głowa. To jest najgorszy kac, jaki kiedykolwiek mi się przydarzył, a nawet nie zaszumiało mi w głowie od alkoholu, żeby było warto. Przesuwając nieznacznie nogi, żeby zająć wygodniejszą pozycję, nieruchomieję. Mam moje buty na obcasie. Moje pieprzone szpilki.

A dziwki są ostre... Zastanawiam się...

Zwalniamy i wiem, że nie zostało nam dużo czasu. Bóg wie, jak długo byłam nieprzytomna. Teraz albo nigdy. Najgorsze, co może się zdarzyć, to że znowu skończę znokautowana... prawda?

Ponownie zmieniam pozycję, aż mogę sięgnąć ręką w dół

i chwycić buta na obcasie, potem go ściągam i siedzę nieruchomo, biorąc głęboki oddech. *Teraz albo nigdy, Rox.*

Przechylam głowę na bok, otwieram oczy i wbijam wzrok w kolesia obok mnie, który wygląda przez szybę. Obraca głowę, z pewnością wyczuwając mój ruch, więc rzucam się do działania. Słyszę wrzask, ale nie zwracam na to uwagi, modląc się, że bardziej potrzebują mnie żywą, niż chcą mnie zastrzelić.

Zadaję cios obcasem, trzymając w dłoni buta. Uderzam go w pierś i w szyję, a kiedy odwraca się, żeby na mnie spojrzeć rozszerzonymi oczami, uderzam go w oko. Obcas wbija mu się w oczodół, a on krzyczy. Samochodem zarzuca w jedną i drugą stronę.

– Łap ją – słyszę, jak wrzeszczą z przodu.

Sięgam ręką przez kolesia, który próbuje wyciągnąć sobie obcas, chwytam jego pistolet i nóż i odpinam mu pas. Kopniakiem otwieram drzwi po jego stronie i wypycham go na zewnątrz. Krzyczy, uderzając w jezdnię, a ja posyłam mu całusa, a potem odwracam się w stronę dwóch mężczyzn z przodu.

Ten na siedzeniu pasażera klnie, próbując przygotować strzykawkę i sięgając ręką do tyłu w moją stronę. Pierdolę to. Szarpię się z pistoletem, niechcący naciskam spust i patrzę wytrzeszczonymi oczami, jak krzyczy, kiedy dostaje postrzał w nogę.

– Ups, przepraszam – mówię, chwytam go za głowę i za pomocą noża podcinam mu gardło. Nie daję sobie chwili czasu na zastanowienie. Jestem w trybie przetrwania, ja albo oni. W tym życiu, które teraz mam, krew musiała kiedyś splamić mi ręce. Albo się pobrudzisz, albo umierasz.

Został już tylko kierowca. Klnie, wyciągając pistolet, ma mnie dosyć, jedną rękę trzyma na kierownicy. Patrzę przez przednią szybę i widzę, że jedziemy dwupasmową ulicą, która jest zatłoczona, co pomaga, bo musimy jechać wolno. Prawdopodobnie niecałe pięćdziesiąt kilometrów na godzinę. Cholera, to będzie bolało.

Chwytam pistolet, celuje mu w głowę i strzelam. Opada do przodu, w uszach mi mocno dzwoni od wystrzału z tak bliskiej odległości. Burcząc, wsuwam się między siedzenia i łapię kierownicę, nachylając się nad jego ciałem i starając się omijać inne samochody, ale nie potrafię dobrze ocenić kąta. Zahaczamy o tył półciężarówki i zaczynamy się obracać. Z krzykiem staram się przeczekać, podczas gdy obracamy się i obracamy, żołądek podchodzi mi do gardła i wreszcie się zatrzymujemy.

Przez chwilę panuje zupełny spokój, kiedy padam na tylne siedzenie, a potem już nie. Uderza w nas z boku jakiś samochód i rzuca nas na barierkę w środku. Uderzamy w nią i przewracamy się. Trwa to zaledwie sekundy, ale mam poczucie, że mijają wieki, gdy turlam się wewnątrz samochodu. Udaje mi się złapać siedzenia, a kiedy w końcu lądujemy na dachu, spadam na niego z trzaskiem.

Jęcząc, spoglądam na swoje ciało. Kurwa, ja pierdolę.

Jestem cała! Do kurwy nędzy, miałam cholerne szczęście. Drzwi z tyłu są wygięte i nie chcą się otworzyć, więc kopię w nie z całej siły, zapierając się o dach. Po czwartym kopnięciu otwierają się i wyczołguję się na potłuczone szkło na jezdni, raniąc sobie dłonie i ramiona. Gramolę się na nogi i opieram o samochód. Ten pas ruchu nie jest tak zatłoczony i przejeżdżający obok ludzie gapią się na mnie. Jeden nawet się zatrzymuje. Ale nic nie słyszę.

W uszach mi dzwoni, moje ciało przeżywa katusze, a w głowie mi tak mocno łomocze, że muszę się odwrócić i zwymiotować. Kurwa, gorzej ze mną, niż myślałam. Kuśtykając, żeby oddalić się od samochodu, w razie gdyby miał wybuchnąć albo co innego, idę przez jezdnię, ale moje ciało jest wykończone. Nie mogę nic na to poradzić, padam na kolana. Czy to z powodu szoku czy obrażeń, nie wiem, ale odmawia mi posłuszeństwa, a obraz przed oczami mi się rozpływa.

Ruszaj się, Roxy, ruszaj!

Ale nie mogę.

Ogarnia mnie panika, tłumiąc trochę otępienie, które inaczej mogłoby mnie całkowicie pochłonąć, ale niewystarczająco. Przez mgłę dociera do mnie jakiś odgłos i odwracam głowę. Koło naszego wraku zatrzymały się dwa czarne samochody. Wylewają się z nich mężczyźni i idą prosto w moją stronę.

Jest ich tylu, że nigdy nie dałabym im rady, ale to nie oznacza, że polegnę bez walki. Gramolę się na nogi i zdrętwiałymi palcami chwytam kawałek stłuczonego szkła, coś, co w zasięgu mojej ręki najbardziej przypomina broń.

– Chodźcie, dupki! – Nie wiem, czy krzyczę to na głos, czy tylko w głowie, ale oni wciąż idą.

Prosto po mnie.

Próbuję dźgać szkłem, ale robię to powoli, moje ciało jest zbyt cholernie ospałe. Odbijają mi rękę i łapie mnie skurcz w palcach, przez co upuszczam szkło. Kopię, walę pięściami, ale moje ruchy są apatyczne, za wolne, żebym trafiła, a ich jest, do cholery, zbyt wielu.

To będzie bardzo bolało. Wiem o tym. A więc szykuję się na to, czekając na ból, ale odbywa się to szybko, ledwie jedno szczypnięcie i kiedy odwracam głowę, widzę igłę, którą wyciągają. Sukinsyny oszukali mnie.

Przynajmniej nie walnęli mnie znowu w twarz.

ROZDZIAŁ 44

RYDER

– Powinniśmy przyjrzeć się danym liczbowym i porównać je…
– Odpływam myślami ze spotkania, zastanawiając się, co porabia Roxy. Obiecałem jej godzinę, a minęło już półtorej godziny. Muszę coś wymyślić, żeby jej to wynagrodzić. Niemal uśmiecham się pod nosem, myśląc o wszystkich sposobach, na jakie mógłbym to zrobić, a w każdym z nich ona jest naga, a ja wodzę po niej językiem.

Telefon mi wibruje po raz setny, więc obracam krzesło i dyskretnie go sprawdzam. To spotkanie jest ważne i jeśli dobrze pójdzie, rozszerzymy działalność na inne miasta, zarówno tę legalną, jak i pozostałą.

Nieznany abonent: Roxy zniknęła.
Nieznany abonent: Mają ją, Ry.

Dwie wiadomości tekstowe, dwie pieprzone wiadomości, które burzą mój świat. Przepełnia mnie wściekłość, jakiej nigdy wcześniej nie czułem. Ten lód, który tak długo wokół siebie trzymałem, pęka i wypływa przez niego lawa, paląc wszystko na swojej drodze.

Zabrali moją dziewczynę?

Naszą dziewczynę?

Wstaję, ignorując pytania, jakimi mnie zasypują, i szybko wychodzę z sali konferencyjnej, trzymając już telefon przy uchu.

– Opowiedz mi wszystko – rzucam. Słucham wyjaśnień Garretta, ma spięty i gniewny głos. Słyszę, jak w tle Diesel na kogoś krzyczy, a potem odgłos wystrzału.

– Doszliśmy tropem ciał do jakiegoś parkingu i tam znaleźliśmy ślady opon. Musieli ją tam dorwać. – Milknie na chwilę, a ja zeskakuję po schodach budynku, po dwa naraz. – Ry, kurwa, ona naprawdę walczyła, tam wszędzie są zwłoki.

– Garrett – warczy Diesel i przez chwilę panuje cisza, a potem Garrett klnie.

– Co? – pytam.

– Obejrzyj to, co ci wysyłam – burczy.

Odsuwam od ucha telefon i zatrzymuję się na schodach, trzymając się poręczy, kiedy ładuje się wideo. Oglądam je raz, potem znowu. Rośnie mi ta dziura w brzuchu, moje demony uwalniają się, aż staję się w całości opętany.

Zrobili jej krzywdę.

Patrzę, jak wyczołguje się z wraku samochodu, kamera monitoringu na autostradzie robi na nią zbliżenie. Odchodzi, kuśtykając, ma zakrwawioną głowę, dłonie i ramiona. Na nodze ma tylko jednego buta, jej twarz jest blada, a wzrok mętny, gdy pada na kolana. Patrzę znowu, jak podchodzą do niej, ona wciąż walczy, próbując ich pokonać. Kurwa, jak przystało na moją dziewczynę, walczy do końca, ale nie widzi przysuwającej się igły.

Przewraca się, ale tym razem ją łapią i niosą do samochodu. Potem odjeżdżają. Ciężko oddycham, mięśnie mi się napinają z potrzeby mordowania ludzi i przykładam telefon do ucha.

– Wyśledźcie te samochody.

– Nowy przyjaciel Diesela już się tym zajmuje. – Odsuwa sobie telefon od ust. – D, on nie może pracować, kiedy ciągle go dźgasz – rzuca, a potem wraca do rozmowy. – Nie mogę złapać Kenzo, nie ma sygnału w podziemiu Diamonds. Złapiesz go?

– Zaraz to zrobię – warczę i w telefonie zapada cisza. – Garrett… pozabijamy ich.

– Święte, kurwa, słowa – odpowiada. – Każdy, kto jej dotknie, umrze straszną śmiercią, a Triada – kurwa, spalimy ich żywcem za to, że porwali naszą dziewczynę.

Rozłączam się i wysyłam wiadomość do mojego kierowcy i ochroniarzy na dole, więc kiedy docieram do hallu, już tam są. Samochód stoi gotowy na zewnątrz i szybko do niego wsiadam.

– Do Diamonds, natychmiast – nakazuję.

Po kolei, najpierw muszę złapać mojego brata. A potem oni nie żyją.

Bali się mojego ojca, ale mnie powinni bać się bardziej. Roxxane jest moja, należymy do niej, i zabrali jedyną rzecz, dla której ochrony zrobimy wszystko. Kopnęli cholerne gniazdo żmij, więc teraz zostaną pokąsani. Jeszcze dzisiaj wieczorem miasto spłynie krwią, a jak już ich znajdę, sprawię, że będą krzyczeć za każdy palec, którym jej dotknęli.

Dzwonię do ich restauracji, wiem, że wiadomość do nich dotrze. Zrozumieją.

– Wzięliście coś, co należy do mnie, coś drogocennego. – Nie ma sensu temu zaprzeczać, oni już wiedzą, co mają, to teraz jedyna rzecz, jaka trzyma ją przy życiu. – Ulice spłyną krwią waszych ludzi, dopóki jej nie dostanę z powrotem, a potem pozabijam was wszystkich. Zacznę od waszych rodzin, żon, synów i córek, nawet waszych rodziców. Dopiero wtedy, gdy wszystko będzie spalone i zniszczone wokół, zabiję was. Zadarliście, kurwa, z niewłaściwą rodziną. – Zostawiam tę wiadomość i się rozłączam.

Jeden, dwa, trzy, cztery, pięć.

Powtarzam to raz za razem, starając się zachować spokój, ale nie potrafię. Nie działa. Pierdolę spokój. Widzę tylko Roxy, uśmiech na jej ustach, który przeradza się w to pozbawione wyrazu, wystraszone spojrzenie, jakie miała tam na autostradzie.

To miasto czeka wojna.

I zanim jutro wzejdzie słońce, tylko jedna rodzina w nim pozostanie.

Nasza.

Parkujemy przed Diamonds i czekam, aż ściągną Kenzo. Wsiada do samochodu obok mnie i marszczy brwi.

– Co się stało? – pyta od razu, wyciągając telefon, ale ja go powstrzymuję.

– Nie ma jej. – Mam bezbarwny głos, który nie oddaje piekła szalejącego w moim wnętrzu. Jak mogę brzmieć tak spokojnie, kiedy jestem tak cholernie zły… i przerażony? Przerażony, że ją utracę. Przerażony, że najlepsza rzecz, jaka mi się przytrafiła, odejdzie, zanim zdążę jej o tym powiedzieć. Przerażony, że stracę moją miłość.

– Co? – pyta z nachmurzoną twarzą, spoglądając na mnie.

– Roxxane, porwali ją – chrypię.

Zamiera w bezruchu, rzuca głową w dół, żeby spojrzeć na swój telefon, i przewija otrzymane wiadomości.

– Co? – Wstrzymuje oddech. – Nie. – Kręci głową, kiedy ruszamy spod krawężnika.

– Tak, zrobili to.

Odwraca się do mnie ze wzburzonym spojrzeniem i ustami wykrzywionymi grymasem.

– Jak możesz być, kurwa, taki spokojny? – krzyczy, a potem rzuca się na mnie. Zawsze uzewnętrzniał swoje emocje. Łapię mu dłońmi głowę i przyciskam czoło do jego czoła, a on szamocze się i przeklina.

– Bracie, spójrz na mnie – szepczę, ale on wciąż się wyrywa, więc łapię go mocniej. – Spójrz na mnie! – rozkazuję, ręce drżą mi na jego skórze. Przestaje walczyć i patrzy na mnie. Jego wzrok jest zagubiony, wystraszony tak jak mój. – Odzyskamy ją, obiecuję ci – szepczę. – Nie jestem spokojny, daleko mi do tego, ale muszę się trzymać. Dla ciebie, dla niej. Teraz bardziej niż kiedykolwiek ona nas potrzebuje i musimy sobie z tym poradzić, musimy ich znaleźć. Jeżeli się załamiemy, nic to nie pomoże, nie teraz. Musimy wykorzystać każdy pieprzony gram naszej siły i intelektu.

– Obiecujesz? – pyta błagalnie, patrząc mi w oczy, jak zwykł to robić, kiedy byłem dzieckiem i bał się, a ja przyrzekałem mu, że go ochronię. Teraz robię to samo, chronię go, takie jest moje zadanie. Szczerze mówiąc, nie wiem, czy znajdziemy ją na czas, i czuję z tego powodu takie mdłości, że chciałbym wymiotować wkoło, wiedząc, co oni jej zrobią.

Liczy się każda minuta, ale jeżeli on potrzebuje moich kłamstw, żeby funkcjonować, to proszę bardzo.

– Obiecuję, że ją odzyskamy i pozabijamy ich wszystkich bez wyjątku – przyrzekam.

Oczy mu się na chwilę zamykają, te długie rzęsy kryją go przede mną, gdy z ust dobywa mu się drżący oddech. Kiedy je znowu otwiera, są bezwzględne, zimne jak moje. Smuci mnie to, ale rozumiem.

– Nie mogę jej stracić – przyznaje, ton jego głosu sprawia, że boli mnie serce. Żałuję, że nie mogę go przed tym osłonić. Żałuję, że nie mogę mu tego oszczędzić jak wszystkich innych rzeczy.

– Wiem. Nie stracimy jej. Potrzebuję ciebie, ona ciebie potrzebuje – mówię do niego, a on potwierdza skinieniem głowy.

– Pozabijamy ich wszystkich – potakuje, śmiertelnie spokojny. Widzę, że czuje ten rodzaj spokoju, gdy ma się zbyt silne odczucia i człowiek staje się otępiały. Nie jest teraz niczym więcej jak Żmiją.

Zimnokrwistym wężem, który zaraz zaatakuje.

W tych oczach widzę siebie i widzę naszą przyszłość, bo jeśli ją utracimy – sama myśl o tym boli – nie będzie już powrotu. Przestaniemy istnieć w sposób, w jaki teraz istniejemy. Śmiech i miłość odejdą, aż nie pozostanie nic, nic prócz naszego jadu.

Odsuwa się, a ja go puszczam, kryjąc przed nim drżące dłonie. Potrzebuje mojej siły, a nie mojej słabości. Tym właśnie jest ona, naszą słabością, oni jednak nie wiedzą, że jest również naszym sercem, powodem, dla którego teraz walczymy.

– Jaki jest nasz pierwszy ruch? – pyta martwym głosem.

Wyglądam przez szybę, a na moich ustach pojawia się okrutny uśmiech.

– Polujemy na nich w całym mieście, zaczynając od dołu. Przygotuj broń, niedługo poleje się krew.

ROZDZIAŁ 45

DIESEL

– Musisz się uspokoić, zabiłeś już czterech ludzi – rzuca Garrett, ale mimo że tak mówi, ma zaciśnięte dłonie, a jego ciało wibruje od chęci zabijania. Nie tylko ja zmagam się ze sobą, odkąd zniknęła nasza dziewczyna.

Moja ptaszyna.

Moja.

A oni ją zabrali.

Zroszę to miasto czerwienią. Zabiję w nim wszystkich i obedrę ich ze skóry, żeby ją odnaleźć. Ona jest moja!

– Zasłużyli sobie na to. – Wzruszam ramionami, ścierając krew z rąk.

– A ten ostatni koleś? – Naśmiewa się, a ja spoglądam na niego z uśmiechem, na który się krzywi. – D… – wzdycha. – On tylko zapytał, czy może jakoś pomóc.

– Nie podobało mi się jego podejście.

Pociągam nosem i czuję, jak mi się przypatruje.

– Odzyskamy ją, D, ale musisz panować nad sobą, dobra?

– Odzyskamy ją.

Przytakuje spokojnie głową, a ja spoglądam na niego z uśmiechem.

– Zamierzam powyrywać im serca z piersi i oddać jej.

– Tak… trzymać. – Chichocze. – Pieprzeni idioci, nie wiedzą, co rozpętali.

– Ty jesteś od rozmawiania. – Uśmiecham się szerzej. – Dlaczego stłukłeś tego ochroniarza w mieszkaniu?

Krzywi się na to.

– Pozwolił im wyjść. Idiota.

– Jest na intensywnej terapii – zauważam wesoło, ale w środku płonie we mnie ogień. Jak zwykle ogarnia mnie od środka, ale te płomienie sięgają wyżej niż wcześniej, a nie ma mojej ptaszyny, żeby pomogła mi nad nimi zapanować. Krzyczą o krew, o śmierć i jestem drażliwszy niż normalnie. Nie wiem, co jest dobre, a co złe… nawet dla mnie.

Garrett ma rację, ja już zostawiam za sobą krwawą ścieżkę w mieście, ale nie dbam o to. Kiedy ścigałem zabójcę mamy, ścieliły się trupy, a przecież nigdy tak bardzo jej nie kochałem. A ptaszyna jest moim światem. Moje cholerne czarne serce bije dla jej, ona jest moja.

Moja.

A oni ją zabrali.

To będzie niewyobrażalna rzeź. Będą mnie nazywać seryjnym mordercą. Wszyscy będą się mnie bali, ale nie obchodzi mnie to, jeżeli tylko wróci w moje ramiona, zanim upłynie noc. Gdy zobaczyłem ciała ochroniarzy w samochodzie i jej krew na tylnym siedzeniu… kurwa.

Ogarnęła mnie panika, jakiej nigdy wcześniej nie czułem. Nikt oprócz mnie nie będzie zadawał jej bólu i słuchał jej krzyków.

Walczyła, no jasne, że walczyła. Jest waleczna, jest Żmiją. Zabijała ich i uśmierciłaby wszystkich, gdyby zdołała. Ale nie zdołała, więc ja to zrobię za nią. Złożę ich ciała u jej stóp za to, że ją skrzywdzili. A potem…

Potem będzie musiała przetrwać mnie.

Ponieważ urwałem się ze smyczy.

Spotykamy się z Ryderem i Kenzo w magazynie. Oni też nie próżnowali. Dochodzi nas zapach oceanu, który jest tuż za nabrzeżem. Warsztaty są niedaleko, ale wewnątrz magazynu jest jakby całkiem inny świat. Roi się tu od naszych ochroniarzy i jesteśmy tu wszyscy.

Wszyscy jesteśmy wściekli.

Wszyscy jesteśmy spragnieni krwi.

Przed moimi braćmi klęczy ośmiu ludzi, którzy bez wątpienia pracują dla Triady. Nie pytam, jak ich tak szybko znaleźli, nie obchodzi mnie to. Już wyczuwam ich krzyki, ich kości łamiące się w moich rękach. Jestem spragniony ich bólu, żeby nasycić siedzącego we mnie potwora, dopóki nie dorwę w swoje ręce sukinsynów, którzy ją porwali. Ale Ryder powstrzymuje mnie, robi krok do przodu i patrzy na nich z odrazą.

– Triada zabrała nam coś i nie spoczniemy, dopóki tego nie odzyskamy. Jeżeli ktoś ma jakieś informacje, niech teraz wystąpi. Wszyscy coś na pewno wiecie, pracujecie dla nich. – Czeka, a mężczyźni wiercą się nerwowo, nie chcąc zdradzić swoich pracodawców. Ryder traci cierpliwość.

Zazwyczaj wziąłby Garretta albo mnie do brudnej roboty, nie to że obawia się krwi, ale dzięki temu zachowuje wizerunek powściągliwego przywódcy. Ale teraz wyciąga broń i znienacka strzela, trafiając w głowę człowieka najbardziej po lewej, bez mrugnięcia okiem, z zimną twarzą. Klęczący mężczyźni cofają się, niektórzy krzyczą, inni płaczą.

– Będę zabijał was jednego po drugim, aż dowiem się tego, co chcę wiedzieć, a jeśli nikt z was nic nie wie, wezmę się za następną grupę, nie potrzebuję was żywych. Zabiję was wszystkich. A więc zapytam jeszcze raz, wiecie coś?

– O Boże. – Jeden z nich szlocha i Ryder zabija go jako następnego.

Zostaje sześciu.

Skradam się wokół, szydząc z nich, szturchając, muszę czuć ich ból, muszę zadawać im cierpienie.

Kucam za jednym i głaszczę go po spoconych włosach.

– Ja bym mu powiedział. Może i jestem szalony, ale on jest gorszy – mówię mu cicho, spoglądając na Rydera i Kenzo. Normalnie Kenzo by się teraz uśmiechał, odgrywając tego dobrego i ukrywając w głębi Żmiję.

Może być łagodny i romantyczny dla Roxy, ale tylko dla niej.

A jej tutaj nie ma.

Uwolniła się w nim Żmija. Ma ponurą twarz, piorunującą gniewem, nie ma na sobie marynarki, a między palcami szybko obraca swoje kostki do gry i trzęsie się z potrzeby jakiegoś działania. Jakiegokolwiek. Wiem, bo też to czuję. Z Garrettem jest tak samo, chodzi szybko po magazynie, rozmawiając przez telefon, na pewno szuka czegokolwiek lub kogokolwiek pomocnego w jej znalezieniu.

– Proszę – skamle, trzęsąc się ze strachu, ścieka z niego pot. – Nic nie wiem, jestem tylko dostawcą… – Łamię mu z trzaskiem kark i wstaję, a Ryder patrzy na mnie, marszcząc brwi, ale za dobrze mnie zna, żeby próbować mnie powstrzymać. Zwłaszcza gdy w grę wchodzi ona, moja ptaszyna.

Sama myśl o niej sprawia, że obracam się i łapię najbliższego mężczyznę. Ryczę mu w twarz, krzyczę w nią. On też na mnie krzyczy w odpowiedzi, próbując się uwolnić, ale na nic się to zdaje. Potrzebuję krwi. Potrzebuję cierpienia.

Natychmiast.

Wszystko się zamazuje, a gdy dochodzę do siebie, ciężko dyszę, a ciało mi drży od adrenaliny. Unoszę dłonie i widzę, że są pokryte krwią, tak samo jak ramiona. Czuję, jak spływa mi po twarzy, a u moich stóp leżą poszarpane zwłoki tego człowieka. Jest krwawą miazgą.

Patrzę groźnie na pozostałych, a oni krzyczą, jeden nawet się zsikał i czuję, że smród wypełnia powietrze, gdy skradam się bliżej.

– D, wystarczy – warczy Ryder.

Spoglądam na niego spode łba, ale on wbija we mnie wzrok. Garrett zbliża się do mnie, na wypadek gdyby musiał mnie powstrzymać. To nie byłby pierwszy raz, kiedy tego spróbował. Dopóki nie przyszła moja ptaszyna, chodziłem własnymi drogami. Postępując, jak mi kazano, tylko wtedy, gdy mi to odpowiadało.

Ale potem ona owinęła mnie wokół małego palca. Jeden uśmiech, jeden cios pięścią i byłem jej. Jej zwierzęciem. Jej zabójcą.

– Diesel! – ryczy i odsuwam się, ale nie za daleko.

– Ktoś chce coś powiedzieć? – Jeden się porusza i Ryder wzdycha, znowu celując, a tamten krzyczy.

– Poczekaj, poczekaj! Wiem coś! – błaga.

Ryder wstrzymuje się, podchodzi bliżej i przystawia mu broń do głowy, a ja się śmieję.

– Powiedz nam, lepiej nam powiedz. – Uśmiecham się.

– Zajęli jedną z waszych kryjówek, tam ją trzymają, tylko tyle wiem, przysięgam. Podsłuchałem to! – szlocha.

Garrett burczy i wali pięścią w cementowy słup, co musi boleć.

– Kurwa, mamy ich od groma, którą z nich?

– Musimy znaleźć Dafne i ją zapytać.

Garrett odwraca się i idąc do mnie, bez słowa zabija z pistoletu wszystkich tych ludzi.

– Jak to możliwe, że ona żyje? – Staje groźnie nade mną, ale ja nigdy się go nie bałem.

– Nie wiem. – Wzruszam ramionami, bo naprawdę nie wiem. – Pobawiłem się z nią trochę, a potem podpaliłem ją w tym budynku. Była związana.

– Kurwa – prycha. – Pomaga im, musimy ją dorwać.

– Najpierw Roxy, tylko ona się liczy – przypomina nam Ryder i wszyscy spoglądamy na niego. – Musimy się dowiedzieć, która to kryjówka, ściągnijcie wszystkich. Dowiedzcie się.

Kenzo nic nie mówi, tylko się odwraca, idzie do samochodu i czeka na nas. Patrzę na ciała.

– Powinniśmy wysłać wiadomość – mruczę.

Ryder kiwa głową.

– Zróbcie to. Chcę, żeby miasto obróciło się przeciwko nim. Niech wiedzą, że każdy, kto im pomaga, jest teraz naszym wrogiem i zginie tak samo jak te szczury. Polujcie na tych sukinsynów, weźcie się za nich.

Uśmiecham się na to.

– Dajesz mi wolną rękę?

Patrzy na mnie, chowając broń do kabury.

– Możesz, kurwa, szaleć. Niech przyjdą pod nasze drzwi, błagając o przebaczenie, a ja znajdę tę kryjówkę. Garrett, idź z nim, musisz rozładować trochę napięcie. Ostrzegę policję, żeby nie wchodziła wam w drogę – rozkazuje, a potem patrzy na samochód, do którego wsiadł Kenzo. – Znajdę tę kryjówkę razem z Kenzo, będziemy wiedzieć przed świtem. Bądźcie gotowi do działania.

Spoglądam na Garretta i nawet on wygląda na zaniepokojonego.

– D... – odzywa się.

– Słyszałeś go. – Śmieję się. – Zabawimy się.

– O kurwa – mamrocze. – To będzie niezłe.

Po ciebie, ptaszyno, idę po ciebie.

ROZDZIAŁ 46

GARRETT

Patrzę, jak D bawi się z tym człowiekiem. Sam mam ręce oblepione krwią, a ból od pękającej skóry na knykciach już dawno minął. Ryder dał nam pozwolenie i nie trzeba nam było tego powtarzać.

Wyrzucam z siebie wszystko – agresję, nienawiść. Wszystkie moje emocje wylewają się na miasto niczym zaraza, pozostawiając za sobą trupy. Nie powinni byli nigdy się nam stawiać… a porwanie Roxy to był cholernie głupi ruch.

Mogliśmy im odpuścić przedtem, ale teraz? Teraz będą umierać z naszymi imionami na ustach.

Unikam myślenia o niej, bo kiedy to robię, nie kontroluję zdarzeń, a w tym momencie ten koleś należy do D. Ale myśl o tym, że ona cierpi… że się boi… w samotności napełnia mnie taką wściekłością, że muszę kogoś zabić, kogokolwiek.

Obiecywaliśmy, że będziemy ją zawsze chronić.

I proszę, co się stało. Nigdy sobie tego nie wybaczę, ani tego, że to była moja pieprzona wina. Gdybym się tak nie dał owładnąć nienawiści do Dafne i nie był tak zszokowany, że ją zobaczyłem, mógłbym spostrzec, że wykorzystuje mnie, żeby zabrać mi telefon, żeby zwabić moją dziewczynę, ale połapałem się dopiero, gdy już było za późno, a teraz to moja wina.

Ona przyszła po mnie.

A teraz ja przyjdę po nią, zawsze. Ocalę ją, a potem ją skażę na potępienie, czyniąc moją na zawsze. Przynajmniej jedną rzecz odkryłem, odkąd się dowiedziałem, że zniknęła, a mianowicie, że nie potrafię bez niej żyć. Już nie.

Wkradła się pod mój pancerz, weszła mi pod moją zniszczoną skórę ku temu bojownikowi, temu zwichniętemu zabójcy pod spodem i sprawiła, że ją pokochał. Jest teraz powodem, dla którego oddycham, dla którego walczę z moimi demonami każdego cholernego dnia. D śmieje się, wytrącając mnie z moich posępnych rozmyślań.

Mężczyzna czołga się, a z oczu płyną mu łzy. Ma połamane nogi w niezliczonej liczbie miejsc, ciągnie je bezużytecznie za sobą. Smuga krwi, jaką za sobą zostawia, wywołuje u mnie niemal śmiech. Odsuwa się, a D jeszcze mocniej się śmieje, trzymając w ręku młotek, którego użył do połamania mu nóg.

– Gdzie ona jest? – krzyczy, a potem uderza go młotkiem w plecy. Patrzę na to, pozwalając mu wyrzucić to wszystko z siebie. Facet umiera, wrzeszcząc z bólu, ale nie dostajemy żadnych informacji. No więc przechodzimy do następnego.

Zanim jednak to robimy, oddzwania do mnie Cherry. Była winna Roxy przysługę i wspominała wcześniej o członkach Triady, więc powiedziałem jej, żeby trochę podziałała.

– Tak? – warczę.

– Oni nie żyją, wszyscy trzej mężczyźni, którzy tu przychodzą. Nie wiedzieli dużo, ale coś wspominali o ludziach, którym poleciłeś śledzić swoją byłą – oni nie żyją. – Kurwa, to dlatego nie można było ich złapać, i w ten sposób pozostajemy z kolejnym martwym tropem.

– Dzięki, Cherry, chcesz, żebym przysłał kogoś do posprzątania? – pytam, próbując być miły.

– Nie, zajmiemy się tym, tylko znajdź ją – mówi i się rozłącza.

Wskakujemy na motory i szybko odjeżdżamy, pędząc i niebezpiecznie lawirując w ruchu ulicznym. Potrzebuję tej adrenaliny, tego haju i pędu powietrza, żeby dać mu się na chwilę porwać, ale kiedy stajemy przy następnym budynku, małym sklepie całodobowym, wszystko wraca.

Muszę to z siebie wyrzucić, zanim mnie przenicuje i nie będzie powrotu. Ściągam kask, przerzucam nogę i patrzę na D.

– Ten jest mój – warczę.

Kiwa głową, ale wchodzi ze mną do środka, a ja idę od razu do kontuaru. Siedzący tam mężczyzna spogląda znad gazety i blednie, gdy mnie widzi. Odsuwa się, a D zaczyna demolować sklep za moimi plecami, rozrzucając wszędzie manele, samemu wyładowując emocje.

– O Boże! – Tamten chwyta kij baseballowy spod kontuaru i próbuje mnie nim uderzyć. Łapię go w powietrzu, wyrywam mu z rąk i łamię na kolanie, a potem chwytam gościa za kołnierz koszuli i wyciągam przez ladę. Krzyczy i szarpie się, a ja rzucam go na podłogę. Zaczyna gramolić się na nogi, ale stawiam mu buta na plecach, przygniatając go do podłogi, jednak to za mało.

Nigdy nie będzie dosyć, dopóki ona nie wróci w moje ramiona.

– Wiesz, dlaczego tu jesteśmy – warczę.

– O Boże, proszę, proszę, nie, pracowałem dla nich lata temu…

Prycham.

– Raz cyngiel, zawsze cyngiel.

Stąpam mu na plecy, a potem podnoszę go bez wysiłku, trzymając w powietrzu. Atakuje mnie nożem, który skądś wyciągnął, a ja marszcząc brwi, spoglądam w dół na małą broń wystającą mi z boku, po czym patrzę na niego gniewnie.

Opada z niego złość, kiedy się uśmiecham. Walę go kilka razy w twarz, rzucam na kontuar i dalej atakuję. Nie mogę przestać. Cała ta wściekłość wylewa się ze mnie, skóra na knykciach mi pęka, kiedy rozbijam mu twarz, i to ciągle mi nie wystarcza.

Mój demon chce więcej, aż moją uwagę zwraca jakiś odgłos. Podrzucam w górę głowę z falującą piersią i spotykam spojrzenie człowieka kryjącego się na zapleczu. Przez chwilę patrzymy na siebie, a potem właściciel próbuje znowu chwycić nóż tkwiący w moim boku.

Zaczynam go z powrotem okładać pięściami po twarzy, a on próbuje blokować moje ciosy, oddawać mi, ale jestem dla niego zbyt silny.

Napierdalam go niemiłosiernie, a D się śmieje.

– O, mają marsy, uwielbiam lodowe marsy! – woła, a kiedy tam spoglądam, siedzi na zamrażarce, chrupiąc sobie loda.

I wtedy, kiedy nie patrzę, mężczyzna wyskakuje z zaplecza i biegnie obok mnie.

– D, zatrzymaj go – warczę.

On wzdycha, ale wysuwa nogę, podstawia ją i tamten się przewraca, a on znowu je swojego loda, machając radośnie nogami, jak pieprzone dziecko.

Mężczyzna przy kontuarze już się nie rusza, więc odwracam

się ku temu, który leży na podłodze i jęczy. Łapię go za głowę, podciągam na nogi i nachylam mu się do twarzy.

– Przekaż im ostrzeżenie, powiedz, że nadchodzimy, niech wiedzą, że to miasto spłynie krwią każdego, kto im kiedykolwiek pomagał, pracował dla nich albo ich zna. Wszyscy zginą przez nich. – Puszczam go i odchodzę.

Młody człowiek odwraca się i patrzy na mnie, a potem robi krok do tyłu, jakby nie dowierzał.

– Uciekaj! – krzyczę.

Odwraca się i rusza do ucieczki. Wyciągam sobie nóż z boku i rzucam w niego, trafiając go w ramię. Krzyczy i się przewraca.

– Uciekaj szybciej, zanim się rozmyślę! – wołam, a on wstaje na nogi, łapie się za krwawiące ramię i znika, zostawiając za sobą czerwony ślad.

D jęczy.

– Może na niego zapoluję, popatrz na ten ładny trop.

– Nie, dostaniesz następnego – warczę, spoglądając na pierwszego mężczyznę, który się nie rusza. Uśmiecham się i odwracam znowu do D. – Nic tu po nas, dobrze mi to zrobiło.

Kiwa głową, oblizując kolejnego loda, a potem mi też daje jednego. Prychając, biorę go, rozpakowuję i połykam w całości, a on patrzy.

– A mówią, że to ja jestem stuknięty – mamrocze, po czym zarzuca mi ramię. – Dokąd teraz, wielkoludzie? Sklep odzieżowy czy market?

– Market – rzucam.

– Niech będzie market. – Śmieje się i wyrzuca opakowanie. Obok przechodzi kobieta ze srebrzystymi włosami i łapie ją. Obraca ją, trzymając dłonią za gardło, a ja patrzę, jak ona krzyczy i wierzga. On ma ponury i pożądliwy wyraz twarzy. – Pta... –

Spostrzega, że to nie Roxy, więc ją odpycha. Ona pada z piskiem na kolana, spogląda raz na nas i wypierdala. Klepię go po ramieniu, kiedy ponuro za nią patrzy. – Niedługo, bracie, niedługo, tylko się trzymaj.

– Chodźmy pozabijać trochę skurwieli – warczy.

ROZDZIAŁ 47

KENZO

Czuję na sobie spojrzenie Rydera, wyczuwam jego troskę o mnie, ale nie potrafię nic powiedzieć, żeby go uspokoić, ponieważ nie jest ze mną dobrze. Jestem wściekły na Roxy, na Triadę i na siebie. Nigdy nie powinienem jej zostawiać. To nie powinno było się zdarzyć. Obiecaliśmy, że będziemy ją chronić, a teraz jest w rękach naszych wrogów i Bóg jeden wie, co z nią robią.

Ona jest wytrzymała, waleczna, ale to nie powinno ją spotkać. Obracam się i walę pięścią w ścianę, patrząc z niezdrową satysfakcją, jak pęka tynk. Zabieram dłoń, potrząsam nią, żeby stłumić ból, i odwracam się do Rydera, który przerwał rozmowę i gapi się na mnie. Napotyka moje spojrzenie, wzdycha i odwraca się z powrotem.

– Niech wszyscy się za to wezmą. Ruszajcie.

Tony odchodzi szybko, a Ryder spogląda na mnie.

– Odnajdziemy ją, trzymaj się, braciszku.

– A co, jeśli ona nie wytrzyma? – warczę, chodząc, z ręki leci mi krew i kapie na podłogę, brudząc ją. Nie dbam o to.

– Wytrzyma – mówi z uporem.

– Skąd wiesz? – wrzeszczę.

Zagradza mi drogę, blokując mnie własnym gniewem.

– Kenzo, Roxxane jest silniejsza od nas wszystkich. Ona już przeszła piekło, przetrwa to. Jeżeli ktokolwiek potrafi, to ona, i w tym momencie musimy w tym pokładać naszą nadzieję. Wierzyć w nią. Tak samo jak ona będzie wierzyć, że przyjdziemy i ją uratujemy. Nie mogę tego zrobić, jeśli tobie będzie odpierdalać! – krzyczy i dyszy, wpatrując się we mnie. – Potrzebuję cię… – Odwraca wzrok. – Ja też się męczę. Potrzebuję twojej pomocy, Kenzo, żeby ją odzyskać. Nic nie może pójść nie tak. Możemy im sprawić cholerne piekło, ja już ją odzyskamy, ale do tego czasu musimy się trzymać w garści. Dla niej.

Wpatruję się w brata, nie wiem, co powiedzieć. W jego oczach widzę prawdę, kryjący się tam strach, gniew… potrzebę. Potrzebuje nas teraz bardziej niż kiedykolwiek, i ona też nas potrzebuje. Ma rację, nie mogę stracić panowania nad sobą, kiedy jesteśmy tak blisko. Żałuję tylko, że nie jestem z Garrettem i D, żeby się trochę wyżyć.

Bierze oddech i wiem, że odlicza, bo po chwili wydaje się spokojniejszy. Chciałbym też potrafić tak robić.

– Zgłaszają się już do nas ludzie, którzy przed laty dla nich pracowali, błagają o pokój, oferują nam wszystko, czego chcemy, żebyśmy ich nie zabijali. Miasto wie i odwraca się do nich plecami.

– To dobrze. – Kiwam głową. – A więc która to kryjówka?

– Garrett wiele z nich ostatnio posprawdzał, nie mogli jej przejąć od tego czasu, więc to musi być któraś z tych, której nie sprawdził – mówi cicho, zastanawiając się na głos. Teraz on dla odmiany spaceruje. Zgubił już marynarkę i krawat i zdjął koszulę. Tak bardzo przypomina naszego ojca, że aż strach. No, poza tatuażami. Ojciec nigdy nie pokalałby sobie ciała dziarą, mówił, że to znak biedoty. – Musi być, tylko która? Potrzebują przestrzeni i braku sąsiedztwa. – Pozwalam mu myśleć, wiedząc, że coś mu chodzi po głowie, i wierząc, że mu się uda.

Zawsze mu się udaje. Ma, kurwa, głowę na karku. Jeżeli ktokolwiek może to rozwikłać, to on. W nim cała nadzieja, Roxy w nim pokłada nadzieję. Cały ten ciężar spoczywa na jego barkach, ale jak zawsze Ryder czuje się z tym jak ryba w wodzie.

– Dużo miejsca… dużo miejsca, bardzo dużo miejsca. Kurwa, oczywiście! – Odwraca się do mnie z błyskiem w oku. – Stary hotel. Nigdy go nie odwiedzamy i leży w podupadłej dzielnicy, gdzie prawie nikt nie mieszka. Policja nie zapuszcza się w te rejony miasta z powodu gangów. To, kurwa, idealne miejsce.

– Cholera – szepczę. – Masz rację, to byłoby ostatnie miejsce, w którym byśmy szukali. – Głównie dlatego, że hotel kiedyś należał do naszego ojca i chociaż nie zdecydowaliśmy się go zburzyć, powszechnie wiadomo, że wszyscy go nie znosimy. Ryder chciał go zostawić, żeby sam zmurszał i niszczał, a teraz zabrali tam naszą dziewczynę.

W miejsce, gdzie to wszystko się zaczęło.

Miejsce, w którym zginął nasz ojciec… z naszych rąk.

Nieruchomieje, na pewno jeszcze raz przeżywając tamtą noc. Czuję, jak mi również wracają wspomnienia, starając się wbić szponami w moją skórę. Migawki płynącej krwi, blada i spanikowana twarz Rydera, kiedy mówi mi, żebym uciekał…

Otrząsam się z tego, nie chcę wracać w te zakamarki pamięci. Nie chcę żyć przeszłością, a to, co zrobiliśmy, zrobiliśmy, żeby przetrwać. Stary zasłużył sobie na to i może Ryder żyje z ciężarem, że to on nacisnął spust, ale to ja krzyczałem do niego, żeby to zrobił.

A teraz znowu tam wracamy.

– Odwołaj ich. Uderzymy o zmroku. Nikogo nie zostawimy przy życiu – warczy Ryder, a potem się odwraca. Kładę mu dłoń na ramieniu.

– Nie ma dzisiaj miejsca na upiory, bracie. To, co się wtedy wydarzyło, jest przeszłością, o której najlepiej zapomnieć. Ona potrzebuje, żebyś dziś wieczorem był w najlepszej formie. Nie pozwól mu znowu wygrać – koję go, a potem wyjmuję telefon i dzwonię do Garretta i Diesela.

Wiem, że Ryder każdego dnia zmaga się z grzechami przeszłości, z tym gównem, które robił, żeby zapewnić mi bezpieczeństwo. Żałuję, że nie mogę przejąć od niego tego ciężaru, ale nie mogę, a tamtej nocy... tamtej nocy popełnił najwyższą zbrodnię, żeby uratować swoją rodzinę. Żeby uratować nas.

To jeden z wielu powodów, dla których nigdy go nie opuszczę, nigdy nie zdradzę, nigdy się od niego nie odwrócę, nawet kiedy jest zimny. Ponieważ pod tym lodem jest chłopak, który wyjął broń z moich trzęsących się rąk, kiedy się bałem, który poszedł za mną do hotelu naszego ojca, gdy zamierzałem go zabić...

I nacisnął spust, kiedy ja nie potrafiłem.

– Macie coś? – warczy Garrett, a w tle słyszę odgłos jakby piły łańcuchowej.

– Wracajcie do domu, wiemy, gdzie ona jest – mówię mu i się rozłączam.

Żmije się wiją gotowe do ataku. Po tym wszystkim z Triady nic nie pozostanie.

Trzymaj się, najdroższa, idziemy po ciebie.

ROZDZIAŁ 48

ROXY

Skurwysyńscy pierdzielcy.

Boli mnie głowa, boli mnie ciało i słyszę dziwne dzwonienie w uszach. Usta mam zdrętwiałe, a oczy nie chcą mi się otworzyć. Gdzie ja, u diabła, jestem? Co się stało? Wytężam umysł, starając się sobie przypomnieć mimo otulającej go mgły i ignorując rozdzierający ból. To ważne, wiem o tym…

Kurwa.

Wypadek.

Cholera, dorwali mnie… więc gdzie jestem? Mam poczucie, jakby w głowie zbierała mi się krew, jak wtedy, gdy leży się do góry nogami zbyt długo. W uszach ciągle mi dzwoni, ale przez ten odgłos i walenie mojego serca słyszę gdzieś koło mnie kapanie – jakby wodę powoli spadającą na płytki. Oprócz tego słyszę jedynie chyba odległy szum wiatru… a poza tym cisza.

Dobra. Uspokój się, kurwa, Rox. Po kolei, otwórz swoje pieprzone oczy i zobacz, gdzie jesteś. Potem uciekniemy i pozabijamy tych skurwieli.

Sprawię, że te kurwy będą płakały za swoimi mamusiami… jak tylko otworzę oczy.

Nie pozwalam zadomowić się ani dać się opanować panice, to na nic się nie zda. To sprawa życia lub śmierci i muszę się stąd wydostać, zanim wrócą. Wiem, że czekają mnie tylko tortury, a potem skończę z kulą w głowie. Nie chcę tak umierać. Umrę tak, jak żyłam, z piwem w dłoni i ujeżdżając chuja.

Udaje mi się wreszcie rozewrzeć oczy. Są zalane łzami i muszę kilka razy mrugnąć, żeby je oczyścić. Kiedy to robię, marszczę brwi zdezorientowana, próbując zrozumieć to, co widzę.

Czy ja jestem do góry nogami?

Włosy zwisają mi w dół, dotykając podłogi i nasiąkając krwią z szybko rosnącej tam kałuży. Podłoga jest pokryta wykładziną w brudnobiałym kolorze. Unoszę głowę z wyraźnym jęknięciem i rozglądam się po reszcie pomieszczenia. Wykładzina przechodzi dalej w beton, ściany są pomalowane na kolor złamanej bieli. Po prawej jest coś, co wygląda na bojler, a poza tym pomieszczenie jest niemal puste, oprócz wycinków z rozbieranych magazynów przyklejonych taśmą do ściany w rogu, gdzie stoi również stare drewniane krzesło.

Ona ma fajne cycki.

Cholera, skup się, Rox.

W pomieszczeniu czuć stęchlizną i pewnie musiało stać zamknięte przez jakiś czas. Nie widzę też nigdzie żadnych okien. Kurwa. Unoszę głowę wyżej, nadwyrężając sobie plecy, patrzę na sufit i widzę, że faktycznie jestem na nim zawieszona na łańcuchu, zwisając jak pieprzone mięso u rzeźnika. Kręcę dłońmi, które są związane za plecami, i spostrzegam, że mam obolałe wargi, jak gdyby były wcześniej zaklejone taśmą. Skurwysyni.

Nic dziwnego, że mam gonitwę myśli w głowie, skoro spływa

mi do niej cała krew, zaczynam czuć się oszołomiona. Ciało mam słabe i nie mam wyjścia, muszę opuścić w dół głowę, powodując, że mój korpus kołysze się niebezpiecznie. Przysięgam, że jeśli teraz spadnę, to będę wkurzona, ale łańcuch trzyma, chociaż skrzypi.

Dobra, więc jestem przywiązana do góry nogami… jakieś pomysły? Uch, boli mnie głowa. Wtedy przypominam sobie nóż, który miałam z tyłu przy kręgosłupie. Napinam ręce, próbując wymacać, czy tam jest, bolą mnie od tego ramiona, ale zniknął. Zabrali go. Dobra, więc broni też nie mam. Mogłabym się rozbujać i spróbować złamać belkę, na której jestem zawieszona. Problem tylko w tym, że mogę rozbić sobie głowę o podłogę albo sufit może runąć, a to nie brzmi jak dobry pomysł.

Stawiam na to, że chłopaki wiedzą już, że zniknęłam. Będą wkurzeni, a Diesel się wścieknie, ale nie mogę czekać, aż tu dotrą i mnie uratują. Sama muszę stąd spieprzyć. Wtedy słyszę odgłos zbliżających się kroków. Oddech mi przyspiesza, serce szybko bije, kiedy przełykam własną żółć.

Dobra, cokolwiek zrobią, przetrzymam to.

Słychać trzask zamka, drzwi się otwierają i trzech mężczyzn wchodzi do pomieszczenia. Drzwi głośno się za nimi zatrzaskują. Jestem z nimi zamknięta. Wspaniale. Powinnam rozegrać to na chłodno, rozegrać to sprytnie, ale jak zwykle moja buzia nie daje się kontrolować.

– Dobry wieczór, dupki, to jakaś nowa zboczona zabawa? Bo muszę przyznać, że mnie to nie bierze. Jestem mokra, ale szczerze, myślę, że się trochę zsikałam, więc nie mogę wam pogratulować.

Nie odpowiadają, ale ten w środku wysuwa się do przodu. Ma na sobie rozpięty u góry czarny garnitur. Krótkie czarne włosy ma zaczesane na bok, a jego brązowe oczy są zwężone i złe. Ma wydęte usta i dostrzegam cyfrę „trzy" zaczynającą się na jego szyi i schodzącą na ramię. Pozostali dwaj to wyraźnie zbiry. Ten po lewej ma ogoloną głowę. Ma masywną sylwetkę, obleczoną czarnymi dżinsami i czarnym podkoszulkiem. Dostrzegam na nim przynajmniej trzy sztuki broni i wygląda, jakby miał więcej krzepy niż rozumu. Ten po prawej ma fioletowego irokeza, kolczyki w lewej brwi i nosie, i nawet jeden w wardze. Ma niebieskie i trochę dzikie oczy, kiedy uśmiecha się, patrząc na mnie. Jego sylwetka jest chuda i pokryta tatuażami, nie ma na sobie koszulki, tylko skórzane spodnie.

– Nie robią ci się odparzenia? Dostałam strasznych odparzeń, kiedy takie nosiłam, wiesz? Zwłaszcza kiedy się mocno pocisz, a w skórze ciągle tak jest, prawda? – pytam.

Uśmiecha się szerzej.

– Puder dla niemowląt.

– Aha – mówię poważnie. – Będę musiała spróbować, dzięki.

– Wystarczy! – warczy mężczyzna w garniturze, przyciągając moje spojrzenie.

– Co? Dopiero się rozkręcałam. Powinieneś wiedzieć, że raz gadaniem wykręciłam się od mandatu… dobra, trzy razy, ale kto to liczy? A później pewnego razu znalazłam się w meksykańskim więzieniu i…

Kurwa.

Głowa mi się przekręca i aż bujam się od liścia, którego mi sprzedał. Policzek mnie piecze, ale śmieję się, kiedy łapie moje bujające się ciało i unieruchamia mnie, odwracając mi głowę w swoją stronę.

– Cholera, a to zabawa, zrób to jeszcze raz, zobaczymy, jak daleko potrafisz mnie bujnąć!

Uderza mnie znowu wierzchem dłoni i tym razem kręcę się, przez co do gardła napływa mi żółć i przytrzymuję ją, aż znowu jestem przodem do nich i wtedy pluję. Pryska mu na spodnie i buty, a ja się śmieję i trochę plwociny spływa mi po policzku.

– Cholera, to dopiero było zabawne! – krztuszę się.

On wrzeszczy, odsuwając się i spoglądając z niesmakiem na swoje niegdyś lśniące buty. Koleś z irokezem rechocze, a ja puszczam do niego oko.

– Tak myślałam, że ci się spodoba.

– Przymknij ją – warczy mężczyzna dyrygujący wszystkim, unosząc stopę i gniewnie na nią patrząc.

Drugi mężczyzna, Łysol, podchodzi i wali mnie w żołądek kolbą pistoletu. Ze stęknięciem wychodzi ze mnie powietrze i bujam się tam i z powrotem, czując przeszywający ból w brzuchu. Robi to znowu i znowu, aż ledwie mogę oddychać, a co dopiero mówić. Czuję, jak trzaskają mi żebra, cholera. No więc za każdym razem, kiedy biorę oddech, wzbiera we mnie ból.

Ale przeszłam przez gorsze rzeczy, więc gdy mogę znowu oddychać, wydaję z siebie obolały chichot.

– To było dobre. Ale muszę przyznać, że mój chłopak to mistrz tortur i jest znacznie kreatywniejszy. A gdzie są zabawki? Strach? Dajcie spokój, chłopaki, stać was na więcej.

– Och, do tego przejdziemy później. – Irokez uśmiecha się w stylu grzecznego chłopca.

– Roxxane, spójrz na mnie – domaga się koleś w garniturze. A więc to robię, a on podchodzi bliżej, łapiąc mnie za ramię i unieruchamiając, schyla głowę i spogląda mi w oczy. – Daję ci szansę, żebyś nam wszystko powiedziała. Wiemy, że nie chcesz z nimi zostać, porwali cię, ale my możemy ci pomóc. Tylko powiedz nam to, czego potrzebujemy, żeby ich zabić, i będziesz wolna.

– Tak… rozumiem, ale łatwiej byłoby mi w to uwierzyć, gdybyście mnie nie zawiesili jak świni. Powinniście od tego zacząć, zanim zaczęliście mnie ścigać i faszerować środkami nasennymi, ale macie, kotki, nieaktualne informacje, bo ja jestem pieprzoną Żmiją! – Wyrzucam głowę do przodu i walę w jego głowę.

Ciosy głową nie są przyjemne.

Ciosy głową bolą, dzieciaki.

Zatacza się do tyłu z wyciem, ma rozbity nos, a mi głowę znowu przeszywa ból.

– Cholera, koleś, masz twardą czachę – jęczę, zamykając na moment oczy.

Kiedy ponownie je otwieram, trzyma dłoń przy krwawiącym nosie i ma rozjuszone spojrzenie.

– Andrew, jest twoja. Wydobądź z niej wszystko, co muszę wiedzieć, a później ją zabij – rozkazuje, a potem się odwraca i otwiera gwałtownie drzwi.

Łysol idzie za nim i słychać odgłos zamka, kiedy drzwi się zatrzaskują. Andrew, gość z irokezem, podchodzi, strzelając palcami i patrząc na mnie z uśmiechem.

– Zabawimy się.

Wzdycham.

– Andrew, naprawdę? Spodziewałam się jakiegoś bardziej spoko imienia. Czy mamusia chociaż wie, że tu jesteś? Czy potrzebujesz pozwolenia?

Uśmiecha się szerzej, a potem jego pięść trafia mnie w twarz i zapada ciemność.

Kiedy przytomnieję, jestem przywiązana do drewnianego krzesła. Pojękując, spoglądam na swoje ręce, każda z nich jest przymocowana do oparcia krzesła, a nogi też mam skrępowane. Skurwysyni. Drut kolczasty, którego użyli do związania mnie, wbija mi się w nadgarstki i kostki, kiedy wiercę się na krześle, próbując się uwolnić.

No, to coś nowego. Uspokajam się, unoszę głowę, po brodzie spływają mi ślina i krew. W czaszce gra mi orkiestra dęta, ramiona i plecy dotkliwie mnie bolą od wiszenia do góry nogami, a płuca mam ściśnięte i przy każdym oddechu trzeszczą mi żebra.

Andrew nie ma w pomieszczeniu, pewnie gdzieś poszedł zwalić konia, więc zamykam na chwilę oczy, oddychając boleśnie. Mijają minuty, a ja pogrążam się w swoich myślach. Zabawne, że gdy zbliża się koniec, człowiek zaczyna myśleć o początkach.

Nigdy nie miałam łatwego życia, ale muszę przyznać, nie sądziłam, że zakończy się tutaj. Zawsze, kiedy myślałam o śmierci, inaczej to sobie wyobrażałam. Ale tak to jest, nie należy, cholera, od życia oczekiwać nawet najmniejszej pieprzonej rzeczy.

Życie się nam nie należy, trzeba o nie walczyć, żeby wytrwać i przetrwać. I tak też robiłam.

Życie jest pełne chwil, krętych ścieżek i niespodziewanych zwrotów. Każda osoba, która wchodzi w nasze życie, otwiera przed nami nowy świat, nowe miejsca i odczucia, nie zawsze dobre, i od każdego mamy okazję się czegoś nauczyć. Czy przyjmiemy te nauki, to zależy od nas. Od mojego ojca nauczyłam się akceptować ból, rozumieć, jak silne jest moje ciało, nawet kiedy wielokrotnie było łamane, i stąd wiem, że mogę to przetrwać. Każda osoba czegoś mnie nauczyła.

Miłość, miłość jest wytrwała. Miłość jest ślepa. Miłość jest popaprana i tak doskonała, że przez całe życie jej szukamy, nawet gdy o tym nie wiemy. Myślę, że też o tym nie wiedziałam, ale tak czy owak, znalazłam ją w postaci czterech przestępców. Z sercami równie ciemnymi jak ich dusze.

Problem w tym, że nigdy nie starałam się im opierać, tak naprawdę nie. Myślę, że jakaś cząstka mnie poznała się na nich i chociaż miałam myśli zmącone zdradą i gniewem, to gdzieś w głębi zaskoczyliśmy niczym pasujące do siebie fragmenty układanki.

Diesel dostrzegł to przed nami wszystkimi. Reszta z nas żyła w niewiedzy, nie chcąc się naginać i łamać. Ale nie on, on rozerwał te mury w moim wnętrzu, nie chcąc się chować przed prawdą. Niektórzy mogą nazywać go szalonym, ale może jest po prostu oświecony… no dobrze, i trochę stuknięty.

Kenzo… kurwa, Kenzo. Jeżeli zginę, to go zabije. On już stracił mamę, a ma takie troskliwe serce, nawet jeśli nie zawsze można to dostrzec. Kiedy kocha, kocha mocno. Idzie na całość.

Ryder będzie obwiniał siebie. Uważa, że jego zadaniem jest chronić wszystkich, przewidzieć wszelkie zagrożenia, ale jest tylko człowiekiem. Nie powstrzyma go to jednak przed znienawidzeniem siebie.

Garrett jest i tak bliski krawędzi, a to może popchnąć go na drugą stronę. Mój pokryty bliznami egzekutor zagubi się wśród swoich demonów, aż wreszcie go to zabije.

A więc nie, nie mogę tu umrzeć, ponieważ może to ich złamać, uczynić ich słabymi i pomóc Triadzie ich pozabijać. Nie chcę być powodem ich śmierci. Sama też nie chcę umierać.

Jak tylko to sobie uświadamiam, ogarnia mnie spokój. Nie mam zamiaru tu, kurwa, umierać. Jeżeli mam umrzeć, to w towarzystwie moich mężczyzn, z bronią w ręku i uśmiechem na twarzy. Muszę im powiedzieć, że ich kocham.

Drzwi się otwierają i wkracza Andrew, a za nim Łysol. Cholera, dobra, przyszedł czas na tortury. Przeżyłam gorsze rzeczy, przeżyję i to. Ciągle to sobie powtarzam, gdy odchylam głowę do tyłu i częstuję ich uśmiechem.

– Cześć, chłopaki, moje hasło bezpieczeństwa to bąbelki, tak na wszelki wypadek.

– Nie będzie ci potrzebne hasło bezpieczeństwa – żartuje Łysol.

– Założę się, że mówisz to wszystkim dziewczynom, dlatego pewnie na pierwszej randce się kończy. – Uśmiecham się.

Irokez, Andrew, się śmieje.

– Ona ma rację.

Łysol podchodzi do mnie i wali mnie pistoletem w brzuch, aż mnie zatyka. Kiedy w końcu znowu mogę oddychać, uśmiecham się.

– Cholera, chłopcze, nie wiesz, jak to się robi? Zaczynasz delikatnie, żeby się dla ciebie powoli rozkręciły. Nie walisz od razu swoim gnatem, licząc, że jakoś to będzie. – Spoglądam na Andrew. – Co to za żółtodziób? Prowadzasz go ze sobą jak te kobiety z pieskami chihuahua w torebce?

On parska i patrzy na Łysola, któremu cała głowa czerwienieje. Patrzę z niezdrową fascynacją, jak rumieniec pełznie po jego lśniącej czaszce.

– Pastujesz ją? No wiesz, a potem polerujesz, jak się froteruje podłogi? Bo cholernie się błyszczy…

Tym razem wali pistoletem w obolałe ramię. Wydaję z siebie chrząknięcie od nagłego przypływu bólu i próbuję się skulić, żeby je ochronić. Kiedy byłam młoda, nauczyłam się, że w końcu każdy zaczyna krzyczeć, mogą się tym podniecać, ale szczerze, ludzie nie krzyczą tylko w filmach. Ach, mam nóż w brzuchu? Zachowam milczenie, to nie działa w ten sposób. Ale są dwa sposoby, w jakie można to rozegrać – możesz im pozwolić się zniszczyć, złamać, albo możesz wykorzystać to przeciwko nim.

Odwrócić narrację, zaskoczyć ich.

I tak właśnie robię. Gdy mogę już oddychać bez płaczu, puszczam do niego oko.

– Pałę też masz łysą?

Wali mnie pistoletem w drugie ramię i czuję trzask, cholerna kurwa.

– Ty skurwysyńska łysa kurwo – warczę. – Nie tak traktuje się damy.

– Nie jesteś żadną pieprzoną damą, dziwko, jesteś chodzącym trupem.

Zapada cisza, a ja spoglądam na Andrew.

– To bardzo niefortunne określenie, bo ja nie chodzę. Myślisz, że on bierze wszystkie swoje teksty z kiepskich filmów akcji?

Tym razem Andrew powstrzymuje go.

– Franny, wystarczy – rzuca. – Ona jest moja, ty tu jesteś od siłowej roboty.

Powstrzymuję się od śmiechu tak długo, jak tylko potrafię, czyli przez cale trzydzieści sekund, a potem śmieję się tak mocno, że aż trochę popuszczam w majtki.

– O Boże, masz na imię Franny? Ja pierdolę, nic dziwnego, że masz problemy z agresją, biedny Franny! – wyję.

Łysol warczy i idzie do mnie, ale Andrew zagradza mu drogę i przez chwilę widzę, dlaczego jest oprawcą. Na twarzy zapala mu się gniew i wygląda, jakby rósł w oczach. Łysol vel Franny cofa się, przeklinając, kiedy się odwraca, i wtedy Andrew się rozluźnia, znowu garbiąc się i uśmiechając, jak gdyby nic na świecie mu nie przeszkadzało.

Ale ja zdążyłam zobaczyć, co kryje pod spodem. Prawdziwego Andrew, który lubi cierpienie, lubi, żeby bolało, to będzie… kurwa, straszne.

Andrew odwraca się i wzrusza ramionami.

– Zachowuj się, on mógł cię zabić.

– Tak, to nie na wiele się zda. Ludzie od dziecka mi mówili, żebym się zachowywała, i popatrz, gdzie wylądowałam. – Wzruszam ramionami w stylu „ojej", kiedy on idzie do tacy i rozkłada swoje przybory. – Powiedz mi, jak długo się tym zajmujesz?

– Och, parę lat – odpowiada, podnosząc skalpel.

– Masz dużo klientów? – pytam spokojnie.

Staje przede mną z okrutnym uśmiechem.

– Jesteś dziwna, wiesz o tym? Ale i tak wszyscy krwawią na czerwono.

– Ale byłoby śmiesznie, gdyby zaczęła ze mnie płynąć niebieska krew. – Śmieję się, ale mój śmiech przechodzi w jęk. Zgrzytam zębami, kiedy tnie mnie po twarzy, to delikatne nacięcie, ale wystarczające, abym poczuła, jak krew spływa mi po policzku. – Do kurwy nędzy, to jest maszynka do robienia pieniędzy, chłopcze.

– Przepraszam. – Kiwa głową i przeciąga mi ostrzem po ramieniu. – Tak lepiej?

– Znacznie, dzięki. Ale nie spierdol mi cycków, bo wkurzysz Garretta, a ostatni raz, kiedy mnie tatuował… no, powiedzmy, że wszyscy mieli z tego szczęśliwe zakończenie.

Andrew się uśmiecha.

– Oczywiście. – Zaczyna nacinać mi nożem wierzchnią stronę stopy i wydaję z siebie słaby krzyk, na co Łysol się śmieje.

– Hej, Franny, myślisz, że mama dała ci tak na imię z powodu twojej wielkiej waginy? – wołam bez tchu.

Wtedy Andrew odrobinę się rozkręca. Kiedy tnie mnie po brzuchu, nie mam już czasu nic powiedzieć, jedyne, co mogę robić przez jakkolwiek długi czas to trwa, to oddychać i krzyczeć. Gdy się odsuwa, mam zwieszoną głowę i mocno się staram, żeby powstrzymać łzy, więc jak przystało na stukniętą dziwkę taką jak ja, przekręcam nadgarstki opasane drutem kolczastym, kalecząc je tak, że ból zatrzymuje płacz.

Dostaną moje krzyki, nic więcej.

Dochodzę trochę do siebie, unoszę głowę, pluję krwią w stronę Łysola i się śmieję.

– To było zabawne, co dalej?

– Powiedz mi, jak dostać się do ich mieszkania? – pyta Andrew. Ach, więc oni nawet tego nie wiedzą.

– Nie wiem, lubią zasłaniać mi oczy, zboczeni sukinsyni.

On znowu mnie dźga i wydaję jęk, ale opanowuję oddech, narasta teraz we mnie cierpienie. Cholera, cholera, cholera. Tylko, *kurwa, nie zemdlej, Roxy.* Kiedy już czuję, że to nie nastąpi, uśmiecham się do niego, usta mam trochę odrętwiałe.

– Czy mogę zadzwonić do przyjaciela, zanim odpowiem?

Wzdycha i wyciera ostrze.

– Daj spokój, Roxy, szkoda byłoby zmarnować taką kobietę. Powiedz mi to, czego muszę się dowiedzieć. Powiedz mi wszystko o Żmijach.

– Tak, chyba jednak powiem zdecydowane nie. Nie dasz rady, nie dostaniesz swoich pieniędzy, kurwo, ci skurwiele są stuknięci.

Kuca i łapie mnie za kolana, spoglądając na mnie.

– Bardziej się boisz ich niż mnie?

– Pewnie, kurwa. Nie słyszałeś, co mówiłam? Oni są stuknięci i mnie lubią! Wyobraź sobie, co robią z ludźmi, których nie lubią… – Uśmiecham się szerzej. – Wyobraź sobie, co tobie zrobią za to, że mnie dotykałeś. Ostatnim razem połamali gościowi dłonie i wyrwali mu język… Ciekawa jestem, czy będziesz krzyczał?

Patrzę, jak unosi nóż pokryty krwią. Przypomina mi to Diesela i osobliwie, cipka mi się zaciska… tak, naprawdę, ty dziwko? Teraz nie czas na to.

Tak, wreszcie udało mi się wkurzyć Andrew.

Wymierza policzek wierzchem dłoni i głowa mi leci w bok, a usta napełniają się krwią. Spluwam i obracam głowę ze śmiechem, szczerząc się szeroko do niego, moje zęby i usta zapewne pokryte są krwią, jeżeli sądzić po jego zdegustowanym szyderczym uśmiechu.

– To są według ciebie tortury? U mnie gra wstępna jest mocniejsza. No dawaj, stać cię na więcej – szydzę.

– Powiedz mi! – ryczy mi w twarz, tracąc cierpliwość, kiedy uświadamia sobie, jak trudno będzie mnie złamać.

Oblizuję wargi i zaglądam mu w oczy. Za nic nie zdradzę moich chłopaków. Mówią, że w czasie tortur należy ujawniać informacje, które są nieistotne i bliskie prawdy, ale za nic nie będę ryzykować. Diesel by mnie zamordował, kocha czy nie kocha. Wiem, że sprowadzam na siebie morze cierpienia, ale potrafię to znieść.

Przetrwam to.

Biorę głęboki oddech i kiwam poważnie głową, boli mnie całe ciało, jestem cała we krwi i przeszywa mnie męka.

– Dobrze, dobrze, powiem ci…

Obydwaj czekają z nadzieją, a ja staram się przybrać potulny i załamany wygląd, pozwalając nawet, aby łzy napłynęły mi do oczu, prawdziwe, wywołane bólem. Wciągam kolejny bolesny oddech, żebra mi protestują, i zaczynam śpiewać:

– I zawsze będę cię kochać... – Andrew aż się wzdryga, tak głośno śpiewam.

Znowu uderza mnie wierzchem dłoni, nie pozwalając mi dokończyć piosenki, więc spluwam krwią i odkręcam się do niego.

– Nie? Nie wczuwasz się? A co powiesz na jakiś kawałek Metalliki? Nie, to może Tay-Tay? Wyglądasz mi na skrytego fana Swifty!

Łysol wysuwa się do przodu, celując do mnie z pistoletu.

– Zmuś ją do mówienia – domaga się. – Oni niedługo po nią przyjdą.

Uśmiecham się na to.

– Franny, oni już idą, a ty masz przejebane. Dobra, na czym skończyłam? Ach, Tay-Tay... – zaczynam śpiewać, a on z pomrukiem otwiera drzwi i szybko wychodzi. – Poczekaj! – wołam. – Tak dobrze się bawiliśmy, Franny! Jeszcze nawet nie doszłam do moich własnych kawałków!

Andrew wzdycha, jak gdybym go zawiodła.

– Roxy, to mogło być takie proste. Mogłaś umrzeć szybko.

– Tak, nigdy nie podobały mi się proste rozwiązania. Co tu dużo gadać. Bardzo ich lubię. – Uśmiecham się do niego.

On zrzuca teraz maskę spokoju i wiem, że zbliża się morze cierpienia. Miejmy nadzieję, że zdołam przetrwać to gówno, bo moje Żmije nadchodzą, wiem o tym, a jeśli znajdą mnie martwą... miasto nie przetrwa ich gniewu.

Czas płynie powoli, straszliwie powoli, jak przeszywający całe moje ciało ból. On jest sadystyczny, nie tak dobry jak D, ale wystarczająco, żeby podziałało. Wokół nas dźwięczą moje krzyki i w końcu zaczynają płynąć mi łzy po policzkach. Pode mną zbiera się krew, mam śliskie od niej palce. Wyrywa mi kilka paznokci i łamie kilka palców u stóp. Łamie mi palec u ręki. Dźga, tnie i kroi. Zakłada mi na głowę torbę i leje wodę, aż w końcu nie mogę oddychać i myślę, że się zadławię, a kiedy zrywa ją, z ust płynie mi woda na pierś, a płuca palą od lodowatego płynu.

– Dzięki, chciało mi się pić.

Stara się, jak może. Stawką jest jego praca i życie – jeżeli nie zdobędzie informacji, ale w tym właśnie rzecz… ja prędzej umrę, niż ich zdradzę, niż zdradzę kogoś, kto dał mi szansę, kto okazał mi życzliwość… a moje Żmije?

Oni mnie kochają.

I co dosyć dziwaczne, ja, kurwa, też ich kocham.

No więc jeśli mam tu umrzeć, sama w tym cholernym obskurnym pomieszczeniu, niech tak będzie. Flirtowałam ze śmiercią od dziecka, a umrzeć dla ludzi, których się kocha, wydaje się dobrym sposobem pożegnania się ze światem.

Andrew nie może tego zmienić. Może łamać moje ciało raz za razem, może doprowadzać mnie do krzyku i płaczu, może sprawić, że będę błagać o śmierć, ale ani jedno słowo o moich mężczyznach nie wyjdzie z moich ust. Myślę, że zaczyna to sobie uświadamiać, bo siada i patrzy na mnie.

– Muszę wyrazić podziw dla twojej lojalności. – Wzdycha. – Irytujące, ale robi wrażenie. Powiedz mi, czy oni naprawdę cię kupili?

Kiwam głową, zwilżając sobie usta.

– Więc skąd ta lojalność? – pyta z ciekawością.

– Bo zaczęliśmy źle, ale teraz są dla mnie wszystkim. – Wzruszam ramionami. – Wiesz, jak to jest, nie oszukujmy się, każda romantyczna historia jest w jakiś sposób popierdolona. *Romeo i Julia*? Byli pieprzonymi dzieciakami i umarli. Nawet nie pozwól mi się rozgadać na temat *Pokuty*, Jezu, płakałam jak dziecko. Na lojalność trzeba zasłużyć, nie da się jej kupić.

– A oni na nią zasłużyli? – dopytuje się.

Nie odpowiadam, a on kiwa głową.

– Muszę poinformować mojego szefa, przemyśleć to. – Wstaje i wychodzi, patrzę za nim, a trzask drzwi i kliknięcie zamka dźwięczą głośnym echem w wilgotnym pomieszczeniu.

Czy oni na to zasłużyli? Jego pytanie rozbrzmiewa w mojej głowie.

Bez dwóch zdań wszyscy jesteśmy porąbani, a nasza miłość jest dziwna… ale lojalność – tak, zasłużyli na nią, i nadal będę im ją winna, ponieważ zrobią wszystko, żeby mnie chronić. Ocalić mnie. Dać mi wszystko, czego potrzebuję.

Kiedy nikt inny tego nie potrafił, oni nie zwracali uwagi na moją hardość i blizny, i robili to tak długo, aż mnie ujęli.

Nie jestem dziecinna ani głupia. Wiem, że jeśli ich zdradzę, zabiją mnie, choćby mnie kochali, ale nie dlatego ich nie wydam. Po prostu nie byłabym w stanie ich zranić w ten sposób, nawet żeby uratować własne życie, i jeśli to nie jest miłość, to nie wiem, co nią jest.

Czasami w życiu spotyka się ludzi, dla których warto umrzeć, i są to zwykle ci sami ludzie, dla których warto żyć. Ale nie zawsze można mieć jedno i drugie. Jeżeli wszystkim, co mogę im zaoferować w tej chwili, jest moje milczenie i śmierć, zrobię to.

Chciałabym tylko załatwić jeszcze paru tych skurwieli.

Moi mężczyźni może i są przestępcami i babrają się w śmierci i władzy, ale koniec końców, tak naprawdę pragną tylko miłości. Rodziny. Nie chcę tego zepsuć.

Oni może i są moją siłą, ale ja jestem ich słabością.

I wtedy słychać nade mną eksplozję i cały budynek się trzęsie, a z sufitu sypie się pył. Uśmiecham się pod nosem, dokładnie wiedząc, kto to jest.

Niepotrzebny mi jest żaden pieprzony bohater, który przyjdzie, żeby mnie ocalić, potrafię sama się uratować, ale ani przez chwilę nie wątpiłam, że mi pomogą, pomogą się stąd wydostać, i nie myliłam się.

Chociaż raz ktoś mnie nie zawiódł.

I nie chcę ich rozczarować.

Czas się oswobodzić i spotkać z moimi chłopcami, a potem pozabijamy wszystkich tych skurwysynów.

Dobra, Roxy, czas wziąć się do walki. Na górze słychać kolejne eksplozje i strzały, a ja rozglądam się, aż przychodzi mi do głowy pewien pomysł. To jest, kurwa, głupi pomysł, ale lepsze to niż nic. A więc kołyszę się w jedną i drugą stronę, nabierając impetu.

Krzesło zaczyna się chybotać, kołysząc się razem ze mną, w pomieszczeniu słychać głośne skrzypienie, ale zagłuszają je odgłosy walki. Huśtam się mocniej i krzesło z trzaskiem przewraca się na bok. Upadam na podłogę i wydaję jęk, uderzając się w głowę, ale krzesło się rozlatuje. Obracam się na plecy i jęczę, leżąc tak przez chwilę. Spadłam na lewe ramię, które nie działa. Cholera, myślę, że je sobie zwichnęłam.

Ja pierdzielę, u Johna Wicka to gówno wyglądało łatwiej. Oszukiwał, boli jak skurwysyn, gorzej niż pierwszy kutas w dupie.

Siadam i widzę, że fragmenty krzesła nadal są przywiązane drutem do moich rąk i nóg. Cholera. Uderzam nadgarstkiem o podłogę i udaje mi się wyplątać drewno, a potem odwiązuję druty i robię to samo z moimi kostkami. Jestem w stanie używać tylko jednej dłoni, bo druga ręka śmiesznie zwisa. Skowyczę, odwiązując drut kolczasty i widząc, jak krew tryska mi z kostek i dłoni. Kurwy.

Idzie mi to powoli, naprawdę powoli, a kiedy wreszcie kończę, dyszę i ciekne ze mnie pot. Teraz trzeba jakoś otworzyć drzwi. Podnoszę się i staję niepewnie na bosych stopach, osłaniając pierś ramionami i krzywiąc się z bólu przeszywającego moje ciało.

Wpada mi do głowy kolejny głupi pomysł.

– Hej, Franny, jesteś tam? – krzyczę. – Franny, uwolniłam się, lepiej chodź tu i mnie złap!

Zamek trzaska i drzwi się otwierają, ukazuje się w nich Franny. Kiedy mnie widzi, burczy i rzuca się na mnie. Raz kozie śmierć…

Udaję, że się przewracam i łapię dolną część oparcia krzesła, a potem zrywam się na nogi, gdy się zbliża, i z krzykiem walę nią raz za razem w jego głupią twarz. On wyje i zatacza się do tyłu, próbując zablokować moje ciosy, a pistolet wypada mu na podłogę.

Okładam go, aż pada na ziemię. Dysząc, chwytam pistolet drugą ręką i przystawiam mu do głowy. Oczy mu się rozszerzają, a po twarzy spływa krew.

– Żegnaj, Franny, miło było cię poznać. – Pociągam za spust. Przyciskam pistolet do ciała, wydaję jęk i podchodzę do drzwi.

Boże, ale bym się zdrzemnęła.

ROZDZIAŁ 49

RYDER

Siedzę w samochodzie na ulicy prowadzącej do hotelu, sprawdzając swoje pistolety i uzbrojenie, gdy go obserwujemy.

– Będą ją trzymać w jakimś bezpiecznym miejscu, prawdopodobnie pod samym hotelem. Będą w dużej sile, ale nie spodziewam się, żeby była tam cała Triada – to dla nich zbyt niebezpieczne przebywać razem w jednym miejscu. Będzie paskudnie. Nie rozdzielajcie się, uważajcie na pozostałych i zabezpieczajcie sobie tyły. Idziemy od pomieszczenia do pomieszczenia, aż ją znajdziemy – rozkazuję, zapinając paski od kamizelki. Będzie mnie trochę chronić, ale jak dostanę kulę w głowę, i tak zginę, więc musimy działać rozważnie.

Przepełnia mnie wściekłość, ale muszę odnaleźć moją dziewczynę. Diesel zakłada sobie jaskrawofioletową nerkę biodrową ze strzelającym iskrami jednorożcem na boku. Nie pytam go o to, bo nie mamy czasu na jego odjazdy. Garrett ma zawieszoną na piersi strzelbę i pieprzony granatnik na plecach – to on będzie wchodził pierwszy. Kenzo również jest uzbrojony po zęby.

Będą mieli nad nami przewagę liczebną, ale inaczej nie byłoby przecież zabawy.

– Idziemy. Wchodzimy z przytupem, nie powstrzymujcie się i pamiętajcie, o co walczymy – warczę, zapinając zatrzask.

– Uch, wiem, gdzie jesteśmy! Dla mojej ptaszyny! – Uśmiecha się Diesel.

– Dobrze się czujesz? – pyta Garrett. – Nie umysłowo, to wiemy, ale…

– Och, walnąłem sobie trochę adrenaliny. Idziemy! – krzyczy.

Śmiejąc się, wysiadam z samochodu, a potem milkniemy. Idziemy w szyku w stronę hotelu. Mamy przewagę, bo znamy jego rozkład, przejścia i sposoby, żeby się szybko poruszać po całym budynku. Oni tego nie wiedzą.

A ponadto walczymy o naszą dziewczynę, więc nic nas nie powstrzyma.

Przebiegamy ulicę, kryje nas noc, i opieram się plecami o ścianę przy głównym wejściu, łańcuch, na który dawniej było zamknięte, leży zapomniany na chodniku. Garrett przywiera plecami po drugiej stronie, a ja kiwam głową, odliczając na palcach. Bierze w ręce granatnik, a ja zrywam się do przodu i otwieram szybko drzwi. Wchodzi do środka, kuląc się i odpalając, a potem się cofa, kiedy eksplozje wstrząsają budynkiem.

Słychać krzyki i wszyscy kolejno wchodzimy przez dym, rozdzielając się, żeby zająć pozycje po obu stronach dużego hallu. Chowam się za filarem, to samo robi Garrett, a Diesel przelatuje nad starą kanapą, kiedy sypią się w jego kierunku pociski. Kenzo wślizguje się za kontuar recepcji. Wyglądam, rozglądając się dokoła, i widzę ciała na podłodze, ale ze schodów i z góry strzelają chyba z broni półautomatycznej, pociski sieką wszystko i wszędzie latają kawałki drewna i kanapy przy głośnym hałasie.

Potem zapada cisza i wszyscy ruszamy jednocześnie. Pochylam się i celuję, wybierając górne piętro, ponieważ jestem najlepszym strzelcem. Mam zaufanie do moich braci, że zajmą się pozostałymi. Załatwiam dwóch ludzi, po czym znowu chowam się za filarem, kiedy oni zaczynają ponownie strzelać, słyszę ich krzyki. Spoglądam na Garretta i kiwam głową. Znowu bierze w dłonie granatnik, a ja go osłaniam, wyskakując i strzelając na oślep, podczas gdy on się ustawia i odpala.

Obydwaj chowamy się za nasze osłony, kiedy ponownie słychać wybuchy, a potem zapada cisza. Zawiesza sobie granatnik na plecach i chwyta strzelbę. Kiwam głową i wyskakujemy z naszych kryjówek. Zostało tam już tylko dwóch kolesi, którzy schodzą nam na spotkanie. Diesel rzuca się na jednego z rykiem, tnąc i rozszarpując go na kawałki. Kenzo załatwia drugiego, przeskakując nad kontuarem i cicho zachodząc go od tyłu, po czym strzelając mu w głowę.

– Idziemy na dół. Garrett, ochraniasz tyły – instruuję, gdy mijamy schody na górę, żeby dotrzeć do tych prowadzących do piwnicy. Na pewno na nas czekają, więc otwieram drzwi i wrzucam na dół granat dymny, a potem czekam, aż słyszę wrzaski i kaszel, wtedy ruszam na dół. Kenzo trzyma mnie dłonią za ramię, Diesel idzie za nim, a Garrett jest na końcu, osłaniając tyły.

Kulę się u dołu schodów, wyglądam zza rogu i widzę trzech mężczyzn, wszyscy kaszlą i jęczą, rozglądając się wściekle wokoło.

– Gdzie oni są?

– Kurwa, znajdźcie ich! – krzyczą.

Uspokajam oddech i załatwiam wszystkich trzech, a potem przerzucam karabin na plecy i chwytam pistolet i nóż. Kenzo klepie mnie po ramieniu, a ja kiwam głową, on prześlizguje się koło mnie i idzie do przodu, trzymając wyciągniętą broń, nachyla się i sprawdza, czy są martwi. Kiwa głową i wpadamy do pomieszczenia. Są tam dwie pary drzwi, obydwie od szaf, i przeszukujemy je. Jedyne wyjście znajduje się dalej i prowadzi wąskim korytarzem.

To może być pułapka, ale musimy podjąć ryzyko.

– Diesel. – Kiwam głową, a on rusza przejściem. Jeżeli to jest pułapka, tylko jeden z nas zginie. Taką mamy zasadę.

Bezgłośnie stawia stopy, trzymając w jednej ręce maczetę, a w drugiej pistolet. Dochodzi do wylotu korytarza, przylega do ściany, a potem wychyla się zza rogu, celując w tamtą stronę. Kiedy nic się nie dzieje, przywołuje nas gestem dłoni. Idziemy za nim i gdy docieramy tam, marszczę brwi. *W którą stronę, Ryder, pomyśl.*

Słyszymy po lewej wrzask, bardzo znajomy wrzask.

Spoglądamy wszyscy na siebie, a potem Garrett próbuje rzucić się do biegu, ale przytrzymuję go ręką.

– Mogą używać jej jako przynęty, myśl, kurwa.

Poruszam się teraz szybciej, wabiony przez nią. Jeżeli robią jej krzywdę, zabiję ich, kurwa, i rozerwę na strzępy. Korytarz ciągnie się przez chwilę i jest pusty. Na końcu otwiera się na większe pomieszczenie, z którego wychodzą jeszcze dwie pary drzwi. Wiem o tym, bo razem z Kenzo bawiliśmy się tutaj w chowanego, kiedy tata pracował.

– Dobra, Kenzo i ja patrzymy do przodu. Garrett i Diesel, lewa i prawa. – Kiwam głową, a Garrett przechodzi na drugą stronę korytarza i kiwa do mnie, gotowy, żeby ruszyć pierwszy.

Zawsze gotowy zginąć za nas… a teraz za nią.

Nasz obrońca, nasz egzekutor.

Jednak tym razem waham się przed wydaniem rozkazu, nie wiem, co nas czeka w tym pomieszczeniu. Zazwyczaj mamy plan, a to, co robimy teraz, jest popieprzone i pospieszne, ale on chrząka i jeszcze raz kiwa do mnie głową.

– Zajmę się tym – mamrocze, a potem wyrywa się bez mojego rozkazu i wchodzi do pokoju. Klnąc, ruszam za nim, a pozostali zaraz za mną.

Ktoś strzela i chowam się za jakąś beczką, a potem wyglądam nad nią i widzę przynajmniej ośmiu ludzi czekających na nas po drugiej stronie pokoju. Chowają się za przewróconym stołem, na podłodze leżą rozrzucone butelki po piwie i karty. Usłyszeli, że nadchodzimy.

– Diesel – syczę. – Czy nie czas już otworzyć tę pieprzoną nerkę?

On się śmieje.

– Nie! To proste, osłaniajcie mnie – szepcze, a potem wkrada się do pokoju. Żeby przyciągnąć ich uwagę, strzelamy szybko, aby skupili się na nas, a nie na tym stukniętym sukinsynu, który teraz już wspina się po rurach na suficie niczym małpa.

Mam go cały czas na oku, na przemian strzelam i spoglądam na niego. Kiedy jest blisko nich, kuli się, a potem bez słowa zeskakuje za stół dokładnie za nimi.

– A kuku – krzyczy, a ja podnoszę się i strzelam, idąc, pozostali robią to samo.

Diesel załatwia dwóch, ale słyszymy, jak wrzeszczy, a potem krzyczy głośniej:

– Ty sukinsynu!

O cholera.

Załatwiamy resztę, ale gdy obchodzimy stół, on nawala pięściami jakiegoś człowieka.

– Strzeliłeś do mnie? Ty kurwo, ty skurwysyńska cioto, kurwo, zeżrę twoje pieprzone serce…

– D? – wołam, a on na mnie spogląda, z ucha kapie mu krew w miejscu, gdzie tamten ewidentnie go postrzelił. – Myślę, że on nie żyje – zauważam sucho.

Patrzy na tamtego i z fuknięciem puszcza ciało, a potem ociera sobie ramieniem twarz, rozmazując na niej krew.

– Na czym stanęliśmy? – pyta, podnosząc maczetę i podrzucając ją. – Ach tak, ratujemy moją ptaszynę.

– Wszystko dobrze? – pytam.

Kiwa głową i znów ociera twarz, przestępując przez ciała i dołączając do nas, kiedy kierujemy się do jedynego korytarza prowadzącego do pomieszczenia z bojlerem. Słyszymy kolejny wrzask i zaczynamy biec, wiedząc, że ona tam jest.

Drzwi na końcu korytarza są otwarte i tam właśnie zmierzamy.

Wpadamy przez drzwi i tylko patrzymy. Nasza dziewczyna wali kolbą pistoletu w coś, co kiedyś było twarzą, a gdy nas słyszy, odrzuca do tyłu włosy, prostuje się i uśmiecha lekko.

– Cześć, chłopaki, w samą porę. Mam nadzieję, że nie ominęła mnie cała zabawa!

Niemal cała jest we krwi, jedną rękę trzyma dziwnie przy boku, a dłonią chwyta luźno pistolet, ciało jej się trzęsie, ale nigdy nie wyglądała tak cholernie pięknie. Przechodzę przez pomieszczenie, łapię ją w ramiona i przyciskam mocno usta do jej ust. Ona jęczy i przywiera mi do ciała, a potem krzywi się i odsuwa. Ciężko oddychając, patrzę na nią, dostrzegając każdą ranę i to ramię.

– Co się stało?

– Myślę, że je zwichnęłam, kiedy rozbijałam krzesło, żeby się uwolnić. – Wzdycha. – Nie dotykaj go, to nie jest fajne.

Śmiejąc się, Diesel chwyta ją od tyłu.

– Ptaszyno, ptaszyno.

Kenzo wyciąga ją z jego objęć i całuje w czubek głowy, zgarniając jej włosy do tyłu. – Najdroższa, przeraziłaś mnie jak cholera – szepcze chrapliwie.

Garrett wyrywa mu ją z objęć i przyciska czoło do jej czoła, zaglądając w oczy.

– Nigdy więcej nie próbuj tego gówna – rzuca, a potem ją całuje. Ona odsuwa się ze śmiechem.

– Też za wami tęskniłam – mruczy.

Diesel chodzi po pomieszczeniu z zimnym i złym wyrazem twarzy, nastrój zmienia mu się jak w kalejdoskopie. Kiwam głową do Garretta, który podchodzi do drzwi, żeby przypilnować, aby nikt się do nas nie podkradł.

– Odeszłaś – warczy.

Ona spogląda na niego i przewraca oczami.

– Ktoś naprawi mi to pieprzone ramię? Wkurza mnie to.

Kiwam głową i delikatnie je chwytam. Prostuję jej rękę i spoglądam w oczy.

– To będzie bolało, kochanie.

– Kurwa, zrób to – rzuca i robię to, wstawiając bark na miejsce. Wydaje skowyt i uderza mnie pięścią, pozwalam jej na to. Chichocząc, całuję kojąco jej rękę, a ona nią potrząsa. – Głupi tępak.

– Opuściłaś nas! – krzyczy Diesel i wszyscy na niego spoglądamy. Cholera, on eksploduje.

– O kurwa – szepcze Kenzo i celuje do niego z pistoletu. Unoszę dłoń, żeby go powstrzymać.

– D, uspokój się – nakazuję, ale on nie zwraca na mnie uwagi i kręci głową, uderzając w nią dłońmi.

– Opuściła! Ona nas opuściła! – ryczy.

– No tak, bo to moja wina, że mnie porwali… – Ona zaczyna, ale nie może skończyć. Diesel jest już przy niej i mocno ją całuje, smakując jej krew, a potem gryzie ją w poranioną wargę. – Będziesz w cholernej dupie, kiedy wrócimy do domu, ptaszyno.

– Nie mogę się, kurwa, doczekać – mamrocze przy jego ustach i śmieje się, ale wtedy znienacka on wyrzuca rękę, chwyta ją za gardło i ściska nie na żarty. Mam na niego oko, na wypadek gdyby faktycznie spróbował ją zabić. Puszcza, przeciąga dłonią po jej przodzie i wsuwa jej palce w ranę, powodując, że zaczyna bardziej krwawić, ale ona wydaje jęk i przyciska się do niego mocniej, mimo że zadaje jej ból.

– Jestem, kurwa, tak zły na ciebie – warczy.

– Tak? Możesz później wydymać to na mnie. – Śmieje się przyciśnięta do niego bez obawy, ale on odsuwa się i znowu zaczyna chodzić, iskrząca się nerka dynda w rytm jego kroków.

Ona nawet o nią nie pyta, przyzwyczajona do jego odmiany szaleństwa.

– Jeszcze raz spróbujesz takiego gówna i sprawię, że będziesz żałowała, że cię nie zabili – ostrzega, zatrzymując się ze ściśniętymi dłońmi, a ja wymieniam spojrzenie z Roxy.

Garrett wzdycha.

– Mówiłem ci, żebyś go nie wkurzała, dziecino.

Wyrzuca ręce w powietrze.

– Następnym razem powiem im, żeby mnie nie porywali, okej?

Kenzo chichocze, a ona patrzy na niego groźnie.

– Nie śmiej się, kurwa. – Odwraca się do D. – Uspokój się, kotku, pomyśl tylko o wszystkich tych ludziach na górze do pozabijania.

Wygląda na to, że nieznacznie go to uspokaja, ale jest ciągle wkurzony, a ja przytulam się do jej pleców.

– Przekonasz się zaraz, dlaczego cię przestrzegaliśmy, żebyś go nie wkurzała – mówię cicho, a ją przechodzi dreszcz, kiedy wtula się we mnie plecami.

– Nie mogę się doczekać… – Wzdycha. – Dziękuję, że po mnie przyszliście, nie wątpiłam w to ani przez chwilę, ale… dziękuję.

– Zawsze, najdroższa – odzywa się Kenzo i staje przed nią. – Ile razy musimy ci powtarzać, że jesteś jedną z nas?

Słyszę na górze odgłos butów i cofam się, gotując na to, co ma nastąpić. Nie mamy czasu na porządne powitanie, musimy pozabijać naszych wrogów, a potem wyciągnąć stąd naszą dziewczynę. Lista się wydłuża i wydłuża, więc unoszę się i prostuję ramiona.

– Na górze będą na nas czekać. Gotowa, żeby zgotować im piekło?

Prycha.

– Zawsze.

– D, idź pierwszy. Ty, kochanie, trzymaj się w środku między nami. Zabijaj każdego, kto nie jest Żmiją. Nie bierzemy jeńców – rozkazuję, po czym wszyscy kiwają głowami ze stosownym, żądnym krwi uśmiechem na ustach.

Gotowi, żeby ich wszystkich pozabijać, z naszą dziewczyną u boku.

ROZDZIAŁ 50

GARRETT

Jestem szczęśliwy, ale nie ma czasu na powitania. Musimy się stąd wydostać, a potem zamierzam jej pokazać, jak bardzo za nią tęskniłem. Wciąż czuję na ustach smak jej ust i jej przytulone do mnie ciało. Chciałbym rzucić ją na ścianę i wydymać tu na miejscu, wypocić moją frustrację i wyrzuty sumienia, ale nie mogę.

Ona polega na mnie, wszyscy na mnie polegają. Skupiam się na tym, co będzie za chwilę, a nie na kobiecie, która idzie przede mną, kołysząc kusząco tyłkiem, kiedy trzymam w rękach strzelbę. Spogląda na mnie przez ramię i mruga, łapiąc mnie na tym, że zerkam na jej tyłek.

– Później, wielkoludzie, teraz jest czas zabijania.

Uśmiecham się na to lekko, zatrzymujemy się na końcu korytarza, a D sprawdza pomieszczenie. Przysuwam się bliżej i czując rozkoszne drżenie jej ciała, gdy się do niej przyciskam, mruczę jej do ucha:

– A skąd wiesz, że przetrwasz to później? Będziesz musiała sobie dać radę z czterema gniewnymi kochankami.

Śmieje się cicho.

– Dam sobie radę z wami czterema.

Szczypię ją w ucho, a ona skomli.

– Koleś – protestuje.

– Jestem Żmiją, dziecino, my kąsamy, i zamierzam pokąsać i wylizać cię całą później, kiedy będziesz się dymać z moimi braćmi.

– Wiecie, nie ma nic bardziej podniecającego niż mężczyzna umiejący się posługiwać bronią – woła, patrząc na nas stojących z pistoletami.

– Ona mówi o naszych chujach! – odpowiada Diesel, wyglądając za róg. – Czysto, muszą być na górze.

– Dziwię się, że nie spytałaś o tę nerkę na jego biodrach – podśmiewam się z niej.

Patrzy na mnie z uśmiechem.

– Na skali dziwacznych, wariackich rzeczy, które robi Diesel, to akurat plasuje się całkiem nisko, a dodatkowo wygląda ślicznie.

D parska, a ona wzdycha.

– Dobra, wyglądasz cholernie seksownie. Aż mnie ręce świerzbią. Ten iskrzący się jednorożec naprawdę pasuje do szaleństwa w oczach – mówi z udaną powagą.

– No, lepiej, a teraz chodźmy. – Uśmiecha się, prowadząc nas z powrotem przez pomieszczenie. Roxy nawet nie mruga okiem na leżące ciała, gdy razem wchodzimy po schodach ze świadomością, że oni pewnie na nas czekają.

– Wychodzimy jak burza, idźcie na całość – rozkazuje Ryder. Potem spogląda na Roxy. – Trzymaj się blisko któregoś z nas i zabijaj wszystkich.

Przyciska sobie na to pistolet do ciała.

– Zrozumiałam, kotku, chodźmy. – Robię się głodna.

– Możesz później zjeść mojego chuja, najdroższa. – Kenzo się uśmiecha i szczerze, miło jest widzieć, jak znowu sobie żartuje. Przez chwilę myślałem, że go straciliśmy.

D łapie za klamkę i odwraca się i patrzy na nas. – Trzy, dwa, jeden, idziemy! – woła, otwiera szybko drzwi i wyskakuje. Idziemy za nim, celując dokoła, ale nikogo tam nie ma. Podchodzę do Roxy i zabezpieczam jej tyły, kiedy przeczesujemy pomieszczenie. Ryder wskazuje głową schody i ruszam przodem, a za mną Roxy, kierując się na pierwsze piętro.

Można tam pójść w dwie strony, więc spoglądam w tył na Rydera i wskazuję na Kenzo. Kiwa głową, a Kenzo się oddziela i idzie ze mną. Patrzę na Roxy, mówiąc:

– Idź z nimi, dziecino, i pilnuj, żeby nic im się nie stało. Do zobaczenia wkrótce. – Odwracam się, ale ona mnie łapie i przywiera ustami do moich ust. Jęcząc, całuję ją, potem odsuwa się, odwraca i z bronią w dłoni idzie za Ryderem, a za nią podąża D.

Patrzę, jak odchodzi i serce mi wali w piersiach. Pewnego dnia ożenię się z tą dziewczyną i będzie moja na zawsze. Ale na razie muszę wyczyścić ten zasrany burdel i zabrać ją do domu. Kenzo idzie za mną, plecy w plecy, zaczynamy przeczesywać korytarz. Muszą tu być i założę się, że jest tu przynajmniej jeden członek Triady.

Mają zasadę, że nigdy nie przebywają wszyscy razem w jednym miejscu, ale chcieli uzyskać informacje, więc jeden powinien tu być. Znajdziemy go, dowiemy się, co wie, a później zapolujemy na pozostałych. Zniszczymy ich świat.

A potem ona stanie w centrum naszego świata.

Otwieram drzwi do sypialni, sprawdzam ją, po czym idę dalej. Kenzo zajmuje się lewą stroną, a ja prawą, później idziemy schodami na kolejne piętro. Jesteśmy w połowie drogi, gdy z góry zaczynają do nas strzelać. Przywieram plecami do ściany, celuję i strzelam, ale mam złą pozycję. Przeładowuję strzelbę, ruszam po schodach na górę i strzelam, gdy wynurzam się zza rogu, biorąc tamtego z zaskoczenia. Jest jeszcze jeden oprócz niego i skacze na mnie z nożem. Walę go bronią w twarz, pada do tyłu na ścianę i wtedy do niego strzelam. Nie ma potrzeby, aby być dyskretnym. Rozglądam się dokoła i przeładowuję broń.

Kenzo mija mnie na drugim piętrze, ale odskakuje w tył, kiedy w miejsce, gdzie przed momentem stał, trafia pocisk.

– Pięciu, na końcu korytarza, i zbliżają się.

Podchodzę do niego i kiwam głową, jestem gotowy. Obydwaj klękamy i strzelamy zza rogu. Dobiegają nas krzyki bólu i strzelanina ustaje. Przynajmniej trzech z nich nie żyje, jeden czołga się do swojej broni, a jeden z trudem oddycha, trzymając dłoń przy krwawiącej piersi.

Kenzo idzie w głąb korytarza, przechodzi po palcach czołgającego się mężczyzny i strzałem rozwala mu głowę, a ja łamię kark temu opierającemu się o ścianę. Po sprawdzeniu pozostałych idziemy dalej. Musimy się zbliżać do miejsca, w którym czeka Triada, a oni szybko tracą ludzi.

– Ostatnie drzwi są zamknięte – mówi cicho Kenzo, a ja patrzę i widzę, że ma rację. Wszystkich innych albo nie ma, albo są otwarte, więc idziemy tam.

Otwieram kopniakiem drzwi i rzucam się na mężczyznę, który do mnie celuje, bez trudu podcinając mu gardło, po czym rozglądam się dokoła.

– Kurwa, oni są jak szczury – mamroczę, spotykając się z Kenzo w korytarzu na zewnątrz.

– Nie mylisz się, wygląda na to, że są na dachu. – Kenzo wzdycha, widząc zablokowane w pozycji otwartej drzwi, a za nimi schody prowadzące na górę.

– Kurwa – sarkam i przechodzę przez nie.

U góry schodów znajdują się metalowe drzwi i nie mamy pojęcia, co jest za nimi. Spoglądam na Kenzo, który uśmiecha się znowu, ładując broń.

– Jeszcze raz, bracie. Pozabijajmy ich i zabieramy stąd naszą dziewczynę.

Odpowiadam mu również uśmiechem, chwytam klamkę i odliczam po cichu, a potem gwałtownie otwieram drzwi i obaj wybiegamy na dach.

Aż się tam roi od nich. Cholerni sukinsyni, zwyczajnie na nas czekali – ostatnia pozycja obronna. Jeden draska mnie w ramię pociskiem, więc rzucam się w bok i chowam za otworem wentylacyjnym, natomiast Kenzo udaje się schronić za filarem.

Wiedząc, że Kenzo da sobie radę, wysuwam się zza wywietrznika i próbuję do nich strzelać. Udaje mi się kilku położyć, ale robią się sprytni i jedynie kontynuują ostrzał. Tak zajmuje mi to uwagę, że nie dostrzegam ludzi, którzy pojawili się nagle w drzwiach wyjściowych na dach i jest już za późno.

Jednemu udaje się mnie chwycić i muszę się przeturlać, zatrzymując się w otwartych drzwiach, a potem turlam się dalej, gdy leci za mną deszcz pocisków. Wstając, słyszę nieopodal wrzask bólu.

Obracam szybko głowę i widzę błyszczący od krwi nóż wystający z brzucha Kenzo, który pada na ziemię. Dostrzegam skradającego się do niego mężczyznę i wiem, że następny zbliża się do mnie, ale nie mam wyboru.

Moja rodzina jest na pierwszym miejscu.

Celuję i strzelam do mężczyzny czającego się, żeby go zabić.

– Garrett! – krzyczy ostrzegawczo Kenzo, ale za późno się odwracam, wiedząc, że gdy celowałem, wybrałem między nim a sobą.

Kiedy oczy mi się zamykają od uderzenia, widzę jeszcze, jak Kenzo próbuje zbliżyć się do mnie, ale sam też zostaje ogłuszony. Przynajmniej nie zabili nas tutaj…

ROZDZIAŁ 51

DIESEL

Idę za ptaszyną i staram się opanować. Ręce mnie świerzbią, żeby ją rozerwać, a potem złożyć z powrotem za to, że śmiała dać się porwać, że śmiała nas opuścić. Przepełnia mnie gniew, rozpalając ogień piekielny w moim wnętrzu, aż staję się tykającą bombą zegarową.

A więc kiedy otwieramy pierwsze drzwi i przerywamy jakiemuś mężczyźnie, który bije kijem baseballowym drugiego przywiązanego do krzesła, tracę kontrolę. Przepycham się obok Rydera i ptaszyny i rzucam do środka. Słyszę, jak ją ostrzega, żeby mi nie przeszkadzała, ale potem wszystko się zamazuje. Zostają tylko moje demony i ja.

Wyrywam mu z rąk kij i rzucam się z nim na niego, pozwalając moim demonom się zabawić. Nadwerężam sobie ramiona od siły zamachów. W pokoju słychać tylko jego krzyki i mój… śmiech.

Ha, to jestem ja.

Kiedy jest już po wszystkim, unoszę wzrok. Całe ciało mam

pokryte krwią, spojrzenie ciemne i szalone, ale ptaszyna uwalnia się z objęcia Rydera i bez obawy idzie do mnie. Unosi się na palcach i całuje mnie delikatnie.

– On nie żyje, chodź, kotku.

Wyciąga mi kij z dłoni i opiera go sobie na ramieniu, przechodząc obok Rydera, a my obydwaj patrzymy za nią.

– Kocham ją – stwierdzam poważnie, a Ryder się śmieje.

– No, kurwa, myślę. Nikt inny nie wytrzyma z takim stukniętym dupkiem.

Odwracamy się i idziemy za nią, sprawdzając po drodze każde drzwi, ale wszystkie pozostałe sypialnie są puste. Krew zaczyna zasychać mi na skórze i swędzieć, nie zwracam na to jednak uwagi, oczy mam utkwione w moją ptaszynę. Nawet w moich najczarniejszych chwilach kocha mnie, nie boi się mnie.

Może przez to zginąć pewnego dnia…

Ale, kurwa, jestem zbyt samolubny, żeby się tym przejmować. Ona jest moja. Zamierzam wsadzić jej na palec cholerną obrączkę, żeby cały świat o tym wiedział. Mogę nawet wyryć jej na skórze moje imię. Założę się, że spodobałoby się jej to… zwłaszcza gdybym jednocześnie ją dymał…

– D – mruczy Ryder i spogląda na mnie. – Myślisz na głos.

Mrugam, przenoszę wzrok na Roxy i widzę, że się uśmiecha.

– Wyryć, co? Zostawmy to na później.

Kiedy to mówi, słyszymy charakterystyczne kliknięcie. Kurwa. Odwraca się dokładnie wtedy, gdy widzę, jak leci w powietrzu w naszą stronę.

– Granat! – krzyczy Ryder, wyciągając w tamtą stronę rękę, aby ją chronić, ale ja patrzę z podziwem, jak ona mocniej zaciska dłonie na kiju i jak totalny pieprzony twardziel zamachuje się, trafiając granat.

Wszyscy patrzymy z rozdziawionymi ustami, jak leci tam, skąd przybył, wybuchając, kiedy uderza w schody, i odrzucając nas do tyłu.

Specjalnie ją chwytam, lądując na niej i osłaniając ją. Poprzez dzwonienie w uszach dobiega mnie jej śmiech, a gdy spoglądam przez ramię, żeby upewnić się, że nikt do nas nie strzela ani się nie zbliża, widzę jej roześmianą twarz.

– To było fantastyczne – oświadcza.

Uśmiecham się, pochylam i całuję ją.

– I cholernie seksowne. Zatrzymaj ten kij, zabawimy się nim później.

– Pokręcone. – Kiwa głową, kiedy zrywam się na nogi i łapię ją za rękę, Ryder chwyta drugą i razem stawiamy ją na nogi. Szybko ją ogląda, kiwa głową i wręcza jej kij.

– Chodźcie, idziemy – mówi cicho, ma ramiona pokryte pyłem i sadzą.

Ruszamy w górę schodów, trzymając się z dala od zniszczonej poręczy i wymijając leżące tam ciała. Docieramy na następną kondygnację, otwiera się przed nami duży salon i Ryder nieruchomieje na moment.

– Ry? – pyta ptaszyna, kładąc dłoń na jego plecach.

Przechodzi go dreszcz, kiedy go dotyka, i spogląda na nią udręczonym wzrokiem.

– Kiedyś opowiem ci, dlaczego ten pokój jest miejscem, gdzie to wszystko się zaczęło, ale nie teraz – obiecuje, a potem wygląda na to, że odsuwa to od siebie i się prostuje. – Założę się, że tam jest ktoś, kto tym wszystkim dowodzi. To jest duży pokój z biurem na galerii.

Roxy ściska mocniej swój kij baseballowy.

– Chodźmy.

Kiwam głową, a on chwyta pistolet.

Wpadamy do pokoju i mamy ledwie kilka sekund, żeby rozejrzeć się dokoła. Jest tam przynajmniej dziesięciu ludzi, wszyscy są uzbrojeni i czekają na nas. Dostrzegam Azjatę w garniturze na galerii, który widząc nas, się chowa.

– Ognia! – krzyczy.

O cholera. Skaczę na ptaszynę i ciągnę ją za mały stolik, a Ryder rzuca się za bar. Strzelają do nas niekończącym się gradem pocisków i Roxy wzdryga się, zniżając się bardziej, kiedy się do niej uśmiecham.

– Niezła zabawa, co? Muszę przyznać, że mi stoi, to jest zdecydowanie nasza gra wstępna na dzisiaj.

Śmieje się i klepie mnie dłonią.

– Skup się, myśl swoją drugą głową.

– Ależ to właśnie robię, on myśli o dymaniu cię w tyłek – mamroczę, wychylając się zza stołu i rzucając nożem bez patrzenia, gdzie leci, ale słyszę pacniecie, kiedy wbija się w cel i jeden pistolet przestaje strzelać. – Albo w cipkę… albo w usta, szczerze, nie jestem wybredny, o ile będę to robił wciąż zbryzgany krwią.

– Jesteś stuknięty. – Śmieje się, ale mówi to tak, że brzmi to jak komplement.

Chwytam drugi nóż i też go rzucam, ale nie trafiam i Ryder spogląda na mnie gniewnie.

– Otwórz tę pieprzoną saszetę! – wrzeszczy.

Roxy się śmieje.

– Co jest w środku?

Opieram się na kolanach, otwieram ją i pokazuję jej granaty.

– Zawsze trzymasz tam swoje granaty? – pyta, a wokół nas wciąż trwa strzelanina.

- Nie zawsze, czasem trzymam w niej noże albo tacos - mruczę, biorąc do ręki jeden.

- Tacos? - powtarza.

- Robię się głodny w czasie walki. - Wzruszam ramionami,
wyciągam zawleczkę i rzucam granat, a potem ją zasłaniam.

Wybucha kilka chwil później, po eksplozji słychać krzyki,
więc rzucam jeszcze dwa, które eksplodują z głośnym hukiem.
Nie czekam, skaczę na nogi, biegnę wokół stołu i widzę, że wszyscy mężczyźni leżą, niektórzy martwi, niektórzy tylko ogłuszeni
wybuchami. Zamykam suwak mojej torebki, wyjmuję zapalniczkę i szybko zapalam jednemu kurtkę, przestępując nad nimi
i pogwizdując sobie.

- On ma pieprzoną torebkę biodrową - charczy jeden z nich.

- Uważam, że jest seksowna. - Roxy wzrusza ramionami, obracając kijem baseballowym w ręce, i wali go z półobrotu, aż tamten traci przytomność.

- Stuknięta kurwa. - Inny mężczyzna sięga po pistolet,
więc mając jeszcze jeden granat, wciskam mu go do ust, wyciąg-
gam zawleczkę, a potem nurkuję na Roxy i Rydera. Udaje nam się
schować za stołem, kiedy wybucha, rozrzucając wszędzie posokę.

- To było zabawne! - wrzeszczę, skacząc na nogi, oni też powoli wstają i sprawdzają pozostałych.

Ryder zajmuje się resztą, a Roxy rozgląda się za schodami,
żeby wejść na górę.

- Tędy - woła Ryder i prowadzi ją tam.
Pierdolę to.

- Schody są dla cip - wołam, wskakując na kanapę i chwytając
się wiszącego u góry żyrandola. Huśtając nogami tam i z powrotem, udaje mi się rozbujać go w stronę galerii, chwytam w ostat-

nim momencie za poręcz i przerzucam się na drugą stronę balustrady, napotykając wystraszone spojrzenie Azjaty.

– Cześć, koleś, schody są do bani, prawda? – zauważam, uderzam go w twarz i rozbrajam, wyrzucając broń na dół, i czekam na pozostałych. Po chwili Roxy i Ryder są już na górze.

Mężczyzna z wytatuowaną trójką na szyi patrzy na Roxy i spluwa.

– Ty głupia dziwko, ciągle żyjesz?

– Tak, przykro mi, żyję tobie na złość – mówi, a Ryder skacze i dźga go nożem w brzuch. Nie jest to jednak śmiertelny cios, ale on pada do tyłu, a z rany leci mu krew.

Wtedy słyszymy wrzask, rozglądamy się i widzimy mężczyznę z irokezem biegnącego na nas z piłą łańcuchową z drugiego końca galerii. Roxy wyrzuca nogę, podcinając go, a ja pomagam mu przelecieć na drugą stronę balustrady. Patrzymy, jak spada z krzykiem, lądując na stole i nadziewając się na stojącą tam ozdobną statuetkę.

Spoglądam znowu na numer trzy i się uśmiecham.

– Dałbym mu osiem na dziesięć za to lądowanie.

– Myślicie, że jesteście tacy sprytni? Lepiej sprawdźcie jeszcze raz swoich ludzi, założę się, że jednego wam brakuje. – Śmieje się, a Ryder podchodzi bliżej.

– Kogo?

– Tego waszego egzekutora? – Numer trzy chichocze, łapiąc się mocniej za brzuch, i pada na tyłek. – Obiecaliśmy coś i dzięki niemu dotrzymamy tej obietnicy…

– Gdzie on jest? – wrzeszczy Roxy, przystawiając mu kij do brody.

– I tak już pewnie nie żyje. – Chichocze słabo. – Wszyscy jesteście, kurwa, martwi. Mam już podnieść nóż, ale Roxy mnie uprzedza.

Z dzikim wrzaskiem wali go kijem baseballowym, raz za razem, wgniatając mu głowę, a jego śmiech zmienia się w zdławiony odgłos. Ale ona nie przestaje, dalej uderza, jeszcze raz i jeszcze raz jak opętana, aż już więcej nie może. Kij pada z brzękiem na podłogę, a ona stoi, dysząc, z krwią na rękach i ramionach, ma jej rozpryski nawet na twarzy.

Zgarnia sobie do tyłu włosy, oblizuje wargi i prostuje się, spoglądając na mnie i Rydera, a my tylko wpatrujemy się w nią zszokowani.

– Co? – prycha.

– Nic, ptaszyno… tylko, kurwa, to było rajcujące. – Kiwam głową, a potem patrzę na Rydera. – Gdyby nie była nasza, zdecydowanie bym ją śledził, zhakował jej kamery, podglądał ją przez okna, pełny zestaw.

– No więc czy nie jestem cholerną szczęściarą? – fuka. – Mieszkam razem z tobą pod jednym dachem, więc teraz będziesz mnie tylko podglądał w łazience.

Otwieram zapalniczkę, biorę papierosa i mówię, trzymając go w ustach:

– Właśnie. Jesteś naprawdę piękna, kiedy bierzesz prysznic.

Mruga i spogląda na Rydera.

– Zapytałabym, czy on mówi poważnie, ale nie muszę.

– Dzieci – on warczy. – Znajdźmy Garretta. Gdzieś się pewnie schował, żeby nas nastraszyć, ale lepiej dmuchać na zimne.

Nastrój od razu robi się poważny.

– Garrett. Nikt nie ruszy tego wielkiego skurwysyna, to jakby próbować przenieść słonia.

Przechodząc koło mnie, Roxy klepie mnie po piersi.

– Powtórzę mu to.

ROZDZIAŁ 52

ROXY

Szybko przechodzimy z powrotem przez hotel, szukając Kenzo i Garretta, a w brzuchu rodzi mi się złe przeczucie, kiedy podążamy korytarzem, którym poszli, ku otwartym metalowym drzwiom na końcu. Idziemy na górę i wychodzimy na dach, gdzie wszędzie porozrzucane są ciała, ale nigdzie nie ma Kenzo ani Garretta.

I nagle słyszę to.

Stęknięcie.

Idę tam, osuwam się na kolana za starym orurowaniem i widzę Kenzo, któremu z piersi leci krew. Ma bladą twarz i ledwie otwarte oczy. Łapię mocno jego dłoń i przywołuję gestem ręki pozostałych.

– Kotku, co się stało?

Wydaje jęk i spogląda na Rydera.

– Mają Garretta. Cały czas chcieli go dorwać. Nie potrafiłem im przeszkodzić, przepraszam.

Ryder wali pięścią w rurę, ale ja ocieram Kenzo pot z czoła

i delikatnie go całuję, widząc malujące się na jego twarzy niepokój i cierpienie.

– Ćśś, wszystko w porządku, znajdziemy go. – Unoszę mu dłoń z rany i widzę tam krew. – Musimy zabrać go do lekarza.

D nachyla się i ogląda ranę, a potem uderza go dłonią w policzek.

– Zachowaj przytomność. Dobra, to będzie bolało. – Łapie go, zarzuca sobie przez ramię i stoi niedbale, jak gdyby wcale nie miał go na plecach. – Chodźmy, ptaszyno.

Schodzimy na dół hotelu, Ryder rozmawia przez telefon, a kiedy dochodzimy do samochodu, wsiadam z tyłu, a D kładzie Kenzo na tylnym siedzeniu między moimi udami. Trzymam go tak, głaszcząc po włosach i całując w głowę.

– Tęskniłem za tobą, najdroższa. – Wzdycha i patrzy mi w oczy, wyciągając zakrwawione ręce, i obejmuje nimi moją dłoń, przeplatając nasze palce.

– Też za tobą tęskniłam – przyznaję. – Ci frajerzy zupełnie nie wiedzą, jak się porywa kobietę, szczerze.

Śmieje się na to, ale jego śmiech przechodzi w jęk, gdy pędzimy przez miasto.

– Brakuje im finezji, to dlatego – sapie. – Musisz ich wkręcić, żeby cię pokochali, uch.

– Miałam zadać ci głupie pytanie, czy na przykład cię boli? – prycham, nachylając się i całując go w głowę. – Tylko mi tu, kurwa, nie umieraj, słyszysz mnie, dupku?

– Tak jest, piękna, żadnego umierania, ale możesz pobawić się w pielęgniarkę i ukoić mnie pocałunkami później. – Mruga do mnie.

– Nawet jak jesteś umierający, pozostajesz skończonym podrywaczem – żartuję, chociaż ogarnia mnie panika na widok krwi, którą traci. Unoszę wzrok i spotykam oczy Rydera, który z niepokojem patrzy do tyłu na brata. Kenzo sięga, łapie go za rękę i ściska.

– Wyjdę z tego, bracie, nie martw się o mnie. Zajmij się Garrettem, dobra?

Ryder bierze oddech, ale się waha.

– Przepraszam, że musiałeś tam wracać – mówi łagodnie.

– Ja też przepraszam. Kiedy to się skończy, spalimy to miejsce do fundamentów. – Kenzo uśmiecha się i odwraca głowę, napotykając wzrok Rydera. – Nie będzie więcej duchów, nie będzie więcej złych wspomnień, tylko my, dobra?

Ryder potakuje głową i zerka na mnie.

– Zaopiekuj się nim.

– Zawsze – odpowiadam i spoglądam z powrotem na Kenzo. – Wszystko będzie dobrze, jesteś, kurwa, zbyt uparty, żeby tu przy nas umrzeć.

– Tak? – szepcze.

– Tak. – Kiwam głową. – Chcesz się założyć?

Jęczy.

– Boże, jak ja ciebie, kurwa, kocham.

– Wygrany będzie mógł zdemolować nowy samochód Rydera – mówię cicho, na co D się śmieje.

– Jeżeli wygram, będziesz musiała wyjść za nas, w ten sposób już nigdy nas nie opuścisz. – Uśmiecha się.

– Kurwa, ty zawsze grasz o wysokie stawki – mruczę. – Tylko dlatego, że umierasz, nie możesz życzyć sobie dziwnych głupot.

– Ależ tak – szepcze, ale ma już bledszą twarz. Ogarnia mnie strach, gdy nachylam się i przyciskam usta do jego ust. – Tylko,

kurwa, nie umieraj, a wyjdę za was wszystkich, założę nawet pieprzoną suknię i wszystkie takie.

– Umowa stroi – mamrocze.

– Jesteśmy na miejscu, lekarz czeka – oznajmia Ryder, kiedy
wpadamy do podziemnego garażu. Moje drzwi otwierają się
szybko i spadam w ramiona D, a dwóch krzepkich ochroniarzy
łapie i zabiera Kenzo. Patrzę za nim z obawą w sercu i dłońmi po-
mazanymi jego świeżą krwią. Strach przemienia się w złość, kiedy
spoglądam na Rydera.

– Musimy znaleźć Garretta, a potem pozabijamy tych pieprzonych dupków. Nikt nie będzie brał tego, co moje – warczę, gdy
winda zamyka się za Kenzo. Nic więcej nie mogę dla niego zrobić,
a nie chcę pozwolić, żeby Garrett cierpiał. Już wystarczająco dużo
był torturowany, nie chcę, żeby miał więcej koszmarów sennych.

– Nie wiem, gdzie znaleźć pozostałych członków Triady. Idź
się umyj. Przeszukamy miasto i zdobędziemy informacje w każdy
możliwy sposób. D, dokąd idziesz?

Spoglądam przez ramię i widzę, że D wsiada do samochodu.

– Dowiem się, gdzie jest Triada. Bądźcie w pogotowiu.

Nie pytam jak, nie obchodzi mnie to. Musimy zdobyć tę informację. Ryder przeplata palce w mojej dłoni, a drugą rękę unosi
i przesuwa kciukiem po moich ustach.

– Kenzo da sobie radę, mój brat jest waleczny, ale teraz Garrett
nas potrzebuje… zostań ze mną, kochanie.

Oblizując mu kciuk, kiwam głową.

– Potrzebujemy więcej broni.

– To chodźmy po nią – mruczy, nachylając się i łagodnie mnie
całując.

Nie myję się, ale zmieniam majtki i sukienkę, bo nie jest fajnie walczyć w mokrej bieliźnie. Krew zasycha mi na rękach i twarzy, ale zostawiam ją. Niech ją widzą, niech giną z moich rąk pokrytych krwią mojego kochanka.

Zakładam czerwoną sukienkę, którą Ryder kupił mi tak dawno temu, potem dodaję naszyjnik i kolczyki. Niech wszyscy widzą, że jestem Żmiją. Że zadarli z niewłaściwą rodziną.

Spotykam Rydera w salonie, pilnuje Kenzo, który właśnie śpi. Lekarzowi udało się zatrzymać krwawienie i pozszywał go, ale ma teraz transfuzję krwi i musi odpoczywać.

Nachylam się nad jego leżącą postacią i całuję go w nieruchome usta.

– Niedługo wrócę, trzymaj się.

Odwracam się i wychodzę drzwiami frontowymi. Kenzo jest bezpieczny, ale Garrett nie, a każda upływająca minuta może być minutą, w której go torturują albo zabijają. Nie chcę, żeby tak było. To są moi mężczyźni.

Moja rodzina.

Nikt ich nie będzie krzywdził oprócz mnie.

Nikt im nie będzie urządzał piekła za życia oprócz mnie. Nadszedł czas, żeby Triada uświadomiła sobie, że zadarli nie tylko z chłopakami – zadarli z cholerną bezwzględną suką.

Kiedy docieramy do podziemnego garażu, czeka na nas D.

– Wiem, gdzie jest jeden z nich, wsiadajcie. – Wskakuję do tyłu, Ryder siada z przodu i D wyjeżdża z garażu z piskiem opon, na co Ryder chrząka.

– Musimy tam dojechać cali, bracie – rzuca.

– Tak, tak, nie zabiję was. – D się śmieje, robiąc zakręt z taką szybkością, że samochód odrywa się od asfaltu, więc zapinam pas bezpieczeństwa. Kiedy znowu jedziemy prosto, za mną coś zaczyna walić, aż podskakuję.

Spoglądam na bagażnik za plecami i marszczę brwi, bo znowu to słyszę, a potem dochodzi mnie wyraźny stłumiony krzyk.

– Hmm, czy ktoś jest związany w bagażniku?

– No a gdzie indziej ich trzymać? – Śmieje się.

– Dobra, D, dlaczego w bagażniku jest człowiek... i jak długo tam siedzi? – pytam i łapię za uchwyt, myśląc „o cholera", kiedy niemal się zderzamy.

– Dorwałem go, kiedy przebierałaś się w tę cholernie seksowną sukienkę. – Puszcza do mnie oko. – Tak przy okazji, to zerwę ją z ciebie późnej.

– Patrz na drogę – warczy Ryder.

D śmieje się i spogląda znowu przed siebie, wymijając kogoś, kto akurat przechodzi przez ulicę.

– Powiedział mi, gdzie on jest, jest jego kierowcą, miałem szczęście.

– A więc gdzie oni są? – pytam.

– Jeden z nich jest tam, gdzie to wszystko się zaczęło – w ich restauracji. Właśnie tam jedziemy, postraszę go i potorturuję, zdobędę informacje i uwolnię Garretta, potem wytropię tego drugiego sukinsyna, a później orgia. – Wychyla się przez okno, wyprzedzając kogoś. – Wleczesz się jak pieprzony ślimak!

Zerkam do tyłu i widzę, że to policyjny radiowóz, ale mam aż nadto informacji do przetrawienia, żeby się na tym skupić. Ryder wzdycha.

– Tak, dzisiejszej nocy kończymy. Powinni się byli zastanowić, zanim nas zaatakowali. Teraz wymażemy z mapy miasta ich rodzinę.

– Czy w mieście jest wiele rodzin? – pytam dla zabicia czasu i żeby nie myśleć o tym, co dzieje się z Garrettem.

– Kiedyś było ich wiele, ale teraz są tylko trzy na całym terenie. My, Triada i rodzina Petrowów, Rosjanie. Ale trzymają się na uboczu i rządzą miastem niedaleko stąd, natomiast Triada była zawsze pazerna i nie chciało im się wysilać, żeby zbudować własne imperium. Zamiast tego są jak szczury żerujące na innych.

Parkujemy przed restauracją i Ryder spogląda na mnie.

– Trzymaj się blisko, nie okazuj im swojej słabości ani jak bardzo martwisz się o Garretta. Wykorzystają to. To jest gra, kochanie, musimy ją dobrze rozegrać.

– Nie lubię pieprzonych gier – mruczę, a on się paskudnie uśmiecha.

– Wiem, ale ja jestem w nich mistrzem. Sprowadzę go z powrotem ręka w rękę z tobą. Jesteś gotowa? – Kiwam głową, a on nachyla się i całuje mnie delikatnie. – Bądź po prostu sobą. Kiedy będziemy w środku, wiedz, że ufam ci bardziej niż kiedykolwiek ufałem innym, księżniczko.

On mi ufa.

Odchylam do tyłu głowę. Nie zawiodę go. Wysiadam z samochodu, a on obchodzi go i podaje mi ramię, prowadząc do restauracji, jakbyśmy przyszli tu na miły posiłek, a nie żeby rozpocząć wojnę. Kiedy wchodzimy przez drewniane drzwi frontowe do mrocznej, oświetlonej świecami sali, pozbywam się wszelkiej słabości. Garrett mnie potrzebuje, Kenzo mnie potrzebuje, oni wszyscy mnie potrzebują. Nadeszła pora, żeby wyjść z cienia.

Ryder mija stanowisko kierownika sali, ignorując stojącego tam człowieka w garniturze, i przechodzi do chińskiej restauracji, a potem prowadzi mnie na górę krętymi schodami. Wchodzimy do restauracji na górze z widokiem na okolicę i stolikami okrytymi białymi obrusami. Są tam okna od podłogi do sufitu ukazujące miasto w całej jego świetlistej okazałości. Ściany są w głęboko czarnym kolorze z czerwonymi i pomarańczowymi akcentami w postaci obrazów, makat i rycin. Z sufitu zwisają lampiony. Jest tu mroczno i nastrojowo, i strasznie mi się podoba. Gdyby nie ludzie, którzy są właścicielami, chciałabym tutaj jadać, wyglądając na zewnątrz na miasto i patrząc, jak żyje swoim życiem, spędzając czas z dłonią Rydera na moim udzie, Kenzo wsuwającym mi na oczach wszystkich palce do majtek, aż zapomnielibyśmy o stojącym przed nami jedzeniu…

Ryder ciągnie mnie za sobą, lawirując między stolikami do części na podwyższeniu w głębi sali, gdzie stoi okrągły stół nieco schowany za białym, pokrytym literami przepierzeniem. Nie patrzę na nikogo w szczególności. Restauracja jest pusta, jeśli nie liczyć mężczyzn w garniturach, wynajętych mięśniaków, którzy obserwują, jak idziemy, a jednak Ryder nie okazuje obawy. Tak samo jak Diesel za moimi plecami.

Troje przeciwko co najmniej piętnastu ludziom, tylu potrafimy dostrzec, ale oni się tym nie martwią. W rzeczywistości kroczą przez lokal, jakby był ich własnością, emanuje z nich siła i wtedy uświadamiam sobie, co znaczy być Żmiją. Nawet otoczeni i w mateczniku wroga, nadal jesteśmy groźnym przeciwnikiem.

Najgorszymi skurwielami w mieście.

Nawet w obliczu straty, nawet w obliczu śmierci, kroczymy z dumą. Podnoszę głowę i nabieram pewności siebie. Jestem pieprzoną Żmiją, najwyższy czas zacząć odpowiednio się zachowywać. Bierzemy, co chcemy, robimy, co chcemy.

Przy stole, odwrócony do nas bokiem siedzi samotny mężczyzna. Podnosi serwetkę i wyciera sobie usta, rozsiadając się w krześle i czekając, aż podejdziemy. Krótkie włosy ma zaczesane do tyłu i jest podobny do Azjaty z hotelu. Też ma wytatuowany na szyi numer, tyle że dwa. Czy to jest jak z pieprzonymi bliźniakami z „Kota Prota"?

Nie dbając o to, że nas nie zaprosił, Ryder wysuwa dla mnie krzesło, na którym siadam. Podsuwa je z powrotem, ale nie za głęboko, żebym miała dostęp do broni i mogła się szybko poruszać. Siada obok mnie z rozsuniętymi nogami i dłonią blisko pistoletu, a potem odchyla się do tyłu, jakby nie miał w życiu najmniejszej troski. Twarz ma zimną i bez wyrazu, jest jak zwykle opanowany. Zazdroszczę mu tego, nie potrafię tak blefować, więc muszę grać własną rolę złośliwej, okrutnej suki.

Rozsiadam się na krześle, przechylam głowę i przebiegam wzrokiem po jego postaci.

– No nie wiem, numer trzy był bardziej władczy... ty wyglądasz jak mała zdzira. – Uśmiecham się, a on mruży oczy i strzela nimi w stronę Rydera.

– Przyszliście tu bez zapowiedzi, żeby mnie obrażać? – rzuca, ale głos mu trochę drży. Tego nie mieli w planie, nie wie, co się dzieje ani co zrobić.

– Oczywiście, że nie, ale powinieneś zrozumieć gniew Roxxane. Przecież porwaliście ją i torturowaliście. – Przy tych słowach twarz Rydera ściąga się, buzuje w nim gniew, więc nachylam się i liżę go w ucho, mając cały czas wzrok skierowany na numer dwa.

– Zachowaj zimną krew, kotku, możesz to wszystko rozładować na mnie później – mruczę, a on wydaje jęk.

– Ona jest zwykle pamiętliwa. Wiem to z doświadczenia. – Śmieje się. – Ale nie, nie przyszliśmy tu rozmawiać. Obydwaj wiemy, że czas na rozmowy minął. Twoja rodzina podpisała na siebie wyrok śmierci i teraz możecie tylko wybrać, jak szybko chcecie umrzeć. – Uśmiecha się.

Obecni na sali mężczyźni poruszają się i jeden z nich podchodzi bliżej z wyciągniętą bronią. Diesel przesuwa się za moimi plecami, zabezpieczając mi tyły. Prostuję się na krześle i mrugam do numeru dwa.

– On ma rację, faktycznie jestem pamiętliwa. I jestem w tym, kurwa, bardzo dobra. Zapytaj moich mężczyzn. Och, chwila… ty masz jednego z nich. – Kiwając palcem, nachylam się ku stołowi, afiszując się ze swoimi piersiami, biorę jego kieliszek z winem i popijam z niego, przypatrując się mu, a potem znowu rozsiadam się na krześle. Spogląda na krew na mojej skórze i przełyka ślinę. – A więc gdzie on jest?

Ryder się nie spina, mimo że to ja prowadzę rozmowę, wręcz jeszcze bardziej się rozluźnia, jest zbyt pełen emocji, żeby teraz odgrywać tę rolę. Ja nie muszę być spokojna, jestem zlekceważoną dziewczyną, więc mogę być tak narwana, jak tylko chcę, i tak właśnie zamierzam. Zabrali to, co moje.

Zranili mnie.

Skrzywdzili moją rodzinę.

Numer dwa oblizuje nerwowo wargi, a potem się uśmiecha.

– Prawdopodobnie rozpruwają go, kiedy rozmawiamy.

Nieruchomieję i uważnie, spokojnie stawiam kieliszek na stole.

– Zapytam jeszcze raz, a wiesz, że każda osoba, która kiedykolwiek mnie skrzywdziła, zazwyczaj kończy martwa… i znasz tego człowieka za moimi plecami, prawda? – Odchylam się do tyłu ku D, który zgina się i mnie całuje, sprawiając, że jęczę, gdy przesuwa językiem po moich ustach, smakując pozostałe na nich wino. – On jest mistrzem tortur, a ja uczyłam się od najlepszego, więc pytam ostatni raz, zanim się wścieknę. Gdzie jest Garrett?

Diesel zaborczo obejmuje mi dłonią gardło i ciągnie mi głowę do tyłu, całując mnie mocno i gryząc w wargę, aż czuję w ustach własną krew, a potem mnie puszcza. Oblizując sobie wargi, z których na pewno spływa krew, patrzę w stronę numeru dwa.

– Czekam – mruczę.

– Pierdol się, głupia dziwko. Kiedy to się skończy, wszyscy będziecie martwi i nikt nie będzie pamiętał o was ani o waszej popierdolonej rodzinie – warczy.

Mrugam, pozwalając przez dwie sekundy, aby jego słowa odbiły się echem w panującej ciszy, a potem ruszam. Wyszarpuję Ryderowi pistolet, celuję w mężczyznę, który stoi najbliżej niego, i strzelam, trafiając go prosto między oczy, a potem odsuwam się od stołu i wstaję. Słychać krzyki, wyciągają broń i zaczynają strzelać, a ja strzelam jeszcze cztery razy, zabijając kolejnych czterech ochroniarzy, a potem oddaję broń Ryderowi i ruszam wokół stołu. Ufając, że mnie ochronią. Słyszę, jak Diesel się śmieje, a tamci krzyczą, podczas gdy ja staję twarzą w twarz z numerem dwa. Jest zaplątany w obrus i patrzy, co się dzieje dokoła.

Myślał, że jest nietykalny, ale się mylił. Nikt nie jest nietykalny oprócz nas. Każdy może zginąć, pozabijam ich wszystkich, żeby odzyskać mojego mężczyznę. Nikt nie będzie pogrywał z tym, co moje, z moim zranionym kochankiem.

Kopię w krzesło i przewraca się na podłogę z głośnym trzaskiem. Staję nad nim, przyciskam mu stopę do gardła, żeby przestał się szamotać, mój obcas dotyka jego miękkiej skóry. Przełyka ślinę, rozkładając na boki ręce w geście pokoju i wystraszonym wzrokiem wpatruje się we mnie. Nareszcie uświadamia sobie, że jego rodzina nie żyje. Wszystko, co zrobili, żeby wygrać, wszystkie prawa i zasady, które złamali, i każdy, kogo przekupili lub zabili – poszło na marne. Tylko dlatego, że byli pazerni i wzięli coś, co do nich nie należało.

– Gdzie on jest? – warczę.

Strzelanina cichnie, ale nie odwracam głowy, a Diesel obchodzi stół, kuca obok numeru dwa i spogląda na mnie z twarzą pochlapaną krwią.

– To jest, kurwa, piękne. Założysz te buty na obcasie później – mruczy, a Ryder podchodzi do mnie i patrzy w dół na numer dwa.

– Ostrzegaliśmy was. Gdzie on jest? – burczy.

Słyszę szelest na schodach i Diesel nie patrząc w tamtą stronę, wyciąga broń i strzela. Słychać stęknięcie i charakterystyczny odgłos ciała spadającego po schodach.

– Przykro mi z powodu twojego brata, chociaż był fiutem. – Uśmiecham się pod nosem i nachylam, jakbym chciała mu wyjawić sekret. – Gadał jak kurewka, gdy go potraktowałam baseballem. – Numer dwa coś bełkoce, a ja się śmieję. – Nigdy nie pogrywaj sobie ze Żmiją. To, że mam cipkę, nie czyni mnie słabą. Zadarliście z niewłaściwą rodziną.

Wbija we mnie wzrok, ale widzi prawdę w moich oczach i schodzi z niego powietrze.

– Proszę, nie zabijajcie mojej żony, ona nie ma z tym nic wspólnego.

Nic nie mówię, ale przyciskam mocniej obcas.

– A wy byliście dla nas tacy łaskawi? – rzuca Ryder.

Zamyka na chwilę oczy, a potem je otwiera i spogląda na mnie.

– Trzymamy go w naszym rodzinnym domu, 478 Rosewater. Rezydencja na wzgórzu z widokiem na miasto.

– Ochrona? – pytam i czuję na sobie zaskoczone i pełne uznania spojrzenie Rydera.

– Ponad trzydziestu ludzi, ostatni, jakich mamy. Będzie tam też mój brat... i ona – bełkocze, śliniąc się, kiedy naciskam mocniej.

– Ona?

– Dafne, jego była, współpracowała z nami – świszcze. – Przyszła do nas, bo chciała się zemścić. Dobiliśmy targu, że pozabijamy was wszystkich, ale ona może z nim zrobić, co chce. Dostarczała nam informacji.

– Kurwa, wiedziałem – warczy Ryder.

– Powinienem był mocniej ją torturować. – Diesel się uśmiecha. – Nie popełnię drugi raz tego błędu.

Spoglądam na Rydera.

– A dlaczego ona w ogóle go zdradziła?

Człowiek pod moim obcasem szamocze się, więc naciskam mocniej i zaczyna dyszeć.

– Dlaczego?

Patrzy na mnie ze smutkiem.

– Dla pieniędzy i władzy. Zaproponował jej to pewien konkurent; myślała, że miasto będzie ich, ale się myliła. Zapłacili jej, żeby zlikwidowała Garretta, ale przeżył. Wytropiliśmy ją, a Diesel ją zabił – a przynajmniej tak myśleliśmy.

– A teraz ona go ma – syczę. – Zamierza dokończyć to, co zaczęła – szepczę wstrząśnięta. – Ryder, musimy go uwolnić.

Kiwa głową i od razu dzwoni, więc patrzę gniewnie w dół na numer dwa.

– Coś jeszcze?

Kręci głową, oczy ma rozszerzone, więc biorę pistolet, ten, który dostałam od Garretta, i strzelam mu w twarz, która eksploduje. Zamykam oczy, kiedy pryska na mnie i Diesela mózg i posoka. Trochę dolatuje nawet do Rydera, ale nie zwraca na to uwagi.

Odsuwam się, ściągam szpilki i z krzykiem walę go w pierś, a potem wstaję i zbieram sobie włosy do tyłu.

– Chodźmy po niego – żądam, odwracając się i przechodząc między ciałami. Czuję, jak moi mężczyźni idą za mną.

Coś, co zaczęło się jako transakcja biznesowa, stało się teraz moim życiem. Jest takie stare powiedzenie: „Rzuć mnie wilkom na pożarcie, a wrócę na czele watahy". Mnie rzucono na pożarcie Żmijom, a teraz oni są moi.

Nigdy nie należy lekceważyć kobiety, ponieważ ci uważani za słabych mają znacznie mniej do stracenia niż ci, którzy mają wszystko.

Przyzwyczaiłam się do tego, że jestem słabsza, ale nigdy więcej. Nie, jestem pieprzoną królową żmij, ich dziewczyną, i dzisiejszej nocy dowie się o tym całe miasto, kiedy odzyskam mojego mężczyznę i do końca wytępimy Triadę. Nikt nigdy już nam nie zagrozi, niech to będzie dla nich ostatnie ostrzeżenie.

To miasto jest nasze.

Oni są nasi.

ROZDZIAŁ 53

GARRETT

Od razu wiem, że coś jest nie tak, łóżko pode mną jest zbyt miękkie, żeby było moje. Zapach jest nie taki, nie mówiąc już o tym, że ramiona i nogi mam wyciągnięte i ułożone pod niewygodnym kątem. Głowa mnie, kurwa, napierdala, jak gdybym dostał w nią o jeden cios za dużo. Nie daję po sobie nic poznać, jeżeli ktoś mnie obserwuje, oddycham tak samo, nawet kiedy narastająca złość rozprasza mgłę, rozlewając się powoli w moim krwioobiegu.

Hotel.

Dach… Kenzo.

Kurwa, mam nadzieję, że z nim wszystko dobrze. Jeżeli ktokolwiek potrafi przeżyć ranę kłutą, to ten szczwany sukinsyn, ale teraz ja też jestem w opałach. Przyszli po mnie, to była pieprzona zasadzka, chcieli mnie złapać, ale dlaczego?

Obracam na próbę dłońmi i czuję, że mam przywiązane nadgarstki, kostki też. Jestem rozpostarty na łóżku, płynie na mnie chłodne powietrze, powodując, że drżę. Staram się zdusić panikę z powodu tego, że znowu jestem związany, do głowy wracają mi obrazy z przeszłości. Pokój pachnie czystością, jakby miętą i wybielaczem, ale czuję, że łóżko jest nieposłane i w nieładzie.

Dokąd mnie, kurwa, zabrali?

Pozabijam ich, kurwa, wszystkich. Miałem plany, na przykład chciałem przypomnieć Roxy, że jest moja i żeby nie dawała się porywać… a poszedłem tam i mnie samego capnęli.

Nie rozumiem, dlaczego wybrali mnie. Mądrzej byłoby wziąć Rydera albo, cholera, nawet Diesela, żeby nie mógł na nich polować. Nie, to wygląda na osobiste porachunki. Właśnie kiedy o tym myślę, słyszę, jak nieopodal otwierają się drzwi. Trzymam oczy zamknięte i czekając, równo oddycham, słysząc lekkie kroki wygłuszone przez dywan, które zbliżają się do mnie.

Najpierw wyczuwam jej perfumy. Nawet teraz używa tego samego cuchnącego szczyną Chanela i już wiem, dlaczego to ja. *Ona.* Ona mnie chciała. Prawdopodobnie taki postawiła warunek, zgadzając się z nimi współpracować, głupia pizda. Potem czuję jej długi paznokieć przesuwający się po mojej piersi i uświadamiam sobie, że jestem nagi, związany i znowu bezbronny wobec niej.

Czy życie nie jest kurewskie?

Przeżyłem to raz, mogę znowu, ale nie chcę być tym samym, wstrząśniętym, zdradzonym chłopcem. Jestem cholerną Żmiją.

Otwieram oczy i spotykam jej spojrzenie, kiedy uśmiecha się do mnie z wypaloną połową twarzy. Nareszcie na zewnątrz widać zgniliznę, jaką nosi w środku.

– Wyglądasz, kurwa, strasznie – szydzę.

Ona marszczy brwi i mruży oczy, wpijając mi swoje długie paznokcie w pierś.

– A ty niby lepiej? Biedny, mały skrzywdzony Garrett. Ciekawa jestem, czy jeszcze staje ci przy kobiecie, czy może ona musi cię najpierw zacząć kroić?

– A więc pracujesz dla Triady? Ile kutasów musiałaś obciągnąć, żeby zwrócili na ciebie uwagę? – docinam złośliwie.

Warczy i wpija dłoń głębiej, rozcinając mi skórę, ale ja nawet nie reaguję, co bardzo jej się nie podoba.

– Ani jednego, oni chcą się was pozbyć. Zawarliśmy umowę, że będziesz mój. W tej chwili ta twoja mała kurewka i bracia giną.

– Wątpię – mówię drwiąco. – Nigdy nie uda wam się ich zabić, zwłaszcza Rox, ta suka jest zbyt zajadła, żeby zginąć.

Na dźwięk jej mienia Dafne warczy i przeciąga paznokciami po mojej zniszczonej piersi, aż burczę z bólu, gdy rani mnie do krwi.

– Tak? A więc pożyje wystarczająco długo, żeby odebrać twoje połamane, zakrwawione zwłoki. Dzisiejszej nocy umrzesz, jak powinieneś wtedy, ale to nie znaczy, że nie możemy się najpierw trochę zabawić. – Trzepocze rzęsami, a jej na wpół zmasakrowana twarz przybiera coś, co jak przypuszczam ma być uwodzicielskim wyrazem. Jezu, jak mogłem kiedyś dymać tę kobietę?

– Nie, dzięki, wolałbym chyba wcisnąć sobie chuja w piłę łańcuchową, miałbym więcej zabawy niż z twoją cuchnącą pizdą. – Śmieję się.

Wbija mi paznokcie w brzuch, na co zginam się do środka i klnę na nią. Śmieje się i odsuwa, zlizując sobie moją krew z paznokci, aż robi mi się niedobrze.

– Masz popierdolone w głowie.

– To prawda, ale dosyć mam już gadania. Może byśmy odtworzyli stare czasy? – Wyciąga nóż, który ma przy boku, i pokazuje mi, jak lśni w świetle. – To jest ten sam nóż, którego używałam na tobie ostatnim razem. Zostawiłam go sobie na pamiątkę, ale potem przeżyłeś, prawda?

Nie odpowiadam, tylko zaciskam szczęki, aby nie wracały mi te obrazy, gdy obudziłem się w szpitalu z rurami w gardle i wpadłem w panikę. Nie chcę, żeby widziała, jak głęboko mnie to dotyka, jaka opanowuje mnie groza. Nie chcę dać jej ani krzty więcej władzy nade mną, niż już ma.

Wspina się na łóżko obok mnie, przesuwa mi nożem przed twarzą, ale ja się odwracam. Warczy i chwyta mnie za brodę, odwracając mi z powrotem głowę, jej usta przywierają do moich. Czuję jej smak i zbiera mi się na wymioty, więc się wyrywam i walę ją głową za to, że mnie dotknęła. Spada z krzykiem, ale w mgnieniu oka jest z powrotem, nóż trzyma mi przy kutasie, a z rozciętej wargi płynie jej krew, na co się uśmiecham.

– Ciekawa jestem, czy twoja mała Roxy wie, jak lubiłeś zadawać mi ból? Jak to cię rajcowało. I że lubiłeś patrzeć na mnie z innymi? – szepcze.

Nie mogę się opanować, żeby nie uśmiechnąć się pod nosem.

– To był jedyny sposób, żebym doszedł z tobą. Nawet nie wiedziałem, że to było porąbane, zanim jej nie spotkałem. Jej też lubię zadawać ból, ale ona to, kurwa, uwielbia, dochodzi na moich palcach i języku z bólu, kiedy równocześnie dyma się z moimi braćmi.

Rzucam jej to w twarz, wiedząc, że zawsze ich też pragnęła, władzy i pieniędzy, jakie by miała, będąc ich dziewczyną. Ale oni jej nie znosili, wyczuwali jej strach i jeszcze przede mną dostrzegli prawdę. Przyciska mi nóż ostrzem do uda niedaleko kutasa i nieruchomieję, kiedy warczy:

– Ona i tak jest martwa! – krzyczy, a potem głęboko oddycha.

– A wkrótce ty też będziesz, a ja zostanę królową, będę miała władzę i pieniądze.

Parskam.

– Masz, kurwa, urojenia. Kiedy z tobą skończą, zabiją cię. Nie mogą cię sprzedać, jesteś, kurwa, za brzydka do tej profesji. Nie, oni szybko to załatwią. Jesteś niczym. Zwykłą przywiędłą, starą, łasą na kasę dziwką. Nigdy już niczym więcej nie będziesz.

Z wrzaskiem przerzuca nade mną nogi i zaczyna zadawać ciosy nożem. Krzyki więzną mi w gardle, rzucam się, starając się ją zrzucić, moja krew zalewa ostrze i pryska jej na dłonie i ramiona, kiedy skrzeczy dziko.

Kurwa!

Nie mogę tak tu umrzeć, nie mogę…

ROZDZIAŁ 54

ROXY

Pędzimy w stronę tego domu. Tony, Sam i pozostali jadą za nami w drugim samochodzie. Nie będę na nich czekać. Ona go zabije, ale zrobi to tak, żeby bolało. Nadszedł czas, żeby ta dziwka umarła. Wystarczająco długo jej duch zadawał mu cierpienie.

Tylko ja mogę to zrobić.

Im bardziej oddalamy się od miasta, tym puściej robi się na drodze. Diesel podaje dodatkową broń, którą mieli w samochodzie, i znowu ma na sobie nerkę biodrową, ale dla odmiany jest na niej uradowane, płomieniste słońce. Poważnie, on je kolekcjonuje czy co?

Będę musiała sprawdzić to cholerstwo, kiedy wrócimy, ponieważ tak dziwnie jest widzieć tego dużego, złego, szalonego, pięknego mężczyznę… z iskrzącą się torebką biodrową. To jest też dziwnie seksowne. Jednak tym razem nie pytam, co jest w środku.

– Diesel, idziesz w lewo, ja w prawo. Pozostali wchodzą tylnym wejściem. Kochanie? – Ryder, prowadząc, spogląda na mnie, jego dłoń chwyta na chwilę i ściska moją. – Musisz znaleźć mojego brata. Będzie gdzieś na piętrze.

Biorę oddech, wiedząc, że pokłada we mnie nadzieję, że tego dokonam, ale kiwam głową i mocniej chwytam kij baseballowy między nogami.

– Ta suka jest moja.

Uśmiecha się i patrzy z powrotem na drogę. Jest długa i kręta, kiedy wjeżdżamy na wzgórze ku oświetlonej rezydencji na szczycie. Z miejsca, w którym jesteśmy, widzę już przeszklone galerie otaczające biały, dwukondygnacyjny budynek. To jest, kurwa, ładny dom, szkoda, że zniknie tej nocy.

Zatrzymujemy się przy bramie i wysiadamy, wszyscy ochroniarze są obwieszeni bronią po zęby. Ale gdy podjeżdża jeszcze jeden samochód, kierujemy w tamtą stronę broń i czekamy, reflektory trochę nas oślepiają, aż w końcu otwierają się drzwi po stronie kierowcy i wypada z nich Kenzo.

Uśmiecha się do nas.

– Chyba nie myśleliście, że dam się tak zostawić, co? – Śmieje się, idąc do nas. Na piersi ma założoną kamizelkę, ale przechyla się nieznacznie na jedną stronę.

– Nie, wracaj do domu, bracie – warczy Ryder. – Jesteś ranny.

Przewraca oczami, podchodząc do nas, i całuje mnie mocno.

– Witaj, najdroższa. Nie myśleliście, że pozwolę wam się zabawić beze mnie, co?

– Kenzo… – odzywa się Ryder, ale Kenzo na niego burczy.

– On jest też moim bratem. Przyjechałem tu i nie wracam do domu, tak jak i wy. Zrobimy to razem. Tracimy cenne minuty, a on może umiera, więc chociaż raz zamknij się i mnie posłuchaj – rzuca Kenzo, a potem dodaje łagodniej: – Nic mi nie będzie,

ROZDZIAŁ 55

DIESEL

Z Garrettem nie jest dobrze. Jest blady i traci mnóstwo krwi. Udaje nam się usadzić go na tylnym siedzeniu. Zostawiamy Tony'ego, żeby posprzątał i przywiózł numer jeden, jak wskazują na to jego tatuaże, do naszego domu. W tej chwili liczy się tylko nasza rodzina.

Nasza rozbita rodzina. Kenzo jest ranny. Garrett jest umierający... on nie może, kurwa, umrzeć.

Nie mogę go stracić.

Ogarnia mnie panika, aż w końcu walę głową w deskę rozdzielczą, żeby ją uciszyć. Ryder spogląda z ponurą miną, uruchamia samochód i cofa.

– Nie może umrzeć, umrzeć, nie umrzeć, nie może umrzeć. – Nawet nie zdaję sobie sprawy, że mówię, dopóki ktoś nie klepie mnie dłonią w głowę.

– On, kurwa, nie umiera, słyszysz mnie? A więc się, kurwa, zamknij, D! – krzyczy, a ja odwracam się do tyłu i widzę łzy w jej oczach. Ma podartą i pochlapaną krwią sukienkę, a w jej oczach widać zgrozę, ponieważ pomimo tego, co wywrzeszczała, boi się, że on umrze.

– Ptaszyno – szepczę, próbując jej pomóc, ale właśnie wtedy Garrett wydaje jęk i odwraca się do niego.

– Jestem tu, wielkoludzie, jestem tu – szepcze, a on nieznacznie otwiera oczy.

– Przepraszam, dziecino – mamrocze.

– Nie, kurwa, nie przepraszaj. Po prostu zostań ze mną, dobra? – domaga się, a on prycha, a potem krzyczy w męce, dźwięk ten wypełnia samochód i powoduje, że Ryder dociska pedał gazu. Zarzuca mną na siedzeniu, a Kenzo łapie mocno głowę Garretta, unieruchamiając ją.

Uspokaja się, ale wygląda, jakby był prawie nieprzytomny. Z każdym przejechanym kilometrem narasta we mnie panika, kiedy zerkam raz na drogę, a raz na niego.

Spoglądam na tylne siedzenie i patrzę, jak nasza dziewczyna ze zdeterminowanym grymasem na twarzy przyciska opatrunek do jego piersi, żeby zatamować krwawienie. Przepełnia mnie panika, ale nie mogę się powstrzymać, żeby jej nie podziwiać. Nachyla się do jego twarzy i klepie go po policzku.

– Tylko mnie, kurwa, nie opuszczaj, słyszysz? Jeżeli ktokolwiek zabije upartego dupka, którym jesteś, to będę ja, więc, kurwa, walcz!

Znowu otwiera oczy i porusza ustami.

– D powiedział nam, że nas lubisz.

– Zamknij się, kurwa. – Śmieje się głosem zduszonym przez łzy. – Nadal was nienawidzę, skurwiele.

Ponownie zamyka oczy, a ona się nachyla.

– Proszę, proszę, nie opuszczaj mnie, wszyscy mnie zostawiają, ale proszę, tylko nie ty. - Jej urywane błaganie wypełnia samochód i w oczach zbierają mi się łzy, gdy na nią patrzę.

Gdybym mógł coś zrobić, zrobiłbym to. Gdybym mógł jemu albo jej tego oszczędzić, zrobiłbym to, ale nie mogę i to mnie dobija. Ręka mu zwisa z siedzenia, więc sięgam do tyłu i ściskam ją.

- Trzymaj się, bracie - nakazuję. - Kto inny powstrzyma mnie od robienia szaleństw, jeśli nie ty?

- Albo nie pozwoli Ryderowi być takim debilem. - Kenzo się słabo śmieje.

- Albo powstrzyma Rox, żeby wszystkich nie pozabijała - dodaje Ryder.

- Tak, sukinsyny, potrzebujecie mnie - mamrocze Garrett, sprawiając, że wszyscy się śmiejemy.

- No pewnie, wielkoludzie, potrzebuję cię, dobra? Proszę, tylko się trzymaj - błaga, całując go delikatnie.

- Lekarz wciąż jest u nas. Kazałem mu poczekać, w razie gdyby któryś z nas został ranny - informuje Kenzo. - Musimy tylko tam dojechać.

Kilka kolejnych kilometrów jedziemy w milczeniu, przerywanym tylko szarpanym, słabym oddechem Garretta i słowami szeptanymi do niego przez moją ptaszynę. Wydaje się jednak, że działają, bo gdy wjeżdżamy do garażu, on wciąż jest przytomny. Nie możemy jechać do szpitala, zadają tam zbyt dużo pytań. Nie, tutaj jest lepiej. Zabieramy go szybko na górę, ale nie chce puścić ręki Roxy nawet wtedy, gdy kładziemy go na stole i lekarz zaczyna się nim zajmować.

- Przepraszam, potrzebuję więcej miejsca - mówi do niej, więc odchodzi, ale Garrett się zrywa.

- Roxy! - krzyczy dziko, więc spieszy do niego, uspokajając go, kiedy kładzie się z powrotem na stole.

– Muszę mu podać środek uspokajający – mruczy lekarz i zanim Garrett zdąży zaprotestować, robi to. Wszyscy patrzymy ze strachem w sercach, że stracimy naszego brata. Stykamy się ramionami, a nasza kobieta trzyma go za rękę, podczas gdy lekarz robi swoje.

Mijają godziny, zanim tamten wyczerpany odchodzi od niego i kiwa głową.

– Jeżeli przetrwa noc, będzie żył.

Garrett jest wciąż nieprzytomny i teraz ptaszyna wygląda na wyczerpaną, jej ciało słania się, chociaż nie sądzę, żeby zdawała sobie z tego sprawę. Ma bladą i zagubioną twarz. Wygląda na taką małą, taką spokojną jak na naszą Roxy. Nie podoba mi się to.

Nie mogę pomóc jemu, naszemu bratu, ale mogę pomóc naszej dziewczynie. Spoglądam na Rydera i wskazuję głową na Rox. Kiwa głową, pomagając Kenzo usiąść, żeby lekarz mógł obejrzeć jego szwy. Zostawiam ich z tym i idę ku niej.

Ma ręce pomazane krwią, krwią mojego brata, krwią jej kochanka. Jej twarz jest blada i wstrząśnięta, nie porusza się ani nic nie mówi, więc łagodnie ją podnoszę i tulę w ramionach. Zabieram ją do łazienki, nie chcąc odchodzić za daleko, na wypadek gdyby się obudził i znowu zaczął rzucać, gdy nie zobaczy jej przy sobie, ale nią też trzeba się zająć.

Nie opiera mi się ani nie odzywa i to mówi mi wszystko, co muszę wiedzieć. Odkręcam wodę w umywalce i szybko, ale delikatnie myję jej ręce, krzywiąc się, kiedy widzę popękaną skórę na knykciach, a potem myję jej ramiona i twarz. Przyjmuje mój dotyk i przymyka oczy, a po policzkach płyną jej łzy.

– Prawie go straciliśmy, prawie straciliśmy ich obu.

– Ale się udało, ptaszyno – mruczę łagodnie. – Udało się dzięki tobie i teraz nasza kolej, żeby się tobą zaopiekować.

Unosi głowę i jej spojrzenie wreszcie spotyka się z moim.

– D? – szepcze.

– Tak, ptaszyno?

– Opowiedz mi coś, cokolwiek, żeby zająć mi głowę – szepcze tak łamiącym się głosem, że chciałbym zadźgać wszystkich. Nikt nie będzie jej krzywdził, nikt nie doprowadzi jej do płaczu, nawet mój brat. Gdy Garrett przeżyje i poprawi mu się, zamierzam nakopać mu do dupska.

– Nigdy nie znałem mojego prawdziwego ojca. Lubiłem udawać, że był nim człowiek, z którym matka spotykała się przez większość mojego dzieciństwa. Ale on potem ją zostawił, jak wszyscy inni. Kiedyś próbowałem odnaleźć tego prawdziwego człowieka – przyznaję, wyjawiając coś, czego nigdy nikomu nie mówiłem.

– Znalazłeś go? – pyta, jakby się ożywiając.

– Nie, był pewnie gdzieś tam jakimś nudnym jak cholera księgowym, wyobrażasz to sobie? – żartuję, a ona lekko chichocze. – Wiem, wiem, jeżeli komuś o tym powiesz, zabiję cię, ptaszyno.

– Kocham cię – szepcze, skłaniając głowę ku mojej.

– Ja też cię kocham, ptaszyno – odpowiadam.

Siedzimy tak jakiś czas, wpatrując się sobie w oczy, i jestem przy niej, pozwalając jej odpocząć, rozluźnić się i przetrawić wszystko. Zagląda mi w oczy, a ja głaszczę ją po udach, po włosach, po dłoniach, po każdej najdrobniejszej części jej ciała, aż w końcu wtula się we mnie.

– Mogę go zobaczyć?

Biorę ją na ręce, niosę z powrotem do salonu i podsuwam bliżej krzesło, a potem siadam i sadzam ją sobie na kolanach. Lekarz

ogląda ją i opatruje jej połamane palce u stóp i rąk, czyści rany
i zszywa jedną, która tego wymaga. Ma też złamane żebra,
ale nie może wiele na to poradzić oprócz zaproponowania środ-
ków przeciwbólowych, które ona przyjmuje. Oprócz tego ma po-
tłuczoną głowę i lekarz przestrzega ją, że mogła doznać wstrzą-
śnienia mózgu.

Kiedy kończy, podsuwam nas bliżej Garretta. Wyciąga
do niego rękę i wplata palce w jego dłoń. Ma głowę odwróconą
w naszą stronę i zamknięte oczy. Jeszcze nigdy nie widziałem
go tak spokojnym.

– On cię kocha – szepczę do niej. – Bardziej niż cokolwiek
na tym świecie. Nigdy wcześniej nie bał się straty ani śmierci, dopóki się nie pojawiłaś.

Ona drży przy mnie, a Ryder i Kenzo przysuwają sobie krzesła
po obu naszych stronach. I tak siedzimy całą noc z oczami wpa-
trzonymi w naszego brata, który walczy o życie, a razem z nami
jest nasza kobieta.

Gdy wschodzi słońce, Ryder robi kawę, w milczeniu podając
kubek ptaszynie, a potem siada.

– Nic mu nie będzie – szepcze ona.

– Skąd wiesz? – pyta Ryder znużonym głosem.

– Bo jest Żmiją. Żmije nie umierają – mówi. Sami to zawsze
powtarzaliśmy od lat i czujemy, jakby coś zaskoczyło na swoje
miejsce. Z taką łatwością wślizgnęła się w nasze życie i stała się
centrum naszego świata. Nigdy nie będzie łatwo – kurwa, cieszę
się, że nie będzie, łatwe rzeczy są nudne – ale kiedy trzymam
ją w ramionach, czuję, że cała ta krew, całe cierpienia i przemoc
są tego warte.

A kiedy Garrett wydaje pomruk i otwiera oczy, napotykając
spojrzenie Roxy, jest jasne, że bez niej... jesteśmy niczym. Coś,

co zaczęło się od transakcji biznesowej, urosło do znacznie większych rozmiarów, niż kiedykolwiek mogliśmy sobie wyobrazić. Życie. Dom.

Miłość.

Właśnie te rzeczy, o których żaden z nas nie wiedział, że ich potrzebuje, także ptaszyna, ale teraz mamy to wszystko razem i nigdy z tego nie zrezygnujemy. Ani z niej.

Ścigałbym ją na koniec świata i przywlekł z powrotem, wierzgającą i krzyczącą… właściwie to byłaby niezła zabawa.

– Kurwa, wyglądacie wszyscy, jakby coś wam było – chrypi Garrett, po czym kaszle.

Wymieniamy się spojrzeniami, a potem wybuchamy śmiechem.

Żmije nigdy nie umierają.

Żmije nigdy nie padają… chyba że przed wytatuowaną, pyskatą właścicielką baru.

ROZDZIAŁ 56

KENZO

– Wreszcie zasnęła – mówię do nich, patrząc na naszą dziewczynę.

Wcześniej przenieśliśmy Garretta do jego pokoju i Roxy poszła do niego, bo zaczął wariować i walnął pięścią D, kiedy nie widział jej przy sobie. Teraz są zwinięci razem i chrapią. Dobrze, potrzebują snu. Ja też potrzebuję, więc choć z bólem, ale zostawiam Ryderowi i Dieselowi organizację pogrzebów ludzi, których straciliśmy, w tym przyjaciela Roxy, Sama.

Zostawiam im też porachunki z resztą Triady. Mam ważniejsze rzeczy do roboty, na przykład przytulanie się do mojej dziewczyny. Czasami bycie bratem szefa i bycie rannym ma swoje zalety. Kiedy zrzędząc, zabierają się do roboty, wślizguję się do łóżka, w którym leżą Garrett i Roxy, przysuwając się do jej pleców i wtulając głowę w jej szyję i włosy.

– Co ty, kurwa, wyrabiasz? – mruczy, na co chichoczę.

– Muszę zdrowieć, najdroższa, twoje ciało mi w tym pomaga – przekomarzam się.

– Nie wciskaj mi, kurwa, kitu – mruczy, chociaż bardziej się do mnie przysuwa, na co jęczę. – Jestem ranny, nie martwy, nie kuś mnie tym swoim cholernym tyłkiem.

Śmieje się, a Garrett wydaje pomruk.

– Zamknijcie się, kurwa, albo was wyrzucę.

– Mnie? – chichocze Roxy, a on burczy i przyciąga ją bliżej, chociaż pojękuje z bólu.

– Nie, tego pieprzonego idiotę. Nie zostało mi wystarczająco dużo krwi na wzwód, więc bądźcie cicho. – Obydwoje się śmiejemy i znowu się mocniej wtulam, wąchając moją dziewczynę. Wyczuwam nuty krwi i potu, ale poza tym to jak najbardziej ona.

– Ćśś, ranni próbują zasnąć – mruczę.

Śmieją się, przez co Garrett po chwili wydaje jęk.

– Kurwa, nienawidzę być ranny.

– Ja też – wzdycham.

– Mogę was wycałować, żeby wam się polepszyło – proponuje i obydwaj napinamy się, przytuleni do jej ciała.

– Uwielbiam być ranny – poprawiam się, a Garrett potwierdza milcząco skinieniem głowy.

– Moja nowa ulubiona rzecz. Chyba pozwolę D raz na jakiś czas mnie zranić – mamrocze.

– Mężczyźni. – Ona wzdycha. – A teraz zamknijcie się, kurwa. Jestem zmęczona po uratowaniu wam tyłków. A przy okazji, jesteście mi winni mnóstwo, ale to mnóstwo orgazmów za ten rozpierdol z ostatnich kilku dni.

Uśmiechając się, całuję ją w szyję, na co przechodzi ją dreszcz pożądania, mimo że właśnie ziewa.

– Co tylko sobie życzysz, najdroższa.

– Taka władcza – mruczy Garrett.

– Dupki – rzuca, a potem wzdycha. – Nienawidzę was.

– Też cię nienawidzę – odpowiada Garrett.

– A ja jeszcze bardziej cię nienawidzę – dodaję, a ona prycha, ale przysuwa się bliżej, po czym obydwoje milkną, kiedy zapadają w sen. Kto by przewidział, że tak skończymy? Myślałem, że nasze życie jest doskonałe, dopóki nie pojawiła się Roxy i nie pokazała mi, jak było puste i jałowe.

Nie, nie potrafię sobie nas inaczej wyobrazić bez niej pomiędzy nami. Może to i dziwne i inni być może nigdy tego nie zrozumieją, ale my nigdy nie należeliśmy do takich, co trzymają się reguł. Wyznaczamy nasze własne, a Roxy? Roxy jest nasza.

Na zawsze.

RYDER

Kiedy moi bracia i dziewczyna odpoczywają, załatwiam różne sprawy. Organizuję pogrzeby i wypłacam pieniądze rodzinom, żeby już nigdy nie musiały się martwić finansami. Kontaktuję się z gośćmi od sprzątania i policją. Wydaję oświadczenie, udając zasmuconego tragiczną masakrą, jaka wydarzyła się w naszym mieście. Odgrywam rolę dobrego przywódcy.

I biznesmena.

Potem zrzucam garnitur i idę do podziemi do D. Ma zakutego w łańcuchy trzeciego i ostatniego członka Triady. Oczywiście już wcześniej się nim zajmował, nie dając mu się nudzić, kiedy przychodzę.

– Jak okropne musi to być uczucie, gdy wiesz, że cała twoja rodzina zginęła. – Wzdycham, wchodząc do pomieszczenia

i uśmiecham się, napotykając jego wystraszone, złe spojrzenie. –
Nie martw się, wkrótce do nich dołączysz.

– Pierdolone węże – parska, bardziej niż zwykle daje się słyszeć jego akcent.

– Święta prawda. – Uśmiecham się, zdejmując koszulę i podchodząc do niego. Diesel się śmieje.

– Och, wpadłeś w tarapaty – mówi drwiąco, okrążając go, a ja staję naprzeciwko niego. – Nie powinieneś nigdy brać się za moją rodzinę, nie powinieneś stawiać się, tylko przyjąć umowę. Jesteś głupcem.

– Myślałem, że to pójdzie łatwo – szepcze pokonany, jest człowiekiem, który nie ma już po co żyć. Zabrałem mu wszystko, co kocha.

– Źle myślałeś. Nigdy nie przypieraj Żmii do muru, wtedy zawsze mocniej się odgryzamy – mówię mu, podnoszę śrubokręt i trzymam go pod światło. – Muszę cię ukarać dla przykładu. Twoich braci, obawiam się, już nie ma, ale wciąż mam ciebie.

Przełyka ślinę i odchyla głowę do tyłu, ma zmęczone spojrzenie, zaczyna mu teraz ciążyć jego wiek.

– Nigdy nie mieliśmy szansy wygrać, prawda?

Uśmiecham się na to pod nosem.

– Nie, nigdy.

Kiwa głową.

– Pozabijasz nasze rodziny?

– Może. – Wzruszam ramionami. Nie mówię mu, że załatwiłem już, żeby ich deportowano i osiedlono tam, dokąd tylko zechcą jechać, z nową tożsamością i pieniędzmi na życie. Nie zabijam niewinnych, jeżeli nie muszę. Oni nic nie wiedzieli, a ich więzy krwi zostały zerwane. Mam poczucie, że się zemściłem, a zagrożenie minęło, więc z naszej strony są bezpieczni.

Chyba że kiedyś zagrożą nam na nowo. Ostrzeżono ich, żeby nigdy nie wymieniali naszych nazwisk i żeby ich noga nie postała w tym kraju.

Mam jednak przeczucie, że więcej ich nie zobaczymy ani nie będziemy mieli od nich żadnych wieści.

– Zaczynajmy, dobrze? – pytam, a on kiwa głową, złamaliśmy jego ducha i pozbawiliśmy go honoru. Poniósł porażkę – przegrali, a my wygraliśmy. Nadszedł czas, aby pokazać wszystkim, co spotyka zdrajców, żeby dwa razy się zastanowili, zanim nas zaatakują.

Nikt więcej nie skrzywdzi mojej rodziny, zadbam o to. Przeleję krew dziś, żeby oszczędzić jej w przyszłości. Zwłaszcza teraz, kiedy jest z nami Roxxane, moje instynkty opiekuńcze są silniejsze niż kiedykolwiek. Będzie trudniej ją chronić, ponieważ jest nieprzewidywalna i dzika, ale gdy patrzyłem na nią tej nocy... kiedy prawdziwie stała się jedną z nas, to było wspaniałe.

Poezja w ruchu.

Tej nocy nie była jedynie Żmiją, była tą Żmiją.

Była nasza.

A my chronimy to, co nasze. Zawsze.

Zaczynam od jego stóp, a potem posuwam się w górę. Diesel musi mi pomagać. Łamiemy mu kostki, palce u nóg, kolana, żebra, palce i nos. Potem żywcem obdzieramy go ze skóry, co trudniej jest zrobić, niż powiedzieć. Numer jeden odcinamy od reszty, żeby zachować go jako świadectwo siły, a kiedy kończymy, obaj jesteśmy pokryci krwią, a on nie żyje.

Skończone, moja rodzina jest bezpieczna... na razie.

Mamy jeszcze kilka spraw do załatwienia, ale mogą poczekać... przynajmniej przez kilka dni. Tym razem biorę sobie na jakiś czas wolne, żeby spędzić go z moimi braćmi i moją ukochaną.

Będę się relaksował i cieszył ich towarzystwem, coś, czego nie robiłem od lat.

Będziemy zabliźniać rany. Razem.

ROZDZIAŁ 57

ROXY

Zmyć krew jest trudniej, niż się wydaje. Obudziłam się kilka godzin później, rozgrzana i lepka, z uczuciem swędzenia od krwi w miejscach, w których nie powinna się znajdować, mimo że Diesel bardzo się starał ją zmyć, nie mówiąc o tym, że włosy mam teraz czerwone, a nie srebrzyste. Zostawiam więc Garretta i Kenzo wtulonych w pościel i idę do mojego dawnego pokoju, żeby wziąć prysznic. Mam na sobie tylko stanik i majtki, więc zrzucam je na podłogę, wiedząc, że nigdy więcej ich nie założę, i wchodzę do łazienki.

To dziwne, jak to wszystko się zaczęło w tym pokoju. Kiedy się tu obudziłam, myślałam, że to będzie koniec mojego życia, że tutaj umrę. A teraz to jest mój dom i nigdy nie czułam bardziej, że żyję i jestem kochana, nawet kiedy boli albo się boję.

To dziwne, jak sprawy się potoczyły.

Włączam wodę i wchodzę pod strumień, dygocząc, dopóki jest zimny, i czekając, aż się ogrzeje. Zamykam oczy, wciąż zmęczona, a jednocześnie zbyt nakręcona, żeby spać. W snach nęka mnie wizja, że nie zdążam uratować Garretta, i widzę migawki, w których ginie pod tym nożem, a ja krzyczę i próbuję się do niego dostać, i wtedy za każdym razem się budzę.

Podskakuję, gdy czyjeś ramię obejmuje mnie od tyłu za gardło. Dochodzi mnie zapach ognia i dymu, i z uśmiechem rozluźniam się pod jego dotykiem, a kabinę zaczyna wypełniać para.

– Cześć, przystojniaku.

– Cześć, ptaszyno – mruczy, liżąc mi ucho. – Byłem zajęty, a teraz potrzebuję ciebie.

Obracam się w jego objęciu i widzę krew pokrywającą jego nagie ciało. Nie pytam czyja jest, ale nagi Diesel pokryty krwią ma w sobie coś takiego, co powoduje, że moja cipka się zaciska. Jego blond włosy są od niej lepkie i splątane, a usta ma ściągnięte w ten pyszałkowaty, wariacki uśmiech.

Może to dlatego, że prawie ich straciłam. Może dlatego, że muszę czuć, że żyję, czuć ich w moich ramionach. Zastąpić tę krew na moich rękach dotykiem ich skóry i ich miłością. A może po prostu jestem popierdolona i ciągle chcę się z nimi pieprzyć do nieprzytomności. Ale rzucam się na niego, a on łapie mnie ze śmiechem, jego dłonie wędrują na mój tyłek i ściskają, idzie do przodu, aż uderzam mocno plecami o ścianę. Zapiera mi dech i z trudem łapię powietrze, mam wciąż słabe żebra, a on przyciska usta do moich ust.

Czuję na jego wargach smak papierosów i krwi i jęczę o więcej, gdy nasze języki się przeplatają. Nasze ciała robią się śliskie od spadającego na nas strumienia wody, zmywającego z nas na chwilę nasze grzechy.

Nie potrafię nawet spróbować mu powiedzieć, jak wiele znaczyło to dla mnie, kiedy się mną zaopiekował wczoraj w nocy. Był taki delikatny i słodki. Owszem, Diesel może i jest szalony, może i ma obsesję i bzika na punkcie krwi, ale jest kochający. Jest życzliwy i namiętny, a kiedy stajesz się jego, stajesz się jego na całe życie.

Jęczy mi w usta, a jego palce wkradają się między nasze ciała, zsuwają mi się po mokrej cipce i zanurzają we mnie szybkim, mocnym pchnięciem.

– Jesteś taka, kurwa, wilgotna, ptaszyno – mruczy przy moich ustach.

– Jak zawsze – odpowiadam, ocierając się o jego dłoń. – Masz zamiar mnie wydymać czy się przekomarzać?

Wydaje pomruk i nachyla się, żeby mocno ugryźć mnie w szyję, na co skowyczę, choć zaciskam się na jego palcach, ból i przyjemność przeganiają całą niepewność, obawę, gniew i bezsilność ostatnich dwóch dni.

Diesel zawsze potrafi sprawić, abym czuła, że żyję.

– Wydymaj mnie – warczę przy jego ustach.

Chichocząc, wyciąga palce, opuszcza mnie na śliską posadzkę i szybko obraca, przyciskając zranionym policzkiem do płytek, aż jęczę z bólu. Ociera mi się sztywnym kutasem o tyłek, liżąc i gryząc mnie w ucho.

– Pamiętasz nasz pierwszy raz?

Kiwam głową bez tchu i ochoczo rozsuwam nogi, pozwalając mu ocierać się kutasem o moją cipkę.

– Pamiętam, jak pierwszy raz cię zobaczyłem. Taką piękną, tak niebezpieczną. Tego dnia odrobinę się w tobie zakochałem, kiedy utkwiłaś we mnie te duże, zawzięte oczy. Od tego czasu nie przestaję o tobie myśleć. Jesteś moją pieprzoną obsesją, ptaszyno. Zawsze będziesz – burczy, ustawiając się i wpychając we mnie, co sprawia, że krzyczę zarazem z bólu i przyjemności.

Przyciska mnie mocno do ściany, kładąc mi dłoń na szyi, żeby mnie tam przytrzymać.

– Zrobimy to szybko. Za dużo czasu upłynęło. Później napełnię ci tyłek moją spermą na ich oczach, ale na razie… na razie mam cię całą tylko dla siebie.

Przyciskam dłonie do ściany, z naszych ciał spływa krew i miesza się u naszych stóp przy odpływie, a ja jęczę jego imię. Wplątaną we włosy dłonią ciągnie mi głowę do tyłu, jego kutas wciska się we mnie i wychodzi, coraz mocniej i szybciej, a dłonie rozsuwają mi się na płytkach.

– D, proszę – błagam.

Warczy i wchodzi we mnie i wychodzi bez żadnego rytmu. Jestem wobec niego bezsilna, kiedy wydobywa ze mnie przyjemność.

– Tak bardzo, kurwa, cię kocham, ptaszyno, że jesteś dla mnie wszystkim. Zabiłbym dla ciebie każdego. Zrobiłbym dla ciebie wszystko. Czołgałbym się, kurwa, na kolanach, żeby być przy tobie.

Skowyczę w odpowiedzi na jego słowa, przyjemność we mnie narasta, dobywając się aż z palców u stóp. Jestem zdesperowana, napieram do tyłu na jego dłonie i kutasa, tak bardzo chcę dojść. Kręci mi się w głowie, oczy mi się zamykają i dzwoni mi w uszach, i wiem, że to już zaraz we mnie eksploduje.

– Kurwa, kocham cię – ryczy i sięga ręką na drugą stronę, chwytając mi cipkę zaborczym, mocnym uściskiem, który powoduje, że spadam z tej krawędzi.

Wykrzykuję moje spełnienie, nie mogąc oprzeć się temu uczuciu i zaciskając się na nim, poruszam biodrami i głos mi się łamie, trzęsę się i wiję. Czuję, jak dotyka głową moich pleców i dyszy, jego sperma wypływa mi z cipki, a ja ciężko oddycham, oparta o ścianę prysznica.

Na całej długości przywiera swoim ciałem do mnie, aż w końcu nie ma między nami nawet centymetra wolnej przestrzeni, obydwoje drżymy. Kiedy się odzywa, ma chropowaty i niski głos.

– Wiedziałem, że masz to w sobie, ptaszyno, żeby stać się naszą…. żeby stać się Żmiją. A teraz popatrz na siebie – jesteś naszą własną pieprzoną królową.

Królową.

To brzmi miło.

Życie z nimi nigdy nie będzie nudne.

Garrett powoli zdrowieje, tak samo jak Kenzo. Ale oboje są jak duże dzieci i po dwóch dniach muszę im powiedzieć, żeby zachowywali się, kurwa, jak mężczyźni i skończyli ze swoimi humorami. Ryder wziął trochę wolnego i szczerze mówiąc, miło kiedy jest z nami. Diesel znika na cały dzień, ale gdy wraca, przysięga, że nigdy więcej się ze mną nie rozstanie.

A potem daje mi dłoń.

W pudełku.

Szczerze… jest to w chuja romantyczne. Okazuje się, że to była dłoń irokeza – Andrew. Co za mięczak.

Nie wiem za bardzo, co zrobić, żeby zakonserwować dłoń, więc zostawiam to Dieselowi. Raz nawet przyłapuję go, jak przybija nią piątkę Garrettowi, na co wielkolud wali go pięścią w twarz i nokautuje do nieprzytomności. Kiedy tamten dochodzi do siebie, śmieje się do rozpuku.

Stuknięty sukinsyn.

Ryder wraca do pracy, ale zaczął to robić przy stole w jadalni. Słyszę dużo przekleństw po drugiej stronie, gdy rozmawia przez telefon. Okazuje się, że niszczy wszystko, co pozostało po Triadzie.

Pewnego dnia jestem w nastroju, żeby się z nim trochę podrażnić, więc siadam mu na kolanach, kiedy rozmawia przez telefon – no dobra, liczę na to, że powtórzy się sytuacja z jego biura, ale tak się nie dzieje. Nagle wygląda na zaniepokojonego i przyciąga mnie bliżej. Dotyka nosem mojej szyi i bierze oddech, potem się prostuje i zaczyna rozmowę.

Po drugiej stronie słychać kobiecy chrapliwy głos, na co zaczynam się wiercić, ale Ryder zdaje się tego nie zauważać. Nie, na jego twarzy maluje się szacunek dla tej kobiety, kimkolwiek ona jest. Przeszywa mnie zazdrość i musi to widzieć, bo podciąga mi koszulkę i łapie mnie za nagą cipkę pod stołem. Tylko ją trzyma. W swoim zaborczym stylu.

Owszem, trochę to pomaga.

Chociaż chcę przyłożyć kijem baseballowym tej kobiecie w telefonie z seksownym głosem.

– Panie Żmijo, jak to uroczo, że się pan odzywa. Rozumiem, że ostatnio miał pan mały problem…

Ryder uśmiecha się złośliwie.

– Nic, z czym nie dałbym sobie rady.

– Oczywiście. – Ona się śmieje, jest to przydymiony odgłos. – My też mieliśmy z nimi małe problemy, ale wygląda na to, że skupili wszystkie wysiłki na was. Zapewniam pana, że nie mamy zamiaru zadzierać z wami ani z waszym miastem, mamy wystarczająco dużo roboty z naszym własnym.

Spoglądam na niego. Kto to jest?

– Nigdy się o to nie prosiłem, prawda?

Znowu się śmieje.

– Nie bawmy się w gierki, jesteśmy na to zbyt inteligentni. Wiem, dlaczego pan dzwoni, i owszem, nadal jesteśmy sojusznikami. Wy macie swoje miasto, a my, Petrowowie, mamy nasze.

Ryder rozluźnia się trochę i uświadamiam sobie, że bał się, że będzie musiał iść na wojnę z tą rosyjską rodziną, o której mi opowiadał.

– To dobrze, proszę dać mi znać, jeżeli mógłbym pomóc w waszej… sprzeczce w jakikolwiek sposób.

– Doceniam pańską uprzejmość. Słyszałam, że w końcu znalazł pan sobie kobietę. Czy mam już kupować suknię na ślub?

Zamieram w bezruchu i otwieram szeroko oczy. Ślub? O kurwa, nie! Próbuję uciec, ale Ryder chichocze i mocniej obejmuje mnie ramieniem, oczywiście wiedząc, jak bym na to zareagowała.

– W przyszłości, tak… ona jest bardzo śliska.

Śliska? Och, ja dam temu sukinsynowi śliską. Zamachuję się łokciem i uderzam go w brzuch, a on dyszy i mnie puszcza. Wstaję i wbijam w niego wzrok.

– Śliska? Nie wyszłabym za was, skurwiele, nawet gdybyście przystawili mi pistolet do głowy – syczę, a potem szybko odchodzę.

Słyszę, jak goni mnie ich śmiech.

– Ona mi się podoba, proszę zabrać ją w odwiedziny. Do widzenia, panie Żmijo.

– Roxxane – słyszę, jak woła za mną chłodnym i wymagającym głosem. O cholera, zapłacę za to. Spoglądam przez ramię i widzę, jak zdejmuje koszulę, jego wzrok jest wbity we mnie i szybko się rozpala.

Cholera, cholera, cholera.

Robię jedyną rzecz, jaką mogę – uciekam.

Śmieje się, goniąc mnie. Powinnam wiedzieć, że i tak mnie złapie… a kiedy tak się dzieje, no cóż, mam dobre powody, żeby krzyczeć, nie złe.

ROZDZIAŁ 58

DIESEL

– Przepraszam, przepraszam, ale przysięgam, że nie wiedziałem, co oni zamierzali… – przerywam mu, biorąc igłę, i chwytając mu głowę jak w imadle.

Z oczu płyną mu łzy, kiedy szamocze się na krześle, do którego ma przywiązane ręce i nogi drutem kolczastym, tak jak to zrobili mojej dziewczynie.

– Ćśś, nie ruszaj się, bo to spieprzę – rzucam i zaczynam przebijać mu igłą wargi.

Wierci się i krzyczy, ale kiedy się odsuwam, nie wygląda to najgorzej. Nawet szwy nie są za daleko jeden od drugiego i ma usta skutecznie zaszyte. Wytrzeszcza oczy, krew mu spływa po brodzie, a ja wskakuję na jego biurko i macham sobie nogami.

Ryder niszczy interesy Triady, a ja czyszczę nasze ukochane miasto. Każdy, kto kiedykolwiek się nam stawiał, każdy, kto kiedykolwiek pracował dla Triady albo nam groził, umiera. Nie możemy ryzykować, że któremuś z nich coś strzeli do głowy i zagrozi Roxy. Nigdy więcej.

– To byli twoi synowie, wiedziałeś – prycham.

O tak, tatuś Triady, aż w samych Chinach. Wskoczyłem do naszego odrzutowca, kiedy Roxy spała, i przybyłem prosto do budynku jego korporacji. On wiedział, jego synowie nigdy nie atakowali bez jego zgody.

– Niestety nie mamy za dużo czasu. Muszę być z powrotem w samolocie, zanim złapią mnie władze. Wolałbym dłużej się pobawić… – Dzwoni mój telefon, spoglądam i widzę, że to ptaszyna. – Zaczekaj chwilę, to stara, wiesz, jak to jest.

Odbieram i włączam na głośnik, zeskakując z biurka i okrążając ich tatusia.

– Ptaszyno? – mruczę.

– Gdzie jesteś? – pyta ostrym głosem.

– Tęsknisz za mną? – przekomarzam się, łapię go za głowę, szarpię w bok i odrywam mu ucho. Próbuje krzyczeć, do telefonu dochodzi stłumiony odgłos.

– Ach. – Śmieje się. – Przepraszam, nie wiedziałam, że pracujesz.

– Dla ciebie mam zawsze czas, wiesz o tym – mruczę i robię to samo z drugim uchem, a potem rzucam je zakrwawione na biurko. – Coś nie tak, ptaszyno?

– Nudzi mi się, Garrett i Kenzo śpią, a Ryder gdzieś wyszedł. Chciałam się pobawić. – Zniża głos o oktawę, a mnie przechodzi dreszcz i kutas mi twardnieje.

– Potorturuj na razie Garretta, wrócę, jak tylko będę mógł – obiecuję.

Wzdycha.

– Dobrze – mamrocze, a potem jakby się ożywia. – Garreeett, Diesel powiedział, że masz się ze mną pobawić. – Ma słodziutki głos, a ja się na to śmieję.

Słyszę, jak on klnie, a potem chrząka, kiedy ona chichocze.

– Pa, D, do zobaczenia niedługo!

Łapię mężczyznę przywiązanego do krzesła i trzymając telefon przy uchu, przesuwam go ku przeszklonej wnęce.

– Pa, ptaszyno, bądź niegrzeczna. – Rozłączam się, chowam telefon do kieszeni i przysuwam twarz do jego twarzy, patrząc na nasze odbicia w szybie.

– Kobiety, co? Bez nich nie można żyć, bez nich nie można zabijać. – Kiwam poważnie głową. – A teraz chciałbym, żebyś pozdrowił ode mnie swoich synów. – Śmieję się, prostując, i znowu dzwoni mi telefon. Wzdychając, odbieram.

– Co ty jej powiedziałeś? – ryczy Garrett.

– Żeby się pobawiła, a co? – pytam, spoglądając na moje poplamione krwią paznokcie.

Jęczy jakby z bólu.

– D, ona założyła łańcuchy jako bieliznę, a ja powinienem odpoczywać w łóżku.

Śmiejąc się, puszczam oko do faceta.

– To też w łóżku… a ona razem z tobą. Muszę lecieć, cześć!

Odkładam telefon i uśmiecham się do tatusia Triady.

– Przepraszam, stary, obowiązki. Będę miał przyjemny lot, jeżeli twój też będzie przyjemny. – Śmieję się, zamachuję się nogą i kopię.

Patrzę, jak sunie w stronę okna, a potem przez nie przelatuje, tłukąc szybę, która spada wokół niego w kawałkach. Wychylam się przez wybite okno i patrzę z czterdziestego piętra, jak uderza z plaśnięciem w beton na dole. No nie, to było zabawne.

Śmiejąc się, wycieram stół z odcisków palców i pogwizdując, schodzę na dół schodami. Muszę zdążyć na samolot, moja pta-

szyna mnie potrzebuje, a teraz, kiedy miasto zostało już wyczysz-
czone… mogę skoncentrować się tylko na niej.

Mam nadzieję, że jest gotowa.

RYDER

Wiem, że powinienem świętować, tylko że nie mogę przestać się
obwiniać. Tym uczuciom, jakie Roxxane obudziła we mnie…
do siebie, towarzyszy poczucie winy. Gdybyśmy jej nie porwali,
nigdy by jej nie torturowano i omal nie zabito. Wciąż jeszcze
utyka, widać, jak bolą ją palce u nóg, u rąk i żebra, kiedy myśli,
że nie patrzymy. Pilnuję, żeby brała środki przeciwbólowe,
ale to przeze mnie stała się jej krzywda.

Nie mówiąc już o moich braciach, którzy wciąż dochodzą
do zdrowia. Niemal zginęli, ponieważ nie byłem na tyle zmyślny,
aby przewidzieć, co się stanie. Mój ojciec miał rację, nigdy
nie będę wystarczająco dobry, żeby być przywódcą.

Wychylam szkocką i spoglądam w okna sali konferencyjnej.
Nie wiem, dlaczego tu przyszedłem, po prostu czułem, że powinienem. Jestem zbyt ponury, zły i zagubiony, żeby tego wieczoru
z kimkolwiek przebywać, nawet z moją ukochaną. Próbowałaby
mnie od tego uchronić, a nie mogę na to pozwolić. Moje porażki
są tylko moje i powinienem się na nich uczyć.

Muszę się lepiej starać w przyszłości, żeby zapewnić
im wszystkim bezpieczeństwo. Muszę dostrzegać nadciągające
zagrożenia, żeby ich obronić. Dlatego zatrudniłem więcej ochroniarzy, a pakt z Petrowami oficjalnie zaczął obowiązywać. To wy-

magało długich negocjacji, ale oni są porządną, silną rodziną i dobrze ich mieć po swojej stronie.

To zapewni mojej rodzinie bezpieczeństwo. Kiedy zaczynałem, wiedziałem, że to życie może doprowadzić nas do śmierci, z chęcią się na to godziłem, ale teraz, gdy jest z nami Roxxane, zastanawiam się, czy podjąłem właściwą decyzję. Ona byłaby tak samo szczęśliwa w gównianym mieszkaniu, pracując co wieczór w barze, nie potrzebuje pieniędzy ani władzy.

Tylko nas.

Jak gdybym przywołał ją moimi ciemnymi, niespokojnymi myślami, dostrzegam jej odbicie w szybie. Odwracam się i napotykam jej spojrzenie. Stoi w drzwiach, nie ma na sobie nic oprócz jednej z naszych koszul.

– Idź spać, kochanie, już późno – mówię do niej, ale głos mi się łamie, więc się odwracam, a ręce mi drżą. Dlaczego ona tak na mnie działa?

Nigdy się tak nie martwiłem jak teraz. Nigdy nie rozważałem powtórnie każdej decyzji, zastanawiając się, czy zgodziłaby się, że jest słuszna. Kurwa, wciąż nawet rozmyślam nad moją przeszłością i wszystkim, co robiłem, wszystkimi demonami, które się tam kryją, zastanawiając się, czy czułaby odrazę do człowieka, z którym dzieli łóżko, gdyby o tym wiedziała.

– Chodź ze mną – mówi cicho.

– Nie dzisiaj, kochanie.

Słyszę, jak wzdycha, a potem obejmuje mnie ramionami od tyłu.

– Nie musisz cierpieć w samotności, Ry. Jestem przy tobie, twoi bracia są przy tobie. Wiem, jaki ciężar dźwigasz, starając się nas wszystkich obronić, ale to nie jest twoje zadanie, rozumiesz? Nie musisz mnie bronić. Potrzebuję, żebyś stał u mego boku, miał we mnie oparcie i żebym ja miała oparcie w tobie. Nie musisz zawsze być doskonały, zimny i wyrachowany. Nie szkodzi czasem się podłamać, ale nie rób tego w samotności.

Nie odpowiadam, a ona obraca nogą mój fotel i staje twarzą do mnie, ma teraz buzię ściągniętą złością.

– Kurwa, rozmawiaj ze mną, Ryder. Nie zamykaj się przede mną. Nie bądź takim dupkiem, bo przysięgam, że mnie stracisz. Chcesz nas ochraniać? Chcesz użalać się nad sobą? Dobra, ale jak śmiesz odgradzać się ode mnie? Nie rób tego ani teraz, ani nigdy.

Wstaję z rykiem i momentalnie przysuwam się do jej twarzy, dłonią obejmuję jej szyję.

– Nie? Wolałabyś może, żebym to wyładował na tobie? Uderzył cię? Skrzywdził? Ponieważ tak się stanie, jeżeli będziesz dalej naciskać, Roxxane. W końcu jestem nim. – Odpycham ją z odrazą, nie wobec niej, ale wobec siebie, wiedząc, że jeśli tego nie zrobię, to mogę ją faktycznie zranić. Jego krew płynie w moich żyłach i to takiego dnia jak dzisiaj zwykł wyżywać się na mojej mamie.

Ja też to czuję.

Potrzebę, żeby zapomnieć, skrzywdzić kogoś i poczuć się silniejszym, zapanować nad sytuacją. Kontrolować ją i jej działania, tak aby wszystkie te… te pieprzone emocje i niepokój znowu odeszły. Jestem potworem tak jak on.

I moją największą obawą jest to, że ją skrzywdzę, ponieważ ją kocham.

A moja miłość jest kolczasta.

ROZDZIAŁ 59

ROXY

– Chcesz zrobić mi krzywdę? Dobrze, zrób, jeśli to ci pomoże. Zniosę to – rzucam, mam dosyć tego pieprzenia. Kiedy już myślę, że się do niego zbliżam, on znowu się odsuwa, dając mi tylko kawałki siebie według własnego uznania, a kryjąc pozostałe. Skończyłam z tym.

Wali dłońmi o szybę z głową przyciśniętą do szkła.

– Wyjdź stąd – nakazuje.

– Nie – odpowiadam spokojnie, krzyżując ręce. – Nie, dopóki nie wyrzucisz na zewnątrz całego tego gówna. Boisz się, że mnie skrzywdzisz? Z powodu twojego ojca, tak? A może po prostu obwiniasz się za wszystko, co się wydarzyło? – prycham, a on się wzdryga. – Znam cię, Ryder, pewnie lepiej niż myślisz. Będziesz rozważał każdy cholerny szczegół, obwiniając się, myśląc, że mogłeś temu zapobiec, ale dziecino, czasem gówno po prostu się zdarza i wiesz co? Nie winię cię za to i twoi bracia też nie. Dzięki tobie żyjemy i jesteśmy razem. Gówno się zdarza, Ryder, musisz to przyjąć i iść dalej. Jeżeli wpadniesz w pułapkę przeszłości, nigdy nie uwolnisz się od jej upiorów.

Przez chwilę milczy i myślę, że za mocno go przycisnęłam, ale kiedy znowu się odzywa, ma słaby i wystraszony głos.

– Moim zadaniem jest ochraniać was wszystkich.

Opuszczam ręce, podchodzę i przyciskam mu głowę do pleców, obejmując ramionami jego drżącą sylwetkę.

– I tak, i nie. Naszym zadaniem jest chronić się nawzajem. Wszyscy wiedzieliśmy, w co się pakujemy, Ryder. Takie życie nie jest łatwe. Gdyby było, każdy by to robił, ale przestań próbować brać cały ciężar na własne ramiona. Żmija potrzebuje równowagi, potrzebujesz swoich braci i mnie.

Odwraca się i mnie odpycha. Ma dzikie spojrzenie, usta wykrzywia mu grymas, sylwetka się trzęsie, a pięści zaciskają. Wygląda wspaniale i cholernie przerażająco.

– A jeżeli nie potrafię? Co będzie, jeżeli pozwolę wam wszystkim mi pomagać? Co, jeśli wyrzucę to wszystko na zewnątrz i będę taki jak on? – krzyczy.

– Jak twój ojciec? – pytam.

Odwraca wzrok, zgrzytając zębami.

– On był sukinsynem, Roxxane, prawdziwym pieprzonym sukinsynem. On… on krzywdził moją matkę i mnie, i Kenzo. – Potrząsa głową i wygląda, jakby schodziło z niego powietrze, kiedy na mnie patrzy. – Co, jeśli zrobię ci krzywdę?

– Wtedy cię zabiję. – Śmieję się, a on piorunuje mnie wzrokiem. – Ry, nie możesz mnie skrzywdzić, jeśli ci na to nie pozwolę. Przykro mi, ale nie jestem twoją matką, jestem waleczna. Przetrwałam mojego ojca, przetrwałam D i Garretta, potrafię znieść i twoje demony. Nigdy nie pozwoliłabym ci się skrzywdzić bardziej, niż chcę, tak samo jak pozostali. Tak bardzo się boisz, że będziesz nim, że nie pozwalasz sobie być sobą.

Przełyka ślinę, wpatrując się w moje oczy.

– Zabiłem go.

Mrugam.

– No i?

On się śmieje ironicznie.

– Nawet nie jesteś zaskoczona.

– Że zabiłeś człowieka, który krzywdził twoją matkę i brata? – prycham. – Nie, Ryder, nie jestem zaskoczona. Żałuję, że nie zrobiłeś tego wcześniej.

Uśmiecha się, ale uśmiech szybko gaśnie, ma ociężałą sylwetkę, jakby był zmęczony.

– Kenzo próbował – przyznaje, w jego głosie słychać ból i poczucie winy. Jak długo trzymał to w sobie? – Zabijałem wcześniej, ojciec mnie do tego zmuszał, robiąc ze mnie swojego egzekutora. Robiłem to, żeby chronić Kenzo, bo wiedziałem, że gdybym się nie zgodził, to zmusiłby jego. Ale nie mogłem go chronić w nieskończoność i chociaż próbowałem uchronić go przed tym życiem, i tak w nie wszedł, żeby obronić mnie przed tatą. Widział, jak na mnie to działa, i nie mógł tego znieść. Pewnej nocy wziął mój pistolet, gdy spałem, poszedł do hotelu…

– Tego hotelu? Tam, gdzie byłam? – pytam i wskakuję mu na kolana. Musi się wygadać, ale potrzebuje też mojej bliskości. Z wdzięcznością oplata mnie ramieniem, przyciskając głowę do mojej głowy.

– Tego samego, kochanie, on jest nasz, chciałem, żeby popadł w ruinę. – Całuje mnie delikatnie, tak delikatnie. – Poszedł tam, żeby go zabić. Ale kiedy przyszedł do naszego ojca, nie potrafił tego zrobić. On kocha, a gdy po raz pierwszy pociąga się za spust, jest ciężko, kochanie, i to jeszcze wobec własnego ojca? Niemożliwe dla Kenzo. W każdym widział dobro i kochał ludzi, nawet kiedy na to nie zasługiwali. Nadal tak jest.

– Hej – protestuję, a on się uśmiecha.

– Nie ty, Roxxane. Jeżeli ktokolwiek na tym świecie zasługuje na miłość, to ty i on, ale Garrett, D i ja? Już nie tak bardzo.

Kręcę głową, ale on zasłania mi usta.

– Daj mi powiedzieć, dobrze? Obudziłem się i jak zobaczyłem, że nie ma mojego pistoletu, wiedziałem, kochanie. Nigdy nie byłem tak przerażony. Wiedziałem, że tata go zabije, a gdy tam dotarłem, Kenzo już krwawił, śmierć zaglądała mu w oczy. Wziąłem więc od niego pistolet…

– Zabiłeś go – mamroczę przy jego dłoni.

– Zabiłem go, strzeliłem mu w głowę, potem opróżniłem w niego cały magazynek. – Krzywi się. – I nie czułem nic, nic, kochanie. Nawet radości, to było po prostu coś, co trzeba było zrobić. Pomogłem Kenzo się podnieść i tak staliśmy nad nim. Przez całe nasze życie był tyranem, takim wielkim, silnym mężczyzną. Cała ta władza i pieniądze, a na koniec przypieczętowało to tylko wyrok śmierci na niego. Wyglądał na tak słabego, tak małego. Łatwo było to zrobić, zabić, a jeszcze łatwiej przejąć jego interesy i je zniszczyć. Wtedy czułem, że jestem w swoim żywiole, niszcząc, natomiast Kenzo zawsze chciał budować. – Bierze oddech, a ja przysuwam się bliżej, oferując mu pociechę, podczas gdy zrzuca cały ten przygniatający go ciężar.

– On połączył tę rodzinę. Myślę, że zrobił to dla mnie, żeby mnie jakoś zakorzenić, bo on też to dostrzegł – moją zdolność do niszczenia, mój potencjał, aby stać się gorszym niż ojciec, i starał się temu zapobiec. I to działało, kochanie, jak dotąd. Osadziło mnie, ale potem pojawiłaś się ty… – Znowu potrząsa głową, oczy mu się zapalają, a usta ściągają. – Jak cholerny huragan. Zachwiałaś moim światem. Wiedziałem, że tak będzie, kiedy cię zobaczyłem, ale zwyczajnie nie potrafiłem odejść. Jest w tobie jakaś niewinność. Wiem, że widziałaś całe gówno, jakie przynosi życie, ale i tak się uśmiechasz, i tak się śmiejesz. Łaknąłem tego, chciałem to przyswoić i… i zniszczyć. Ale przeliczyłem się co do siły twojej woli. Z taką łatwością owinęłaś mnie, nas sobie wokół palca. Zrobiłbym dla ciebie wszystko, kochanie, stał się, kim chcesz, i to mnie przerażało, ponieważ ta sama moc, te same demony, które uczyniły mojego ojca tym, kim był, są również we mnie, i musisz sobie z nimi wszystkimi poradzić. Bo nie pozwolę ci odejść, nigdy.

Serce mi pęka na jego słowa. Ryder, Boże, mój biedny Ryder. Cały czas tak strapiony. Nic dziwnego, że ma w sobie tyle lodu, który sprawia, że on sam i wszyscy wokoło są chronieni od ognia, który skrywa w środku. D go wykorzystuje, Kenzo tamuje, Garrett uwalnia, a Ry? Ry w nim żyje.

– Jestem sukinsynem, wiem o tym, ale kiedy jesteś w moich ramionach, czuję się niezwyciężony. Czuję się taki, kurwa, silny, jakbym mógł dokonać wszystkiego. Ty mnie takim czynisz. Czynisz mnie silniejszym, i dlatego musisz ponosić konsekwencje…

Odsuwam jego dłoń i mocno go całuję.

– I z chęcią je poniosę. Ryder, jesteś silniejszy, niż myślisz, cholernie silny. Myślisz, że dlaczego zostałam? Nawet na początku, kiedy tu przyszłam, nie próbowałam tak naprawdę uciekać i nigdy właściwie nie wiedziałam dlaczego. Może dlatego, że czułam, że tu jest moje miejsce. W twoich ramionach. A więc masz demony? Dziecino, ja też je mam. Możemy tego dokonać razem, ale już więcej nie zamykaj się przed nami w lodowej skorupie. Jesteśmy rodziną. Oni nie będą cię osądzać, tak samo jak ty ich nie osądzasz. Pora odpuścić, Ryder, pozwolić tym upiorom umrzeć wraz z tym hotelem, bo teraz masz wiele innych rzeczy, dla których warto żyć. A ja będę ci przypominać o tym każdego pieprzonego dnia, jeżeli tego potrzebujesz. Przyjmę wszystko, każdy gram gniewu i destrukcji. Naznacz nimi moją skórę, z radością będę nosiła te znaki. Jestem twoja, Ryder, a ty jesteś mój.

Zagląda mi w oczy.

– Obiecujesz?

To słowa dziecka na ustach mężczyzny, mężczyzny, który utracił wszystko na tak długo. Którego nigdy nie nauczono miłości ani dobroci. Uczymy się razem. Słowa nie zawsze muszą być pełne miłości, nie, czasem są otwarcie jadowite. Trucizna na naszych ustach jest jak ogień płynący z naszych dusz, ale słowa zawsze są prawdziwe.

– Obiecuję – szepczę.

Wydaje jęk, zamykając na chwilę oczy.

– Roxxane, kocham cię, kurwa, nawet kiedy zachowujesz się jak smarkula.

Nie mogę się powstrzymać i śmieję się z tego.

– Nie martw się, dalej cię nienawidzę.

Uśmiecha się, oczy mu się zapalają i rozszerzają, obejmuje mi dłonią szyję, a te długie, eleganckie, pokryte bliznami palce przywiązują mnie do niego.

– Naprawdę? – mruczy, w jego spojrzeniu pojawiają się groźne błyski i świadczy to tylko o tym, jak bardzo jestem popierdolona, że moja cipka zaciska się na jedno takie spojrzenie. – Założę się, że mogę doprowadzić do tego, że będziesz krzyczeć „Kocham cię”.

– Wątpię, kolego – fukam, chociaż nachylam się ku niemu,

przeciągając mu dłonią w dół koszuli. Guziki odskakują, obnażając jego pierś przed moimi pożądliwymi oczami, kolaż jego tatuaży niemal mnie oślepia. Wygląda jak dzieło sztuki i kurwa, wie o tym.

Cholerne malowidło w ruchu. Jego dusza jest równie ciemna jak jego dziary, a jego oczy równie zimne jak społeczeństwo, w którym się pławi, a jednak łaknę go. Bólu i miłości w jego wydaniu. Tęsknię za tym za każdym razem, gdy na niego patrzę. On to, kurwa, za wiele, a jednak jest cały mój. Potrafi być okrutny i bezduszny. Jego dłonie i język są bronią. Może mnie powalić, złamać i zniszczyć równie łatwo jak wywołać mój krzyk przyjemności.

Każdy z tych chłopaków jest jak obosieczny miecz. Kochają równie głęboko jak nienawidzą. Zadają ból równie łatwo jak oddychają, a ja jestem w środku tego wszystkiego, oczy i uwaga ich wszystkich kierują się na mnie. Jeżeli nie będę uważać, mogą mnie zabić tak łatwo, jak łatwo mnie kochają. Skradłam im serca, a oni wykradli moje.

Trzymają je bezpiecznie w swoich zbroczonych krwią dłoniach i kiedy Ryder przesuwa ręce i ściska mi tyłek, jęczę lubieżnie. Tyle bólu, tyle śmierci zostawiają na swojej drodze. To są dłonie zabójców.

Grzeszników.

Żmij.

Ale i tak ich pragnę. Chcę ich ukąszeń, chcę, żeby ten ich szczególny jad krążył w moich żyłach, robiąc ze mnie ich dziewczynę. Każdy dotyk, każde spojrzenie jest balsamem dla duszy dziewczyny, która nigdy nie była prawdziwie kochana.

Pewnego dnia wszystko to może nas pochłonąć i możemy eksplodować. Lecz jaka piękna byłaby to śmierć.

– Ry – błagam, przeciągając paznokciami po jego piersi, przecinając mu skórę i zostawiając ślad, odpłacam mu pięknym za nadobne. Właśnie za to mnie kochają, bo tak samo jestem zdolna do przelewu krwi i destrukcji, nienawiści i tortury, ponieważ żyją w cieniu tak samo jak ja.

– Boisz się, kochanie? – mruczy, niemal przyciskając usta do moich. Ma miętowy oddech z nutą szkockiej, owiewa mnie nim, kiedy kręcę mu się na kolanach, czując, jak kutas sztywnieje mu pode mną.

– Ciebie? Nigdy. Tego, że nie będę miała orgazmu w najbliższym czasie? Abso-kurwa-lutnie nie – odpowiadam śmiertelnie poważnie.

– No, nie możemy do tego dopuścić, prawda? – Uśmiecha się i wstaje, trzyma mnie przy sobie, a potem opuszcza na szklany stół. Chwyta mnie rękami za uda i rozwiera je, a później wsuwa mi dłoń z przodu pod koszulę i ciągnie, rwąc guziki, tak że się rozwiera i jestem przed nim obnażona.

Przesuwa wzrokiem po moim ciele, wysuwa język i zwilża sobie wargi.

– Za każdym, kurwa, razem zapominam, jaka jesteś piękna. – Sunie dłońmi w górę moich ud, zahaczając knykciami o brzeg mojej cipki, na co wydaję jęk. – Za każdym cholernym razem, kochanie, zapierasz mi dech w piersiach.

– Udowodnij to – domagam się, szerzej rozsuwając nogi. Jego wzrok pada na moją cipkę i burczy, osuwając się na kolana.

Mieć wielkiego Rydera, przywódcę Żmij na kolanach z tak pożądliwym spojrzeniem, jak gdyby mógł mnie całą pożreć, to upojne. Ta władza sprawia, że uśmiecham się pod nosem, kiedy wyciągam ręce i łapię jego głowę, a on sunie językiem po moich udach, drażniąc mnie, wymierzając mi karę.

– Może każę Garrettowi wytatuować nad tą cipką „Własność Rydera".

– Mało, kurwa, prawdopodobne, chyba że ja każę mu wytatuować „Własność Roxy" na twoim kutasie – rzucam, na co on chichocze, dmuchając ciepłym powietrzem na moją spragnioną cipkę. Przechodzi mnie dreszcz. – Dosyć gadania.

– Od kiedy to ty wydajesz tu polecenia, kochanie? – oponuje, skubiąc mnie za karę w udo. – Ponieważ mogę spokojnie wydymać ci tę wąską, małą cipkę, napełnić cię moją spermą i zostawić cię samą sobie, spragnioną jak cholera bez spełnienia.

– Ty sukinsynu – syczę.

– Zgadza się, kochanie, i jestem twoim sukinsynem, więc połóż się, do kurwy, na plecach i daj mi do woli popatrzeć na moją własność. Dostaniesz mojego kutasa wtedy, kiedy ci powiem, że dostaniesz mojego kutasa – mruczy, wpijając mi zęby w skórę. Podskakuję, głowa spada mi na szkło i zamykam oczy z bólu.

Jestem tak wilgotna, że to aż zawstydzające, potrzebuję go w środku, moja pusta cipka pulsuje i zaciska się na niczym. To, że czuję jego ciemne, wygłodniałe spojrzenie na mojej szparce, nie pomaga. Aż podskakuję, kiedy dotyka mnie palcami, rozsuwając mi wargi, potem dotyka językiem łechtaczki, okrążając ją, a później przesuwa po moim środku i zagłębia się we mnie, łapczywie chłepcząc moje soki. Napręzam mu dłonie we włosach i przyciskam się do jego twarzy, trąc o jego język, zamykają mi się oczy. Serce mi wali, a ciało staje się śliskie od potu.

– Ry, Boże, proszę – mówię błagalnym głosem, a on wysuwa język i unosi głowę, te jego ciemne oczy spotykają moje, kiedy oblizuje sobie wargi.

– Smakujesz, kurwa, niebiańsko – jęczy, a potem opuszcza głowę z powrotem do mojej cipki i przestaje się ze mną drażnić.

Wywraca oczy, żeby złapać moje spojrzenie ponad moim ciałem, obejmuje mi ustami kolczyk i ssie, powodując, że zsuwam się ze stołu z jękiem. Puszcza go i chłepcze mi cipkę, jakby to był, kurwa, jego ulubiony deser. Filuternie okrąża mi dziurkę palcami, a potem wsuwa je ledwie na parę centymetrów i wysuwa. Wypinam biodra, starając się uzyskać większe tarcie, tak bardzo jestem spragniona, żeby dojść, że staje się to moim jedynym celem.

Jestem bezrozumna, stęskniona przyjemności, więc się bardziej przyciskam. Z ust padają mi słowa, groźby, obietnice, na które wszystkie się śmieje i jeszcze bardziej mnie drażni, aż w końcu rezygnuję i tylko się rozluźniam, pozwalając mu robić ze mną, co chce.

Wtedy pokazuje mi, jak bardzo się przedrzeźniał.

Wsuwa mi palce w cipkę, rozpychając mnie, mój oddech odbija się głośnym echem w ciszy pokoju, kiedy gra na moim ciele jak na pieprzonych skrzypcach. Przesuwa dłonie w górę brzucha i łapie mnie za piersi, mocno je ściskając, liże i pociągając, tarmosi mi kolczyk. Wilgotnymi palcami okrąża mi sutki, a potem przesuwa je z powrotem w dół mojego ciała i wsuwa we mnie.

Rozwiera je niczym nożyce, pocierając wewnętrzne ścianki, i skupia całą swoją uwagę na łechtaczce. Przy każdym ruchu jego języka i przesunięciu palców kołyszę się ku jego ustom.

– Ryder! – krzyczę, kiedy zaciska mi zęby na łechtaczce.

Spycha mnie to z krawędzi, przepełnia mnie ekstaza, drgam pod nim, orgazm przychodzi znienacka, powodując, że krzyczę. Cały czas mnie liże, a potem posuwa się w górę mojego ciała i zlizuje wilgoć z moich sutków. Ciężko dysząc, otwieram oczy i spotykam jego ciemne spojrzenie. Brodę i usta pokrywa mu mój wytrysk i wygląda cholernie zwierzęco. Uwielbiam to.

– To był tylko początek, kochanie – mruczy, łapiąc mnie zębami za sutek, kiedy pod nim dygoczę. – Chciałem ci tylko uświadomić, że należysz do mnie, i tylko jak będziesz grzeczna, dostaniesz to, czego ci trzeba.

Nie mogę mówić, czuję suchość w ustach, język mam zbyt odrętwiały, żeby nim poruszać, a on chichocze, łajdak. Obraca mnie i zsuwa na krawędź stołu, ściągając mi koszulę, aż jestem zupełnie naga. Przesuwa dłońmi w dół moich pleców, a potem jego usta odbywają tę samą drogę i wpija mi zęby w pośladek, aż jęczę.

– Diesel powiedział mi, że dymał cię w tyłek nożem, to prawda? – mówi cicho.

Nie muszę się tego wstydzić.

– Tak.

– To dobrze, bo zamierzam wydymać cię w tyłek. Bądź grzeczną dziewczyną, a sprawię, że dojdziesz więcej razy, niż potrafisz zliczyć. A jak będziesz smarkulą, to będzie bolało, i gdy będziesz krzyczeć, sprawię, że pokochasz tę męczarnię.

Cholera, dlaczego mnie to tak rajcuje?

Gładzi mi dłońmi tyłek, a potem daje klapsa w oba pośladki, na co podskakuję i wydaję skowyt. Śmieje się i masuje mi obolałe miejsce, a potem przyciska kutasa do mojej cipki. Ociera się nim tam i z powrotem i powoli wsuwa do środka. Wpycha się tylko dwa razy. Właśnie zaczynam napierać do tyłu w rytm jego pchnięć, kiedy wysuwa się i pozostawia mnie pustą.

– Do cholery, Ry – sarkam, dysząc i przyciskając twarz do stołu, a tyłek do jego dłoni.

– Tylko ładnie sobie zwilżam kutasa dla twojego pulchnego ty-łeczka – burczy.

Przymykam na to oczy, dysząc, i kołyszę instynktownie bio-drami. Nie mogę się opanować, tak bardzo go potrzebuję. Znowu daje mi klapsa dwa razy, a potem masuje obolałe miejsce. Jęczę głośno, nie potrafię się powstrzymać. On sprawia, że jestem taka słaba.

Sprawia, że całkowicie się mu poddaję.

Kiedy się rozluźniam, on liże mi tyłek.

– Jesteś grzeczną dziewczyną, kochanie, właśnie tak, rozluźnij się i przyjmij mojego dużego kutasa. – Przyciska mi główkę do wejścia, a ja się rozluźniam, kiedy ją wciska. Jest gruby i duży, i mimowolnie przygryzam wargi, kiedy przechodzi mi przez mięsień. – Grzeczna dziewczyna, widzisz, jak ładnie – chwali mnie, wysuwając i wsuwając go z powrotem, za każdym razem wchodząc mi w tyłek swoim kutasem parę centymetrów głębiej.

Kiedy jest już głęboko w środku, masuje mi pośladki.

– Taka, kurwa, grzeczna dziewczyna, no proszę.

Cholera, chciałabym mu coś odburknąć na jego protekcjonalne słowa, ale z jego kutasem w tyłku naprawdę nie mogę narzekać. Chichocze, jakby czytał mi w myślach, i powoli zaczyna się ruszać, dymając mnie delikatnie.

Trzymając się na wodzy, jak zwykle.

Starając się mnie chronić.

Wiem, że potrzebuje czegoś więcej, potrzebuje bólu i cierpienia oprócz kontroli, ale Ryder mnie kocha, boi się mnie skrzywdzić. Muszę go przełamać.

– Co jest, Ry? Robisz się dla mnie miły? – mówię drwiąco. Wpija mi dłonie w biodra i wchodzi we mnie mocniej, ale wciąż niewystarczająco. – Och, proszę, Ry, tylko nie zrób mi krzywdy – kpię sobie.

Spoglądam na niego przez ramię.

– Twój brat dyma mocniej, mam cię nauczyć, jak to się robi?

Wbija we mnie gniewny wzrok, kiedy częstuję go uśmieszkiem.

– Coś nie tak, Ry? – Oblizuję sobie wargi i napieram do tyłu, biorąc go głębiej. – Żadnej szybkiej riposty? Żadnych wymagań ani rozkazów? Muszę powiedzieć, że jestem rozczarowana… obiecywałeś, że zrobisz mi krzywdę, To wszystko chyba było zwykłe gadanie, samcu alfa – naśmiewam się.

To go przełamuje. Wbija się we mnie tak mocno i szybko, że faktycznie boli, sprawiając, że krzyczę. Wyrzuca rękę, obejmuje mi dłonią gardło i zaciska ją, kiedy się nachyla i gryzie mnie w ucho.

– Chcesz, żeby bolało? Chcesz, żebym przestał dbać o ciebie?

Tak mocno ściska mi gardło, że nie mogę oddychać.

– Dobrze, uważasz, że potrafisz to znieść, kochanie? Udowodnij to. – Wychodzi ze mnie i puszcza mi gardło. Ciągnie mnie do góry i tak szybko obraca, że kręci mi się w głowie i się potykam.

Nie dba o to, ciągnie mnie do okna i rzuca na szybę. Moje obite żebra przeszywa ostry ból, a kiedy chwyta mi ręce i przyciska nade mną do szkła, czuję rwanie w kontuzjowanym ramieniu i palcu. Ból topi się we mnie, przemieniając w przyjemność, śluz ścieka mi po udach.

Kładzie mi ręce na biodrach i szarpie do tyłu, trzymając dłonie na tyłku, kiedy wciska się znowu we mnie szybkimi, ostrymi pchnięciami, już teraz nie delikatnie. Wpycha mi kutasa w tyłek raz za razem, aż obija mną o szybę.

Ale to mu jeszcze nie wystarcza.

Przesuwa dłonią po moim boku, te eleganckie palce wymacują mi żebra i naciska, naciska wciąż obolałe, gojące się żebra, aż krzyczę z bólu, cała drżąc na nim. W reakcji na to jęczy, wypełniając mnie swoim kutasem.

– Kurwa, kochanie, tak słodko krzyczysz. Nie dziwię się, że D to uwielbia.

Nic nie mogę poradzić, ból przemienia się w przyjemność, zwłaszcza kiedy sięga ręką i pociera mi łechtaczkę, znowu pchając mnie ku szczytowi, mimo że moje ciało buntuje się przeciwko takiemu dymaniu.

Lecz nagle on znowu się wysuwa, zostawiając mnie w chłodzie, dygoczącą przy szybie, a ja chwieję się na niestabilnych nogach. Mam obolały tyłek, bolą mnie żebra, a cipka mi pulsuje jakby w rytm uderzeń serca, popuszczając śluz, kiedy powoli wracam z krawędzi spełnienia. Obracam głowę i widzę, jak kroczy do stolika w rogu i przesuwa palcami po stojących tam przedmiotach.

– Zastanawiam się, Roxy, jak daleko gotowa jesteś się posunąć? – Spogląda na mnie, przebiegając wzrokiem po mojej sylwetce. – Jak daleko mogę cię popchnąć? Zadać ci ból?

Bierze ze stolika butelkę drogiej wody mineralnej i nieruchomieję z szeroko otwartymi oczami, gdy wraca do mnie, rozsuwa mi kolanem nogi i przyciska mi ją do cipki.

– Myślałaś, że to zniesiesz, kochanie? – mówi drwiąco, kiedy wciska mi ją do środka. Krzyczę od uderzenia bólu, a potem skowyczę, kiedy łapie mnie za biodra i wpycha się z powrotem w mój tyłek. Butelka i jego kutas tak bardzo mnie rozpychają, że graniczy to z męczarnią. Utrzymuje mnie w tym stanie, na tej krawędzi, i zaczyna się poruszać.

– Ry, Boże – krzyczę, czując, jak butelka wsuwa mi się coraz głębiej przy każdym karzącym pchnięciu jego kutasa w mój tyłek.

– Jeżeli popatrzą do góry, zobaczą cię, kochanie, będą widzieć, jak się dymasz, wiedząc, że do nas należysz, kiedy krzyczysz w noc – warczy mi w ucho, a potem gryzie, na co odskakuję do tyłu, nadziewając mu się na kutasa.

– Kurwa, kurwa, kurwa, Ryder, proszę – błagam, potrząsając głową. To za dużo. Odczucia przytłaczają mnie, czuję chłód szkła z przodu w kontraście do jego gorącego ciała z tyłu. Okrągła butelka mnie wypełnia i rozpiera, sprawiając, że tyłek robi mi się jeszcze ściślejszy dla jego ogromnego kutasa. Każdy ruch oznacza ból i przyjemność. Chcę, żeby to się skończyło, a jednocześnie wciąż mi za mało.

Sprawia, że balansuję na krawędzi. Krawędzi, na której on zawsze balansował.

Ale mówiłam prawdę, on nigdy nie może mnie skrzywdzić. Nawet teraz, gdy wpija się dłońmi w moje biodra, rozpycha mi kutasem tyłek, a butelka, którą we mnie wepchnął, powoduje, że się krzywię. Wciąż tego chcę.

Chcę więcej.

Chcę wszystkiego.

Kiedy jego silne, pewne palce obejmują mi szyję, stabilizując mnie, kiedy we mnie wali, odlatuję. Oczy mi się zamykają, widzę pod powiekami gwiazdy. Nie słyszę nawet bicia własnego serca i pomiędzy jednym pchnięciem a następnym eksploduję.

Warczy mi do ucha, sięga ręką do dołu i gdy jestem w konwulsjach wytrysku, wyciąga mi butelkę z cipki i wpycha ją z powrotem. Jeden orgazm przechodzi w następny wydobyty ze mnie na jego życzenie. W ich trakcie cały czas mnie dyma, trzymając mnie na krawędzi, aż sam nie może już tego znieść.

Wpycha się we mnie, trąc i wypełniając mi tyłek do końca. Czuję, jak we mnie eksploduje, moja cipka jest obolała, kiedy powoli wyciąga butelkę i rzuca ją na bok.

Czuję się surowa, obolała i wykorzystana.

A, i jeszcze tak kurewsko zaspokojona. Na ustach pojawia mi się uśmiech, mimo że opadam na szybę, ciężko oddychając. Opiera mi się o plecy, oplata mnie w pasie ręką, żeby pomóc mi ustać, obydwoje jesteśmy spoceni i drżymy od wstrząsów.

– Chryste, Roxy – jęczy, liżąc i całując mnie po policzku. – Ale mi się poszczęściło.

– Czasami musisz ukraść kilka dziewczyn, zanim spotkasz tę właściwą – żartuję sobie cichym i ochrypłym od krzyków głosem.

Chichocze zdyszany i jęczy, podrygując od tego we mnie w środku.

– Kochanie, ja kradnę różne rzeczy każdego pieprzonego dnia, jestem cholernym gangsterem, ale ty? Jesteś najlepszą rzeczą, jaką kiedykolwiek ukradłem, i mam zamiar ci to udowadniać do końca życia, dopóki się nami nie znudzisz i nie spróbujesz nas zabić.

– Spróbuję? – mówię drwiąco. – Obydwoje wiemy, że nie będzie żadnej próby.

Znowu się śmieje.

– Przyznaj to kochanie, skradliśmy ci serce.

– Nie, skradliście moją cipkę. – Śmieję się, chociaż znowu wtulam się w niego plecami. – Ale orgazmy to droga do kobiecego serca…

– No dobra, to lepiej, żebym wziął się do roboty – mruczy.

ROZDZIAŁ 60

GARRETT

– Na pewno wszystko u ciebie dobrze, dziecino? – pytam, a ona oblizuje wargi i kiwa głową.

Przysłali mnie tu, żebym sprawdził, co z nią. Wszyscy jesteśmy ubrani i gotowi, ale możemy poczekać, aż się uszykuje do wyjścia. Dopiero wczoraj powiedzieliśmy jej, że dzisiaj będzie pogrzeb Sama. Lubiła go i wiedzieliśmy, że to będzie dla nie ciężkie, ale ważne, żebyśmy tam poszli. Jej czarna sukienka jest skromna i sięga odrobinę poniżej kolan, długie skórzane buty dochodzą do jej krawędzi. Ma ograniczony do minimum makijaż, a jedynym kolorowym dodatkiem jest naszyjnik, którego nigdy nie zdejmuje. Wygląda, kurwa, pięknie, nawet się nie starając.

I smutno.

Lubiła Sama, zaprzyjaźniła się z nim, mimo że mu groziliśmy. A teraz on nie żyje i jest jego pogrzeb. Wiem, że ona się męczy i ma poczucie winy, obwinia się i brakuje jej go. Potrzebuje pociechy, a ja nie jestem do tego najlepszy, ale nie ma tu nikogo innego, więc muszę wystarczyć.

Oplatam ją ramionami i przyciągam sobie do piersi, spoglądając na nią w lustrze.

– Dasz radę, dziecino, dziś wszystkie oczy będą na nas zwrócone, ale poradzisz sobie. Będziemy tam przy tobie. Trzymaj się jeszcze trochę, a potem będziesz mogła wyrzucić to z siebie, obiecuję.

– Nie dbam o spojrzenia, martwię się o jego rodzinę – rzuca, a potem wzdycha. – Przepraszam.

– Nigdy nie przepraszaj za to, że ci na kimś zależy – mruczę i całuję ją w policzek. – Musimy iść, dziecino.

– Wiem – szepcze, po czym się otrząsa. – Dobra.

Nakłada ciemne okulary, obraca się i podaje mi rękę. Wyprowadzam ją z mieszkania i na dół do samochodów, gdzie wszyscy czekają. Jest tam Tony, który ma nas zawieźć limuzyną, wszyscy mają na sobie czarne garnitury. Wygląda to ponuro.

Roxy ciągnie mnie do Tony'ego, nie puszczając mojej ręki, jak gdyby to była lina ratunkowa. On uśmiecha się do niej smutno, a ona odpowiada takim samym uśmiechem.

– Wszystko w porządku? – pyta go.

Nasza wielkoduszna Żmija. Czasami może i jest okrutną suką, ale ma złote serce, gdy chodzi o ludzi, na których jej zależy.

– Był moim dobrym przyjacielem, ale kochał swoją pracę. – Wzdycha. – Będzie mi brakowało chłopaka.

Roxy kiwa głową.

– Przykro mi, Tony, naprawdę. Weź sobie tyle wolnego, ile potrzebujesz, a my tu zawsze będziemy z tobą – mówi, nie zastanawiając się nad faktem, że właśnie dyryguje naszym pracownikiem. Uśmiecham się na to lekko, a Ryder się śmieje, by po chwili zakaszleć, żeby to ukryć.

Tony uśmiecha się do niej.

– Tak, panienko Roxy, dziękuję. Ale wolę tu zostać i was chronić.

A niech go szlag trafi, teraz nie możemy go zabić i on o tym wie.

Roxy kiwa głową i nachyla się, żeby pocałować go w policzek, ale zatrzymuje się i spogląda na nas groźnie.

– Jeżeli go zabijecie, poodcinam wam chuje. – Całuje go, a potem pozwala mi się odprowadzić do limuzyny.

Ryder łapie ją za gardło i przysuwa do siebie, a Diesel przywiera jej do pleców.

– Jednorazowy wyjątek, kochanie.

Diesel wącha jej szyję.

– I tak go zabiję – grozi.

Ona się śmieje i spogląda na niego.

– Nie, nie zrobisz tego, ponieważ zraniłbyś mnie, a jeśli nie chodzi o ból fizyczny, nienawidzisz tego robić.

Diesel warczy i się odsuwa.

– Cholerna ptaszyna, myśli, że jest taka cwana.

Ona się na to uśmiecha, a tego właśnie wszyscy chcieliśmy. Kenzo nachyla się i całuje ją delikatnie.

– Nie pozwolę im, najdroższa. Chodźmy, już czas, a potem wrócimy, zjemy sobie pizzę i napijemy się piwa. – Prostuje się i krzywi z bólu, a ona wzdycha.

Ja sam nie okazuję bólu, chociaż przy każdym kroku napinają mi się szwy, że aż chce mi się komuś przywalić, ale ona to wie, bo idzie wolniej niż normalnie i kiedy wsiadam sztywno do limuzyny, uśmiecha się i mnie całuje. Kurwa, niech mnie torturują każdego dnia, jeżeli taki będzie efekt.

Jazda do kościoła nie zajmuje długo. Roxy siedzi między nami, tym razem milcząca, a kiedy zajeżdżamy na zatłoczony parking i widzimy tam reporterów, krzywi się. Może i nie wiedzą, kim był Sam, ale wiedzieli, że przyjdziemy, podobnie jak niektórzy najbardziej wpływowi ludzie w mieście. To niemal celebrycki pogrzeb.

Jak tylko otwierają się drzwi samochodu, są przy nas, rzucając pytania i robiąc zdjęcia. To nie pierwszy raz. Często udaje nam się unikać prasy, ale jako kawalerom miasta, jak nas nazywają, zdarza się nam to od czasu do czasu. Wiem, że Ryder i Kenzo musieli też przez to przejść przy pogrzebie swojej matki.

Ale wiemy, jak sobie poradzić.

Ryder bierze Roxy za rękę. Wcześniej postanowiliśmy, że to z nim będziemy ją prezentować w obecności dziennikarzy, żeby była bezpieczna i żeby uniknąć niepotrzebnych pytań. Wysiada i otacza ją ramieniem, ignorując aparaty fotograficzne, a ja się przepycham, żeby zrobić przejście w tłumie, Diesel i Kenzo idą za nimi. Idziemy szybko, ale nie za szybko, w stronę kościoła, rozluźniając się dopiero, kiedy zamykają się za nami drzwi.

Kierujemy się w głąb nawy i zajmujemy jedną z przednich ławek, a ja zerkam i widzę wdowę po Samie siedzącą samotnie po drugiej stronie. Po policzkach spływają jej wolno łzy i ma nieobecne spojrzenie. Dłonie ma złączone na kolanach i próbuje się jakoś trzymać. Roxy podąża za moim spojrzeniem, bierze oddech, a potem wstaje.

Chcę ją zatrzymać, ale uchyla się od mojej ręki i ignorując spojrzenia ludzi, podchodzi tam i siada obok wdowy po Samie, w milczeniu biorąc jej dłoń i zatrzymując w swojej dłoni. Kobieta spogląda zaskoczona, ale Roxy nic nie mówi ani się nie rusza, tylko przy niej siedzi.

Dajemy znak Tony'emu, który idzie i siada po drugiej stronie kobiety. Nie podoba mi się, że Roxy jest tak daleko, ale wiem, dlaczego to zrobiła – żeby żona Sama nie czuła się samotna. Nie mogę jednak zaprotestować albo przyciągnąć jej z powrotem, bo zaczyna się ceremonia.

Jest całkiem ładna jak na pogrzeb i kiedy kierują nas na pobliski cmentarz, Roxy wreszcie do nas podchodzi i zajmuje miejsce u boku Rydera. On całuje ją w policzek i wychodzi wraz z wszystkimi z kościoła, a na zewnątrz nadal czekają reporterzy, fotografując wszystko i błyskając jaskrawymi fleszami, na co burczę. Kiedyś rozwaliłem takiemu aparat, teraz też mnie kusi, ale nie mogę tego zrobić. Nie chodzi o nas.

Nie dzisiaj.

A więc znoszę to, ale na wszelki wypadek trzymam się blisko Roxy. Okrążamy ją kołem, tworząc bańkę ochronną, i podążamy przez trawę, mijając stare nagrobki. Kiedy tak idziemy, Roxy wreszcie się odzywa.

– Byłam sama na pogrzebie Richa. Nikt nie powinien przez to przechodzić w samotności – szepcze.

Nic nie mówimy, ale przybliżamy się do niej, żałując, że była sama, gdy nas potrzebowała. Gdybyśmy tylko wcześniej ją spotkali, ale ona ma rację, nie można zmienić przeszłości, mamy wpływ tylko na to, jak będziemy postępować w przyszłości, więc Roxy nigdy już więcej nie będzie samotna.

Stoimy wszyscy na wietrze wkoło grobu, gdy opuszczają trumnę. Kiedy jest po wszystkim i ludzie zaczynają się rozchodzić, Roxy nachyla się i rzuca trochę ziemi na drewno.

– Przepraszam – szepcze zdławionym głosem.

– Dziecino – mruczę.

Prostuje się i spogląda na nas ze łzami w oczach i gniewem emanującym z całej jej sylwetki. Nie możemy nic na to poradzić i nie podoba mi się to. Czuję się, kurwa, bezużyteczny. Zaciskam pięści u boków, czując potrzebę zadawania bólu, niszczenia i pomagania. Ale w tym momencie ona potrzebuje łagodności i dobroci, a ja nie wiem, jak jej to dać.

Nie dba o to, że brak nam łagodności. I tak wyciąga do nas ręce.

I tam, gdy zwrócone są na nas oczy miasta i aparaty fotograficzne, wyciąga ręce do nas wszystkich. Wymieniamy wszyscy spojrzenia. Nie wstydzimy się naszego związku, a jeżeli ktoś chce coś na ten temat gadać, może zginąć, ale nie chcieliśmy zszargać jej opinii. Gdy jednak chodzi o nią, jesteśmy bezsilni. A więc Diesel przysuwa się do jej boku, a ja biorę ją za rękę, podczas gdy Ryder przytula się do jej pleców. Kenzo łapie ją za drugą rękę.

Kiedy tak stoi pośrodku nas, słyszę westchnienia i szepty, ale nie obchodzi nas to. Dzisiaj nie chodzi o nas, lecz o człowieka, który oddał swoje życie, aby ocalić nasze. Prawdziwego, kurwa, bohatera.

ROZDZIAŁ 61

KENZO

Roxy jest dzisiaj cicha, a ci idioci nie wiedzą, jak się zachować. Ryder zaproponował pieniądze dla wdowy. Garrett zaproponował, że komuś przywali. Diesel zaproponował, że kogoś zabije. Wszyscy zbaranieli, gdy to nie zadziałało. Kręcąc głową, biorę Roxy w ramiona i kładę na kanapie, mocno ją obejmując.

– Już dobrze, najdroższa, jesteśmy przy tobie – szepczę do niej, a ona chowa mi głowę w piersiach, wplata dłonie w moją koszulę i płacze.

Cały czas ją trzymam, głaszcząc po plecach i całując w głowę, mówiąc jej, że jesteśmy przy niej, że ją kochamy, i że mi przykro. Jej łzy zabawnie działają na moje serce, sprawiają, że mnie boli. Robią wrażenie również na pozostałych. Garrett mruczy, że chyba pójdzie powalczyć. Ryder wydaje się bezradny i wpatruje się we mnie boleśnie. Diesel warczy i szybko wychodzi, pewnie kogoś zabić.

Ale w tym momencie ona nie potrzebuje tego, a jedynie uczucia, więc nie przeszkadzam jej, a gdy w końcu unosi głowę, ocieram jej łzy i całuję ją po twarzy.

– Kocham cię, najdroższa.

– Ja też cię kocham – szepcze stłumionym głosem i znowu opuszcza głowę.

I tak zasypia w moich ramionach, a ja spoglądam w stronę Rydera, który patrzy na nią z twarzą ściągniętą bólem.

– Wiedziałeś, co trzeba zrobić – mruczy cicho, żeby jej nie obudzić.

Kiwam głową, a on wzdycha, pocierając sobie twarz.

– Ja nie wiedziałem.

– Nie musisz wiedzieć, jak wszystko robić, ona potrzebuje każdego z nas – szepczę, a on potakuje głową i wstaje.

– Idę popracować. Sprawdzę, co z jej barem i wszystkim. Daj mi znać, jakby czegoś potrzebowała. – I wychodzi, niemal biegnąc.

Ależ z nich idioci. Kiedy stają wobec łez, zmieniają się w wystraszonych małych chłopców. Nie mówiłem jej o relacjach w mediach i plotkach, jakie o nas krążą. Wszyscy chcą się czegoś dowiedzieć o kobiecie, która poskromiła Żmije. Jej zdjęcie pomiędzy nami na pogrzebie pokazują wszędzie. Ryder oczywiście zabezpieczył się i utrzymuje w tajemnicy jej tożsamość, żeby nie mogli grzebać w jej przeszłości i jej skrzywdzić.

Lecz teraz wszystkie spojrzenia są skierowane na nas. Każdy chce być na jej miejscu.

Ale my pragniemy tylko jej.

Naszej Roxy.

– Kenzo – szepcze na wpół śpiąca.

Przesuwam się i przyciągam ją bliżej.

– Cześć, najdroższa. – Otwiera oczy i spogląda na mnie.

– Przepraszam, nie zamierzałam się na tobie wypłakiwać. – Wzdycha.

– Wypłakuj się na mnie, kiedy chcesz, Rox. – Uśmiecham się. – To dobry pretekst, żeby mieć cię blisko.

Prycha i odwraca się, więc kładę się na boku i trzymam ją w ramionach, a ona bezwiednie wodzi mi palcem po piersi.

– Chyba przypomniało mi to o wszystkim. Ciągle widziałam Richa… – Głos jej się łamie, a ja obejmuję ją mocniej. – Czasem łatwo jest o tym nie myśleć, po prostu czymś się zająć, żebym nie musiała, ale dzisiaj nie potrafiłam…

– W porządku, najdroższa, masz prawo za nim tęsknić. Masz prawo cierpieć, kochałaś go – mówię kojąco, a potem uznając, że to odpowiedni moment, wyjmuję z kieszeni i wręczam jej fotografię. – Pomyślałem, że to może być ważne, wziąłem ją tego dnia, kiedy cię zabraliśmy.

Łapie fotografię i wpatruje się w nią, do oczu znowu napływają jej łzy, mimo że się uśmiecha.

– Był cholernie twardym człowiekiem, takim szorstkim i zgryźliwym, ale Boże, jak mi tego brakuje. Brakuje mi jego „Hej, dziewczyno, cho no tu". Udawał, że się nie przejmuje, ale zawsze, gdy go potrzebowałam, był przy mnie. Nigdy nie osądzał, tylko starał się zrozumieć.

– Wygląda na to, że był nadzwyczajnym człowiekiem. Żałuję, że go nie poznałem.

Kiwa głową, przesuwając dłonią po fotografii.

– Dziękuję, że ją wziąłeś.

– Nie ma sprawy. Opowiesz mi więcej o nim? – proszę.

Wzdycha i patrzy na mnie.

– On by was nie znosił, chłopaki, pewnie próbowałby was zabić. Pamiętam ten jeden raz, kiedy przyprowadziłam do domu kolesia…

Słucham historii za historią o pierwszym człowieku, którego kochała, i nie mogę się powstrzymać, żeby jeszcze bardziej się w niej nie zakochać. Ona kocha tak głęboko, troszczy się tak mocno i zawdzięczam temu człowiekowi wszystko. Bez niego mógłbym utracić Roxy, zanim ją jeszcze poznałem. Za to należy mu się mój szacunek i oddanie, i dopilnuję, żeby nigdy nie został zapomniany.

Dla niej.

– Mam pomysł – mówię jej później, kiedy oglądamy zachód słońca przez okna. Wiem, że myślała o stworzeniu fundacji jego imienia, ale może… może po prostu…

– A może nazwiesz swoje nowe bary jego imieniem?

Podsuwa się w górę, przytulona do mnie, gdy siedzimy na balkonie.

– Myślisz, że Ryder by się zgodził?

– Są twoje, najdroższa, nie jego, możesz je nazwać, jak chcesz. To tylko taki pomysł.

– To dobry pomysł. Spodobałby mu się – szepcze, a ja przyciskam twarz do jej głowy.

– Kenzo? – mruczy.

– Tak, najdroższa?

– Nadal, kurwa, wszystkich was nienawidzę i chcę dostać z powrotem mój kij baseballowy – rzuca.

Nie mogę powstrzymać się od śmiechu, a ona się przyłącza i kiedy wstajemy, wrzuca mnie do basenu, a ja wychodzę, prychając wodą, ale uśmiechnięty. Wszystko będzie z nią dobrze.

Roxxane jest waleczna, ale nie będzie już nigdy musiała walczyć sama.

ROZDZIAŁ 62

DIESEL

– I co myślisz? – pyta Ryder, ruchem ręki pokazując dom.

– Jest… przytulny. – Nigdy nie wyobrażałem sobie, że będę mieszkał w domu takim jak ten, ale teraz, kiedy na dobre zakładamy naszą rodzinę, ma to sens. – To ogromne łóżko w jej sypialni to fajny pomysł – prycham, otwieram zapalniczkę i zapalam fajkę.

Uśmiecha się lekko.

– Tak myślałem, że ci się spodoba, prawie tak bardzo jak piwnica.

Nastawiam na to uszu.

– Piwnica?

– Piwnica. – Kiwa głową. – Do przerobienia na loch dla ciebie i Roxy. Będziecie tam mogli sobie robić nawzajem, co tylko, kurwa, chcecie, ale praca pozostaje w wieżowcu.

– Kurwa, umowa stoi – mruczę z papierosem w ustach. – Cholera, nie mogę się doczekać. Pomyśl tylko o tych wszystkich zabawkach, które tam sprowadzę.

Sam dom to jest bezpieczna kryjówka. Jest ogromny, z barierami, ogrodzeniem i strażnikami do patrolowania okolicy. Ma zbrojownię, pancerne szyby w oknach i tunele do ucieczki. To jest cholerna forteca, dokładnie takiej potrzebujemy. Jest też czarny.

Jak nasze pieprzone dusze.

Cały czarny od zewnątrz i nawet w większości w środku. Spodoba się Roxy. Nawet nie pytam, kiedy Ryder znalazł czas, żeby zacząć ten projekt. Nie ulega wątpliwości, że kazał odnowić dom według własnych zaleceń, szczwany sukinsyn. Ale ma rację – nasze mieszkanie jest fajne, ale to nie jest dom.

A to jest.

Z ptaszyną.

Nie mogę się doczekać, żeby go jej pokazać i pobawić się w naszym nowym lochu. Będę musiał jej kupić jakiś prezent na parapetówkę… bat będzie chyba dobry, prawda? Musiałem powiedzieć to głośno, bo Ryder się śmieje i klepie mnie po ramieniu.

– To dobrze, że ona cię kocha, D, bo jest z ciebie nieźle stuknięty sukinsyn.

Dmucham mu na to dymem z papierosa w twarz.

– Tak, ale ptaszyna chce mnie takim, jakim jestem.

– Myślę, że możemy się tu sprowadzić jeszcze pod koniec miesiąca. Będę potrzebował pomocy, ale kiedy Roxy jest zajęta barami, powinno to być dosyć łatwe do zrobienia. Garrett już pracuje ze specjalistami, żeby go zabezpieczyć, a ja zorganizowałem sobie domowe biuro, żebym mógł częściej tu przesiadywać.

– A co z Kenzo? – pytam, przesuwając dłońmi po czarno-złocistym marmurowym blacie kuchennym.

– Wie o tym. Chciałem, żeby miał dom, którego też zawsze

pragnął. To jest dom, który chciał mieć, kiedy byliśmy dzieciakami. Lubi pracować zdalnie, jeżeli tylko może, dlatego garaż jest taki duży – na jego zabawki – informuje mnie.

– Dom. – Wzdycham i spoglądam na niego. – Muszę przyznać, że nigdy nie myślałem, że jeszcze będę miał dom.

– Ja też nie – odpowiada, rozglądając się wokoło. – Ale dobrze się tu czuję.

Kiwam głową.

– Tak, o ile zatrudnisz gosposię albo coś w tym rodzaju. Ciężko będzie czyścić krew z tych podłóg.

– Będzie dobrze. – Wydyma usta, patrząc na panele.

Biorę nóż, kaleczę się w dłoń i pozwalam krwi skapywać na podłogę.

– Wyczyść to i zobaczymy.

– Kurwa mać, D! – rzuca i rozgląda się za czymś, żeby wytrzeć krew. Wypuszczam znowu dym i patrzę, jak ściąga marynarkę, rzuca ją na podłogę i zaczyna wycierać, a z mojej dłoni coraz bardziej kapie na panele. – Pieprzony debil, rób tak dalej, a popsuję niespodziankę, jaką ma dla ciebie twoja ptaszyna.

– Niespodziankę? – pytam, nieruchomiejąc.

Uśmiecha się znacząco i wstaje, trzymając marynarkę z dala od siebie z grymasem niesmaku.

– Tak, niespodziankę, dupku, no spróbuj.

Owijam sobie dłoń, zastanawiając się, co ptaszyna knuje. Kurwa, mam nadzieję, że ma to coś wspólnego z bólem i jej cipką. Brakuje mi naszych małych sesji, ale chciałem jej dać czas na dojście do siebie po tym, co się wydarzyło.

– Idę się zdrzemnąć, ktoś chce się przyłączyć? – pytam ogólnie wszystkich obecnych.

– Zdrzemnąć? – prycha Garrett. – Czy ja mam osiemdziesiąt lat? Nie myśl sobie, że nie wiem, że Ryder nakłania cię, żebyś się nami opiekowała.

Opieram dłonie na biodrach i piorunuję wzrokiem obu.

– Dobra, to przestańmy pieprzyć. Zabierajcie swoje wytworne tyłki na górę i idźcie poleżeć. Musicie dojść do siebie, a im dłużej to potrwa, tym dłużej będziecie musieli tu przesiadywać, zgrywając pieprzone słabe cipuchy.

Usta mu się otwierają, a ja się słodko uśmiecham.

– I tym dłużej będziecie musieli się obejść bez seksu.

Na to się ruszają. Kenzo bierze mnie na ręce i przeskakują po dwa stopnie naraz, kierując się do swojego pokoju. Rzuca mnie na łóżko, na którym podskakuję, a oni szybko się rozbierają. Usta mi się otwierają, gdy patrzę na ich nagą skórę i mięśnie, ale nie dają mi czasu na ślinienie się i wskakują do łóżka, Kenzo po jednej mojej stronie, a Garrett po drugiej. Obydwaj próbują wziąć mnie w ramiona i zaczyna się przeciąganie liny ze mną w środku.

– Nie jestem jakąś pieprzoną zabawką, przestańcie mnie tarmosić, jak to robicie z kutasami – warczę, wślizguje się pod kołdrę i przywieram przodem do piersi Garretta. Czuję, jak Kenzo przysuwa się do moich pleców, ich ramiona i nogi mnie oplatają.

– Jeżeli choć dotkniesz mnie swoim kutasem, wypisuję się – burczy Garrett.

– Rozumiem, bez krzyżowania mieczy – żartuje Kenzo, na co chichoczę, zamykając oczy.

– Teraz śpimy – zarządzam.

– Jesteś taka, kurwa, władcza, najdroższa. Potrzebujesz tylko garnituru i będziesz jak Ryder.

Prycham na to.

– Nie, jestem od niego bystrzejsza… ale nie mów mu tego, bo wychłosta mi tyłek.

Garrett się uśmiecha i bardziej przytula.

– A tobie się będzie podobać, dziecino.

– Kurwa, święta racja, a teraz śpimy, żebym miała wilgotne sny o trzcinie i kutasie.

Obydwaj jęczą, ale się uciszają, mimo że czuję, jak twardy kutas Kenzo przyciska mi się do tyłka. Kręcę się w tył i napieram na niego. On jęczy i szczypie mnie w ramię.

– Zachowuj się.

Fukam.

– Przecież zachowuję się, to było niechcący.

– Aha, ty okropna flirciaro.

Mamroczę coś, że obydwaj są nieudacznikami, ale w końcu udaje mi się zasnąć. Kiedy się budzę, jestem rozgrzana i oblężona przez dwa przyciśnięte do mnie bardzo twarde wzwody i wędrujące dłonie łapiące mnie za nogi i przesuwające się tam i z powrotem.

– Oszukujecie – mruczę zaspana.

– Drzemka pomogła, jestem uleczony – oświadcza Garrett, głaszcząc mnie wyżej i podciągając koszulę, którą mam na sobie.

– Ja też, zupełne wyzdrowiałem – potwierdza Kenzo, całując mnie po ramieniu. – Jestem tak cholernie zdrowy.

– Aha, mogą ci popękać szwy – oponuję, ale nie za mocno, ponieważ, kurczę, jestem wilgotna jak cholera i już tęskno mi za nimi. Ich szorstkie dłonie i drażniące usta powodują, że jestem całkiem napalona. Niemal straciłam ich obu i od tego czasu nie byliśmy ze sobą. Chcę ich ciał jako potwierdzenia, że naprawdę tu są, żyją i nie zamierzają przy mnie umierać.

– Siostro, musi mnie siostra uleczyć. – Kenzo uśmiecha się przy mojej skórze, a Garrett pieści mnie przez majtki.

Cholera.

– Mnie też – mruczy Garrett. – Słyszałem, że najlepszą metodą leczenia są orgazmy.

Syczę i próbuję się z nich wyplątać, ale zaciskają wokół mnie nogi, żeby mi przeszkodzić. Moja lafirynda wagina też jest w drużynie seksu, właściwie wystawiając tabliczkę z napisem „rżnijcie mnie".

– Leczenie – wyrywa mi się. – Spokój.

Ale oni mnie ignorują, ci głupi nieudacznicy i ich głupie uwodzicielskie prącia. Prą…? Jaka jest liczba mnoga od prącie? Och, kogo to, kurwa, obchodzi.

– Pierdolę to – mamroczę, a Kenzo parska.

– Nareszcie, kurwa. – Obraca mnie i chwyta mi głowę, przyciągając ustami do swoich ust, kiedy Garrett całuje mnie w ramię, osuwa dłonie na moje uda i rozchyla je, a potem zakłada jedno na nogę Kenzo.

Wyrywam się i przesuwam w dół łóżka, unosząc się na kolana i na nich patrząc. Odwracają się do mnie i uśmiechają. Garrett podkłada sobie ramię pod głowę, mięśnie brzucha mu się napinają kusząco, przesuwam wzrokiem po jego torsie, aby następnie spojrzeć na Kenzo, który patrzy na mnie wygłodniałym wzrokiem i również ma obnażoną pierś. Wyglądają jak dwaj pieprzeni greccy bogowie, te ciemne oczy i wszędzie mięśnie, i obydwaj na mnie patrzą, czekając, aż wykonam jakiś ruch.

Dwóch drapieżników obserwujących i czekających, ale powinni wiedzieć, że ja jestem większym drapieżnikiem i mam ich dokładnie takimi, jakimi chcę ich mieć. Pragnących mnie, czekających tylko na mój gest. Taka żmijowa gra w to, kto pierwszy uderzy.

Jestem Roxxane, kurwa, Żmija. To nie oni będą decydować, jak albo kiedy. Ja będę decydować.

Chwytam dół koszuli i uśmiecham się znacząco do nich.

– Chcecie, żebym to zdjęła?

Obydwaj kiwają głowami, a Garrett wydaje dudniący jęk, jego wzrok osuwa się na moje uda, a potem znowu wędruje w górę mojej sylwetki, aż przechodzi mnie dreszcz pożądania. Kurwa, od jednego spojrzenia. To niesprawiedliwe, ta władza, jaką ci mężczyźni mają nade mną, ale przecież ja mam taką samą władzę nad nimi.

Są czujni i gotowi do ataku, same naprężone mięśnie i siła, ale patrzą i czekają, słuchając mnie. Poddając się mojej woli.

– W takim razie będziecie robić, co wam każę.

Kenzo uśmiecha się i niespiesznie odchyla się do tyłu, na tych jego czarujących ustach pojawia się arogancki uśmieszek, oczy błyszczą mu respektem i pożądaniem.

– No więc rozkazuj, najdroższa.

Rozważam, jak to wszystko zorganizować. Garrett jest najbardziej poszkodowany, ale nie może być pode mną. Rzucam na niego spojrzenie i wymieniam z nim drobny uśmiech, bez słów pytając, czy da radę. Nie chcę, żeby zrobił sobie jeszcze większą krzywdę, ale jego oczy ciemnieją i chciwie kierują się na moje ciało.

– Chcę, żeby Garrett był w mojej cipce – mruczę, tętno mi skacze o stopień z podniecenia. – A ty w moich ustach. – Spoglądam na Kenzo, przesuwam się po łóżku i zawisam nad jego kolanami.

Usta mu się lekko rozchylają, oczy rozszerzają i tym razem wydaje się niepewny, co powiedzieć, na co uśmiecham się pod nosem, wypuszczając na niego powietrze.

– Jakiś problem, najdroższy?

Garrett wydaje jęk, wyciąga rękę i szczypie mnie w bok.

– Bądź miła.

– Ależ jestem. Gdybym była złośliwa, siedziałabym tu i opowiadała wam o wszystkich rzeczach, które chcę robić, jak na przykład, że Kenzo spuszcza mi się w usta swoją spermą, aż muszę ją połykać, kiedy ty dymasz mnie, i to mocno i szybko, twój gruby kutas wypełnia mi cipkę, aż zaczynam krzyczeć. – Spoglądam na niego i mrugam. – Widzisz? Jestem miła.

Wbija we mnie spojrzenie i daje mi klapsa w bok.

– No więc lepiej się do tego zabieraj, dziecino. Otwórz tę ładną buzię i bądź naprawdę miła dla Kenzo – nakazuje, wstając na kolana, i przesuwa się za mnie, tak że już go nie widzę.

Drżę w oczekiwaniu, a gdy mnie nie dotyka, spoglądam znowu na Kenzo i ściągam mu bokserki, jego sztywny kutas wyskakuje na wolność, a on patrzy na mnie łapczywie i desperacko.

– Czy tego chcesz? – mruczę. – Żebym była miła?

Ciężko przełyka ślinę, wybrzusza mu się przy tym jabłko Adama i patrzy na mnie urzeczony. Biorę jego rękę, unoszę i wciągam palec do ust, obejmując go wargami i smagając językiem. On jęczy, a ja podskakuję, kiedy Garrett daje mi klapsa w tyłek, mocno jak cholera. Zaskakuje mnie tym tak bardzo, że wypuszczam z ust palec Kenzo, szarpiąc się do przodu. Nagły ból sprawia, że niemal skomlę, ale jego duże, szorstkie dłonie zaczynają masować obolałe miejsce, na co jęczę i napieram do tyłu.

– Dziecino, powiedziałem, żebyś była miła.

Kenzo wpija mi dłonie we włosy, jego długie, smukłe palce wsuwają się w ich plątaninę, aż zatrzymują się głęboko, owijają je sobie wokół pięści i przyciągają mnie bliżej.

– Słyszałaś, co powiedział, najdroższa.

Ciągnie mnie w dół, ale pozwala mi wybrać, co chcę robić, jak to on. Obejmuję mu dłonią podstawę sztywnego kutasa, przewracam oczy do góry, żeby spotkać jego spojrzenie, i wciągam grzybkowatą główkę do ust. Jęczy, unosząc biodra i wciskając mi kutasa głębiej. Garrett przesuwa mi dłonią w dół kręgosłupa, a potem znów w górę i dociska mi głowę, aż tyłek wypina mi się do góry.

Biorę Kenzo w całości do ust i kiwam się w górę i w dół, ale przestaję, kiedy zaczyna zadawać moim ustom wolne, miarowe pchnięcia, starając się, żeby to potrwało. Pozwalam mu na to na razie. Patrzę mu w oczy i czuję za sobą Garretta, który swoimi dużymi dłońmi obejmuje mi biodra, a potem je zsuwa i rozwiera mi uda.

– Ona jest, kurwa, zmoczona, bracie – mruczy, a jego ręka osuwa się na moja cipkę i rozwiera wargi, głaszcząc mnie miłośnie. – Taka, kurwa, mokra, ale będziemy potrzebowali więcej, żebyś przyjęła mojego dużego, tłustego kutasa, dziecino.

Cholera, jego sprośne słowa sprawiają, że usta niemal zsuwają mi się z kutasa Kenzo, ale on chrząka i przyciąga mnie z powrotem, używając moich włosów, żeby mną kierować, tak że w końcu nie mam już żadnej kontroli.

Garrett ignoruje moje ruchy i wsuwa we mnie palec, a potem dokłada jeszcze jeden rozpierając mnie. Zwija je i gładzi mnie w środku po ściankach i zakończeniach nerwowych, na co brykam. Przepełnia mnie przyjemność i ciało mi niemal drga, gdy mnie tak drażni. Tętno mi wali, tak jestem podniecona, wyobrażając go sobie za mną patrzącego, jak obciągam kutasa jego bratu, a on mnie głaszcze.

Kurwa.

Jęczę z Kenzo w ustach, a on mruczy, skręcając pięść trzymającą mnie za włosy, aż przebiega mnie dreszcz bólu i sprawia, że zaciskam się na palcach Garretta. On chichocze, sukinsyn, i wyjmuje je, przesuwając dalej, aby zacząć masować mi łechtaczkę, szybko i mocno. Napieram do tyłu, moja cipka zaciska się na pusto, rozpaczliwie potrzebując wypełnienia, ale on tego nie robi. Ignoruje mnie i tylko dalej pociera mi łechtaczkę, aż nagle nie wiadomo skąd przychodzi wytrysk.

Wybuchając w moim ciele niczym jedna z bomb Diesela. Skowyczę z kutasem Kenzo w ustach, na co on jęczy, biodra mu się na chwilę zacinają, aby potem przyspieszyć, napierając szybciej w moje usta, aż muszę się podeprzeć, mimo że drżę od wstrząsów. Ale nie mam czasu się uspokoić, ponieważ kutas Garretta już tam jest, przyciskając się grubą grzybkowatą główką do mojej dziurki, kiedy on gładzi mnie po boku.

– Jesteś taka, kurwa, piękna, dziecino. Z wszystkich walk, które toczyłem, nigdy nie byłem szczęśliwszy niż wtedy, gdy wygrałem dla ciebie – chrypi, co sprawia, że serce mi trochę skacze. Jak on może mówić takie rzeczy, kiedy nie mogę odpowiedzieć? Pewnie właśnie dlatego to robi, sukinsyn.

Śmieje się, jakby wyczuwał, że mu ubliżam w myślach, i chwytając mnie za biodra, ciągnie do tyłu i nadziewa sobie kilka centymetrów na kutasa, potem go wyciąga i z powrotem się wpycha.

– Kurwa, ona jest tak cholernie wąska – warczy przez zaciśnięte zęby, na co Kenzo wydaje jęk pode mną, jego kutas skacze mi w ustach, a on rozpaczliwie kołysze biodrami.

- Kurwa, kurwa, kurwa - dyszy. - Jej usta to, kurwa, za wiele, człowieku, i te oczy. - Rozwiera swoje i wpatruje się we mnie, jęcząc głośno. - Widzę w nich twoją chcicę, najdroższa, jak bardzo lubisz obciągać mi kutasa. Dobijasz mnie, jestem bezradny nawet teraz, kiedy próbuję, żeby to potrwało, żeby mieć twoje usta na mnie jak najdłużej.

Wypuszczam jego kutasa i przeciągam mu zębami po pałce, a potem wracam językiem ku górze.

- No co? - mruczę zachrypłym głosem. - Przecież mówiłam już, że chcę, żebyś wydymał mnie w usta i spuścił mi się do gardła - mruczę, liżąc mu główkę i czując smak preejakulatu, co sprawia, że jęczę. Powieki mi opadają i oblizuję sobie usta, a potem znowu je otwieram, kierując na niego wzrok, a Garrett wciska się kolejnych parę centymetrów, popychając mnie do przodu, gdy kutas Kenzo uderza mnie po wargach.

Przyciąga mnie bliżej za włosy, jego spojrzenie staje się dzikie, rozpaczliwe. Otwieram usta jak grzeczna dziewczyna i biorę go, a Garrett wreszcie wpycha mi się do końca w cipkę i nieruchomieje. Jego gruby kutas rozpiera mnie aż do bólu, a jednak nie porusza się, a ja tego potrzebuję. Musi, bo tylko tak mi wsadzić - co to ma być, kurwa? Prę do tyłu, a on znowu daje mi klapsa, to nie jest delikatne miłosne klepnięcie, nie, on tak mocno wali mnie w tyłek, że krzyczę z Kenzo w ustach.

- Zachowuj się, dziecino. Wiem, że ci ciężko, ale jeżeli nie będziesz grzeczna, wydymam cię i trysnę moją spermą do cipki, nie pozwalając ci znowu dojść - warczy.

- Sukinsyn - bełkoczę z kutasem Kenzo w ustach, na co on jęczy i wbija we mnie wzrok.

- Nie rób tego - stęka, jego pchnięcia ustają, a drugą ręką

przesłania sobie oczy. – Dymaj ją, Garrett, bo ja już dłużej nie wytrzymam.

– Słyszałaś, dziecino? Czy on dochodzi? Czy jego kutas wypełnia twoją złośliwą małą buzię? – pyta Garrett, wychodząc i wbijając się z powrotem, zmuszając mnie do przyjęcia kutasa Kenzo głębiej, aż do gardła, na co Kenzo krzyczy i skacze.

Garrett się śmieje, wysuwając i znowu się we mnie wciskając, każde jego pchnięcie przesuwa mnie tam i z powrotem na kutasie Kenzo, jak gdyby nas oboje kontrolował. Oczy mi się rozszerzają i wilgotnieją, kiedy raz za razem sięga mi głęboko do gardła, ale się nie krztuszę. Jestem zakleszczona między nimi, drugą dłonią szarpię pościel i zaciskam ją w pięść, przyjmując to, co mi dają. Łagodne głaskanie Garretta powoli odradza we mnie ten ogień, podsycając go z każdym skrętem i posuwistym ruchem jego bioder.

Jęki Kenzo wypełniają pokój i w końcu przestaje próbować się wstrzymywać. Porusza ręką z utkwionym we mnie rozpalonym wzrokiem, ciągnąc mnie dłonią boleśnie za włosy, ale jest mi, kurwa, tak dobrze. Kenzo szaleje teraz pode mną, unosząc rozpaczliwie biodra i dymając mnie w usta szybko i mocno. Z ust spływa mi ślina, policzki mnie bolą i ściskam dłonią podstawę jego kutasa, aż chrząka. Zamyka oczy i usta mu się otwierają. Jego wspaniała pierś jest pokryta potem, a mięśnie brzucha ściskają się, kiedy stara się powstrzymać.

Garrett mruczy, jego pchnięcia przyspieszają, aż w końcu dyma mnie mocno i szybko, w jedyny sposób, w jaki tak naprawdę potrafi to mój egzekutor. Żadnych gierek, tylko proste dymanie. Bez zahamowań. Bierze w posiadanie moje ciało, nie pytając, czy ja mam z tego przyjemność, bo zmusza mnie do niej. Jego gruby kutas mnie wypełnia i pcha mnie ku krawędzi rozkoszy raz za razem. Napieram w tył, wychodząc mu na spotkanie, dysząc z kutasem Kenzo w ustach.

– Najdroższa, kurwa, Boże, ja zaraz… – ostrzega Kenzo, jego kutas wzbiera mi w ustach. Biorę go do końca, zamykając wargi u podstawy i buczę. On wrzeszczy i skacze mi w ustach, spuszczając się do gardła, a potem pada plecami na łóżko, mięśnie mu drgają, wypuszcza z dłoni moje włosy i głaszcze mnie po policzku trzęsącymi się palcami. – Ja pierdolę, tak, kurwa, bardzo cię kocham, że aż to nierealne.

Tak, nie odpowiadam na to pierdolenie. To trochę niezręcznie przeżywać ckliwe chwile, kiedy ma się kutasa drugiego mężczyzny wciąż łomoczącego cię w cipkę, ale on się tym nie przejmuje. Uśmiecha się z próżnym zadowoleniem i wysuwa mi z ust.

Przełykam ślinę i ocieram wargi, śmiejąc się bez tchu, a wtedy Garrett postanawia pokazać mi, że tylko się bawił. Chwyta mnie dłonią za gardło i ciągnie na kolana, plecami uderzam w jego pierś. Kenzo wyciąga leniwie rękę i krępuje mi dłonie przy brzuchu, aż staję się bezbronna i mogę tylko przyjmować mocne walące pchnięcia, jakie mi zadaje.

Raz za razem.

– Kurwa, uwielbiam być w tobie – burczy mi do ucha. Te lubieżne, gardłowe słowa sprawiają, że krzyczę i napieram do tyłu najmocniej, jak potrafię, żeby go przyjąć, nowa pozycja odsłania takie miejsce w moim wnętrzu, że prawie wytrzeszczam oczy. – Przysięgam, że jesteś tak dobra, że mogłabyś przywieść do grzechu pieprzonego księdza, dziecino. To rajcujące drobne ciało doprowadza mnie do szaleństwa, aż w końcu tylko o tobie myślę. Kurwa, twoja seksowna mała cipka nawet śni mi się i kiedy się budzę, stoi mi i jestem napalony.

Jego słowa mnie rozwalają. Ściskam mu kutasa i zamykam

oczy, to za wiele. Kurwa, za wiele. Ta iskra jest teraz morzem ognia, płonącym dla niego, dla nich wszystkich. A każdy ruch jego grubego kutasa w moim wnętrzu unosi mnie wyżej i wyżej ku krawędzi orgazmu. To on ma panować nad moją przyjemnością i mój zraniony egzekutor daje mi wszystko, czego kiedykolwiek pragnęłam.

Siebie.

– Kurwa, dziecino, czuję, jak twoja cipka zaciska się na mnie niczym pieprzone imadło. Lubisz, kiedy mówię sprośne rzeczy? Lubisz, kiedy traktuję cię jak sukę, którą jesteś? Kiedy wyładowuję dymaniem całą tę nienawiść, którą mam w sobie?

Skowyczę w odpowiedzi, jego dłoń zaciska się mocniej, od jego pchnięć trzęsą mi się piersi, a Kenzo jęczy na ten widok, przesuwając językiem po dolnej wardze.

– Myślę, że uwielbiasz to, uwielbiasz, kiedy jestem wobec ciebie chujem. Wilżysz się od tego jak cholera, uwielbiasz tę walkę, grę, aż któreś z nas w końcu się podda i pęknie. Powiedz mi, dziecino, kto pierwszy pęknie? – mruczy, wodząc mi językiem po uchu, kiedy próbuje zwolnić pchnięcia, ale ja napieram do tyłu, biorąc go głębiej, a on jęczy, jego dłoń pręży się na mojej szyi. Ma tyle cholernej siły. To jest ta sama ręka, która zabija ludzi jednym walnięciem, która jest tak pokryta krwią, że nigdy nie będzie czysta.

– Ty – charczę, sprawiając, że chrząka, gdy specjalnie zaciskam mu się na kutasie.

Warcząc, puszcza mi szyję, wciska mi twarz w łóżko i łapie mnie za biodra tak mocno, że wiem, iż zrobi mi siniaki, kiedy we mnie wali. To jest na granicy bólu i miesza się z przyjemnością, aż w końcu trzęsę się, po prostu trwając, kiedy on pokazuje mi, jak bardzo mnie nienawidzi.

– Nienawidzę cię, nienawidzę cię. – Czuję, jak moje usta to skandują, kiedy napieram do tyłu w rytm jego dzikich pchnięć.

Chrząka i raz za razem wymierza mi klapsy, aż wreszcie wraz z ostatnim pchnięciem przysuwa dłoń do mojej cipki, chwytając mnie za łechtaczkę i powodując, że przekraczam tę krawędź z krzykiem. Tak mocno dochodzę, że niemal mdleję i tracę ostrość widzenia, a gdy przychodzę do siebie, drżę i trzęsę się, z cipki mi kapie i głośno dyszę. On znowu mnie ciągnie do góry, gładząc mi szyję i całując w gardło.

Rozluźniam się, oparta o niego plecami, i pozwalam mu się tak trzymać, kiedy zamieniam się w całości w zaspokojoną masę spoconego mięsa. Chichocze mi do ucha, na co zaciskam się na nim, co z kolei powoduje, że jęczy i nieruchomieje.

– Do cholery, dziecino, wykańczasz mnie.

– Nienawidzę cię, kurwa – mruczę z zamkniętymi oczami.

– Ja też cię nienawidzę, dziecino. – Klepie mnie w biodro i znowu padam do przodu, puszcza mnie, a jego kutas się wysuwa. Obydwoje padamy na materac obok Kenzo, który odwraca się i przyciąga mnie w ramiona, kutas mu znowu stoi, ale obydwoje to ignorujemy.

Tworzymy wszyscy wycieńczoną stertę, ciała mamy śliskie od potu i spostrzegam, że z rany Kenzo sączy się krew, ale on nie zwraca na to uwagi i przytula się bardziej. Chcę sprawdzić też Garretta, ale mam go za plecami, a jeśli sądzić po mocnym uścisku, w jakim mnie trzyma, wygląda na to, że nie ma zamiaru w najbliższym czasie się ruszać.

Kretyni.

Ryder nas pozabija.

Ale na moją obronę… jak niby mam się im oprzeć? Mają mięśnie brzucha, do kurwy nędzy. Mam słabość do tych małych wgłębień szczęśliwości, i poważnie, czy jakakolwiek dziewczyna odmówiłaby orgazmów ze strony ich silnych, wytatuowanych, umięśnionych – chwila, chyba zgubiłam wątek.

Och, pierdolę to.

– Kurwa, lubię drzemki – fuka Garrett, na co się śmiejemy.

– Drzemki to moja nowa ulubiona rzecz – oświadcza Kenzo. – Myślę, że potrzebuję jeszcze trochę leczenia. – Porusza brwiami, na co klepię go w pierś.

– Tak, moja cipka też, więc zamknij buzię i pozwól nam naprawdę się zdrzemnąć – nakazuję, na co obydwaj chichoczą.

– To takie urocze, kiedy nas rozstawia po kątach – mamrocze Garrett, przywierając mocniej do moich pleców. – Dziecino, myślisz, że nas kontrolujesz?

– Nie myślę, wiem, że tak jest, a teraz zamknijcie się i pozwólcie mi spać – domagam się, zamykając oczy i tak, jak myślałam, przestają się odzywać.

Tak, kontroluję tych sukinsynów, oni tylko nie zdają sobie z tego sprawy.

ROZDZIAŁ 63

ROXY

Po naszej małej drzemce budzę się wcześniej od nich i zostawiam ich, żeby się kurowali. Wysyłam wiadomość do Rydera, wspominając, że dobrze będzie, jak obejrzy ich lekarz, a potem wyczerpana zapadam w sen we własnym pokoju. Musiałam przespać resztę dnia i całą noc, bo kiedy się budzę, znowu świeci słońce i najwyraźniej jest ranek.

Chyba ostatni tydzień dał mi się we znaki, ale dzisiaj czuję się pełna energii i kiedy przeciągam się i natrafiam na coś twardego, nawet nie krzyczę, tylko się obracam, biorę nóż spod poduszki i przystawiam mu błyskawicznie do szyi.

Diesel ledwie uchyla oko, ale na jego ustach maluje się uśmiech.

– Dzień dobry, ptaszyno – mruczy, a potem chwyta mnie i przyciąga sobie do piersi.

– D! – wykrzykuję, przysuwając się bliżej. Brakowało mi tego stukniętego sukinsyna. Nie było go wczoraj cały dzień, pracował, jak powiedział.

– Mówiłem ci, że będę dzisiaj wolny. A ty byłaś zajęta – mamrocze, głaszcząc mnie po plecach, mimo że trzymam mu ostrze przy gardle.

– Co mam powiedzieć, nudziło mi się – przekomarzam się, na co się śmieje, a potem wydaje jęk.

– Lepiej wstawajmy, czas na śniadanie, a jestem wygłodniały. Jeżeli szybko ktoś mnie nie nakarmi, mogę zjeść ciebie – przestrzega ponuro, a potem chichocze.

– Kiedy tylko chcesz, kotku, kiedy tylko chcesz. – Siadam, zsuwam się z jego piersi, wciąż trzymając w dłoni nóż, i idę naga pod prysznic. Słyszę, jak za mną jęczy.

– To niesprawiedliwe, ptaszyno – woła, a ja się śmieję i zamykam drzwi.

Po prysznicu zakładam koszulę, wychodzę z pokoju i spotykam ich jak zwykle przy stole. Szczerze, brakowało mi tych spotkań przy śniadaniu. To jedyny czas, kiedy zwykle jesteśmy wszyscy razem, a odkąd Ryder wrócił do pracy, a Diesela nie ma i jest zajęty, nie było tak samo. Wskakuję na moje miejsce. Ryder nalewa mi kawę, a Kenzo nakłada mi jedzenie na talerz, a potem jego ręka ląduje mi na udzie pod stołem, gładząc je niedbale, a ja unoszę drugą nogę i kładę ją na kolanach Ryderowi.

Opuszcza na nią dłoń i masuje, popijając herbatę ze swojej filiżanki. Widok, jak to robi, wciąż z jakiegoś powodu doprowadza mnie do szału. Codziennie patrzę, jak popija z niej, jakby to był jakiś cholerny rytuał, jakby mnie zahipnotyzował.

Łapie mnie na gapieniu się i mruga, jego oczy wyglądają dzisiaj na… cieplejsze. Czyżby coraz bardziej tajał, przebywając z nami, a ja nawet tego nie zauważyłam? Cholera, nie ma nawet ze sobą telefonu.

– Dzień dobry, kochanie – mruczy, pochyla się i całuje mnie

bardzo delikatnie, smakując kawę na moich ustach, a potem wraca do sączenia herbaty. – Dobra, D, co nowego?

– Tatuś Triady nie żyje, wyleciał prosto przez okno, ups, a wczoraj upewniłem się, że nikt więcej nie ukrywa się w mieście. – Uśmiecha się, otwiera zapalniczkę i zapala papierosa, a potem ją zamyka. Unosi nogi i wciąż paląc, kładzie je, krzyżując na stole.

– Garrett, jak się czujesz?

Garrett wzrusza ramionami, przełyka jedzenie, które ma w ustach, a potem odchyla się na krześle.

– Dobrze, lekarz zmienił mi opatrunki. – Mruga do mnie, na co chichoczę.

– Kenzo? – pyta Ryder.

Kenzo nachyla się ku mnie, wciąż głaszcząc mnie po udzie.

– Zdrowieję i czuję się dobrze. Możesz podziękować tej tu Roxy za nasze komplikacje.

– Aha. – Kręcę głową. – To wszystko przez was, skurwiele. Leżałam tam, drzemiąc sobie niewinnie…

– Z tyłkiem przyciśniętym do mojego kutasa – przerywa mi Kenzo, ale nie zwracam na niego uwagi.

– A wy postanowiliście zrobić sobie szybkie parówkowe przyjęcie. – Biorę parówkę z talerza i przesuwam nią między palcami dla wyjaśnienia, na co nawet Ryder prycha.

I wtedy uświadamiam sobie, że to jest ich wersja odprawy – czasem biznesowej, a czasem rodzinnej. W ten sposób trzymają się razem, ponieważ każdy słucha, co mówią inni. To jest naprawdę urocze, ale nie mówię tego na głos, bo tych czterech mężczyzn naskoczyłoby na mnie, chcąc udowodnić, że w rzeczywistości to nie jest urocze.

Zostawiam to i spoglądam na tego, który zadaje pytania.

– Ryder?

– Tak? – wygląda na zakłopotanego.

– Nie, chodzi mi o odprawę, co u ciebie? – prycham.

Mruga i wtedy uświadamiam sobie, że nikt nigdy nie pytał go o to wcześniej.

– Hmm, dobrze, nie mam planu na dzisiejszy dzień. – Wyciera sobie usta i odstawia filiżankę z herbatą. – Co przypomniało mi o tym, że musimy o czymś porozmawiać.

Czuję ściśnięcie w żołądku, rozglądam się i widzę, że wszystkim poważnieją twarze.

– Chcecie spróbować mnie zabić? – pytam niedbale. Szczerze, nie byłabym zaskoczona, gdyby uznali, że muszą to zrobić.

– Nie dzisiaj – odpowiada Diesel, wędząc mnie dymem ze swojego papierosa.

– Musimy porozmawiać, kochanie – powtarza poważnie Ryder, na co biorę głęboki oddech. Coś jest nie tak, musi być… ale co ja mam z tym wspólnego?

Nikomu nie przywaliłam, więc to nie to.

RYDER

Sadzam ją na kanapie i kucam przed nią, trzymając za rękę. Kenzo i Diesel siadają po obu jej stronach, a Garrett staje za nią, jak zawsze zabezpieczając jej tyły.

– Kochanie, zastanawialiśmy się. – Wymieniam spojrzenia z pozostałymi, którzy zachęcająco kiwają głowami. – Twój ojciec…

Mruży oczy na wspomnienie o nim, a ja uśmiecham się

smutno i zakrywam jej usta dłonią, zanim zacznie krzyczeć i znowu mówić, że nas nienawidzi.

– Twój ojciec, Roxy, musi zapłacić za to, co ci zrobił w przeszłości i ostatnio. Może i zawarliśmy z nim umowę, ale teraz, kiedy… kiedy…

– Kochamy cię – dorzuca Kenzo z przekonaniem.

– Tak, kochamy cię. – Potwierdzam skinieniem głowy. – To oznacza, że nie możemy pozwolić, aby na naszej dziewczynie ciążyła taka zniewaga. No cóż, wiem, że go nienawidzisz i że odpowiada za potworne rzeczy z twojej przeszłości – uwierz mi, kochanie, rozumiem to – i dlatego chcę się dowiedzieć, czy chciałabyś, żebyśmy to załatwili. – Uwalniam jej usta, a ona je oblizuje, spoglądając kolejno po nas.

– To znaczy, żebyście go zabili? Zrobilibyście to?

– Dziecino, kiedy wreszcie zrozumiesz, że nie ma takiej rzeczy na świecie, której nie zrobilibyśmy dla ciebie? – prycha Garrett.

– Ja… ja nie wiem, czy potrafię stanąć z nim twarzą w twarz, minęły lata – przyznaje, a Diesel przysuwa się bliżej.

– Wiem, kochanie, i dlatego chcę, żebyś pozwoliła nam to zrobić dla ciebie – uspokajam ją, ale wiem, zanim jeszcze podejmuje decyzję, że nigdy nam nie pozwoli. Sama musi zgładzić tego potwora i chociaż tak bardzo chciałbym, żebyśmy mogli ją w tym wyręczyć, musi się z nim porachować osobiście. Nasza Roxxane inaczej nie załatwia swoich spraw, nie, jest na to zbyt silna i to tylko sprawia, że bardziej ją kocham.

– Nie, nie, masz rację. Za długo ta sprawa leżała odłogiem. Myślę, że ja po prostu… – Kręci głową. – Szczerze, trochę o nim zapomniałam, ale masz rację, on nigdy nie przestanie – przyznaje ze smutkiem i spogląda mi w oczy. Jej są przyćmione upiorami, ale silne jak zawsze. – Tak, chcę tam być.

– Tylko tam być? – pyta Diesel. – Ponieważ jeśli nie chcesz się nim zająć, to wiesz, że ja to zrobię, ptaszyno.

Uśmiecha się, ale to jest złowieszczy uśmiech, taki, jakim dawniej nas zawsze częstowała.

– Nie, to mój ojciec i moja sprawa. Ale chcę, żebyście tam byli, od dawna się na to zanosiło, a spotkanie z nim znowu…

– Ożywi wspomnienia. – Kiwam głową, wiem to z własnego doświadczenia. – Zawsze będziemy cię wspierać, jesteś teraz naszą rodziną. Nie jego, jego już nie. Nigdy więcej cię nie skrzywdzi.

Kiwa głową, biorąc za ręce Diesela i Kenzo. Garrett kładzie dłoń na jej ramieniu, a ja łapię ją za kolana, kiedy bierze głęboki oddech.

– Chyba zawsze wiedziałam… wiedziałam, że mnie nie kocha. To musi nastąpić. On będzie zawsze uważał, że może mnie kontrolować, wykorzystywać mnie, a to teraz dotyczy też was. Nie mogę mu na to pozwolić. Nadszedł czas, żeby zapłacił za swoje grzechy.

Unosi wzrok i nie ma w nim już słabości. Tylko pieprzona Żmija błyskająca w tych ciemnych głębiach.

– Umrze dzisiaj.

Niech więc tak będzie.

ROZDZIAŁ 64

ROXY

Jedziemy tam w ciszy, moi mężczyźni dają mi się przygotować na to, co ma nastąpić. Mają rację, on jest zagrożeniem, nie tylko dla mnie, ale teraz również dla nich. Są moją rodziną, a on nigdy nią nie był. Może i łączą nas więzy krwi, ale to tylko znaczy, że był moim początkiem, a nie moim środkiem ani końcem.

Pokrewieństwo nie zawsze oznacza rodzinę. Czasami znajduje się rodzinę wśród przyjaciół, w postaciach uosabiających ojca albo matkę… albo w kochankach. Patrzę wokół siebie i uśmiecham się, myśląc sobie, że czasem znajduje się ją, kiedy się człowiek najmniej tego spodziewa. Nasza rodzina może i jest porąbana, nienawistna, pełna siły i bogactwa… ale kiedy jesteśmy razem, czujemy się szczęśliwi. Jesteśmy bezpieczni i tylko to się liczy.

Teraz przyszła kolej na mnie, żebym zadbała o bezpieczeństwo mojej rodziny, żebym ochroniła mężczyzn, którzy chroniliby mnie przed wszystkim, którzy goniliby za mną i za każdym, kto mnie albo nas skrzywdził, na koniec świata - i nigdy by w tym nie ustali.

Mój ojciec - nie, powinnam przestać go tak nazywać - Rob nie jest niczym więcej jak zagrożeniem, a Żmije łatwo radzą sobie z zagrożeniami. Zabijamy je.

Pokrewieństwo mogło uratować go przede mną kiedyś, kiedy postanowiłam uciec, zamiast walczyć, ale podpisał na siebie wyrok śmierci, gdy zdecydował, że nie zostawi mnie w spokoju. Teraz wypełnia mnie mrok, ten, który on wzbudził, zabójca, którego stworzył swoimi pięściami, okrutnymi słowami i maltretowaniem.

Wojownik.

Rozbitek.

Raz się przed nim ocaliłam, ale on już się przede mną nie uratuje.

Jestem skurwysyńską Żmiją, a on jest niczym. Zwykłym chodzącym trupem.

Parkujemy przed domem. Świeci słońce, które grzeje mnie przez przyciemnioną szybę. Patrzę na zniszczony dom, w którym kiedyś czułam się jak w więzieniu. Jak bardzo łaknęłam miłości Roba albo żeby odwrócił ode mnie wzrok i mnie nie widział. Odeszłam stąd jako dziecko, a teraz wracam jako kobieta.

- Jesteś gotowa, kochanie? - pyta Ryder, wytrącając mnie z moich myśli.

Obracam głowę i widzę, jak oni wszyscy na mnie patrzą, jak użyczają mi swojej siły. Kiwam głową i wysiadam z samochodu, trzask zamykanych drzwi odbija się głośnym echem w opuszczonej okolicy, a oni idą w moje ślady.

Stoimy na zewnątrz.

Ryder w garniturze, Kenzo też. Garrett ma na sobie skórę,

a Diesel jest w dżinsach i koszulce bez rękawów, ale aż bije od nich pieniędzmi, i pewnie teraz ode mnie również. Mam na sobie dżinsy z przetarciami, moje zajebiste buty i dizajnerską koszulę.

Na początku nie miałam nic, tak jak moi mężczyźni, a teraz rządzę tym miastem. Razem z nimi.

Kiedy idę ścieżką, czuję się, jakbym wracała do przeszłości, w pamięci tłoczą mi się obrazy z tej nocy, gdy uciekłam. Była noc, oni spali, a ja tak się bałam, żeby mnie nie przyłapali, trzymając w plastikowej torbie mój mizerny dobytek. Upadłam, podrapałam sobie kolana i dłonie, i musiałam zagryźć wargi, żeby nie krzyknąć, bo mogliby mnie usłyszeć. Spojrzałam za siebie na dom z zaciągniętymi zasłonami i ciemnymi oknami.

Tak jak teraz.

Sięgam ku drzwiom i biorąc oddech, unoszę dłoń i stukam w zniszczone drewno. Czekamy w milczeniu, ale nikt nie odpowiada, więc pukam mocniej i słyszę w środku szuranie nogami.

– Idę, idę, jeżeli to znowu te pizdy od Biblii… – mówi niewyraźnie i otwiera drzwi, zamierając, gdy jego wzrok pada na mężczyzn, a potem na mnie, na ustach pojawia mu się grymas. Jego ciemne oczy, takie same jak moje, są pełne irytacji.

– Czego, do kurwy, chcecie? Kupiliście ją, nie chcę jej z powrotem – rzuca i próbuje zamknąć drzwi. Wsuwam but, żeby mu przeszkodzić, a potem otwieram je pchnięciem, powodując, że potyka się, lecąc do tyłu, i zaczyna wrzeszczeć.

– No czego, do kurwy, chcecie? Spłaciłem dług i nic nie jestem wam winien, sukinsyni… – Ryder popycha go na krzesło.

– Siadaj i zamknij się wreszcie – warczy, a potem odchodzi i opiera się o ścianę, podwijając sobie rękawy.

Garrett zamyka drzwi i staje przy nich z założonymi rękami.

Diesel spaceruje po pokoju, chichocząc i raz za razem otwierając zapalniczkę. Kenzo staje blisko mnie, na wypadek gdybym go potrzebowała. Mnie jednak jakby nogi wrosły w podłogę, kiedy się rozglądam.

Mieszkanie jest mniejsze, niż pamiętam, i bardziej smrodliwe. Przypuszczam, że cierpienie wypacza wspomnienia. W mojej głowie to było piekło, a kiedy widzę to miejsce w koszmarach sennych, wygląda na znacznie… większe. Chyba gdy teraz je widzę, uświadamiam sobie, że wyolbrzymiałam je w myślach, i gdy tu stoję, nie boję się.

Kieruję spojrzenie z powrotem na tego człowieka, który był powodem tylu moich traum. Ma na sobie brudną koszulę, poplamioną i miejscami rozdartą. Jego broda i włosy są w nieładzie, spojrzenie przymglone od czegokolwiek, co pił albo czym się szprycował. Jego ciało niemal więdnie, tyczkowate i wychudzone, jest również niższy, niż zapamiętałam. Ma wymizerowaną twarz, oczy zapadłe, a włosy rzadkie i przetłuszczone.

Nie mogę uwierzyć, że kiedyś ten człowiek tak mnie przerażał. Obchodzę kanapę, siadam na krawędzi poplamionego oparcia i patrzę na niego.

– Cześć, tato, jak leci?

Prycha i odwraca głowę, żeby splunąć na wykładzinę, na co wydymam wargi z niesmakiem.

– Czego, do kurwy, chcecie? Zawarliśmy umowę.

– O tak, ja za twój dług. To znaczy, Rob, czy naprawdę wciąż musisz mnie wykorzystywać jako swój worek treningowy, bo nie dorosłeś na tyle, żeby samemu radzić sobie z własnymi problemami? – Śmieję się gorzko.

Wbija we mnie wzrok, a potem spogląda na Rydera.

- Lepiej trzymaj na wodzy tę swoją pizdę, zanim przypomnę jej, kto wciąż jeszcze jest panem tego domu.

- Wygląda na to, że nie ty - rzucam, na co znowu wraca spojrzeniem do mnie. - Oni ci nie pomogą, są tu, żeby mi pomóc.

- O czym ty, kurwa, mówisz, dziewczynko? - mówi z przekąsem, nachylając się i mocno pociągając nosem, a potem obciera sobie swoje zapaćkane usta.

- Chodzi mi, kurwa, o to, że jestem teraz jedną z nich, a oni nie patrzą przyjaznym okiem na cokolwiek albo kogokolwiek, kto może nam zaszkodzić. Jak ty, Rob, ty ciągle wracasz. Mogłabym sobie odejść, gdybyś dał mi spokój, kiedy uciekłam, ale nie, ty mnie sprzedałeś. Znowu się wcisnąłeś w moje życie. Owszem, mi to wyszło na dobre, ale nie mogę pozwolić, żeby się to zdarzało w przyszłości. Skończyłoby się tak, że niewłaściwa osoba pukałaby do twoich drzwi, a ty byś, kurwa, dawał ciała, jak przystało na szuję, którą jesteś. Nie pozwolę, żebyś narażał nas na niebezpieczeństwo - rzucam.

- Dobra, niech będzie, czego chcesz, żebyś sobie znowu poszła? - Wzdycha, nie kumając. Kręcę ku niemu głową i kiwam palcem.

- Niczego, na co byłoby cię stać - docinam.

Tylko się śmieje i odchyla do tyłu, jego sylwetka wydaje się niezdolna do utrzymania w pionie. Przyglądam mu się, naprawdę mu się przyglądam, i uświadamiam sobie, jak złamanym jest człowiekiem. Nie ma nic ani nikogo oprócz gorzały, którą pije po barach. Starzeje się i prawdopodobnie niedługo umrze od wszystkich tych używek, którymi dręczył swoje ciało.

Nie mogę tego zrobić, nie mogę go zabić. Nie dlatego, żebym wciąż się go bała albo go kochała, ale dlatego, że jest niczym. Jest żałosny, jest widmem i zabicie go nie przywróci życia mojej matce ani nie zapobiegnie koszmarom sennym. Nie zmieni mojej przeszłości i nie chciałabym tego. A więc wstaję, gotowa do wyjścia. Uzyskałam to, czego potrzebowałam – zamknęłam ten etap życia. Moja przeszłość jest martwa i zapomniana jak ten dom i nie będę rozgrzebywała tych popiołów.

Są pochowane.

– Mam pieniądze! – wrzeszczy, wpatrując się we mnie. – Weź pieniądze, dziewczyno, i będziemy znowu rodziną!

Wzdrygam się, kiedy wypowiada te słowa, a moi mężczyźni podchodzą bliżej.

– Nie chcę być twoją rodziną, mam swoją własną – odpowiadam chłodno.

– Rób, kurwa, jak ci każę, i słuchaj swojego taty – warczy, strosząc się, jak to robił kiedyś, ale teraz wygląda to tylko komicznie.

– Nie martw się, ona tak zrobi, będzie do mnie mówiła później tatusiu. – Diesel uśmiecha się pod nosem, chociaż ja się krztuszę i piorunuję go wzrokiem.

– Nie, kurwa, nie będę.

Mój ojciec śmieje się gorzko i znowu na niego spoglądam.

– Tak, przynajmniej w końcu na coś się przydałaś, dziewczyno. Dziwka za pieniądze.

Na chwilę robi się cicho, kiedy świat wstrzymuje oddech, zanim moi mężczyźni ruszają do działania, rzucając się wszyscy na niego. Patrzę, jak go chwytają, ale ogarnia mnie chłód, złość… złość i chcę zadać cierpienie temu człowiekowi, który mnie krzywdził.

– Stójcie – rozkazuję spokojnie i robią to, spoglądając wszyscy na mnie. – Puśćcie go.

I znowu to robią, cofają się ze wzrokiem wpatrzonym we mnie, gdy staję przy moim rzężącym ojcu, który ma czerwoną twarz, kiedy pada na podłogę. Kucam przy nim i przekrzywiam głowę, przyglądając mu się. Tak bardzo kiedyś bałam się tego człowieka, na każdym kroku mnie prześladował, ale teraz robią to moje Żmije, zastępując go. Jak mogę bać się tego… tego złamanego człowieka, skoro poznałam zło, które przynosi świat, i węże, które sypiają ze mną w łóżku.

Jest słaby.

Jest żałosny.

To miejsce jest zwykłym domem, a on jest zwykłym człowiekiem.

A ja? Ja jestem pieprzonym wężem, dziecino.

– Tak, kurwa, bardzo się kiedyś ciebie bałam – przyznaję, te upiory i złudne obawy narastają we mnie. – Kiedyś bałam się ciemności, bo wtedy mnie krzywdziłeś, ale potem stanęłam twarzą w twarz z tymi demonami. Spojrzałam w ciemność i przyjęłam mój strach, ponieważ krzywda przychodzi i za dnia, i w nocy. Potwory nie czekają, aż zajdzie słońce, to nie jest cholerna bajka dla dzieci. To jest życie, a potwory… potwory są wszędzie. I są ludźmi. Z krwi i kości, jak ja i ty. Tak długo cię nienawidziłam, twojej kontroli nade mną, nawet kiedy już odeszłam. Ale w końcu ruszyłam do przodu i aby tego dokonać, aby zostawić ciebie za sobą, muszę ci przebaczyć. Uwolnić się z tych szponów, pozwolić odejść strachowi i cierpieniu. Przebaczyć ciemności i sobie za to, że tak długo cię nienawidziłam i hołdowałam tej nienawiści, aż mnie to wypaczyło. – On mruga szybko, zakłopotany. – Widzę teraz… jaki jesteś słaby. Twój strach wyziera ci z oczu, strach przed samym sobą. Przed tym, czym jesteś… czym się stałeś, ale tatusiu, powinieneś się bardziej bać tego, co stworzyłeś.

– Co, do kurwy…

Kręcę głową i wymierzam mu policzek, żeby się zamknął.

– Ja teraz mówię, a ty będziesz, kurwa, słuchał! – wrzeszczę. – Byłam gotowa odejść, zostawić cię, żebyś tu gnił, ale teraz… teraz cię nie zostawię. Nigdy więcej nie skrzywdzisz mojej rodziny ani mnie. Może i byłabym lepszą osobą, silniejszą, gdybym po prostu odeszła, ale chuj mnie to obchodzi. Nie dbam o to, że chcę cię zabić i co to oznacza dla mnie i mojej duszy, bo ci mężczyźni mnie za to kochają, a ja mam dosyć walki ze sobą. Jestem kim jestem. Narodziłam się z krwi i z bólu, jestem cholerną Żmiją.

– Jesteś niczym, zwykłą tanią dziwką pnącą się przez łóżko na szczyt i kiedy już więcej nie będą cię chcieli, wyrzucą cię na śmietnik. – Chichocze.

– Nie, nie zrobią tego. – Śmieję się. – Jesteśmy rodziną, jesteśmy tym, czego ludzie się teraz boją w ciemności. Wszyscy narodziliśmy się z konieczności, z ludzi takich jak ty. Oni uśmiercili swoją przeszłość, a teraz kolej na mnie, abym zrobiła to samo. A więc jakieś ostatnie słowo, ojcze?

– Pierdol się – warczy, rzucając się na mnie.

Ruszam z przygotowanym nożem w dłoni. Mruga ze zdumieniem, kiedy spoglądam na niego z twarzą kilka centymetrów od jego twarzy, mój nóż jest wbity w jego brodę, przebijając ją od dołu i wychodząc mu w ustach, a na wargach pieni mu się krew. Przebiega pełnym strachu wzrokiem to w jedną, to w drugą stronę.

– Niezbyt wyszukane ostatnie słowa, ale niech będą – mruczę. – Nigdy nie zadzieraj ze Żmijami.

Wyciągam ostrze i szybko przeciągam mu nim po gardle. Opryskuje mnie krew, gdy przecinam mu żyłę szyjną, pryskając mi na twarz i pierś, aż w końcu muszę mrugać, żeby zrzucić kropelki z rzęs. Czuję jej smak na ustach, ale nadal się nie ruszam, patrząc mu w oczy.

Unosi dłonie, żeby zakryć sobie szyję, ale obok jest Diesel, który szybko je odbija, śmiejąc się, i wszyscy patrzymy, jak tego człowieka, mojego ojca, wreszcie spotyka koniec, na jaki zasłużył.

Może powinnam była odejść, być dobrą osobą i pozwolić mu żyć.

Ale nigdy nie twierdziłam, że jestem, kurwa, dobrą osobą.

To trwa dłużej, niżbym się spodziewała, ale w końcu nieruchomieje, pierś przestaje mu się poruszać, oczy ma wciąż otwarte… ale puste. Tak jak ja. Ponieważ nie czuję nic. Myślałam, że będę coś czuła, ale tak nie jest. To było po prostu kolejne zadanie do wykonania, rzecz do załatwienia.

Diesel nachyla się w polu mojego widzenia, przesuwa mi dłonią po policzku i zabiera ją pokrytą krwią.

– Kocham cię, ptaszyno, już po wszystkim.

Kiwam głową, a on się do mnie nachyla, nie zważając na krew, przyciska usta do moich ust, i czuję, że pozostali się przybliżają, zawsze przy mnie, zawsze mnie chroniąc.

Czasami nie potrzebujesz bohatera, wystarczy znaleźć kogoś, kto będzie stał przy tobie w ciemności, nie obawiając się krwi i śmierci. Nie, czasami nie potrzebujesz bohatera… potrzebujesz przestępcy, złoczyńcy.

– Chodźmy do domu, kochanie – mówi cicho Ryder, kładzie mi rękę na ramieniu i ściska.

Tak, do domu.

Razem z moimi mężczyznami, moją rodziną.

Moimi Żmijami.

ROZDZIAŁ 65

DIESEL

Minęły dwa tygodnie, odkąd Roxy zabiła swojego tatę. Oczywiście załatwiliśmy potem wszystko, wezwaliśmy grupę do sprzątania i naszych kumpli z policji, tak żeby nikt się nigdy nie dowiedział, co się naprawdę wydarzyło. Kolejny ćpun, który umarł w slumsach. Tak to ściemnili.

Nigdy więcej jej nie skrzywdzi.

Gdyby go nie zabiła, ja bym go zabił za to, co jej zrobił. Zasługiwał na coś gorszego, ale to do niej należało wymierzenie sprawiedliwości i zrobiła to tak pięknie… czułem smak jego krwi na jej ustach, kiedy ją całowałem. Wciąż słyszę jej krzyki, gdy razem z Ryderem myliśmy ją pod prysznicem i wypełnialiśmy tę pustkę widoczną w jej oczach przyjemnością.

Nie widziałem dzisiaj za dużo ptaszyny od śniadania, a teraz jest prawie środek nocy. Byłem zajęty w naszym domu, przygotowując loch, ale zaczynam sądzić, że ona coś podejrzewa, bo nie odpowiadała przez cały dzień na moje wiadomości.

A więc zamiast zarywać noc i dokończyć loch, po otrzymaniu wiadomości od Rydera jadę do domu, żeby ją znaleźć.

Kiedy jednak docieram do apartamentu, drzwi są otwarte i wszędzie jest ciemno. Mrużę oczy i wchodzę do środka, ogarnia mnie obawa.

– Ptaszyno? – wrzeszczę. – Roxy!

Nikt nie odpowiada. Biorę telefon i wybieram numer Rydera, krocząc przez mieszkanie w poszukiwaniu odpowiedzi. Zatrzymuję się przy notatce na stole, akurat kiedy Ryder odbiera. Chichocze.

– Miłej zabawy, D, postaraj się jej nie zabić. – Rozłącza się, a ja wciąż patrzę na notatkę.

Masz ochotę na polowanie? Znajdź mnie, jeśli potrafisz. Będę twoja, jeżeli mnie złapiesz.

Podpisane rysunkiem małego ptaszka.

Momentalnie sztywnieje mi kutas, rzucam telefon i zrywam z siebie koszulę, tak że pozostaję tylko w dżinsach i butach. Ona chce się pobawić? Najwyższy, kurwa, czas. Znajdę ją i tak jak powiedziała, będzie moja. Sprawię, że będzie krzyczeć o więcej, nawet kiedy będę nacinał jej skórę.

Moja ulubiona zwierzyna łowna – ona.

– Ptaszyno, ptaszyno – wołam, przechylając głowę i nasłuchując. – Chcesz się pobawić? – Skradam się po ciemnym salonie, uśmiechając się, i sprawdzam wszystkie miejsca, gdzie mogła się schować. – Trzeba było od razu powiedzieć, bo ja chcę się z tobą pobawić. – Najwyraźniej jej tu nie ma, więc idę korytarzem do jej pokoju, nie żeby właściwie tam jeszcze sypiała.

– Kiedy cię znajdę… – Biorę oddech, jęcząc na widok scen zapełniających mi głowę. – Sprawię, że pożałujesz, że zwyczajnie nie poprosiłaś.

Wchodzę do jej pokoju, ale słyszę tylko mój własny głos. Pod kołdrą jest wybrzuszenie i ściągam ją, śmiejąc się, gdy widzę poduszki ułożone w kształt sylwetki. Sprawdzam też łazienkę i garderobę, ale wszędzie jest pusto, więc wracam na korytarz, wodząc palcem po ścianie, kiedy na nią poluję.

– Ptaszyno! – wołam. – Pokaż się. Pokaż się, gdziekolwiek jesteś! Wiesz, że chcesz mojego kutasa… i dłoni… i bólu.

Słyszę jakiś ruch na górze, więc biegnę przez salon i skaczę po dwa stopnie naraz, aż docieram na piętro i rozglądam się dokoła.

– Ptaszyno – grucham. – Nie pogarszaj swojej sytuacji. Im dłużej to potrwa, tym bardziej będzie bolało.

Znowu słyszę szuranie, więc idę do pokoju Rydera i szybko go sprawdzam, a potem wracam na korytarz.

– Urządziłaś to specjalnie dla mnie, ptaszyno? – wrzeszczę, idąc sprawdzić mój pokój oraz pozostałe. – Cały dzień się wilżyłaś, czekając na mnie i wyobrażając sobie, co się wydarzy, kiedy cię znajdę? A znajdę cię.

W pokojach nikogo nie ma i jestem zirytowany, więc wracam szybko korytarzem, kutas mi się obija w spodniach w oczekiwaniu na to, co jej zrobię, gdy ją znajdę. Jej skóra tak łatwo się kaleczy, jej krew pokrywa moje dłonie i kutasa… kurwa.

Jestem tak zdezorientowany, że po prostu chodzę tam i z powrotem, wołając ją.

Wracam obok zbrojowni, której już nie kłopoczemy się zamykać, kiedy drzwi nagle się otwierają i coś twardego i metalowego przyciska się do mojej brody, unosząc ją. W ciemności ledwie widzę, ale w końcu ją rozpoznaję. Moja ptaszyna trzyma kij tuż pod moją brodą i uśmiecha się lekko do mnie, nie mając na sobie nic oprócz własnej skóry. Skóry, której tęskno mi dotykać, smakować i sprawić, że będzie krwawić.

– Myślałem, że się chowasz? – mruczę.

– Znudziło mi się chowanie, to nie w moim stylu. Pomyślałam, że raczej zapoluję na ciebie. – Uśmiecha się.

Biorę ją z zaskoczenia, chwytając kij i szarpiąc ku sobie. Wstrzymuje oddech i pada na moją pierś, a ja odrzucam broń, łapiąc ją za szyję i rzucając na ścianę. Przyciskam się przodem do jej pleców, moje dłonie błądzą po jej skórze, ściskając pulchny tyłek i szczypiąc w bok, a w końcu sięgam na drugą stronę, by skubać jej sutki. Jęczy, mimo że się szamocze.

– Ptaszyno – mruczę, gryząc ją w ucho. – Kazałaś mi czekać na to, co moje, a nie mam przy sobie zabawek. – Cmokam. – Chyba będę musiał improwizować.

– Tak? Powiedziałam, że najpierw musisz mnie złapać. – Śmieje się i wtedy wysuwa do tyłu łokieć, trafiając mnie prosto w brzuch. Puszczam ją, zginam się wpół, sapiąc, a ona wali mnie kolanem w twarz, po czym ucieka.

Śmieję się i prostuję, czując, jak krew leci mi z nosa. *Och, zaczęło się, ptaszyno.*

Lecę po schodach za nią, łapię ją w pasie i rzucam do salonu. Pada z jękiem na stolik do kawy, ale przekręca się i wstaje, wciąż uśmiechając się do mnie.

– To wszystko, co potrafisz? Wielki Diesel nie może nawet złapać swojej własnej kobiety? – drwi.

Próbuje mnie wyminąć, ale schylam się i zarzucam ją sobie na ramię, nie zwracając uwagi na to, że się szamocze, kiedy podchodzę do stołu i kładę ją na nim.

– Zostań tu – rzucam i odchodzę, idąc szybko na górę,

żeby przynieść linę. Oczywiście gdy wracam, już wstała i czeka przy stole, patrząc na mnie gniewnie, chociaż usta jej drgają.

Przewijając linę w dłoniach, oblizuję wargi i udaję, że ruszę w lewo wokół stołu, na co ona biegnie w prawo, tam gdzie ja, więc łapię ją i rzucam z powrotem na stół. Wierzga i szamocze się, ale udaje mi się związać jej obie nogi, a potem kolejno każdą rękę, przyciskając je do błyszczącego blatu i zapętlając linę na każdym rogu, aż leży unieruchomiona.

Patrzy na mnie gniewnie, kiedy skradam się wokół stołu, wodząc jej dłonią po ciele i sprawiając, że znowu przechodzi ją dreszcz.

– A myślałem, że chciałaś się pobawić.

– Chciałam, ale nie spętana na pieprzonym stole w jadalni – warczy. Z uniesionymi brwiami przesuwam dłonią w górę jej rozwartych ud i po wilgotnej cipce. Jeszcze raz prześlizguję się dłonią po cipce, dobywając z niej sapnięcie, a potem głaszczę ją wyżej po ramieniu i brzuchu, na co fuka z rozdrażnieniem.

Sprawdzam, że liny są mocno przywiązane do nóg stołu, otwieram zapalniczkę, a ona patrzy, pierś jej faluje, jej krew plami stół, co sprawia tylko, że bardziej mi staje, a ona mocniej się wilży. Widzę, jak śluz spływa jej z cipki po udach na powierzchnię stołu, kiedy na mnie patrzy, szarpiąc za liny, a ja cmokam.

– Trzeba było być grzeczną ptaszyną. Gdybyś była, pozwoliłbym ci dojść już teraz.

– Wydymaj mnie – żąda.

Śmieję się, biorę dwie świece i zapalam je, a potem nachylam się blisko ku jej twarzy.

– Kiedy będę chciał, zrobię to, ale na razie chcę się pobawić. – Unoszę świece tak, żeby widziała, jak się topią. – Czy kiedyś czułaś kapiący na ciebie wosk, ptaszyno? – Jej oczy rozszerzają się ze zrozumieniem, a potem ciemnieją wygłodniałe. – Ach, tak. Lubisz to? To może po całym ciele?

Przechylam świecę, której płomień migocze, i trzymam ją nad jej piersią, uśmiechając się do niej znacząco. Wosk powoli skapuje, lądując na jej obojczykach i sprawiając, że wydaje syk, który potem przemienia się w jęk.

– Tak właśnie myślałem, ptaszyno – grucham, biorąc drugą świecę i obydwie przechylam jej wprost nad piersią. W miarę jak się spalają, kapię jej nimi pomiędzy piersiami i po brzuchu, a ona skowyczy i ciągnie za liny, kiedy wosk spada jej na skórę.

– Ptaszyno, ptaszyno, jak ładnie się dla mnie rozklejasz. – Śmieję się, trzymając po jednej świecy nad każdą jej piersią.

Kręci głową, ale ja i tak przechylam świece i wosk ląduje na jej obnażonych piersiach. Łapie głośno oddech, a ja specjalnie robię tak, żeby trochę wosku spadło jej na sutek. Wydaje pisk, mimo że unosi biodra. Czekam, aż wosk ostygnie na jej skórze, i przesuwam dłonią wzdłuż jej ciała, znowu obejmując nią zmokniętą szparkę.

– Wiedziałem, że ci się spodoba, ptaszyno, i popatrz. – Drugą dłonią odrywam trochę zakrzepłego wosku od zaróżowionej pod spodem skóry. – Tak ładnie cię to znaczy.

– Ty sukinsynu – parska, mimo że napiera na moja dłoń trzymającą zachłannie jej cipkę.

– Ptaszyno, trzymaj na wodzy swoją buzię albo napełnię ją i to nie moim kutasem.

Opuszcza głowę na stół, jej ciało lekko drży, kiedy przesuwam jej językiem po brzuchu i całuję w kolczyk, a potem wyciągam i pokazuję jej nóż. Nieruchomieje, chociaż drży z pożądania, ma szeroko rozwarte oczy i usta otwarte w pół oddechu. Opuszczam nóż i za pomocą ostrej krawędzi odrywam zastygły wosk, powoli i metodycznie, aż jej pierś i brzuch są z znowu czyste, oprócz pozostawionych tam różowych znaków, które sprawiają, że sięgam sobie do dżinsów i ściskam kutasa.

– Obiecanki cacanki? – mówi wyzywająco, przygadując mi, chociaż leży związana i skazana na wszystko, co zechcę z nią zrobić.

– Ptaszyno, wiedziałaś, co zrobię, jak cię złapię. Torturowanie cię to moje ulubione hobby. Chciałaś tego, więc bądź grzeczną dziewczyną i pozwól mi się pobawić. – Śmieję się.

Fuka, ale nie protestuje, kiedy przesuwam nożem w dół jej gardła i zatrzymuję się nad sercem.

– Czy teraz byś mi się opierała? – pytam z zaciekawieniem, wpijając końcówkę na tyle mocno, aby rozciąć skórę. W miejscu, gdzie mój nóż styka się z ciałem, wypływa kropla krwi. – Próbowałabyś mnie powstrzymać?

– Nie – odpowiada od razu, wypina się i jęcząc, wciska ostrze głębiej. – Pozwoliłabym ci.

– Tak, naprawdę? – szepczę, unosząc głowę i przyciskając czoło do jej czoła. – Pozwoliłabyś mi się zabić?

– Tak. – Kiwa głową, oblizując mi wargi. – Umierałabym z uśmiechem na ustach.

Moje demony oblegają mnie silniej, gromadząc się wokół mnie w swoim szaleństwie i sprawiając, że zsuwam się i wpijam ostrze głębiej, aż ona dyszy z bólu. Do oczu napływają jej łzy, ale wciąż się nie opiera. Nie, ona sprowadza mnie z tej krawędzi.

– Ale ty nie chcesz mnie zabić, D, nie chcesz mojej śmierci, to byłoby zbyt proste. Chcesz, żebym zawsze żyła, żebyś mógł mnie torturować i bawić się ze mną do końca naszych dni. Skończenie tego teraz byłoby przedwczesne. Twoją działką jest nie tylko dawanie bólu, ale też przyjemności, a teraz, dziecino, jest tylko ból – przyznaje.

Mrugam, spoglądam wzburzony na nóż i odrzucam go na bok.

– Ptaszyno, ptaszyno, ty zawsze próbujesz mnie ocalić.

– Nie, nie ocalić cię, płonąć z tobą – mruczy, a potem unosi głowę i przyciska usta do moich ust, kiedy jej pierś krwawi pomiędzy nami. Na jej wargach czuję desperację i pragnienie… ale też jej miłość. Do mnie.

Do jej zwichniętej Żmii, jej stukniętego sukinsyna. Człowieka, którego raz za razem wyciąga z ognia jego własnego umysłu, nie dbając o to, jak bardzo sama się przy tym poparzy. Chcę jej pokazać, ile to dla mnie znaczy. To zaczęło się jako nasza gra i przemieniło się w coś realnego.

Coś na śmierć i życie, ponieważ z łatwością mógłbym ją niechcący zabić i ona o tym wie. A jednak nie dba o to, i tak mnie chce, jęcząc mi w usta i szczypiąc mnie w wargi, żeby mnie zachęcić.

– D, proszę – błaga, poddając mi się nawet bardziej, nie biorąc mnie sobie, a jedynie prosząc.

Jak mógłbym jej czegokolwiek odmówić?

Byłem jej od tego pierwszego dnia, a jednak ona nigdy ode mnie niczego nie żąda, niczego mi nie nakazuje. Tylko pyta, prosi, błaga. Liżę jej wargi i przesuwam jej ustami w dół brody i gardła do rany, okrążam sączącą się z niej krew tuż nad jej sercem, wiedząc, że pozostanie jej pewnie blizna.

– Wszystko, o co poprosisz, wszystko, ptaszyno, jest twoje. Ten świat jest twój, jeżeli zechcesz, sprawię, że będą kłaniali ci się do stóp – mruczę, przesuwam się niżej i wodzę jej po ciele, aż jestem nad jej cipką. – Sprawię, że będą dla ciebie krwawili, sprawię, że będą krzyczeli, sprawię, że będą umierali dla ciebie – przyrzekam, liżąc jej cipkę i jęcząc od słodkiego smaku mojej dziewczyny. Ona jest moją pieprzoną obsesją, moją słabością i moją siłą w najsłodszym cholernym zestawie.

Jęczy, wypinając biodra najbardziej, jak może, żeby przycisnąć się swoją mokrą szparką do mojej twarzy. Przesuwam po jej dolnych wargach, rozwieram je jeszcze bardziej i wsadzam dwa palce do środka, patrząc, jak jej dziurka się na nich zaciska, a łechtaczka nabrzmiewa, złakniona moich ust i zębów. Jej kolczyk lśni w świetle, do pary z tym, który mam w swoim kutasie.

Krzyczy, kiedy przekręcam palce, obejmuję ustami jej łechtaczkę i ssę, biodra jej drżą i moczy się wokół moich palców. Wpijam zęby w jej bezbronne ciało, przydając bólu do przyjemności, aż wreszcie krzyczy, dochodząc tak szybko, że sam prawie się spuszczam.

Tak, kurwa, doskonała, oto czym jest.

Doskonałością.

Wylizując jej wytrysk, wyciągam palce i czyszczę je językiem, nie mając wcale dosyć jej słodyczy. Jest nawet lepsza od jej krwi. Zamaczam je znowu, bo chcę więcej, a ona wykrzykuje moje imię, wijąc się w więzach.

– Diesel!

Cofam się nad nią i nie mogę się powstrzymać, nachylam się i zrywam jej linę na jednej nodze. Szybko owija mnie nią w pasie, starając się przyciągnąć do siebie. Unoszę się nad nią, podpierając się dłonią ustawioną koło jej głowy. Wygina się, ocierając się krwią i cyckami o moją pierś, aż w końcu nie mogę już dłużej wytrzymać.

Łapię ją za biodra, ustawiam się i wbijam w nią, sprawiając, że znowu dla mnie krzyczy. Kręci rękoma w więzach, chwytając je, kiedy dymam ją mocno i szybko. Nic nas nie dzieli.

Tacy jesteśmy.

Takie jest życie, nawet gdy śmierć otula nas dokoła.

Odchyla do tyłu głowę, a ja przeciągam jej zębami po szyi, wbijając się w nią mocniej i szybciej za każdym kolejnym pchnięciem, nie mogąc się powstrzymać, gdy jestem z moją ptaszyną. Przenika mnie przyjemność, niemal wyginając mi kręgosłup, tak bardzo, kurwa, jest ciasna i wilgotna. Czuję, jak obłapia mi kutasa niczym imadło. Jej miękkość przywiera do mojej sztywności. Jej krew mnie znaczy.

Kurwa.

Popędza mnie.

– Tak, Boże, tak, dziecino, więcej. Kurwa, niech mnie zaboli! – krzyczy, kiedy karzę ją moimi pchnięciami. Sięgam ręką i przyciskam kciuk do rany, dbając o to, aby trafić w ten punkt w jej wnętrzu, żeby natychmiast znowu krzyczała, tak ładnie dochodząc na moim kutasie.

Oczy ma zamknięte, jej twarz jest rozlana od przyjemności, a usta poranione i rozchylone, gdy trzęsie się i próbuje oddychać pode mną. Ale ja jeszcze nie skończyłem. Zrywam więzy na jej drugiej kostce, wychodzę z jej zaciśniętej, pulsujące cipki i szybko ją odwracam, ciągnąc za tyłek do góry.

Ma wyciągnięte ramiona, a twarz odwróconą i przyciśniętą do stołu, starając się złapać oddech. Plecy ma poznaczone małymi ranami, z których sączy się krew. Jej tyłek jest czerwony i tak, kurwa, piękny, a ja zamierzam go wydymać.

Podsuwam jej nogi bliżej tułowia i patrzę, jak chętnie je rozsuwa, kiedy rozwieram jej pośladki. Nachylam się i przeciągam językiem wokół jej dziurki, a potem przesuwam się w dół do cipki i znowu do góry. Ona skowyczy i napiera mi na język.

– O kurwa, to takie cholernie nieprzyzwoite. – Śmieje się. – Nie przerywaj, kurwa.

Nie mam takiego zamiaru, wodzę językiem po jej tyłku, aż znowu się wypina, a ja wpijam palce w jej pulchne pośladki. Trzymam tam twarz i w końcu nie mogę już wytrzymać. Klękam na stole za nią, przesuwam palcem po jej przedziałku do cipki i wsuwam go do środka, głaszcząc ją, a potem wyjmuję i okrążam nim jej drugą dziurkę. Mój kutas wciąż ocieka jej śluzem, chwytam go i przyciskam jej do tyłka.

– Podobał ci się nóż w twoim tyłku, ale będzie ci się bardziej podobać, jak ci wsadzę kutasa, ptaszyno, a może nawet zostawię cię tu związaną i zakrwawioną, z wyciekającą z ciebie spermą, aż wrócą pozostali.

– Kurwa, kurwa, kurwa. – Tyle tylko mówi, napierając do tyłu i sprawiając, że się śmieję.

Niemal spuszczam się, widząc grubą główkę mojego kutasa przyciśniętą do jej tyłka, więc zabieram się do tego powoli, wciskając się przez obrączkę mięśni, kiedy ona się dla mnie rozluźnia.

– Grzeczna dziewczyna – grucham, głaszcząc ją po boku, gdy przeciskam się przez nie i wchodzę parę centymetrów, aby się cofnąć, a potem znowu napierać, wsuwając się głębiej za każdym pchnięciem, aż w końcu jestem w jej tyłku po jaja.

Nachylam się nad jej plecami i liżę ją po kręgosłupie, w ustach czuję krew z jej ran, natrafiam też na kawałek szkła wciąż wbity w skórę i zacinam się w język. Jęcząc, szarpię ją bardziej do tyłu, nadziewając na mojego kutasa, a ona wydaje krzyk. Krew mi kapie z ust na jej bladą skórę i rozmazuję ją w górę i w dół, pozostawiając krwawy ślad, a ból z zacięcia sprawia, że kutas mi drga w jej tyłku.

Ale ona jest znudzona tym, że się nie ruszam, napiera na mnie, biorąc mnie głębiej. Chrząkam i odchylam się do tyłu, siadając, jej pełne biodra wypełniają mi dłonie, kiedy wciskam się jej w tyłek i wysuwam. Nie robię tego teraz powoli. Nie, dymam ją jak sprośną dziewczynkę, którą jest.

Jest kurewsko wąska, tak cholernie wąska, że prawie nie daje się jej dymać, a teraz głośno jęczy, niemal krzyczy.

– Podoba ci się mój kolczyk w twoim tyłku, ptaszyno? – dokuczam jej niskim i chropawym głosem, wstrzymując własny wytrysk, zbliżając się do niego niemal boleśnie.

– Boże, czuję się taka pełna – mruczy.

– Następnym razem Kenzo będzie cię jednocześnie dymał w cipkę i wtedy będziesz bardzo pełna, ptaszyno – rzucam, sprawiając, że krzyczy, a ja patrzę, jak mój kutas wchodzi w nią i wychodzi, ten widok mnie rozpala.

– To takie, kurwa, rajcujące – mamroczę. Czuję mrowienie u podstawy kręgosłupa, które rozpływa się po mnie, ciągnąc mnie, domagając się, abym się spuścił. Nie mogę się już powstrzymać. To za wiele, jej krew, cipka, tyłek – dobywa to ze mnie.

– O Boże, ptaszyno, jestem tak, kurwa, blisko – jęczę, nie potrafiąc oderwać wzroku od mojego kutasa wsuwającego się i wysuwającego z jej tyłka coraz szybciej i szybciej.

Skowyczy, jej cipka znowu pulsuje i wiem, że jest blisko. Nachylam się i gryzę ją w tyłek, wbijając boleśnie zęby, a ona wykrzykuje swoje spełnienie, jej tyłek zaciska się na mnie, aż w końcu nie mogę się już wysunąć i to imadło powoduje, że eksploduję.

Wydaje się, że płynie to przeze mnie raz za razem, wysysając wszystko, napełniając ją wielokrotnie, tryskając w jej tyłek, aż w końcu jestem wypróżniony. Puszczam ją zębami, widzę w tym miejscu krwawe ugryzienie i uśmiecham się pod nosem. Powoli wysuwam się z jej tyłka, szepcząc kojące słowa, po czym padam koło niej i dyszę.

Próbuję od nowa nauczyć się oddychać, serce wali mi w piersi tak głośno, że nic więcej nie słyszę, mam słabe nogi. Kiedy czuję się zdolny wstać, zsuwam się ze stołu i idę do kuchni, myję sobie kutasa, a potem przynoszę jakieś ręczniki, wycieram nimi ptaszynę i wrzucam je do kosza. Wspinam się z powrotem na stół, rozwiązuję jej ręce i ciągnę ją sobie w ramiona. Jesteśmy pokryci krwią i spermą, ale kurwa, nie mogę się ruszyć, nawet gdybym chciał.

– Kocham cię, ptaszyno – szepczę jej przy ustach. – Tak się cieszę, że wtedy walnęłaś mnie w twarz.

Ona się śmieje.

– Ja też. Też cię kocham, stuknięty sukinsynu.

Całuję ją delikatnie i po chwili się odsuwam.

– Nie mogę się doczekać, żeby cię tropić przez resztę mojego życia.

Śmieje się na to, a ja się przyłączam, mimo że mówiłem to poważnie, ale gdy widzę, jak rozjaśnia się jej twarz, z ustami poranionymi od moich pocałunków i ciałem pełnym znaków pozostawionych przeze mnie... nigdy nie byłem szczęśliwszy.

Dla chłopaka, który stracił wszystko, i stał się mężczyzną, który żył w ogniu i krwi, ptaszyna jest wolnością. Moją drugą szansą. Moją miłością.

ROZDZIAŁ 66

GARRETT

Stoję nad śpiącą Roxy i nie mogę oderwać od niej wzroku. Jest zbyt piękna. Jej srebrzyste włosy leżą rozrzucone na poduszce Kenzo, jedno ramię ma pod spodem, drugie na wierzchu, a plecy nagie i wystawione spod kołdry, którą musiała zrzucić w nocy. Nie mogę się powstrzymać, ściągam ją jeszcze bardziej, aż widzę jej brzoskwiniowy tyłek i długie, smukłe uda, uśmiechając się pod nosem na gojące się znaki po zębach D na jej tyłku. Prawie mu przywaliłem, kiedy wróciliśmy do domu tej nocy i zobaczyłem te znaki, ale ona tylko się obśmiała. Jednak rana na jej piersi wciąż się goi i lekarz uważa, że może pozostawić bliznę, ku wielkiej uciesze D.

Przesuwam jej dłonią po boku i po tyłku i niemal jęczę. Jak mogłem kiedykolwiek sądzić, że jest w czymkolwiek podobna do tamtej pizdy? Jest, kurwa, wspaniała, cała ta miękka skóra i tatuaże, ale ma w sobie żyłkę złośliwości, moja mała wojowniczka, i gdy ją porządnie wkurzę… to jest wspaniałe.

Lekarz w końcu pozwolił mi wrócić do walk, ale tylko w niepełnym wymiarze i pod warunkiem, że będę miał jedną walkę na wieczór. Już bez zabijania się w ringu, nie żebym teraz tego potrzebował, kiedy mam Roxy. Po prostu nie mam już na to chęci. Och, żeby walczyć, to pewnie, że mam, i żeby robić innym krzywdę, to zawsze mi zostanie, ale nie chcę umrzeć.

Zamiast tego chcę ją zabierać ze sobą, żeby mnie oglądała. Ostatnim razem, kiedy wygrałem, patrzyła na mnie z taką żądzą, takimi ciemnymi, spragnionymi oczami, ale byłem zbyt zagubiony we własnym gniewie i nienawiści do siebie, żeby z tego skorzystać. Nigdy więcej. Zabiorę ją na randkę na walkę i spodoba jej się to.

– Tak będziesz tylko patrzeć? – pyta, nie otwierając oczu. Uśmiecham się pod nosem, ciekaw, jak długo już nie śpi, wiedząc, że jej się przypatruję jak oszołom, ale ona się tym nie przejmuje. Przewraca się z włosami w nieładzie i otwiera oczy, na twarzy nie ma makijażu. Przez okna wpada słońce, niskie popołudniowe światło, muskając jej opaloną skórę i pobłyskując na kolczyku na brzuchu, naszym wężu.

Przeciąga się powoli, obracając i naprężając przy tym ciało, na co czuję suchość w ustach i kutas mi sztywnieje, ale mam inne plany, niż przechylić ją i wydymać w tym momencie.

– Zrobiłaś sobie drzemkę? – mówię zduszonym głosem, krzyżując ramiona.

Spogląda na mnie, ten drwiący uśmiech pojawia się jej na ustach, na których punkcie mam taką obsesję.

– Z Kenzo, namówił mnie.

Fukam, nie wątpię, że tak było. Przy niej nie potrafimy się opanować. Nawet w trakcie spotkań Ryder tylko w tym tygodniu cztery razy wszystkich wywalał i po chwili już krzyczała dla niego.

Klepię ją w udo, nachylam się i całuję, ciesząc się, że już mogę.

– Weź prysznic i ubieraj się, będę czekał na dole.

Dąsa się, kiedy się odsuwam.

– Dokąd idziemy?

– Na miasto – rzucam.

– To będzie randka, prawda? – Śmieje się.

– Nie, kurwa, to nie będzie randka – warczę, stąpając w tył, ale na ustach pojawia mi się uśmiech.

– A jednak! – woła głośno. – Wiedziałam, że mnie lubisz!

Chichoczę, schodzę na dół i widzę tam Diesela leżącego na stole w jadalni z dziwacznym, nieobecnym i rozmarzonym wyrazem twarzy.

– D, wszystko w porządku? – Wtedy zauważam, że trzyma rękę w spodniach. – Koleś, co, do kurwy? Jemy tutaj!

Mruga i dalej wali konia, spoglądając na mnie.

– Przypominam sobie tamtą noc. – Wzdycha. – To było niezłe.

– Popierdoliło cię. Nie gap mi się w oczy, to porąbane! – warczę i odchodzę, kręcąc głową i pisząc do Rydera, żeby kupił nowy stół do jadalni. Nie ma mowy, żebym teraz jadł na tamtym. Słyszę, jak jęczy za mną.

– Już skończyłem, jeżeli chcesz porozmawiać! – woła za mną, śmiejąc się.

Stuknięty sukinsyn.

Czekam w kuchni, specjalnie na niego nie patrząc. Roxy przychodzi po jakiejś godzinie, po kąpieli i ubrana. Wszyscy zaczęliśmy trzymać część jej ubrań w swoich pokojach właśnie dlatego… no, Diesel właściwie wziął wszystkie jej ubrania i zaniósł do swojego pokoju, więc najpierw musieliśmy je mu z powrotem zabrać.

Ma na sobie króciutkie czarne, postrzępione szorty z dziurami, które opinają jej brzoskwiniowy tyłek i powodują, że prawie się ślinię, luźną krótką koszulkę z rozdarciami i wężem usadowionym na środku i kabaretki okrywających długie, smukłe nogi, na końcu których są jej ulubione wysokie buty. Włosy ma związane do góry w nieuporządkowany kok, z którego wystają srebrzyste kosmyki. Usta pomalowała na czerwono, a oczy podkreśliła ciemną kredką.

Wygląda, kurwa, jak pieprzona bogini.

Ruszam do niej, zanim zrobi to Diesel, i obejmuję ją ramieniem, kierując ku drzwiom i słysząc, jak Diesel zsuwa się ze stołu.

– Pobaw się ze mną, ptaszyno!

– Już się pobawiłeś sam ze sobą! – odpieram, a ona chichocze i przed wyjściem bierze swoją skórzaną kurtkę z szafy.

Kiedy jesteśmy w windzie, wsuwam jej dłoń w tylną kieszeń, ściskając tyłek, a ona przytula mi się do boku, wiedząc, że teraz nie mam już z tym problemu, i patrzymy na opadające numery.

– No więc dokąd idziemy na tę randkę?

– To nie jest randka – sarkam, a ona się śmieje.

– Absolutnie randka, ale dobrze, niech to będzie niespodzianka. – Fuka, kiedy otwierają się drzwi do garażu. Prowadzę ją do mojego motoru i wręczam jej kask. Wsuwa go na głowę, a ja wsiadam i klepię siedzenie za moimi plecami. Wsiada lekko i obejmuje mnie ściśle ramionami za dół brzucha, ma odwróconą głowę, gdy zapalam silnik i wyjeżdżam z garażu w miasto.

Jej dłonie skradają się niżej i niżej, aż wreszcie przyciskają się do mojego sztywnego kutasa. Pieprzona flirciara. A więc przyspieszam i szybciej biorę zakręty, a słońce w końcu zachodzi i na miasto spływa noc, wywabiając wszystkich grzeszników i przestępców.

Takich jak my.

Dojeżdżam do starej siłowni, którą miałem w planie na dzisiaj, i parkuję na tyłach, na wypadek gdybyśmy musieli szybko się zmyć. Zsiada i czeka, aż zrobię to samo, pakuję nasze kaski, a potem biorę ją za rękę i prowadzę do metalowych drzwi na tyłach. Walę w nie i pojawia się Sheehan, uśmiechając się szeroko, kiedy mnie widzi.

– Zastanawiałem się, czy może nie umarłeś albo jakaś inna cholera, chłopie. Wchodź, mam dwóch ludzi…

– Jeden, masz go na jedną walkę, więc wybierz mu dobrze przeciwnika, największego sukinsyna, jakiego tu masz – cedzi Roxy, uśmiechając się do Sheehana, który się śmieje i kiwa głową.

– Mam dokładnie takiego gościa – mówi do niej i znika w środku.

– Największego kolesia? – prycham.

Ona się śmieje i odwraca, żeby na mnie spojrzeć, cały czas trzymamy się za ręce, rozpościerając je między sobą.

– Inaczej nie byłaby to uczciwa walka, musisz dać im szansę. – Puszcza do mnie oko, przesuwając wzrokiem po moim ciele. – I tak mu wpierdolisz, wielkoludzie, ale w ten sposób dłużej będziesz mógł wyładowywać agresję, a jeśli on ci nie wystarczy… – Nachyla się bliżej. – Możesz ją wyładować we mnie. – Śmieje się i odwraca, wchodząc do siłowni.

Wydaję jęk i idę za nią. Tłum już się przed nią rozstępuje, nie tylko przede mną, wszyscy wiedzą, kim ona jest. Żmiją. Zarazem boją się jej i ją szanują. Plotki szybko się rozchodzą o żądnej krwi kobiecie, którą kochamy, i zauważam wpatrzoną w nią niejedną zbladłą twarz.

Uśmiecham się na to pod nosem. Wygląda na to, że jest teraz równie sławna jak my. Prowadzę ją do krzeseł ustawionych w rogu, gdzie siedzą dwa bogate kutasy.

– Spadajcie – warczę.

Odwracają się, żeby oponować, ale kiedy nas widzą, wstają szybko i się zmywają. Opada na jedno z krzeseł i wyciąga nogi na drugim, a ja zdejmuję koszulę i podaję jej, tak samo mój pistolet i noże, które kładzie sobie na kolanach, przebiegając wygłodniałym wzrokiem po mojej piersi. Kiedyś byłbym na to zły, ale teraz sprawia to, że czuję podniecenie i staje mi, co nie jest dobre przed walką.

Pochylam się i całuję ją przy wszystkich, zgłaszając swoje prawa.

– Bądź grzeczna, dziecino, najpierw strzelaj, a potem zadawaj pytania.

Śmieje się i odpycha mnie, uśmiechając się pod nosem. Odwracam się do ringu, który dzisiaj jest prawdziwym ringiem. Pozbywam się wszelkich śladów rozbawienia i pożądania wraz z każdym stawianym krokiem i kiedy schylam się pod linami i wchodzę na wyściełane maty, jestem gotowy. Wypełnia mnie złość i nienawiść, u boków zaciskają mi się pięści. Naciągam sobie kark i stąpam w narożniku, czekając na rozpoczęcie walki.

Wywołują drugiego gościa, ale nawet na niego nie patrzę, dopóki nie słyszę gongu. Jak zawsze widownia i wszyscy znikają mi z pola widzenia, gdy odwracam się i widzę dużego sukinsyna, który do mnie idzie. Wygląda wrednie, najwyraźniej to Rosjanin i nawykły do walk.

Ale to mu nie pomoże.

Słyszę, jak kibicuje mi moja dziewczyna, i zatracam się w walce, w machaniu pięściami, unikach, bólu i krwi. Kiedy mnie odciągają, nadal walczę i nie mogą mnie powstrzymać, pole widzenia przesłania mi ciemność, ale wtedy przede mną pojawia się ona.

Jej ręka spoczywa na mojej falującej, pocącej się piersi, unieruchamiając mnie. Mrugam i spoglądam na nią, ignorując czterech mężczyzn, którzy próbują nade mną zapanować, a jednak ta jedna kobieta bez wysiłku mnie powstrzymuje. Uśmiecha się, jej spojrzenie jest ciemne, spragnione i pełne podziwu.

– To było rajcujące, wielkoludzie, ale on jest już załatwiony. Chcesz walki? Powalcz ze mną – mruczy.

Nie zwracam uwagi na skandującą publiczność i przerzucam ją sobie przez ramię, a potem zeskakuję z ringu. Biorę moje rzeczy i idę przez ciżbę, aż wreszcie znajduję w głębi drzwi oznaczone napisem „szatnia”. Otwieram je, po czym zatrzaskuję nogą i przekręcam za nami zamek. Jest tu mroczno, jarzy się tylko jedna żarówka, ale działa.

Szafki na ubrania są pokryte graffiti, niektóre są rozbite, a drewniane ławki zniszczone. Prysznice z tyłu są brudne. Znajduję najbliższą nagą ścianę i rzucam ją na nią, upuszczając pistolet i noże pod stopami, żeby mieć je pod ręką, w razie gdyby ktoś się wygłupiał.

Uśmiecha się i wierci.

– To znaczyło tak, wielkoludzie?

Podciągam jej ramiona do góry i trzymam nad głową dłonią za nadgarstki, sięgam pomiędzy nas, rozpinam jej szorty i spuszczam w dół. Wychodzi z nich, a ja zawieszam sobie jej nogi w pasie, rozdzierając kabaretki w miejscu, gdzie ma cipkę okrytą stringami, które ściągam na bok i wbijam się w nią. Obydwoje jesteśmy zbyt nakręceni walką i jest to szybkie, zmysłowe dymanie.

Jęczy, oczy ma zamglone, włosy potargane moimi dłońmi i rozmazaną moimi ustami szminkę, którą na pewno mam wszędzie na ustach i brodzie. Dobrze. Wygląda, jakby była umazana krwią, na co chrząkam. Jest czysta i schludna, a ja jestem spoconą, krwawiącą masą. Skórę na knykciach mam popękaną i poranioną od walki, ale to tylko sprawia, że bardziej mnie pragnie.

– Cholera, tak, jesteś jak maszyna… cała ta siła, kurwa, cały czas starałam się sobie wyobrazić, że kierujesz ją na mnie, że w taki sposób mnie dymasz – wykrzykuje, ściskając mi kutasa tak mocno, że aż burczę. Oplata mnie mocniej nogami w pasie, aż nie ma między nami wolnej przestrzeni, jej oddech jest szybki i jeszcze przyspiesza, kiedy walę w nią, przy każdym ruchu uderzając jej plecami o ścianę.

– Kurwa, Garrett, tak. Boże, tak! – krzyczy, oczy jej się zamykają i wychyla biodra w rytm moich pchnięć. Jestem już tak blisko, nakręcony na maksa walką i nią, ona tak samo. Czuję, jak się na mnie zaciska, jak zbliża się jej wytrysk, aż nagle krzyczy.

Wpija mi paznokcie w dłonie i zaciska mi się na kutasie. Jęcząc, zmagam się z jej naprężonymi mięśniami, ale ledwie dwa pchnięcia później idę w jej ślady, spuszczając się jej do środka. Otwiera oczy, spotyka moje spojrzenie i tylko tak wpatrujemy się w siebie nawzajem w tej obskurnej przebieralni.

Uśmiecha się znienacka, a potem zaczyna się śmiać, a ja dołączam, przyciskając spocone czoło do jej piersi i łapiąc oddech.

– No, to była wspaniała randka.

– Nie randka – warczę, chociaż też się uśmiecham.

– Ależ tak, wielkoludzie, była rozrywka i skończyło się na seksie – to była randka. – Śmieje się, a ja jęczę, kiedy zaciska się na moim mięknącym kutasie. Wysuwam się z niej, wbijam się z powrotem w dżinsy i pomagam jej założyć szorty, zanim ktoś przyjdzie i nas zobaczy. – Brakowało tylko jedzenia.

– Chcesz jedzenia? – prycham.

– Jak cholera, burgerów. Po seksie zawsze jestem głodna. –

Uśmiecha się i bierze mnie za rękę, gdy mam już na sobie koszulę i broń.

– Gotowe. No to chodźmy, dziecino, nakarmimy cię, zanim się zdenerwujesz i kogoś zastrzelisz.

ROZDZIAŁ 67

ROXY

– Najdroższa? – ożywiam się, spoglądam znad umów i aplikacji o pracę związanych z nowymi barami, którymi kieruję, i widzę Kenzo. Ma na sobie fioletową jedwabną koszulę, włosy zaczesane do tyłu, rozpiętą czarną marynarkę i toczy między palcami swoje kostki do gry. Na ustach pojawia mu się uśmiech, kiedy się bliżej nachyla. – Chcesz się przejechać?

– Zawsze. – Uśmiecham się, skacząc przez kanapę i całując go w usta. – Tylko wezmę buty, jakieś wymagania co do stroju? – Spoglądam na luźną koszulę, w której się wyleguję w domu.

– Jedna z tych cholernie seksownych sukienek. – Uśmiecha się pod nosem.

– Tak? Idziemy w jakieś eleganckie miejsce? – Śmieję się.

– Nie, tylko uwielbiam te sukienki i lubię mieć łatwy dostęp. – Puszcza do mnie oko, a ja pokazuję mu środkowy palec, idąc korytarzem do swojego pokoju.

Szybko wskakuję w ciemnofioletową, satynową sukienkę na cienkich ramiączkach i jakieś buty na obcasie, a potem dorzucam trochę szminki i puszę sobie włosy. Kiedy jestem gotowa, on czeka w salonie z telefonem w ręku, ale gdy mnie widzi, chowa go do kieszeni i gwiżdże.

– To może nie wychodźmy. – Rusza w moją stronę z wygłodniałym wyrazem twarzy, na co śmieję się i odpycham go.

– Później – obiecuję.

Przytula się do moich pleców i całuje mnie w szyję.

– Później to będziesz obejmować mi głowę nogami i wykrzykiwać moje imię – obiecuje, a potem bierze mnie za rękę i ignorując mój jęk, prowadzi mnie do windy. Docieramy do garażu i myślę, że to on będzie prowadził, więc idę do jego samochodu, ale on ciągnie mnie do mojego.

– Ty prowadzisz, najdroższa. – Uśmiecha się pod nosem i rzuca mi kluczyki.

Piszczę i wsiadam do środka. Nie miałam zbyt wiele okazji, żeby pojeździć sobie samochodem, który mi kupili, a muszę przyznać, że chciałam się nim przejechać i zobaczyć, jak szybko jeździ. Zapalam silniki, a on wsiada i się śmieje.

– Jedziemy do Chinatown.

Kiwam głową i wyjeżdżam z garażu, ruszając z piskiem opon, kiedy tylko mogę to zrobić, i śmiejąc się, gdy samochód warczy i gwałtownie przyspiesza.

– Kurwa, ja pierdolę, uwielbiam to. – Widzę, jak Kenzo przypatruje mi się z miłosnym uśmiechem, więc mrugam do niego, biorę jego dłoń i kładę sobie na udzie, zmieniając biegi. Chichocze i głaszcze mnie po nagiej skórze, gdy lawiruję w miejskim ruchu.

Normalnie bałabym się, że dostanę mandat za przekroczenie prędkości, ale szczerze, chłopaki nigdy nie dostają mandatów. Nie pytam dlaczego, ale przypuszczam, że teraz dotyczy to również mnie. Wskazuje mi skróty i drogę, kiedy potrzebuję, aż wreszcie zatrzymujemy się pod barem. Wysiadam z samochodu i spotykam go z przodu, a on bierze mnie za rękę i prowadzi do drzwi na tyłach.

Otwiera je bez pukania i prowadzi mnie w dół po schodach ku kolejnym metalowym drzwiom. Tym razem musi zapukać i otwiera się przesuwany wizjer, z którego wygląda para oczu. Kiedy nas widzą, wizjer szybko się zamyka, a drzwi się otwierają, ukazując wysoką, szczupłą piękną Chinkę. Kłania się Kenzo i cofa, przepuszczając nas.

Pomieszczenie jest zadymione i ciemne, niskie oświetlenie stwarza przytulną atmosferę. Jest to jedna duża sala i wygląda tak, jak mogłabym sobie wyobrazić kasyno... tyle że w nielegalnej wersji. Przy wszystkich stołach i barze siedzą mężczyźni w garniturach. Są tu też kobiety i zauważam nawet jedną w garniturze, na co się uśmiecham. Kelnerki przesuwają się w tłumie z tacami i podają napoje.

Salę wypełniają muzyka i śmiechy, w reakcji na co rozluźniam ramiona. Zdecydowanie wolę to w porównaniu z domem tego bogatego sukinsyna, gdzie raz byliśmy. Mam poczucie, że tutaj możemy być, kim chcemy. Wita nas kilka spojrzeń, ale wszyscy są pełni szacunku i zostawiają nas w spokoju.

Kenzo przesuwa mi dłonią po plecach ku tyłkowi i prowadzi między stolikami do boksu w głębi, który oddziela od reszty sali złota lina. Jest tutaj mroczniej i gdy siadamy, natychmiast pojawiają się drinki. Kiwa głową, przypatrując się gościom, unosi dłonią szklankę i bierze z niej łyk, a ja przytulam się do jego boku.

– To jedno z twoich kasyn? – pytam w końcu, a on odwraca się do mnie, kładzie mi rękę na ramieniu i zakłada nogę na nogę, spoglądając na mnie siedzącą obok niego.

– Tak, w rzeczywistości jedno z pierwszych. Przychodziłem tutaj grać, gdy zaczynaliśmy wykupywać miasto. Co noc podwajałem nasze pieniądze i w końcu wygrałem tyle, że właściciel nabrał podejrzeń i wziął mnie na stronę. Nauczył mnie wszystkiego, co wiedział, kiedy zdał sobie sprawę, kim jestem. Chyba zawsze wiedział, kim się staniemy, a chciał się wycofać. Dał mi w prezencie ten lokal. – Przebiega wzrokiem po sali. – To moje ulubione miejsce, pierwsze, w którym odkryłem swój talent.

– Do hazardu – przekomarzam się.

– Strategiczny – mruczy, spoglądając znowu na mnie. – To wszystko polega na strategii i czytaniu ludzi, najdroższa, tak jak odczytałem ciebie tamtego pierwszego dnia, a potem każdego następnego.

Śmiejąc się, biorę łyk swojego drinka i znowu się rozglądam. Już rozumiem, tu jest jak w Roxers. Tutaj czuje się rozluźniony i szczęśliwy, tutaj odkrył swoją przyszłość. Kiedy jednak wracam do niego wzrokiem, wpatruje się we mnie.

– Jesteś najlepszym zakładem, jaki kiedykolwiek wygrałem, najdroższa – mruczy, przesuwając mi palcami po ramieniu. – A teraz to jest również twoje imperium.

– Tak? – Uśmiecham się i przysuwam. – A co, gdybym uznała, że nie podoba mi się, jak niektórzy z twoich klientów na mnie patrzyli... mogłabym ich zabić?

Prycha.

– Najdroższa, w tym mieście możesz robić, co ci się, kurwa, żywnie podoba, i ujdzie ci to na sucho. Teraz wszyscy już wiedzą, kim jesteś, i nikt, kurwa nikt, ani gliny, ani sędziowie, gangsterzy czy przestępcy, nie będą śmieli się ciebie czepiać. Jesteś naszą dziewczyną i wiążą się z tym pewne przywileje.

– A jakie jeszcze? – dopytuję, przesuwając dłonią w dół jego piersi, kładąc mu ją na kutasie i ściskając, aż wydaje jęk. - A co, gdybym podciągnęła sukienkę i postanowiła cię ujeżdżać tu i teraz?

Oblizuje wargi, śledząc pożądliwie tymi swoimi ciemnymi oczami moje usta, i patrzy na mnie, jak gdybym była jedyną osobą na sali.

- Powiedziałbym, na co czekasz? To miasto jest twoje, tak jak i ja.

Czuję, że ktoś stoi blisko naszego stolika, ale nie odwracam głowy, nie robi też tego Kenzo. Nie, niech poczekają. Zaczynam uświadamiać sobie, co daje mi ta władza. Jeżeli czegoś od nas chcą, będą czekać w milczeniu godzinami, nie śmiąc nam przeszkadzać, aż zechcemy z nimi porozmawiać. Ta władza jest upojna, jesteśmy, kurwa, nietykalni.

Nachylam się i liżę usta Kenzo.

- A może byś mi to udowodnił? Mówisz, że jesteś mój... ale to sprawia, że ja jestem twoja, najdroższy. - Całuję go mocno i szybko, a potem odsuwam się i spoglądam na mężczyznę, który czeka z opuszczonym z szacunkiem wzrokiem.

- Co? - rzucam.

Ciężko przełyka ślinę i porusza się, ale wciąż nie podnosi wzroku.

- Bardzo przepraszam, że przeszkadzam, proszę pana i proszę pani. Mamy problem, a skoro są państwo tu, pomyślałem, że zechcą się państwo tym zająć.

- Jakiego rodzaju problem? - pytam, odchylając się do tyłu.

- Hmm, ktoś przez cały wieczór nas okrada - odpowiada szybko, na co Kenzo prycha.

- Idiota. - Śmieje się.

– No. – Uśmiecham się i patrząc na gościa, zwracam się do Kenzo: – Nie możemy na to pozwolić, prawda? – mruczę.

– Wezwij chłopaków, zabawimy się – nakazuje Kenzo, dopijając drinka. – Zwiążcie go w kuchni i niech tam czeka – instruuje mężczyznę, który kiwa głową i spieszy wykonać polecenie.

Śmiejąc się, wysyłam grupową wiadomość, a potem czekamy, przekomarzając się ze sobą i obserwując salę. Mężczyzna wraca, aby pilnować naszego boksu i czekać na dalsze polecenia, a my sobie flirtujemy.

Żmije nigdy nie ustaną, to jest ich świat, a teraz ja też się w nim pogrążyłam. Ma rację, będzie niezła zabawa. Znowu zobaczę moich chłopaków w akcji, a wszyscy wiemy, jak bardzo się wtedy robię wilgotna.

Nie mija dwadzieścia minut, a wchodzą do klubu i wszystkie oczy, w tym moje, zwracają się ku nim. Siła, jaką dzierżą, ona z nich emanuje, jest wciągająca. Nawet gdybym zobaczyła ich po raz pierwszy, dostrzegłabym spowijający ich autorytet widoczny w tym, jak trzymają wysoko uniesione głowy, a ich wzrok prześlizguje się po całej sali, zbywając to, co widzą, aż spoczywa na mnie – wszystkie trzy pary oczu są pożądliwe.

Wszystkie trzy moje.

Ale ze mnie szczęśliwa pieprzona dziwka.

Ryder ubrany jest w garnitur i wygląda perfekcyjnie jak zawsze – zimne oczy i aż nazbyt doskonały wyraz twarzy i sylwetka, nietykalny. Jeśli nie liczyć mnie, ja mogę go dotykać, gdzie tylko chcę. Co brzmi sprośnie… ale chyba to prawda. Jego usta układają się w znajomy, arogancki uśmieszek, kiedy przechodzi przez tłum niczym wąż, pełen zwinnego, wijącego się naprężenia i siły. Widzę błysk pistoletu u jego biodra, na co oblizuję wargi i przesuwam spojrzenie na Diesela, który idzie obok niego.

Ma na sobie skórzaną kurtkę i nic pod spodem, więc widać jego dobrze zbudowaną pierś, tworzącą doskonałe ramy dla ptaka i węża nad sercem. Z czarnych dżinsów z rozcięciami wystaje mu nóż. W ustach trzyma papierosa, a jego niebieskie oczy śmieją się, kiedy na mnie patrzy. Blond włosy ma spięte z tyłu głowy, co uwydatnia ostre rysy jego pięknej twarzy. Nie mogę się powstrzymać i puszczam oko, widząc Garretta obok niego. Boże, kiedy pierwszy raz zobaczyłam tego człowieka… myślałam, że on jest jakimś pieprzonym olbrzymem.

To prawda. Jest wielki. Góruje nad wszystkimi obecnymi. Swoją sylwetką krzyczy, że jest niebezpieczny, że jest zabójcą. Tatuaże pokrywające każdy cal jego skóry są niczym kunsztowne dzieła sztuki, a kiedy tak jest ubrany cały na czarno i ma przy sobie broń, wygląda jak zabójca. Ma zaczesane do tyłu włosy, jego kolczyki lśnią, a swoim surowym wzrokiem lustruje otoczenie, szukając zagrożeń, aż w końcu spogląda na mnie. Uśmiecha się, sprawiając, że reszta sali znika.

Tak, jestem szczęśliwą pieprzona dziwką. Wszyscy trzej są bogami, nietykalnymi Żmijami, i wszyscy są moi.

Kenzo liże mnie w ucho.

– Jesteś gotowa, najdroższa?

Czas się zabawić.

Wychodzę z boksu, gdy pozostali tam podchodzą, i pozwalam im przebiec wzrokiem po mojej sukni. Diesel pada na kolana i całuje mnie teatralnie w rękę.

– Cholera, ptaszyno, powiedz, że wezwałaś nas, żeby się z nami dymać.

Nachylam się i całuję go ze śmiechem.

– Później, dziecino.

Ryder całuje mnie delikatnie, a potem kiwa głową do Kenzo.

Garrett kiwa głową, ale się waha, więc przeciskam się obok Diesela i wtulam w jego pierś, czekając, co zdecyduje. Zniża powoli głowę i całuję go delikatnie.

– Cześć, dziecino – mruczy.

– Cześć, wielkoludzie – szepczę, a potem niechętnie się odsuwam. Biorę drinka i wychylam go. – Ktoś nas okrada. Siedzi związany na zapleczu. Pomyślałam, że możemy się z nim trochę zabawić – mówię, a potem odwracam się do mężczyzny, który go związał, a teraz cierpliwie czeka. – Prowadź.

Kiwa głową i idzie spiesznie, co kilka kroków sprawdzając, czy idziemy za nim. Oczy wszystkich są zwrócone na nas, patrzą wystraszeni, ale na razie są bezpieczni. Trzymam wysoko uniesioną głowę, krocząc za mężczyzną. Ryder kładzie mi rękę na plecach i się nachyla.

– Jak prawdziwa pieprzona królowa żmij – mówi cicho, na co uśmiecham się, a mężczyzna otwiera drzwi i prowadzi nas korytarzem do drzwi wahadłowych.

Przeciska się przez nie i przytrzymuje je dla mnie, moje obcasy zaczynają stukać, gdy podłoga zmienia się na płytki ceramiczne. Wchodzę do środka i rozglądam się. Wygląda to jak zrujnowana kuchnia, z której zabrano większość urządzeń i pozostały tylko blaty, a na środku pod zwisającą starą lampą siedzi mężczyzna przywiązany do metalowego krzesła. Szamocze się, kiedy wchodzimy, a spod ścian obserwuje go dwóch ludzi ubranych na czarno. Kiedy nas widzą, wyprężają się. Oczy mężczyzny rozszerzają się, gdy wchodzimy do pomieszczenia, i próbuje coś powiedzieć, ale usta ma zaklejone taśmą.

– Wyjdźcie – nakazuję i strażnicy szybko i cicho to robią; pozostajemy tylko my, Żmije.

Podchodzę bliżej, przesuwam palcami w górę jego skrępowanego ramienia i po barku, aż staję za nim, wtedy pochylam się i szepczę głośno:

– Naprawdę myślałeś, że możesz nas okradać?

Chłopaki patrzą na mnie, mają twarde i złe spojrzenia, wszyscy za wyjątkiem Diesela, który wygląda, jakby nie mógł się zdecydować, czy mnie wydymać, czy zabić tamtego gościa. Pewnie chciałby zrobić jedno i drugie, gdyby mógł wybrać. Zamiast tego wskakuje na blat i macha nogami, paląc papierosa i obserwując mnie.

– Myślałeś, że możesz oszukać węże? – szepczę i liżę go po uchu ze wzrokiem na moich chłopakach, kiedy to robię. Czuję, jak tamten się trzęsie, ale to ze strachu, a nie żądzy. – Nikt nie będzie sobie brał tego, co nasze. Pożałujesz jeszcze, że żyjesz, zanim z tobą skończymy.

Prostuję się i przesuwam dłonią po jego drugim ramieniu, okrążając go, a on się szamocze i spod taśmy dochodzi jego stłumiony głos. Siadam mu na kolanach i przyciskam palec do ust nad taśmą.

– Ćśś, nie powiedziałam, że możesz się odezwać – warczę i nachylam się, kołysząc na jego kolanach, ale wtedy we włosach czuję dłoń, która odciąga mi głowę, kiedy się uśmiecham. Mężczyzna przestaje się szamotać i nieruchomieje, ma bladą twarz, a oczy rozszerzone i wystraszone.

– Kurwa, nie dotykaj go, najdroższa – odzywa się niski, groźny głos koło mojej głowy, a usta przysuwają się do mojego policzka. – Bo będę musiał go zabić, zanim się z nim zabawimy.

Uśmiechając się, puszczam oko do tamtego.

– Zaborczy.

Przełyka ślinę, więc szybko chwytam taśmę i odklejam ją. Kiedy krzyczy, walę go w twarz, odrzucając mu głowę na bok.

– Powiedziałam, żebyś się nie odzywał – warczę, a potem wstaję i odwracam się do Kenzo. Przesuwam dłonią w dół ku jego kutasowi i obejmuję go, czując w dłoni, jak jest twardy i ciężki. – W takim razie będę musiała wydawać instrukcje, stojąc z boku, Żmijo.

Oczy mu ciemnieją, a potem chwyta złośliwie moją dłoń i ściska, sprawiając, że dyszę, a jemu krzywią się usta. Łapie mnie znienacka za biodra, bez wysiłku mnie unosi i sadza na blacie obok Diesela, wciskając się między moje uda.

– Mów nam, co chcesz, żebyśmy mu zrobili, najdroższa, a my to zrobimy. Nie brudź sobie swojej ładnej sukienki.

Całuje mnie i się odsuwa, a ja czuję, że ktoś podnosi mi dłoń i kiedy odwracam głowę, Diesel zlizuje krew z moich knykci, na co się śmieję. Mruga do mnie i zsuwa sobie moją dłoń do sztywnego kutasa, nachylając się.

– Cholernie rajcujące jest patrzeć, jak pracujesz, ptaszyno. Będziemy to robić częściej.

– Umowa stoi – obiecuję, znowu się odwracam i widzę, jak Garrett zdejmuje koszulę i strzela palcami u rąk. Podchodzi Ryder i opiera się koło mnie, prostując sobie mankiety u marynarki i obserwując mężczyznę. Kenzo stoi obok niego, jego sylwetka wibruje od gniewu. Diesel całuje mnie w policzek i zeskakuje na podłogę, zdejmując skórzaną kurtkę i kładąc mi ją na kolanach, gdy porusza ramionami i zaczyna się skradać w kierunku mężczyzny.

– A więc, kochanie, co chcesz, żebyśmy mu zrobili? – Ryder spogląda na mnie, oddając mi kontrolę.

Pieprzona dziewczyna Żmij.

ROZDZIAŁ 68

KENZO

Dotknął moją dziewczynę. Nie ma znaczenia, że to ona zaczęła, on tu umrze. Ale najpierw zapłaci za okradanie mnie, nas. W moim własnym lokalu. Trzęsie się ze strachu, patrząc na nas trzech, ale nie dotykamy go, czekając, aż Ryder albo Roxy wydadzą rozkazy.

– Chłopcy – woła, jej chrapliwy, aksamitny głos trafia prosto do mojego już stojącego kutasa. Kiedy widzę, jak w ten sposób kieruje nami… jak głęboko weszła w naszą rodzinę, nasza pieprzona królowa, mam ochotę zerwać z niej tę suknię, tak jak sobie żartowała, i zagłębić się w jej drżącą wilgotną cipkę. Ale to może na razie poczekać, najpierw interesy.

Wszyscy odwracamy się do niej, mężczyzna na krześle również zerka obok nas w jej stronę, wiedząc, że jego los spoczywa w jej rękach.

– Zabawcie się, dobra? – Uśmiecha się, nachylając do Rydera i kładąc brodę na jego ramieniu, jakby był jej podpórką, a nie najstraszliwszym człowiekiem w mieście. – Chcę, żeby krwawił.

Diesel przesyła jej pocałunek.

– To potrafimy robić, ptaszyno.

Mrugam do niej i odwracam się, a Garrett podchodzi i wali go pięścią w twarz raz za razem, aż oko kolesia zamyka się od opuchlizny, ma złamany nos i wargi mu krwawią. Potem się odsuwa, pozwalając podejść Dieselowi. Wszyscy chcemy zrobić wrażenie na Roxy.

Zerkam przez ramię, ona patrzy na nas pożądliwymi oczami. Ryder wciąż służy jej za podpórkę, trzyma rękę na jej udzie, zataczając kółka, a ona rozchyla nogi, kiedy na nią patrzę, na co wydaję jęk i się odwracam.

Wiedziałem, że chłopaki są dzisiaj zajęci. Ryder miał spotkanie z ochroną w sprawie nowego domu, Diesel kończył piwnicę, a Garrett załatwiał sprawy związane z nowymi siłowniami, które kupuje, ale jak tylko ich wezwała, przyjechali w podskokach. Sprawia to, że prawie się śmieję, gdy tamten płacze.

– Proszę… proszę – mazgai się, spoglądając na Roxy. – Oddam je, wszystkie te pieniądze!

– Naprawdę? – pyta i zeskakuje, podchodząc i przysuwając się plecami do Diesela, który zaczyna ją całować po szyi i barku, kiedy ona mówi. – Ale pewien mały ptaszek podpowiada mi, że już je wydałeś… czy tak?

Przełyka ślinę i coś bełkocze, więc walę go pięścią w twarz.

– Odpowiadaj, kiedy cię pyta.

Krzyczy, ale kiwa głową.

– Musiałem oddać paru ludziom, ale jeżeli dacie mi trochę czasu, mogę…

Ona prycha i zbywa to gestem ręki.

– Bla, bla, wziąłeś nasze pieniądze i myślę, że odbierzemy je sobie w naturze.

Spogląda na mnie.

– Kenzo, jak myślisz?

Uśmiecham się i przytakuję.

– Brzmi sprawiedliwie. Powiedz mi jeszcze raz, ile ukradłeś? – pytam go, a on zanosi się płaczem, ale odpowiada.

– Czterdzieści tysięcy – szepcze.

– Dobra. Jeżeli przetrwasz czterdzieści minut tortur, będziesz wolny. – Kiwam głową, a ona się śmieje.

– Począwszy od tego momentu – mruczy i odchodzi. Ryder oplata ją ramionami i przyciąga sobie do piersi, a my krążymy wokół niego niczym sępy. – Powodzenia.

Pierwszy zaczyna Garrett. Utrzymujemy go na granicy przytomności, nie pozwalając mu zemdleć, a kiedy Garrett odstępuje, przychodzi moja kolej. Przyglądam mu się, przebierając kostkami między palcami.

– Wybierz liczbę.

Kręci głową, wciąż płacząc, a ja cmokam.

– Wybierz liczbę. Jeżeli trafisz, będziesz wolny.

– A jeżeli nie trafię? – skowyczy, na co szeroko się uśmiecham.

– No cóż, wtedy będę musiał oczywiście odebrać moją wygraną – zauważam uprzejmie, a on głośniej zanosi się płaczem, aż Garrett trzepie go w tył głowy. – Wybieraj.

Wykrzykuje liczby, a ja rzucam kostki w powietrze, łapię je i zamykam w dłoniach. Patrząc na niego, otwieram je, ukazując dwie kostki.

– Ups, pudło – oznajmiam, na co on znowu szamocze się na krześle. Walę go pięścią w brzuch w krótkich odstępach. To, że nieczęsto walczę, nie znaczy, że nie potrafię.

Dyszy, gdy się odsuwam, głowa opada mu do przodu, stara się skulić w sobie.

– Jeszcze raz – nakazuję.

– Czternaście – świszczy.

Rzucam kostki i znowu się śmieję.

– Nie, pudło, a myślałem, że potrafisz obstawiać. Cmokam, łapię go za palce u lewej ręki i szybko łamię mu trzy z nich. – Jeszcze raz.

– Proszę, proszę, Boże, nie, proszę – szlocha.

– Jeszcze raz! – ryczę i rzucam kostki.

– Dziewięć – szepcze.

– Pudło. – Uśmiecham się, wyciągam nóż znad kostki i dźgam go w obydwa kolana, a potem wycieram go do czysta o jego koszulę i wsuwam z powrotem w futerał.

– Moja kolej – mruczy Diesel, a ja uśmiecham się, wiedząc, że czekał cierpliwie, ale znudziło mu się to już. Chowam do kieszeni kostki i nachylam się do twarzy mężczyzny.

– Trzeba było dobrze zgadywać. D sprawi, że będziesz żałował, że żyjesz – obiecuję i odchodzę, a on krwawi i płacze.

Słyszę Roxy, a zaraz potem przytula się do moich pleców i patrzymy na robotę Diesela.

– Ryder się tym zajmie… może chcesz się przejechać? – mruczy, a gdy się odwracam, uśmiecha się i cofa, wodząc wzrokiem po mojej sylwetce. – Może nawet pozwolę ci odebrać wygraną, najdroższy. – Odwraca się i machając do pozostałych, znika za wahadłowymi drzwiami.

Ryder klepie mnie po ramieniu, kiedy za nią patrzę.

– Lepiej ją zabierz, zanim ja to zrobię, bracie – żartuje i przejmuje po niej stery. Kiwam głową i ruszam za nią, idąc przez klub. Czeka na mnie przy drzwiach, biorę ją za rękę i wyciągam na zewnątrz, a ona się śmieje. Macha kluczykami w drugiej dłoni i idzie otworzyć drzwiczki, ale ja przyciskam ją do nich i mocno całuję.

Jęczy mi w usta, nogą zaczepia o moją nogę, a nasze języki się przeplatają. Dysząc, odsuwam się.

– Lepiej jedź szybko, najdroższa, żebym nie wydymał cię w samochodzie.

Wydaje na to jęk, oczy jej się rozszerzają pożądaniem, a ja chichoczę. Odsuwam ją od drzwi, otwieram je dla niej i wsiada, a ja zatrzaskuję je lekko, a potem idę naokoło, żeby wsiąść, kiedy ona zapala silnik. Stosując się do mojej rady, odjeżdża szybko spod klubu. Obydwoje to czujemy, tę potrzebę, które zawsze iskrzy między nami.

Może i byłem pierwszy, który miał Roxy, ale nigdy nie będę ostatni. Nie przeszkadza mi to, dopóki patrzy na mnie tak jak teraz. Zerka na mnie wzrokiem pełnym pożądania, jej ciało lekko drży na myśl o tym, co wie, że wkrótce nastąpi.

– Szybciej – domagam się, wyciągam rękę i przesuwam jej dłonią w górę uda, podciągając sukienkę. Jęczy i przekręca kierownicę w bok. Ledwie mam czas wyjrzeć na zewnątrz, gdy nagle się zatrzymujemy i widzę, że jesteśmy na jakimś parkingu. Podjeżdża na tyły pod drzewa, gdzie latarnie nie działają. Jest tu pusto i cicho, na uboczu. Ona najwyraźniej też już nie może się doczekać.

Obraca głowę i jak tylko nasze spojrzenia się spotykają, wybucha pożądanie. Wyciągam rękę, chwytam ją za tył głowy i przyciągam bliżej. Nasze usta przywierają do siebie w gmatwaninie zębów i języków. Przesuwa mi dłonią po piersi, próbując rozpiąć koszulę, a ja chichoczę, zdyszany, i odsuwam się do tyłu, ale w samochodzie jest za mało miejsca, więc jęczy zawiedziona.

Wysiadam i obchodzę samochód, otwierając drzwi, jej głowa zwraca się ku mnie z zakłopotaniem.

– Wysiadaj, najdroższa.

Wychodzi i przyciskam ją do boku samochodu, przeciągając jej dłonią po sukience i obejmując przez materiał cipkę, kiedy ją znowu całuję. Jęczy mi w usta, napierając na moją dłoń, a ja wsuwam się pod jej stringi i głaszczę ją po cipce. Jest wilgotna jak cholera, na pewno od oglądania nas przy robocie, nasza sprośna dziewczynka. Gryzie mnie w wargę za karę, na co śmieję się i wsuwam jej dwa palce do środka, ale ona nie chce moich palców.

– Dawaj kutasa – domaga się, więc wyjmuję palce i przeciągam śluzem po jej wargach, a potem go zlizuję.

– Już nie wydajesz poleceń, najdroższa. Siadaj swoim pięknym tyłkiem na masce i rozłóż nogi – rozkazuję, wyciągam i rozpinam sobie pasek, po czym ciągnę w dół suwak, a ona patrzy z rozchylonymi wargami, jej ciało odrobinę drży. – Już – rzucam.

Fuka, ale przesuwa się w kierunku maski, starając się na nią wsiąść, lecz jest za niska, a maska jest gładka, więc łapię ją za biodra i pomagam, unosząc ją do góry, przyciskając jej dłoń do piersi i pchając, żeby położyła się na plecach. Jej szare włosy rozsypują się na matowej powierzchni, cycki niemal wypadają z sukienki, kiedy pierś jej faluje. Podnosząc ją jedną ręką, ściągam jej stringi i wciskam do kieszeni, znowu przeciągając jej po cipce.

– Odkąd kupiłem ci samochód, wyobrażałem sobie, jak cię na nim dymam – przyznaję.

– No cóż, nie chcielibyśmy chyba, żeby te fantazje poszły na marne, prawda? – mruczy, wyginając się, i przesuwa sobie ręką po piersi, ujmuje cycki przez sukienkę i znowu napiera cipką na moją rękę. – Na co czekasz, potrzebny ci jakiś pieprzony zakład? To masz, jak doprowadzisz do tego, że będę krzyczała, to w tym tygodniu codziennie będę ci obciągać kutasa. Jeżeli nie, musisz sobie wytatuować moje imię na tyłku.

Jęcząc, nachylam się i ją całuję.

– Umowa stoi, najdroższa.

Opuszcza głowę do tyłu, dysząc z utkwionymi we mnie oczami. Przesuwam jej palcem w górę cipki i okrążam łechtaczkę, a potem trącam ją, a ona na mnie patrzy. Wydaje jęk, oczy jej się przymykają i wypina biodra, kołysząc nimi pod moim dotykiem. Nie przestaję jej tam dotykać, aż niemal dochodzi, a wtedy odsuwam rękę, na co warczy.

– Myślałem, że chcesz mojego kutasa, najdroższa? – droczę się, obejmując go sobie dłonią i przyciskając się do jej cipki, ocierając się tam i z powrotem o jej wilgotne ciepło, aż znowu krzyczy, stając się plasteliną w moich rękach.

– Och, do kurwy nędzy, Kenzo, jeżeli nie… – Wpycham się w nią i jej groźba urywa się na niskim jęku, kiedy wije mi się w rękach, jej wąska cipka zaciska się na mnie w świetle wiszącego nad nami księżyca.

Szybko i mocno bębniąc jej po łechtaczce, wysuwam się i wsuwam do środka, podrzucając ją moimi ciosami. Rozpościera ręce po obu stronach samochodu, unosząc biodra w rytm moich pchnięć. Robimy to prędko jak cholera, szybkie dymanie, wiedząc, że w każdej chwili ktoś może nas spostrzec, co sprawia, że jest to tym bardziej rajcujące.

Serce wali mi w piersi, kiedy zginam się nad nią i łapię mocno za szyję cały czas dymając. Przyjmuje to wszystko jak grzeczna dziewczyna, unosi uda i oplata mnie nimi w pasie, żeby trzymać mnie przy sobie, gdy jej wąska cipka się na mnie zaciska. Ona jest już tak blisko.

– Cholera, Roxy, jak możesz być tak, kurwa, doskonała? Nawet kiedy mi się opierasz, jak ty to robisz, że tak łatwo jest cię kochać, pragnąć – mruczę, liżąc ją od brody po pierś i całując nad sercem. – Potrzebować cię. Czuję, że żyję, dopiero kiedy jestem w tobie.

Wydaje krzyk, wypinając pierś i zaciskając się na mnie, na co burczę. Wstrzymuję wytrysk, wpychając się w jej cipkę, waląc w nią. Nasze dyszenie i klaskanie naszych ciał odbija się głośnym echem w nocnej ciszy.

– Kenzo! – krzyczy, otwiera oczy i zderza się z moim spojrzeniem, właśnie kiedy wsuwam rękę między nasze ciała i pocieram jej łechtaczkę, chcąc widzieć, jak dochodzi. Krzyczy głośno, unosi ręce i wpija mi je w ramiona, podciąga się i spada na mnie, trąc o mnie, aż nie mogę się już dłużej wstrzymać.

Przepływa przeze mnie wytrysk, wydobyty z każdej komórki przez jej wąską, małą cipkę i krzyki. Eksploduje ze mnie, tryskając w nią, kiedy zagłębiam się w nią do końca, aby mogła poczuć mnie w każdym pieprzonym centymetrze.

Po wszystkim opuszczam głowę, a jej nogi drżą mi wokół pasa, ale pozostaję w środku. Obejmujemy się, wiedząc, że powinniśmy się ruszyć, ale nie chcemy się rozdzielać. Roxy nie była nam dana, żeby uczynić nas lepszymi ludźmi – nie, była nam dana, żebyśmy mocniej walczyli, żebyśmy mieli co kochać i do czego wracać do domu. Po co zabijać. Po co umierać.

Dała nam znowu cel.

Rodzinę.

I kiedyś może się pobierzemy i będziemy mieli dzieci, a może, kurwa, nie. Jestem zazdrosnym sukinsynem i dzielić się jej uwagą z dziećmi… tak, Diesel też by pewnie się wściekał. Tak czy owak, teraz jesteśmy już ze sobą na zawsze. Nic i nikt nie może nigdy stanąć między nami.

– Kocham cię, najdroższa. – Zaglądam jej w oczy, nad nami świecą gwiazdy, ale żadna nie dorównuje tej, którą mam w ramionach. – Tak bardzo.

– Ja też cię kocham, ale twojego kutasa kocham bardziej. – Śmieje się.

ROZDZIAŁ 69

RYDER

– A więc otwarcie za miesiąc, wyznaczymy dokładną datę później. Skontaktowałam się już z lokalnymi magazynami piszącymi o winie i kuchni, a także z kilkoma poważnymi influencerami w sieci, żeby uzyskać lepsze nagłośnienie. Marketing zajmuje się aspektem mediów społecznościowych, a ja zatrudniłam menedżera. Budynek jest skończony i teraz zajmują się wystrojem wnętrz, a personel uczy się, co i jak. Postarałam się jak najbardziej upodobnić lokal do speluny, ale z elementami z wyższej półki i rewelacyjnym jedzeniem, wszystko w stylu barowym, burgery i skrzydełka…

Milknie, a ja przeglądam notatki. Jest zdenerwowana jak cholera. Słyszę to w jej głosie. Częściowo są to jej pieniądze, ale wspominała już, że nie ma złudzeń, że to my daliśmy jej tę szansę, żeby stać się czymś więcej, niż kiedykolwiek się spodziewała, i żeby rozwinąć własny biznes i jakoś odwdzięczyć się miastu… i mężczyźnie, który ją uratował – Richowi. To jest dobra nazwa i zleciłem, aby powiększyli jego fotografię i umieścili nad barem.

To będzie niespodzianka dla niej w dniu otwarcia.

Rozsiadam się w fotelu, składam obie dłonie, a ona wierci się nerwowo na krześle po drugiej stronie biurka. Nieczęsto widuję Roxy zdenerwowaną. To urocze, ale nie powinna się martwić. Z taką łatwością stała się bizneswoman. Ma dobre oko do personelu i świetne pomysły, i przy naszej pomocy i wsparciu swoich ludzi zajdzie daleko. Nie mam wątpliwości, że jej sieć barów wypali. Właściwa im mieszanka prostego uroku spelunki z koktajlami i jedzeniem z wyższej półki, a także mroczna i nastrojowa atmosfera to doskonałe połączenie.

– Bardzo mi się podoba – mówię, a ona nagle się uśmiecha i rozluźnia. – Naprawdę bardzo mi się podoba, kochanie. To jest rewelacyjne, a twoje wyliczenia wyglądają dobrze. Masz jak dotąd zdumiewającą obecność w sieci. To będzie niewiarygodne. – Wzdycha i zbiera papiery z powrotem do teczki. – On byłby z ciebie dumny.

Nieruchomieje, oczy jej wilgotnieją, mruga i spogląda na mnie.

– Tak myślisz? – pyta cicho.

Kiwam głową i nachylam się przez biurko, biorąc ją za rękę.

– Nie mam wątpliwości. Stałaś się nadzwyczajną kobietą, Roxxane. Tak silną, pewną siebie, i z tym będzie tak samo.

Uśmiecha się smutno.

– Mam nadzieję. Kiedy widziałam się z nim jeden z ostatnich razy, powiedział mi, że zawsze liczył, że stanę się kimś, że mogę zajść daleko, jeżeli się postaram... jeżeli nie będę pozwalać, aby powstrzymywał mnie strach. On potrafił mnie przejrzeć na wylot. Dlatego zostawił mi bar, żeby pomóc mi na przyszłość, zmotywować mnie… mam nadzieję, że widzi, jak go w końcu posłuchałam.

Ściskam jej dłoń i przyciągam bliżej. Wstaje, obchodzi biurko i biorę ją w ramiona. Przytula się do mnie z głową na mojej piersi, a ja głaszczę ją po plecach.

– Byłby tak dumny z ciebie, ja też jestem. Nikt cię nie powstrzyma, Roxxane, nie kiedy się na coś zdecydujesz. To dopiero początek, kochanie.

Wzdycha i unosi głowę, całując mnie delikatnie.

– Boże, czasem nie mogę uwierzyć, że jesteś tak perfekcyjny. – W jej oczach rozbłyska szelmowska iskierka, wyciąga rękę i mierzwi mi włosy, na co prycham. – No, tak lepiej.

– Garrett się do ciebie odzywał? – pytam, sięgając po telefon i przewijając maile i wiadomości. Nie ma żadnych od moich braci, więc odkładam go i skupiam się na kobiecie, którą trzymam w ramionach.

Mruczy.

– Przysłał mi zdjęcie chuja jakąś godzinę temu. – Mrugam, a ona się śmieje. – Poprosiłam go o to. Ciągle jest na mieście, wybiera siłownie, które chce kupić, i zastanawia się, jak ściągnąć do nich dzieciaki z ulicy i dać im pracę.

Kiwam głową.

– To dobry plan, daje im szansę, jeżeli zechcą z niej skorzystać, i trochę treningu, żeby umieli się bronić.

– Tak, wy wszyscy jesteście tak naprawdę gigantycznymi mięczakami. – Śmieje się, na co wbijam w nią wzrok, a ona chichocze. – Nikomu nie powiem, wasz sekret się nie wyda.

– Nie jesteśmy mięczakami – warczę.

Unosi brwi i prostuje się, siadając mi okrakiem na kolanach i opierając się plecami o biurko i patrząc na mnie.

– Czyżby? Kupujecie siłownie i schroniska dla bezdomnych, żeby pomóc tym, którym się w życiu nie wiedzie? A co z pieniędzmi, które co miesiąc posyłacie organizacjom charytatywnym w mieście? Albo ten dom, który kupiliście, żeby zrobić tam schronisko dla zagubionych dzieciaków?

Jeszcze mocniej wbijam w nią wzrok, mój lód się topi, kiedy się do mnie uśmiecha.

– Pokażę ci mięczaka – rzucam, podnosząc ją i sadzając na biurku. Źrenice jej się na to rozszerzają i chichocze. – Mam coś bardzo, kurwa, twardego.

– Nie wątpię – przekomarza się. – Co z tobą, Ry? Wielki zły Ryder mięczak? – mruczy.

– Mięczak? – mówię drwiąco, zrywam i odrzucam na bok jej majtki, rozwieram uda i ciągnę ją ku krawędzi biurka, rozsiadając się w fotelu. – Chyba zapominasz, kim jestem, Roxxane.

– Ooo, Roxxane, chyba wpadłam w tarapaty. – Śmieje się.

– Owszem, kochanie. Podotykaj się, a ja popatrzę, ale masz nie dochodzić, rozumiesz? – rozkazuję, zajmując wygodną pozycję w fotelu, a ona patrzy.

– Co? – natrząsa się. – A może to ty, kurwa, mnie podotykasz?

– A może jednak zrobisz, co ci powiedziałem, albo cię ukarzę i nie spodoba ci się to – warczę.

– Jesteś tego pewien? – droczy się, ale przesuwa dłonią w górę uda i podciąga sobie sukienkę, pokazując mi swoją lśniącą cipkę. – Wiesz, że lubię, jak jesteś niedobry. – Pociera sobie łechtaczkę, a potem cofa dłoń i okrąża dziurkę. – Okrutny – dodaje, wsuwając sobie palec do środka. – Nienawistny.

Chrząkam i patrzę urzeczony.

– Jeszcze jeden palec – nakazuję, kontrolując ją nawet teraz, wiedząc, że uwielbia, gdy to robię.

Robi, jak jej kazałem, z jej ust dobywa się jęk, kiedy powoli wysuwa je i wsuwa znowu do środka, drugą dłoń przesuwając w górę uda, aby rozpaczliwie pocierać sobie łechtaczkę.

– Patrz na mnie – warczę.

Podnosi na mnie wzrok i dyma się palcami, unosząc biodra na spotkanie własnych palców, kiedy pociera się i dyma. Oddech jej przyspiesza, policzki się czerwienią, rumieniec pełznie w dół po piersi i wiem, że jest blisko.

– Przestań – nakazuję.

Przez chwilę jeszcze robi to dalej, a ja wbijam w nią wzrok.

– Przerwij natychmiast.

Skowyczy, ale wyciąga sobie palce i patrząc na mnie, oblizuje je do czysta. Kutas podskakuje mi w spodniach, napierając boleśnie na suwak, gdy na nią patrzę. Kurwa.

– Zdejmij sukienkę – rozkazuję, rozpinając suwak u spodni, a ona patrzy. Zdejmuje ją i rzuca na bok, jej piersi uwalniają się i podrygują przy tym ruchu, ich obłości aż proszą się o moje usta, ale na razie opieram się tej pokusie. – Połóż się, podciągnij kolana do piersi i tak je trzymaj.

Robi to, oplatając sobie rękoma łydki i leżąc dla mnie otwarta. Przebiegam wzrokiem po jej zmoczonej cipce, oblizując usta, a potem wstaję i zsuwam spodnie, obejmując sobie pałkę i podchodząc bliżej.

– Pozostaniesz w takiej pozycji albo przerwę, zrozumiałaś?

– Tak – jęczy. – Proszę, Ry.

Gładzę ją po cipce, wsuwam do środka palec i przekręcam go, na co wydaje krzyk, a potem wyjmuję go i wciskam w jego miejsce kutasa, żeby poczuła moją twardość. Próbuje napierać, żeby mnie wziąć, ale odsuwam się i znowu nieruchomieję, dysząc na moim biurku. Moja zupełnie własna Żmija na mojej łasce.

Kiedy jest grzeczna, znowu przyciskam kutasa do dziurki i jednym płynnym ruchem zagłębiam się w nią do końca, ruch jej bioder powoduje, że krzyczy, kiedy zaciska się wokół mnie. Zawsze, kurwa, taka wąska i wilgotna.

– Cholera, kochanie, tak dobrze cię poczuć. No proszę, jak ta ładna różowa cipka przyjmuje mnie jak dobra dziewczynka.

Patrzę, jak jej cipka połyka mi kutasa, gdy wchodzę w nią i wychodzę. Palce jej bieleją, tak bardzo je zaciska, żeby mnie nie dotknąć, starając się tym razem być grzeczna.

– Ryder, kurwa – jęczy.

– Tak cholernie piękna. Za każdym razem, kiedy teraz tu przychodzę, widzę ciebie wypiętą na biurku, a to sprawia, że bardzo ciężko jest mi pracować – burczę, wodząc jej palcem wokół łechtaczki, aż zaczyna dyszeć i głośno jęczeć. – Tak cholernie ciężko i kutas mi ciąży zawsze, kiedy myślę o tobie.

– Proszę – błaga, a ja klepię ją w nogę.

– Nie ruszaj się, księżniczko – domagam się, wpycham się w nią raz za razem, pocierając jej łechtaczkę, aż krzyczy i dochodzi na mnie. Dopiero wtedy pozwalam jej opuścić nogi. Odwracam ją, wypinam na biurku i zaczynam naprawdę dymać.

Ona odpłaca mi pięknym za nadobne, prąc do tyłu w rytm moich pchnięć, w pięści mam owinięte jej włosy, kiedy gryzę i liżę ją po szyi, tam, gdzie łomocze jej puls pod skórą.

– Ty, kurwa, mnie rozbrajasz – mruczę.

– Pokaż mi, pokaż mi, jak bardzo – domaga się, ma zachrypnięty głos, a ciało pokrywa jej cienka warstwa potu, a ja znowu liżę ją po szyi i wchodzę w nią z dzikim zapamiętaniem. Ten lód, którego się kiedyś tak mocno trzymałem, staje się przy niej zwykłą kałużą wody, moje mury leżą zburzone.

Jesteśmy tylko mężczyzną i kobietą pogrążonymi w miłości. Jedynie dwiema Żmijami sczepionymi ze sobą w uścisku.

– Kocham cię – dyszy, a ja wydaję jęk.

– Powtórz to – żądam. Nigdy nie mam dosyć słuchania tego, zwłaszcza z jej ust. Wygląda na to, że mówi to tylko wtedy, gdy ją łamię.

– Kocham cię, kocham cię, kocham cię – skanduje, odpowiadając na moje brutalne pchnięcia. – Kocham cię! – krzyczy, kiedy wbijam się w nią jeszcze raz i nieruchomieję, roztapiając się, moje jądra opróżniają się w niej, a ona też dochodzi.

Padamy na biurko, ciągle jestem w niej, a gdy zaczyna znowu napierać do tyłu, mój mięknący kutas twardnieje.

– A niech to cholera, kochanie.

– Lepiej zabieraj się do roboty, panie Żmijo – mruczy, na co ja chichoczę.

– Każdego cholernego dnia – obiecuję i zaczynam znowu się poruszać płytkimi, małymi pchnięciami, w rytm których ona się kołysze. – Kocham cię, Roxxane, moja słabości, moja miłości.

ROZDZIAŁ 70

ROXY

Patrzę, jak cieszą się swoim towarzystwem i popijam kawę. To teraz nasz poranny rytuał i uwielbiam go. Wiedzą o tym, więc zawsze starają się być tutaj rano. Garrett śmieje się z czegoś, co mówi Diesel, a Ryder kręci głową, podczas gdy Kenzo uśmiecha się pod nosem.

Jeżeli uważniej się przyglądam, dostrzegam zmianę, jaka w nich zaszła od momentu, kiedy po raz pierwszy siadłam dokładnie na tym krześle – cholera, dostrzegam zmianę w sobie samej… i to dzięki nim.

– Chcielibyśmy ci coś pokazać, kochanie – mówi do mnie Ryder, wyrywając mnie z rozmyślań.

– Tak? – pytam i dopijam kawę. – Coś dobrego?

– Coś niezwykłego – poprawia mnie Kenzo, właśnie kiedy mam zapytać, czy to są ich kutasy, i klepie mnie w udo. – Idź się ubierz.

Ubieram się szybko, czując ekscytację, a oni zawiązują mi oczy, gdy wsiadamy do samochodu.

– Zboczone – mruczę, na co się śmieją. Jedziemy jakiś czas i staram się zapamiętać zakręty, ale nudzi mi się to i rozpraszam się, gdy ktoś zaczyna głaskać mnie po udzie, sukinsyny. Kiedy w końcu się zatrzymujemy, jestem nakręcona i poirytowana. Drzwi się otwierają, a potem ręka chwyta moją i wyciąga mnie z samochodu na coś, co wygląda na żwir pod moimi stopami. Stają za mną. – Gotowa, dziecino? – To Garrett.

– Tak, kurwa, pokażcie mi to, dupki – rzucam, na co znowu się śmieją i zdejmują mi z oczu opaskę.

Patrzę zdezorientowana na dom przede mną… no, to jest bardziej pieprzona rezydencja. Jest czarny. Pieprzona czarna rezydencja. Spoglądam dokoła na drzewa zasłaniające ją od widoku. Po lewej jest garaż, ogromny. Podwójne drzwi są otwarte i jeszcze bardziej marszczę brwi. Jest oszałamiający, absolutnie oszałamiający, szczerze mówiąc, nigdy nie widziałam wcześniej czarnego domu, ten, do kogo należy, jest pieprzonym geniuszem.

– Co… co to jest? – pytam zakłopotana.

– Nasz dom. Jesteśmy teraz rodziną i potrzebujemy czegoś więcej niż mieszkanie. To jest dla nas, żebyśmy jak należy rozpoczęli wspólne życie. Jest bezpieczny, mamy tu ochronę i nikt nie wie, gdzie jest… – Ryder milknie zdenerwowany, więc wtrąca się Kenzo i kontynuuje zamiast niego.

– Jest dla ciebie, najdroższa, żeby ci pokazać, że jesteśmy z tobą na zawsze. To jest nasz dom.

– Nasza przyszłość – dodaje Diesel, a potem mruga. – Ma nawet piwnicę, żebyśmy mogli się w niej bawić.

– Siłownię – mruczy Garrett.

– Biuro dla nas obojga – dorzuca Ryder.

– Nasz? – szepczę, spoglądając z powrotem na dom, a potem piszczę. – Mogę wejść do środka?

Oni przytakują i śmieją się, a ja pędzę przez drzwi jak dziecko, gapiąc się wokoło. Jest piękny. Ściany są ciemnoszare, a podłogi z ciemnobiałego i czarno-złocistego marmuru. Schody idą w dwie strony i zawijają, biegnąc na górę. Jest nowoczesny jak apartament, ale czuję różnicę, ciepło i dobroć mieszkania tu. Wygląda na olbrzymi i nie mogę się doczekać, kiedy będę mogła w nim pomyszkować. Nigdy nie wyobrażałam sobie domu dla siebie, bo nie miałam takiej opcji, ale teraz, gdy tu stoję… nachodzi mnie nieodparta myśl, że jest doskonały.

Potrzebuje jedynie delikatnego wykończenia, na przykład wszędzie mnóstwo czaszek… nie prawdziwych, chociaż Diesel byłby do tego zdolny.

Ryder łapie mnie za rękę i przeplata palce, prowadząc przez drzwi po lewej do salonu z ogromnym telewizorem, pięcioma skórzanymi kanapami, niskim stolikiem do kawy i dywanem. Tylną ścianę pokoju zajmują ciemne mahoniowe szafy na książki. To wszystko bije po oczach luksusem, ale wygląda również przytulnie i w sam raz jak dla mnie… dla nas.

– On jest naprawdę nasz? – szepczę.

Potakuje głową.

– Jeszcze nie jest całkowicie wykończony, chcieliśmy, żebyś sama wybrała część mebli, ale jest w nim dziesięć sypialni i dziewięć łazienek, basen na tyłach, siłownia, garaż, dwa biura, biblioteka, pokój do gier i dużo więcej. To jest dom, kochanie, jak się patrzy.

– Dom – mruczę, a od tyłu oplatają mnie ramiona.

– Nasz dom – szepcze Kenzo z przejęciem. – Okazja, żeby być zupełnie innymi niż nasz ojciec. Będzie pełen śmiechu i, no, do diabła, pewnie przelewu krwi, ale nie mogę się doczekać, a ty? – mówi tęsknie.

Przełykam ślinę, patrząc ponownie dokoła. Czuję, że oni mnie obserwują i czekają na moją reakcję. Niełatwo musiało być to wszystko zrobić, ale teraz, kiedy tu jestem, mają rację, czuję się jak w domu. Uwielbiam nasze mieszkanie, ale miło byłoby mieć więcej miejsca. Prawie prycham na to. Jezu, od kiedy apartament to dla mnie za mało?

I pomyśleć, że byłam kiedyś dziewczyną żyjącą w mieszkanku nad barem. To jest jak bajka, tylko że ci chłopcy nie są bohaterami. Są czarnymi charakterami… nawet w sypialni.

Powoduje to tylko, że mocniej ich kocham.

Kiedy tak stoją obok mnie, obracam się i zaglądam im w oczy.

– Ciągle mówicie, że nie chcecie być tacy jak wasz ojciec. – Spoglądam ku Kenzo i Ryderowi. – Jak twoja matka. – Spoglądam na Diesela. – Twoja złość i nienawiść. – Spoglądam wreszcie na Garretta. – Ale problem nie w tym, kim nie chcecie być, ale kim chcecie być. Myślę, że w końcu się zdecydowaliście – szepczę ze łzami w oczach. – I ja też. Chcę być wasza.

Kiedy znajdziesz miłość, mocno się jej trzymasz. To delikatne cacko i gdy odchodzi, pozostawia pustkę i wspomnienia, wszyscy o tym wiemy. Takie, które chciałoby się przeżyć jeszcze raz, ale też z każdej miłości czegoś się uczymy. Czegoś ważnego.

Od mojej matki nauczyłam się być silna.

Od ojca nauczyłam się przyjmować cierpienie.

Od Richa nauczyłam się kochać, dopóki na to czas i że zakończenia nie zawsze są czymś złym.

Od moich Żmij nauczyłam się, że miłość jest bezwarunkowa i może nadejść w najdziwniejszym momencie i miejscu.

A od siebie? Nauczyłam się, że trzeba siebie kochać. Nawet najciemniejsze swoje zakamarki. Bez względu na to, z jaką postacią, kształtem czy dziwactwem się urodzisz. Trzeba przyjąć swoje blizny i nigdy nie wstydzić się, kim się jest, bo jesteśmy jedyni w swoim rodzaju.

I jeśli nie kochamy siebie, jak kto inny może nas pokochać?

Jestem niedoskonale doskonała. Kocham i walczę. Jestem silna i słaba. Potrafię być okrutna i zabijać, ale także mogę być miła i łagodna. Jestem wszystkim tym i pokochanie moich słabości oznacza, że mogę wykorzystać moje atuty i być dokładnie tym, kim chcę być.

W ich objęciach i z górującym nad nami naszym nowym domem jestem pełna nadziei. Nadziei na lepszą przyszłość i na to, że po raz pierwszy mrok może być po prostu czymś dobrym.

Jestem ich.

Oni są moi.

I pora rozpocząć wspólne życie.

ZAKOŃCZENIE

ROXY

Sześć miesięcy później…

– Dokąd jedziemy? – pytam po raz ósmy. Byłam zajęta dopinaniem wszystkiego na ostatni guzik w piętnastym barze U Richa. Zgadza się, piętnastym – stały się hitem. Rozkręcały się tak szybko, że nie wiedziałam, co robić. Chyba teraz jestem też bogata. Nie żeby chłopaki przejmowali się tym, nadal mnie rozpuszczają, jak gdyby nadrabiali całe wieki zaniedbań.

Oczywiście pozwalam im na to.

Ostatnie sześć miesięcy to była trąba powietrzna. Przeprowadziliśmy się do naszego domu parę miesięcy temu i jeszcze nie jest skończony, ale już, kurwa, blisko. Uwielbiam to – budzić się tam codziennie i jeść śniadanie z moimi mężczyznami. Ryder jest nadal mocno zajęty pracą i rządzeniem miastem. Garrett ma trzy nowe siłownie i większość dni spędza, dając szansę biednym i dzieciakom z ulicy na lepsze życie.

Diesel… no cóż, Diesel jak to Diesel. Spędza dni na wymyślaniu nowych zabawek do tortur dla mnie i każdego, kto wejdzie nam w drogę. Przecież nigdy nie zalegalizujemy naszej działalności. Tyle jest zabawy i pieniędzy do wzięcia, kiedy jest się złym.

W minionym tygodniu Kenzo otworzył swoje dwudzieste kasyno i była wielka feta z pompą, na której fotografowali nas, jak ściskamy się za ręce i całujemy. Kurwa, były nawet zagraniczne reklamy. Gdyby ktoś kiedyś dowiedział się, kim naprawdę jesteśmy... niemal się śmieję, na co Kenzo spogląda na mnie i puszcza do mnie oko.

I tak dochodzimy do dzisiejszego dnia. Porwali mnie z baru i zaciągnęli do samochodu.

– Przysięgam, kurwa, na Boga, dupki, i tak wam napierdolę. Dokąd jedziemy? – warczę ponownie, kiedy wjeżdżamy do podziemnego parkingu. Wszyscy wyglądają na podekscytowanych. Diesel prawie podskakuje na swoim siedzeniu i jak tylko się zatrzymujemy, wysiada i ciągnie mnie za sobą.

Pozostali śmieją się i podążamy w górę jakichś schodów, a kiedy przechodzą w marmurową posadzkę, marszczę brwi. Idziemy do biura w głębi. Jest późno, więc gdy otwieramy drzwi, ze zdziwieniem widzę tam siedzącego za biurkiem starego, siwego mężczyznę w ubiorze sędziego.

Widząc nas, nie wygląda na zaskoczonego.

– Poważnie, co, do kurwy, się tutaj wyprawia? – burczę. – Znowu, chłopaki, macie kłopoty? – prycham.

– Nie, ty masz, ptaszyno – mruczy mi Diesel do ucha i daje mi klapsa, na co wydaję skowyt i odsuwam się prosto w ramiona Kenzo, który mnie całuje.

– Powiedz jej lepiej – przestrzega Ryder, a Garrett się śmieje.

– Powiedzcie mi natychmiast – żądam.

– Pobieramy się! – krzyczy Diesel i szeroko się do mnie uśmiecha, a ja tylko mrugam.

– Co właściwie, do kurwy? – wrzeszczę, wyrzucają ręce w powietrze. – Powinniście się oświadczyć… obrączki… – bełkoczę.

– To nie jest zgodne z prawem – biadoli sędzia i obrzucam go gniewnym spojrzeniem.

– Nie wtrącaj się, kurwa – rzucam z powrotem, odwracając się do tamtych.

– Słyszeliście go, to nie jest, kurwa, zgodne z prawem – warczę. Prosili mnie o to od miesięcy, ale nie chcę wyjść tylko za jednego, wywołałoby to zazdrość… wygląda na to, że moi mężczyźni postanowili jeszcze raz złamać zasady – wszyscy mają się ze mną ożenić, a ja oficjalnie przyjmę ich nazwisko.

Ryder obchodzi biurko i wyciąga sędziego, a ja gapię się, widząc, że jest przywiązany do krzesła… oni, kurwa, porwali pieprzonego sędziego. Diesel przystawia mu do głowy pistolet, wciąż uśmiechając się jak szaleniec.

– To jest zgodne z prawem, jeżeli my tak mówimy. – Chichocze. – A teraz daj nam ślub.

Nie mogę się powstrzymać od śmiechu. Napotkali problem i znaleźli sposób, żeby go rozwiązać… oczywiście nielegalny sposób, ale mięknę w środku, kiedy na nich spoglądam.

– Jesteście stukniętymi sukinsynami, nienawidzę was.

– Też cię nienawidzimy, kochanie. No i co powiesz? Chcesz wyjść za nas, zostać oficjalnie Żmiją?

– Kurczę, proszę, przecież wszyscy wiemy, że już nią jestem – prycham. – Pierdolę to, pobierzmy się.

– Zuch dziewczyna! – Diesel się śmieje, a Ryder podchodzi i przyklęka z pudełkiem w dłoni. Garrett przyklęka obok niego, również z pudełkiem w dłoni, a Diesel puszcza oko do sędziego i robi to samo. Mrugam i się śmieję, kiedy Kenzo również się osuwa, wszyscy czterej są na kolanach i wszyscy trzymają pudełka.

– Tylko nie mówcie, że macie cztery obrączki – jęczę, chociaż uśmiecham się tak szeroko, że aż boli mnie twarz.

– Ależ oczywiście! – Diesel uśmiecha się i otwiera swoje pudełko, ukazując piękny pomarańczowy kamień osadzony w obrączce z wygrawerowanymi płomieniami.

Kenzo otwiera swoje i śmieję się, widząc czerwony kamień z wyrzeźbionymi kostkami do gry na boku obrączki.

– Dziecino – mruczy Garrett, przyciągając moje spojrzenie i otwiera pudełko, w którym ma obrączkę Dafne. – Ona była zawsze twoja, dałem ją zwyczajnie przez pomyłkę.

Ryder chrząka, a mi łzy napływają do oczu, i otwiera swoje pudełko, w którym widzę tradycyjny, zimny diament.

– Roxxane Żmijo, czy będziesz nasza?

– Tak, na zawsze! – Śmieję się, a oni wstają i mnie otaczają. – Nadal was nienawidzę – mruczę, na co wszyscy chichoczą. Odwracamy się do sędziego, a on wzdycha, ale wydaje się mimo wszystko uśmiechać.

– No cóż, najwyraźniej zwariowaliście, ale pierdolę to, niech będzie. Czy…

Ceremonia jest krótka dzięki D, który mówi mu, żeby się pospieszył, bo chce mi założyć białą suknię i spryskać ją naszą krwią. Ryder całuje mnie pierwszy, pieczętując nasz związek, a potem oddaje mnie swojemu bratu, który przegina mnie, sprawiając, że się śmieję. Garrett obejmuje mi policzki, nie musi nic mówić, kiedy spogląda mi w oczy i całuje mnie delikatnie, jakbym była ze szkła.

Diesel? Diesel nacina swoją dłoń, a potem moją, na co wstrzymuję oddech, i całując mnie, przyciska do siebie nasze krwawiące dłonie.

– Na zawsze, ptaszyno.

Odsuwam się i uśmiechając się, spoglądam po nich wszystkich.

Mam resztę życia, żeby mi za to zapłacili. Nie mogę się doczekać, a sądząc po wyrazie ich twarzy, oni też.

Wiele się nauczyłam, odkąd ich spotkałam.

Na przykład tego, że nie ma gwarancji na życie, tworzą je tysiące malutkich chwil składających się na nasz żywot. Wybory, działania, wszystkie bez wyjątku zmieniają kierunek, w jakim podążamy. Moja droga, mój wybór zaprowadziły mnie do nich. Czterech mężczyzn, którzy przejrzeli przez moją skórę i pancerz, moją pyskatość i gniew, i dostrzegli kryjącą się pod spodem kobietę. Pięknie zwichniętego rozbitka, ponieważ nim właśnie jestem.

Rozbitkiem.

Wojownikiem.

Królową.

Żmiją.

Jestem nimi wszystkimi i czymś znacznie więcej. Gdy moja ścieżka zawiodła mnie w najciemniejsze zakamarki, znalazłam w sobie siłę, aby nie poddać się w najczarniejszej godzinie. Kiedy odkryłam, że moi rodzice mnie nie kochają, kiedy złamali mi serce, nie poddałam się. Kiedy po raz pierwszy byłam sama, kiedy nie odstępował mnie strach… postanowiłam żyć dalej.

Albo gdy trzymałam dłoń pierwszego mężczyzny, którego kochałam, mężczyzny, który pomógł mi przetrwać, a gdy umierał, postanowiłam walczyć. Kiedy patrzałam, jak żal i pragnienia wypełniają jego zalane łzami oczy, a słabowita ręka chwyta moją, głos ma chropawy, a skórę zszarzałą… postanowiłam żyć dalej. Ale wtedy nauczyłam się czegoś, co pozostało ze mną na zawsze. Śmierć czeka nas wszystkich, ale zanim nadejdzie, musimy, kurwa, brać jak najwięcej z życia. Żyć pełną piersią, nigdy nie żałować. Kochać tak głęboko, aby móc swoją miłością napełnić ocean, i nie pozwalać, żeby strach powstrzymywał nas od bycia tym, kim chcemy być.

Ponieważ inaczej, jeżeli pozwolimy zwyciężyć strachowi, zje nas żal i tylko on nam ostatecznie pozostanie.

Nie chcę być taką osobą, nie chcę żałować mojego życia ani tego, kim jestem. A więc wybieram ich każdego cholernego dnia, kiedy się budzę. Czterech zwichniętych, pokrytych bliznami, potężnych mężczyzn. Nawet gdy jest ciężko, nawet gdy świat zwraca się przeciwko nam, za każdym razem wybieram ich znowu i znowu, a oni wybierają mnie. Moje serce należy do nich, a ich serca należą do mnie.

Nie jesteśmy doskonali. Jesteśmy przestępcami, hazardzistami, bojownikami, ludźmi biznesu i zabójcami.

Ale ci czterej przestępcy są moim szczęściem.

Są moim życiem.

Są moim domem i dokądkolwiek teraz los nas zawiedzie, pójdziemy tam razem.

Jak pięć Żmij splecionych w jaskini.

Na zawsze.

Podium